ΑΣΗΜΕΝΙΑ ΣΕΙΡΑ

Το σπίτι των πνευμάτων

ΙΖΑΜΠΕΛ ΑΛΙΕΝΤΕ

Το σπίτι των πνευμάτων

Μετάφραση
ΚΛΑΙΤΗ ΣΩΤΗΡΙΑΔΟΥ

ΩΚΕΑΝΙΔΑ

Τίτλος πρωτοτύπου:
Isabel Allende, *La casa de los espiritus*

1η έκδοση: Μάιος 1986

Μετάφραση από τα ισπανικά: Κλαίτη Σωτηριάδου
Επιμέλεια: Διονυσία Μπιτζιλέκη
Διόρθωση: Μαρία Βλαχοπούλου

© 1982, Isabel Allende
© 1984, για την ελληνική γλώσσα
Εκδόσεις Ωκεανίδα ΑΕ
Σολωμού 25, 106 82 Αθήνα, τηλ. 210.38.27.341
Πλάτωνος 17, 546 31 Θεσσαλονίκη, τηλ. 2310.231.800
e-mail: oceanida@internet.gr
www.oceanida.gr

Ηλεκτρονική στοιχειοθεσία-Σελιδοποίηση: Εκδόσεις «Ωκεανίδα»
Εκτύπωση: Μ. Σπύρου & Σία ΑΕ
Βιβλιοδεσία: Βιβλιοδομή ΑΕ

ISBN 960-7213-10-6

*Στη μητέρα μου, στη γιαγιά μου και στις άλλες
εξαιρετικές γυναίκες σ' αυτή την ιστορία.*

Ι. Α.

Πόσο ζει ο άνθρωπος τελικά;
Ζει χίλια χρόνια ή ένα μόνο;
Ζει μια βδομάδα ή αιώνες;
Για πόσο καιρό πεθαίνει ο άνθρωπος;
Τι πάει να πει για πάντα;
ΠΑΜΠΛΟ ΝΕΡΟΥΔΑ

ΠΕΡΙΕΧΟΜΕΝΑ

1. Ρόζα η ωραία 13
2. Οι Τρεις Μαρίες 72
3. Κλάρα η διορατική 120
4. Η εποχή των πνευμάτων 163
5. Οι εραστές 219
6. Η εκδίκηση 269
7. Τα αδέλφια 318
8. Ο κόμης 372
9. Η μικρή Άλμπα 396
10. Η εποχή του χαλασμού 441
11. Το ξύπνημα 480
12. Η συνωμοσία 511
13. Ο τρόμος 550
14. Η ώρα της αλήθειας 606

Επίλογος 631

1

Ρόζα η ωραία

Ο Μπαραμπάς εισήλθεν εις την οικογένειαν διά της θαλασσίας οδού, σημείωσε η μικρή Κλάρα με τα λεπτά καλλιγραφικά της γράμματα. Είχε από τότε αποχτήσει τη συνήθεια να γράφει τα σπουδαία πράγματα κι αργότερα, όταν βουβάθηκε, έγραφε ακόμα και τα πιο ασήμαντα, χωρίς να υποπτεύεται πως πενήντα χρόνια υστερότερα τα τετράδιά της θα μου χρησίμευαν για να περισώσω τη μνήμη του παρελθόντος και να επιζήσω μες στον ίδιο μου τον τρόμο. Ήταν Μεγάλη Πέμπτη όταν έφτασε ο Μπαραμπάς. Τον έφεραν μέσα σ' ένα άθλιο κλουβί, σκεπασμένο με τις ίδιες του τις ακαθαρσίες, με το χαμένο βλέμμα κακόμοιρου κι ανυπεράσπιστου αιχμαλώτου, αλλά ήδη μπορούσε να μαντέψει κανείς –από τον τρόπο που κρατούσε περήφανα το κεφάλι του και από το μέγεθος του σκελετού του– το μυθικό γίγαντα που έγινε τελικά. Ήταν μια βαρετή φθινοπωριάτικη μέρα και τίποτα δεν προμηνούσε τα γεγονότα που η μικρή έγραψε, για να μείνουν αξέχαστα, και που συνέβησαν στη διάρκεια της λειτουργίας των δώδεκα, στην ενορία του Σαν Σεμπάστιαν, όπου παραβρέθηκε με όλη της την οικογένεια. Σ' ένδειξη πένθους, οι άγιοι ήταν σκεπασμένοι με μοβ υφάσματα, που οι καντηλανάφτισσες έβγαζαν και ξεσκόνιζαν κάθε χρόνο από την ιματιοθήκη του σκευοφυλακίου και, κάτω από τα πένθιμα σεντόνια, η ουράνια ακολουθία έμοιαζε μ' ένα σωρό έπιπλα που περίμεναν τη μετακόμιση, χωρίς να μπορούν τα κεριά, το θυμίαμα και οι αναστεναγμοί ν' αλλάξουν αυτή την αξιοθρήνητη εντύπωση. Στη θέση των ολόσωμων αγαλμάτων των αγίων, με την ίδια δυσκοίλια έκφραση στα πρόσωπα, με εξεζητημένες περούκες από μαλλιά πεθαμένων, με τα ρουμπίνια τους, τα μαργαριτάρια τους, τα σμαράγδια τους από βαμμένο γυαλί και με φορεσιές σαν Φλωρεντινοί ευγενείς, υψώνονταν απειλητικοί σκούροι όγκοι. Τον μόνο που ευνοούσε το πένθος ήταν τον προστάτη της εκκλησίας, τον Σαν Σεμπάστιαν, γιατί τη Μεγάλη Εβδομάδα έκρυβε από τους πιστούς το κυρτωμένο σε μια άσεμνη στάση κορμί του, τρυπημένο από μισή ντουζίνα βέλη, γεμάτο αίματα και δάκρυα, σαν ταλαίπωρος ομοφυλόφιλος, που οι πληγές του, φρέσκες ως εκ θαύματος, χάρη στο πινέλο του πάτερ Ρεστρέπο, έκαναν την Κλάρα ν' ανατριχιάζει από αηδία.

Ήταν μια μακριά βδομάδα, όλο μετάνοια και νηστεία, δεν έπαιζαν χαρτιά, ούτε μουσική που να υποκινεί τη λαγνεία ή τη λήθη, και τηρούσαν, όσο ήταν δυνατό, τη μεγαλύτερη θλίψη και αγνότητα, παρ' όλο που ακριβώς εκείνες τις μέρες ο πειρασμός του δαίμονα δοκίμαζε με μεγαλύτερη επιμονή την αδύναμη καθολική σάρκα. Νήστευαν με ελαφρά γλυκά με φύλλο, νόστιμα λαδερά, αφράτες πίτες και μεγάλα κεφάλια τυριά που έφερναν από τα χωριά, με τα οποία οι οικογένειες θυμούνταν τα Πάθη του Κυρίου, προσέχοντας να μη δοκιμάσουν ούτε το παραμικρό κομματάκι κρέας ή ψάρι, με ποινή αφορισμού, όπως επέμενε ο πάτερ Ρεστρέπο. Κανένας δεν είχε τολμήσει να τον παρακούσει. Ο ιερέας ήταν εφοδιασμένος μ' ένα μακρύ ενοχοποιητικό δάχτυλο, για να δείχνει δημόσια τους αμαρτωλούς και μια γλώσσα εξασκημένη για να αναστατώνει τα αισθήματα.

«Εσύ, κλέφτη, που σήκωσες το παγκάρι της εκκλησίας!» φώναζε από τον άμβωνα, δείχνοντας έναν κύριο, που προσποιούνταν πως ασχολείται μ' ένα χνούδι στο πέτο του, για να μη σηκώσει τα μάτια του.

«Εσύ, ξεδιάντροπη, που εκπορνεύεσαι στις αποβάθρες!» κατηγορούσε την κυρία Εστέρ Τρουέμπα, ανάπηρη από αρθριτικά κι αφιερωμένη στην Παναγία της Κάρμεν, που γούρλωνε ξαφνιασμένη τα μάτια της, χωρίς να γνωρίζει τη σημασία εκείνης της λέξης, ούτε κατά πού έπεφταν οι αποβάθρες.

«Μετανοείτε, αμαρτωλοί, ακάθαρτα σαρκία, ανάξιοι της θυσίας του Κυρίου μας!»

Παρασυρμένος από τον ενθουσιασμό του θρησκευτικού του ζήλου, ο ιερέας ήταν αναγκασμένος να συγκρατιέται για να μην παραβαίνει δημόσια τις οδηγίες των ανωτέρων του που, ανάστατοι από τον άνεμο του μοντερνισμού, ήταν αντίθετοι στα τρίχινα πουκάμισα και στις μαστιγώσεις. Ο ίδιος πίστευε πως μπορούσε να νικήσει κανείς τις αδυναμίες της ψυχής μ' ένα γερό ξυλοφόρτωμα. Ήταν φημισμένος για την ασυγκράτητη ρητορική του δεινότητα. Οι οπαδοί του τον ακολουθούσαν από ενορία σε ενορία, ίδρωναν καθώς τον άκουγαν να περιγράφει τα βασανιστήρια των αμαρτωλών στην κόλαση, τα σώματα ξεσκισμένα από δαιμόνιες μηχανές για βασανιστήρια, τις αιώνιες φλόγες, τα αγκίστρια που διαπερνούσαν τα αντρικά μόρια, τα αηδιαστικά ερπετά που χώνονταν μες στα απόκρυφα των γυναικών και άλλα πολλά μαρτύρια, που πρόσθετε στα κηρύγματά του για να σπέρνει το φόβο του Θεού. Ακόμα και ο ίδιος ο Σατανάς είχε περιγραφεί μέχρι τα πιο κρυφά του βίτσια με τη γαλικιανή προφορά του ιερέα, που η αποστολή του σ' αυτό τον κόσμο ήταν να αναταράζει τις συνειδήσεις στο νωθρό κρεολό του εκκλησίασμα.

Ο Σεβέρο δελ Βάλιε ήταν άθεος και μασόνος, αλλά είχε πολιτικές φιλοδοξίες και δεν μπορούσε να επιτρέψει στον εαυτό του την πολυτέλεια να χάσει την πιο πολυσύχναστη λειτουργία, τις Κυριακές και τις αργίες, όπου όλοι μπορούσαν να τον δουν. Η γυναίκα του, η Νίβεα, προτιμούσε να συνεννοείται με το Θεό χωρίς μεσάζοντες, δεν εμπιστευόταν καθόλου τα ράσα και βαριόταν με τις περιγραφές του ουρανού, του καθαρτηρίου και της κόλασης, αλλά συμμεριζόταν τις βουλευτικές φιλοδοξίες του άντρα της με την ελπίδα πως, αν εκείνος κέρδιζε μια έδρα στο Κογκρέσο, θα μπορούσε κι εκείνη να εξασφαλίσει την ψήφο για τις γυναίκες, για την οποία είχε αγωνιστεί τα δέκα τελευταία χρόνια, χωρίς να την έχουν αποθαρρύνει οι πολυάριθμες εγκυμοσύνες της. Εκείνη τη Μεγάλη Πέμπτη ο πάτερ Ρεστρέπο είχε σπρώξει το ακροατήριο του στα όρια της αντοχής του με τα αποκαλυπτικά του οράματα και η Νίβεα άρχισε να ζαλίζεται. Αναρωτήθηκε μήπως ήταν πάλι έγκυος. Παρ' όλες τις πλύσεις με ξίδι και τα σφουγγάρια με χολή, είχε φέρει στον κόσμο δεκαπέντε παιδιά, από τα οποία ζούσαν ακόμα τα έντεκα, αλλά είχε λόγους να πιστεύει πως είχε μπει πια σε ώριμη ηλικία, μια και η κόρη της Κλάρα, η μικρότερη, ήταν δέκα χρονών. Έδειχνε πως επιτέλους είχε αρχίσει να εξασθενίζει η καταπληκτική της γονιμότητα. Έτσι απόδωσε τη δυσφορία της στο κήρυγμα του πάτερ Ρεστρέπο, που σε κάποια στιγμή την έδειξε με το δάχτυλο για να αναφερθεί στους Φαρισαίους, που προσπαθούσαν δήθεν να νομιμοποιήσουν τα νόθα και τον πολιτικό γάμο, διαμελίζοντας την οικογένεια, την πατρίδα, την ιδιοκτησία και την Εκκλησία, δίνοντας στις γυναίκες την ίδια θέση με τους άντρες, περιφρονώντας απροκάλυπτα το νόμο του Θεού, που σ' αυτό το θέμα ήταν εξαιρετικά σαφής.

Η Νίβεα και ο Σεβέρο μαζί με τα παιδιά τους έπιαναν όλα τα στασίδια της τρίτης σειράς. Η Κλάρα καθόταν δίπλα στη μητέρα της κι εκείνη της έσφιγγε το χέρι ανυπόμονα, όταν η ομιλία του ιερέα επεκτεινόταν υπερβολικά στις αμαρτίες της σάρκας, γιατί ήξερε πως αυτά την έκαναν να οραματίζεται ανωμαλίες πέρα από κάθε πραγματικότητα, πράγμα που ήταν φανερό από τις ερωτήσεις που έκανε και που κανείς δεν ήξερε ν' απαντήσει. Η Κλάρα ήταν εξαιρετικά αναπτυγμένη, παρά την ηλικία της, κι είχε την αχαλίνωτη φαντασία που κληρονόμησαν όλες οι γυναίκες της οικογένειάς της από τις μητέρες τους.

Η θερμοκρασία μες στην εκκλησία είχε ανέβει και η διαπεραστική μυρωδιά από τα κεριά, το θυμίαμα και το στριμωγμένο πλήθος χειροτέρευαν την κούραση της Νίβεα. Επιθυμούσε να τέλειωνε πια η τελετή για να γυρίσει στο δροσερό της σπίτι, να καθίσει στο διάδρομο ανάμεσα στις φτέρες και να γευτεί την κανάτα με τη λεμονάδα που η νταντά ετοίμαζε τις γιορτές. Κοίταξε τα παιδιά της. Τα πιο μικρά ήταν κουρασμένα, άκαμπτα μες στα κυριακάτικά τους, και τα μεγαλύτερα είχαν αρχίσει να αφαιρούνται. Το βλέμμα της σταμάτησε στη Ρόζα, τη μεγαλύτερή της κόρη, κι όπως συνήθως ξαφνιάστηκε. Η παράξενη ομορφιά της είχε κάτι συνταρακτικό, που ούτε κι εκείνη μπορούσε να μην το προσέξει, έμοιαζε φτιαγμένη από ένα υλικό διαφορετικό από τους υπόλοιπους ανθρώπους. Ακόμα και πριν γεννηθεί, η Νίβεα ήξερε πως δεν ήταν αυτού του κόσμου, γιατί την είχε δει στον ύπνο της, γι' αυτό και δεν ταράχτηκε όταν η μαμή ξεφώνισε μόλις την αντίκρισε.

Όταν γεννήθηκε, η Ρόζα ήταν λευκή και λεία, χωρίς ρυτίδες, σαν πορσελάνινη κούκλα, με πράσινα μαλλιά και κίτρινα μάτια, το πιο όμορφο πλάσμα που είχε γεννηθεί στη γη από τον καιρό του προπατορικού αμαρτήματος, όπως είπε η μαμή καθώς σταυροκοπήθηκε. Από το πρώτο της κιόλας μπάνιο, η νταντά τής έπλενε τα μαλλιά με χαμομήλι, που είχε την ικανότητα να απαλαίνει το χρώμα, δίνοντάς τους τόνο μαυρισμένου χαλκού, και την ξάπλωνε γυμνή στον ήλιο για να δυναμώσει το δέρμα της, που ήταν διάφανο στις πιο ευαίσθητες περιοχές, στην κοιλιά και στις μασχάλες, όπου διαγράφονταν οι φλέβες και η κρυφή ύφανση των μυών. Ωστόσο, αυτά τα κομπογιαννίτικα κόλπα δεν κατάφεραν τίποτα και γρήγορα διαδόθηκε πως είχαν φέρει στον κόσμο έναν άγγελο. Η Νίβεα έλπιζε πως τα δυσάρεστα στάδια της ανάπτυξης της θα της πρόσφεραν μερικές ατέλειες, αλλά τίποτα τέτοιο δεν συνέβη, αντίθετα, στα δεκαοχτώ της η Ρόζα δεν είχε παχύνει, ούτε είχε βγάλει σπυράκια, παρά είχε ακόμα περισσότερο τονιστεί η θαλασσινή της χάρη. Η απόχρωση της επιδερμίδας της, με απαλές γαλαζωπές ανταύγειες, και το χρώμα των μαλλιών της, οι νωθρές της κινήσεις και ο σιωπηλός της χαρακτήρας, όλα θύμιζαν κάτοικο των νερών. Είχε κάτι το ψαρίσιο πάνω της και με μια ουρά όλο λέπια θα μπορούσε να την πάρει κανείς στα σίγουρα για σειρήνα, αλλά τα δυο της πόδια την τοποθετούσαν σ' ένα συγκεχυμένο όριο ανάμεσα στα ανθρώπινα και στα μυθολογικά πλάσματα. Παρ' όλ' αυτά η κοπέλα ζούσε μια ζωή σχεδόν κανονική, ήταν αρραβωνιασμένη και επρόκειτο να παντρευτεί κάποια μέρα, οπότε η ευθύνη για την ομορφιά της θα περνούσε σε άλλα χέρια.

Η Ρόζα έσκυψε το κεφάλι και μια αχτίδα φως πέρασε μέσ' από τα χρωματιστά τζάμια της εκκλησίας, προσθέτοντας ένα φωτοστέφανο στο προφίλ της. Μερικοί γύρισαν να την κοιτάξουν και κάτι ψιθύρισαν μεταξύ τους, όπως συχνά συνέβαινε όταν περνούσε, όμως η Ρόζα έμοιαζε αδιάφορη σε όλα, είχε ανοσία στη ματαιοδοξία κι εκείνη τη μέρα ήταν πιο αδιάφορη από όσο συνήθως, καθώς σκεφτόταν καινούργια θηρία για να κεντήσει στο τραπεζομάντιλο της, πλάσματα που ήταν μισά πουλιά και μισά θηλαστικά, σκεπασμένα με αστραφτερά φτερά και προικισμένα με κέρατα και οπλές, τόσο χοντρές, και φτερά, τόσο κοντά, που αψηφούσαν τους νόμους της βιολογίας και της αεροδυναμικής. Η Ρόζα σπάνια σκεφτόταν τον αρραβωνιαστικό της, τον Εστέμπαν Τρουέμπα, όχι γιατί δεν τον αγαπούσε, αλλά γιατί από τη φύση της ήταν ξεχασιάρα και γιατί δυο χρόνια χωρισμός είναι πολύς καιρός. Εκείνος δούλευε στα ορυχεία του βορρά. Της έγραφε ταχτικά και μερικές φορές η Ρόζα του απαντούσε στέλνοντάς του στιχάκια που αντέγραφε και λουλούδια σχεδιασμένα σε περγαμηνή με σινική μελάνη. Μέσα απ' αυτή την αλληλογραφία, που η Νίβεα παραβίαζε κανονικά, μάθαινε για τους κινδύνους που είχε η δουλειά του εργάτη στα ορυχεία, πάντα με το φόβο των κατολισθήσεων, ακολουθώντας κρυμμένες φλέβες, ζητώντας πίστωση με βάση την καλή του τύχη, ελπίζοντας πως κάποια μέρα θα χτυπήσει μια καταπληκτική φλέβα χρυσού, που θα του επιτρέψει να γίνει πλούσιος από τη μια στιγμή στην άλλη και να γυρίσει πίσω για να οδηγήσει τη Ρόζα από το μπράτσο στην εκκλησία και να γίνει έτσι ο πιο ευτυχισμένος άντρας πάνω στη γη, όπως έγραφε στο τέλος του κάθε γράμματος. Όμως η Ρόζα δεν βιαζόταν και τόσο να παντρευτεί κι είχε σχεδόν ξεχάσει το μοναδικό φιλί που αντάλλαξαν στον αποχαιρετισμό κι ούτε που μπορούσε να θυμηθεί τι χρώμα είχαν τα μάτια εκείνου του επίμονου αρραβωνιαστικού. Επηρεασμένη από τα ρομαντικά μυθιστορήματα, που ήταν το μόνο που διάβαζε, της άρεσε να τον φαντάζεται με χοντρόσολες μπότες, με το δέρμα του ψημένο από τους ανέμους της ερήμου, να σκάβει με τα νύχια του το χώμα για να βρει θησαυρούς των πειρατών, ισπανικά ντομπλόνια και κοσμήματα των Ίνκας. Άδικα η Νίβεα προσπαθούσε να της εξηγήσει πως τα πλούτη των ορυχείων βρίσκονταν μες στις πέτρες, γιατί της φαινόταν αδιανόητο πως ο Εστέμπαν Τρουέμπα μάζευε τόνους ολόκληρους από βράχια με την ελπίδα πως, αφού τα περνούσε από διαφορετικούς τρόπους αποτέφρωσης, θα έφτυναν ένα γραμμάριο χρυσό. Στο μεταξύ τον περίμενε χωρίς να βαριέται, ατάραχη μπροστά στο γιγάντιο έργο που είχε από μόνη της αναλάβει: να κεντήσει το μεγαλύτερο τραπεζομάντιλο στον κόσμο. Είχε αρχίσει με σκυλιά, γάτες και πεταλούδες, αλλά γρήγορα η φαντασία της ανέλαβε το έργο κι άρχισε να εμφανίζεται ένας ολόκληρος παράδεισος από απίθανα θηρία, που γεννιόνταν από τη βελόνα της κάτω από το στεναχωρημένο βλέμμα του πατέρα της. Ο Σεβέρο ήταν της γνώμης πως είχε φτάσει η ώρα να βγει η κόρη του από το λήθαργό της, ν' αντικρίσει την πραγματικότητα, να μάθει μερικές δουλειές του σπιτιού και να ετοιμαστεί για το γάμο, αλλά η Νίβεα δεν συμμεριζόταν τις ανησυχίες του. Εκείνη προτιμούσε να μη βασανίζει την κόρη της με επίγειες απαιτήσεις, γιατί ένιωθε, σαν προαίσθημα, πως η Ρόζα ήταν ένα ουράνιο πλάσμα, πως δεν ήταν φτιαγμένη για ν' αντέξει πολύ στις χυδαίες συναλλαγές αυτού του κόσμου.

Γι' αυτό την άφηνε ήσυχη με τις κλωστές της και δεν έφερνε καμιά αντίρρηση σ' εκείνο τον εφιαλτικό ζωολογικό κήπο. Μια μπαλένα του κορσέ της έσπασε και η άκρη της χώθηκε στα πλευρά της. Κόντευε να σκάσει μες στο μπλε βελουδένιο της φουστάνι, με το δαντελένιο γιακά υπερβολικά ψηλό στο λαιμό, τα μανίκια πολύ στενά και τη μέση τόσο σφιγμένη, που όταν έβγαζε τη ζώνη της περνούσε μισή ώρα με πόνους στην κοιλιά, ώσπου τα εντόσθιά της να ξαναβρούν την κανονική τους θέση. Το είχαν συχνά συζητήσει αυτό με τις σουφραζέτες φίλες της και είχαν καταλήξει στο συμπέρασμα πως όσο οι γυναίκες δεν κόνταιναν τις φούστες και τα μαλλιά και δεν σταματούσαν να φορούν κορσέδες, δεν θα είχαν καμιά όρεξη να σπουδάζουν ιατρική ή να ψηφίζουν, ακόμα κι αν τα κατάφερναν να τους το επιτρέψουν, αλλά η ίδια δεν ήταν αρκετά θαρραλέα για να εγκαταλείψει από τις πρώτες αυτή τη μόδα. Πρόσεξε πως η φωνή της Γαλικίας είχε σταματήσει να σφυροκοπάει το μυαλό της. Ήταν μια από εκείνες τις μακριές παύσεις στο κήρυγμα, που ο παπάς, γνώστης του αποτελέσματος μιας ανυπόφορης σιωπής, χρησιμοποιούσε πολύ συχνά. Τα πυρωμένα του μάτια εκμεταλλεύονταν αυτές τις στιγμές για να εξετάσουν έναν προς έναν τους ενορίτες του. Η Νίβεα άφησε το χέρι της Κλάρας κι έψαξε να βρει το μαντίλι της μες στο μανίκι της, για να σκουπίσει μια σταγόνα ιδρώτα που κυλούσε στο λαιμό της. Η σιωπή έγινε ακόμα πιο βαριά, ο χρόνος έμοιαζε να έχει σταματήσει μες στην εκκλησία, αλλά κανένας δεν τολμούσε να βήξει ή ν' αλλάξει θέση, για να μην τραβήξει την προσοχή του πάτερ Ρεστρέπο. Τα τελευταία του λόγια αντηχούσαν ακόμα ανάμεσα στις κολόνες.

Και ακριβώς εκείνη τη στιγμή, όπως η Νίβεα θα θυμόταν πολλά χρόνια αργότερα, μέσα σ' όλη εκείνη την ανησυχία και τη σιωπή, ακούστηκε ολοκάθαρη η φωνή της μικρής της Κλάρας:

«Πσστ! Πάτερ Ρεστρέπο! Αν η ιστορία της κόλασης είναι ψέματα, την έχουμε πατήσει όλοι μας...»

Ο δείκτης του ιησουίτη, που βρισκόταν κιόλας στον αέρα για να υπογραμμίσει και άλλες τιμωρίες, έμεινε μετέωρος, σαν αλεξικέραυνο πάνω από το κεφάλι του. Ο κόσμος κράτησε την ανάσα του κι αυτοί που κουτούλαγαν από τη νύστα ξύπνησαν για τα καλά. Ο κύριος και η κυρία δελ Βάλιε ήταν οι πρώτοι που αντέδρασαν, καθώς ένιωσαν να τους πιάνει πανικός και είδαν πως τα παιδιά τους άρχισαν να κουνιούνται νευρικά στις θέσεις τους. Ο Σεβέρο κατάλαβε πως έπρεπε να κάνει κάτι προτού ξεσπάσει ομαδικό γέλιο ή εξαπολυθεί κανένας ουράνιος κατακλυσμός. Πήρε τη γυναίκα του από το μπράτσο και την Κλάρα από το λαιμό και βγήκε, σέρνοντας τες με μεγάλες δρασκελιές, ακολουθούμενος από τα άλλα παιδιά, που τράπηκαν σε άτακτη φυγή προς την πόρτα. Πρόλαβαν να βγουν έξω προτού ο ιερέας μπορέσει να καλέσει κεραυνό εξ ουρανού και να τους μετατρέψει σε στήλες άλατος, αλλά από το κατώφλι μπόρεσαν ν' ακούσουν την τρομερή φωνή του προσβλημένου αρχάγγελου:

«Δαιμονισμένη! Υπερφίαλη, δαιμονισμένη!»

Αυτά τα λόγια του πάτερ Ρεστρέπο έμειναν για πάντα στις αναμνήσεις της οικογένειας, με τη βαρύτητα μιας διάγνωσης, και στα επόμενα χρόνια είχαν περισσότερες από μία ευκαιρίες για να τα ξαναθυμηθούν. Η μόνη που δεν τα ξανασκέφτηκε ήταν η ίδια η Κλάρα, που αρκέστηκε να τα σημειώσει στο ημερολόγιό της και μετά τα ξέχασε. Αντίθετα, οι γονείς της δεν μπορούσαν να τα ξεχάσουν, παρ' όλο που και οι δυο τους συμφωνούσαν πως η δαιμονοληψία και η αλαζονεία ήταν δυο αμαρτήματα υπερβολικά μεγάλα για ένα τόσο μικρό κοριτσάκι. Φοβούνταν τη γλωσσοφαγιά του κόσμου και το φανατισμό του πάτερ Ρεστρέπο. Μέχρι εκείνη τη μέρα δεν είχαν βρει ένα όνομα για τις εκκεντρικότητες της μικρότερης κόρης τους, ούτε τις είχαν συσχετίσει με σατανικές επιδράσεις. Τις δέχονταν σαν κάποιο χαρακτηριστικό της μικρής, όπως ήταν η αναπηρία για το Λουίς και η ομορφιά για τη Ρόζα. Οι διανοητικές ικανότητες της Κλάρας δεν ενοχλούσαν κανέναν και δεν προξενούσαν μεγάλη αταξία. Εμφανίζονταν σχεδόν πάντα σε ασήμαντες περιστάσεις και μόνο στο πλαίσιο του σπιτιού τους. Μερικές φορές την ώρα του φαγητού, κι όταν όλοι ήταν μαζεμένοι στη μεγάλη τραπεζαρία του σπιτιού, καθισμένοι με αξιοπρέπεια σε αυστηρή διάταξη ανάλογα με τη θέση του καθενός στην οικογένεια, η αλατιέρα άρχιζε να δονείται και ξαφνικά μετακινιόταν πάνω στο τραπέζι ανάμεσα στα ποτήρια και στα πιάτα, χωρίς τη βοήθεια καμιάς γνωστής πηγής ενέργειας, ούτε και με ταχυδακτυλουργικό κόλπο. Η Νίβεα τραβούσε τις πλεξούδες της Κλάρας και έτσι κατάφερνε μ' αυτό τον τρόπο την κόρη της να εγκαταλείψει την τρελή της απασχόληση και επανέφερε την αλατιέρα στην ομαλότητα, που αμέσως έπεφτε στην ακινησία της. Τα αδέλφια της ήταν οργανωμένα με τέτοιο τρόπο, ώστε όταν είχαν καλεσμένους για φαγητό, αυτός που καθόταν πιο κοντά άπλωνε το χέρι του και σταματούσε αυτό που κουνιόταν πάνω στο τραπέζι, προτού το προσέξουν οι ξένοι και τρομάξουν. Η οικογένεια συνέχιζε το φαγητό χωρίς σχόλια. Είχαν ακόμα συνηθίσει πια στις προφητείες της μικρότερης κόρης. Συνήθιζε να προαναγγέλλει τους σεισμούς αρκετή ώρα πριν συμβούν, πράγμα πολύ χρήσιμο σ' εκείνη τη χώρα των καταστροφών, γιατί τους έδινε καιρό να σηκώσουν σε μέρος σίγουρο το καλό σερβίτσιο και ν' αφήσουν κοντά στο κρεβάτι τις παντόφλες, όταν έπρεπε να βγουν έξω τρέχοντας μες στη νύχτα. Στα έξι της χρόνια η Κλάρα προφήτεψε πως το άλογο θα έριχνε κάτω τον Λουίς, αλλά εκείνος δεν θέλησε να την ακούσει κι από τότε έμεινε μ' εξαρθρωμένο το γοφό. Με τα χρόνια κόντυνε το αριστερό του πόδι κι ήταν αναγκασμένος να φοράει ένα ειδικό παπούτσι με τακούνι, που έφτιαχνε ο ίδιος. Η Νίβεα τότε στεναχωρέθηκε πολύ, αλλά η νταντά την καθησύχασε, λέγοντάς της πως υπάρχουν παιδιά που μπορούν να πετούν σαν μύγες, που εξηγούν τα όνειρα και μιλούν με φαντάσματα, αλλά όλα τους χάνουν μαζί με την αθωότητά τους κι αυτές τις συνήθειες.

«Κανένα τους δεν μεγαλώνει σε τέτοια κατάσταση», εξήγησε. «Περιμένετε να της έρθουν τα ρούχα της και θα δείτε πώς θα της φύγει η μανία να κουνάει τα έπιπλα και να προμηνά καταστροφές».

Η Κλάρα ήταν η αγαπημένη της νταντάς. Την είχε βοηθήσει να βγει στον κόσμο και ήταν η μόνη που καταλάβαινε πραγματικά την αλλόκοτη φύση της μικρής. Όταν η Κλάρα βγήκε από την κοιλιά της μητέρας της, η νταντά την έπλυνε και τη νανούρισε κι από εκείνη τη στιγμή αγάπησε μ' όλη της την ψυχή εκείνο το εύθραυστο πλάσμα με τα πνευμόνια γεμάτα φλέγμα, που κινδύνευε κάθε στιγμή να χάσει την ανάσα του και να μελανιάσει και που τόσες φορές είχε αναγκαστεί να ξαναζωντανέψει με τη θέρμη τού μεγάλου στήθους της όταν πνιγόταν, γιατί ήξερε πως αυτό ήταν το καλύτερο φάρμακο για το άσθμα, πολύ πιο αποτελεσματικό από τα σιρόπια με αγουαρδιέντε του γιατρού Κουέβας.

Εκείνη τη Μεγάλη Πέμπτη, ο Σεβέρο περπατούσε πάνω κάτω στο σαλόνι, στεναχωρημένος με το σκάνδαλο που η κόρη τους είχε προκαλέσει στην εκκλησία. Έλεγε πως μόνο ένας φανατικός σαν τον πάτερ Ρεστρέπο μπορούσε να πιστεύει σε δαιμονισμένους μέσα στον εικοστό αιώνα, τον αιώνα του φωτός, της επιστήμης και της τεχνολογίας, όταν ο δαίμονας είχε χάσει οριστικά κάθε υπόληψη. Η Νίβεα τον διέκοψε για να του πει πως δεν ήταν αυτό το θέμα. Το πρόβλημα ήταν ότι αν τα κατορθώματα της κόρης τους έβγαιναν έξω από τους τοίχους του σπιτιού κι αν άρχιζε ο παπάς τις έρευνες, θα το μάθαινε όλος ο κόσμος.

«Θα αρχίσουν να έρχονται για να τη βλέπουν σαν να είναι κανένα φαινόμενο», είπε η Νίβεα.

«Και το Φιλελεύθερο Κόμμα θα πάει κατά διαβόλου», πρόσθεσε ο Σεβέρο, που καταλάβαινε τι κακό μπορούσε να κάνει στην πολιτική του καριέρα η παρουσία μιας μάγισσας στην οικογένεια.

Κι αυτά λέγανε, όταν μπήκε η νταντά σέρνοντας τις ψάθινες παντόφλες της, με το φρου φρου του κολλαρισμένου μεσοφοριού της, για να αναγγείλει πως στην αυλή κάτι άνθρωποι ξεφόρτωναν έναν πεθαμένο. Κι έτσι ήταν. Είχαν μπει μέσα με μια άμαξα με τέσσερα άλογα κι είχαν πιάσει όλη την μπροστινή αυλή, τσαλαπατώντας τις καμέλιες και βρομίζοντας με κοπριές το αστραφτερό λιθόστρωτο, μέσα σ' έναν ανεμοστρόβιλο από σκόνη, ποδοβολητά από άλογα κι ένα σωρό κατάρες από δεισιδαίμονες ανθρώπους, που έκαναν διάφορες χειρονομίες για να μην τους βγει σε κακό. Είχαν φέρει το πτώμα του θείου Μάρκος μαζί με όλες του τις αποσκευές. Ένα γλυκομίλητο ανθρωπάκι, ντυμένο στα μαύρα, με φράκο κι ένα καπέλο εξαιρετικά μεγάλο για το μπόι του, που ήταν επικεφαλής όλης αυτής της αναστάτωσης, άρχισε πολύ σοβαρά να βγάζει λόγο για να εξηγήσει τις συνθήκες της περίπτωσης, αλλά τον διέκοψε απότομα η Νίβεα, που ρίχτηκε πάνω στο σκονισμένο φέρετρο που περιείχε το λείψανο του πιο αγαπημένου της αδελφού. Η Νίβεα φώναζε ν' ανοίξουν το καπάκι για να τον δει με τα ίδια της τα μάτια. Της είχε συμβεί κι άλλη μια φορά, σε προηγούμενη περίπτωση, να τον θάψει και, ακριβώς γι' αυτό, αμφέβαλλε τώρα για το πόσο πραγματικός ήταν ο θάνατός του. Οι φωνές της μάζεψαν πλήθος τις υπηρέτριες από μέσα απ' το σπίτι και όλα τα παιδιά, που κατέφθασαν τρέχοντας όταν άκουσαν τ' όνομα του θείου τους μέσα στους θρήνους.

Η Κλάρα είχε δυο χρόνια να δει το θείο της Μάρκος, αλλά τον θυμόταν πολύ καλά. Ήταν η μόνη ξεκάθαρη εικόνα της παιδικής της ηλικίας που είχε κρατήσει και για να τον θυμηθεί δεν χρειαζόταν να κοιτάξει τη δαγκεροτυπία στο σαλόνι, όπου ήταν ντυμένος εξερευνητής, στηριγμένος σ' ένα δίκαννο παλιού τύπου, με το δεξί πόδι πάνω στο λαιμό μιας τίγρης της Μαλαισίας, με την ίδια θριαμβευτική στάση που είχε προσέξει στο πρόσωπο της Παναγίας στο εικονοστάσι, στο ιερό της εκκλησίας, καθώς πατούσε το νικημένο δαίμονα μέσα σε σύννεφα από γύψο και χλομούς αγγέλους. Για την Κλάρα ήταν αρκετό να κλείσει τα μάτια, για να δει το θείο της ολοζώντανο μπροστά της, ψημένο απ' όλα τα άγρια κλίματα του πλανήτη και αδύνατο, με κάτι μουστάκια πειρατή, απ' όπου ξεπρόβαλλε το παράξενο χαμόγελό του με δόντια σκυλόψαρου. Ήταν αδύνατο να βρίσκεται μέσα σ' εκείνη τη μαύρη κάσα στη μέση της αυλής.

Κάθε φορά που επισκεπτόταν ο Μάρκος το σπίτι της αδελφής του, έμενε αρκετούς μήνες, προξενώντας μεγάλη χαρά στ' ανίψια του, και ιδιαίτερα στην Κλάρα, και μια θύελλα που διέλυε την αυστηρή τάξη μες στο σπίτι. Το σπίτι ξεχείλιζε από μπαούλα, βαλσαμωμένα ζώα, ινδιάνικα δόρατα και ναυτικούς σάκους. Σε κάθε γωνιά σκόνταφτε ο κόσμος πάνω στον παράξενο εξοπλισμό του κι εμφανίζονταν λογιών λογιών άγνωστα ζώα, που είχαν κάνει το ταξίδι από μακρινές χώρες για να καταλήξουν πατημένα κάτω από την αμείλικτη σκούπα της ντάντας σε κάποια γωνιά του σπιτιού. Οι τρόποι του θείου Μάρκος ήταν σαν των κανιβάλων, όπως έλεγε ο Σεβέρο. Περνούσε όλη τη νύχτα κάνοντας ακατανόητους θορύβους μέσα στο σαλόνι, που αργότερα μαθεύτηκε πως ήταν ασκήσεις για να τελειοποιήσει τον έλεγχο του νου πάνω στο σώμα και να βοηθήσει στη χώνεψη. Έκανε πειράματα αλχημείας στην κουζίνα, γεμίζοντας το σπίτι με βρομερή κάπνα, και κατέστρεφε τις κατσαρόλες με σκληρές ουσίες, που έμεναν κολλημένες στον πάτο τους. Όσο οι υπόλοιποι στο σπίτι προσπαθούσαν να κοιμηθούν, εκείνος έσερνε τις βαλίτσες του στους διαδρόμους, δοκίμαζε οξείς ήχους σε πρωτόγονα όργανα και μάθαινε ισπανικά σ' έναν παπαγάλο, που η μητρική του γλώσσα ήταν κάποια διάλεκτος του Αμαζονίου. Τη μέρα κοιμόταν σε μιαν αιώρα που είχε κρεμάσει ανάμεσα σε δυο κολόνες στο διάδρομο, φορώντας μόνο ένα πανί ανάμεσα στα πόδια του, πράγμα που έκανε τον Σεβέρο να χάνει το κέφι του, αλλά που η Νίβεα το δικαιολογούσε, γιατί ο Μάρκος την είχε πείσει πως έτσι ντυμένος δίδασκε και ο Ναζωραίος.

Η Κλάρα θυμόταν πολύ καλά, παρ' όλο που τότε ήταν πολύ μικρή, την πρώτη φορά που ο θείος Μάρκος είχε φτάσει γυρνώντας από κάποιο απ' τα ταξίδια του. Είχε εγκατασταθεί στο σπίτι με τέτοιο τρόπο, λες και θα έμενε εκεί για πάντα. Σε λίγο καιρό όμως, όταν βαρέθηκε να παρουσιάζεται σε συναθροίσεις δεσποινίδων, όπου η οικοδέσποινα έπαιζε πιάνο, να παίζει χαρτιά και ν' αποφεύγει τις πιέσεις όλων των συγγενών του για ν' αρχίσει να εργάζεται βοηθός στο δικηγορικό γραφείο του Σεβέρο δελ Βάλιε, αγόρασε ένα οργανάκι κι άρχισε να τριγυρίζει στους δρόμους, με την ελπίδα να γοητέψει την ξαδέλφη του Αντονιέτα και μαζί να διασκεδάζει το κοινό με τη μουσική της μανιβέλας. Το μηχάνημα δεν ήταν παρά ένα σκουριασμένο κουτί με ρόδες, αλλά εκείνος το ζωγράφισε με θαλασσινά θέματα και του πρόσθεσε μια καμινάδα από πλοίο. Έτσι κατέληξε να μοιάζει με σόμπα για κάρβουνα. Το οργανάκι έπαιζε διαδοχικά ένα στρατιωτικό εμβατήριο κι ένα βαλς και, καθώς γύριζε η μανιβέλα, ο παπαγάλος, που στο μεταξύ είχε μάθει ισπανικά, αλλά με ξενική προφορά, τραβούσε τον κόσμο με δυνατές τσιρίδες. Εκείνος έβγαζε ακόμα μέσα από το κουτί κάτι χαρτάκια για να λέει την τύχη στους περίεργους. Τα τριανταφυλλιά, πράσινα και γαλάζια χαρτάκια ήταν τόσο έξυπνα, που έπιαναν τις πιο κρυφές επιθυμίες του πελάτη. Μαζί με τα χαρτάκια της τύχης πουλούσε μπαλάκια από ροκανίδι για να διασκεδάζουν τα παιδιά και κάτι σκονάκια για την ανικανότητα, που τα διαφήμιζε χαμηλόφωνα στους περαστικούς που υπέφεραν απ' αυτό το κακό. Αυτό το οργανάκι ήταν μια τελευταία και απελπισμένη προσπάθεια για να τραβήξει την ξαδέλφη Αντονιέτα, αφού δεν είχε καταφέρει να κερδίσει την αγάπη της με άλλους τρόπους πιο συνηθισμένους. Είχε σκεφτεί πως καμιά γυναίκα με σώας τας φρένας δεν θα έμενε αδιάφορη σε μια σερενάτα με οργανάκι. Κι αυτό ακριβώς έκανε. Ένα βραδάκι πήγε και κάθισε κάτω απ' το παράθυρό της κι άρχισε να παίζει το στρατιωτικό του εμβατήριο και το βαλς του, την ώρα που εκείνη έπαιρνε το τσάι της μαζί με μερικές φίλες της. Η Αντονιέτα δεν κατάλαβε πως έπαιζε για κείνη, μέχρι τη στιγμή που ο παπαγάλος άρχισε να τη φωνάζει με το βαφτιστικό της και τότε βγήκε στο παράθυρο. Η αντίδρασή της δεν ήταν αυτή που περίμενε ο ερωτευμένος. Οι φίλες της αναλάβανε να διαδώσουν το νέο σ' όλα τα σαλόνια της πόλης και την άλλη μέρα ο κόσμος άρχισε να κάνει βόλτες στους κεντρικούς δρόμους, με την ελπίδα να δει με τα ίδια του τα μάτια τον κουνιάδο του Σεβέρο δελ Βάλιε να παίζει το οργανάκι και να πουλάει μπαλάκια από ροκανίδι μαζί μ' ένα σκοροφαγωμένο παπαγάλο, μόνο και μόνο για να έχει την ευχαρίστηση ν' αποδείξει πως ακόμα και οι καλές οικογένειες έχουν κάποιο λόγο για να ντρέπονται. Μπροστά σ' αυτή την οικογενειακή ντροπή ο Μάρκος αναγκάστηκε ν' αφήσει το οργανάκι και να διαλέξει λιγότερο φανερούς τρόπους για να φλερτάρει την ξαδέλφη Αντονιέτα, αλλά δεν παραιτήθηκε από το σκοπό του. Όπως και να 'ναι, στο τέλος δεν πέτυχε, γιατί η νεαρή παντρεύτηκε αιφνιδίως με ένα διπλωματικό, είκοσι χρόνια μεγαλύτερό της, και πήγε να ζήσει μαζί του σε μια χώρα εξωτική, που το όνομα της κανείς δεν θυμόταν, αλλά που θύμιζε Νέγρους, μπανάνες και φοινικόδεντρα, όπου κατάφερε να συνέλθει από την ανάμνηση εκείνου του θαυμαστή της, που της κατέστρεψε τα δεκαεφτά της χρόνια με το στρατιωτικό του εμβατήριο και με το βαλς του. Ο Μάρκος βυθίστηκε σε κατάθλιψη για δυο τρεις μέρες κι ύστερα ανάγγειλε πως δεν θα παντρευόταν ποτέ και θα έκανε το γύρο του κόσμου. Πούλησε το οργανάκι σ' έναν τυφλό κι άφησε τον παπαγάλο κληρονομιά στην Κλάρα, αλλά η νταντά τον δηλητηρίασε κρυφά με μια μεγάλη δόση μουρουνέλαιο, γιατί δεν μπορούσε να υποφέρει το λάγνο του βλέμμα και τις παράφωνες τσιρίδες του, καθώς πρόσφερε χαρτάκια με την τύχη, μπαλάκια από ροκανίδι και σκονάκια για την ανικανότητα. Εκείνο ήταν το πιο μακρινό ταξίδι του Μάρκος. Γύρισε πίσω μ' ένα φορτίο από τεράστια κιβώτια, που στοιβάχτηκαν στην πίσω αυλή, ανάμεσα στο κοτέτσι και την ξυλαποθήκη, ώσπου να περάσει ο χειμώνας. Μόλις μπήκε η άνοιξη τα μετέφερε στο Πάρκο των Παρελάσεων, μια τεράστια αλάνα όπου μαζεύονταν όλοι στις εθνικές γιορτές, για να δουν τη στρατιωτική παρέλαση, με το βηματισμό της χήνας που είχαν αντιγράψει από τους πρώτους. Όταν άνοιξαν τα κιβώτια είδαν πως περιείχαν ανεξάρτητα κομμάτια μέταλλο, ξύλο και βαμμένο ύφασμα. Ο Μάρκος πέρασε δυο βδομάδες συναρμολογώντας αυτά τα κομμάτια σύμφωνα με τις οδηγίες ενός οδηγού γραμμένου στα αγγλικά, που αποκρυπτογράφησε με την ακαταμάχητη φαντασία του και μ' ένα μικρό λεξικό. Όταν όλη η δουλειά τελείωσε, αποδείχτηκε πως ήταν ένα πουλί με προϊστορικές διαστάσεις, με την όψη αγριεμένου αετού ζωγραφισμένη στο μπροστινό μέρος, κινητά φτερά κι έναν έλικα στην πλάτη. Προξένησε μεγάλη αναστάτωση. Οι οικογένειες της ολιγαρχίας ξέχασαν το οργανάκι και ο Μάρκος έγινε το επίκεντρο της προσοχής εκείνη την εποχή. Ο κόσμος πήγαινε βόλτα εκεί τις Κυριακές για να δει το πουλί και οι πλανόδιοι μικροπωλητές και φωτογράφοι έκαναν την τύχη τους. Ωστόσο, ύστερα από λίγο καιρό, άρχισε να εξαντλείται το ενδιαφέρον του κοινού. Τότε ο Μάρκος ανάγγειλε πως σκεφτόταν να πετάξει με το πουλί και να διασχίσει την οροσειρά μόλις ανοίξει ο καιρός. Το νέο διαδόθηκε μέσα σε λίγες ώρες και μεταβλήθηκε στο πιο σχολιασμένο γεγονός της χρονιάς. Η μηχανή ήταν ξαπλωμένη με την κοιλιά πάνω σε στέρεα γη, βαριά και ακίνητη, κι έμοιαζε περισσότερο με λαβωμένη πάπια, παρά μ' ένα από εκείνα τα μοντέρνα αεροπλάνα που είχαν αρχίσει να κατασκευάζονται στη Βόρεια Αμερική. Τίποτα στην εμφάνισή του δεν επέτρεπε να υποθέσει κανείς πως μπορούσε να κινηθεί, κι ακόμα λιγότερο να ανυψωθεί και να περάσει πάνω απ' τις χιονισμένες κορφές. Οι δημοσιογράφοι και οι περίεργοι μαζεύτηκαν τσούρμο. Ο Μάρκος χαμογελούσε ατάραχος μπροστά σ' εκείνο τον κατακλυσμό από ερωτήσεις και πόζαρε για τους φωτογράφους, χωρίς να προσφέρει καμιά τεχνική ή επιστημονική εξήγηση για τον τρόπο που σκεφτόταν να εκτελέσει το εγχείρημά του. Υπήρξαν και άνθρωποι που ταξίδεψαν από την επαρχία για να δουν το θέαμα. Σαράντα χρόνια αργότερα, ο μικρανεψιός του Νικολάς, που ο Μάρκος δεν πρόλαβε να γνωρίσει, ξέθαψε την επιθυμία για πτήσεις, που υπήρχε από παλιά στους άντρες της οικογένειάς του. Όμως ο Νικολάς είχε την ιδέα να πετάξει για εμπορικούς σκοπούς, μέσα σ' ένα γιγάντιο λουκάνικο γεμάτο ζεστό αέρα, που είχε πάνω του γραμμένη μια διαφήμιση για αναψυκτικά. Αλλά την εποχή που ο Μάρκος ανακοίνωσε το ταξίδι του με το αεροπλάνο, κανένας δεν πίστευε πως εκείνη η ανακάλυψη μπορούσε να χρησιμέψει σε κάτι, κι εκείνος το έκανε μόνο και μόνο για την περιπέτεια. Η ορισμένη μέρα για την πτήση ξημέρωσε συννεφιασμένη, αλλά τόσος πολύς κόσμος είχε μαζευτεί, που ο Μάρκος δεν θέλησε να την αναβάλει γι' άλλη μέρα. Παρουσιάστηκε στην ώρα του και δεν έριξε ούτε μια ματιά στον ουρανό, που ήταν σκεπασμένος με μαύρα σύννεφα. Το κατάπληκτο πλήθος είχε γεμίσει τους γειτονικούς δρόμους, είχε σκαρφαλώσει πάνω στις στέγες και στα μπαλκόνια, στα κοντινά σπίτια, και σπρωχνόταν μες στο πάρκο. Καμιά πολιτική συγκέντρωση δεν μπόρεσε να μαζέψει τόσο κόσμο, παρά μόνο πενήντα χρόνια αργότερα, όταν ο πρώτος μαρξιστής υποψήφιος προσπάθησε, με απολύτως δημοκρατικά μέσα, να καταλάβει το αξίωμα του προέδρου. Η Κλάρα θα θυμόταν αυτή τη γιορτή σ' όλη της τη ζωή. Ο κόσμος είχε βάλει ανοιξιάτικα, λίγο πιο νωρίς από την ώρα τους, οι άντρες με άσπρα λινά κοστούμια και οι κυρίες με καπέλα από ιταλική ψάθα, που ήταν πολύ της μόδας εκείνο το χρόνο. Παρέλασαν μαθητικές ομάδες με τους δασκάλους τους, με λουλούδια για τον ήρωα. Ο Μάρκος δεχόταν τα λουλούδια κι αστειευόταν, λέγοντας πως περίμεναν να πέσει με το αεροπλάνο του για να του πάνε τα λουλούδια στην κηδεία. Εμφανίστηκε και ο ίδιος ο επίσκοπος, με δυο βοηθούς του, με λιβάνι για να ευλογήσει το πουλί, χωρίς κανείς να του το ζητήσει, και η μπάντα της χωροφυλακής έπαιξε χαρούμενη μουσική, χωρίς αξιώσεις, για να ευχαριστήσει τον κόσμο. Η αστυνομία, πάνω σε άλογα και με κοντάρια, με δυσκολία συγκρατούσε το πλήθος μακριά από το κέντρο του πάρκου, όπου βρισκόταν ο Μάρκος ντυμένος με φόρμα μηχανικού, με μεγάλα γυαλιά αυτοκινητιστή και την κάσκα του εξερευνητή. Ακόμα είχε μαζί του για την πτήση μια πυξίδα, ένα κανοκιάλι και κάτι παράξενους χάρτες για εναέρια πλοήγηση, που εκείνος ο ίδιος είχε σχεδιάσει με βάση τις θεωρίες του Λεονάρδο ντα Βίντσι και τις γνώσεις για τους μεσημβρινούς των Ίνκας. Ενάντια σε κάθε λογική, με τη δεύτερη δοκιμή, το πουλί ανυψώθηκε χωρίς επεισόδια και σχεδόν με κάποια κομψότητα μες στα τριξίματα του σκελετού του και το ψυχομαχητό της μηχανής του. Πέταξε χτυπώντας τα φτερά του και χάθηκε στα σύννεφα μέσα σε αποχαιρετιστήρια χειροκροτήματα, σφυρίγματα, μαντίλια και σημαίες, τυμπανοκρουσίες και αγιασμούς. Κάτω στη γη απόμειναν μονάχα τα σχόλια του κατάπληκτου πλήθους και των πιο διαβασμένων, που προσπάθησαν να δώσουν μια λογική εξήγηση για το θαύμα. Η Κλάρα συνέχισε να κοιτάζει τον ουρανό για πολλή ώρα μετά την εξαφάνιση του θείου της. Νόμισε πως τον είδε δέκα λεπτά αργότερα, αλλά ήταν μόνο ένα περαστικό σπουργίτι. Τρεις μέρες μετά, η ευφορία που είχε προκαλέσει η πρώτη αεροπορική πτήση στη χώρα εξανεμίστηκε και κανένας δεν ξαναθυμήθηκε το γεγονός εκτός από την Κλάρα, που εξακολούθησε να παρατηρεί ακούραστα τα ουράνια. Μετά από μία βδομάδα χωρίς νεότερα από τον ιπτάμενο θείο, ο κόσμος υπέθεσε πως είχε ανέβει τόσο ψηλά που χάθηκε στο Διάστημα και οι ανίδεοι σκέφτονταν πως θα έφτανε στο Φεγγάρι. Ο Σεβέρο αποφάσισε, με ανάμεικτα συναισθήματα από λύπη και ανακούφιση, πως ο κουνιάδος του είχε πέσει με τη μηχανή του σε κάποια χαράδρα της οροσειράς, όπου ποτέ δεν θα μπορούσαν να τον βρουν. Η Νίβεα έκλαψε απαρηγόρητα κι άναψε μερικά κεριά στον Σαν Αντόνιο, προστάτη των χαμένων πραγμάτων. Ο Σεβέρο ήταν αντίθετος με την ιδέα να διαβάσουν κανένα ευχέλαιο, γιατί δεν πίστευε σ' αυτά τα μέσα για να κερδίσει τον παράδεισο, κι ακόμα λιγότερο για να γυρίσει κανείς πίσω στη γη, και υποστήριζε πως τα ευχέλαια και τα τάματα, όπως και οι αφέσεις αμαρτιών, μαζί με το εμπόριο των φυλαχτών και των εικόνων ήταν βρόμικη υπόθεση. Μπροστά σ' αυτή τη στάση, η Νίβεα και η νταντά έβαλαν τα παιδιά να προσεύχονται για εννιά μέρες με το ροζάριο στα κρυφά. Στο μεταξύ διάφορες ομάδες από εξερευνητές και εθελοντές ανδινιστές έψαχναν ακούραστα για να τον βρουν σε κορφές και χαράδρες, χτενίζοντας ένα προς ένα όλα τα πιο προσιτά κατσάβραχα, ώσπου στο τέλος γύρισαν θριαμβευτές και παρέδωσαν στην οικογένεια το λείψανο μέσα σ' ένα σεμνό σφραγισμένο μαύρο φέρετρο. Έθαψαν τον ατρόμητο ταξιδιώτη με μεγαλειώδη κηδεία. Ο θάνατός του τον έκανε ήρωα και το όνομα του έμεινε γι' αρκετές μέρες στους τίτλους όλων των εφημερίδων. Το ίδιο πλήθος, που είχε μαζευτεί για να τον αποχαιρετήσει τη μέρα που υψώθηκε στον ουρανό με το πουλί, παρέλασε μπροστά απ' το φέρετρό του. Όλη η οικογένεια τον έκλαψε όπως του άξιζε, εκτός από την Κλάρα, που εξακολούθησε να ψάχνει τον ουρανό με υπομονή αστρονόμου. Μία βδομάδα μετά την ταφή εμφανίστηκε στο κατώφλι του σπιτιού της Νίβεα και του Σεβέρο δελ Βάλιε ο ίδιος ο θείος Μάρκος, ολοζώντανος, μ' ένα χαρούμενο χαμόγελο κάτω από τα πειρατικά του μουστάκια. Χάρη στις κρυφές προσευχές των γυναικών και των παιδιών, όπως εκείνος ο ίδιος παραδέχτηκε, ήταν σώος και αβλαβής και με ανέπαφες τις δυνάμεις του, ακόμα κι αυτής της καλής του διάθεσης. Παρ' όλο που οι χάρτες του είχαν ευγενική καταγωγή, η πτήση του είχε αποτύχει, είχε χάσει το αεροπλάνο κι είχε αναγκαστεί να γυρίσει με τα πόδια, αλλά δεν είχε σπάσει ούτ' ένα κόκαλο κι είχε κρατήσει ανέπαφη την αγάπη του για τις περιπέτειες. Αυτό το γεγονός παγίωσε για πάντα την αφοσίωση της οικογένειας στον Σαν Αντόνιο και δεν χρησίμεψε για μάθημα στους ανιψιούς του, που κι αυτοί προσπάθησαν να πετάξουν με διάφορα μέσα.

Νομικά, ωστόσο, ο Μάρκος ήταν νεκρός. Ο Σεβέρο δελ Βάλιε αναγκάστηκε να επιστρατέψει όλες του τις νομικές γνώσεις για να μπορέσει να τον ξαναζωντανέψει και να του ξαναδώσει τα πολιτικά του δικαιώματα. Ανοίγοντας το φέρετρο με την παρουσία των αρχών, είδαν πως είχαν θάψει ένα τσουβάλι άμμο. Αυτό το γεγονός κηλίδωσε το μέχρι τότε ανέπαφο γόητρο των εξερευνητών και των εθελοντών ανδινιστών: από κείνη τη μέρα θεωρούνται μόλις λίγο καλύτεροι από ληστές.

Η ηρωική ανάσταση του Μάρκος έκανε όλο τον κόσμο να ξεχάσει το οργανάκι. Άρχισαν πάλι να τον καλούν σ' όλα τα σαλόνια της πόλης και τουλάχιστον για ένα διάστημα ξαναβρήκε την καλή του φήμη. Ο Μάρκος έμεινε στο σπίτι της αδελφής του για μερικούς μήνες. Ένα βράδυ έφυγε χωρίς ν' αποχαιρετήσει κανέναν, αφήνοντας πίσω τα μπαούλα του, τα βιβλία του, τα όπλα του, τις μπότες του κι όλα του τα απαραίτητα. Ο Σεβέρο κι ακόμα κι η ίδια η νταντά ανάπνευσαν με ανακούφιση. Η τελευταία του επίσκεψη είχε κρατήσει υπερβολικά. Αλλά η Κλάρα στεναχωρέθηκε τόσο πολύ, που πέρασε μια βδομάδα υπνοβατώντας και βυζαίνοντας το δάχτυλό της. Η μικρή, που τότε ήταν εφτά χρονών, είχε μάθει να διαβάζει τα βιβλία με τις ιστορίες του θείου της και ήταν πιο κοντά του απ' όλα τα άλλα μέλη της οικογένειας, εξαιτίας της προφητικής της δύναμης. Ο Μάρκος υποστήριζε πως το σπάνιο προτέρημα της ανιψιάς του μπορούσε να αποτελέσει πηγή εισοδήματος και μια καλή ευκαιρία για ν' αναπτύξει την ίδια του τη διορατικότητα. Πίστευε πως όλοι οι άνθρωποι είχαν αυτή τη δύναμη, ιδιαίτερα μες στην οικογένειά του, και ο μόνος λόγος που δεν λειτουργούσε με ακρίβεια ήταν πως τους έλειπε η εξάσκηση. Αγόρασε λοιπόν από την περσική αγορά μια γυάλινη σφαίρα —που, όπως έλεγε, είχε μαγικές ικανότητες και προερχόταν από την Ανατολή, αλλά, όπως αργότερα έγινε γνωστό, ήταν μόνο μια σημαδούρα κάποιας ψαρόβαρκας—, την τοποθέτησε πάνω σε μαύρο βελούδο και ανάγγειλε πως μπορούσε να βλέπει το μέλλον, να ξεματιάζει, να διαβάζει το παρελθόν και να καλυτερεύει τα όνειρα, όλα αυτά για πέντε σεντάβος. Οι πρώτοι του πελάτες ήταν οι υπηρέτριες της γειτονιάς. Μια απ' αυτές είχε κατηγορηθεί για κλέφτρα, γιατί η κυρά της είχε χάσει ένα δαχτυλίδι. Η γυάλινη σφαίρα έδειξε το μέρος που βρισκόταν το κόσμημα: είχε κυλήσει κάτω από μια ντουλάπα. Την άλλη μέρα περίμεναν ουρά έξω από την πόρτα του σπιτιού. Μαζεύτηκαν αμαξάδες, έμποροι, γαλατάδες και πιο ύστερα εμφανίστηκαν μερικοί δημοτικοί υπάλληλοι και διακεκριμένες κυρίες, που γλιστρούσαν διακριτικά κατά μήκος των τοίχων, για να μην αναγνωριστούν. Η νταντά δεχόταν την πελατεία, ταχτοποιούσε τον κόσμο στο χολ και εισέπραττε την αμοιβή. Αυτή η δουλειά την απασχολούσε σχεδόν όλη μέρα και τόσο την απορροφούσε, που είχε παρατήσει τις δουλειές της στην κουζίνα και η οικογένεια είχε αρχίσει να παραπονιέται πως κάθε βράδυ έτρωγαν ξερά φασόλια και κυδώνι γλυκό. Ο Μάρκος διακόσμησε το αμαξοστάσιο με κάτι ξεφτισμένες κουρτίνες, που κάποτε βρίσκονταν στο σαλόνι, αλλά που η εγκατάλειψη και τα χρόνια τις είχαν μετατρέψει σε σκονισμένα κουρέλια. Εκεί δεχόταν το κοινό μαζί με την Κλάρα. Οι δυο μάντεις φορούσαν χιτώνες «με το χρώμα των ανθρώπων του φωτός», όπως ονόμαζε ο Μάρκος το κίτρινο χρώμα. Η νταντά τούς είχε βάψει με σκόνη από σαφράνι μέσα στην κατσαρόλα για το ρύζι. Ο Μάρκος φορούσε, εκτός από το χιτώνα, κι ένα τουρμπάνι δεμένο στο κεφάλι κι είχε ένα αιγυπτιακό φυλαχτό κρεμασμένο στο λαιμό του. Είχε αφήσει να μεγαλώσουν τα μαλλιά και τα γένια του κι ήταν πολύ πιο αδύνατος από πριν. Ο Μάρκος και η Κλάρα ήταν πολύ πειστικοί, ιδιαίτερα γιατί η μικρή δεν χρειαζόταν να κοιτάζει τη γυάλινη σφαίρα για να μαντέψει αυτό που ήθελαν ν' ακούσουν. Το ψιθύριζε στο αυτί του θείου Μάρκος, που με τη σειρά του μετάδινε το μήνυμα στον πελάτη και αυτοσχεδίαζε κάποιες συμβουλές που του φαίνονταν ικανοποιητικές. Έτσι η φήμη τους απλώθηκε παντού, γιατί όλοι εκείνοι που έφταναν απογοητευμένοι και λυπημένοι, αναζητώντας συμβουλές, έφευγαν γεμάτοι ελπίδες. Οι ερωτευμένοι, που δεν έβρισκαν ανταπόκριση, μάθαιναν με ποιο τρόπο μπορούσαν να κερδίσουν την αδιάφορη καρδιά και οι φτωχοί έπαιρναν αλάνθαστες πληροφορίες για τα στοιχήματα στο κυνοδρόμιο. Η δουλειά είχε μεγαλώσει τόσο πολύ, που ο προθάλαμος ήταν πάντα φίσκα από τον κόσμο και η νταντά άρχισε να έχει ζαλάδες από την πολλή ορθοστασία. Αυτή τη φορά δεν χρειάστηκε να επέμβει ο Σεβέρο για να σταματήσει την επιχείρηση του κουνιάδου του, γιατί όταν οι δυο μάντεις συνειδητοποίησαν πως οι επιτυχίες τους μπορούσαν να αλλάξουν την τύχη της πελατείας τους, που εκτελούσε τις συμβουλές τους κατά γράμμα, φοβήθηκαν κι αποφάσισαν πως αυτή ήταν δουλειά για απατεώνες. Εγκαταλείψανε το μαντείο του αμαξοστάσιου και μοιράστηκαν τα κέρδη, παρ' όλο που η νταντά ήταν η μόνη που ενδιαφερόταν από υλική άποψη για την επιχείρηση.

Απ' όλα τα παιδιά του δελ Βάλιε, η Κλάρα ήταν η μόνη που άντεχε κι ήθελε να ακούει τις ιστορίες του θείου της. Μπορούσε να τις επαναλάβει μία προς μία, είχε μάθει μερικές λέξεις σε διαλέκτους ιθαγενών από άλλες χώρες, γνώριζε τις συνήθειες τους και μπορούσε να περιγράψει τον τρόπο με τον οποίο τρυπούσαν με ξυλάκια τα χείλια και τα αυτιά τους, την ιεροτελεστία της μύησης, καθώς και τα πιο δηλητηριώδη φίδια με τα ονόματά τους και το αντίδοτό τους. Ο θείος της είχε τέτοια ευφράδεια, που η μικρή μπορούσε να νιώσει πάνω στο ίδιο της το σώμα το καυτερό δάγκωμα των φιδιών, μπορούσε να δει το φίδι να γλιστράει πάνω στο χαλί, ανάμεσα στα πόδια του στηρίγματος της μπιγκόνιας, και ν' ακούσει τις φωνές των παπαγάλων μές' από τις κουρτίνες στο σαλόνι. Θυμόταν χωρίς κανένα δισταγμό τη διαδρομή που είχε κάνει ο Λόπε δε Αγκίρε αναζητώντας το Ελδοράδο, τα ακατανόητα ονόματα της χλωρίδας και της πανίδας, που ο θαυμαστός της θείος είχε επισκεφτεί ή είχε φανταστεί. Ήξερε για τους Λάμας που πίνουν τσάι αλμυρό από λαρδί του γιακ και μπορούσε να περιγράψει με λεπτομέρειες τις πληθωρικές ιθαγενείς στην Πολυνησία, τις ρυζοφυτείες στην Κίνα και τις λευκές πεδιάδες στις χώρες του Βορρά, όπου ο αιώνιος πάγος σκοτώνει τα ζώα και τους ανθρώπους που χάνονται και τους πετρώνει μέσα σε λίγα λεπτά. Ο Μάρκος είχε διάφορα ταξιδιωτικά ημερολόγια, όπου έγραφε τα δρομολόγιά του και τις εντυπώσεις του μαζί με μια συλλογή από χάρτες και βιβλία με ιστορίες, με περιπέτειες κι ακόμα και με παραμύθια με νεράιδες, και τα φύλαγε μες στα μπαούλα του, στην αποθήκη στο βάθος της τρίτης αυλής του σπιτιού. Από κει έβγαιναν για να γεμίσουν τα όνειρα των απογόνων του, ώσπου κάηκαν μισό αιώνα αργότερα, κατά λάθος, σε μια αισχρή πυρά.

Ο Μάρκος γύρισε από το τελευταίο του ταξίδι μέσα σ' ένα φέρετρο. Είχε πεθάνει από κάποια μυστηριώδη αφρικάνικη επιδημία, που τον είχε σιγά σιγά ζαρώσει και κιτρινίσει σαν περγαμηνή. Μόλις κατάλαβε πως ήταν άρρωστος, ξεκίνησε για το ταξίδι του γυρισμού, με την ελπίδα πως οι φροντίδες της αδελφής του και οι γνώσεις του γιατρού Κουέβας θα τον έκαναν ξανά καλά και θα τον ξανάνιωναν, αλλά δεν άντεξε τις εξήντα μέρες πάνω στο πλοίο και, στο ύψος του Γκιουαγιακίλ, πέθανε από τον πυρετό μέσα σ' ένα παραλήρημα για μοσχοβολιστές γυναίκες και κρυμμένους θησαυρούς. Ο καπετάνιος του πλοίου, ένας Εγγλέζος που λεγόταν Λονγκφέλοου, ήταν έτοιμος να τον ρίξει στη θάλασσα τυλιγμένο σε μια σημαία, αλλά ο Μάρκος είχε κάνει τόσες φιλίες κι είχε ερωτευτεί τόσες γυναίκες στο υπερωκεάνιο, παρ' όλη την άγρια όψη του και το παραλήρημά του, που οι επιβάτες δεν τον άφησαν κι ο Λονγκφέλοου αναγκάστηκε να τον βάλει στο ψυγείο μαζί με τα λαχανικά του Κινέζου μάγειρα, για να τον διατηρήσει μακριά από τη ζέστη και τις μύγες των τροπικών, ώσπου να αυτοσχεδιάσει ο ξυλουργός του καραβιού μια κάσα. Στο Ελ Καλιάο βρήκαν ένα κατάλληλο φέρετρο και μερικές μέρες αργότερα ο καπετάνιος, έξαλλος με τα προβλήματα που είχε προκαλέσει εκείνος ο επιβάτης στη Ναυτοπλοϊκή Εταιρεία και στον ίδιο προσωπικά, τον ξεφόρτωσε χωρίς δεύτερη σκέψη στην προβλήτα, παραξενεμένος που κανένας δεν είχε παρουσιαστεί για να τον παραλάβει και να πληρώσει τα παραπανίσια έξοδα. Αργότερα έμαθε πως το ταχυδρομείο σ' εκείνα τα πλάτη δεν ήταν τόσο αξιόπιστο όσο στη μακρινή Αγγλία και πως όλα τα τηλεγραφήματά του είχαν γίνει καπνός. Ευτυχώς για το Λονγκφέλοου, εμφανίστηκε ένας δικηγόρος του τελωνείου, που γνώριζε την οικογένεια δελ Βάλιε και που προσφέρθηκε ν' αναλάβει την υπόθεση, τοποθετώντας τον Μάρκος και όλες του τις αποσκευές σε μια άμαξα για εμπορεύματα και στέλνοντάς τον στην πρωτεύουσα, στη μόνη γνωστή κατοικία του: στο σπίτι της αδελφής του.

Για την Κλάρα θα ήταν μια από τις πονεμένες στιγμές της ζωής της, αν δεν είχε φτάσει ο Μπαραμπάς, ανακατεμένος μαζί με τα προσωπικά πράγματα του θείου της. Αγνοώντας την αναστάτωση που βασίλευε στην αυλή, το ένστικτό της την οδήγησε κατευθείαν στη γωνιά που είχαν πετάξει το κλουβί. Εκεί μέσα βρισκόταν ο Μπαραμπάς. Ήταν ένας σωρός από κοκαλάκια σκεπασμένα μ' ένα δέρμα ακαθόριστου χρώματος, γεμάτο μολυσμένες πληγές, μ' ένα κλεισμένο μάτι και τ' άλλο γεμάτο πύο, ακίνητος σαν ψόφιος μες στις ίδιες του τις ακαθαρσίες. Παρ' όλη την εμφάνισή του, η μικρή δεν δυσκολεύτηκε καθόλου να τον αναγνωρίσει.

«Ένα κουτάβι!» φώναξε.

Έτσι ανέλαβε εκείνη το ζώο. Το έβγαλε από το κλουβί, το νανούρισε στην αγκαλιά της και με υπομονή νοσοκόμας κατάφερε ν' ανοίξει το πρησμένο και ξερό μουσούδι του και να του δώσει να πιει νερό. Κανένας δεν είχε ενδιαφερθεί να τον ταΐσει από τότε που ο καπετάνιος Λονγκφέλοου, που όπως όλοι οι Εγγλέζοι φερόταν καλύτερα στα ζώα απ' ό,τι στους ανθρώπους, τον απόθεσε μαζί με τις αποσκευές στην αποβάθρα. Όσο ο σκύλος βρισκόταν στο πλοίο μαζί με το ετοιμοθάνατο αφεντικό του, ο καπετάνιος τον τάιζε με το ίδιο του το χέρι και τον έβγαζε βόλτα στο κατάστρωμα, γεμίζοντάς τον με φροντίδες που είχε αρνηθεί στον Μάρκος, αλλά μόλις πάτησαν στεριά τον μεταχειρίστηκε σαν μέρος των αποσκευών. Η Κλάρα έγινε μάνα για το ζώο, χωρίς κανένας να της αμφισβητήσει αυτό το προνόμιο, και κατάφερε να το ζωντανέψει. Λίγες μέρες αργότερα, όταν είχε πια περάσει η φουρτούνα από την άφιξη του λείψανου και την κηδεία του θείου Μάρκος, ο Σεβέρο πρόσεξε το τριχωτό ζώο που κουβαλούσε η κόρη του στην αγκαλιά της.

«Τι είναι αυτό;» ρώτησε.

«Ο Μπαραμπάς», απάντησε η Κλάρα.

«Να τον δώσεις στον κηπουρό για να τον ξεφορτωθεί. Μπορεί να μας κολλήσει καμιά αρρώστια», διέταξε ο Σεβέρο.

Αλλά η Κλάρα τον είχε πια υιοθετήσει.

«Είναι δικός μου, μπαμπά. Αν μου τον πάρεις, σ' ορκίζομαι πως θα πέσω κάτω ξερή και θα πεθάνω».

Ο Μπαραμπάς έμεινε στο σπίτι. Πολύ γρήγορα άρχισε να τρέχει σ' όλα τα δωμάτια και να καταβροχθίζει τα κρόσσια από τις κουρτίνες, τα χαλιά και τα πόδια των επίπλων. Γρήγορα ανέλαβε από την αρρώστια του κι άρχισε να μεγαλώνει. Όταν τον έπλυναν, είδαν πως ήταν μαύρος, με τετράγωνο κεφάλι, μακριά πόδια και κοντό τρίχωμα. Η νταντά πρότεινε να του κόψει την ουρά για να μοιάζει με σκυλί από ράτσα, αλλά η Κλάρα έβγαλε τέτοιες τσιρίδες, που κατέληξαν σε κρίση άσθματος, κι έτσι κανένας ποτέ ξανά δεν τόλμησε να το αναφέρει. Ο Μπαραμπάς έμεινε με ανέπαφη την ουρά του, που με τον καιρό μεγάλωσε κι έγινε σαν μπαστούνι του γκολφ κι ανάπτυξε τέτοιες ανεξέλεγκτες κινήσεις, που σκούπιζε τις πορσελάνες από τα τραπέζια κι αναποδογύριζε τις λάμπες. Ήταν από άγνωστη ράτσα. Δεν έμοιαζε σε τίποτα με τα σκυλιά του δρόμου ούτε με τα σκυλιά από ράτσα, που μερικές αριστοκρατικές οικογένειες μεγάλωναν στα σπίτια τους. Ο κτηνίατρος δεν μπορούσε να καθορίσει την προέλευσή του και η Κλάρα υπέθετε πως ήταν από την Κίνα, γιατί μεγάλο μέρος από τις αποσκευές του θείου της προερχόταν από κείνη τη μακρινή χώρα. Είχε απεριόριστη ικανότητα για ανάπτυξη. Μετά από έξι μήνες είχε γίνει σαν πρόβατο και στο χρόνο απάνω έμοιαζε με πουλάρι. Η οικογένεια, απελπισμένη, αναρωτιόταν πόσο ακόμα θα μεγάλωνε κι άρχισε να αμφιβάλλει αν ήταν πραγματικά σκύλος – έλεγαν μήπως κι ήταν κάποιο ζώο εξωτικό, που ο εξερευνητής θείος είχε πιάσει σε κάποια απόμακρη περιοχή του κόσμου και ίσως σ' αυτή την πρωτόγονή του κατάσταση να ήταν άγριο. Η Νίβεα έβλεπε τις κροκοδειλίσιες του οπλές και τα κοφτερά του δόντια και καρδιοχτυπούσε σαν μάνα, καθώς σκεφτόταν πως αυτό το χτήνος μπορούσε να κόψει το κεφάλι κάποιου μεγάλου με μια δαγκωματιά, κι ακόμα πιο εύκολα το κεφάλι ενός απ' τα παιδιά της. Όμως ο Μπαραμπάς δεν έδειχνε καθόλου άγριος. Αντίθετα ήταν παιχνιδιάρης σαν γατάκι. Κοιμόταν αγκαλιά με την Κλάρα στο κρεβάτι της, με το κεφάλι του πάνω στο πουπουλένιο μαξιλάρι και σκεπασμένος ώς το λαιμό, γιατί ήταν κρυουλιάρης, αλλά αργότερα, όταν πια δεν χωρούσε στο κρεβάτι, ξάπλωνε καταγής στο πλάι της, με το αλογίσιο μουσούδι του χωμένο στο χέρι της μικρής. Ποτέ δεν γάβγισε ούτε γρύλισε. Ήταν μαύρος και αθόρυβος σαν πάνθηρας, του άρεσαν το ζαμπόν και τα φρουί γκλασέ και, κάθε φορά που είχαν επισκέψεις και ξεχνούσαν να τον δέσουν, έμπαινε κρυφά στην τραπεζαρία κι έκανε μια βόλτα γύρω από το τραπέζι, παίρνοντας τους αγαπημένους του μεζέδες πολύ προσεχτικά μέσα από τα πιάτα, χωρίς κανένας από τους συνδαιτυμόνες να τολμάει να τον εμποδίσει. Παρά τον ήπιο χαρακτήρα του, ο Μπαραμπάς προκαλούσε τρόμο. Οι διανομείς το έβαζαν στα πόδια βιαστικά, όποτε ο Μπαραμπάς ξεμυτούσε στο δρόμο, και μια φορά η παρουσία του προκάλεσε πανικό σε κάτι γυναίκες που έκαναν ουρά μπροστά στο κάρο του γαλατά, τρομάζοντας το άλογο που το τραβούσε, που έφυγε σαν βολίδα μέσα σ' ένα χαλασμό από σκόρπιες καρδάρες με γάλα πάνω στο λιθόστρωτο. Ο Σεβέρο αναγκάστηκε να πληρώσει όλες τις ζημιές και διέταξε να μένει το σκυλί δεμένο στην αυλή, αλλά η Κλάρα άρχισε πάλι να χτυπιέται και η απόφαση αναβλήθηκε επ' αόριστον. Η λαϊκή φαντασία και η άγνοια για την προέλευση του Μπαραμπάς του πρόσδιναν μυθολογικά χαρακτηριστικά. Έλεγαν πως θα εξακολουθούσε να μεγαλώνει, αν η αγριότητα κάποιου χασάπη δεν έβαζε τέλος στην ύπαρξή του, έλεγαν πως θα γινόταν μεγάλος σαν καμήλα. Ο κόσμος πίστευε πως ήταν διασταύρωση σκύλου με φοράδα, πως μπορούσε να βγάλει φτερά και κέρατα και ν' αποχτήσει την πυρωμένη αναπνοή ενός δράκου, ακριβώς σαν τα ζώα που κεντούσε η Ρόζα στο ατέλειωτο τραπεζομάντιλό της. Η νταντά, κάποια φορά, βαριεστημένη πια να μαζεύει σπασμένες πορσελάνες και ν' ακούει κουτσομπολιά για το πώς γινόταν λύκος τις νύχτες με πανσέληνο, μεταχειρίστηκε το ίδιο σύστημα με τον παπαγάλο, μόνο που η υπερβολική δόση από μουρουνέλαιο δεν τον σκότωσε, παρά μόνο του προκάλεσε ένα χέσιμο τεσσάρων μερών, που λέρωσε το σπίτι από πάνω ώς κάτω κι εκείνη η ίδια αναγκάστηκε να το καθαρίσει.

Ήταν δύσκολοι καιροί. Εγώ τότε ήμουν περίπου είκοσι πέντε χρονών, αλλά ένιωθα πως μου έμενε πολύ λίγος καιρός για να φτιάξω το μέλλον μου και ν' αποχτήσω τη θέση που ήθελα. Δούλευα σαν γαϊδούρι και τις λίγες φορές που καθόμουν να ξεκουραστώ, υποχρεωτικά μες στην ανία κάποιας Κυριακής, ένιωθα πως έχανα πολύτιμες στιγμές και πως κάθε λεπτό αδράνειας ήταν ολόκληρος αιώνας μακριά από τη Ρόζα. Ζούσα στο ορυχείο, σε μια παράγκα από ξύλινες τάβλες, με τσίγκινη στέγη, που είχα φτιάξει μοναχός μου με τη βοήθεια δυο εργατών. Ήταν μονάχα ένα τετράγωνο δωμάτιο, όπου είχα βολέψει τα υπάρχοντά μου, με μια τρύπα για παράθυρο σε κάθε πλευρά, για να κυκλοφορεί ο αποπνιχτικός αέρας τη μέρα, και με παραθυρόφυλλα, για να τις κλείνω τη νύχτα που φύσαγε ο παγωμένος άνεμος. Όλα κι όλα τα έπιπλά μου ήταν μια καρέκλα, ένα ράντσο, ένα απλό ξύλινο τραπέζι, μια γραφομηχανή κι ένα βαρύ χρηματοκιβώτιο, που αναγκάστηκα να το κουβαλήσω με μουλάρι μέσ' από την έρημο, όπου φύλαγα τα κατάστιχα των εργατών, μερικά έγγραφα και μια σακουλίτσα από κανναβάτσο με λίγα λαμπερά κομμάτια χρυσό, καρπούς όλης μου της προσπάθειας. Δεν είχα καμιά άνεση, αλλά εγώ ήμουν μαθημένος στις στερήσεις. Ποτέ δεν είχα πλυθεί με ζεστό νερό και οι αναμνήσεις από την παιδική μου ηλικία ήταν το κρύο, η μοναξιά κι ένα μόνιμο κενό στο στομάχι. Εκεί για δυο χρόνια κοιμόμουνα, έτρωγα κι έγραφα, χωρίς άλλη διασκέδαση έξω από κάτι βιβλία πολυδιαβασμένα, ένα σωρό παλιές εφημερίδες, κάτι κείμενα στ' αγγλικά, που με βοήθησαν να μάθω τα στοιχειώδη αυτής της θαυμάσιας γλώσσας, κι ένα κλειδωμένο κουτί όπου φύλαγα την αλληλογραφία μου με τη Ρόζα. Είχα συνηθίσει να γράφω στη γραφομηχανή μ' ένα αντίγραφο που κρατούσα και αρχειοθετούσα ανάλογα με την ημερομηνία, μαζί με τα λίγα γράμματα που είχα λάβει από κείνη. Έτρωγα από το ίδιο φαγητό που μαγείρευαν για τους εργάτες κι είχα απαγορέψει τα οινοπνευματώδη μέσα στο ορυχείο. Όμως ούτε και στο σπίτι μου είχα ποτά, γιατί πάντα πίστευα πως η μοναξιά και η ανία μπορούν να κάνουν έναν άνθρωπο αλκοολικό. Ίσως η ανάμνηση του πατέρα μου, με ξεκούμπωτο γιακά, λυμένη και λεκιασμένη γραβάτα, με θολωμένο βλέμμα και βαριά ανάσα, μ' ένα ποτήρι πάντα στο χέρι, να μ' έκανε να μην πίνω ποτέ. Δεν αντέχω στο ποτό, μεθάω εύκολα. Αυτό το ανακάλυψα στα δεκάξι μου χρόνια και ποτέ δεν το ξέχασα από τότε. Μια φορά με ρώτησε η εγγόνα μου πώς μπόρεσα να ζήσω τόσο καιρό μονάχος και τόσο μακριά από τον πολιτισμό. Δεν το ξέρω. Όμως, στην πραγματικότητα, θα πρέπει να ήταν πιο εύκολο για μένα παρά για τους άλλους, γιατί δεν είμαι κοινωνικός άνθρωπος, δεν έχω πολλούς φίλους, ούτε μ' αρέσουν οι γιορτές και τα πανηγύρια, αντίθετα νιώθω πολύ καλά μονάχος. Δυσκολεύομαι να κάνω καινούργιες γνωριμίες.

Εκείνη την εποχή δεν είχα ζήσει ακόμα με γυναίκα, έτσι δεν μπορούσα ν' αποθυμήσω κάτι που δεν είχα νιώσει ποτέ. Δεν ήμουν ερωτιάρης, ποτέ δεν υπήρξα, είμαι από φύση μου πιστός, παρ' όλο που αρκεί η σκιά ενός μπράτσου, μια λυγερή μέση, το τσάκισμα ενός γυναικείου γόνατου για να μου μπουν ιδέες στο κεφάλι, ακόμα και τώρα που είμαι τόσο γέρος, που βλέπω τον εαυτό μου στον καθρέφτη και δεν τον αναγνωρίζω. Μοιάζω σαν δέντρο ζαρωμένο. Δεν προσπαθώ να δικαιολογήσω τις αμαρτίες της νιότης μου, πως δήθεν δεν μπορούσα να συγκρατηθώ, όχι, καθόλου. Σ' εκείνη την ηλικία ήμουνα συνηθισμένος σε σχέσεις εφήμερες, με ελαφρές γυναίκες, αφού δεν υπήρχαν δυνατότητες για άλλου είδους. Στην εποχή μου ξεχωρίζαμε τις καθωσπρέπει γυναίκες από τις άλλες, και ξεχωρίζαμε ακόμα τις καθωσπρέπει σε δικές μας και ξένες. Δεν είχα σκεφτεί καθόλου τον έρωτα, ώσπου γνώρισα τη Ρόζα, κι ο ρομαντισμός μού φαινόταν επικίνδυνος και άχρηστος κι όταν καμιά φορά μου άρεσε καμιά νεαρή, δεν τολμούσα να την πλησιάσω, από φόβο μήπως με διώξει και γελοιοποιηθώ. Ήμουνα πάντα πολύ περήφανος κι από την περηφάνια μου υπέφερα περισσότερο από τους άλλους.

Έχει περάσει από τότε πάνω από μισός αιώνας, αλλά ακόμα έχω χαραγμένη στη μνήμη μου τη στιγμή ακριβώς που η Ρόζα η ωραία μπήκε στη ζωή μου, σαν αφηρημένος άγγελος, που περνώντας έκλεψε την ψυχή μου. Ήταν μαζί με την νταντά και κάποιο παιδί, ίσως κάποια μικρότερη αδελφή της. Νομίζω πως φορούσε βιολετί φόρεμα, αλλά δεν είμαι σίγουρος, γιατί ποτέ δεν προσέχω τα ρούχα των γυναικών και γιατί ήταν τόσο όμορφη, που ακόμα και να φορούσε μια κάπα από ερμίνα, δεν θα πρόσεχα παρά το πρόσωπό της. Συνήθως δεν τρέχω πίσω από τις γυναίκες, αλλά θα έπρεπε να ήμουνα ηλίθιος για να μην προσέξω την αναστάτωση που προκαλούσε η εμφάνισή της όπου και να πήγαινε και πώς σταματούσε την κυκλοφορία στο πέρασμά της, μ' εκείνα τα απίθανα πράσινα μαλλιά, που τόνιζαν το πρόσωπό της σαν φανταστικό καπέλο, τη νεραϊδίσια της στάση κι εκείνο τον τρόπο που προχωρούσε, σαν να πετούσε. Πέρασε από μπροστά μου χωρίς να με δει και μπήκε αιωρούμενη στο ζαχαροπλαστείο στην Πλατεία των Όπλων. Εγώ έμεινα στο δρόμο άναυδος όσο εκείνη αγόραζε καραμέλες από γλυκάνισο, διαλέγοντάς τες μία μία, με το κουδουνιστό της γέλιο, βάζοντας μερικές στο στόμα της και δίνοντας άλλες στην αδελφή της. Δεν ήμουνα μόνο εγώ υπνωτισμένος, γιατί μέσα σε λίγα λεπτά είχε μαζευτεί μια ομάδα από άντρες που παρακολουθούσαν από τη βιτρίνα. Τότε αντέδρασα. Δεν πέρασε από το μυαλό μου καθόλου πως δεν είχα καμιά πιθανότητα να γίνω ο ιδεώδης υποψήφιος για κείνο το ουράνιο πλάσμα, μια και δεν είχα καθόλου περιουσία, δεν ήμουνα καλοφτιαγμένος και το μέλλον μπροστά μου ήταν αβέβαιο. Και, το σπουδαιότερο, δεν τη γνώριζα! Όμως ήμουν θαμπωμένος κι αποφάσισα εκείνη την ίδια στιγμή πως ήταν η μόνη γυναίκα που άξιζε να γίνει σύζυγός μου και, αν δεν μπορούσα να την αποχτήσω, προτιμούσα να μείνω ανύπαντρος. Την ακολούθησα σ' όλο το δρόμο του γυρισμού ώς το σπίτι της. Ανέβηκα πάνω στο ίδιο τραμ και κάθισα πίσω της, χωρίς να μπορώ να τραβήξω το βλέμμα μου από τον τέλειο αυχένα, το στρογγυλό της λαιμό, τους απαλούς της ώμους, που χάιδευαν μερικές άταχτες πράσινες μπούκλες. Δεν ένιωθα την κίνηση του τραμ, γιατί προχωρούσε σαν σε όνειρο. Ξαφνικά γλίστρησε στο διάδρομο και, περνώντας από μπροστά μου, τα έκπληκτα χρυσά της μάτια συναντήθηκαν για μια στιγμή με τα δικά μου. Θα πρέπει να πέθανα λιγάκι. Δεν μπορούσα ν' αναπνεύσω και η καρδιά μου σταμάτησε. Όταν ξαναβρήκα την ψυχραιμία μου, αναγκάστηκα να πηδήξω στο πεζοδρόμιο, με κίνδυνο να σπάσω κανένα κόκαλο και να τρέξω προς την κατεύθυνση που είχε πάρει. Μάντεψα το σπίτι της από ένα βιολετί σύννεφο που εξαφανιζόταν πίσω από μια αυλόπορτα. Από κείνη τη μέρα φύλαγα βάρδια έξω από το σπίτι της, κόβοντας βόλτες στο τετράγωνο σαν εγκαταλειμμένος σκύλος, κατασκοπεύοντας, δωροδοκώντας τον κηπουρό, κουβεντιάζοντας με τις υπηρέτριες, ώσπου κατάφερα να μιλήσω με την νταντά, κι εκείνη, άγια γυναίκα, με λυπήθηκε και δέχτηκε να μεταφέρει τα ραβασάκια μου, τα λουλούδια και τα αμέτρητα κουτιά καραμέλες από γλυκάνισο, με τα οποία προσπαθούσα να κερδίσω την αγάπη της. Της έστελνα ακόμα και ακροστιχίδες. Δεν ξέρω να γράφω ποιήματα, αλλά υπήρχε ένας Ισπανός βιβλιοπώλης που ήταν τζίνι στην ομοιοκαταληξία και του παράγγελνα να μου φτιάχνει ποιήματα, τραγούδια, οτιδήποτε να ήταν με μελάνι και χαρτί. Η αδελφή μου, η Φέρουλα, με βοήθησε να πλησιάσω την οικογένεια δελ Βάλιε, ανακαλύπτοντας κάποια μακρινή συγγένεια στα ονόματά μας και βρίσκοντας την ευκαιρία να χαιρετηθούμε μετά τη λειτουργία. Έτσι έγινε και μπόρεσα να επισκεφτώ τη Ρόζα. Τη μέρα που μπήκα στο σπίτι της και βρέθηκα τόσο κοντά της ώστε να μπορέσω να της μιλήσω, δεν μπόρεσα να βρω τίποτα να της πω. Έμεινα βουβός με το καπέλο στο χέρι και το στόμα ανοιχτό, ώσπου οι γονείς της, που γνώριζαν αυτά τα συμπτώματα, με συνέφεραν. Δεν ξέρω τι είδε η Ρόζα σ' εμένα, ούτε γιατί με τον καιρό δέχτηκε να με παντρευτεί. Κατάφερα να γίνω επίσημα ο αρραβωνιαστικός της Ρόζας, χωρίς να χρειαστεί να εκτελέσω καμιά υπεράνθρωπη δοκιμασία, γιατί, παρ' όλη την ουράνια ομορφιά της και τις αμέτρητες αρετές της, η Ρόζα δεν είχε υποψήφιους εραστές. Η μητέρα της μου εξήγησε τι συνέβαινε: μου είπε πως κανένας άντρας δεν θεωρούσε τον εαυτό του αρκετά δυνατό για να περάσει όλη του τη ζωή υπερασπιζόμενος τη Ρόζα από τις ορέξεις των υπολοίπων. Πολλοί την είχαν τριγυρίσει, είχαν χάσει το μυαλό τους για κείνη, αλλά ως τη στιγμή που εγώ εμφανίστηκα στον ορίζοντα, κανένας τους δεν το είχε αποφασίσει. Η ομορφιά της προκαλούσε φόβο, γι' αυτό τη θαύμαζαν από μακριά, αλλά δεν πλησίαζαν. Στην πραγματικότητα εγώ ποτέ δεν το σκέφτηκα αυτό. Το πρόβλημά μου ήταν πως δεν είχα φράγκο, αλλά ένιωθα πως μπορούσα με τη δύναμη του έρωτα να γίνω πλούσιος. Κοίταξα γύρω μου ψάχνοντας ένα γρήγορο τρόπο μέσα στα όρια της τιμιότητας που με είχαν μεγαλώσει και είδα πως για να πετύχει κανείς στη ζωή χρειάζεται νονούς, ειδικές σπουδές ή ένα κεφάλαιο. Δεν ήταν αρκετό να έχει κανείς ένα καλό όνομα. Υποθέτω πως αν είχα λεφτά για ν' αρχίσω, θα έπαιζα χαρτιά ή θα στοιχημάτιζα στον ιππόδρομο, αλλά καθώς δεν ήταν αυτή η περίπτωση, αναγκάστηκα να σκεφτώ κάτι άλλο, που ακόμα κι αν ήταν επικίνδυνο, θα μπορούσα να κάνω περιουσία. Τα ορυχεία του χρυσού και του ασημιού ήταν το όνειρο των τυχοδιωκτών: μπορούσαν να τους κάνουν να βυθιστούν στη μιζέρια, να πεθάνουν από φυματίωση ή να γίνουν παντοδύναμοι. Ήταν θέμα τύχης. Χάρη στο κύρος που είχε το όνομα της μητέρας μου κατάφερα να πάρω το δικαίωμα εκμετάλλευσης για ένα ορυχείο στο βορρά κι ένα δάνειο από την τράπεζα. Έβαλα σκοπό της ζωής μου να βγάλω και το τελευταίο γραμμάριο από το πολύτιμο εκείνο μέταλλο, ακόμα κι αν έπρεπε να στύψω ολόκληρο το βουνό με τα ίδια μου τα χέρια ή να σπάσω τις πέτρες με κλοτσιές. Για το χατίρι της Ρόζας μπορούσα να τα κάνω αυτά κι ακόμα περισσότερα.

Κατά τα τέλη του φθινοπώρου, όταν η οικογένεια είχε πια ησυχάσει σχετικά από τον πάτερ Ρεστρέπο, που είχε αναγκαστεί να μετριάσει τον ιεροεξεταστικό του ζήλο μετά την προειδοποίηση του ίδιου του αρχιεπίσκοπου ν' αφήσει ήσυχη τη μικρή Κλάρα δελ Βάλιε κι όταν όλοι πια το είχαν πάρει απόφαση πως ο θείος Μάρκος ήταν πραγματικά νεκρός, άρχισαν να γίνονται πραγματικότητα τα πολιτικά σχέδια του Σεβέρο. Χρόνια πολλά είχε δουλέψει γι' αυτόν το σκοπό, έτσι ήταν θρίαμβος όταν τον προσκάλεσαν να βάλει υποψηφιότητα για το Φιλελεύθερο Κόμμα στις βουλευτικές εκλογές, αντιπροσωπεύοντας μια νότια επαρχία που ποτέ δεν είχε επισκεφτεί και που ούτε ήξερε κατά πού έπεφτε στο χάρτη. Το Κόμμα χρειαζόταν ανθρώπους κι ο Σεβέρο ανυπομονούσε να πάρει μια έδρα στη Βουλή κι έτσι δεν δυσκολεύτηκαν να πείσουν τους ταπεινούς ψηφοφόρους του νότου να τον διαλέξουν για υποψήφιό τους. Η υποψηφιότητα συνοδεύτηκε από ένα τεράστιο ψητό ρόδινο γουρουνόπουλο, που οι ψηφοφόροι έστειλαν στο σπίτι της οικογένειας δελ Βάλιε. Έφτασε πάνω σε μια μεγάλη ξύλινη πιατέλα, καρυκευμένο και γυαλιστερό, με μια φούντα μαϊντανό στο μουσούδι κι ένα καρότο στον πισινό, πάνω σ' ένα στρώμα από ντομάτες. Στην κοιλιά είχε μια ραφή κι ήταν παραγεμισμένο με πέρδικες, που κι αυτές ήταν παραγεμισμένες με δαμάσκηνα. Έφτασε μαζί με μια καράφα που περιείχε μισό γαλόνι από το καλύτερο αγουαρδιέντε του τόπου. Για χρόνια ολόκληρα το κρυφό όνειρο του Σεβέρο ήταν να γίνει βουλευτής ή, ακόμα καλύτερα, γερουσιαστής. Από καιρό εργαζόταν γι' αυτόν το σκοπό με μια σειρά από προσεχτικές επαφές, φιλίες, κρυφές συναντήσεις, διακριτικές δημόσιες εμφανίσεις αλλά αποτελεσματικές, με χρηματικές προσφορές και χάρες στα ανάλογα πρόσωπα, την κατάλληλη στιγμή. Εκείνη η νότια επαρχία, άγνωστη και μακρινή, ήταν ακριβώς αυτό που περίμενε.

Το γουρουνόπουλο έφτασε κάποια Τρίτη. Την Παρασκευή, όταν πια δεν είχε μείνει παρά το δέρμα και τα κόκαλα που ο Μπαραμπάς ροκάνιζε στην αυλή, η Κλάρα ανάγγειλε πως θα είχαν κι άλλο νεκρό στην οικογένεια.

«Αλλά θα πεθάνει κατά λάθος», είπε.

Το Σάββατο πέρασε άσχημη νύχτα και ξύπνησε τσιρίζοντας. Η νταντά τής έδωσε ένα τίλιο και κανένας δεν ασχολήθηκε περισσότερο μαζί της, γιατί όλοι προετοίμαζαν το ταξίδι του πατέρα στο νότο και γιατί η ωραία Ρόζα είχε ξυπνήσει με πυρετό. Η Νίβεα έδωσε εντολή να μείνει στο κρεβάτι κι ο γιατρός Κουέβας είπε πως δεν ήταν τίποτα σοβαρό, να της δώσουν μια χλιαρή γλυκιά λεμονάδα με λίγο αλκοόλ για να ιδρώσει και να κατέβει ο πυρετός. Ο Σεβέρο πήγε να δει την κόρη του και τη βρήκε ξαναμμένη, και τα μάτια της να γυαλίζουν, σκεπασμένη ώς το λαιμό με τα δαντελένια κρεμεζιά της σεντόνια. Της έκανε δώρο ένα καρνέ με κάρτες για το χορό κι έδωσε την άδεια στην νταντά ν' ανοίξει την καράφα με το αγουαρδιέντε και να βάλει λίγο στη λεμονάδα. Η Ρόζα ήπιε τη λεμονάδα, τυλίχτηκε στο μάλλινο σάλι της και κοιμήθηκε αμέσως στο πλευρό της Κλάρας, που μοιραζόταν το δωμάτιό της.

Το πρωί της τραγικής Κυριακής η νταντά ξύπνησε νωρίς, όπως πάντα. Προτού να πάει στη λειτουργία, μπήκε στην κουζίνα να ετοιμάσει το πρωινό για την οικογένεια. Τα ξύλα και τα κάρβουνα στην κουζίνα ήταν έτοιμα αποβραδίς κι έτσι άναψε τη φωτιά με τη μισόσβηστη, χλιαρή ακόμα ανθρακιά. Όσο να ζεστάνει το νερό και να βράσει το γάλα, άρχισε να ταχτοποιεί τα πιάτα για να τα πάει στην τραπεζαρία. Έβαλε να ζεστάνει πλιγούρι, να στραγγίσει τον καφέ, να κάνει φρυγανιές. Ετοίμασε δυο δίσκους, ένα για τη Νίβεα, που έπαιρνε πάντα το πρωινό της στο κρεβάτι, κι άλλο ένα για τη Ρόζα, που ήταν άρρωστη και γι' αυτό είχε κι αυτή το ίδιο δικαίωμα. Σκέπασε το δίσκο της Ρόζας με μια λινή πετσέτα, κεντημένη απ' τις καλόγριες, για να μην κρυώσει ο καφές και να μην πάνε μύγες, και βγήκε στην αυλή για να δει πού βρισκόταν ο Μπαραμπάς. Του άρεσε να πηδάει πάνω της, όταν την έβλεπε να περνάει με το πρωινό. Τον είδε απασχολημένο να παίζει με μια κότα κι επωφελήθηκε για να ξεκινήσει για το μακρύ δρόμο μέσα από τις αυλές και τους διαδρόμους, από την κουζίνα στο βάθος του σπιτιού ως το δωμάτιο των κοριτσιών στην άλλη άκρη. Μπροστά στην πόρτα της Ρόζας κοντοστάθηκε για μια στιγμή μ' ένα έντονο άσχημο προαίσθημα. Μπήκε στο δωμάτιο χωρίς να χτυπήσει την πόρτα, όπως συνήθιζε, κι αμέσως πρόσεξε πως μύριζε τριαντάφυλλα, παρ' όλο που δεν ήταν η εποχή τους. Τότε η νταντά κατάλαβε πως κάποιο ανεπανόρθωτο κακό είχε συμβεί. Άφησε με προσοχή το δίσκο πάνω στο κομοδίνο και προχώρησε σιγά προς το παράθυρο. Άνοιξε τις βαριές κουρτίνες κι ο χλομός πρωινός ήλιος μπήκε στο δωμάτιο. Γύρισε όλο αγωνία και δεν ξαφνιάστηκε βλέποντας τη Ρόζα πεθαμένη πάνω στο κρεβάτι, πιο όμορφη παρά ποτέ, με τα μαλλιά της ολοπράσινα, το δέρμα της στο χρώμα του καινούργιου ελεφαντόδοντου και με τα μάτια κίτρινα σαν το μέλι κι ορθάνοιχτα. Στα πόδια του κρεβατιού βρισκόταν η μικρή Κλάρα και παρατηρούσε την αδελφή της. Η νταντά γονάτισε δίπλα στο κρεβάτι, πήρε στα χέρια της το χέρι της Ρόζας κι άρχισε να προσεύχεται. Και συνέχισε να προσεύχεται, ώσπου ακούστηκε σ' όλο το σπίτι ένας τρομερός θρήνος σαν σειρήνα χαμένου καραβιού. Ήταν η πρώτη και η τελευταία φορά που ακουγόταν η φωνή του Μπαραμπάς. Συνέχισε να ουρλιάζει για τη νεκρή όλη μέρα, ώσπου έσπασε τα νεύρα των ενοίκων του σπιτιού και των γειτόνων, που έφτασαν τρέχοντας όταν άκουσαν εκείνο το πένθιμο ουρλιαχτό.

Ο γιατρός Κουέβας δεν χρειάστηκε παρά να ρίξει μια ματιά για να καταλάβει πως ο θάνατος οφειλόταν σε κάτι πολύ πιο σοβαρό από ένα συνηθισμένο πυρετό. Άρχισε να ψάχνει ολόκληρο το σπίτι, επιθεώρησε την κουζίνα, έχωσε τα δάχτυλά του σ' όλες τις κατσαρόλες, άνοιξε τα σακιά με το αλεύρι, τις σακούλες με τη ζάχαρη, τα κουτιά με τα ξερά φρούτα, τ' ανακάτεψε όλα, κι αναστάτωσε τα πάντα στο πέρασμά του. Έψαξε μες στα συρτάρια της Ρόζας, ανέκρινε το προσωπικό έναν έναν, ταλαιπώρησε την νταντά μέχρι που την έκανε έξω φρενών και, τελικά, οι αναζητήσεις του τον οδήγησαν στην καράφα με το αγουαρδιέντε και την κατάσχεσε χωρίς άλλη συζήτηση. Δεν μίλησε σε κανένα για τις αμφιβολίες του, παρά πήρε μαζί του στο εργαστήριό του το μπουκάλι. Τρεις ώρες αργότερα γύρισε πίσω κι είχε μια έκφραση τρόμου στο ροδαλό, πονηρούτσικο πρόσωπό του, που το μεταμόρφωσε σε χλομή μάσκα σ' όλη τη διάρκεια εκείνης της τρομερής υπόθεσης. Προχώρησε προς το μέρος του Σεβέρο, τον πήρε απ' το μπράτσο και τον οδήγησε σε μια άκρη.

«Σ' εκείνο το αγουαρδιέντε υπήρχε αρκετό δηλητήριο για να ξεκάνει έναν ταύρο», του είπε χαμηλόφωνα. «Αλλά για να σιγουρευτώ πως αυτό ήταν που σκότωσε το κορίτσι, πρέπει να κάνω αυτοψία».

«Θέλεις να πεις πως θα την ανοίξεις;» βόγκησε ο Σεβέρο.

«Όχι παντού. Δεν θ' αγγίξω το κεφάλι της, μόνο το πεπτικό σύστημα», εξήγησε ο γιατρός Κουέβας.

Ο Σεβέρο ένιωσε εξάντληση. Εκείνη την ώρα η Νίβεα είχε πια κουραστεί να κλαίει, αλλά όταν έμαθε πως σκέφτονταν να πάνε το παιδί της στο νεκροτομείο, ξαναβρήκε ξαφνικά όλη της την ενεργητικότητα. Και ηρέμησε μονάχα όταν της ορκίστηκαν πως θα πήγαιναν τη Ρόζα κατευθείαν από το σπίτι στο καθολικό νεκροταφείο. Τότε δέχτηκε να πάρει το λάβδανο που της έδωσε ο γιατρός και κοιμήθηκε είκοσι ώρες.

Το σούρουπο ο Σεβέρο άρχισε τις ετοιμασίες. Έστειλε τα παιδιά του στα κρεβάτια τους κι έδωσε άδεια στο προσωπικό να πάνε νωρίς στα δωμάτιά τους. Επέτρεψε στην Κλάρα, που είχε υπερβολικά επηρεαστεί από τα συμβάντα, να κοιμηθεί μαζί με μια άλλη αδελφή για κείνο το βράδυ. Κι όταν έσβησαν όλα τα φώτα κι έπεσε σιωπή στο σπίτι, έφτασε ο βοηθός του γιατρού Κουέβας, ένας κοκαλιάρης και μύωπας νεαρός, που τραύλιζε όταν μιλούσε. Βοήθησαν το Σεβέρο να μεταφέρει το σώμα της Ρόζας στην κουζίνα και το τοποθέτησαν προσεχτικά πάνω στο μάρμαρο, όπου η νταντά ζύμωνε ψωμί κι έκοβε λαχανικά. Παρά τη δύναμη του χαρακτήρα του, ο Σεβέρο δεν μπόρεσε ν' αντέξει τη στιγμή που της έβγαλαν τη νυχτικιά και τους θάμπωσε η νεραϊδίσια της γύμνια. Βγήκε παραπατώντας, ζαλισμένος απ' τον πόνο, και κατέρρευσε στο σαλόνι κλαίγοντας σαν μωρό. Ακόμα κι ο γιατρός Κουέβας, που είχε δει τη Ρόζα να γεννιέται και τη γνώριζε σαν την παλάμη του χεριού του, ξαφνιάστηκε όταν την είδε γυμνή. Ο νεαρός βοηθός του εντυπωσιάστηκε κι αυτός, πιάστηκε η ανάσα του και συνέχισε ν' ασθμαίνει τα επόμενα χρόνια, κάθε φορά που θυμόταν την απίθανη όψη της κοιμισμένης Ρόζας, γυμνής πάνω στο τραπέζι της κουζίνας, με τα μακριά της μαλλιά να πέφτουν, καταπράσινος καταρράχτης, ώς το πάτωμα.

Όσο εκείνοι εκτελούσαν το τρομερό τους έργο, η νταντά, βαριεστημένη από τα κλάματα και τις προσευχές και νιώθοντας πως κάτι παράξενο συνέβαινε πίσω στην τρίτη αυλή, στα χωράφια της, σηκώθηκε από το κρεβάτι, τυλίχτηκε μ' ένα σάλι και βγήκε να τριγυρίσει στο σπίτι. Είδε φως στην κουζίνα, αλλά η πόρτα και τα ξύλινα παντζούρια ήταν κλειστά. Προχώρησε μες στους σιωπηλούς και παγωμένους διαδρόμους, διασχίζοντας τις τρεις αυλές του σπιτιού, ώσπου έφτασε στο σαλόνι. Από τη μισάνοιχτη πόρτα διέκρινε το αφεντικό της που πηγαινοερχόταν μ' απελπισμένο ύφος. Η φωτιά στο τζάκι είχε σβήσει. Η νταντά μπήκε μέσα.

«Πού είναι η μικρή Ρόζα;» ρώτησε.

«Ο γιατρός Κουέβας είναι μαζί της, νταντά. Κάθισε και πιες ένα ποτήρι μαζί μου», παρακάλεσε ο Σεβέρο.

Η νταντά έμεινε ορθή με σταυρωμένα τα μπράτσα, συγκρατώντας το σάλι πάνω στο στήθος της. Ο Σεβέρο της έδειξε τον καναπέ κι εκείνη πλησίασε δειλά. Κάθισε δίπλα του. Ήταν η πρώτη φορά που βρισκόταν τόσο κοντά στ' αφεντικό της από τότε που είχε έρθει στο σπίτι του. Ο Σεβέρο σερβίρισε δυο ποτήρια σέρι κι ήπιε το δικό του μονοκοπανιά. Έπιασε το κεφάλι του με τα δυο του χέρια, τραβώντας τα μαλλιά του και μουρμουρίζοντας μες στα δόντια του μια ακατανόητη και θλιβερή ψαλμωδία. Η νταντά, που καθόταν αλύγιστη στην άκρη του καθίσματος, χαλάρωσε βλέποντάς τον να κλαίει. Άπλωσε το σκασμένο, άγριο χέρι της και με μια αυτόματη κίνηση του ίσιωσε τα μαλλιά, με το ίδιο χάδι που για είκοσι χρόνια παρηγορούσε τα παιδιά του. Εκείνος σήκωσε το βλέμμα του και κοίταξε το πρόσωπο εκείνο, το χωρίς ηλικία, τα ινδιάνικα ζυγωματικά, το μαύρο κότσο, τη φαρδιά αγκαλιά, που είχε δει να χασμουριούνται και να κοιμούνται όλοι οι απόγονοί του κι ένιωσε πως αυτή η θερμή και γενναιόδωρη σαν τη γη γυναίκα μπορούσε να τον παρηγορήσει. Ακούμπησε το μέτωπό του στη φούστα της, ανέπνευσε τη γλυκιά μυρωδιά τής κολλαρισμένης ποδιάς της και ξέσπασε σε λυγμούς σαν μικρό παιδί, χύνοντας όλα τα δάκρυα που είχε συγκρατήσει σ' όλη την αντρίκεια ζωή του. Η νταντά τού έτριψε την πλάτη, τον χάιδεψε παρηγορητικά, του ψιθύρισε τα μισόλογα που έλεγε στα παιδιά για να τα νανουρίσει και του τραγούδησε μουρμουριστά τα τραγούδια του χωριού της, ώσπου κατάφερε να τον ησυχάσει. Έμειναν καθισμένοι ο ένας δίπλα στον άλλο, πίνοντας σέρι, κλαίγοντας πότε πότε, καθώς θυμούνταν τα χαρούμενα χρόνια, τότε που η Ρόζα έτρεχε μες στον κήπο τρομάζοντας τις πεταλούδες με τη θαλασσινή της ομορφιά.

Στην κουζίνα, ο γιατρός Κουέβας κι ο βοηθός του ετοίμασαν τα φριχτά τους εργαλεία και τα δοχεία που βρομοκοπούσαν, φόρεσαν λαστιχένιες ποδιές, σήκωσαν τα μανίκια τους κι άρχισαν να ψάχνουν τ' απόκρυφα της ωραίας Ρόζας, ώσπου ν' αποδείξουν χωρίς καμιά αμφιβολία πως η νέα κοπέλα είχε καταπιεί μια υπερβολική δόση ποντικοφάρμακο.

«Αυτό προοριζόταν για το Σεβέρο», συμπέρανε ο γιατρός, πλένοντας τα χέρια του στο νεροχύτη.

Ο βοηθός του, αναστατωμένος από την ομορφιά της πεθαμένης, δεν μπορούσε να δεχτεί να τη ράψει σαν σακί και πρότεινε να την ταχτοποιήσουν λιγάκι. Έτσι έπεσαν με τα μούτρα στη δουλειά, για να διατηρήσουν το σώμα με αλοιφές και να το παραγεμίσουν με ταριχευτικά φυράματα. Δούλεψαν μέχρι τις τέσσερις το πρωί, όταν ο γιατρός Κουέβας δήλωσε πως ήταν πτώμα από την κούραση και τη θλίψη και βγήκε έξω. Στην κουζίνα έμεινε η Ρόζα στα χέρια του βοηθού, που έπλυνε μ' ένα σφουγγάρι τους λεκέδες από το αίμα, της φόρεσε την κεντημένη της νυχτικιά για να κρύψει τη ραφή που είχε από το λαιμό ως το εφήβαιο και της έφτιαξε τα μαλλιά. Ύστερα καθάρισε κάθε ίχνος που είχε αφήσει η δουλειά τους.

Ο γιατρός Κουέβας βρήκε στο σαλόνι το Σεβέρο συντροφιά με την νταντά, μισομεθυσμένους απ' το κλάμα και το σέρι.

«Είναι έτοιμη», είπε. «Θα την ταχτοποιήσουμε λιγάκι για να τη δει η μητέρα της».

Εξήγησε στο Σεβέρο πως οι υποψίες του ήταν βάσιμες και πως στο στομάχι της κόρης του είχε βρει την ίδια θανατηφόρα ουσία με το χαρισμένο αγουαρδιέντε. Τότε ο Σεβέρο θυμήθηκε την προφητεία της Κλάρας κι έχασε όση ψυχραιμία του απόμενε, μη μπορώντας να συμφιλιωθεί με την ιδέα πως η κόρη του είχε πεθάνει αντί γι' αυτόν. Ξέσπασε στενάζοντας πως εκείνος ήταν ο φταίχτης, τόσο φιλόδοξος και πολυλογάς, πως κανείς δεν τον είχε βάλει με το ζόρι στην πολιτική, πως ήταν πολύ καλύτερα σαν απλός δικηγόρος και πάτερ φαμίλιας, πως θα έδινε την παραίτησή του εκείνη την ίδια στιγμή και μια για πάντα από την κακόχρονη υποψηφιότητα και από το Φιλελεύθερο Κόμμα κι απ' όλα τα μεγαλεία και τα έργα τους, πως αυτή ήταν δουλειά για χασάπηδες και ληστές, ώσπου ο γιατρός Κουέβας τον λυπήθηκε και κατέληξε να τον μεθύσει. Το σέρι αποδείχτηκε δυνατότερο από τον πόνο και τις ενοχές του. Η νταντά μαζί με το γιατρό τον πήγαν σηκωτό στο δωμάτιό του, τον ξέντυσαν και τον έβαλαν στο κρεβάτι. Ύστερα πήγαν στην κουζίνα, όπου ο βοηθός κόντευε να τελειώσει την ταχτοποίηση της Ρόζας.

Η Νίβεα και ο Σεβέρο δελ Βάλιε ξύπνησαν αργά το επόμενο πρωί. Οι συγγενείς είχαν στολίσει το σπίτι σύμφωνα με τα έθιμα του πένθους, οι κουρτίνες ήταν κλειστές και στολισμένες με κρέπια και σ' όλο το μάκρος των τοίχων ήταν ακουμπισμένα στη σειρά τα λουλουδένια στεφάνια, που το γλυκερό τους άρωμα γέμιζε τον αέρα. Είχαν φτιάξει νεκροφυλάκιο στην τραπεζαρία. Πάνω στο μεγάλο τραπέζι, σκεπασμένο με τσόχα μαύρη με χρυσαφιές φράντζες, βρισκόταν το άσπρο φέρετρο με τ' ασημένια καρφιά της Ρόζας. Δώδεκα κίτρινα κεριά σε μπρούντζινα κηροπήγια φώτιζαν τη νέα με μια ακαθόριστη λάμψη. Την είχαν ντύσει με το νυφικό της και της είχαν βάλει ένα στεφάνι με λεμονανθούς από κερί, που φύλαγε για το γάμο της.

Το μεσημέρι άρχισε η παρέλαση των συγγενών, των φίλων και γνωστών, για να δώσουν συλλυπητήρια και να συντροφέψουν τους δελ Βάλιε στο πένθος τους. Ακόμα και οι πιο γνωστοί πολιτικοί τους αντίπαλοι εμφανίστηκαν – κι όλους ο Σεβέρο δελ Βάλιε τους κοίταζε προσεχτικά, προσπαθώντας να βρει μες στα μάτια του καθενός το μυστικό του δολοφόνου, αλλά σε όλους, ακόμα και στου προέδρου του Συντηρητικού Κόμματος, δεν είδε παρά την ίδια λύπη και την ίδια αθωότητα.

Στη διάρκεια της αγρύπνιας, οι άντρες κυκλοφορούσαν στα σαλόνια και τους διαδρόμους του σπιτιού συζητώντας χαμηλόφωνα για τις δουλειές τους. Σιωπούσαν, όμως, με σεβασμό όταν πλησίαζε κάποιος της οικογένειας. Τη στιγμή που έμπαιναν στην τραπεζαρία και πλησίαζαν το φέρετρο για ν' αποχαιρετήσουν τη Ρόζα, όλοι ανατρίχιαζαν, γιατί η ομορφιά της γινόταν ακόμα μεγαλύτερη όσο περνούσε η ώρα. Οι κυρίες περνούσαν στο σαλόνι, όπου είχαν κάνει έναν κύκλο με τις καρέκλες του σπιτιού. Εκεί μπορούσαν να κλάψουν με την άνεσή τους, να ξαλαφρώσουν με τη δικαιολογία του ξένου θανάτου από άλλες δικές τους στεναχώριες. Τα δάκρυα ήταν άφθονα, αλλά συγκρατημένα και καθωσπρέπει. Μερικές κυρίες προσεύχονταν χαμηλόφωνα. Οι υπηρέτριες του σπιτιού τριγυρνούσαν μέσα έξω στα σαλόνια και στους διαδρόμους, προσφέροντας τσάι, κονιάκ, χαρτομάντιλα καθαρά για τις κυρίες, γλυκά του κουταλιού σπιτικά και μικρές κομπρέσες με αμμωνία για όσες ζαλίζονταν από την κλεισούρα, τη μυρωδιά των κεριών και τη συγκίνηση. Όλα τα κορίτσια δελ Βάλιε ήταν κατάμαυρα ντυμένα, εκτός από την Κλάρα, που ήταν ακόμα μικρή, και κάθονταν γύρω από τη μητέρα τους σαν μια σειρά κοράκια. Η Νίβεα, που τα δάκρυά της είχαν στερέψει πια, καθόταν αλύγιστη στην καρέκλα της, χωρίς να βγάζει άχνα, χωρίς να λέει κουβέντα και χωρίς την ανακούφιση της αμμωνίας, γιατί πάθαινε αλλεργία. Οι επισκέπτες που κατέφθαναν περνούσαν από μπροστά της για να τη συλλυπηθούν. Μερικοί τη φιλούσαν σταυρωτά, άλλοι την αγκάλιαζαν σφιχτά για μερικά λεπτά, αλλά εκείνη έδειχνε να μην αναγνωρίζει ούτε και τους πιο γνωστούς της. Της είχαν πεθάνει κι άλλα παιδιά στα μικράτα τους, αλλά κανένα τους δεν της είχε προξενήσει την αίσθηση της απώλειας που ένιωθε εκείνη τη στιγμή.

Όλα τ' αδέλφια αποχαιρέτησαν τη Ρόζα μ' ένα φιλί στο παγωμένο μέτωπο, εκτός από την Κλάρα που δεν θέλησε να πλησιάσει στην τραπεζαρία. Δεν επέμειναν γιατί γνώριζαν την ιδιαίτερη ευαισθησία της και την τάση που είχε να υπνοβατεί όταν ερεθιζόταν η φαντασία της. Έμεινε στον κήπο καθισμένη ένα κουβάρι κοντά στον Μπαραμπάς και δεν θέλησε να φάει ή να πάρει μέρος στην προετοιμασία της κηδείας. Μόνο η νταντά την πρόσεξε και προσπάθησε να την παρηγορήσει, αλλά η Κλάρα την έδιωξε.

Όμως, παρά τις προφυλάξεις που πήρε ο Σεβέρο για να σταματήσει τα κουτσομπολιά, ο θάνατος της Ρόζας δημιούργησε δημόσιο σκάνδαλο. Ο γιατρός Κουέβας διηγούνταν σ' όποιον ήθελε να τον ακούσει την τελείως λογική εξήγηση του θανάτου της κοπέλας, που οφειλόταν, σύμφωνα με την άποψή του, σε καλπάζουσα πνευμονία. Αλλά από φήμες μαθεύτηκε πως πέθανε δηλητηριασμένη αντί για τον πατέρα της. Οι πολιτικές δολοφονίες ήταν άγνωστες στη χώρα εκείνη την εποχή και το δηλητήριο, όπως και να ήταν, ήταν για γυναικούλες, κάτι υποτιμητικό, και δεν το χρησιμοποιούσαν από την εποχή της αποικίας, γιατί ακόμα και τα ερωτικά εγκλήματα γίνονταν πρόσωπο με πρόσωπο. Δημιουργήθηκε μεγάλος θόρυβος γι' αυτή την απόπειρα και προτού ο Σεβέρο μπορέσει να το εμποδίσει, τη δημοσίεψε μια εφημερίδα της αντιπολίτευσης, κατηγορώντας συγκαλυμμένα την ολιγαρχία και προσθέτοντας πως οι συντηρητικοί ήταν ικανοί να φτάσουν μέχρι εκεί, γιατί δεν μπορούσαν να συγχωρέσουν το Σεβέρο δελ Βάλιε, που παρ' όλη την κοινωνική του τάξη είχε περάσει στη φιλελεύθερη παράταξη. Η αστυνομία προσπάθησε ν' ακολουθήσει τα ίχνη της καράφας με το αγουαρδιέντε, αλλά το μόνο που ξεκαθάρισε ήταν πως δεν είχε την ίδια προέλευση με το παραγεμισμένο με πέρδικες γουρουνόπουλο και πως οι ψηφοφόροι του νότου δεν είχαν καμιά σχέση με την υπόθεση. Η μυστηριώδης καράφα βρέθηκε τυχαία μπροστά στην πόρτα υπηρεσίας του σπιτιού των Βάλιε την ίδια μέρα και την ίδια ώρα με το ψητό γουρουνόπουλο. Η μαγείρισσα είχε υποθέσει πως ήταν μέρος από το ίδιο δώρο. Ούτε ο ζήλος της αστυνομίας ούτε οι έρευνες που έκανε ο Σεβέρο για λογαριασμό του μ' έναν ιδιωτικό ντετέκτιβ, μπόρεσαν ν' αποκαλύψουν τους δολοφόνους κι έτσι η σκιά αυτής της απραγματοποίητης εκδίκησης έμεινε πάνω στις γενιές που ακολούθησαν. Αυτή ήταν η πρώτη από μια σειρά πράξεις βίας, που σημάδεψαν τη μοίρα της οικογένειας.

Τη θυμάμαι πολύ καλά. Ήταν μια μέρα πολύ ευτυχισμένη για μένα, γιατί είχαμε χτυπήσει μια καινούργια φλέβα, την πλούσια και θαυμαστή φλέβα που έψαχνα να βρω όλον αυτό τον καιρό με θυσίες, με αναμονή, μακριά απ' όλους, και που μπορούσε να περιέχει τα πλούτη που επιθυμούσα. Ήμουνα σίγουρος πως σε έξι μήνες θα είχα αρκετά λεφτά για να παντρευτώ και σ' ένα χρόνο θα μπορούσα να θεωρούμαι πλούσιος. Ήμουνα τυχερός, γιατί σ' αυτές τις δουλειές με τα ορυχεία οι περισσότεροι καταστρέφονταν παρά πλούτιζαν, όπως έλεγαν. Έγραφα στη Ρόζα εκείνο το απόγεμα, με τέτοια ευφορία, τέτοια ανυπομονησία, που μπερδεύονταν τα δάχτυλά μου στην παλιά γραφομηχανή και κολλούσαν οι λέξεις. Εκεί βρισκόμουν όταν άκουσα τα χτυπήματα στην πόρτα που μου έκοψαν την έμπνευση για πάντα. Ήταν ένας αγωγιάτης μ' ένα ζευγάρι μουλάρια και μου έφερνε ένα τηλεγράφημα από το χωριό, σταλμένο από την αδελφή μου τη Φέρουλα, που μου ανάγγελλε το θάνατο της Ρόζας.

Αναγκάστηκα να διαβάσω τρεις φορές το κομμάτι το χαρτί για να συνειδητοποιήσω το μέγεθος της απελπισίας μου. Δεν είχα ποτέ σκεφτεί πως η Ρόζα ήταν θνητή. Υπέφερα πολύ όταν σκεφτόμουν πως εκείνη, βαριεστημένη να με περιμένει, θ' αποφάσιζε να παντρευτεί άλλον, ή πως ποτέ δεν θα παρουσιαζόταν η καταραμένη φλέβα, που θα έβαζε μια περιουσία στα χέρια μου, ή πως το ορυχείο μπορούσε να καταρρεύσει και να με κάνει λιώμα σαν κατσαρίδα. Είχα σκεφτεί όλες αυτές τις εκδοχές και μερικές ακόμα, αλλά ποτέ το θάνατο της Ρόζας, παρά την παροιμιώδη μου απαισιοδοξία, που με κάνει πάντα να περιμένω το χειρότερο. Ένιωσα πως χωρίς τη Ρόζα η ζωή δεν είχε πια κανένα νόημα για μένα. Ξεφούσκωσα σαν τρύπιο μπαλόνι, μου έφυγε όλος ο ενθουσιασμός. Έμεινα καθισμένος στην καρέκλα να κοιτάζω την έρημο από το παράθυρο ποιος ξέρει για πόση ώρα, ώσπου σιγά σιγά ξαναγύρισε η ζωή στο σώμα μου. Η πρώτη μου αντίδραση ήταν θυμός. Άρχισα να χτυπάω τις λεπτές σανίδες του σπιτιού ώσπου μάτωσαν τα χέρια μου, έκανα χίλια κομμάτια τα γράμματα, τα σχέδια της Ρόζας και τα αντίγραφα από τα δικά μου, που είχα φυλάξει, έβαλα όπως όπως τα ρούχα μου στις βαλίτσες, τα χαρτιά μου και τη σακουλίτσα από κανναβάτσο με το χρυσάφι κι ύστερα πήγα να βρω τον αρχιεργάτη για να του παραδώσω τα κατάστιχα και τα κλειδιά του ταμείου. Ο αγωγιάτης προσφέρθηκε να με συντροφέψει μέχρι το τρένο. Αναγκαστήκαμε να ταξιδέψουμε σχεδόν όλη νύχτα πάνω στα ζώα, σκεπασμένοι μόνο με κουβέρτες για να προφυλαχτούμε από την παγωμένη ομίχλη της ερήμου, προχωρώντας σιγά σιγά σ' εκείνες τις ατέλειωτες ερημιές όπου μόνο το ένστικτο του οδηγού μου μπορούσε να μου εγγυηθεί πως θα φτάναμε στον προορισμό μας. Η νύχτα ήταν φωτεινή κι αστροφώτιστη, ένιωθα το κρύο να μου τρυπάει τα κόκαλα, να μου κόβει το αίμα στα χέρια, να τρυπώνει στην ψυχή μου. Σκεφτόμουνα τη Ρόζα κι επιθυμούσα μ' ένα παράλογο πάθος να μην ήταν αλήθεια ο θάνατος της, παρακαλώντας το Θεό απελπισμένα να ήταν όλα ένα λάθος ή να σηκωνόταν από τον τάφο της σαν το Λάζαρο. Προχωρούσα κι έκλαιγα μέσα μου, βυθισμένος στον πόνο μου μες στην παγωνιά της νύχτας, βλαστημώντας το μουλάρι που πήγαινε τόσο σιγά, τη Φέρουλα που μου είχε στείλει άσχημα μαντάτα, τη Ρόζα που πήγε και πέθανε, και το Θεό που το είχε επιτρέψει, ώσπου άρχισε να ξημερώνει κι είδα να χάνονται τα τελευταία αστέρια και ν' απλώνονται τα πρώτα χρώματα της αυγής, βάφοντας με κόκκινα και πορτοκαλιά το τοπίο του βορρά, και με το φως ξαναβρήκα κάπως τα λογικά μου. Άρχισα να δέχομαι την κακοτυχιά μου και να παρακαλώ, όχι πια ν' αναστηθεί, παρά να προλάβω να φτάσω για να τη δω προτού τη θάψουν. Ανοίξαμε το βήμα μας και μια ώρα αργότερα ο αγωγιάτης μ' αποχαιρέτησε στο μικροσκοπικό σταθμό, απ' όπου περνούσε το τρενάκι που ένωνε τον πολιτισμένο κόσμο μ' εκείνη την έρημο, όπου είχα περάσει δυο χρόνια.

Ταξίδεψα πάνω από τριάντα ώρες χωρίς να σταματήσω ούτε για φαγητό, έχοντας ξεχάσει ακόμα και τη δίψα, αλλά κατάφερα να φτάσω στο σπίτι της οικογένειας δελ Βάλιε πριν από την κηδεία. Λένε πως μπήκα στο σπίτι σκεπασμένος με σκόνη, χωρίς καπέλο, βρόμικος κι αξύριστος, διψασμένος κι έξαλλος, αναζητώντας με φωνές την αρραβωνιαστικιά μου. Η μικρή Κλάρα, που τότε ήταν αδύνατη κι άσχημη, ήρθε να με συναντήσει μόλις μπήκα στην αυλή, με πήρε από το χέρι και με οδήγησε σιωπηλά στην τραπεζαρία. Εκεί βρισκόταν η Ρόζα, ανάμεσα σε άσπρες πιέτες από άσπρο σατέν, μες στο άσπρο της φέρετρο, τρεις μέρες πεθαμένη, αλλά ανέπαφη και χίλιες φορές πιο όμορφη απ' όσο θυμόμουν, γιατί η Ρόζα με το θάνατό της είχε ξαναγίνει χωρίς κανείς να το καταλάβει η νεράιδα που υπήρξε πάντα στα κρυφά.

«Καταραμένη η ώρα! Μου έφυγε μέσ' από τα χέρια!» λένε πως φώναξα, πέφτοντας στα γόνατα στο πλάι της, σκανδαλίζοντας τους συγγενείς, γιατί κανείς δεν μπορούσε να καταλάβει την απογοήτευσή μου μετά από δυο χρόνια που έσκαβα τη γη για να πλουτίσω, με μοναδικό σκοπό να οδηγήσω αυτό το κορίτσι στην εκκλησία – και ο θάνατος μου την είχε κλέψει.

Λίγα λεπτά αργότερα έφτασε η καρότσα, μια τεράστια άμαξα, μαύρη και γυαλιστερή, που την έσερναν έξι άτια στολισμένα με φτερά, όπως ήταν συνήθεια τότε, και την οδηγούσαν δυο αμαξάδες με λιβρέα. Την έβγαλαν από το σπίτι το απομεσήμερο, ενώ ψιχάλιζε, κι από πίσω ακολουθούσαν σε πομπή άμαξες με τους συγγενείς, τους φίλους και τα στεφάνια. Ήταν συνήθεια τότε οι γυναίκες και τα παιδιά να μην πηγαίνουν σε κηδείες, που θεωρούνταν δουλειά των αντρών, αλλά η Κλάρα κατάφερε να χωθεί την τελευταία στιγμή μες στην πομπή, για να συνοδέψει την αδελφή της τη Ρόζα. Ένιωσα το γαντοφορεμένο της χεράκι να σφίγγει το δικό μου και την είχα δίπλα μου σ' όλη τη διαδρομή, μια μικρή σιωπηλή σκιά που αναστάτωνε με μια άγνωστη τρυφερότητα την καρδιά μου. Εκείνη τη στιγμή ούτε κι εγώ είχα συνειδητοποιήσει πως η Κλάρα δεν είχε πει ούτε κουβέντα μέσα σε δυο μέρες και θα περνούσαν άλλες τρεις προτού η οικογένεια ν' ανησυχήσει με τη σιωπή της.

Ο Σεβέρο δελ Βάλιε κι οι γιοι του κουβάλησαν στους

ώμους τους το άσπρο φέρετρο με τ' ασημένια καρφιά της Ρόζας κι εκείνοι μόνοι τους το τοποθέτησαν στο άδειο κοίλωμα στο μαυσωλείο. Ήταν μαυροντυμένοι, σιωπηλοί κι αδάκρυτοι, σύμφωνα με τους κανόνες της θλίψης σε μια χώρα συνηθισμένη στην αξιοπρέπεια του πόνου. Όταν πια έκλεισαν τα κάγκελα του τάφου κι έφυγαν οι συγγενείς, οι φίλοι και οι νεκροθάφτες, εγώ έμεινα εκεί, όρθιος ανάμεσα στα λουλούδια που είχαν ξεφύγει από τα δόντια του Μπαραμπάς και που είχαν συνοδέψει τη Ρόζα στο νεκροταφείο. Θα πρέπει να έμοιαζα σαν κάποιο σκοτεινό πουλί του χειμώνα, με το σακάκι μου να χορεύει στον αέρα, ψηλός κι αδύνατος όπως ήμουν τότε, προτού εκπληρωθεί η κατάρα της Φέρουλα και αρχίσω να μικραίνω. Ο ουρανός ήταν γκρίζος και προμηνούσε βροχή, υποθέτω πως έκανε κρύο, αλλά εγώ νομίζω πως δεν ένιωθα τίποτα, γιατί μ' έτρωγε η λύσσα. Δεν μπορούσα να πάρω τα μάτια μου από κείνο το μικρό μαρμάρινο ορθογώνιο, όπου είχαν χαράξει με γοτθικούς χαρακτήρες το όνομα της Ρόζας, της ωραίας, και τις ημερομηνίες που περιόριζαν το σύντομο πέρασμά της απ' αυτόν τον κόσμο. Σκεφτόμουν πως είχα χάσει δυο χρόνια να ονειρεύομαι τη Ρόζα, να δουλεύω για τη Ρόζα, να γράφω στη Ρόζα, να ποθώ τη Ρόζα και, στο τέλος, δεν θα είχα ούτε την παρηγοριά να με θάψουν πλάι της. Αναλογίστηκα τα χρόνια που μου έμεναν να ζήσω ακόμα κι έβγαλα το συμπέρασμα πως δεν άξιζε η ζωή χωρίς εκείνη, γιατί ποτέ δεν θα συναντούσα σ' όλο τον κόσμο άλλη γυναίκα με τα πράσινα μαλλιά της και τη θαλασσινή της ομορφιά.

Δεν άκουσα τα βήματα του φύλακα του νεκροταφείου, που με πλησίασε από πίσω. Γι' αυτό ξαφνιάστηκα όταν ακούμπησε τον ώμο μου.

«Πώς τολμάς να βάζεις το χέρι σου πάνω μου!» ούρλιαξα.

Ο καημένος ο άνθρωπος υποχώρησε τρομαγμένος. Μερικές σταγόνες βροχή έπεσαν θλιμμένα πάνω στα λουλούδια των νεκρών.

«Συγγνώμη, κύριε», νομίζω πως είπε, «είναι έξι και πρέπει να κλείσω».

Προσπάθησε να μου εξηγήσει πως ο κανονισμός απαγόρευε σ' όλους τους επισκέπτες εκτός από το προσωπικό να παραμένουν στην περιοχή μετά τη δύση του ήλιου, αλλά εγώ δεν τον άφησα να συνεχίσει, έβαλα μερικά χαρτονομίσματα στη χούφτα του και τον έσπρωξα πέρα για να φύγει και να μ' αφήσει. Τον είδα ν' απομακρύνεται και να γυρίζει να με κοιτάζει πάνω απ' τον ώμο του. Θα πρέπει να νόμισε πως ήμουν κανένας τρελός, ένας από κείνους τους ψυχοπαθείς νεκρόφιλους, που καμιά φορά τριγυρίζουν στα νεκροταφεία.

Ήταν μια ατέλειωτη νύχτα, ίσως η πιο μεγάλη νύχτα της ζωής μου. Την πέρασα καθισμένος δίπλα στον τάφο της Ρόζας, κουβεντιάζοντας μαζί της, κρατώντας της συντροφιά στο πρώτο κομμάτι από το ταξίδι της στο υπερπέραν, τότε που είναι πιο δύσκολο να ξεκολλήσει κανείς από τη γη και χρειάζεται την αγάπη των ζωντανών, για να φύγει τουλάχιστο με την παρηγοριά πως κάτι δικό του έχει μείνει στην ξένη καρδιά. Θυμόμουνα το τέλειο πρόσωπο και καταριόμουν τη μοίρα μου. Κατηγορούσα τη Ρόζα για τα χρόνια που πέρασα, χωμένος σε μια τρύπα στο ορυχείο, να την ονειρεύομαι. Δεν της είπα πως δεν είχα αντικρίσει άλλη γυναίκα όλον αυτόν τον καιρό, έξω από κάτι θλιβερές πόρνες, γερασμένες και ζαρωμένες, που εξυπηρετούσαν όλη την κατασκήνωση περισσότερο με καλή θέληση παρά με ικανότητες. Αλλά όμως της είπα πως είχα ζήσει ανάμεσα σε πρόστυχους, αχαλίνωτους άντρες, τρώγοντας ρεβίθια και πίνοντας πρασινισμένο νερό, μακριά από κάθε πολιτισμό, και πως τη σκεφτόμουν μέρα νύχτα, κρατώντας στην καρδιά μου τη μορφή της σαν λάβαρο, για να παίρνω δύναμη για να συνεχίζω το σκάψιμο στο βουνό, ακόμα κι όταν χανόταν η φλέβα, άρρωστος με την κοιλιά μου τον περισσότερο καιρό, παγωμένος από το κρύο τη νύχτα και ζαλισμένος από τη ζέστη τη μέρα, κι όλα αυτά με μοναδικό σκοπό να την παντρευτώ, αλλά αυτή πήγε και με πρόδωσε και πέθανε προτού εκπληρώσω τα όνειρα μου και μ' άφησε σε αθεράπευτη απελπισία. Της είπα πως με είχε κοροϊδέψει, της θύμισα πως ποτέ δεν είχαμε μείνει εντελώς μόνοι μας, πως την είχα φιλήσει μονάχα μια φορά. Είχα αναγκαστεί να πλέξω τον ερωτά μας με αναμνήσεις κι επιθυμίες ανεκπλήρωτες, με καθυστερημένα και ξεθαμμένα γράμματα, που δεν μπορούσαν να εκφράσουν το πάθος των αισθημάτων μου, ούτε τον πόνο της απουσίας της, γιατί δεν έχω ταλέντο στην αλληλογραφία κι ακόμα λιγότερο για να εκφράζω τα συναισθήματά μου. Της είπα πως εκείνα τα χρόνια στο ορυχείο ήταν μια ανεπανόρθωτη απώλεια, πως, αν ήξερα πόσο λίγο θα έμενε σ' αυτόν τον κόσμο, θα είχα κλέψει τα λεφτά που χρειαζόμουν για να την παντρευτώ και να της φτιάξω ένα παλάτι με θησαυρούς απ' το βυθό της θάλασσας, κοράλλια, μαργαριτάρια, σεντέφι, θα την είχα αρπάξει για να την κλείσω εκεί μέσα, μακριά απ' όλους. Και θα την αγαπούσα αδιάκοπα κι αιώνια, γιατί ήμουνα σίγουρος πως, αν βρισκόταν μαζί μου, δεν θα έπινε το δηλητήριο που προοριζόταν για τον πατέρα της και θα είχε ζήσει χίλια χρόνια. Της μίλησα για τα χάδια που είχα κρατήσει για κείνη, για τα δώρα που σχεδίαζα να της πάρω για να την ξαφνιάσω, για τον τρόπο που την αγαπούσα και θα την έκανα ευτυχισμένη. Της είπα δηλαδή ό,τι τρέλα μού κατέβαινε, που ποτέ δεν θα τολμούσα να της πω αν μπορούσε να μ' ακούσει και που ποτέ δεν ξανάπα σε καμιά άλλη γυναίκα.

Εκείνη τη νύχτα νόμιζα πως δεν θα μπορούσα ποτέ να ξαναγαπήσω, πως δεν θα ξαναγελούσα, ούτε θα πίστευα ξανά σ' ένα όνειρο. Αλλά ποτέ ξανά είναι πολύς καιρός. Αυτό αποδείχτηκε στη μακρόχρονη ζωή μου.

Είδα σαν όραμα την οργή μου να μεγαλώνει μέσα μου σαν κακοήθης όγκος, να μου αμαυρώνει την ύπαρξη, να με κάνει ανίκανο για τρυφερότητα ή για λύπηση. Όμως πάνω από τη σύγχυση και το θυμό, το πιο δυνατό συναίσθημα που θυμάμαι να είχα εκείνη τη νύχτα ήταν ο ανεκπλήρωτος πόθος, γιατί ποτέ δεν θα μπορούσα να ικανοποιήσω την επιθυμία μου να χαϊδέψω το σώμα της Ρόζας, να μπω μες στα μυστικά της, να ξαμολήσω την πράσινη πηγή των μαλλιών της και να βυθιστώ στα πιο βαθιά νερά της. Έφερα στο νου μου απελπισμένα την τελευταία της εικόνα, καθώς διαγραφόταν ανάμεσα στις σατέν πιέτες, στο παρθενικό της φέρετρο, με τους λεμονανθούς της νιόνυφης στεφανωμένη και μ' ένα ροζάριο πλεγμένο στα δάχτυλα. Δεν ήξερα πως έτσι ακριβώς, με τους λεμονανθούς και το ροζάριο, θα την ξανάβλεπα για μια στιγμή φευγαλέα πολλά χρόνια αργότερα.

Με το πρώτο φως της αυγής ο φύλακας επέστρεψε. Θα πρέπει να λυπήθηκε εκείνο τον ξεπαγιασμένο τρελό, που είχε περάσει τη νύχτα μες στα χλομά φαντάσματα στο νεκροταφείο. Μου πρόσφερε το παγούρι του.

«Ζεστό τσάι. Πιες λίγο, κύριε», μου είπε.

Αλλά το έκανα πέρα και απομακρύνθηκα βλαστημώντας με μεγάλα οργισμένα βήματα, ανάμεσα στις σειρές τα μνήματα και τα κυπαρίσσια.

Τη νύχτα που ο γιατρός Κουέβας και ο βοηθός του ξεκοίλιασαν το πτώμα της Ρόζας στην κουζίνα, για να βρουν την αιτία του θανάτου της, η Κλάρα βρισκόταν στο κρεβάτι της τρέμοντας μες στο σκοτάδι, με τα μάτια ορθάνοιχτα. Πίστευε πως η αδελφή της μπορεί να είχε πεθάνει επειδή εκείνη το είχε αναγγείλει. Πίστευε πως, όπως η δύναμη του μυαλού της μπορούσε να κουνήσει την αλατιέρα, με τον ίδιο τρόπο μπορούσε να προξενήσει το θάνατο, σεισμούς κι άλλες μεγαλύτερες καταστροφές. Άδικα η μητέρα της τής είχε εξηγήσει πως εκείνη δεν μπορούσε να προκαλέσει τα γεγονότα, μόνο μπορούσε να τα προβλέπει. Ένιωθε απελπισμένη κι ένοχη και σκέφτηκε πως αν έμενε κοντά στη Ρόζα, θα αισθανόταν καλύτερα. Σηκώθηκε ξυπόλυτη, με τη νυχτικιά, και πήγε στην κρεβατοκάμαρα που μοιραζόταν με τη μεγαλύτερη αδελφή της, αλλά δεν τη βρήκε στο κρεβάτι της, όπου την είχε δει για τελευταία φορά. Βγήκε για να την ψάξει μες στο σπίτι. Όλα ήταν σκοτεινά και σιωπηλά. Η μητέρα της κοιμόταν ναρκωμένη από το γιατρό Κουέβας και τ' αδέλφια της και το προσωπικό είχαν αποτραβηχτεί από νωρίς στα δωμάτιά τους. Πέρασε από τα σαλόνια γλιστρώντας, κολλημένη στους τοίχους, τρομαγμένη και παγωμένη. Τα βαριά έπιπλα, οι χοντρές πλισεδωτές κουρτίνες, τα κάδρα στους τοίχους, η ταπετσαρία με τα ζωγραφισμένα λουλούδια πάνω σε σκούρο πανί, οι σβησμένες λάμπες που κρέμονταν από τα ταβάνια και οι φτέρες πάνω στις πορσελάνινες κολόνες τους, όλα τής φαίνονταν απειλητικά. Πρόσεξε πως στο σαλόνι διακρινόταν λίγο φως στη χαραμάδα κάτω από την πόρτα κι ήταν έτοιμη να μπει μέσα, αλλά φοβήθηκε μήπως συναντήσει τον πατέρα της και τη στείλει πίσω στο κρεβάτι της. Σκέφτηκε τότε πως στην αγκαλιά της νταντάς θα έβρισκε παρηγοριά και πήγε στην κουζίνα. Διέσχισε την κεντρική αυλή, ανάμεσα στις καμέλιες και τις κοντές πορτοκαλιές, πέρασε μέσα από τα σαλόνια στη δεύτερη πτέρυγα του σπιτιού και στους σκοτεινούς ξέσκεπους διαδρόμους, όπου το αδύναμο φως στα φανάρια έκαιγε όλη νύχτα, για να μπορούν να βγουν έξω τρέχοντας σε περίπτωση σεισμού και για να τρομάζουν τις νυχτερίδες και τα άλλα ζώα της νύχτας, κι έφτασε στην τρίτη αυλή, όπου βρίσκονταν τα δωμάτια του προσωπικού και η κουζίνα. Εκεί το σπίτι έχανε την αρχοντιά του κι άρχιζε η αταξία στα κλουβιά των σκύλων, στα κοτέτσια και στα δωμάτια του προσωπικού. Πιο πέρα βρισκόταν ο στάβλος, όπου η Νίβεα φύλαγε τα γεροάλογά της, που χρησιμοποιούσε ακόμα, παρ' όλο που ο Σεβέρο δελ Βάλιε ήταν από τους πρώτους που αγόρασαν αυτοκίνητο. Η πόρτα και τα ξύλινα παντζούρια της κουζίνας, καθώς και η αποθήκη, ήταν όλα κλειστά. Το ένστικτο προειδοποίησε την Κλάρα πως κάτι παράξενο συνέβαινε εκεί μέσα. Προσπάθησε να κοιτάξει, αλλά ούτε η μύτη της δεν έφτανε στο περβάζι του παραθύρου. Έτσι αναγκάστηκε να τραβήξει ένα κασόνι και να το σπρώξει κοντά στον τοίχο· ανέβηκε και μπόρεσε να κοιτάξει μέσα από μια τρύπα που η υγρασία κι ο καιρός είχαν κάνει ανάμεσα στο ξύλινο παντζούρι και στο πλαίσιο του παραθύρου. Και τότε είδε τι συνέβαινε.

Ο γιατρός Κουέβας, εκείνος ο άκακος και γλυκός ανθρωπάκος με τη μακριά γενειάδα και την τουρλωτή κοιλιά, που βοήθησε στη γέννα της και γιάτρευε όλες τις αδιαθεσίες της παιδικής της ηλικίας και τις κρίσεις του άσθματος, είχε μεταμορφωθεί σ' ένα χοντρό και σκοτεινό βρικόλακα, σαν αυτούς που είχε δει στις φωτογραφίες στα βιβλία του θείου Μάρκος. Ήταν σκυμμένος πάνω στο τραπέζι, όπου η νταντά ετοίμαζε το φαγητό. Στο πλάι στεκόταν ένας άγνωστος νέος, χλομός σαν το φεγγάρι, με το πουκάμισο λεκιασμένο με αίματα και με λιγωμένο βλέμμα. Είδε τις κατάλευκες γάμπες της αδελφής της και τα γυμνά της πόδια. Η Κλάρα άρχισε να τρέμει. Εκείνη τη στιγμή ο γιατρός Κουέβας έκανε στο πλάι και η Κλάρα μπόρεσε να δει το φρικιαστικό θέαμα: τη Ρόζα ξαπλωμένη πάνω στο μάρμαρο, ανοιγμένη από πάνω ως κάτω με μια βαθιά τομή, με τα έντερα της ακουμπισμένα δίπλα της μες στη σαλατιέρα. Η Ρόζα είχε το κεφάλι της γυρισμένο προς το παράθυρο, απ' όπου εκείνη κατασκόπευε, τα μακριά της πράσινα μαλλιά κρέμονταν σαν φτέρες από το τραπέζι ως τα λεκιασμένα με κόκκινο πλακάκια στο πάτωμα. Είχε τα μάτια κλειστά, αλλά η μικρή, με το σκοτάδι, την απόσταση ή τη φαντασία της, νόμισε πως έβλεπε μια παρακλητική και ταπεινωμένη έκφραση στο πρόσωπο της αδελφής της.

Η Κλάρα, ακίνητη πάνω στο κασόνι, δεν μπόρεσε να τραβήξει το βλέμμα της ούτε στιγμή, ως το τέλος. Έμεινε να κρυφοκοιτάζει από τη χαραμάδα για ώρα πολλή, ξεπαγιάζοντας χωρίς να το καταλαβαίνει, ώσπου οι δυο άντρες άδειασαν τελείως τη Ρόζα, της έβαλαν στις φλέβες ένα υγρό με ένεση και την έπλυναν μέσα κι έξω με αρωματικό ξίδι και άρωμα λεβάντας. Έμεινε ώσπου την παραγέμισαν με ταριχευτικά φυράματα και την έραψαν με σακοράφα. Έμεινε εκεί ώσπου ο γιατρός Κουέβας πλύθηκε στο νεροχύτη και ξέβγαλε τα δάκρυά του, ενώ ο άλλος καθάριζε τα αίματα και τα έντερα. Έμεινε ώσπου ο γιατρός βγήκε έξω, βάζοντας τη μαύρη του ζακέτα με μια κίνηση θανάσιμης θλίψης. Έμεινε ώσπου ο νεαρός άγνωστος φίλησε τη Ρόζα στα χείλια, στο λαιμό, στο στήθος, ανάμεσα στα πόδια, την έπλυνε μ' ένα σφουγγάρι, της φόρεσε την κεντημένη νυχτικιά της και ταχτοποίησε τα μαλλιά της λαχανιάζοντας.

Έμεινε ώσπου έφτασε η νταντά και ο γιατρός Κουέβας κι ώσπου την έντυσαν με το άσπρο της φόρεμα και της φόρεσαν το στεφάνι με τους λεμονανθούς, που κρατούσε φυλαγμένο σε μεταξωτό χαρτί για το γάμο της. Έμεινε ώσπου ο βοηθός την πήρε στην αγκαλιά του με την ίδια συγκινητική τρυφερότητα που θα μπορούσε να την είχε σηκώσει για να περάσει για πρώτη φορά το κατώφλι του σπιτιού του, αν ήταν γυναίκα του. Και δεν μπόρεσε να κουνήσει από κει ώσπου φάνηκε το πρώτο φως της αυγής. Τότε γλίστρησε ως το κρεβάτι της, νιώθοντας μέσα της απλωμένη τη σιωπή όλου του κόσμου. Η σιωπή την κυρίεψε ολοκληρωτικά και δεν ξαναμίλησε παρά μόνο εννιά χρόνια αργότερα, όταν άνοιξε το στόμα της για ν' αναγγείλει πως επρόκειτο να παντρευτεί.

2

Οι Τρεις Μαρίες

Στην τραπεζαρία του σπιτιού του, ανάμεσα σε παλιοκαιρίστικα, της κακιάς ώρας, έπιπλα, που σε κάποια μακρινή εποχή ήταν ωραία βικτοριανά κομμάτια, ο Εστέμπαν Τρουέμπα έτρωγε με την αδελφή του Φέρουλα για βραδινό την ίδια σούπα όλο λίπος και το ίδιο άνοστο ψάρι της Παρασκευής. Τους σέρβιριζε η υπηρέτρια που τους περιποιόταν σ' όλη τους τη ζωή, σύμφωνα με την παράδοση των πληρωμένων σκλάβων εκείνης της εποχής. Η γερόντισσα πηγαινοερχόταν από την κουζίνα στην τραπεζαρία, σκυφτή και μισότυφλη, αλλά γεμάτη ζωτικότητα ακόμα, πηγαινοφέρνοντας τις πιατέλες με μεγάλη επισημότητα. Η δόνια Εστέρ Τρουέμπα δεν καθόταν μαζί με τα παιδιά της στο τραπέζι. Περνούσε τα πρωινά της ακίνητη στην καρέκλα της, κοιτάζοντας από το παράθυρο την κίνηση του δρόμου και βλέποντας πως με το πέρασμα των χρόνων καταστρεφόταν σιγά σιγά το προάστιο, που στα νιάτα της ήταν καθωσπρέπει. Μετά το μεσημεριανό την πήγαιναν στο κρεβάτι της, όπου την ξάπλωναν μισοκαθιστή, η μόνη στάση που επέτρεπαν τα αρθριτικά της, χωρίς άλλη συντροφιά έξω από τα θεοφοβούμενα βιβλιαράκια της με τους βίους των αγίων και τα θαύματά τους. Εκεί έμενε ώς την άλλη μέρα, όπου επαναλαμβανόταν η ίδια ρουτίνα. Η μοναδική της έξοδος ήταν για να παρακολουθήσει τη λειτουργία της Κυριακής στην εκκλησία του Σαν Σεμπάστιαν, δυο τετράγωνα από το σπίτι, όπου την πήγαιναν η Φέρουλα με την υπηρέτρια σε μια αναπηρική πολυθρόνα.

Ο Εστέμπαν σταμάτησε να σκαλίζει το ασπριδερό κρέας του ψαριού μέσα από ένα σωρό κόκαλα κι άφησε τα μαχαιροπίρουνα στο πιάτο. Καθόταν αλύγιστος, ακριβώς όπως περπατούσε, πολύ τεντωμένος, με το κεφάλι να γέρνει ελαφρά προς τα πίσω και στο πλάι, κοιτάζοντας με την άκρη του ματιού, μ' ένα μείγμα από υπεροψία, δυσπιστία και μυωπία. Ο τρόπος του αυτός θα ήταν δυσάρεστος, αν δεν ήταν εκπληκτικά γλυκά και καθάρια τα μάτια του. Η άκαμπτη στάση του ταίριαζε περισσότερο σ' έναν παχύ και κοντό άντρα, που θα ήθελε να δείχνει ψηλότερος, γιατί εκείνος ήταν ένα ογδόντα και πολύ αδύνατος. Όλες οι γραμμές στο κορμί του ήταν κάθετες με τάση προς τα πάνω, από τη λεπτή γαμψή του μύτη και τα μυτερά του φρύδια ώς το πλατύ του μέτωπο, που στεφάνωνε μια λιονταρίσια χαίτη που τη χτένιζε προς τα πίσω. Ήταν χοντροκόκαλος, με πλατιά δάχτυλα. Περπατούσε με μεγάλα βήματα, με μεγάλη ενεργητικότητα, κι έδειχνε πολύ δυνατός, χωρίς να του λείπει, ωστόσο, κάποια χάρη στις κινήσεις του. Το πρόσωπό του ήταν αρμονικό, παρά το σοβαρό και μελαγχολικό του φέρσιμο και τη συχνά κακόκεφη έκφρασή του. Το κύριο γνώρισμά του ήταν η κακοκεφιά και η τάση που είχε να θυμώνει εύκολα και να γίνεται έξαλλος, χαρακτηριστικό που είχε από μικρός, όταν έπεφτε καταγής βγάζοντας αφρούς από το στόμα, χωρίς να μπορεί να πάρει ανάσα από τη λύσσα του, και χτυπιόταν σαν δαιμονισμένος. Έπρεπε να τον βουτήξει κανείς σε παγωμένο νερό για να ξανάρθει στα συγκαλά του. Αργότερα έμαθε πως να αυτοκυριαρχείται, αλλά του έμεινε εκείνος ο ξαφνικός θυμός για όλη του τη ζωή, που λίγο τσίγκλισμα χρειαζόταν για να ξεσπάσει σε τρομερές κρίσεις.

«Δεν θα ξαναγυρίσω στο ορυχείο», είπε.

Ήταν η πρώτη φράση που αντάλλασσε με την αδελφή του στο τραπέζι.

Το είχε αποφασίσει την προηγούμενη νύχτα, όταν συνειδητοποίησε πως δεν είχε κανένα λόγο να συνεχίσει να ζει σαν ερημίτης, γυρεύοντας τα εύκολα πλούτη. Είχε το δικαίωμα εκμετάλλευσης του ορυχείου για ακόμα δυο χρόνια, αρκετό καιρό, δηλαδή, για να εκμεταλλευτεί καλά τη θαυμάσια φλέβα που είχε ανακαλύψει, αλλά σκεφτόταν πως ακόμα κι αν ο αρχιεργάτης τον έκλεβε λίγο ή δεν ήξερε να δουλέψει όπως εκείνος, δεν είχε κανένα λόγο να πάει να θαφτεί στην έρημο. Δεν ήθελε να πλουτίσει κάνοντας τέτοιες θυσίες. Είχε ολάκερη τη ζωή μπροστά του για να πλουτίσει, αν μπορούσε, για να βαριέται και να περιμένει το θάνατο χωρίς τη Ρόζα.

«Κάπου θα πρέπει να δουλέψεις, Εστέμπαν», απάντησε η Φέρουλα. «Τώρα ξέρεις πως εμείς ξοδεύουμε πολύ λίγα, σχεδόν τίποτα, αλλά τα φάρμακα της μαμάς κοστίζουν».

Ο Εστέμπαν κοίταξε την αδελφή του. Ήταν ακόμα ωραία γυναίκα, με γεμάτες στρογγυλάδες και το οβάλ πρόσωπο Ρωμαίας μαντόνας, αλλά μέσα από τη χλομή ροδακινιά της επιδερμίδας και τα όλο σκιές μάτια της μπορούσε ήδη να διακρίνει κανείς την ασχήμια της παραίτησης. Η Φέρουλα είχε αποδεχτεί το ρόλο της νοσοκόμας της μητέρας της. Κοιμόταν στο δωμάτιο δίπλα της, έτοιμη να τρέξει κοντά της ανά πάσα στιγμή, για να της δώσει τα φάρμακά της, να της βάλει την πάπια, να της φτιάξει τα μαξιλάρια. Ήταν μια βασανισμένη ψυχή. Ευχαριστιόταν να εξευτελίζεται και να κάνει ταπεινωτικές δουλειές, νόμιζε πως με το να υποφέρει τρομερές αδικίες θα κατάφερνε να πάει στον παράδεισο, κι έτσι ήταν ευχαριστημένη να καθαρίζει τα έλκη στα πόδια της μητέρας της, να την πλένει, να βυθίζεται στην μπόχα της και στη μιζέρια της, να εξετάζει την πάπια της. Κι όσο κι αν μισούσε τον εαυτό της για κείνες τις τρομερές κι ανομολόγητες ευχαριστήσεις, μισούσε και τη μητέρα της που τις προκαλούσε. Τη φρόντιζε χωρίς να παραπονιέται, αλλά κατάφερνε επιτήδεια να την κάνει να πληρώνει για την αναπηρία της. Χωρίς ποτέ να το έχει ομολογήσει, υπήρχε πάντοτε μεταξύ τους το γεγονός πως η κόρη είχε θυσιάσει τη ζωή της για να φροντίζει τη μητέρα κι είχε μείνει γεροντοκόρη γι' αυτόν το λόγο. Η Φέρουλα είχε χωρίσει δυο αρραβωνιαστικούς, με τη δικαιολογία της αρρώστιας της μητέρας της. Δεν μιλούσε γι' αυτό, αλλά όλος ο κόσμος το ήξερε. Έκανε χοντρές κι αδέξιες χειρονομίες κι είχε τον ίδιο άσχημο χαρακτήρα με τον αδελφό της, αλλά είχε αναγκαστεί από τη ζωή κι από τη γυναικεία της φύση να αυτοκυριαρχείται και να βάζει χαλινάρι. Έδειχνε τόσο τέλεια, που είχε φτάσει να έχει φήμη αγίας. Την ανέφεραν σαν παράδειγμα για την αφοσίωση που έδειχνε στη δόνια Εστέρ και για τον τρόπο που είχε μεγαλώσει το μοναδικό της αδελφό, όταν αρρώστησε η μητέρα της και πέθανε ο πατέρας της, αφήνοντάς τους μες στη φτώχεια. Η Φέρουλα λάτρευε τον αδελφό της όταν ήταν μικρός. Κοιμόταν μαζί του, τον έπλενε, τον έβγαζε βόλτα, δούλευε μέρα και νύχτα ξενοράβοντας για να του πληρώνει το σχολείο κι είχε κλάψει από λύσσα κι αδυναμία τη μέρα που ο Εστέμπαν αναγκάστηκε να πάει να δουλέψει σ' ένα συμβολαιογραφείο, γιατί αυτά που κέρδιζε εκείνη δεν τους έφταναν για να ζήσουν. Τον είχε φροντίσει και υπηρετήσει, όπως τώρα έκανε με τη μητέρα της και τον είχε κι αυτόν τυλίξει στο αόρατο δίχτυ της ενοχής και του χρέους για την αξεπλήρωτη ευγνωμοσύνη. Ο νεαρός είχε αρχίσει να απομακρύνεται από κοντά της μόλις έβαλε μακριά παντελόνια. Ο Εστέμπαν μπορούσε να θυμηθεί ακριβώς τη στιγμή που είχε συνειδητοποιήσει πως η αδελφή του ήταν γρουσούζα. Ήταν όταν είχε πάρει τα πρώτα του λεφτά. Είχε αποφασίσει να κρατήσει πενήντα σεντάβος για να κάνει πραγματικότητα το όνειρο που έτρεφε ενδόμυχα από μικρός: να πιει ένα βιενέζικο καφέ. Είχε δει από τα παράθυρα του Γαλλικού Ξενοδοχείου τους σερβιτόρους που περνούσαν, κρατώντας τους δίσκους ψηλά πάνω από τα κεφάλια τους, μεταφέροντας κάτι θησαυρούς: κολονάτα κρυστάλλινα ποτήρια στεφανωμένα με πύργους από σαντιγί και διακοσμημένα μ' ένα όμορφο βύσσινο γκλασαρισμένο.

Τη μέρα το πρώτου του μισθού πέρασε μπροστά από το κτίριο πολλές φορές προτού τολμήσει να μπει μέσα. Τελικά πέρασε δειλά το κατώφλι, με τον μπερέ στο χέρι, και προχώρησε μες στην πολυτελή τραπεζαρία με τις κρυστάλλινες λάμπες και τα έπιπλα εποχής, με την αίσθηση πως όλος ο κόσμος τον κοίταζε, πως όλοι πρόσεχαν το υπερβολικά στενό κοστούμι και τα παλιά του παπούτσια. Κάθισε στην άκρη της καρέκλας με τ' αυτιά του να καίνε κι έδωσε την παραγγελία στο σερβιτόρο με μισή φωνή. Περίμενε ανυπόμονα, κρυφοκοιτάζοντας από τους καθρέφτες το πήγαιν' έλα του κόσμου, απολαμβάνοντας προκαταβολικά την ευχαρίστηση εκείνη που τόσες φορές είχε ονειρευτεί. Και τελικά έφτασε ο βιενέζικος καφές του, πολύ πιο εντυπωσιακός από ό,τι τον είχε φανταστεί, εξαιρετικός, νόστιμος, μαζί με τρία μπισκοτάκια από μέλι. Για αρκετή ώρα τον κοίταζε γοητευμένος. Τελικά τόλμησε να σηκώσει το κουταλάκι με το μακρύ χέρι και μ' έναν αναστεναγμό ευχαρίστησης το βύθισε μες στη σαντιγί. Το στόμα του είχε γεμίσει σάλιο. Ήθελε να κρατήσει εκείνη η στιγμή όσο γινόταν περισσότερο, να διαρκέσει ως την αιωνιότητα. Άρχισε να τον ανακατεύει παρατηρώντας πώς το σκούρο υγρό μες στο ποτήρι ανακατευόταν με τον αφρό της σαντιγί. Ανακάτευε, ανακάτευε, ανακάτευε... Και ξαφνικά η άκρη από το κουτάλι χτύπησε το κρύσταλλο, ανοίγοντας μια τρύπα απ' όπου ξεπετάχτηκε ο καφές με πίεση — έπεσε πάνω στα ρούχα του. Ο Εστέμπαν είδε με φρίκη όλο το περιεχόμενο του ποτηριού να χύνεται πάνω στο μοναδικό του κοστούμι, μπροστά στα εύθυμα βλέμματα όσων κάθονταν στα διπλανά τραπέζια. Σηκώθηκε χλομός από την απογοήτευση και βγήκε από το Γαλλικό Ξενοδοχείο με πενήντα σεντάβος λιγότερα στην τσέπη του, αφήνοντας στο πέρασμά του ένα ρυάκι από βιενέζικο καφέ πάνω στα μαλακά χαλιά. Έφτασε στο σπίτι του μούσκεμα, έξαλλος, εκτός εαυτού. Όταν η Φέρουλα έμαθε αυτό που είχε συμβεί, παρατήρησε όλο κακία: «Αυτά σου συμβαίνουν γιατί ξοδεύεις τα λεφτά για τα φάρμακα της μαμάς για τα δικά σου καπρίτσια. Ο Θεός σε τιμώρησε». Από κείνη τη στιγμή ο Εστέμπαν άρχισε να βλέπει ξεκάθαρα τα κόλπα που μεταχειριζόταν η αδελφή του για να τον έχει του χεριού της, τον τρόπο που τον έκανε να νιώθει ένοχος και κατάλαβε πως έπρεπε να φύγει για να σωθεί. Όσο εκείνος προσπαθούσε ν' απομακρυνθεί από την κηδεμονία της τόσο εκείνη άρχισε να τον αντιπαθεί.

Η ελευθερία του την πονούσε σαν κατηγορία, σαν αδικία. Όταν ερωτεύτηκε τη Ρόζα και τον είδε απελπισμένο να κάνει σαν μικρό παιδί, ζητώντας τη βοήθειά της, έχοντας την ανάγκη της, κυνηγώντας τη μες στο σπίτι για να πλησιάσει την οικογένεια δελ Βάλιε, να μιλήσει της Ρόζας, να δωροδοκήσει την νταντά, η Φέρουλα ένιωσε ξανά σπουδαία για τον Εστέμπαν. Για λίγο καιρό έδειχναν σαν να συμφιλιώθηκαν. Όμως εκείνη η φευγαλέα προσέγγιση δεν κράτησε πολύ κι η Φέρουλα δεν άργησε να καταλάβει πως την είχε χρησιμοποιήσει. Χάρηκε όταν είδε τον αδελφό της να φεύγει για το ορυχείο. Από τότε που είχε αρχίσει να δουλεύει, από τα δεκαπέντε του, ο Εστέμπαν συντηρούσε την οικογένεια κι είχε αναλάβει την υποχρέωση να τη συντηρεί πάντα, αλλά αυτό δεν ήταν αρκετό για τη Φέρουλα. Την ενοχλούσε που ήταν αναγκασμένη να μένει κλεισμένη ανάμεσα σ' εκείνους τους τοίχους που βρόμαγαν γερατειά και φαρμακίλα, να ξυπνάει τη νύχτα με τα βογκητά της μητέρας της, παρακολουθώντας το ρολόι για να της δώσει βαριεστημένα τα φάρμακά της, κουρασμένη, μελαγχολική, ενώ ο αδελφός της αγνοούσε αυτές τις υποχρεώσεις. Εκείνος μπορούσε να έχει ένα μέλλον φωτεινό, ελεύθερο, γεμάτο επιτυχίες. Μπορούσε να παντρευτεί, να κάνει παιδιά, να γνωρίσει τον έρωτα. Τη μέρα που του έστειλε το τηλεγράφημα με την αναγγελία του θανάτου της Ρόζας, ένιωσε ένα παράξενο γαργαλητό, σαν ευχαρίστηση.

«Κάπου θα πρέπει να δουλέψεις», επανέλαβε η Φέρουλα.

«Ποτέ δεν θα σας λείψει τίποτα όσο είμαι ζωντανός», είπε εκείνος.

«Είναι εύκολο να το λες», απάντησε η Φέρουλα βγάζοντας ένα κόκαλο ψαριού από τα δόντια της.

«Λέω να πάω στο χωριό, στις Τρεις Μαρίες».

«Αυτό το μέρος είναι ερείπια, Εστέμπαν. Σου το έχω πει πολλές φορές πως είναι καλύτερα να πουληθεί, αλλά εσύ είσαι ξεροκέφαλος σαν μουλάρι».
«Ποτέ δεν θα πουληθεί αυτή η γη. Είναι το μόνο που θ' απομείνει όταν χαθούν όλα τ' άλλα».
«Δεν συμφωνώ. Η γη είναι μια ρομαντική ιδέα, όμως αυτό που κάνει πλούσιους τους ανθρώπους είναι να μυρίζονται τις καλές δουλειές», επέμεινε η Φέρουλα. «Αλλά εσύ πάντα έλεγες πως θα πας να ζήσεις στο χωριό».
«Τώρα έφτασε εκείνη η μέρα. Μισώ αυτή την πόλη».
«Γιατί δεν λες καλύτερα πως μισείς αυτό το σπίτι;»
«Και αυτό», πρόσθεσε εκείνος απότομα.
«Θα 'θελα να είχα γεννηθεί άντρας, για να μπορώ κι εγώ να φύγω», είπε εκείνη γεμάτη μίσος.
«Ούτε κι εμένα θα μ' άρεσε να είχα γεννηθεί γυναίκα», είπε εκείνος.
Τέλειωσαν το φαγητό τους χωρίς άλλη κουβέντα.

Τ' αδέλφια είχαν απομακρυνθεί πολύ ο ένας από τον άλλο και το μόνο που τους κρατούσε ακόμα ενωμένους ήταν η παρουσία της μητέρας και η αμυδρή ανάμνηση της αγάπης τους στην παιδική τους ηλικία. Είχαν μεγαλώσει σ' ένα κατεστραμμένο σπιτικό, παρακολουθώντας την ηθική και οικονομική φθορά του πατέρα κι αργότερα την αργή αρρώστια της μητέρας. Η δόνια Εστέρ άρχισε να υποφέρει από αρθρίτιδα από πολύ νέα· στην αρχή έγινε δύσκαμπτη, ώσπου κατάληξε να μετακινείται με μεγάλη δυσκολία, σαν νεκροζώντανη, και, τελικά, όταν δεν μπορούσε πια να λυγίζει τα γόνατά της, εγκαταστάθηκε οριστικά στην αναπηρική πολυθρόνα, στη χηρεία της και στην απόγνωσή της. Ο Εστέμπαν θυμόταν τα παιδικά του χρόνια και τα νιάτα του, τα στενά του ρούχα, το σκοινί του Αγίου Φραγκίσκου που τον υποχρέωναν να φοράει, πληρώνοντας ποιος ξέρει ποια τάματα της μάνας του ή της αδελφής του, τα πουκάμισά του μπαλωμένα προσεχτικά και τη μοναξιά του. Η Φέρουλα, πέντε χρόνια μεγαλύτερή του, έπλενε και κολλάριζε μέρα παρά μέρα τα δυο μοναδικά του πουκάμισα, για να είναι πάντα καθαρός και παρουσιάσιμος, και του θύμιζε πως από τη μεριά της μητέρας τους είχαν κληρονομήσει το πιο αριστοκρατικό και με την καλύτερη καταγωγή επώνυμο του Αντιβασιλέα της Λίμα. Ο Τρουέμπα δεν ήταν παρά ένα θλιβερό ατύχημα στη ζωή της δόνια Εστέρ, που ήταν προορισμένη να παντρευτεί κάποιον από την κοινωνική της τάξη, αλλά είχε ερωτευτεί απελπισμένα εκείνο τον τιποτένιο μετανάστη πρώτης γενιάς, που μέσα σε λίγα χρόνια σκόρπισε την προίκα της και ύστερα την κληρονομιά της.

Όμως σε τίποτα δεν χρησίμευε το γαλαζοαίματο παρελθόν στον Εστέμπαν, αν στο σπίτι του δεν είχαν να πληρώσουν το λογαριασμό του μπακάλη κι αναγκαζόταν να πηγαίνει με τα πόδια στο σχολείο, γιατί δεν είχε το σεντάβο για το τραμ. Θυμόταν πως τον έστελναν στο μάθημα με το στήθος και την πλάτη φοδραρισμένα με εφημερίδες, γιατί δεν είχε μάλλινα εσώρουχα και υπόφερε καθώς φανταζόταν πως οι συμμαθητές του μπορούσαν ν' ακούσουν, όπως το άκουγε εκείνος, το θρόισμα του χαρτιού που τριβόταν πάνω στο δέρμα του. Το χειμώνα η μόνη πηγή θερμότητας ήταν ένα μαγκάλι στο δωμάτιο της μητέρας του, όπου μαζεύονταν κι οι τρεις για να εξοικονομούν τα κεριά και το κάρβουνο. Είχε περάσει τα παιδικά του χρόνια όλο στερήσεις, δυσκολίες, στεναχώριες, ατέλειωτες νυχτερινές προσευχές, με φόβους κι ενοχές. Απ' όλ' αυτά τίποτα δεν του είχε απομείνει, εκτός από τους θυμούς του και μια υπερβολική περηφάνια.

Δυο μέρες αργότερα ο Εστέμπαν Τρουέμπα έφυγε για το χωριό. Η Φέρουλα τον συνόδεψε ώς το σταθμό. Τον αποχαιρέτησε φιλώντας τον κρύα στο μάγουλο και περίμενε μέχρι ν' ανεβεί πάνω στο τρένο, με τις δυο δερμάτινες βαλίτσες του με τις μπρούντζινες κλειδαριές, τις ίδιες που είχε αγοράσει για να πάει στο ορυχείο και που θα κρατούσαν μια ολάκερη ζωή, όπως ακριβώς του είχε υποσχεθεί αυτός που του τις πούλησε. Του είπε να προσέχει τον εαυτό του και να προσπαθήσει να πάει να τις δει καμιά φορά, είπε πως θα της έλειπε, αλλά και οι δυο ήξεραν πως δεν θα βλέπονταν για χρόνια και κατά βάθος αισθάνονταν κάποια ανακούφιση.

«Ειδοποίησέ με, αν χειροτερέψει η μαμά», φώναξε ο Εστέμπαν από το παράθυρο, όταν το τρένο άρχισε να κινείται.

«Μην ανησυχείς», απάντησε η Φέρουλα κουνώντας το μαντίλι της από την πλατφόρμα.

Ο Εστέμπαν Τρουέμπα ακούμπησε στην ταπετσαρισμένη με κόκκινο βελούδο ράχη του καθίσματος κι ένιωσε ευγνωμοσύνη για την πρωτοβουλία των Εγγλέζων να κατασκευάσουν βαγόνια πρώτης θέσης, όπου μπορούσε να ταξιδέψει κανείς σαν κύριος, χωρίς να είναι αναγκασμένος να υποφέρει τις κότες, τα καλάθια, τα πακέτα από χαρτόνια δεμένα με σκοινιά και τα κλαψουρίσματα των ξένων παιδιών. Έδωσε συγχαρητήρια στον εαυτό του που είχε αποφασίσει να ξοδευτεί για ένα τόσο ακριβό εισιτήριο, για πρώτη φορά στη ζωή του, κι αποφάσισε πως στις λεπτομέρειες βρισκόταν η διαφορά ανάμεσα σ' έναν κύριο κι ένα χωριάτη. Γι' αυτό, ακόμα κι αν βρισκόταν σε άσχημη οικονομική κατάσταση, από κείνη τη μέρα κι ύστερα θα ξόδευε για τις μικρές ανέσεις που τον έκαναν να αισθάνεται πλούσιος.

«Δεν πρόκειται να ξαναγίνω φτωχός!» αποφάσισε, καθώς σκεφτόταν τη φλέβα του χρυσού.

Από το παράθυρο του τρένου είδε να περνάει μπροστά του όλο το τοπίο της κεντρικής πεδιάδας. Απέραντα λιβάδια απλώνονταν από τους πρόποδες της κορδιλιέρας, καρπερά χωράφια με αμπέλια, στάρια και κατιφέδες. Το σύγκρινε με τις ακαλλιέργητες πεδιάδες του βορρά, όπου είχε περάσει δυο χρόνια χωμένος σε μια τρύπα, μέσα σε μια άγρια και σεληνιακή φύση, που η τρομαχτική της ομορφιά δεν κούραζε. Είχε μαγευτεί από τα χρώματα της ερήμου, από τα γαλάζια, τα μαβιά, τα κίτρινα των ορυκτών στην επιφάνεια της γης.

«Η ζωή μου αλλάζει», μουρμούρισε.

Έκλεισε τα μάτια του κι αποκοιμήθηκε.

Κατέβηκε από το τρένο στο σταθμό Σαν Λούκας. Ήταν ένας άθλιος τόπος. Εκείνη την ώρα δεν φαινόταν ούτε ψυχή στην ξύλινη πλατφόρμα με τη στέγη διαλυμένη από τον καιρό και τα μυρμήγκια. Από εκεί μπορούσε να δει όλη την κοιλάδα μέσα από μια ανεπαίσθητη καταχνιά, που σηκωνόταν από τη γη που είχε βραχεί με τη νυχτερινή βροχή. Τα μακρινά βουνά χάνονταν μες στα σύννεφα ενός ζοφερού ουρανού και μόνο η χιονισμένη κορφή του ηφαίστειου ξεχώριζε ολοκάθαρα, καθώς διαγραφόταν πάνω στο τοπίο φωτισμένη από ένα δειλό χειμωνιάτικο ήλιο. Κοίταξε γύρω του. Στα παιδικά του χρόνια, τη μοναδική ευτυχισμένη εποχή που μπορούσε να θυμηθεί, προτού ο πατέρας του καταλήξει να καταστραφεί και να παραδοθεί στο πιοτό και στην ίδια του την ντροπή, είχαν τριγυρίσει καβάλα στ' άλογα σ' εκείνη την περιοχή. Θυμόταν πως στις Τρεις Μαρίες έπαιζε τα καλοκαίρια, αλλά είχαν περάσει τόσα χρόνια από τότε, ώστε η ανάμνηση είχε σχεδόν σβηστεί και δεν μπορούσε ν' αναγνωρίσει το μέρος. Έψαξε με το βλέμμα του να βρει το χωριό Σαν Λούκας, αλλά μόνο διέκρινε μακριά λίγα σπίτια ξεθωριασμένα μες στην πρωινή υγρασία. Περπάτησε γύρω από το σταθμό. Η πόρτα του μοναδικού γραφείου ήταν κλεισμένη με λουκέτο. Υπήρχε ένα σημείωμα γραμμένο με μολύβι, αλλά ήταν τόσο ξεθωριασμένο που δεν μπόρεσε να το διαβάσει. Άκουσε πίσω του το τρένο που ξεκινούσε κι άρχισε να απομακρύνεται, αφήνοντας μια στήλη από άσπρο καπνό. Ήταν ολομόναχος σ' εκείνο το σιωπηλό τόπο. Σήκωσε τις βαλίτσες του και πήρε το δρόμο, όλο λάσπη και πέτρες, που οδηγούσε στο χωριό. Περπάτησε πάνω από δέκα λεπτά, ευχαριστημένος που δεν έβρεχε, γιατί με μεγάλη δυσκολία μπορούσε να προχωρεί σ' εκείνο το μονοπάτι, και συνειδητοποίησε πως η βροχή θα το μετέτρεπε μέσα σε λίγα δευτερόλεπτα σε αδιάβατο βούρκο. Πλησιάζοντας είδε καπνό σε μερικές καπνοδόχους κι αναστέναξε με ανακούφιση, γιατί στην αρχή είχε την εντύπωση πως επρόκειτο για ένα εγκαταλειμμένο χωριουδάκι – τόσο έρημο και κατεστραμμένο ήταν.

Στάθηκε στην είσοδο του χωριού, χωρίς να δει ψυχή. Στο μοναδικό δρόμο, που τον περιστοίχιζαν λιτά πλιθόχτιστα σπίτια, βασίλευε σιωπή, κι είχε την εντύπωση πως υπνοβατούσε. Πλησίασε το πιο κοντινό σπίτι, που δεν είχε ούτ' ένα παράθυρο και η πόρτα του ήταν ορθάνοιχτη. Άφησε τις βαλίτσες του στο πεζοδρόμιο και μπήκε μέσα φωνάζοντας με δυνατή φωνή. Μέσα ήταν σκοτεινά, γιατί έμπαινε φως μόνο από την πόρτα, κι έτσι χρειάστηκε λίγα δευτερόλεπτα για να συνηθίσουν τα μάτια του στο σκοτάδι. Διέκρινε τότε δυο παιδιά να παίζουν στο πάτωμα από πατημένο χώμα, που τον κοίταζαν με μεγάλα τρομαγμένα μάτια, και στην πίσω αυλή μια γυναίκα, που ερχόταν προς το μέρος του σκουπίζοντας τα χέρια της στην άκρη της ποδιάς της. Μόλις τον είδε, έκανε μια ενστικτώδικη κίνηση να φτιάξει μια τούφα μαλλιά που της έπεφταν στο μέτωπο. Τη χαιρέτησε κι εκείνη απάντησε, σκεπάζοντας το στόμα της με το χέρι πριν μιλήσει, για να κρύψει τα ξεδοντιασμένα της ούλα. Ο Τρουέμπα της εξήγησε πως ήθελε να νοικιάσει ένα αμάξι, αλλά εκείνη έδειξε να μην κατάλαβε κι έκρυψε μόνο τα παιδιά κάτω από την ποδιά της με ανέκφραστο βλέμμα. Εκείνος βγήκε έξω, πήρε τις βαλίτσες του και συνέχισε το δρόμο του.

Όταν είχε διασχίσει σχεδόν όλο το χωριό χωρίς να συναντήσει ψυχή, κι είχε αρχίσει ν' απελπίζεται, άκουσε πίσω του οπλές αλόγου. Ήταν μια ξεχαρβαλωμένη σούστα, που την οδηγούσε ένας ξυλοκόπος. Στάθηκε στη μέση του δρόμου και υποχρέωσε τον οδηγό να σταματήσει.

«Μπορείς να με πας στις Τρεις Μαρίες; Θα σε πληρώσω καλά!» φώναξε.

«Τι θα πας να κάνεις εκεί, κύριε;» ρώτησε ο άνθρωπος. «Εκεί δεν είναι παρά ερημότοπος, κάτι κατσάβραχα που δεν ανήκουν σε κανέναν».

Αλλά δέχτηκε να τον πάει και τον βοήθησε να βάλει τις βαλίτσες του ανάμεσα στα δεμάτια με τα ξύλα. Ο Τρουέμπα κάθισε δίπλα του στη θέση του οδηγού. Από μερικά σπίτια βγήκαν παιδιά κι άρχισαν να τρέχουν πίσω από τη σούστα. Ο Τρουέμπα ένιωσε όση μοναξιά δεν είχε νιώσει ποτέ του.

Έντεκα χιλιόμετρα από το χωριό Σαν Λούκας, από ένα κατεστραμμένο μονοπάτι γεμάτο αγριόχορτα και λακκούβες, φάνηκε η ξύλινη πινακίδα με το όνομα της ιδιοχτησίας. Κρεμόταν από μια σπασμένη αλυσίδα κι ο άνεμος τη χτυπούσε πάνω στο στύλο μ' έναν υπόκωφο κρότο, που αντηχούσε σαν πένθιμο τύμπανο. Δεν χρειάστηκε παρά μόνο μια ματιά για να καταλάβει πως χρειαζόταν ηράκλεια δύναμη για να περισώσει εκείνο τον τόπο από την εγκατάλειψη. Τα αγριόχορτα είχαν καταπιεί το μονοπάτι κι όπου και να κοίταζε δεν έβλεπε παρά βράχια, άγρια βλάστηση και βουνά. Δεν υπήρχε ούτε υποψία από χωράφια ούτε υπολείμματα από τ' αμπέλια που εκείνος θυμόταν, δεν υπήρχε κανείς να βγει να τον υποδεχτεί. Η σούστα προχώρησε αργά, ακολουθώντας τα ίχνη που είχαν αφήσει στο διάβα τους άνθρωποι και ζώα πάνω στην άγρια βλάστηση. Σε λίγο διέκρινε το σπίτι στο βάθος, που στεκόταν ακόμα ορθό, αλλά που έμοιαζε όραμα εφιαλτικό, γεμάτο ερείπια, πεσμένο κοτετσόσυρμα και σκουπίδια. Τα μισά κεραμίδια του ήταν σπασμένα και μια περικοκλάδα είχε μπει από τα παράθυρα κι είχε σκεπάσει σχεδόν όλους τους τοίχους. Γύρω από το σπίτι είδε μερικά πλιθόχτιστα καλύβια, ασοβάτιστα, χωρίς παράθυρα και με καλαμένιες στέγες, μαύρα από την καπνιά. Δυο σκυλιά καβγάδιζαν λυσσασμένα στην αυλή.

Το κουδούνισμα από τις ρόδες της σούστας και οι βλαστημιές του ξυλοκόπου ξεσήκωσαν τους ένοικους των καλυβιών, που σιγά σιγά άρχισαν να εμφανίζονται. Κοίταζαν τους νεοφερμένους με κατάπληξη και δυσπιστία. Είχαν περάσει δεκαπέντε χρόνια χωρίς να δουν κανέναν και τελικά είχαν υποθέσει πως δεν είχαν αφεντικό. Δεν μπορούσαν ν' αναγνωρίσουν σ' εκείνο τον ψηλό κι αυταρχικό άντρα το παιδί με τα καστανά σγουρά μαλλιά, που πολύ καιρό πριν έπαιζε σ' εκείνη την ίδια αυλή. Ο Εστέμπαν τους κοίταξε αλλά ούτε κι αυτός μπόρεσε να θυμηθεί κανέναν τους. Ήταν όλοι τους κακόμοιροι. Είδε διάφορες γυναίκες απροσδιόριστης ηλικίας, μ' άγριο και ξερό δέρμα, μερικές εμφανώς γκαστρωμένες, όλες ντυμένες με κάτι ξεθαμμένα κουρέλια και ξυπόλυτες. Υπολόγισε πως υπήρχαν τουλάχιστον μια ντουζίνα παιδιά απ' όλες τις ηλικίες. Τα πιο μικρά ήταν τσίτσιδα. Κι άλλα πρόσωπα κρυφοκοίταζαν από τις πόρτες, χωρίς να τολμούν να ξεμυτίσουν. Ο Εστέμπαν έκανε μια κίνηση χαιρετισμού, αλλά κανείς δεν του απάντησε. Μερικά παιδιά έτρεξαν να κρυφτούν πίσω από τις γυναίκες.

Ο Εστέμπαν κατέβηκε από τη σούστα, ξεφόρτωσε τις δυο βαλίτσες του κι έδωσε μερικά νομίσματα στον ξυλοκόπο.

«Αν θέλεις σε περιμένω, αφεντικό», είπε ο άνθρωπος.

«Όχι, εδώ θα μείνω».

Προχώρησε προς το σπίτι, άνοιξε την πόρτα μ' ένα σπρώξιμο και μπήκε μέσα. Το εσωτερικό ήταν αρκετά φωτεινό, γιατί από τα σπασμένα παντζούρια κι από τις τρύπες της στέγης, όπου είχαν πέσει τα κεραμίδια, έμπαινε μέσα το πρωινό φως. Ήταν γεμάτο σκόνη κι αράχνες, με μια όψη ολοκληρωτικής εγκατάλειψης, κι ήταν ολοφάνερο πως όλα εκείνα τα χρόνια κανένας από τους χωρικούς δεν είχε τολμήσει ν' αφήσει το καλύβι του για να ζήσει στο μεγάλο άδειο σπίτι του αφεντικού. Δεν είχαν αγγίξει τα έπιπλα. Ήταν τα ίδια όπως στα παιδικά του χρόνια, στο ίδιο μέρος όπως πάντα, μόνο πιο άσχημα, πιο πένθιμα και πιο ξεχαρβαλωμένα απ' ό,τι τα θυμόταν. Όλο το σπίτι ήταν σκεπασμένο μ' ένα στρώμα από χόρτα, σκόνη και ξερά φύλλα. Μύριζε τάφο. Ένας σκελετωμένος σκύλος τον γάβγισε μανιασμένα, αλλά ο Εστέμπαν Τρουέμπα ούτε που τον πρόσεξε και τελικά ο σκύλος, βαριεστημένος, έκατσε σε μια γωνιά για να ξυστεί. Άφησε τις βαλίτσες του πάνω σ' ένα τραπέζι και άρχισε να τριγυρίζει στο σπίτι, προσπαθώντας να μην αφήσει τη θλίψη να τον κυριέψει. Πέρασε από το ένα δωμάτιο στο άλλο, παρατηρώντας τις φθορές που ο χρόνος είχε προξενήσει σ' όλα τα πράγματα, τη φτώχεια, τη βρομιά, κι ένιωσε πως αυτό ήταν μια τρύπα χειρότερη κι από το ορυχείο. Η κουζίνα ήταν ένα μεγάλο βρομερό δωμάτιο, με τοίχους μαυρισμένους από την κάπνα των ξύλων κι από τα κάρβουνα, μουχλιασμένη, κατεστραμμένη· στους τοίχους κρέμονταν ακόμα από κάτι καρφιά τα κατσαρολικά και τα τηγάνια από μπακίρι και μαντέμι, που εδώ και δεκαπέντε χρόνια κανένας δεν είχε μεταχειριστεί ούτε είχε πειράξει. Οι κρεβατοκάμαρες είχαν τα ίδια κρεβάτια και τις μεγάλες ντουλάπες με καθρέφτες που ο πατέρας του είχε αγοράσει σε μια άλλη εποχή, αλλά τα μαξιλάρια ήταν ένας σωρός από μουχλιασμένο μαλλί και έντομα, που για γενιές ολόκληρες είχαν τις φωλιές τους εκεί μέσα. Άκουσε τ' ανάλαφρα πατήματα των αρουραίων στα δοκάρια της στέγης. Δεν μπόρεσε ν' ανακαλύψει αν το πάτωμα ήταν ξύλινο ή από πλακάκια, γιατί πουθενά δεν διακρινόταν κι η βρόμα το σκέπαζε πέρα για πέρα. Ένα στρώμα από γκρίζα σκόνη έκρυβε τον περίγυρο των επίπλων. Εκεί όπου πριν ήταν το σαλόνι υπήρχε ακόμα το γερμανικό πιάνο μ' ένα χαλασμένο πόδι και κιτρινισμένα πλήκτρα, που ηχούσαν σαν ξεχουρδισμένο κλαβεσέν. Στα ράφια υπήρχαν ακόμα μερικά δυσανάγνωστα βιβλία, με τις σελίδες φαγωμένες από την υγρασία, και στο πάτωμα υπολείμματα από παλιά περιοδικά που ο άνεμος είχε σκορπίσει. Στις πολυθρόνες είχαν φανεί οι σούστες και υπήρχε μια ποντικοφωλιά στο κάθισμα όπου συνήθιζε να κάθεται και να πλέκει η μητέρα του, προτού η αρρώστια κάνει τα δάχτυλά της σαν αγκίστρια.

Όταν τέλειωσε το γύρο του, ο Εστέμπαν είχε ξεκαθαρίσει κάπως τα πράγματα στο μυαλό του. Ήξερε πως είχε ν' αντιμετωπίσει μια τρομερή δουλειά, γιατί αν το σπίτι βρισκόταν σε τέτοια εγκατάλειψη, δεν μπορούσε να περιμένει πως το υπόλοιπο χτήμα θα βρισκόταν σε καλύτερη κατάσταση. Για μια στιγμή ένιωσε την επιθυμία να φορτώσει τις δυο βαλίτσες του στη σούστα και να γυρίσει εκεί απ' όπου είχε έρθει, αλλά την απέρριψε αστραπιαία κι αποφάσισε πως αν υπήρχε κάτι που θα μπορούσε να παρηγορήσει τον πόνο και τη λύσσα του για το χαμό της Ρόζας, ήταν να ξεθεωθεί στη δουλειά καλλιεργώντας αυτή την εγκαταλειμμένη γη. Έβγαλε το παλτό του, ανάσανε βαθιά και βγήκε στην αυλή, όπου ακόμα περίμενε ο ξυλοκόπος μαζί με τους εργάτες του, που είχαν μαζευτεί σε κάποια απόσταση, με την τυπική δειλία των ανθρώπων του χωριού. Κοιτάχτηκαν μεταξύ τους με περιέργεια. Ο Τρουέμπα έκανε δυο βήματα προς το μέρος τους και πρόσεξε μια ελαφριά κίνηση της ομάδας προς τα πίσω. Περιέφερε το βλέμμα του πάνω στους ρυπαρούς χωριάτες και προσπάθησε να χαμογελάσει φιλικά στα μυξιάρικα παιδιά, στους τσιμπλιάρηδες γέρους και στις απελπισμένες γυναίκες, αλλά έκανε μόνο μια γκριμάτσα.

«Πού είναι οι άντρες;» ρώτησε.

Ο μοναδικός νέος έκανε ένα βήμα μπροστά. Ίσως να είχε την ίδια ηλικία με τον Εστέμπαν Τρουέμπα, αλλά έδειχνε μεγαλύτερος.

«Έφυγαν», είπε.

«Πώς σε λένε;»

«Πέδρο Σεγκούντο Γκαρσία, κύριε», απάντησε ο άλλος.

«Εγώ είμαι το αφεντικό τώρα. Το πανηγύρι τέλειωσε. Τώρα έχει δουλειά. Οποιανού δεν του αρέσει η ιδέα, να του δίνει αμέσως. Όποιος θα μείνει, θα έχει μπόλικο φαΐ, αλλά θα πρέπει να βάλει τα δυνατά του. Δεν θέλω τεμπέληδες κι εξυπνάκηδες γύρω μου, ακούσατε;»

Κοιτάχτηκαν ξαφνιασμένοι. Δεν είχαν καταλάβει ούτε τα μισά απ' όσα είχε πει, αλλά ήξεραν ν' αναγνωρίζουν τη φωνή του αφεντικού όταν την άκουγαν.

«Καταλάβαμε, αφεντικό», είπε ο Πέδρο Σεγκούντο Γκαρσία. «Δεν έχουμε πού να πάμε. Εδώ είναι το σπίτι μας. Θα μείνουμε».

Ένα παιδί κάθισε ανακούρκουδα κι άρχισε να χέζει κι ένα ψωριασμένο σκυλί πλησίασε να το μυρίσει. Ο Εστέμπαν, αηδιασμένος, διέταξε να μαζέψουν το παιδί, να πλύνουν την αυλή και να σκοτώσουν το σκύλο. Έτσι ξεκίνησε η καινούργια του ζωή, που με τον καιρό θα τον έκανε να ξεχάσει τη Ρόζα.

Κανένας δεν θα μπορέσει να με πείσει πως δεν ήμουν καλό αφεντικό. Όποιος κι αν είχε δει τις Τρεις Μαρίες τον καιρό της εγκατάλειψης και τις έβλεπε και τώρα, που είναι χτήμα πρότυπο, θα ήταν αναγκασμένος να συμφωνήσει μαζί μου. Γι' αυτό δεν μπορώ να το δεχτώ, όταν η εγγονή μου μου πασάρει το παραμύθι της πάλης των τάξεων. Γιατί, αν τα καλοκοιτάξουμε τα πράγματα, εκείνοι οι κακόμοιροι χωριάτες βρίσκονται σε πολύ χειρότερη κατάσταση τώρα απ' ό,τι πριν από πενήντα χρόνια. Εγώ υπήρξα πατέρας γι' αυτούς. Με την αγροτική μεταρρύθμιση τιναχτήκαμε όλοι στον αέρα.

Όλο το κεφάλαιο που είχα αποταμιεύσει για να παντρευτώ με τη Ρόζα κι όλα όσα μου έστελνε ο αρχιεργάτης από το ορυχείο τα χρησιμοποίησα για να βγάλω τις Τρεις Μαρίες από την κακομοιριά, μα δεν έσωσαν τα λεφτά αυτή τη γη, παρά η δουλειά και η οργάνωση. Μαθεύτηκε πως οι Τρεις Μαρίες είχαν καινούργιο αφεντικό και πως βγάζαμε τις πέτρες με τα βόδια και πως οργώναμε τα χωράφια για να φυτέψουμε. Γρήγορα άρχισαν να καταφθάνουν διάφοροι άντρες που προσφέρονταν σαν μεροκαματιάρηδες, γιατί πλήρωνα καλά και τους έδινα άφθονο φαΐ. Αγόρασα ζώα. Τα γελάδια ήταν ιερά για μένα και, ακόμα κι αν κάναμε ένα χρόνο να δοκιμάσουμε κρέας, δεν τα σφάζαμε. Έτσι μεγάλωσε το κοπάδι. Οργάνωσα τους άντρες σε ομάδες και μετά τη δουλειά στα χωράφια δουλεύαμε για να επιδιορθώσουμε το αρχοντικό. Δεν υπήρχαν ούτε ξυλουργοί, ούτε χτίστες, όλα τούς τα έμαθα εγώ από κάτι βιβλία που αγόρασα. Ώς και τα υδραυλικά βάλαμε, φτιάξαμε τις στέγες, τ' ασβεστώσαμε όλα και καθαρίσαμε το σπίτι, ώσπου έλαμψε μέσα κι έξω. Μοίρασα τα έπιπλα στους μόνιμους εργάτες, όλα εκτός από το τραπέζι της τραπεζαρίας, που ήταν ακόμα ανέπαφο, παρά το σκόρο που τα είχε φάει όλα, και το φερ φορζέ κρεβάτι, που ήταν των γονιών μου. Έμενα στο άδειο σπίτι χωρίς άλλα έπιπλα έξω από αυτά και κάτι κιβώτια όπου καθόμουν, ώσπου η Φέρουλα μου έστειλε από την πρωτεύουσα τα καινούργια έπιπλα που είχα παραγγείλει. Ήταν μεγάλα κομμάτια, βαριά, φανταχτερά, φτιαγμένα για να κρατήσουν για πολλές γενιές και ν' αντέξουν στη ζωή της επαρχίας. Απόδειξη πως χρειάστηκε ένας σεισμός για να τα καταστρέψει. Τα ταχτοποίησα γύρω γύρω στους τοίχους, καθώς σκεφτόμουν πιο πολύ την άνεση μου παρά την αισθητική, κι όταν το σπίτι έγινε άνετο, ευχαριστήθηκα κι άρχισα να συνηθίζω στην ιδέα πως θα περνούσα πολλά χρόνια, ίσως ολόκληρη τη ζωή μου, στις Τρεις Μαρίες.

Οι γυναίκες των εργατών βοηθούσαν όλες με τη σειρά τους στις δουλειές του σπιτιού κι εκείνες είχαν αναλάβει το λαχανόκηπό μου. Γρήγορα είδα τα πρώτα λουλούδια στο περιβόλι που είχα ανοίξει με τα ίδια μου τα χέρια και που, μετά από πολύ λίγες αλλαγές, είναι το ίδιο που υπάρχει και σήμερα. Εκείνη την εποχή οι άνθρωποι δούλευαν χωρίς γκρίνιες. Νομίζω πως η παρουσία μου τους έκανε να ξανανιώσουν ασφαλείς και είδαν πως σιγά σιγά εκείνη η γη μεταμορφωνόταν σ' εύφορο τόπο. Ήταν άνθρωποι καλοί και απλοί, δεν υπήρχαν επαναστάτες. Αλλά είναι αλήθεια πως ήταν πάμφτωχοι κι ανίδεοι. Πριν πάω εγώ, καλλιεργούσαν τα μικρά τους χτηματάκια, που τους έδιναν τα απαραίτητα για να μην πεθάνουν από την πείνα – αν βέβαια δεν τους χτυπούσε καμιά καταστροφή, όπως ξηρασία, παγωνιά, αρρώστια, μυρμήγκια ή σαλιγκάρια, οπότε τα πράγματα γίνονταν πολύ δύσκολα. Μ' εμένα όλα αυτά άλλαξαν. Αρχίσαμε να καλλιεργούμε ξανά τα παλιά χωράφια ένα ένα, ξαναφτιάξαμε το κοτέτσι και τους στάβλους και σχεδιάσαμε ένα αρδευτικό σύστημα, για να μην εξαρτιούνται οι σπορές από τον καιρό, παρά από έναν επιστημονικό μηχανισμό. Αλλά η ζωή δεν ήταν εύκολη. Ήταν πολύ δύσκολη. Μερικές φορές πήγαινα στο χωριό και γύριζα μ' έναν κτηνίατρο, που κοίταζε τις αγελάδες και τις κότες και περνώντας έριχνε και μια ματιά στους αρρώστους. Δεν είναι αλήθεια ότι εγώ πίστευα πως αν οι γνώσεις του κτηνιάτρου ήταν αρκετές για τα ζώα, έφταναν και για τους φτωχούς, όπως λέει η εγγονή μου όταν θέλει να με κάνει να θυμώσω. Το πρόβλημα ήταν πως δεν βρισκόταν γιατρός σ' εκείνες τις ερημιές. Οι χωριάτες συμβουλεύονταν μια ιθαγενή μάγισσα, που γνώριζε τη δύναμη των φυτών και της υποβολής, και της είχαν μεγάλη εμπιστοσύνη. Περισσότερη κι από τον κτηνίατρο. Οι ετοιμόγεννες ξεγεννούσαν με τη βοήθεια της προσευχής, με τις γειτόνισσες και με μια μαμή που σχεδόν ποτέ δεν έφτανε στην ώρα της, γιατί έπρεπε να κάνει όλο το ταξίδι με το γαϊδούρι της, αλλά ήταν το ίδιο χρήσιμη στη γέννα ενός παιδιού όσο και σε μια γελάδα που το μοσχαράκι της κατέβαινε σε άσχημη θέση. Τους σοβαρά άρρωστους, αυτούς που κανένα ξόρκι της μάγισσας, ούτε σιρόπι του κτηνίατρου μπορούσε να γιατρέψει, τους πήγαινε ο Πέδρο Σεγκούντο Γκαρσία, ή εγώ, με μια σούστα στο νοσοκομείο των καλογριών, όπου καμιά φορά είχε κανένας γιατρός βάρδια και τους βοηθούσε να πεθάνουν. Οι πεθαμένοι και τα κόκαλά τους κατέληγαν σ' ένα μικρό κοιμητήρι κοντά στην εγκαταλειμμένη ενορία, στους πρόποδες του ηφαιστείου, όπου τώρα βρίσκεται το κανονικό νεκροταφείο. Μια δυο φορές το χρόνο έφερνα έναν παπά που ευλογούσε τα ζευγάρια, τα ζώα και τις μηχανές, βάφτιζε τα παιδιά και διάβαζε και καμιά καθυστερημένη προσευχή για τους πεθαμένους. Οι μόνες διασκεδάσεις ήταν το μουνούχισμα των χοίρων και των ταύρων, οι κοκορομαχίες, τα πεντόβολα και οι απίθανες ιστορίες του Πέδρο Γκαρσία του γέρου, Θεός σχωρέστον. Ήταν ο πατέρας του Πέδρο Σεγκούντο κι έλεγε πως ο παππούς του είχε πολεμήσει με τους πατριώτες που έδιωξαν τους Ισπανούς από την Αμερική. Μάθαινε στα παιδιά ν' αφήνουν τις αράχνες να τα τσιμπούν και να πίνουν ούρα από γκαστρωμένη για ανοσία. Ήξερε τόσα βότανα όσα και η μάγισσα, αλλά τα μπέρδευε όταν ερχόταν η ώρα ν' αποφασίσει τι να χρησιμοποιήσει και έκανε μερικά ανεπανόρθωτα λάθη. Για να βγάζει δόντια, όμως, αναγνωρίζω πως είχε ένα σύστημα ανυπέρβλητο, που τον είχε κάνει γνωστό σ' όλη την περιοχή: ένας συνδυασμός από κόκκινο κρασί και πατερημά, που βύθιζε τον άρρωστο σε έκσταση. Εμένα μου έβγαλε έναν τραπεζίτη χωρίς πόνο κι αν ζούσε θα ήταν ο οδοντογιατρός μου.

Πολύ γρήγορα άρχισα να αισθάνομαι καλά στην εξοχή.

Οι πιο κοντινοί μου γείτονες βρίσκονταν σε αρκετά μεγάλη απόσταση με τ' άλογο, αλλά εμένα δεν μ' ενδιέφερε η κοινωνική ζωή, μ' ευχαριστούσε η μοναξιά, κι επιπλέον είχα πολλή δουλειά στα χέρια μου. Σιγά σιγά άρχισα να γίνομαι αγριάνθρωπος, ξεχνούσα τα λόγια μου, φτώχυνε το λεξιλόγιό μου κι έγινα πολύ αυταρχικός. Καθώς δεν χρειαζόταν να τηρώ τα προσχήματα, τονίστηκε ο παλιοχαρακτήρας που είχα από μικρός. Όλα με θύμωναν, γινόμουνα έξαλλος όταν έβλεπα τα παιδιά να τριγυρίζουν στις κουζίνες για να κλέψουν ψωμί, όταν οι κότες κακάριζαν στην αυλή, όταν τα σπουργίτια έπεφταν στα καλαμποκοχώραφα. Όταν η κακοκεφιά άρχιζε να μ' ενοχλεί κι αισθανόμουν άσχημα από μόνος μου, τότε πήγαινα κυνήγι. Σηκωνόμουνα πολύ πριν ξημερώσει κι έφευγα μ' ένα κυνηγετικό όπλο στον ώμο, με το σακούλι μου και με το κυνηγόσκυλό μου. Μ' άρεσε να πηγαίνω καβάλα στο σκοτάδι, το πρωινό κρύο, το πολύωρο παραμόνεμα στο σκοτάδι, η σιωπή, η μυρωδιά της μπαρούτης και του αίματος, να νιώθω στον ώμο μου το όπλο να οπισθοδρομεί μ' ένα ξερό χτύπημα και να βλέπω το θήραμα να χτυπιέται καθώς έπεφτε – αυτά με ηρεμούσαν κι όταν γύριζα από ένα κυνήγι με τέσσερα άθλια κουνέλια στο σακούλι και κάτι κατατρυπημένες πέρδικες, που ούτε για φάγωμα δεν ήταν, ψόφιος από την κούραση και καταλασπωμένος, ένιωθα ευτυχισμένος και ξαλαφρωμένος.

Όταν σκέφτομαι εκείνη την εποχή, με πιάνει θλίψη. Η ζωή μου πέρασε πολύ γρήγορα. Αν ξανάρχιζα από την αρχή, υπάρχουν λάθη που δεν θα ξανάκανα, αλλά γενικά δεν μετανιώνω για τίποτα. Ναι, ήμουνα καλό αφεντικό, γι' αυτό δεν υπάρχει αμφιβολία.

Τους πρώτους μήνες ο Εστέμπαν Τρουέμπα ήταν τόσο απασχολημένος ν' ανοίγει αυλάκια για το νερό, να σκάβει πηγάδια, να βγάζει πέτρες, να καθαρίζει χωράφια και να επιδιορθώνει τα κοτέτσια και τους στάβλους, που δεν είχε καιρό για να σκεφτεί. Έπεφτε να κοιμηθεί πτώμα και σηκωνόταν με την αυγή, έτρωγε κάτι λίγο για πρωινό στην κουζίνα κι έφευγε με το άλογο για να επιβλέψει τις δουλειές στα χωράφια. Δεν γύριζε παρά το σούρουπο. Τότε έτρωγε το μοναδικό γεύμα της μέρας, μονάχος στην τραπεζαρία του σπιτιού. Τους πρώτους μήνες είχε βάλει σκοπό να πλένεται και ν' αλλάζει ρούχα κάθε μέρα για το δείπνο, όπως είχε ακούσει πως έκαναν οι Εγγλέζοι άποικοι στα απομακρυσμένα χωριά της Ασίας και της Αφρικής, για να μη χάσουν την αξιοπρέπεια και το κύρος τους. Φορούσε τα καλά του, ξυριζόταν κι έβαζε στο γραμμόφωνο τις ίδιες άριες από τις αγαπημένες του όπερες κάθε βράδυ. Όμως με τον καιρό άφησε να τον νικήσει η απλότητα της χωριάτικης ζωής και παραδέχτηκε πως δεν είχε κλίση για δανδής, ιδιαίτερα μια και δεν υπήρχε κανείς για να εκτιμήσει τις προσπάθειές του. Σταμάτησε να ξυρίζεται, έκοβε τα μαλλιά του μόνο όταν έφταναν ως τους ώμους του και μόνο εξακολούθησε να πλένεται καθημερινά, γιατί ήταν μια βαθιά ριζωμένη συνήθεια, αλλά σταμάτησε ν' ασχολείται με τα ρούχα και τους καλούς τρόπους. Είχε αρχίσει να γίνεται αγριάνθρωπος. Προτού κοιμηθεί διάβαζε λίγο ή έπαιζε σκάκι. Είχε αναπτύξει την ικανότητα να παίζει κόντρα σε βιβλίο χωρίς να κλέβει και έχανε τις παρτίδες χωρίς να θυμώνει. Ωστόσο, η κούραση από τη δουλειά δεν ήταν αρκετή για να καταπνίξει τη ρωμαλέα και φιλήδονη φύση του. Άρχισε να μην κοιμάται καλά τις νύχτες, οι κουβέρτες τού φαίνονταν πολύ βαριές, τα σεντόνια υπερβολικά απαλά. Το άλογό του άρχισε να του κάνει κόλπα, μεταμορφωνόταν ξαφνικά σε μια καταπληκτική γυναίκα: ένας σωρός από σφιχτή άγρια σάρκα, που την καβάλαγε ώσπου να πονέσουν τα κόκαλά του. Τα χλιαρά κι αρωματισμένα πεπόνια του λαχανόκηπου έμοιαζαν με τεράστια γυναικεία στήθια και ξαφνιαζόταν όταν έπιανε τον εαυτό του να χώνει το πρόσωπό του μες στην κουβέρτα της σέλας του, ψάχνοντας να βρει στην αψιά ιδρωτίλα του ζώου τα ξεχασμένα κι απαγορευμένα αρώματα από τις πρώτες του πόρνες. Τις νύχτες ιδρωκοπούσε με εφιάλτες γεμάτους σαπισμένα οστρακοειδή, τεράστια κομμάτια από σφαχτά, αίματα, σπέρμα, δάκρυα. Ξυπνούσε εκνευρισμένος, με το πέος σαν σίδερο ανάμεσα στα πόδια του, έξαλλος απ' το θυμό. Για να ξαλαφρώσει, έτρεχε να βουτήξει γυμνός στο ποτάμι και βυθιζόταν στα παγωμένα νερά ώσπου να χάσει την ανάσα του, αλλά τότε νόμιζε πως ένιωθε κάτι αόρατα χέρια να του χαϊδεύουν τα πόδια. Νικημένος, αφηνόταν να παρασυρθεί, νιώθοντας το ρεύμα να τον αγκαλιάζει, να τον φιλούνε τα βατράχια, να τον μαστιγώνουν τα καλάμια της όχθης. Γρήγορα η τρομερή του ανάγκη έγινε ολοφάνερη. Τίποτα δεν μπορούσε να την κατευνάσει, ούτε οι νυχτερινές βουτιές στον ποταμό, ούτε τα αφεψήματα με κανέλα, ούτε όταν έβαζε ελαφρόπετρες κάτω από το στρώμα του, ούτε ακόμα και οι ντροπιαστικές μαλάξεις, που τρελαίνουν τα αγόρια στο οικοτροφείο, τα τυφλώνουν και τα καταδικάζουν στο αιώνιο πυρ. Όταν άρχισε να κοιτάζει με λάγνο βλέμμα τα πουλερικά στη μάντρα, τα παιδιά που έπαιζαν γυμνά στο λαχανόκηπο κι ακόμα και το ζυμάρι για το ψωμί, κατάλαβε πως η σεξουαλική του όρεξη δεν μπορούσε να κατευναστεί με παπαδίστικα υποκατάστατα. Η λογική του τού είπε πως έπρεπε να ψάξει να βρει μια γυναίκα και, από τη στιγμή που το αποφάσισε, η αγωνία που τον έτρωγε σταμάτησε και η οργή του άρχισε να του φεύγει. Εκείνη τη μέρα ξύπνησε χαμογελώντας για πρώτη φορά ύστερα από πολύ καιρό.

Ο Πέδρο Γκαρσία, ο γέρος, τον είδε να πηγαίνει σφυρίζοντας προς το στάβλο και κούνησε το κεφάλι του ανήσυχος.

Το αφεντικό πέρασε όλη εκείνη τη μέρα απασχολημένος να οργώνει ένα χωράφι, που μόλις είχαν ξεχερσώσει για να σπείρουν καλαμπόκι. Ύστερα πήγε με τον Πέδρο Σεγκούντο Γκαρσία να βοηθήσει μια γελάδα που προσπαθούσε να γεννήσει, αλλά το μοσχαράκι κατέβαινε σε άσχημη θέση. Αναγκάστηκε να χώσει το χέρι του ώς τον αγκώνα για να το γυρίσει και να το βοηθήσει να βγάλει πρώτα το κεφάλι. Η γελάδα ψόφησε έτσι κι αλλιώς, αλλά καθόλου δεν στεναχωρέθηκε. Διέταξε να ταΐσουν το μοσχαράκι μ' ένα μπουκάλι, πλύθηκε σ' έναν κουβά και ξανακαβάλησε. Κανονικά ήταν η ώρα του βραδινού του, αλλά δεν πεινούσε. Δεν βιαζόταν γιατί είχε πια κάνει την εκλογή του.

Είχε δει πολλές φορές το κορίτσι να κουβαλάει πάνω στο γοφό της το μυξιάρικο αδελφάκι της, μ' ένα τσουβάλι στην πλάτη ή ένα κανάτι με νερό απ' το πηγάδι πάνω στο κεφάλι. Την είχε παρατηρήσει όταν έπλενε ρούχα ανακούρκουδα πάνω στις πλατιές πέτρες στο ποτάμι, με τα μελαχρινά της πόδια να γυαλίζουνε απ' το νερό, να τρίβει τα ξεθαμμένα κουρέλια με τα ξερά χωριάτικα χέρια της. Ήταν χοντροκόκαλη, με ινδιάνικα χαρακτηριστικά, με φαρδύ πρόσωπο και σκούρο δέρμα, με ήρεμη και γλυκιά έκφραση. Το μεγάλο σαρκώδες στόμα της διατηρούσε όλα της τα δόντια κι όταν χαμογελούσε φωτιζόταν, πράγμα όμως που έκανε πολύ σπάνια. Είχε την ομορφιά της πρώτης νιότης, παρ' όλο που εκείνος έβλεπε πως γρήγορα θα μαραινόταν, όπως συμβαίνει στις γυναίκες που γεννιούνται για να κάνουν παιδιά, να δουλεύουν χωρίς ξεκούραση και να θάβουν τους νεκρούς τους. Λεγόταν Πάντσα Γκαρσία κι ήταν δεκαπέντε χρονών. Όταν ο Εστέμπαν άρχισε να την ψάχνει, το απόγεμα είχε κιόλας περάσει κι έκανε ψύχρα. Τριγύρισε με το άλογό του τις μεγάλες αλέες που χώριζαν τα χωράφια, ρωτώντας για να μάθει πού είναι όσους περνούσαν, μέχρι που την είδε στο μονοπάτι για το σπίτι της. Πήγαινε διπλωμένη από το βάρος, μ' ένα δεμάτι πουρνάρια στην πλάτη για το τζάκι της κουζίνας, ξυπόλυτη, με χαμηλωμένο το κεφάλι. Την κοίταξε από ψηλά από πάνω απ' το άλογο κι ένιωσε αμέσως την επιτακτικότητα του πόθου που τον βασάνιζε τόσους μήνες. Πλησίασε με καλπασμό ώσπου έφτασε δίπλα της, εκείνη τον άκουσε αλλά δεν έδωσε σημασία, παρά συνέχισε το περπάτημα χωρίς να τον κοιτάξει, σύμφωνα με το πανάρχαιο έθιμο όλων των γυναικών της ράτσας της να σκύβουν το κεφάλι μπροστά στο σερνικό. Ο Εστέμπαν έσκυψε και της πήρε το δεμάτι, το κράτησε μια στιγμή στον αέρα κι ύστερα το πέταξε βίαια στην άκρη του μονοπατιού. Άπλωσε το μπράτσο του γύρω από τη μέση του κοριτσιού και τη σήκωσε μ' ένα χτηνώδες ξεφύσημα, την κάθισε μπροστά του στη σέλα χωρίς εκείνη να φέρει καμιά αντίσταση. Σπιρούνισε το άλογο κι έφυγαν καλπάζοντας προς το ποτάμι. Ξεκαβαλίκεψαν χωρίς ν' ανταλλάξουν κουβέντα και μετρήθηκαν με το βλέμμα. Ο Εστέμπαν έλυσε τη φαρδιά δερμάτινη ζώνη του κι εκείνη οπισθοχώρησε, αλλά την άρπαξε με το ένα χέρι. Έπεσαν αγκαλιασμένοι μες στα φύλλα των ευκαλύπτων.

Ο Εστέμπαν δεν έβγαλε τα ρούχα του. Της επιτέθηκε απότομα, χωρίς προλόγους και εισχώρησε μέσα της με ανώφελη χτηνωδία. Συνειδητοποίησε όταν πια ήταν πολύ αργά, από τα πιτσιλισμένα με αίμα ρούχα του, πως η κοπέλα ήταν παρθένα, αλλά ούτε η ταπεινή καταγωγή της Πάντσα, ούτε οι επιτακτικές απαιτήσεις της όρεξής του τού επέτρεψαν να το ξανασκεφτεί. Η Πάντσα Γκαρσία δεν αμύνθηκε, δεν παραπονέθηκε, δεν έκλεισε τα μάτια. Έμεινε ξαπλωμένη ανάσκελα, κοιτάζοντας τον ουρανό κατατρομαγμένη, ώσπου ένιωσε πως ο άντρας έπεσε στο έδαφος δίπλα της μ' ένα βογκητό. Τότε άρχισε να κλαίει σιγανά. Πριν από κείνη η μάνα της, και πριν από τη μάνα της η γιαγιά της, είχαν κι εκείνες υποφέρει από την ίδια σκυλίσια μοίρα. Ο Εστέμπαν Τρουέμπα ανέβασε το παντελόνι του, έσφιξε τη ζώνη του, τη βοήθησε να σταθεί στα πόδια της και την κάθισε στη σέλα του αλόγου. Πήραν το δρόμο του γυρισμού. Εκείνος πήγαινε σφυρίζοντας. Εκείνη συνέχιζε το κλάμα. Προτού την αφήσει στην καλύβα της, το αφεντικό τη φίλησε στο στόμα.

«Από αύριο θέλω να 'ρθεις να δουλέψεις στο σπίτι», είπε.

Η Πάντσα κούνησε καταφατικά το κεφάλι, χωρίς να σηκώσει τα μάτια. Και η μάνα της και η γιαγιά της, κι αυτές είχαν δουλέψει στο σπίτι του αφεντικού.

Εκείνη τη νύχτα ο Εστέμπαν Τρουέμπα κοιμήθηκε σαν πουλάκι, χωρίς να ονειρευτεί τη Ρόζα. Το πρωί ένιωθε γεμάτος ζωτικότητα, πιο ψηλός και πιο δυνατός. Έφυγε για τα χωράφια σιγοτραγουδώντας και, όταν γύρισε, η Πάντσα βρισκόταν στην κουζίνα ανακατεύοντας βιαστικά το ρύζι μέσα σε μια μεγάλη μπακιρένια κατσαρόλα. Εκείνη τη νύχτα την περίμενε ανυπόμονα κι όταν σώπασαν οι σπιτίσιοι θόρυβοι μες στο πλιθόχτιστο παλιό αρχοντικό κι άρχισαν τα νυχτερινά πήγαιν' έλα των ποντικών, ένιωσε την παρουσία της κοπέλας στο κατώφλι της πόρτας.

«Έλα, Πάντσα!» τη φώναξε. Δεν ήταν διαταγή, μάλλον παράκληση.

Αυτή τη φορά ο Εστέμπαν αργοπόρησε για να την ευχαριστηθεί και να την κάνει να νιώσει κι αυτή ευχαρίστηση. Την εξερεύνησε από πάνω ως κάτω, μαθαίνοντας απέξω την καπνισμένη μυρωδιά του σώματός της και των ρούχων της, που τα έπλενε με αλισίβα και τα σιδέρωνε με κάρβουνα, γνώρισε τα μαύρα και λεία μαλλιά της, την υφή της απαλής της επιδερμίδας στα πιο κρυφά της μέρη, άγρια και σκασμένη στα υπόλοιπα, τα δροσερά της χείλια, το γλυκό της φύλο και τη φαρδιά κοιλιά της. Την πόθησε ήρεμα και τη μύησε στην πιο κρυφή και πιο αρχαία επιστήμη. Ίσως να ήταν ευτυχισμένος εκείνη τη νύχτα και μερικές νύχτες ακόμα, καθώς στριφογύριζαν σαν σκυλάκια πάνω στο φαρδύ φερ φορζέ κρεβάτι, που ανήκε στον πρώτο Τρουέμπα και που τώρα πια ήταν σχεδόν ξεχαρβαλωμένο, αλλά άντεχε ακόμα στα ερωτικά παιχνίδια.

Το στήθος της Πάντσα Γκαρσία μεγάλωσε και στρογγύλεψε η κοιλιά της. Του Εστέμπαν Τρουέμπα του έφτιαξε για λίγο το κέφι κι άρχισε να ενδιαφέρεται για τους εργάτες του. Τους επισκέφτηκε στα θλιβερά τους καλύβια. Σ' ένα απ' αυτά ανακάλυψε μες στο σκοτάδι ένα κιβώτιο γεμάτο εφημερίδες, όπου κοιμούνταν αγκαλιασμένα ένα βυζανιάρικο μωρό κι ένα νεογέννητο κουτάβι. Σ' ένα άλλο είδε μια γριά ετοιμοθάνατη εδώ και τέσσερα χρόνια, που τα κόκαλα της πλάτης της φαίνονταν γυμνά μέσα από τις πληγές της. Σε μια αυλή γνώρισε έναν έφηβο ηλίθιο, δεμένο από ένα στύλο, μ' ένα σκοινί στο λαιμό του, γεμάτο σάλια και τσίτσιδο, που μιλούσε αλαμπουρνέζικα και χτυπούσε ακατάπαυτα πάνω στο χώμα ένα γαϊδουρινό πέος. Κατάλαβε, για πρώτη φορά, πως πιο εγκαταλειμμένοι από τη γη και τα ζώα ήταν οι κάτοικοι στις Τρεις Μαρίες, που είχαν ζήσει απροστάτευτοι από τότε που ο πατέρας του είχε χάσει στα χαρτιά την προίκα και την κληρονομιά της μητέρας του. Αποφάσισε πως ήταν πια καιρός να φέρει λίγο πολιτισμό σ' αυτή τη χαμένη άκρη του κόσμου, ανάμεσα στην κορδιλιέρα και στη θάλασσα.

Ένας πυρετός δραστηριότητας έβγαλε από τη νάρκη τους τις Τρεις Μαρίες. Ο Εστέμπαν Τρουέμπα έβαλε τους χωριάτες να δουλέψουν όπως ποτέ δεν είχαν δουλέψει στη ζωή τους. Κάθε άντρας, γυναίκα, γέρος και παιδί που μπορούσε να σταθεί στα δυο του πόδια έμπαινε στην υπηρεσία του αφεντικού, που προσπαθούσε να περισώσει μέσα σε λίγους μήνες όλα όσα είχαν χαθεί τα χρόνια της εγκατάλειψης. Έβαλε να φτιάξουν ένα σιτοβολώνα και αποθήκες για να μαζεύει τροφή για το χειμώνα, έβαλε να παστώσουν το αλογίσιο κρέας και να καπνίσουν το χοιρινό κι έβαλε τις γυναίκες να φτιάξουν γλυκά και κομπόστες φρούτων. Εκσυγχρόνισε το γαλακτοκομείο, που δεν ήταν παρά ένα υπόστεγο γεμάτο κοπριά και μύγες, και υποχρέωσε τις αγελάδες να βγάζουν αρκετό γάλα. Άρχισε να χτίζει ένα σχολείο με έξι τάξεις, γιατί φιλοδοξούσε όλοι, μικροί και μεγάλοι, στις Τρεις Μαρίες, να μάθουν ανάγνωση, γραφή και πρόσθεση, αν και δεν ήταν της γνώμης ν' αποχτήσουν περισσότερες γνώσεις, για να μη γεμίσει το κεφάλι τους με ιδέες ακατάλληλες για την κατάστασή τους και την τάξη τους. Ωστόσο δεν μπόρεσε να βρει δάσκαλο που να θέλει να δουλέψει σ' εκείνη την ερημιά και μπροστά στις δυσκολίες που είχε για να τραβήξει τα παιδιά στο σχολείο, είτε με το ξύλο είτε με καραμέλες, και να τους μάθει ο ίδιος γράμματα, εγκατέλειψε τ' όνειρό του και χρησιμοποίησε το κτίριο για άλλα πράγματα. Η αδελφή του Φέρουλα του έστελνε από την πρωτεύουσα τα βιβλία που της παράγγελνε. Ήταν κείμενα πρακτικά και μ' αυτά μάθαινε να βάζει ενέσεις, δοκιμάζοντας στα πόδια του, κι έφτιαξε ένα ραδιόφωνο με κρυσταλλικό δέκτη. Ξόδεψε τα πρώτα του κέρδη για ν' αγοράσει φτηνά υφάσματα, μια μηχανή του ραψίματος, ένα κουτί με ομοιοπαθητικά χάπια μαζί με το βιβλίο με τις οδηγίες, μια εγκυκλοπαίδεια κι ένα φορτίο αναγνωστικά, τετράδια και μολύβια. Σκεφτόταν να οργανώσει μια τραπεζαρία, όπου όλα τα παιδιά θα έτρωγαν ένα κανονικό γεύμα τη μέρα για να γίνουν γερά και δυνατά και να μπορούν να δουλεύουν από μικρά, αλλά κατάλαβε γρήγορα πως ήταν τρέλα να υποχρεώνει τα παιδιά να μετακινούνται από κάθε άκρη του χτήματος για ένα πιάτο φαΐ κι έτσι, αντί γι' αυτό, έφτιαξε ένα εργαστήρι ραπτικής. Η Πάντσα Γκαρσία ανέλαβε ν' αποκρυπτογραφήσει τα μυστήρια της μηχανής του ραψίματος. Στην αρχή πίστευε πως ήταν διαβολικό όργανο με δική του ζωή κι αρνιόταν ακόμα και να πλησιάσει, αλλά εκείνος ήταν ανένδοτος κι έτσι στο τέλος την έμαθε. Ο Τρουέμπα οργάνωσε ένα παντοπωλείο. Ήταν ένα μικρομάγαζο όπου οι εργάτες μπορούσαν ν' αγοράζουν τ' απαραίτητα, χωρίς να χρειάζεται να πάνε με τη σούστα ώς το Σαν Λούκας. Το αφεντικό αγόραζε τα πράγματα στη χοντρική και τα πουλούσε στην ίδια τιμή στους εργάτες. Καθιέρωσε ένα σύστημα με κουπόνια, που στην αρχή λειτούργησε σαν είδος πίστωσης, και με τον καιρό αντικατέστησε τα κανονικά λεφτά. Με τα τριανταφυλλιά χαρτάκια του μπορούσε ν' αγοράσει κανείς τα πάντα από το μαγαζί και μ' αυτά ο Τρουέμπα πλήρωνε τους μισθούς. Κάθε εργάτης είχε δικαίωμα, εκτός από τα περίφημα χαρτάκια, σ' ένα κομμάτι γης για να το καλλιεργεί στον ελεύθερο χρόνο του, έξι κότες το χρόνο για κάθε οικογένεια, ένα μερίδιο από τη σοδειά που να καλύπτει τις ανάγκες του, μια ποσότητα σε σπόρους, το καθημερινό ψωμί και το γάλα, και πενήντα πέσος που έδινε στους άντρες τα Χριστούγεννα και τη μέρα της Εθνικής Γιορτής. Οι γυναίκες δεν έπαιρναν αυτό το δώρο, παρ' όλο που δούλευαν το ίδιο με τους άντρες, γιατί δεν θεωρούνταν αρχηγοί της οικογένειας, εκτός από τις χήρες. Το σαπούνι για το πλύσιμο, το μαλλί για το πλέξιμο και το σιρόπι για να δυναμώνουν τα πνευμόνια ήταν δωρεάν, γιατί ο Τρουέμπα δεν ήθελε να βλέπει γύρω του ανθρώπους βρόμικους, κρυωμένους ή άρρωστους. Μια μέρα διάβασε στην εγκυκλοπαίδεια τα πλεονεκτήματα μιας ισορροπημένης δίαιτας κι έτσι άρχισε μια μανία με τις βιταμίνες, που θα κρατούσε όλη του τη ζωή. Τον έπιανε τρέλα όταν καταλάβαινε πως οι χωριάτες έδιναν στα παιδιά μόνο το ψωμί και τάιζαν τα γουρούνια με το γάλα και τ' αβγά.

Άρχισε να οργανώνει υποχρεωτικές συγκεντρώσεις στο σχολείο, για να τους μιλάει για βιταμίνες και να τους πληροφορεί παρενθετικά για τα νέα που κατάφερνε ν' ακούσει μέσα από τα παράσιτα του κρυσταλλικού του δέκτη. Γρήγορα βαρέθηκε να προσπαθεί να πιάνει τα κύματα με το σύρμα και παράγγειλε στην πρωτεύουσα ένα ραδιόφωνο με βραχέα κύματα, με δυο τεράστιες μπαταρίες. Μ' αυτό μπορούσε να πιάνει μερικά λογικά μηνύματα μέσα σε μια εκκωφαντική σύγχυση από ήχους πέρα από τη θάλασσα. Έτσι έμαθε για τον πόλεμο στην Ευρώπη και παρακολουθούσε τις κινήσεις των στρατών σ' ένα χάρτη που είχε κρεμάσει στο μαυροπίνακα του σχολείου, όπου σημείωνε με καρφίτσες. Οι χωριάτες τον παρακολουθούσαν κατάπληκτοι, χωρίς να μπορούν να καταλάβουν γιατί τη μια μέρα έμπηγε μια καρφίτσα στο μπλε χρώμα και την επομένη την προχωρούσε στο πράσινο χρώμα. Δεν μπορούσαν να φανταστούν ολόκληρο τον κόσμο στο μέγεθος ενός χαρτιού που κρεμόταν στον πίνακα, ούτε πως ολόκληρες στρατιές είχαν μικρύνει και είχαν γίνει σαν το κεφάλι της καρφίτσας. Στην πραγματικότητα δεν τους ένοιαζε καθόλου για τον πόλεμο, τις επιστημονικές ανακαλύψεις, την πρόοδο της βιομηχανίας, την τιμή του χρυσού και τις εξαλλοσύνες της μόδας. Ήταν παραμύθια για παιδιά, που δεν μπορούσαν σε τίποτα ν' αλλάξουν τη στενότητα της ύπαρξής τους. Για κείνο το απτόητο ακροατήριο τα νέα απ' το ραδιόφωνο ήταν απόμακρα και ξένα και το μηχάνημα έχασε κάθε υπόληψη, όταν έγινε φανερό πως δεν μπορούσε να προβλέψει τον καιρό. Ο μόνος που έδειχνε ενδιαφέρον για τα μηνύματα που έρχονταν απ' τον αέρα ήταν ο Πέδρο Σεγκούντο Γκαρσία.

Ο Εστέμπαν Τρουέμπα έκανε παρέα μαζί του πολλές ώρες, πρώτα με το ραδιόφωνο με τον κρυσταλλικό δέκτη κι ύστερα με τ' άλλο με την μπαταρία, ελπίζοντας σ' ένα θαύμα, σε μια ανώνυμη φωνή που θα τους έφερνε σ' επαφή με τον πολιτισμό. Αυτό ωστόσο δεν κατάφερε να τους κάνει να πλησιάσουν ο ένας τον άλλο. Ο Τρουέμπα ήξερε πως εκείνος ο άξεστος χωριάτης ήταν πιο έξυπνος από τους υπόλοιπους. Ήταν ο μόνος που ήξερε να διαβάζει και μπορούσε να πει σε μια συζήτηση παραπάνω από τρεις κουβέντες. Ήταν ο μόνος που ο Τρουέμπα θα μπορούσε να έχει φίλο σε ακτίνα εκατό χιλιομέτρων τριγύρω, αλλά η τρομερή του περηφάνια δεν τον άφηνε να του αναγνωρίσει κανένα προτέρημα, εκτός από κείνα που αφορούσαν την ίδια του την τάξη σαν καλό υποταχτικό. Ούτε και του άρεσαν οι πολλές οικειότητες με τους κατώτερους. Από την πλευρά του, ο Πέδρο Σεγκούντο Γκαρσία τον μισούσε, αν και ποτέ δεν είχε συνειδητοποιήσει εκείνο το βασανιστικό συναίσθημα που του 'καιγε τα σωθικά και τον αναστάτωνε. Ήταν ένα μείγμα από φόβο και χολωμένο θαυμασμό. Προαισθανόταν πως ποτέ δεν θα τολμούσε να τον αντιμετωπίσει πρόσωπο με πρόσωπο, γιατί ήταν το αφεντικό. Έπρεπε να υποφέρει τους θυμούς του, τις απερίσκεπτες διαταγές του και την υπεροχή του, σ' όλη την υπόλοιπη ζωή του. Τα χρόνια που οι Τρεις Μαρίες ήταν εγκαταλειμμένες, εκείνος είχε αναλάβει φυσιολογικά τη διοίκηση της μικρής ομάδας που είχε επιζήσει σ' εκείνη την ξεχασμένη γη. Είχε συνηθίσει να τον σέβονται, να διατάζει, να παίρνει αποφάσεις και να μην έχει άλλον απ' τον ουρανό πάνω απ' το κεφάλι του. Η άφιξη του αφεντικού τού άλλαξε τη ζωή, αλλά δεν μπορούσε να μην παραδεχτεί πως τώρα ζούσαν καλύτερα, δεν πεινούσαν κι ήταν προστατευμένοι κι εξασφαλισμένοι. Μερικές φορές ο Τρουέμπα νόμισε πως διέκρινε μια αστραπή μίσους στα μάτια του, αλλά ποτέ δεν τον έπιασε να κάνει κάτι προσβλητικό. Ο Πέδρο Σεγκούντο υπάκουε χωρίς να παραπονιέται, δούλευε χωρίς να γκρινιάζει, ήταν τίμιος κι έδειχνε αφοσιωμένος. Όταν έβλεπε να περνάει η αδελφή του Πάντσα από το διάδρομο του αρχοντικού, με το βαρύ βάδισμα του ικανοποιημένου θηλυκού, έσκυβε το κεφάλι και σώπαινε.

Η Πάντσα Γκαρσία ήταν νέα και το αφεντικό γεροδεμένο. Το αναμενόμενο αποτέλεσμα από την ένωσή τους άρχισε να φαίνεται μέσα σε λίγους μήνες. Οι φλέβες στα πόδια της κοπέλας φούσκωσαν σαν σκουλήκια στο μελαχρινό της δέρμα, οι κινήσεις της έγιναν πιο αργές και το βλέμμα της αφηρημένο. Έχασε κάθε ενδιαφέρον για τα ξεδιάντροπα παιχνίδια στο σιδερένιο κρεβάτι και γρήγορα χόντρυνε η μέση της κι έπεσαν τα στήθια της απ' το βάρος της καινούργιας ζωής που μεγάλωνε μέσα της. Ο Εστέμπαν άργησε αρκετά να το καταλάβει, γιατί σχεδόν ποτέ δεν την κοίταζε και, αφού πέρασε ο πρώτος ενθουσιασμός, ούτε και τη χάιδευε. Του ήταν αρκετό να τη χρησιμοποιεί για να τον ξαλαφρώνει από την καθημερινή ένταση, που του πρόσφερε ύπνο χωρίς όνειρα. Αλλά έφτασε μια στιγμή που η εγκυμοσύνη της Πάντσα έγινε ολοφάνερη ακόμα και για κείνον. Τότε ένιωσε γι' αυτή απέχθεια κι άρχισε να τη βλέπει σαν τεράστιο δοχείο που περιείχε ένα άμορφο, ζελατινώδες υλικό, που δεν μπορούσε να το δει σαν παιδί του. Η Πάντσα εγκατέλειψε το σπίτι του αφεντικού και γύρισε στο καλύβι των γονιών της, όπου δεν της έκαναν καθόλου ερωτήσεις. Εξακολούθησε να δουλεύει στην κουζίνα του αρχοντικού ζυμώνοντας ψωμί και ράβοντας στη ραπτομηχανή, ολοένα και περισσότερο παραμορφωμένη από την εγκυμοσύνη. Σταμάτησε να σερβίρει στο τραπέζι τον Εστέμπαν κι απόφευγε να τον συναντάει, μια και δεν είχαν πια τίποτα να πουν. Μια βδομάδα από τότε που εκείνη είχε φύγει από το κρεβάτι του, ονειρεύτηκε ξανά τη Ρόζα και το πρωί ξύπνησε με βρεγμένα σεντόνια. Κοίταξε έξω από το παράθυρο κι είδε ένα αδύνατο κορίτσι να κρεμάει σ' ένα σύρμα τα φρεσκοπλυμένα ρούχα. Δεν έδειχνε να είναι πάνω από δεκατριών δεκατεσσάρων χρονών, αλλά ήταν εντελώς ανεπτυγμένη. Εκείνη τη στιγμή γύρισε και τον κοίταξε: είχε βλέμμα ώριμης γυναίκας.

Ο Πέδρο Γκαρσία είδε το αφεντικό να πηγαίνει σφυρίζοντας προς το στάβλο και κούνησε το κεφάλι ανήσυχος.

Στα επόμενα δέκα χρόνια ο Εστέμπαν Τρουέμπα έγινε το πιο αξιοσέβαστο αφεντικό της περιοχής, έφτιαξε σπίτια από τούβλα για τους εργάτες του, έφερε δάσκαλο για το σχολείο κι ανέβασε το επίπεδο της ζωής όλου του κόσμου στα χτήματα του. Οι Τρεις Μαρίες ήταν μια καλή επιχείρηση και δεν είχαν ανάγκη από τη φλέβα του χρυσού, αντίθετα, χρησίμεψαν για εγγύηση για να παραταθεί το δικαίωμα εκμετάλλευσης του ορυχείου. Ο παλιοχαρακτήρας του έγινε θρύλος σε τέτοιο σημείο, που άρχισε να ενοχλεί κι εκείνον τον ίδιο. Δεν δεχόταν απάντηση στα λόγια του από κανέναν και δεν ανεχόταν καμιά αντίρρηση. Θεωρούσε πως και η παραμικρή διαφωνία ήταν πρόκληση. Ταυτόχρονα αυξήθηκε και η φιληδονία του. Δεν υπήρχε ενήλικη κοπέλα που δεν είχε δοκιμάσει το δάσος, την όχθη του ποταμού ή το σιδερένιο κρεβάτι. Όταν πια δεν έμειναν διαθέσιμες γυναίκες στις Τρεις Μαρίες, άρχισε να κυνηγάει άλλες από άλλα χτήματα, βιάζοντάς τες στο πι και φι, οπουδήποτε έξω στο ύπαιθρο, συνήθως το σούρουπο. Δεν νοιαζόταν να το κάνει στα κρυφά, γιατί δεν φοβόταν κανέναν. Μερικές φορές έφταναν ως τις Τρεις Μαρίες κανένας αδελφός, πατέρας, σύζυγος ή αφεντικό για να του ζητήσουν το λόγο, αλλά μπροστά στην ασυγκράτητη βία του αυτές οι επισκέψεις για δικαιοσύνη ή εκδίκηση γίνονταν ολοένα και πιο σπάνιες. Η φήμη για τη κτηνωδία του είχε απλωθεί σ' όλη την περιοχή και προκαλούσε τη ζήλια και το θαυμασμό των αρσενικών της τάξης του. Οι χωρικοί έκρυβαν τα κορίτσια τους κι έσφιγγαν ανήμποροι τις γροθιές τους, γιατί δεν μπορούσαν να τον αντιμετωπίσουν. Ο Εστέμπαν Τρουέμπα ήταν πιο δυνατός κι έμενε ατιμώρητος. Δυο φορές βρέθηκαν πτώματα χωρικών από άλλα χτήματα διάτρητα από σκάγια και κανείς δεν είχε αμφιβολία πως έπρεπε να ψάξουν για τον ένοχο στις Τρεις Μαρίες, αλλά οι χωροφύλακες είχαν αρκεστεί να σημειώσουν το γεγονός στο βιβλίο των πρακτικών με την κοπιαστική καλλιγραφία των μισομορφωμένων, προσθέτοντας πως τα θύματα πιάστηκαν να κλέβουν. Η υπόθεση δεν προχώρησε παραπέρα. Ο Τρουέμπα εξακολούθησε να μεγαλώνει τη φήμη του σαν ακόλαστος, σπέρνοντας με μπάσταρδα όλη την περιοχή, θερίζοντας το μίσος και μαζεύοντας ενοχές, που δεν τον πονούσαν καθόλου, γιατί είχε σφίξει την ψυχή του κι είχε ησυχάσει τη συνείδησή του με τη δικαιολογία της προόδου. Άδικα ο Πέδρο Σεγκούντο Γκαρσία και ο γερο-παπάς από το νοσοκομείο των καλογριών προσπάθησαν να του υποδείξουν πως δεν ήταν τα σπίτια από τούβλα ούτε τα λίτρα το γάλα που έκαναν ένα καλό αφεντικό, παρά το να δίνει έναν ικανοποιητικό μισθό αντί για τα τριανταφυλλιά χαρτάκια, ένα ωράριο εργασίας που να μην τους ξεμεσιάζει και λίγο σεβασμό και αξιοπρέπεια. Ο Τρουέμπα δεν ήθελε ούτε ν' ακούσει γι' αυτά τα πράγματα που μύριζαν, όπως έλεγε, κομμουνισμό. «Αυτές είναι εκφυλισμένες ιδέες», έλεγε μέσα από τα δόντια του.

«Μπολσεβίκικες ιδέες για να ξεσηκωθούν εναντίον μου οι εργάτες. Δεν βλέπετε πως αυτοί οι καημένοι δεν έχουν ούτε καλλιέργεια ούτε μόρφωση, δεν μπορούν ν' αναλάβουν ευθύνες, είναι παιδιά; Πώς μπορούν να κρίνουν τι είναι καλύτερο γι' αυτούς; Χωρίς εμένα θα είχαν χαθεί· κοιτάξτε τι γίνεται μόλις γυρίσω την πλάτη μου, όλα πάνε κατά διαβόλου κι αρχίζουν τις βλακείες. Είναι εντελώς ανίδεοι. Οι εργάτες μου είναι μια χαρά – τι άλλο θέλουν; Δεν τους λείπει τίποτα. Αν παραπονιούνται, είναι από αχαριστία. Έχουν σπίτια από τούβλα, καθαρίζω τις μύξες των παιδιών τους και γιατρεύω τα παράσιτά τους, τους φέρνω εμβόλια και τους μαθαίνω να διαβάζουν. Ποιο άλλο χτήμα έχει δικό του σχολείο; Κανένα! Κι όταν μπορώ, τους φέρνω και τον παπά να κάνει καμιά λειτουργία, κι έτσι δεν ξέρω γιατί έρχεται ο παπάς να μου μιλάει για δικαιοσύνες. Δεν πρέπει να ανακατεύεται σ' όσα δεν ξέρει και δεν είναι η δουλειά του. Θα 'θελα να τον έβλεπα από καμιά μεριά ν' αναλάβει αυτό το χτήμα! Να έβλεπα αν θα εξακολουθούσε να έχει τις ίδιες ιδέες. Μ' αυτούς τους δύστυχους πρέπει να κρατάει κανείς γερά τα χαλινάρια, είναι η μόνη γλώσσα που καταλαβαίνουν. Μόλις λίγο κανείς μαλακώσει, δεν τον σέβονται. Δεν λέω, μερικές φορές ήμουνα πολύ αυστηρός, αλλά πάντα δίκαιος. Αναγκάστηκα να τους μάθω τα πάντα, μέχρι και να τρώνε, γιατί, αν δεν ήμουνα εγώ, θα τρέφονταν μόνο με ψωμί. Λίγο να μην προσέξω και δίνουν το γάλα και τ' αβγά στα γουρούνια. Δεν ξέρουν το βρακί τους ν' ανεβάσουν και γυρεύουν ψήφο! Όταν δεν ξέρουν πού παν τα τέσσερα, πώς θέλουν να μάθουν τα πολιτικά; Είναι ικανοί να ψηφίσουν τους κομμουνιστές, τους εργάτες στα ορυχεία του βορρά, που με τις απεργίες τους ζημιώνουν όλη τη χώρα, τώρα ακριβώς που το ορυκτό έχει την πιο καλή τιμή. Να στείλουν στρατό, αυτό θα έκανα εγώ στο βορρά, να πέσουν σφαίρες, να δούμε μήπως μάθουν μια για πάντα. Δυστυχώς, το μόνο που καταλαβαίνουν σ' αυτές τις χώρες είναι το ξύλο. Δεν βρισκόμαστε στην Ευρώπη. Εδώ χρειάζεται μια δυνατή κυβέρνηση, ένα δυνατό αφεντικό. Καλά θα ήταν να ήμασταν όλοι ίσοι, αλλά δεν είμαστε. Αυτό είναι φως φανάρι. Εδώ ο μόνος που ξέρει να δουλεύει είμ' εγώ και σας προκαλώ να μου αποδείξετε το αντίθετο. Σηκώνομαι πρώτος και πέφτω στο κρεβάτι τελευταίος σ' αυτή την καταραμένη γη. Αν ήταν να διαλέξω, θα τα 'στελνα όλα στο διάβολο και θα πήγαινα να ζήσω σαν πρίγκιπας στην πρωτεύουσα, αλλά πρέπει να βρίσκομαι εδώ, γιατί αν λείψω έστω και μία βδομάδα, όλα γκρεμίζονται κι αυτοί οι δύστυχοι αρχίζουν να πεθαίνουν από την πείνα. Θυμηθείτε μόνο πώς ήταν όλα όταν έφτασα πριν από εννιά δέκα χρόνια: ένας ερημότοπος. Ερείπια, όλο πέτρες και όρνια. Ένας ρημαγμένος τόπος. Όλα τα χωράφια ήταν εγκαταλειμμένα. Κανένας δεν είχε σκεφτεί να φέρει νερό με σωλήνες. Ήταν ευχαριστημένοι να φυτεύουν τέσσερα ψωρομαρούλια στην αυλή τους και είχαν αφήσει τα υπόλοιπα ν' αφανιστούν. Έπρεπε να έρθω εγώ για να μπει τάξη σ' αυτόν τον τόπο, νόμοι, και ν' αρχίσει η δουλειά. Γιατί να μην περηφανεύομαι; Δούλεψα τόσο καλά που αγόρασα κιόλας τα δυο διπλανά χτήματα κι αυτή η ιδιοχτησία είναι η πιο μεγάλη και η πιο πλούσια σ' όλη την περιοχή – όλος ο κόσμος τη ζηλεύει, ένα παράδειγμα, ένα χτήμα πρότυπο. Και τώρα που ο δημόσιος δρόμος περνάει από δίπλα, διπλασίασε την αξία του· αν ήθελα να το πουλήσω μπορούσα να πάω στην Ευρώπη να ζήσω από τα εισοδήματά μου, αλλά δεν πάω, μένω εδώ, να σκοτώνομαι στη δουλειά. Το κάνω γι' αυτούς τους ανθρώπους. Χωρίς εμένα είναι χαμένοι. Αν θέλετε να τα πούμε σταράτα, δεν κάνουν ούτε για θελήματα· εγώ πάντα το έλεγα: είναι σαν παιδιά. Δεν υπάρχει ούτε ένας να κάνει αυτό που πρέπει να κάνει, αν δεν είμαι εγώ από πίσω να τους σπρώχνω. Κι ύστερα έρχονται να μου πουν το παραμύθι πως είμαστε όλοι ίσοι! Είναι για να πεθαίνεις στα γέλια, διάβολε...»

Στη μητέρα του και στην αδελφή του έστελνε κιβώτια με φρούτα, παστά κρέατα, χοιρινά, φρέσκα αβγά, κότες ζωντανές και παστωμένες, αλεύρι, ρύζι και δημητριακά με το τσουβάλι, χωριάτικο τυρί κι όλα τα λεφτά που μπορούσαν να χρειάζονται, γιατί απ' αυτά είχε πολλά. Οι Τρεις Μαρίες και το ορυχείο έβγαζαν όσα έπρεπε για πρώτη φορά από τότε που ο Θεός τα έφτιαξε σ' αυτόν τον πλανήτη, όπως του άρεσε να λέει σ' όποιον ήθελε να τον ακούσει. Στη δόνια Εστέρ και στη Φέρουλα έδινε όσα ποτέ δεν είχαν ονειρευτεί, αλλά δεν είχε βρει καιρό, όλα αυτά τα χρόνια, να πάει να τις δει, ακόμα και περαστικός σε κάποιο από τα ταξίδια του στα βόρεια. Ήταν τόσο απασχολημένος στα χωράφια, στα καινούργια χτήματα που είχε αγοράσει και σ' άλλες δουλειές που ήθελε να ξεκινήσει, ώστε δεν μπορούσε να χάνει την ώρα του κοντά στο κρεβάτι μιας ανάπηρης. Επιπλέον υπήρχε το ταχυδρομείο που τους κρατούσε σ' επαφή και το τρένο που του επέτρεπε να τους στέλνει όλα όσα ήθελε. Δεν χρειαζόταν να τις βλέπει. Όλα μπορούν να ειπωθούν με τα γράμματα. Όλα εκτός απ' αυτά που δεν ήθελε να μάθουν, όπως το πλήθος τα μπάσταρδα που ξεφύτρωναν ως διά μαγείας. Ήταν αρκετό να ρίξει ένα κορίτσι στο χωράφι κι αμέσως έμενε έγκυος –διαβολοδουλειά–, τέτοια γονιμότητα ήταν ασυνήθιστη, ήταν σίγουρος πως τα μισά από τα παιδιά δεν ήταν δικά του. Γι' αυτό αποφάσισε πως εκτός από το γιο της Πάντσα Γκαρσία, που τον έλεγαν Εστέμπαν σαν κι εκείνον, και που για τη μάνα του δεν υπήρχε αμφιβολία πως ήταν παρθένα όταν την έκανε δική του, τα υπόλοιπα μπορούσαν να είναι δικά του και μπορούσαν να μην είναι – κι ήταν καλύτερα πάντα να σκέφτεται πως δεν ήταν. Όταν έφτανε στο σπίτι του καμιά γυναίκα μ' ένα παιδί στην αγκαλιά, ζητώντας να δώσει το επώνυμό του ή καμιά άλλη βοήθεια, την έστελνε στο δρόμο της με κάνα δυο χαρτονομίσματα στο χέρι και την προειδοποιούσε πως αν ποτέ πήγαινε ξανά να τον ενοχλήσει, θα την πετούσε έξω με τις κλοτσιές, ώστε να της κοπεί η όρεξη να κουνάει την ουρά της στον πρώτο τυχόντα που έβλεπε κι ύστερα να 'ρχεται και να του ζητάει εκείνου ευθύνες. Κι έτσι ποτέ δεν έμαθε τον αληθινό αριθμό των παιδιών του, και στην πραγματικότητα η υπόθεση δεν τον ενδιέφερε. Σκεφτόταν πως όταν θα ήθελε ν' αποχτήσει παιδιά, θα έψαχνε να βρει μια σύζυγο από τη δικιά του κοινωνική τάξη, με την ευλογία της Εκκλησίας, γιατί τα μόνα παιδιά που είχαν σημασία ήταν αυτά που είχαν το επώνυμο του πατέρα τους, τα άλλα ήταν σαν να μην υπήρχαν. Και να μην αρχίζουν μ' αυτό το τερατούργημα πως όλοι γεννιούνται με τα ίδια δικαιώματα και κληρονομούν το ίδιο, γιατί σ' αυτή την περίπτωση όλα πάνε κατά διαβόλου, και ο πολιτισμός θα πάει πίσω στην προϊστορική εποχή. Θυμόταν τη Νίβεα, τη μητέρα της Ρόζας, που όταν ο άντρας της παράτησε την πολιτική, τρομοκρατημένος με το δηλητηριασμένο αγουαρδιέντε, εκείνη άρχισε τη δικιά της προεκλογική εκστρατεία. Αλυσοδενόταν με άλλες κυρίες στα κάγκελα της Βουλής και του Αρείου Πάγου, προκαλώντας ένα στενάχωρο θέαμα που γελοιοποιούσε τους συζύγους τους. Ήξερε πως η Νίβεα έβγαινε τη νύχτα για να κολλάει σουφραζέτικες αφίσες στους τοίχους της πόλης και ήταν ικανή να περάσει από το κέντρο μέρα μεσημέρι κυριακάτικα με μια σκούπα στο χέρι και με πανεπιστημιακό πίλο στο κεφάλι, ζητώντας ν' αποχτήσουν οι γυναίκες τα δικαιώματα των αντρών, να μπορούν να ψηφίζουν και να μπαίνουν στο πανεπιστήμιο, ζητώντας ακόμα όλα τα παιδιά ν' απολαμβάνουν την προστασία των νόμων, ακόμα κι αν ήταν μπάσταρδα.

«Αυτή η γυναίκα έχει αρρωστήσει στο κεφάλι!» έλεγε ο Τρουέμπα. «Αυτό θα ήταν ενάντια στη φύση. Εδώ οι γυναίκες δεν ξέρουν πόσο κάνει ένα κι ένα, πως θα πάρουν στα χέρια το νυστέρι; Ο προορισμός τους είναι η μητρότητα, το σπίτι. Έτσι που πάνε, καμιά μέρα θα θέλουν να γίνουν βουλευτές, δικαστές, πρόεδροι της Δημοκρατίας! Και στο μεταξύ προκαλούν τέτοια σύγχυση και αταξία, που μπορεί να καταλήξει σε καμιά καταστροφή. Εκδίδουν πρόστυχα φυλλάδια, μιλούν από το ραδιόφωνο, αλυσοδένονται σε δημόσιους χώρους και η αστυνομία είναι αναγκασμένη να φέρνει το σιδερά για να κόψει τα λουκέτα και να τις πάνε στη φυλακή, όπου θα έπρεπε να βρίσκονται. Κρίμα που πάντοτε υπάρχει κάποιος σύζυγος μ' επιρροή, κάποιος δικαστής χωρίς θάρρος ή κάποιος βουλευτής με επαναστατικές ιδέες, που τις αφήνει ελεύθερες... Κι εδώ χρειάζεται να κρατάει κανείς γερά τα χαλινάρια!»

Ο πόλεμος στην Ευρώπη είχε τελειώσει και τα βαγόνια τα γεμάτα νεκρούς ήταν μια μακρινή βοή, που όμως δεν έσβηνε. Από εκεί έφταναν ιδέες ανατρεπτικές, που τις μετέφεραν οι ασυγκράτητοι άνεμοι του ραδιοφώνου, του τηλέγραφου και των καραβιών που έφταναν φορτωμένα με μετανάστες σαν κατάπληκτα κοπάδια, που προσπαθούσαν να ξεφύγουν από την πείνα της πατρίδας τους, συντριμμένοι από το βρυχηθμό των βομβών και από τους νεκρούς που σάπιζαν στα οργωμένα χωράφια. Ήταν χρονιά με προεδρικές εκλογές κι υπήρχε λόγος ν' ανησυχεί κανείς με την τροπή που έπαιρναν τα γεγονότα. Η χώρα ξυπνούσε. Το κύμα της δυσαρέσκειας, που ξεσήκωνε το λαό, χτυπούσε τώρα τη στέρεα δομή εκείνης της ολιγαρχικής κοινωνίας. Στην ύπαιθρο είχε απ' όλα: ξηρασία, σαλιγκάρια, αφθώδη πυρετό. Υπήρχε ανεργία στο βορρά και στην πρωτεύουσα ένιωθαν τα αποτελέσματα του μακρινού πολέμου. Ήταν μια μίζερη χρονιά και το μόνο που έλειψε για ν' αποτελειώσει την καταστροφή ήταν ένας σεισμός.

Η ανώτερη τάξη, που στα χέρια της ήταν συγκεντρωμένη η εξουσία και ο πλούτος, δεν συνειδητοποίησε τον κίνδυνο που απειλούσε την εύθραυστη ισορροπία της θέσης της. Οι πλούσιοι διασκέδαζαν χορεύοντας τσάρλεστον και τους καινούργιους ρυθμούς της τζαζ, φοξ τροτ και κάτι κούμπιες των Νέγρων, που ήταν εκπληκτικά άσεμνες. Ξανάρχισαν τα ταξίδια με πλοίο στην Ευρώπη, που είχαν σταματήσει τα τέσσερα χρόνια του πολέμου, κι έγιναν της μόδας τα ταξίδια στη Βόρεια Αμερική. Έφτασε και η καινοτομία του γκολφ, που μάζευε όλη την καλή κοινωνία για να χτυπάει ένα μπαλάκι μ' ένα ξύλο, ακριβώς όπως έκαναν οι ιθαγενείς πριν από διακόσια χρόνια στα ίδια μέρη. Οι κυρίες φορούσαν ψεύτικα μαργαριταρένια κολιέ μέχρι τα γόνατα και καπέλα σαν αναποδογυρισμένα δοχεία μέχρι τα φρύδια, έκοβαν τα μαλλιά τους αλά γκαρσόν, βάφονταν σαν γυναίκες του δρόμου, είχαν βγάλει τους κορσέδες και κάπνιζαν με το ένα πόδι πάνω στ' άλλο. Οι καθωσπρέπει κύριοι είχαν καταθαμπωθεί με την εφεύρεση των αμερικάνικων αυτοκινήτων, που έφταναν στη χώρα το πρωί και ως το βράδυ της ίδιας μέρας είχαν πουληθεί, παρ' όλο που κόστιζαν μια μικρή περιουσία, και δεν ήταν παρά ένα πανδαιμόνιο που κάπνιζε κι ένας σωρός σιδερικά που έτρεχαν με αυτοκαταστροφική ταχύτητα σε κάτι δρόμους που ήταν φτιαγμένοι για άλογα κι άλλα ζώα της φύσης, αλλά σε καμιά περίπτωση για φανταστικές μηχανές. Στα τραπέζια των χαρτιών παίζονταν οι κληρονομιές και τα εύκολα πλούτη του μεταπολέμου, άνοιγαν σαμπάνιες, κι έφτασε και η καινοτομία της κοκαΐνης για τους πιο εκλεπτυσμένους και βιτσιόζους. Η ομαδική τρέλα δεν είχε τελειωμό.

Αλλά στην επαρχία τα καινούργια αυτοκίνητα ήταν μια πραγματικότητα τόσο απόμακρη όσο και τα κοντά φουστάνια, και για όσους κατάφεραν να ξεφορτωθούν τα σαλιγκάρια και τον αφθώδη πυρετό ήταν μια καλή χρονιά. Ο Εστέμπαν Τρουέμπα και οι άλλοι χτηματίες της περιοχής μαζεύονταν στη λέσχη του χωριού για να οργανώσουν την προεκλογική πολιτική τους δράση. Οι χωριάτες ζούσαν ακόμα όπως και τον καιρό των αποικιών και δεν είχαν ακούσει να μιλούν για συνδικάτα, ούτε για Κυριακές αργίες, ούτε για ελάχιστο ημερομίσθιο, αλλά τώρα πια είχαν αρχίσει να διεισδύουν στα χτήματα αντιπρόσωποι από τα καινούργια κόμματα της αριστεράς, που εισχωρούσαν παριστάνοντας τους ευαγγελιστές, με το Ευαγγέλιο κάτω απ' το ένα μπράτσο και τα μαρξιστικά φυλλάδια κάτω απ' το άλλο, κηρύσσοντας ταυτόχρονα τη λιτή ζωή και το θάνατο για την επανάσταση.

Εκείνα τα συνωμοτικά γεύματα των αφεντικών κατέληγαν σε ρωμαϊκά μεθύσια, ή σε κοκορομαχίες, ή έκαναν έφοδο στον Κόκκινο Φάρο, όπου οι δωδεκάχρονες πόρνες κι ο Καρμέλο, ο μοναδικός πούστης του μπουρδέλου και του χωριού, χόρευαν με τους ήχους μιας προκατακλυσμιαίας βιτρόλας, κάτω από το άγρυπνο μάτι της Σοφίας, που δεν ήταν πια για τέτοια κόλπα, αλλά είχε ακόμα αρκετή ενεργητικότητα για να κρατάει την επιχείρηση με σιδερένια πυγμή και να εμποδίζει την αστυνομία να κάνει έφοδο για το τίποτα και τ' αφεντικά να ξεπερνούν τα όρια, να γαμούν τζάμπα. Η Τράνσιτο Σότο χόρευε καλύτερα απ' όλες κι άντεχε περισσότερο στις επιθέσεις των μεθυσμένων, ήταν ακούραστη και ποτέ δεν παραπονιόταν για τίποτα, λες και είχε το θιβετιανό χάρισμα ν' αφήνει τον αδύνατο εφηβικό της σκελετό στα χέρια του πελάτη και να μεταφέρει την ψυχή της σε κάποια απομακρυσμένη περιοχή. Του Εστέμπαν Τρουέμπα του γούσταρε γιατί δεν ήταν μυγιάγγιχτη για καινούργιες ιδέες και τις αγριάδες του έρωτα, τραγουδούσε ωραία με βραχνή φωνή και γιατί μια φορά του είχε πει πως θα πήγαινε μπροστά στη ζωή κι αυτό του είχε αρέσει.

«Δεν θα περάσω όλη μου τη ζωή στον Κόκκινο Φάρο, αφεντικό. Θα πάω στην πρωτεύουσα, γιατί θέλω να γίνω πλούσια και φημισμένη», είχε πει.

Ο Εστέμπαν πήγαινε στο πορνείο, γιατί ήταν το μοναδικό μέρος διασκέδασης σ' όλο το χωριό, αλλά δεν συνήθιζε να πηγαίνει με πουτάνες. Δεν του άρεσε να πληρώνει γι' αυτό που μπορούσε να έχει με άλλο τρόπο. Με την Τράνσιτο Σότο όμως περνούσε καλά. Τον έκανε να γελάει. Μια μέρα, αφού έκαναν έρωτα, ένιωσε γενναιόδωρος, κάτι που ποτέ σχεδόν δεν του συνέβαινε, και ρώτησε την Τράνσιτο Σότο αν ήθελε να της κάνει ένα δώρο.

«Δάνεισε μου πενήντα πέσος, αφεντικό!» του ζήτησε εκείνη αμέσως.

«Είναι πολλά λεφτά. Τι θα τα κάνεις;»

«Θα πάρω ένα εισιτήριο για το τρένο, ένα κόκκινο φουστάνι, ένα ζευγάρι παπούτσια με τακούνια, ένα μπουκάλι άρωμα και θα κάνω και περμανάντ. Αυτά είναι όλα όσα χρειάζομαι για να ξεκινήσω. Θα σου τα επιστρέψω κάποια μέρα, αφεντικό. Με τόκο».

Ο Εστέμπαν της έδωσε τα πενήντα πέσος, γιατί εκείνη τη μέρα είχε πουλήσει πέντε ταύρους και είχε τις τσέπες του γεμάτες χαρτονομίσματα και γιατί η εξάντληση από την απόλαυση τον έκανε λίγο αισθηματία.

«Για το μόνο που λυπάμαι είναι που δεν θα σε ξαναδώ, Τράνσιτο. Σε είχα συνηθίσει».

«Θα ξαναϊδωθούμε, αφεντικό. Έχει πολλά γυρίσματα η ζωή».

Εκείνα τα φαγοπότια στον όμιλο, οι κοκορομαχίες και τ' απογέματα στο μπουρδέλο κατάληξαν σ' ένα έξυπνο, αν και καθόλου πρωτότυπο, σχέδιο για να βάλουν τους χωριάτες να ψηφίσουν. Τους οργάνωσαν ένα πανηγύρι με κρεατόπιτες και πολύ κρασί, έσφαξαν και μερικά μοσχάρια για να τα ψήσουν, τους έπαιξαν και μερικά τραγούδια με την κιθάρα, τους πάσαραν μερικούς πατριωτικούς λόγους και τους υποσχέθηκαν πως, αν έβγαινε ο συντηρητικός υποψήφιος, θα έπαιρναν όλοι ένα δώρο, αλλά αν έβγαινε άλλος θα έχαναν όλοι τις δουλειές τους. Επιπλέον νόθεψαν τις κάλπες και δωροδόκησαν την αστυνομία. Τους χωριάτες, μετά το πανηγύρι, τους φόρτωσαν σε κάρα και τους πήγαν να ψηφίσουν, προσέχοντάς τους, με καλαμπούρια και χαχανητά. Ήταν η μόνη τους ευκαιρία να έχουν οικειότητες μαζί τους - κουμπάρε από δω, κουμπάρε από κει, βασίσου πάνω μου, εγώ δεν σ' εγκαταλείπω, αδελφάκι, έτσι μ' αρέσεις, φίλε, να έχεις πατριωτική συνείδηση, να δεις που οι φιλελεύθεροι και οι ριζοσπάστες είναι όλοι βλάκες και οι κομμουνιστές άθεοι, κωλόπαιδα, που τρώνε τα μικρά παιδιά.

Τη μέρα των εκλογών όλα έγιναν όπως είχαν προβλεφθεί, με απόλυτη τάξη. Οι Ένοπλες Δυνάμεις εγγυήθηκαν για τη δημοκρατική διαδικασία με απόλυτη ηρεμία, μια ανοιξιάτικη μέρα πιο χαρούμενη και πιο ηλιόλουστη από τις άλλες.

«Ένα παράδειγμα προς μίμηση σε αυτή την ήπειρο των ιθαγενών και των Νέγρων, που περνούν τον καιρό τους με επαναστάσεις για να ρίχνουν τον ένα δικτάτορα και να βάζουν στην εξουσία άλλον. Αυτό είναι ένα διαφορετικό κράτος, μια αληθινή δημοκρατία, έχουμε πολιτική υπερηφάνια. Εδώ το Συντηρητικό Κόμμα κερδίζει χωρίς νοθεία και δεν χρειάζεται ένα στρατηγό για να επιβάλει τάξη και ασφάλεια. Δεν είμαστε σαν εκείνες τις περιφερειακές δικτατορίες, όπου ο ένας σκοτώνει τον άλλο, ενώ οι γκρίνγκος παίρνουν όλες τις πρώτες ύλες», δήλωσε ο Τρουέμπα στην τραπεζαρία του ομίλου, σε μια πρόποση με το ποτήρι στο χέρι, τη στιγμή που έμαθε τ' αποτελέσματα των εκλογών.

Τρεις μέρες αργότερα, όταν είχε πια ξαναγυρίσει στη ρουτίνα, έφτασε το γράμμα της Φέρουλα στις Τρεις Μαρίες. Ο Τρουέμπα είχε ονειρευτεί εκείνη τη νύχτα τη Ρόζα. Είχε περάσει πολύς καιρός που δεν είχε συμβεί κάτι τέτοιο. Στο όνειρό του είχε εμφανιστεί με τα μαλλιά της ξέπλεκα στην πλάτη, σαν μια κάπα από φύλλα ιτιάς που έφτανε ως τη μέση της, με σκληρό και παγωμένο δέρμα και χλομή σαν αλάβαστρο. Ήταν ολόγυμνη και κρατούσε έναν μπόγο στα χέρια της, και περπατούσε όπως περπατούν στα όνειρα, μ' ένα αστραφτερό πράσινο φωτοστέφανο που έπλεε γύρω από το κορμί της. Την είδε να πλησιάζει αργά κι όταν θέλησε να την αγγίξει, εκείνη πέταξε τον μπόγο καταγής σκορπίζοντας το περιεχόμενο στα πόδια του. Εκείνος έσκυψε, τον μάζεψε και είδε ένα κοριτσάκι χωρίς μάτια που τον φώναζε μπαμπά. Ξύπνησε όλο αγωνία κι ήταν κακόκεφος όλο το πρωινό. Από κείνο το όνειρο ένιωσε ανήσυχος, πολύ πριν πάρει το γράμμα της Φέρουλα. Μπήκε στην κουζίνα για το πρωινό του κι είδε μια κότα που τριγύριζε τσιμπολογώντας τα ψίχουλα στο πάτωμα. Της έδωσε μια κλοτσιά που της άνοιξε την κοιλιά, αφήνοντάς τη να ψυχομαχά μέσα σε μια λίμνη από έντερα και πούπουλα, φτεροκοπώντας μες στην κουζίνα. Αλλά ούτε και τότε ηρέμησε, αντίθετα, μεγάλωσε ο εκνευρισμός του κι ένιωσε να πνίγεται. Ανέβηκε στ' άλογο κι έφυγε καλπάζοντας να παρακολουθήσει που μαρκάριζαν τα γελάδια. Τότε ακριβώς έφτασε στο σπίτι ο Πέδρο Σεγκούντο Γκαρσία, που είχε πάει στο σταθμό του Σαν Λούκας να παραδώσει μια παραγγελία και είχε περάσει από το χωριό να παραλάβει το ταχυδρομείο. Έφερνε το γράμμα της Φέρουλα.

Ο φάκελος περίμενε όλο το πρωινό πάνω στο τραπέζι, στην είσοδο. Όταν γύρισε, ο Εστέμπαν Τρουέμπα πήγε να πλυθεί κατευθείαν, γιατί ήταν όλο ιδρώτα και σκόνη, γεμάτος από μια μυρωδιά από τρομοκρατημένα ζώα. Ύστερα κάθισε στο γραφείο του να κάνει τους λογαριασμούς και διέταξε να του σερβίρουν το φαγητό σ' ένα δίσκο. Δεν είδε το γράμμα της αδελφής του παρά μόνο το βράδυ, όταν έκανε το γύρο του σπιτιού όπως πάντα πριν ξαπλώσει, για να δει αν ήταν σβηστά τα φώτα και οι πόρτες κλειδωμένες. Το γράμμα της Φέρουλα ήταν ακριβώς όπως όλα τα γράμματά της που είχε πάρει, αλλά μόλις το έπιασε, κατάλαβε πως το περιεχόμενό του θα άλλαζε τη ζωή του. Είχε την ίδια αίσθηση, όπως όταν κρατούσε στα χέρια του το τηλεγράφημα της αδελφής του, που του ανάγγελλε το θάνατο της Ρόζας, πολλά χρόνια πριν.

Το άνοιξε νιώθοντας να χτυπάνε οι κρόταφοί του από το κακό προαίσθημα. Το γράμμα έλεγε σύντομα πως η δόνια Εστέρ Τρουέμπα ήταν στα τελευταία της και πως μετά από τόσα χρόνια να τη φροντίζει και να την υπηρετεί σαν σκλάβα, η Φέρουλα ήταν αναγκασμένη να υπομένει το μαρτύριο να μην την αναγνωρίζει καν η μητέρα της, παρά ν' αναζητάει μέρα νύχτα το γιο της Εστέμπαν, γιατί δεν ήθελε να πεθάνει χωρίς να τον δει. Ο Εστέμπαν στην πραγματικότητα ποτέ δεν είχε αγαπήσει τη μητέρα του κι ούτε αισθανόταν άνετα κοντά της, αλλά τα νέα τον συγκλόνισαν. Κατάλαβε πως δεν μπορούσε πια να μεταχειριστεί τις δικαιολογίες που εφεύρισκε για να μην την επισκέπτεται και πως είχε φτάσει πια η ώρα να πάρει το δρόμο της επιστροφής για την πρωτεύουσα και ν' αντιμετωπίσει για τελευταία φορά εκείνη τη γυναίκα, που βρισκόταν πάντα μες στους εφιάλτες του, με την τσαγκιά μυρωδιά από φαρμακίλα, τα αδύναμα βογκητά της, τις ατέλειωτες προσευχές της, εκείνη τη βασανισμένη γυναίκα που είχε γεμίσει με απαγορεύσεις και τρόμους την παιδική του ηλικία και με υποχρεώσεις κι ενοχές την αντρική του ζωή.

Φώναξε τον Πέδρο Σεγκούντο Γκαρσία και του εξήγησε την κατάσταση. Τον πήγε ως το γραφείο και του έδειξε το κατάστιχο και τους λογαριασμούς του παντοπωλείου. Του έδωσε ένα μάτσο κλειδιά με όλα, εκτός από το κλειδί για το κελάρι με τα κρασιά, και του ανάγγειλε πως από κείνη τη στιγμή και μέχρι την επιστροφή του εκείνος ήταν υπεύθυνος για όλα στις Τρεις Μαρίες κι οποιαδήποτε κουταμάρα κι αν έκανε, θα την πλήρωνε πολύ ακριβά. Ο Πέδρο Σεγκούντο Γκαρσία πήρε τα κλειδιά, έβαλε το κατάστιχο κάτω από το μπράτσο του και χαμογέλασε άκεφα.

«Κάνει κανείς το κατά δύναμη, αφεντικό», είπε σηκώνοντας τους ώμους.

Την επόμενη μέρα ο Εστέμπαν Τρουέμπα πήρε ξανά, για πρώτη φορά μετά από χρόνια, το δρόμο που τον είχε φέρει από το σπίτι της μητέρας του στο χτήμα. Μ' ένα κάρο, με τις δυο δερμάτινες βαλίτσες του, πήγε ως το σταθμό του Σαν Λούκας, μπήκε στο βαγόνι της πρώτης θέσης από την εποχή της εγγλέζικης σιδηροδρομικής εταιρείας και διέσχισε ξανά τους απέραντους κάμπους που απλώνονταν στους πρόποδες της κορδιλιέρας.

Έκλεισε τα μάτια του και προσπάθησε να κοιμηθεί, αλλά η εικόνα της μητέρας του δεν τον άφησε ήσυχο.

3

Κλάρα η διορατική

Η Κλάρα ήταν δέκα χρονών όταν αποφάσισε πως δεν άξιζε τον κόπο να μιλάει κανείς και βουβάθηκε. Η ζωή της άλλαξε σημαντικά. Ο χοντρός και γλυκομίλητος οικογενειακός γιατρός Κουέβας προσπάθησε να γιάνει τη σιωπή της με χάπια δικιάς του εφεύρεσης, με βιταμινούχο σιρόπι και επαλείψεις με μέλι τετραβορικού νατρίου στο λαιμό, αλλά χωρίς κανένα εμφανές αποτέλεσμα. Κατάλαβε πως τα φάρμακά του ήταν ανεπαρκή και πως η παρουσία του τρομοκρατούσε τη μικρή. Μόλις τον έβλεπε, η Κλάρα άρχιζε να τσιρίζει κι έβρισκε καταφύγιο στην πιο απομακρυσμένη γωνιά, μαζεμένη σαν φοβισμένο ζώο, κι έτσι παράτησε τα γιατροσόφια του και πρότεινε στο Σεβέρο και στη Νίβεα να την πάνε σ' ένα Ρουμάνο που λεγόταν Ροστίποφ, που είχε κάνει μεγάλο ντόρο εκείνη την εποχή. Ο Ροστίποφ κέρδιζε τη ζωή του κάνοντας κόλπα σαν ταχυδακτυλουργός σε θέατρα ποικιλιών κι είχε καταφέρει το απίστευτο κατόρθωμα να τεντώσει ένα σύρμα από την κορυφή του καθεδρικού ναού μέχρι τον τρούλο της Γαλικιανής Αδελφότητας, στην άλλη άκρη της πλατείας, και να τη διασχίσει περπατώντας στον αέρα με μοναδικό στήριγμα ένα μακρύ κοντάρι. Παρά την επιπόλαια πλευρά του, ο Ροστίποφ είχε προκαλέσει αναστάτωση στους επιστημονικούς κύκλους, γιατί τις ελεύθερες ώρες του θεράπευε την υστερία με μαγνητικά ραβδάκια και υπνωτισμό. Η Νίβεα και ο Σεβέρο πήγαν την Κλάρα στο ιατρείο που είχε αυτοσχεδιάσει στο ξενοδοχείο ο Ρουμάνος. Ο Ροστίποφ την εξέτασε με προσοχή και δήλωσε πως η περίπτωση δεν ανήκε στη δικαιοδοσία του, γιατί η μικρή δεν μιλούσε επειδή δεν ήθελε κι όχι επειδή δεν μπορούσε. Όμως μπροστά στην επιμονή των γονιών έφτιαξε κάτι χαπάκια από ζάχαρη, βαμμένα με βιολετί χρώμα, και της τα έδωσε, προειδοποιώντας την πως ήταν ένα σιβηρικό φάρμακο για τους κωφάλαλους. Αλλά η δύναμη της υποβολής δεν λειτούργησε σ' αυτή την περίπτωση κι ο Μπαραμπάς, από μια απροσεξία, καταβρόχθισε το δεύτερο βάζο χωρίς να του προκαλέσει καμιά αντίδραση. Ο Σεβέρο και η Νίβεα προσπάθησαν να την κάνουν να μιλήσει με σπιτικούς τρόπους, με απειλές και παρακάλια, και μέχρι που την άφησαν νηστικιά για να δουν αν η πείνα θα την ανάγκαζε να ζητήσει το φαγητό της, αλλά ούτε κι αυτά είχαν αποτέλεσμα.

Η νταντά είχε την ιδέα πως μια καλή τρομάρα μπορεί να την έκανε να μιλήσει κι έτσι πέρασε εννιά χρόνια εφευρίσκοντας απελπισμένα τρόπους για να τρομάζει την Κλάρα, με μόνο αποτέλεσμα το κορίτσι να πάθει ανοσία στην έκπληξη και στον τρόμο. Σε λίγο καιρό η Κλάρα δεν φοβόταν τίποτα, ούτε τη συγκινούσαν οι εμφανίσεις από ωχρά και υποσιτιζόμενα τέρατα στο δωμάτιό της, ούτε τα χτυπήματα από βρικόλακες και δαίμονες στο παράθυρό της. Η νταντά μεταμφιεζόταν σε αποκεφαλισμένο πειρατή, σε δήμιο του Πύργου του Λονδίνου, σε λυκάνθρωπο και σε διάβολο με κέρατα, ανάλογα με την έμπνευση που της ερχόταν και τις ιδέες που έπαιρνε από κάτι περιοδικά τρόμου που αγόραζε γι' αυτόν το λόγο και, παρ' όλο που δεν μπορούσε να τα διαβάσει, αντέγραφε τις εικόνες. Είχε αποχτήσει τη συνήθεια να γλιστράει σιωπηλά στους διαδρόμους για να τρομάζει τη μικρή μες στο σκοτάδι, να ουρλιάζει πίσω από τις πόρτες και να κρύβει ζωντανά μαμούνια στο κρεβάτι της, αλλά τίποτα απ' όλα αυτά δεν κατάφερε την Κλάρα να πει έστω και μια λέξη. Μερικές φορές η Κλάρα έχανε την υπομονή της, έπεφτε στο πάτωμα, χτυπούσε τα πόδια της και τσίριζε, αλλά χωρίς ν' αρθρώνει κανέναν ήχο σε κάποια γνωστή γλώσσα, ή έγραφε στη μικρή πλάκα που δεν αποχωριζόταν τα χειρότερα λόγια για την καημένη τη γυναίκα, που πήγαινε στην κουζίνα να κλάψει για την έλλειψη κατανόησης.

«Το κάνω για το καλό σου, αγγελούδι μου», θρηνούσε η νταντά τυλιγμένη σ' ένα ματωμένο σεντόνι και με το πρόσωπο μαυρισμένο με καμένο φελλό.

Η Νίβεα της απαγόρεψε να συνεχίσει να τρομάζει την κόρη της. Είχε παρατηρήσει πως η αναστάτωση μεγάλωνε τις μεταφυσικές της δυνάμεις και δημιουργούσε αταξία ανάμεσα στα πνεύματα που τριγύριζαν τη μικρή. Επιπλέον, εκείνη η παρέλαση από τρομαχτικά πρόσωπα είχε διαλύσει το νευρικό σύστημα του Μπαραμπάς, που ποτέ δεν είχε καλή όσφρηση και ήταν αδύνατο ν' αναγνωρίσει την νταντά κάτω από τις μεταμφιέσεις της. Το σκυλί είχε αρχίσει να κατουράει καθισμένο, αφήνοντας τριγύρω του μια τεράστια λίμνη, και συχνά χτυπούσαν τα δόντια του. Αλλά η νταντά εξακολουθούσε να επωφελείται από κάθε απουσία της Νίβεα και επέμενε στις προσπάθειές της να θεραπεύσει τη βουβαμάρα με το ίδιο φάρμακο που σταματάει το λόξιγκα. Έβγαλαν την Κλάρα από τις καλόγριες, όπου είχαν σπουδάσει όλες οι κόρες δελ Βάλιε, και της έκαναν μαθήματα στο σπίτι. Ο Σεβέρο έφερε από την Αγγλία μια παιδαγωγό, τη μις Άγκαθα, ψηλή, κεχριμπαρένια και με μεγάλα χέρια οικοδόμου, αλλά δεν άντεξε στην αλλαγή του κλίματος, στα καυτερά φαγητά και στο αυτόνομο πέταγμα της αλατιέρας, που μετακινιόταν πάνω στο τραπέζι, κι έτσι αναγκάστηκε να γυρίσει στο Λίβερπουλ. Η επόμενη ήταν μια Ελβετίδα, που είχε την ίδια τύχη, και η Γαλλίδα, που έφτασε χάρη στις επαφές του πρεσβευτή εκείνης της χώρας με την οικογένεια, ήταν τόσο ροδαλή, στρουμπουλή και γλυκιά, που έμεινε έγκυος μέσα σε λίγους μήνες, κι ερευνώντας την υπόθεση έγινε γνωστό πως πατέρας ήταν ο Λουίς, ο μεγάλος αδελφός της Κλάρας. Ο Σεβέρο τους πάντρεψε χωρίς να τους ρωτήσει και, αντίθετα με όλα τα προγνωστικά της Νίβεα και του κύκλου της, έζησαν πολύ ευτυχισμένοι. Μετά απ' όλες αυτές τις εμπειρίες, η Νίβεα έπεισε τον άντρα της πως να μάθει ξένες γλώσσες δεν ήταν τόσο σπουδαίο για ένα παιδί με τηλεπαθητικές ικανότητες κι ήταν καλύτερα να επιμείνουν στα μαθήματα πιάνου και να της μάθουν να κεντάει.

Η μικρή Κλάρα διάβαζε πολύ. Το ενδιαφέρον της για την ανάγνωση δεν έκανε διακρίσεις και της άρεσαν το ίδιο τα θαυμάσια βιβλία από τα μαγεμένα μπαούλα του θείου Μάρκος και τα έγγραφα του Φιλελεύθερου Κόμματος, που ο πατέρας της φύλαγε στο γραφείο του. Γέμιζε αμέτρητα τετράδια με τις προσωπικές της σημειώσεις, όπου έμεναν καταχωρισμένα τα γεγονότα εκείνης της εποχής και χάρη σ' αυτή δεν χάθηκαν σβησμένα από την ομίχλη της λήθης, και τώρα μπορώ να τα μεταχειριστώ για να διασώσω τη μνήμη της.

Η Κλάρα, διορατική, γνώριζε τη σημασία των ονείρων της. Ήταν μια φυσική της ικανότητα και δεν χρειαζόταν τις πληκτικές καβαλιστικές μελέτες, που μεταχειριζόταν ο θείος Μάρκος με μεγαλύτερη προσπάθεια και λιγότερα αποτελέσματα. Ο πρώτος που το κατάλαβε ήταν ο Ονόριο, ο κηπουρός του σπιτιού, που ονειρεύτηκε μια μέρα φίδια να τριγυρνούν στα πόδια του και, για να τα διώξει, τα κλότσαγε μέχρι που κατάφερε να σκοτώσει δεκαεννιά. Διηγήθηκε το όνειρο στη μικρή όσο κλάδευε τις τριανταφυλλιές για να τη διασκεδάσει, γιατί την αγαπούσε πολύ και λυπόταν που ήταν βουβή. Η Κλάρα έβγαλε την πλάκα από την τσέπη της ποδιάς της κι έγραψε την ερμηνεία για το όνειρο του Ονόριο: θ' αποχτήσεις πολλά λεφτά, θα τα ξοδέψεις γρήγορα, θα τα κερδίσεις χωρίς κόπο, παίξε το δεκαεννιά. Ο Ονόριο δεν ήξερε να διαβάζει, αλλά η Νίβεα του διάβασε το μήνυμα με πολλά αστεία και γέλια. Ο κηπουρός έκανε ό,τι του έλεγε και κέρδισε ογδόντα πέσος σε μια παράνομη λοταρία πίσω από μια καρβουναποθήκη. Τα ξόδεψε σ' ένα καινούργιο κοστούμι, ένα αξέχαστο μεθύσι μ' όλους τους φίλους του και μια πορσελάνινη κούκλα για την Κλάρα. Από τότε η μικρή είχε πολλή δουλειά να ερμηνεύει όνειρα, στα κρυφά από τη μαμά της, γιατί, όταν έγινε γνωστή η ιστορία του Ονόριο, έρχονταν να τη ρωτήσουν τι σημαίνει να πετάς πάνω από έναν πύργο με φτερά κύκνου, τι σημαίνει να βρίσκεσαι σε μια βάρκα που την παρασύρει το κύμα και να τραγουδάει μια σειρήνα με φωνή χήρας, να γεννιούνται δίδυμα ενωμένα στην πλάτη και το καθένα μ' ένα σπαθί στο χέρι, και η Κλάρα έγραφε με σιγουριά πάνω στην πλάκα πως ο πύργος είναι ο θάνατος κι αυτός που πετάει από πάνω θα σωθεί από κάποιο ατύχημα, αυτός που τον παρασύρει η θάλασσα κι ακούει τη σειρήνα θα χάσει τη δουλειά του και θα περάσει δυσκολίες, αλλά θα τον βοηθήσει μια γυναίκα, με την οποία θα συνεταιριστεί, τα δίδυμα είναι άντρας και γυναίκα ενωμένοι με την ίδια μοίρα, που πληγώνονται μεταξύ τους καθώς χτυπιούνται με τα σπαθιά.

Η Κλάρα δεν ερμήνευε μόνο τα όνειρα. Μπορούσε να δει και το μέλλον και γνώριζε τις προθέσεις των ανθρώπων, ικανότητες που διατήρησε σ' όλη της τη ζωή και τις αύξησε με τον καιρό. Προανάγγειλε το θάνατο του νονού της, του δον Σαλομόν Βαλδές, μεσίτη στο χρηματιστήριο, που, νομίζοντας πως τα είχε χάσει όλα, κρεμάστηκε από τον πολυέλαιο στο κομψό του γραφείο. Εκεί τον βρήκαν, μετά από την επιμονή της Κλάρας, σαν μουχλιασμένο άψυχο ζώο, έτσι ακριβώς όπως τον είχε περιγράψει στην πλάκα της. Πρόβλεψε την κήλη του πατέρα της, όλους τους σεισμούς κι άλλες απότομες αλλαγές της φύσης, τη μοναδική φορά που χιόνισε στην πρωτεύουσα, παγώνοντας από το κρύο τους φτωχούς στους συνοικισμούς και τους ροδώνες στους κήπους των πλουσίων, την ταυτότητα του δολοφόνου των μαθητριών πολύ πριν η αστυνομία ανακαλύψει το δεύτερο πτώμα, αλλά κανείς δεν την πίστεψε κι ο Σεβέρο δεν θέλησε ν' ανακατευτεί η κόρη του με εγκληματίες που δεν είχαν σχέση με την οικογένεια. Η Κλάρα κατάλαβε από την πρώτη ματιά πως ο Γετούλιο Αρμάντο επρόκειτο να εξαπατήσει τον πατέρα της με την επιχείρηση με τ' αυστραλιανά πρόβατα, γιατί το είδε στο χρώμα της αύρας του. Το έγραψε στον πατέρα της, αλλά εκείνος δεν της έδωσε σημασία και, όταν θυμήθηκε τις προβλέψεις της μικρής του κόρης, είχε κιόλας χάσει τη μισή του περιουσία κι ο συνεταίρος του τριγύριζε στην Καραϊβική, νεόπλουτος, μ' ένα χαρέμι από χοντρόκωλες μαύρες κι ένα δικό του καράβι για να κάνει ηλιοθεραπεία.

Η ικανότητα της Κλάρας να μετακινεί αντικείμενα χωρίς να τ' αγγίζει δεν χάθηκε με την περίοδο, όπως προφήτευε η νταντά, αντίθετα γινόταν ολοένα πιο μεγάλη, ώσπου απόχτησε τέτοια εξάσκηση, που χτυπούσε τα πλήκτρα του πιάνου με το καπάκι κλεισμένο, αν και ποτέ δεν μπόρεσε να μετακινήσει το ίδιο το όργανο μες στο σαλόνι, όπως ήθελε. Μ' εκείνες τις παραξενιές ξόδευε το μεγαλύτερο μέρος της ενέργειάς της και του χρόνου της. Ανέπτυξε την ικανότητα να μαντεύει μεγάλο ποσοστό από τα χαρτιά της τράπουλας κι εφεύρε εξωπραγματικά παιχνίδια για να διασκεδάζει με τ' αδέλφια της. Ο πατέρας της της απαγόρεψε να διαβάζει το μέλλον στα χαρτιά και να επικαλείται φαντάσματα και πονηρά πνεύματα, που ενοχλούσαν την υπόλοιπη οικογένεια και τρομοκρατούσαν το υπηρετικό προσωπικό, αλλά η Νίβεα είχε καταλάβει πως όσους περισσότερους περιορισμούς και καταπιέσεις υπέφερε η μικρή της κόρη, τόσο πιο τρελή γινόταν, κι έτσι αποφάσισε να την αφήσει ήσυχη με τα πνευματιστικά της κόλπα, τα προφητικά της παιχνίδια και τη σπηλαιώδη της σιωπή, προσπαθώντας να την αγαπάει απεριόριστα και να τη δέχεται όπως ήταν. Η Κλάρα μεγάλωσε σαν άγριο φυτό, παρ' όλες τις συστάσεις του δόκτορα Κουέθας, που είχε φέρει από την Ευρώπη το νεωτερισμό με τα ψυχρά λουτρά και τα ηλεκτροσόκ για να θεραπεύει τους τρελούς.

Ο Μπαραμπάς συντρόφευε τη μικρή νύχτα μέρα, εκτός από την κανονική περίοδο της σεξουαλικής του δραστηριότητας. Την τριγύριζε πάντα σαν γιγάντια σκιά, τόσο σιωπηλή όσο και η ίδια, ξάπλωνε στα πόδια της όταν εκείνη καθόταν και το βράδυ κοιμόταν δίπλα της, σφυρίζοντας σαν ατμομηχανή. Κατέληξε να ταιριάξει τόσο πολύ με την κυρά του, που όταν εκείνη περπατούσε υπνοβατώντας μες στο σπίτι, το σκυλί την ακολουθούσε με τον ίδιο τρόπο. Τις νύχτες με πανσέληνο ήταν συνηθισμένο να τους βλέπουν να περνούν από τους διαδρόμους, σαν δυο φαντάσματα που έπλεαν μες στο χλομό φως. Όσο μεγάλωνε ο σκύλος τόσο φαίνονταν περισσότερο οι απροσεξίες του. Ποτέ δεν μπόρεσε να καταλάβει τη διάφανη φύση του κρυστάλλου και σε στιγμές αναταραχής συνήθιζε να ορμάει πάνω στα παράθυρα με την αθώα πρόθεση να πιάσει κάποια μύγα. Έπεφτε από την άλλη μεριά μ' έναν πάταγο από σπασμένα γυαλιά, ξαφνιασμένος και λυπημένος. Εκείνη την εποχή τα κρύσταλλα έρχονταν από τη Γαλλία με το πλοίο και η μανία του ζώου να πέφτει πάνω τους δημιούργησε πρόβλημα, ώσπου η Κλάρα σκέφτηκε να ζωγραφίσει γάτες πάνω στα τζάμια. Όταν ενηλικιώθηκε, ο Μπαραμπάς σταμάτησε να συνουσιάζεται με τα πόδια του πιάνου, όπως έκανε από κουτάβι, και το αναπαραγωγικό του ένστικτο φανερωνόταν μόνο όταν μύριζε καμιά σκύλα σε οργασμό στη γειτονιά. Σ' εκείνες τις περιπτώσεις δεν υπήρχε αλυσίδα ούτε πόρτα που να μπορούσε να τον συγκρατήσει, έβγαινε στο δρόμο, ξεπερνώντας όλα τα εμπόδια που του έβαζαν μπροστά του, και γινόταν άφαντος για δυο τρεις μέρες. Γύριζε πάντα με την καημένη τη σκύλα να κρέμεται πίσω του, να αιωρείται στον αέρα, καρφωμένη στο τεράστιο όργανό του. Έπρεπε να μαζεύουν τα παιδιά για να μη βλέπουν το φριχτό θέαμα του κηπουρού, που τα κατάβρεχε με κρύο νερό, ώσπου, μετά από πολύ νερό, κλοτσιές κι άλλες απρέπειες, ο Μπαραμπάς ξεκολλούσε από την αγαπημένη του, αφήνοντάς τη να ψυχομαχά στην αυλή του σπιτιού, όπου ο Σεβέρο ήταν αναγκασμένος να την αποτελειώσει με χαριστική βολή.

Η εφηβική ηλικία της Κλάρας πέρασε ήρεμα στο μεγάλο σπίτι των γονιών της με τις τρεις αυλές, ανάμεσα στα μεγαλύτερα αδέλφια της που τη χάιδευαν, με τον Σεβέρο που την προτιμούσε απ' όλα τα παιδιά του, με τη Νίβεα και την νταντά, που ενάλλασσε τις φρικιαστικές της επιθέσεις μεταμφιεσμένη σε φάντασμα με τις πιο τρυφερές φροντίδες. Σχεδόν όλα τ' αδέλφια της είχαν παντρευτεί ή είχαν φύγει, άλλοι για ταξίδι, άλλοι για να δουλέψουν στην επαρχία, και το μεγάλο σπίτι, όπου είχε ζήσει μια πολυάριθμη οικογένεια, ήταν σχεδόν άδειο με πολλά δωμάτια κλειστά. Η μικρή αφιέρωνε το χρόνο, που οι παιδαγωγοί της της άφηναν ελεύθερο, στο διάβασμα, κινούσε τα πιο διαφορετικά αντικείμενα χωρίς να τ' αγγίζει, έτρεχε με τον Μπαραμπάς, εξασκούνταν σε παιχνίδια μαντικής και μάθαινε να πλέκει, που απ' όλες τις σπιτικές τέχνες ήταν η μόνη που μπορούσε να εξασκήσει. Από κείνη τη Μεγάλη Πέμπτη που ο πάτερ Ρεστρέπο την είχε κατηγορήσει για δαιμονισμένη, υπήρχε μια σκιά πάνω της, που η αγάπη των γονιών της και η διακριτικότητα των αδελφών της είχαν καταφέρει να ελέγξουν, αλλά η φήμη για τις παράξενες ικανότητές της κυκλοφορούσε χαμηλόφωνα στις συγκεντρώσεις κυριών. Η Νίβεα κατάλαβε πως κανένας δεν καλούσε την κόρη της κι ακόμα και τα ίδια της τα ξαδέλφια την απέφευγαν. Κατάφερε όμως με την απόλυτη αφοσίωσή της ν' αντικαταστήσει την έλλειψη φίλων με τόση επιτυχία, που η Κλάρα μεγάλωσε ευτυχισμένη, και μετά από πολλά χρόνια θα θυμόταν την παιδική της ηλικία σαν μια φωτεινή περίοδο της ύπαρξής της, παρ' όλη τη μοναξιά και τη βουβαμάρα της. Σ' όλη της τη ζωή θα κρατούσε στη μνήμη της τα απογέματα που μοιραζόταν με τη μητέρα της στο δωμάτιάκι της ραπτικής, όπου η Νίβεα έραβε στη μηχανή ρούχα για τους φτωχούς και της διηγούνταν ιστορίες και ανέκδοτα της οικογένειας. Της έδειχνε τις δαγκεροτυπίες στους τοίχους και της διηγούνταν τα περασμένα.

«Βλέπεις εκείνο τον κύριο, τόσο σοβαρό, με μια γενειάδα σαν πειρατής; Είναι ο θείος Ματέο, που πήγε στη Βραζιλία για μια δουλειά με σμαράγδια, αλλά μια φλογερή Μουλάτα τον μάτιασε. Του έπεσαν τα μαλλιά του, έπεσαν τα νύχια του και κουνιούνταν τα δόντια του! Αναγκάστηκε να πάει να δει ένα μάγο, ένα γιατρό βουντού, έναν κατάμαυρο Νέγρο, που του έδωσε ένα φυλαχτό κι έσφιξαν πάλι τα δόντια του, φύτρωσαν καινούργια νύχια και απόχτησε πάλι όλα τα μαλλιά του. Κοίταξέ τον, κορούλα μου, έχει περισσότερα μαλλιά κι από Ινδιάνο: είναι ο μόνος φαλακρός στον κόσμο που ξανάβγαλε μαλλιά».

Η Κλάρα χαμογελούσε χωρίς να λέει τίποτα και η Νίβεα συνέχιζε να μιλάει, γιατί είχε συνηθίσει στη σιωπή της κόρης της. Από την άλλη μεριά είχε την ελπίδα πως μετά από τόσες ιδέες που της έβαζε στο κεφάλι, αργά ή γρήγορα, κάποια ερώτηση θα έκανε και θα ξανάβρισκε τη μιλιά της.

«Κι αυτός», έλεγε, «είναι ο θείος Χουάν. Εγώ τον αγαπούσα πολύ. Μια φορά άφησε μια πορδή κι αυτό ήταν η θανατική του καταδίκη – μεγάλο κακό. Συνέβη σ' ένα γεύμα στην εξοχή. Ήμασταν μαζεμένες όλες οι ξαδέλφες μια ευωδιαστή ανοιξιάτικη μέρα, με τα φουστάνια μας από μουσελίνα και τα καπέλα μας με λουλούδια και κορδέλες, και οι νεαροί φορούσαν τα κυριακάτικά τους. Ο Χουάν έβγαλε το άσπρο του σακάκι – μου φαίνεται σαν να τον βλέπω μπροστά μου! Σήκωσε τα μανίκια του πουκαμίσου του και κρεμάστηκε με χάρη από το κλαδί ενός δέντρου για να προκαλέσει, με τις ακροβατικές του ικανότητες, το θαυμασμό της Κονστάνσα Ανδράδε, που ήταν βασίλισσα του Τρύγου και που από την πρώτη φορά που την είχε δει είχε χάσει την ηρεμία του, γιατί τον έτρωγε ο έρωτας. Ο Χουάν έκανε δυο τέλειες έλξεις, έναν ολόκληρο κύκλο, και στην επόμενη κίνηση άφησε μια ηχηρή κλανιά. Μη γελάς, Κλαρίτα! Ήταν τρομερό! Έπεσε μια στενάχωρη σιωπή και η βασίλισσα του Τρύγου άρχισε να γελάει ασυγκράτητα. Ο Χουάν έβαλε τη ζακέτα του, ήταν πολύ χλομός, απομακρύνθηκε από την ομάδα χωρίς βιασύνη και δεν τον είδαμε ποτέ ξανά. Έψαξαν να τον βρουν μέχρι και στη Λεγεώνα των Ξένων, ρώτησαν σ' όλα τα προξενεία, αλλά ποτέ πια κανείς δεν έμαθε γι' αυτόν. Εγώ νομίζω πως έγινε ιεραπόστολος και πήγε να φυλάει τους λεπρούς στη Νήσο του Πάσχα, που βρίσκεται πιο μακριά απ' όλα, για να ξεχάσει και να ξεχαστεί, έξω από τα συνηθισμένα δρομολόγια των καραβιών και ούτε υπάρχει στους ολλανδέζικους χάρτες. Από τότε ο κόσμος τον θυμάται σαν ο Χουάν της Πορδής».

Η Νίβεα έπαιρνε την κόρη της στο παράθυρο και της έδειχνε τον ξεραμένο κορμό της λεύκας.

«Ήταν ένα τεράστιο δέντρο», έλεγε. «Έβαλα να το κόψουν προτού γεννηθεί ο μεγάλος μου γιος. Λένε πως ήταν τόσο ψηλό, που από την κορφή του μπορούσε να δει κανείς όλη την πόλη, αλλά ο μόνος που έφτασε τόσο ψηλά δεν είχε μάτια για να τη δει. Κάθε αγόρι της οικογένειας δελ Βάλιε, όταν ήθελε να βάλει μακριά παντελόνια, έπρεπε να το ανέβει για ν' αποδείξει την αξία του. Ήταν κάτι σαν ιεροτελεστία μύησης. Το δέντρο ήταν γεμάτο σημάδια. Εγώ η ίδια μπόρεσα να το διαπιστώσω όταν το έριξαν. Από τα πρώτα ενδιάμεσα κλαδιά, χοντρά σαν καμινάδες, μπορούσε κανείς να δει τα σημάδια που είχαν αφήσει οι παππούδες που είχαν σκαρφαλώσει στην εποχή τους. Από τα σκαλισμένα αρχικά πάνω στον κορμό γνώριζε κανείς ποιος είχε ανέβει πιο ψηλά —οι πιο γενναίοι— κι ακόμα ποιοι είχαν σταματήσει φοβισμένοι. Μια μέρα έφτασε η σειρά του Χερόνιμο, του τυφλού ξάδελφου. Σκαρφάλωσε στα τυφλά, ψάχνοντας για τα κλαδιά, χωρίς να ταλαντευτεί, γιατί δεν έβλεπε το ύψος και δεν ένιωθε το κενό. Έφτασε στην κορφή, αλλά δεν πρόλαβε να τελειώσει το χι των αρχικών του, γιατί ξεκόλλησε σαν τερατόμορφο στόμιο υδρορρόης κι έπεσε με το κεφάλι καταγής στα πόδια του πατέρα του και των αδελφών του. Ήταν δεκαπέντε χρονών. Πήγαν το σώμα του τυλιγμένο σ' ένα σεντόνι στη μητέρα του, η καημένη η γυναίκα τους έφτυσε όλους καταπρόσωπο, τους φώναξε καραβίσιες βρισιές και καταράστηκε τη γενιά των αντρών που έβαλαν το γιο της ν' ανέβει στο δέντρο, μέχρι που την πήραν οι Αδελφές του Ελέους με ζουρλομανδύα. Εγώ ήξερα πως κάποια μέρα οι γιοι μου θα έπρεπε να συνεχίσουν εκείνη τη βάρβαρη παράδοση. Γι' αυτό έβαλα και το έκοψαν. Δεν ήθελα ο Λουίς και τ' άλλα αγόρια να μεγαλώσουν με τη σκιά εκείνης της αγχόνης στο παράθυρο».

Μερικές φορές η Κλάρα συνόδευε τη μητέρα της μαζί με δυο τρεις φίλες της σουφραζέτες, που πήγαιναν να επισκεφτούν εργοστάσια, όπου ανέβαιναν πάνω σε κάτι κασόνια για να βγάλουν λόγους στις εργάτριες, ενώ, από μια φρόνιμη απόσταση, οι αρχιεργάτες και τ' αφεντικά τις παρακολουθούσαν κοροϊδευτικά και επιθετικά. Παρά τη μικρή της ηλικία και την τέλεια άγνοιά της για τα πράγματα του κόσμου, η Κλάρα μπορούσε να συλλάβει το παράλογο της κατάστασης και περιέγραφε στα τετράδιά της την αντίθεση ανάμεσα στη μητέρα της και στις φίλες της, με γούνινα παλτά και σουέτ μπότες, να μιλάνε για καταπίεση, για ισότητα και για δικαιώματα σε μια ομάδα από θλιμμένες και υποταγμένες στη μοίρα τους εργάτριες, με τις φτηνές ντρίλινες ρόμπες τους και τα χέρια κόκκινα από τις χιονίστρες. Από το εργοστάσιο οι σουφραζέτες πήγαιναν στο ζαχαροπλαστείο της Πλατείας των Όπλων να πάρουν το τσάι τους με γλυκά και να συζητήσουν για την πρόοδο της εκστρατείας, χωρίς αυτή η επιπόλαια διασκέδαση να τις αποσπάσει έστω και λίγο από τα φλογερά τους ιδεώδη. Άλλες φορές η μητέρα της την πήγαινε στους περιθωριακούς οικισμούς και στις λαϊκές κατοικίες, με το αυτοκίνητο φορτωμένο τρόφιμα και ρούχα, που η Νίβεα και οι φίλες της έραβαν για τους φτωχούς. Ακόμα και σ' εκείνες τις ευκαιρίες η μικρή έγραφε μ' εξαιρετική διαίσθηση πως τα φιλανθρωπικά έργα δεν μπορούσαν να μετριάσουν τη μνημειώδη αδικία. Η σχέση της με τη μητέρα της ήταν χαρούμενη και στενή και η Νίβεα, παρ' όλο που είχε κάνει δεκαπέντε παιδιά, την είχε σαν μοναχοκόρη, δημιουργώντας ένα δεσμό τόσο δυνατό που συνεχίστηκε και στις επόμενες γενιές σαν οικογενειακή παράδοση.

Η νταντά είχε μεταμορφωθεί σε γυναίκα χωρίς ηλικία, που διατηρούσε ανέπαφες τις δυνάμεις της και μπορούσε να πετιέται από τις γωνιές προσπαθώντας να τρομάξει τη βουβαμάρα, ακριβώς όπως μπορούσε να περάσει όλη τη μέρα ανακατεύοντας μ' ένα ξύλο το χάλκινο τσουκάλι, μπροστά σε μια φωτιά της κόλασης στη μέση της τρίτης αυλής, όπου κόχλαζε το γλυκό κυδώνι, ένα πηχτό υγρό με χρώμα από τοπάζι που, όταν κρύωνε, η Νίβεα το μοίραζε σε φόρμες σε όλα τα μεγέθη στους φτωχούς. Συνηθισμένη να ζει τριγυρισμένη από παιδιά, όταν τα άλλα μεγάλωσαν κι έφυγαν, η νταντά έδωσε στην Κλάρα όλη της την τρυφερότητα. Παρ' όλο που η μικρή δεν ήταν πια μωρό, την έπλενε μουσκεύοντάς τη μες στην εμαγιέ μπανιέρα με νερό που ευώδιαζε βασιλικό και γιασεμί, την έτριβε μ' ένα σφουγγάρι, τη σαπούνιζε σχολαστικά χωρίς να ξεχνάει ούτε ακρίτσα από τ' αυτιά ή τα πόδια της, την έτριβε με κολόνια, της έβαζε ταλκ μ' ένα πομπόν από φτερά κύκνου και της βούρτσιζε τα μαλλιά με ατέλειωτη υπομονή, ώσπου γίνονταν γυαλιστερά και απαλά σαν θαλασσινά φυτά. Την έντυνε, της άνοιγε το κρεβάτι, της πήγαινε το πρωινό στο δίσκο, την υποχρέωνε να πίνει τίλιο για τα νεύρα, χαμομήλι για το στομάχι, λεμόνι για τη διάφανη επιδερμίδα, απήγανο για τη χολή και δυόσμο για τη φρεσκάδα της αναπνοής, μέχρι που η μικρή μεταμορφώθηκε σ' ένα αγγελικό κι όμορφο πλάσμα, που τριγύριζε στις αυλές τυλιγμένη σε μια ευωδιά από λουλούδια, έναν ψίθυρο από κολλαρισμένα μισοφόρια κι ένα φωτοστέφανο από μπούκλες και κορδέλες.

Η Κλάρα πέρασε την παιδική της ηλικία και μπήκε στην εφηβική ανάμεσα στους τοίχους του σπιτιού της, σ' έναν κόσμο με τρομαχτικές ιστορίες, με ήρεμες ησυχίες, όπου ο χρόνος δεν σημειωνόταν με ρολόγια ούτε με ημερολόγια και όπου τα αντικείμενα είχαν τη δική τους ζωή, τα φαντάσματα κάθονταν στο τραπέζι και μιλούσαν με τους ανθρώπους, το παρελθόν και το μέλλον ήταν μέρος του ίδιου πράγματος και η πραγματικότητα του παρόντος ήταν ένα καλειδοσκόπιο από ανακατεμένους καθρέφτες, όπου οτιδήποτε μπορούσε να συμβεί. Είναι πραγματική ευχαρίστηση για μένα να διαβάζω τα τετράδια εκείνης της εποχής, όπου περιγράφεται ένας μαγικός κόσμος που έχει χαθεί. Η Κλάρα κατοικούσε ένα σύμπαν που είχε η ίδια εφεύρει, προστατευμένη από τη δριμύτητα της ζωής, όπου η πεζή αλήθεια των υλικών πραγμάτων γινόταν ένα με την ταραγμένη αλήθεια των ονείρων, όπου δεν λειτουργούσαν πάντα οι νόμοι της φυσικής ή της λογικής. Η Κλάρα έζησε εκείνη την περίοδο απασχολημένη στις φαντασιώσεις της, συντροφευμένη από τα πνεύματα του αέρα, των νερών και της γης, τόσο ευτυχισμένη που δεν ένιωσε την ανάγκη να μιλήσει για εννιά χρόνια. Όλοι είχαν χάσει τις ελπίδες τους πως θ' άκουγαν ξανά τη φωνή της, όταν, τη μέρα των γενεθλίων της, αφού φύσηξε τα δεκαεννιά κεριά της σοκολατένιας της τούρτας, δοκίμασε μια φωνή που είχε φυλάξει όλον εκείνο τον καιρό και που αντήχησε σαν ξεκουρδισμένο όργανο:

«Θα παντρευτώ γρήγορα», είπε.

«Με ποιον;» ρώτησε ο Σεβέρο.

«Με τον αρραβωνιαστικό της Ρόζας», απάντησε κείνη.

Και τότε συνειδητοποίησαν πως είχε μιλήσει για πρώτη φορά μετά από τόσα χρόνια και το θαύμα ταρακούνησε συθέμελα το σπίτι κι έκανε όλη την οικογένεια να βάλει τα κλάματα. Τηλεφωνήθηκαν μεταξύ τους, το νέο απλώθηκε σ' όλη την πόλη, συμβουλεύτηκαν το δόκτορα Κουέβας, που δεν μπορούσε να το πιστέψει, και μες στη φασαρία για το ότι η Κλάρα είχε μιλήσει όλοι ξέχασαν αυτό που είχε πει και δεν το θυμήθηκαν παρά μόνο δυο μήνες αργότερα, όταν εμφανίστηκε ο Εστέμπαν Τρουέμπα, που είχαν να τον δουν από την κηδεία της Ρόζας, για να ζητήσει το χέρι της Κλάρας.

Ο Εστέμπαν Τρουέμπα κατέβηκε στο σταθμό και κουβάλησε μόνος του τις δυο βαλίτσες του. Ο σιδερένιος τρούλος, που είχαν κατασκευάσει οι Εγγλέζοι για να μιμηθούν το σταθμό της Βικτόρια την εποχή που είχαν το δικαίωμα εκμετάλλευσης των εθνικών σιδηροδρόμων, δεν είχε αλλάξει καθόλου από την τελευταία φορά που είχε βρεθεί εκεί, πολλά χρόνια πριν, τα ίδια βρόμικα τζάμια, τα λουστράκια, οι μικροπωλητές με τσουρεκάκια και γλυκά και οι αχθοφόροι με τα σκούρα κασκέτα, με το έμβλημα της βρετανικής κορόνας, που κανείς δεν είχε σκεφτεί ν' αντικαταστήσει με άλλο στα χρώματα της σημαίας. Πήρε ένα αμάξι κι έδωσε τη διεύθυνση του σπιτιού της μητέρας του. Η πόλη τού φάνηκε άγνωστη, υπήρχε μια αταξία μοντερνισμού, μια θαυμαστή παρέλαση από γυναίκες που έδειχναν τους αστραγάλους τους, από άντρες με γιλέκα και παντελόνια με πιέτες, μια αναταραχή από εργάτες που έκαναν τρύπες στα πεζοδρόμια, ξεριζώνοντας δέντρα για να βάλουν κολόνες, βγάζοντας κολόνες για να φτιάξουν κτίρια, γκρεμίζοντας κτίρια για να φυτέψουν δέντρα, μια φασαρία από πλανόδιους μικροπωλητές που φώναζαν τα θαύματα του ακονιστή των μαχαιριών, εδώ το καλό αράπικο φιστίκι, ο κούκλος που χορεύει μόνος του, χωρίς σύρματα, χωρίς κλωστές, διαπιστώστε και μόνοι σας, βάλτε το χέρι σας, ένας κυκλώνας από σκουπιδαριά, υπαίθριες ψησταριές, εργοστάσια, από αυτοκίνητα που τράκαραν με τις άμαξες και τα τραμ που κινούνταν με ιδρώτα, όπως έλεγαν για τα γέρικα άλογα που τραβούσαν τα δημοτικά μεταφορικά μέσα. Μια υγρή ανάσα από πλήθη, ένα θόρυβος από βιαστικά πήγαιν' έλα, από ανυπομονησία και σταθερό ωράριο. Ο Εστέμπαν ένιωσε να πνίγεται. Μισούσε εκείνη την πόλη πολύ περισσότερο απ' όσο θυμόταν· έφερε στο μυαλό του τις δεντροστοιχίες με τις λεύκες στην εξοχή, τον καιρό που μετρούσαν οι βροχές, η απέραντη μοναξιά στα λιβάδια, η δροσερή ησυχία στο ποτάμι και στο σιωπηλό του σπίτι.

«Εδώ δεν είναι πόλη, είναι σκατά», συμπέρανε.

Το αμάξι τον πήγε καλπάζοντας στο σπίτι όπου είχε μεγαλώσει. Ανατρίχιασε καθώς είδε πόσο είχε χαλάσει το προάστιο μέσα σ' εκείνα τα χρόνια, από τότε που οι πλούσιοι θέλησαν να ζήσουν ψηλότερα από τους υπόλοιπους και η πόλη απλώθηκε στους πρόποδες της κορδιλιέρας. Από την πλατεία, όπου έπαιζε παιδί, δεν απόμενε τίποτα, ήταν ένας άδειος χώρος γεμάτος σταματημένα κάρα της αγοράς ανάμεσα σε σκουπίδια που σκάλιζαν κάτι κοπρόσκυλα. Το σπίτι ήταν ερείπιο. Είδε όλα τα σημάδια από το πέρασμα του χρόνου. Στη γυάλινη πόρτα, με σχέδια από εξωτικά πουλιά σκαλισμένα στο κρύσταλλο, παλιομοδίτικη κι ετοιμόρροπη, υπήρχε ένα μπρούντζινο ρόπτρο σε σχήμα γυναικείου χεριού που κρατάει μια μπάλα. Χτύπησε την πόρτα κι αναγκάστηκε να περιμένει τόση ώρα, που του φάνηκε ατέλειωτη, ώσπου ν' ανοίξει η πόρτα με το τράβηγμα ενός κορδονιού που ξεκινούσε από το χερούλι και πήγαινε ώς το πάνω μέρος της σκάλας. Η μητέρα του ζούσε στο πάνω πάτωμα και νοίκιαζε το ισόγειο σε μια βιοτεχνία κουμπιών. Ο Εστέμπαν άρχισε ν' ανεβαίνει τα σκαλοπάτια που έτριζαν και που είχαν καιρό πολύ να δουν παρκετίνη. Μια γριά υπηρέτρια, που την ύπαρξή της είχε τελείως ξεχάσει, τον περίμενε πάνω και τον υποδέχτηκε με δακρύβρεχτα δείγματα της αγάπης της, ακριβώς όπως τον υποδεχόταν στα δεκαπέντε του, όταν γύριζε από το συμβολαιογραφείο, όπου κέρδιζε τη ζωή του αντιγράφοντας μεταβιβάσεις περιουσιών και πληρεξούσια αγνώστων. Τίποτα δεν είχε αλλάξει, ούτε ακόμα και η θέση των επίπλων, αλλά όλα του φάνηκαν διαφορετικά του Εστέμπαν, ο διάδρομος με το φαγωμένο παρκέ, μερικά σπασμένα τζάμια και μπαλωμένα με κομμάτια από χαρτόνι, κάτι σκονισμένες φτέρες που μαράζωναν μέσα σε σκουριασμένα τενεκεδάκια και σε ραγισμένες πορσελάνινες γλάστρες, μια κακοσμία από ούρα και τηγανίλα που του ανακάτευε το στομάχι. «Τι φτώχεια!» σκέφτηκε ο Εστέμπαν, χωρίς να μπορεί να καταλάβει πού πήγαιναν όλα τα λεφτά που έστελνε στην αδελφή του για να ζουν με αξιοπρέπεια.

Η Φέρουλα βγήκε από το δωμάτιο για να τον υποδεχτεί με μια θλιμμένη γκριμάτσα για καλωσόρισμα. Είχε αλλάξει πολύ και δεν ήταν πια η εύσωμη γυναίκα που είχε αφήσει πριν από χρόνια· είχε αδυνατίσει και η μύτη της έδειχνε τεράστια στο όλο γωνίες πρόσωπό της. Είχε μελαγχολικό και ταραγμένο ύφος, έντονη μυρωδιά από λεβάντα και παλιά ρούχα. Αγκαλιάστηκαν σιωπηλά.

«Πώς είναι η μαμά;» ρώτησε ο Εστέμπαν.

«Έλα να τη δεις, σε περιμένει», είπε κείνη.

Διέσχισαν ένα διάδρομο με δωμάτια που συγκοινωνούσαν μεταξύ τους, όλα ίδια, σκοτεινά, με πένθιμους τοίχους, ψηλά ταβάνια και στενά παράθυρα, με ξεθαμμένα λουλούδια και μαραζωμένες κόρες στις ταπετσαρίες, λεκιασμένες από την καπνιά που έβγαζαν τα μαγκάλια και από την πατίνα του χρόνου και της φτώχειας. Από πολύ μακριά ακουγόταν η φωνή κάποιου εκφωνητή από το ραδιόφωνο, που διαφήμιζε τα χαπάκια του γιατρού Ρος, μικρά αλλά θαυματουργά, ενάντια στη δυσκοιλιότητα, την αϋπνία και την άσχημη αναπνοή. Σταμάτησαν μπροστά στην κλειστή πόρτα, στην κρεβατοκάμαρα της δόνια Εστέρ Τρουέμπα.

«Εδώ είναι», είπε η Φέρουλα.

Ο Εστέμπαν άνοιξε την πόρτα και χρειάστηκε λίγα δευτερόλεπτα για να συνηθίσουν τα μάτια του στο σκοτάδι. Μια μυρωδιά από φάρμακα και σαπίλα τον χτύπησε καταπρόσωπο, μια γλυκερή μυρωδιά από ιδρώτα, υγρασία, κλεισούρα και κάτι άλλο, που στην αρχή δεν μπόρεσε ν' αναγνωρίσει, αλλά που ξαφνικά κόλλησε πάνω του σαν αρρώστια: μια μυρωδιά από σάρκα που σάπιζε. Από μια σταλιά φως, που έμπαινε από το μισάνοιχτο παράθυρο, είδε το φαρδύ κρεβάτι όπου πέθανε ο πατέρας του κι όπου κοιμόταν η μητέρα του από τη μέρα του γάμου της, το μαύρο σκαλιστό του ξύλο, μ' έναν ουρανό με ανάγλυφους αγγέλους και κάτι κουρέλια από κόκκινο μπροκάρ, ξεθωριασμένα από τα χρόνια. Η μητέρα του βρισκόταν μισοκαθισμένη στο κρεβάτι. Ήταν ένας όγκος από συμπαγή σάρκα, μια τερατώδης πυραμίδα από λίπος και κουρέλια, που κατέληγε σ' ένα μικρό φαλακρό κεφαλάκι με γλυκά μάτια, εκπληκτικά ζωντανά, γαλανά κι αθώα. Τα αρθριτικά την είχαν μετατρέψει σε μονολιθικό πλάσμα, δεν μπορούσε να διπλώσει τις κλειδώσεις της, ούτε να γυρίσει το κεφάλι, τα δάχτυλά της είχαν γίνει σαν αγκίστρια, όπως τα πόδια κάποιου απολιθώματος, και για να διατηρεί τη στάση της στο κρεβάτι έπρεπε να στηρίζεται μ' ένα κασόνι στην πλάτη, που κι αυτό με τη σειρά του στηριζόταν σ' ένα ξύλινο μαδέρι ακουμπισμένο στον τοίχο. Το πέρασμα των χρόνων φαινόταν από τα σημάδια που το μαδέρι είχε αφήσει πάνω στον τοίχο, ένα αποτύπωμα οδύνης, ένα μονοπάτι πόνου.

«Μαμά...» μουρμούρισε ο Εστέμπαν και η φωνή του έσπασε μες στο στήθος του μ' ένα συγκρατημένο λυγμό, που έσβησε μεμιάς όλες τις θλιβερές αναμνήσεις, τα φτωχικά παιδικά χρόνια, τις ταγκιασμένες μυρωδιές, τα παγωμένα πρωινά και τη σούπα όλο λίπος της παιδικής του ηλικίας, την απουσία του πατέρα κι εκείνη τη λύσσα που του έτρωγε τα σωθικά από τη μέρα που άρχισε να χρησιμοποιεί το λογικό του, ξεχνώντας τα όλα, εκτός από τις μοναδικές φωτεινές στιγμές που εκείνη η άγνωστη γυναίκα, που κειτόταν στο κρεβάτι, τον είχε κρατήσει στα χέρια της, του είχε αγγίξει το μέτωπο μην ήταν ζεστός, τον είχε νανουρίσει, είχε σκύψει μαζί του πάνω από τις σελίδες κάποιου βιβλίου, είχε κλάψει με λύπη όταν τον έβλεπε να σηκώνεται την αυγή για να πάει στη δουλειά, παιδί ακόμα, κι είχε κλάψει από χαρά όταν τον έβλεπε να γυρίζει τη νύχτα, «είχες κλάψει, μάνα, για μένα...»

Η δόνια Εστέρ άπλωσε το χέρι, αλλά δεν ήταν για να τον χαιρετήσει, παρά για να τον σταματήσει.

«Γιε μου, μην πλησιάζεις». Η φωνή της ήταν ολοκάθαρη, ακριβώς όπως τη θυμόταν, η τραγουδιστή και όλο υγεία φωνή νεαρής κοπέλας.

«Είναι για τη μυρωδιά», εξήγησε ξερά η Φέρουλα. «Κολλάει».

Ο Εστέμπαν τράβηξε το ξεφτισμένο δαμασκηνό πάπλωμα και κοίταξε τα πόδια της μητέρας του. Ήταν δυο μελανιασμένες ελεφαντιασμένες κολόνες, γεμάτες ανοιχτές πληγές, όπου κάμπιες από μύγες και σκουλήκια είχαν κάνει τις φωλιές τους κι άνοιγαν τρύπες, δυο πόδια που σάπιζαν ζωντανά, με κάτι τεράστιες ανοιχτογάλαζες πατούσες, χωρίς νύχια στα δάχτυλα, που έσκαζαν μες στο ίδιο τους το πύο, μες στο μαύρο αίμα, μες στην αηδιαστική πανίδα που τρεφόταν από τη σάρκα της. «Μάνα, προς Θεού, από τη σάρκα σου!»

«Ο γιατρός θέλει να μου τα κόψει, γιε μου», είπε η δόνια Εστέρ με την ήρεμη νεανική της φωνή, «αλλά εγώ πια είμαι πολύ γριά για τέτοια κι έχω κουραστεί να υποφέρω, γι' αυτό καλύτερα να πεθάνω. Αλλά δεν ήθελα να πεθάνω χωρίς να σε δω, γιατί όλ' αυτά τα χρόνια είχα καταλήξει να πιστεύω πως ήσουν πεθαμένος και πως τα γράμματά σου τα έγραφε η αδελφή σου για να μη μου δώσει άλλη στεναχώρια. Έλα στο φως, γιε μου, για να σε δω καλά. Θεέ και Κύριε! Είσαι σαν άγριος!»

«Είναι η ζωή στο ύπαιθρο, μαμά», μουρμούρισε κείνος.
«Καλά, καλά. Φαίνεσαι γερός ακόμα. Πόσων χρονών είσαι;»
«Τριάντα πέντε».
«Καλή ηλικία για να παντρευτείς και να συμμαζευτείς, για να πεθάνω κι εγώ ήσυχη».
«Δεν θα πεθάνεις, μαμά», ικέτεψε ο Εστέμπαν.
«Θέλω να είμαι σίγουρη πως θ' αποχτήσω εγγόνια, κάποιον που να έχει το αίμα μου, αλλά πρέπει να ψάξεις να βρεις σύζυγο. Μια καθωσπρέπει χριστιανή. Αλλά, πρώτα, πρέπει να κόψεις αυτά τα μαλλιά κι αυτά τα γένια, μ' ακούς;»

Ο Εστέμπαν έγνεψε καταφατικά. Γονάτισε δίπλα στη μητέρα του κι έκρυψε το πρόσωπό του στο πρησμένο της χέρι, αλλά η μυρωδιά τον έκανε να τραβηχτεί. Η Φέρουλα τον πήρε από το μπράτσο και τον έβγαλε έξω από κείνο το θλιβερό δωμάτιο. Ανέπνευσε βαθιά μόλις βγήκε έξω, με τη μυρωδιά κολλημένη ακόμα στα ρουθούνια του, και τότε ένιωσε τη λύσσα, τη δικιά του λύσσα, που τόσο καλά γνώριζε, ν' ανεβαίνει σαν ζεστό κύμα στο κεφάλι, να μπαίνει στα μάτια του, να βάζει φριχτές βλαστήμιες στα χείλια του, «λύσσα για τα χρόνια που πέρασαν χωρίς να σε σκεφτώ, μάνα, λύσσα που σ' εγκατάλειψα, μάνα, που δεν σ' αγάπησα και δεν σε φρόντισα αρκετά, λύσσα γιατί είμαι ένας κωλομπάσταρδος, όχι, συγγνώμη, μάνα, δεν ήθελα να πω αυτό, γαμώτο, πεθαίνει, είναι γριά κι εγώ δεν μπορώ να κάνω τίποτα, ούτε να σταματήσω τους πόνους της, να ξαλαφρώσω τη σαπίλα, να διώξω αυτή την τρομερή μυρωδιά, αυτό το θανατηφόρο υγρό όπου ψήνεσαι, μάνα!»

Δυο μέρες αργότερα η δόνια Εστέρ Τρουέμπα πέθανε στο κρεβάτι του πόνου, όπου είχε περάσει τα τελευταία χρόνια της ζωής της. Ήταν μόνη της, γιατί η Φέρουλα είχε πάει, όπως κάθε Παρασκευή, στις λαϊκές κατοικίες των φτωχών, στο Προάστιο της Ευσπλαχνίας, να προσευχηθεί με το ροζάριο για όσους είχαν ανάγκη, για τους άθεους, για τις πόρνες και για τα ορφανά, που της πετούσαν σκουπίδια, της άδειαζαν δοχεία και την έφτυναν, ενώ εκείνη, γονατισμένη στο δρομάκι, φώναζε πατερημά και αβεμαρίες σε μια ατέλειωτη λιτανεία, βουτηγμένη στις βρισιές αυτών που είχαν ανάγκη, στα φτυσίματα των άθεων, στις σπατάλες των πορνών, και στα σκουπίδια των ορφανών, κλαίγοντας, αχ, από ταπείνωση, ζητώντας συγγνώμη γι' αυτούς, ου γαρ οίδασι τι ποιούσιν, και νιώθοντας να μαλακώνουν τα κόκαλά της και μια θανάσιμη νωθρότητα να κάνει τα πόδια της σαν βαμβάκι, και μια καλοκαιριάτικη ζέστη να της σφίγγει το αμάρτημα ανάμεσα στα πόδια, παρελθέτω απ' εμού το ποτήριον τούτο, Κύριε, και η κοιλιά της να σκάει με φωτιές της κόλασης, αχ, από την αγιοσύνη, από το φόβο, πάτερ ημών, και μη εισενέγκης ημάς εις πειρασμόν, Χριστέ μου.

Ούτε και ο Εστέμπαν βρισκόταν κοντά στη δόνια Εστέρ, όταν πέθανε σιωπηλά στο κρεβάτι του πόνου. Είχε πάει να επισκεφτεί την οικογένεια δελ Βάλιε, για να δει αν τους έμενε καμιά ανύπαντρη κόρη, γιατί μετά από τόσα χρόνια απουσίας και βαρβαρότητας, δεν ήξερε από πού ν' αρχίσει για να εκτελέσει την υπόσχεση να δώσει νόμιμα εγγόνια στη μητέρα του και είχε συμπεράνει πως αφού ο Σεβέρο και η Νίβεα τον είχαν δεχτεί σαν γαμπρό την εποχή της ωραίας Ρόζας, δεν υπήρχε κανένας λόγος να μην τον δεχτούν ξανά, ιδιαίτερα τώρα που ήταν πλούσιος και δεν χρειαζόταν να σκάβει τη γη για να βρει χρυσάφι, μια και είχε όσο χρειαζόταν στο λογαριασμό του στην τράπεζα.

Ο Εστέμπαν και η Φέρουλα βρήκαν εκείνο το βράδυ πεθαμένη τη μητέρα τους στο κρεβάτι. Είχε ένα ήρεμο χαμόγελο στα χείλια, λες και στην τελευταία στιγμή της ζωής της η αρρώστια θέλησε να την απαλλάξει από το καθημερινό της μαρτύριο.

Τη μέρα που ο Εστέμπαν Τρουέμπα ζήτησε να τους επισκεφτεί, ο Σεβέρο και η Νίβεα δελ Βάλιε θυμήθηκαν τα λόγια της Κλάρας όταν έσπασε τη μακρόχρονη σιωπή της κι έτσι δεν παραξενεύτηκαν καθόλου όταν ο επισκέπτης τούς ρώτησε αν είχαν καμιά κόρη για παντρειά. Έκαναν τους λογαριασμούς τους και τον πληροφόρησαν πως η Άννα είχε γίνει καλόγρια, η Τερέζα ήταν πολύ άρρωστη και όλες οι άλλες είχαν παντρευτεί, εκτός από την Κλάρα, τη μικρότερη, που ήταν ακόμα διαθέσιμη, αλλά όμως ήταν ένα πλάσμα λίγο παράξενο, όχι και τόσο ικανή για τις ευθύνες του γάμου και την οικιακή ζωή. Με μεγάλη ειλικρίνεια του διηγήθηκαν τις παραξενιές της μικρότερης κόρης τους, χωρίς να κρύψουν το γεγονός πως είχε μείνει βουβή σχεδόν το μισό χρόνο της ζωής της, γιατί δεν ήθελε να μιλήσει κι όχι γιατί δεν μπορούσε, όπως το είχε πολύ καλά ξεκαθαρίσει ο Ρουμάνος Ροστίποφ και το είχε επιβεβαιώσει ο γιατρός Κουέβας με αμέτρητες εξετάσεις. Αλλά ο Εστέμπαν Τρουέμπα δεν ήταν απ' αυτούς που θα φοβούνταν ιστορίες με φαντάσματα που τριγυρίζουν στους διαδρόμους, αντικείμενα που κινούνται εξ αποστάσεως με τη δύναμη του μυαλού ή από άσχημα προμηνύματα κι ακόμα λιγότερο από την παρατεταμένη σιωπή, που θεωρούσε προτέρημα. Κατάληξε πως κανένα απ' όλα εκείνα δεν ήταν εμπόδιο για να φέρει στον κόσμο γερά και νόμιμα παιδιά και ζήτησε να γνωρίσει την Κλάρα. Η Νίβεα πήγε να τη βρει κι οι δυο άντρες έμειναν μόνοι στο σαλόνι, μια ευκαιρία που ο Τρουέμπα εκμεταλλεύτηκε, με τη συνηθισμένη του ειλικρίνεια, για να παρουσιάσει χωρίς εισαγωγές την οικονομική του κατάσταση.

«Σε παρακαλώ, μη βιάζεσαι, Εστέμπαν!» τον διέκοψε ο Σεβέρο. «Πρώτα πρέπει να δεις το κορίτσι, να τη γνωρίσεις καλύτερα και πρέπει να λάβουμε υπόψη μας και τα αισθήματα της Κλάρας. Δεν νομίζεις;»

Η Νίβεα γύρισε με την Κλάρα. Η νεαρή κοπέλα μπήκε στο σαλόνι με κατακόκκινα μάγουλα και με κατάμαυρα νύχια, γιατί βοηθούσε τον κηπουρό να φυτέψει βολβούς από ντάλιες και σ' εκείνη την περίπτωση της έλλειψε η διορατικότητα, ώστε να περιμένει το γαμπρό με μια πιο κατάλληλη ενδυμασία. Μόλις την είδε, ο Εστέμπαν σηκώθηκε όρθιος από την έκπληξη. Τη θυμόταν σαν ένα αδύνατο και ασθματικό πλάσμα, χωρίς καμιά χάρη, αλλά η νεαρή κοπέλα που βρισκόταν μπροστά του ήταν μια φίνα μινιατούρα από φίλντισι, με γλυκό πρόσωπο και μια καστανή, σγουρή κι ακατάστατη χαίτη, απ' όπου ξέφευγαν μερικές μπούκλες, μελαγχολικά μάτια, που μεταμορφώνονταν σε μια κοροϊδευτική πικάντικη ματιά όταν γελούσε, μ' ένα ευθύ κι ανοιχτό γέλιο με το κεφάλι ελαφρά ριγμένο πίσω.

«Σας περίμενα», είπε απλά.

Πέρασαν σχεδόν δυο ώρες σ' αυτή την τυπική επίσκεψη, συζητώντας για τη σεζόν της όπερας, τα ταξίδια στην Ευρώπη, την πολιτική κατάσταση και τα κρυολογήματα του χειμώνα, πίνοντας λικέρ και τρώγοντας γλυκά με φύλλο. Ο Εστέμπαν παρατηρούσε την Κλάρα όσο πιο διακριτικά μπορούσε, νιώθοντας να γοητεύεται ολοένα περισσότερο από την κοπέλα. Δεν θυμόταν να είχε ενδιαφερθεί τόσο πολύ για καμιά γυναίκα από τη λαμπρή μέρα που είχε πρωτοδεί την ωραία Ρόζα ν' αγοράζει καραμέλες με γλυκάνισο στο ζαχαροπλαστείο στην Πλατεία των Όπλων. Σύγκρινε τις δυο αδελφές κι έβγαλε το συμπέρασμα πως η Κλάρα ήταν πιο συμπαθητική, αν και η Ρόζα, χωρίς αμφιβολία, υπήρξε πολύ πιο όμορφη. Βράδιασε και μπήκαν δυο υπηρέτριες να κλείσουν τις κουρτίνες και ν' ανάψουν τα φώτα και τότε ο Εστέμπαν κατάλαβε πως η επίσκεψή του είχε παρατραβήξει. Οι τρόποι του κάθε άλλο ήταν παρά τέλειοι. Αποχαιρέτησε μονοκόμματα το Σεβέρο και τη Νίβεα και ζήτησε την άδεια να επισκεφτεί ξανά την Κλάρα.

«Ελπίζω να μην πλήττετε, Κλάρα», είπε κοκκινίζοντας. «Είμαι απλός άνθρωπος από την επαρχία και είμαι τουλάχιστο δεκαπέντε χρόνια μεγαλύτερος. Δεν ξέρω να φερθώ με μια νέα κοπέλα σαν εσάς...»

«Θέλετε να με παντρευτείτε;» ρώτησε η Κλάρα κι εκείνος πρόσεξε μια ειρωνική λάμψη στα καστανά σαν φουντούκια μάτια της.

«Κλάρα, προς Θεού!» αναφώνησε η μητέρα της τρομοκρατημένη. «Συγγνώμη, Εστέμπαν, αυτό το κορίτσι ήταν πάντα αυθάδικο».

«Θέλω να ξέρω, μαμά, για να μη χάνουμε καιρό», είπε η Κλάρα.

«Κι εμένα μ' αρέσουν οι καθαρές δουλειές», είπε χαμογελώντας ευτυχισμένος ο Εστέμπαν. «Ναι, Κλάρα, γι' αυτό ήρθα εδώ».

Η Κλάρα τον πήρε από το μπράτσο και τον συνόδεψε μέχρι την έξοδο. Στην τελευταία ματιά που αντάλλαξαν ο Εστέμπαν κατάλαβε πως τον είχε δεχτεί και γέμισε χαρά. Καθώς μπήκε στο αμάξι χαμογελούσε χωρίς να μπορεί να πιστέψει στην καλή του τύχη και χωρίς να ξέρει γιατί μια νέα, τόσο γοητευτική όπως η Κλάρα, τον είχε δεχτεί για σύζυγο χωρίς να τον γνωρίζει. Δεν ήξερε πως εκείνη είχε δει το ίδιο της το μέλλον, γι' αυτό τον είχε καλέσει με τη σκέψη της και ήταν έτοιμη να παντρευτεί χωρίς έρωτα.

Από σεβασμό για το πένθος του Εστέμπαν Τρουέμπα άφησαν να περάσουν μερικοί μήνες, στο διάστημα των οποίων εκείνος την κορτάριζε με τον παλιό τρόπο, ακριβώς όπως και με την αδελφή της τη Ρόζα, χωρίς να ξέρει πως η Κλάρα μισούσε τις καραμέλες με γλυκάνισο και οι ακροστιχίδες την έκαναν μόνο να γελάει. Στο τέλος του χρόνου, κοντά στα Χριστούγεννα, ανάγγειλαν επίσημα τους αρραβώνες στην εφημερίδα κι έβαλαν βέρες με την παρουσία των συγγενών και των πιο στενών τους φίλων, περισσότερα από εκατό άτομα συνολικά, σ' ένα πανταγκρουελικό συμπόσιο, όπου παρέλασαν πιατέλες με γεμιστές γαλοπούλες, γκλασαρισμένα χοιρινά, ποταμίσια χέλια, γκρατιναρισμένοι αστακοί, ζωντανά στρείδια, τούρτες με λεμόνι και πορτοκάλι από τις Καρμελίτισσες, με αμύγδαλα και καρύδια από τις Δομινικανές, με σοκολάτα και μαρέγκα από τις Κλαρίσες, και κιβώτια με σαμπάνια φερμένη από τη Γαλλία μέσω του προξένου, που έκανε λαθρεμπόριο καταχρώμενος τα διπλωματικά του προνόμια, αλλά όλα σερβιρισμένα και παρουσιασμένα με μεγάλη απλότητα από τις παλιές υπηρέτριες του σπιτιού, ντυμένες με τις μαύρες τους ρόμπες, όπως κάθε μέρα, για να δώσουν στη γιορτή την εμφάνιση σεμνής οικογενειακής συγκέντρωσης, γιατί κάθε υπερβολή ήταν ένδειξη χυδαιότητας και καταδικασμένη σαν αμάρτημα της κοσμικής ματαιοδοξίας και κακογουστιά, πράγμα που οφειλόταν στο αυστηρό και μάλλον καταθλιπτικό παρελθόν εκείνης της κοινωνίας, που καταγόταν από τους πιο γενναίους Καστελιάνους και Βάσκους μετανάστες. Η Κλάρα ήταν σαν οπτασία από δαντέλα άσπρης σαντιγί και φρέσκες καμέλιες, προσπαθώντας να κερδίσει σαν χαρούμενο παπαγαλάκι τα εννιά χρόνια της σιωπής, χορεύοντας με τον αρραβωνιαστικό της κάτω από τις τέντες και τα φανάρια, μακριά από τις προειδοποιήσεις των πνευμάτων, που της έκαναν απελπισμένα νοήματα από τις κουρτίνες, αλλά που μες στο πλήθος και τη φασαρία εκείνη δεν τα έβλεπε. Η τελετή για τις βέρες παρέμεινε ίδια από την εποχή της Αποικίας. Στις δέκα το βράδυ, ένας υπηρέτης κυκλοφόρησε ανάμεσα στους καλεσμένους χτυπώντας ένα κρυστάλλινο καμπανάκι, σταμάτησε η μουσική και ο χορός κι οι καλεσμένοι μαζεύτηκαν στο μεγάλο σαλόνι. Ένας μικροκαμωμένος και αθώος ιερέας, στολισμένος με τα ιερατικά του άμφια, διάβασε το περίπλοκο κήρυγμα που είχε ετοιμάσει, εκθειάζοντας συγκεχυμένες και ανέφικτες αρετές. Η Κλάρα δεν τον άκουσε, γιατί μόλις σταμάτησε η φασαρία της μουσικής και η αναστάτωση του χορού, πρόσεξε τα ψιθυρίσματα των πνευμάτων ανάμεσα στις κουρτίνες και κατάλαβε πως είχαν περάσει πολλές ώρες που δεν είχε δει τον Μπαραμπάς. Έψαξε να τον βρει με το βλέμμα, ενεργοποιώντας όλες της τις αισθήσεις, αλλά μια αγκωνιά της μητέρας της την επανέφερε στις επείγουσες απαιτήσεις της τελετής. Ο ιερέας τέλειωσε το λόγο του, ευλόγησε τις χρυσές βέρες κι ύστερα ο Εστέμπαν έβαλε τη μια στην αρραβωνιαστικιά του και την άλλη στο δάχτυλό του.

Εκείνη τη στιγμή μια κραυγή τρόμου τάραξε τους καλεσμένους. Ο κόσμος τραβήχτηκε στις δυο άκρες ανοίγοντας ένα δρόμο, απ' όπου μπήκε μέσα ο Μπαραμπάς, πιο μαύρος και πιο μεγάλος παρά ποτέ, μ' ένα χασαπομάχαιρο χωμένο στον ώμο του μέχρι τη λαβή, αιμορραγώντας σαν βόδι, με τα ψηλά πουλαρίσια του ποδάρια να τρέμουν, με μια κλωστή αίμα να τρέχει από το μουσούδι του, τα μάτια του θολωμένα από την αγωνία, προχωρώντας αργά και σέρνοντας το ένα πόδι μετά το άλλο, μ' ένα αβέβαιο βάδισμα σαν πληγωμένος δεινόσαυρος. Η Κλάρα κάθισε απότομα στον καναπέ από γαλλικό μεταξωτό. Ο σκύλαρος την πλησίασε, ακούμπησε το μεγάλο του κεφάλι σαν χιλιόχρονου θηρίου στην αγκαλιά της κι έμεινε να την κοιτάζει με τα ερωτευμένα του μάτια, που άρχισαν να σβήνουν και στο τέλος έμειναν τυφλά, ενώ η δαντέλα άσπρης σαντιγί, το γαλλικό μεταξωτό του καναπέ, το περσικό χαλί και το παρκέ μούσκευαν με αίμα. Ο Μπαραμπάς ψοφούσε χωρίς βιασύνη, με τα μάτια κολλημένα πάνω στην Κλάρα, που του χάιδευε τ' αυτιά και μουρμούριζε παρηγορητικά λόγια, ώσπου τελικά έπεσε κάτω και μ' ένα μόνο ρόγχο απόμεινε τεντωμένος. Τότε όλοι έμοιασαν να ξυπνούν από κάποιον εφιάλτη κι ένας ψίθυρος τρόμου διέτρεξε το σαλόνι, οι καλεσμένοι άρχισαν ν' αποχαιρετούν βιαστικά, αποφεύγοντας τις λιμνούλες από αίμα, μαζεύοντας στο άψε σβήσε τις γούνινες ετόλ, τα ψηλά καπέλα τους, τα μπαστούνια τους, τις ομπρέλες τους, τα βραδινά τους τσαντάκια. Στο σαλόνι της γιορτής έμειναν μόνο η Κλάρα με το ζώο στην αγκαλιά, οι γονείς της, που ήταν αγκαλιασμένοι, βουβοί από το άσχημο προμήνυμα, και ο αρραβωνιαστικός, που δεν καταλάβαινε για ποιο λόγο έγινε τέτοια αναστάτωση για έναν ψόφιο σκύλο κι ακόμα περισσότερο όταν συνειδητοποίησε πως η Κλάρα ήταν αποσβολωμένη. Την πήρε στα χέρια του και την πήγε μισοαναίσθητη στο δωμάτιό της, όπου με τις φροντίδες της νταντάς και τα άλατα του δόκτορα Κουέβας την εμπόδισαν να ξαναγυρίσει στην απάθεια και τη βουβαμάρα. Ο Εστέμπαν Τρουέμπα ζήτησε βοήθεια από τον κηπουρό και οι δυο μαζί έβαλαν στην άμαξα το κουφάρι του Μπαραμπάς, που με το θάνατο είχε βαρύνει περισσότερο, τόσο που ήταν σχεδόν αδύνατο να τον σηκώσουν.

Η χρονιά πέρασε με τις προετοιμασίες του γάμου. Η Νίβεα είχε αναλάβει την προίκα της Κλάρας, που δεν έδειχνε κανένα ενδιαφέρον για το περιεχόμενο των μπαούλων από σανταλόξυλο και εξακολουθούσε να πειραματίζεται με το τρίποδο τραπεζάκι και να ρίχνει τα χαρτιά. Τα εξαιρετικά κεντημένα σεντόνια, τα λινά τραπεζομάντιλα και τα εσώρουχα, που δέκα χρόνια πριν είχαν ετοιμάσει οι καλόγριες για τη Ρόζα, με τα μπλεγμένα αρχικά των Τρουέμπα και των δελ Βάλιε, χρησίμεψαν τώρα για την προίκα της Κλάρας. Η Νίβεα παράγγειλε στο Μπουένος Άιρες, στο Παρίσι και στο Λονδίνο ταγιέρ για το ταξίδι, ρούχα για την εξοχή, φουστάνια χορού, καπέλα της μόδας, παπούτσια και τσάντες από σαύρα και σουέτ, κι άλλα πράγματα, που έμειναν τυλιγμένα σε μεταξωτό χαρτί και διατηρήθηκαν με λεβάντα και καμφορά, χωρίς η νύφη να τους ρίξει περισσότερο από μια αφηρημένη ματιά.

Ο Εστέμπαν οργάνωσε ένα συνεργείο από οικοδόμους, ξυλουργούς και υδραυλικούς για να χτίσει το πιο γερό, μεγάλο και ηλιόλουστο σπίτι που μπορούσε να συλλάβει ο νους, προορισμένο να κρατήσει χίλια χρόνια και να φιλοξενήσει διάφορες γενιές από μια πολυάριθμη οικογένεια από νόμιμους Τρουέμπα. Ανέθεσε τα σχέδια σ' ένα Γάλλο αρχιτέκτονα κι έφερε απ' το εξωτερικό ένα μέρος από τα υλικά, ώστε το σπίτι του να είναι το μοναδικό με γερμανικά βιτρό, με κορνίζες σκαλισμένες στην Αυστρία, με εγγλέζικες μπρούντζινες βρύσες, με ιταλικά μάρμαρα στα πατώματα και κλειδαριές που παράγγειλε από κατάλογο στις Ηνωμένες Πολιτείες και που έφτασαν με διαφορετικές οδηγίες και χωρίς κλειδιά. Η Φέρουλα, τρομοκρατημένη με τα έξοδα, προσπάθησε να τον πείσει ν' αποφύγει κι άλλες τρέλες, όπως ν' αγοράσει γαλλικά έπιπλα, κρυστάλλινες λάμπες και τούρκικα χαλιά, με το επιχείρημα πως θα καταστρεφόταν και θα επαναλαμβανόταν η ιστορία του σπάταλου Τρουέμπα που τους είχε φέρει στον κόσμο· αλλά ο Εστέμπαν της έδειξε πως ήταν αρκετά πλούσιος για να μπορεί να προσφέρει στον εαυτό του εκείνες τις πολυτέλειες και την απείλησε πως θα επένδυε τις πόρτες με ασήμι, αν δεν σταματούσε να τον ενοχλεί. Εκείνη τότε απάντησε πως τέτοια σπατάλη ήταν σίγουρα θανάσιμο αμάρτημα και πως ο Θεός σίγουρα θα τους τιμωρούσε όλους, που ξόδευαν σε χυδαιότητες νεόπλουτων αυτά που θα ήταν καλύτερα να χρησιμοποιούσαν βοηθώντας τους φτωχούς.

Παρ' όλο που ο Εστέμπαν Τρουέμπα δεν αγαπούσε τις καινοτομίες και, αντίθετα, ένιωθε μεγάλη δυσπιστία για τις αναταραχές του μοντερνισμού, είχε αποφασίσει πως το σπίτι του έπρεπε να κατασκευαστεί σαν τα καινούργια παλατάκια στην Ευρώπη και στη Βόρεια Αμερική, μ' όλες τις ανέσεις, διατηρώντας όμως κλασικό στιλ. Ήθελε να είναι όσο πιο διαφορετικό ήταν δυνατόν από την ντόπια αρχιτεκτονική. Δεν ήθελε τρεις αυλές, διαδρόμους, σκουριασμένα σιντριβάνια, σκοτεινά δωμάτια, πλιθόχτιστους τοίχους ασπρισμένους με ασβέστη, ούτε σκονισμένα κεραμίδια, παρά δυο ή τρία επιβλητικά πατώματα, σειρές από άσπρες κολόνες, μια αρχοντική σκάλα που να κάνει μισή στροφή γύρω από τον εαυτό της και να καταλήγει σ' ένα χολ από άσπρο μάρμαρο, μεγάλα και φωτεινά παράθυρα και, γενικά, μια όψη ταχτική και φροντισμένη, όμορφη και πολιτισμένη, ακριβώς όπως στις ξένες χώρες και σύμφωνα με την καινούργια του ζωή. Το σπίτι του έπρεπε να είναι ο καθρέφτης εκείνου, της οικογένειάς του και της υπόληψης που ήθελε να δώσει στο όνομα που είχε κηλιδώσει ο πατέρας του. Ήθελε το μεγαλείο να φαίνεται από το δρόμο, γι' αυτό έβαλε να του σχεδιάσουν έναν κήπο κουρεμένο στο στιλ των Βερσαλιών, με μεγάλες γλάστρες με λουλούδια, ένα απαλό και τέλειο γρασίδι, σιντριβάνια και μερικά αγάλματα με τους θεούς του Ολύμπου και ίσως κανέναν άγριο Ινδιάνο της αμερικάνικης ιστορίας, γυμνό και στεφανωμένο με φτερά, μια μικρή παραχώρηση στον πατριωτισμό. Δεν μπορούσε να φανταστεί πως εκείνο το αυστηρό, κυβοειδές, στέρεο και αγέρωχο σπίτι, τοποθετημένο σαν καπέλο πάνω στο πράσινο και γεωμετρικό του περιβάλλον, θα κατέληγε να γεμίσει προεξοχές και συμφύσεις, με πολλαπλές στριφογυριστές σκάλες που οδηγούσαν σε άδειους χώρους, με πυργίσκους, με παραθυράκια που δεν άνοιγαν, με πόρτες που στέκονταν στο κενό, με στριφογυριστούς διαδρόμους και φινιστρίνια ανάμεσα στα δωμάτια, για να κουβεντιάζουν την ώρα του απογεματινού ύπνου, ανάλογα με την έμπνευση της Κλάρας, που κάθε φορά που χρειαζόταν να εγκαταστήσει έναν καινούργιο επισκέπτη, διέταζε να φτιάξουν κι άλλο δωμάτιο, όπου έβρισκε, και αν τα πνεύματα της έλεγαν πως υπήρχε κάποιος κρυμμένος θησαυρός ή κάποιο άταφο πτώμα στα θεμέλια, γκρέμιζε τους τοίχους, μέχρι που το αρχοντικό μεταμορφώθηκε σ' ένα μαγεμένο λαβύρινθο, που ήταν αδύνατο να καθαριστεί και αψηφούσε διάφορους αστικούς και κοινοτικούς νόμους. Αλλά όταν ο Τρουέμπα έχτισε αυτό που όλοι ονόμαζαν «Το μεγάλο σπίτι στη γωνία», του έδωσε επιβλητικό ύφος, όπως και σε όλα όσα τον τριγύριζαν, γιατί θυμόταν τις στερήσεις της παιδικής του ηλικίας. Η Κλάρα δεν πήγε ούτε μία φορά να δει το σπίτι όσον καιρό χτιζόταν. Έμοιαζε να την ενδιαφέρει τόσο λίγο όσο και η προίκα της κι άφησε όλες τις αποφάσεις στα χέρια του μνηστήρα της και της μελλοντικής της κουνιάδας.

Όταν πέθανε η μητέρα της, η Φέρουλα απόμεινε μόνη

και χωρίς καμιά χρήσιμη απασχόληση στη ζωή, σε μια ηλικία που πια δεν είχε ελπίδες για να παντρευτεί. Για ένα διάστημα επισκεπτόταν τις φτωχογειτονιές καθημερινά, σε μια κρίση πυρετώδους φιλανθρωπίας, που της προκάλεσε χρόνια βρογχίτιδα και δεν ηρέμησε καθόλου τη βασανισμένη της ψυχή. Ο Εστέμπαν ήθελε να τη βάλει να πάει ένα ταξίδι, ν' αγοράσει ρούχα και να διασκεδάσει για πρώτη φορά στη μελαγχολική της ζωή, αλλά εκείνη είχε πια συνηθίσει στη λιτότητα και είχε μείνει υπερβολικά πολύ καιρό κλεισμένη στο σπίτι της. Φοβόταν τα πάντα. Ο γάμος του Εστέμπαν τη βύθιζε στην αβεβαιότητα, γιατί σκεφτόταν πως θα γινόταν αφορμή ν' απομακρυνθεί ακόμα περισσότερο από κείνον, που ήταν το μοναδικό της στήριγμα. Φοβόταν πως θα τέλειωνε τις μέρες της σε κάποιο άσυλο για γεροντοκόρες καλών οικογενειών, πλέκοντας κροσέ, γι' αυτό είχε καταχαρεί όταν ανακάλυψε πως η Κλάρα ήταν τελείως ανίκανη για όλες τις δουλειές του σπιτιού και κάθε φορά που έπρεπε να αντιμετωπίσει μια κατάσταση, έπαιρνε ένα αφηρημένο και χαμένο βλέμμα. «Είναι λίγο λειψή», είχε συμπεράνει η Φέρουλα ευχαριστημένη. Ήταν ολοφάνερο πως η Κλάρα δεν θα μπορούσε να διευθύνει τη σπιταρόνα που ο αδελφός της έχτιζε και πως θα χρειαζόταν πολλή βοήθεια. Με πλάγιο τρόπο προσπάθησε να κάνει τον Εστέμπαν να καταλάβει πως η μελλοντική του γυναίκα ήταν μια άχρηστη και πως εκείνη, με το αποδειγμένο της πνεύμα αυτοθυσίας, μπορούσε να τη βοηθήσει και ήταν έτοιμη να βοηθήσει. Αλλά ο Εστέμπαν έκοβε την κουβέντα κάθε φορά που άρχιζε αυτή τη συζήτηση. Όσο πλησίαζε η ημερομηνία για το γάμο κι έπρεπε πια ν' αποφασίσει για την τύχη της, η Φέρουλα τόσο απελπιζόταν. Σίγουρη πως με τον αδελφό της δεν θα κατάφερνε τίποτα, έψαξε να βρει μια ευκαιρία να κουβεντιάσει μόνη της με την Κλάρα και τη βρήκε ένα Σάββατο, στις πέντε το απόγεμα, που την είδε να περνάει απ' το δρόμο. Την προσκάλεσε στο Γαλλικό Ξενοδοχείο να πάρουν τσάι. Οι δυο γυναίκες κάθισαν σ' ένα τραπέζι, τριγυρισμένες από γλυκά με κρέμα και βαυαρέζικες πορσελάνες, ενώ στο βάθος της αίθουσας μια ορχήστρα από δεσποινίδες ερμήνευε ένα μελαγχολικό κουαρτέτο για έγχορδα. Η Φέρουλα παρατηρούσε στα κρυφά τη μελλοντική της νύφη, που έδειχνε δεκαπέντε χρονών κι ήταν ακόμα κάπως παράφωνη μετά από τα τόσα χρόνια σιωπής, χωρίς να ξέρει πώς ν' ανοίξει τη συζήτηση. Μετά από μια μακριά παύση, στο διάστημα της οποίας έφαγαν μια πιατέλα παστάκια και ήπιαν δυο φλιτζάνια τσάι γιασεμί η καθεμιά, η Κλάρα έσπρωξε προς τα πίσω μια τούφα μαλλιά που της έπεφτε στα μάτια, χαμογέλασε και χτύπησε χαϊδευτικά στο χέρι τη Φέρουλα.

«Μη στεναχωριέσαι. Θα μείνεις μαζί μας και θα είμαστε σαν αδελφές», της είπε η κοπέλα.

Η Φέρουλα ταράχτηκε κι αναρωτήθηκε μήπως ήταν αλήθεια οι φήμες για την ικανότητα της Κλάρας να διαβάζει τις ξένες σκέψεις. Η πρώτη της αντίδραση ήταν η περηφάνια και θα είχε αρνηθεί την προσφορά και μόνο από ευγένεια, αλλά η Κλάρα δεν της άφησε περιθώρια. Έσκυψε και τη φίλησε στο μάγουλο με τέτοια ειλικρίνεια, που η Φέρουλα έχασε τον αυτοέλεγχό της κι έβαλε τα κλάματα. Είχε περάσει πολύς καιρός χωρίς να χύσει ούτ' ένα δάκρυ και κατάλαβε έκπληκτη πόσο της έλειπε μια τρυφερή χειρονομία. Δεν θυμόταν ποια ήταν η τελευταία φορά που κάποιος την είχε αγγίξει αυθόρμητα. Έκλαψε πολλή ώρα, ξαλαφρώνοντας από πολλές παλιές λύπες και μοναξιές, κρατώντας το χέρι της Κλάρας, που τη βοηθούσε να φυσήξει τη μύτη της κι ανάμεσα στους λυγμούς τής έδινε κομμάτια γλυκό και γουλιές τσάι. Έμειναν ως τις οχτώ το βράδυ να κλαίνε και να μιλάνε, κι εκείνο το απόγεμα στο Γαλλικό Ξενοδοχείο σφράγισαν μια φιλία που κράτησε πολλά χρόνια.

Μόλις τέλειωσε το πένθος για το θάνατο της δόνια Εστέρ κι ετοιμάστηκε το μεγάλο σπίτι στη γωνία, ο Εστέμπαν Τρουέμπα και η Κλάρα δελ Βάλιε παντρεύτηκαν με μια διακριτική τελετή. Ο Εστέμπαν της έκανε δώρο ένα σύνολο από μπριγιάν, που εκείνη το βρήκε πολύ χαριτωμένο, το φύλαξε σ' ένα κουτί από παπούτσια κι ύστερα ξέχασε πού το είχε βάλει. Έφυγαν για ταξίδι στην Ιταλία και, δυο μέρες αφού μπάρκαραν, ο Εστέμπαν ένιωθε ερωτευμένος σαν έφηβος, παρ' όλο που το κούνημα του καραβιού είχε προκαλέσει ανεξέλεγκτη ναυτία στην Κλάρα και η κλεισούρα μια κρίση άσθματος. Καθισμένος δίπλα της μες στη στενή καμπίνα, βάζοντας τις βρεγμένες κομπρέσες στο μέτωπο και κρατώντας της το μέτωπο όταν έκανε εμετό, ένιωθε πολύ ευτυχισμένος και την ποθούσε με αδικαιολόγητη ένταση, αν λάβαινε κανείς υπόψη του τη θλιβερή της κατάσταση. Την τέταρτη μέρα η Κλάρα ένιωσε καλύτερα και βγήκαν στο κατάστρωμα να δουν τη θάλασσα. Καθώς την έβλεπε, με τη μύτη κοκκινισμένη απ' τον άνεμο, να γελάει με την παραμικρή αφορμή, ο Εστέμπαν ορκίστηκε στον εαυτό του να την κάνει αργά ή γρήγορα να τον αγαπήσει όπως εκείνος ήθελε, ακόμα κι αν χρειαζόταν να φτάσει στα άκρα. Καταλάβαινε πως η Κλάρα δεν του ανήκε και πως αν εξακολουθούσε να κατοικεί σ' έναν κόσμο με οπτασίες, με τρίποδα τραπεζάκια που κουνιούνται μόνα τους και χαρτιά που έλεγαν το μέλλον, το πιο πιθανό ήταν πως δεν θα του ανήκε ποτέ. Ούτε και η χωρίς προκαταλήψεις και ντροπές σεξουαλικότητα της Κλάρας του ήταν αρκετή. Δεν ποθούσε μόνο το σώμα της, ήθελε να εξουσιάσει κι εκείνο το απροσδιόριστο και φωτεινό υλικό που υπήρχε μέσα της, και που του ξέφευγε ακόμα και στις στιγμές που εκείνη έδειχνε να πεθαίνει από ηδονή. Ενιωθε πολύ βαριά τα χέρια του, πολύ μεγάλα τα πόδια του, πολύ δυνατή τη φωνή του, πολύ άγρια τα γένια του και πολύ βαθιά ριζωμένη μέσα του τη συνήθεια του βιασμού και του πορνείου, αλλά ακόμα κι αν έπρεπε να γυρίσει το μέσα έξω σαν γάντι, ήταν διατεθειμένος να το κάνει για να την καταχτήσει.

Γύρισαν από το ταξίδι του μέλιτος τρεις μήνες αργότερα. Η Φέρουλα τους περίμενε, με το καινούργιο σπίτι, που ακόμα μύριζε μπογιά και φρέσκο τσιμέντο, γεμάτο με λουλούδια και φρούτα, ακριβώς όπως είχε παραγγείλει ο Εστέμπαν. Για να περάσει το κατώφλι του σπιτιού, ο Εστέμπαν *σήκωσε στην αγκαλιά του τη γυναίκα του*. Η αδελφή του παραξενεύτηκε που δεν ένιωσε ζήλια και παρατήρησε πως ο Εστέμπαν έδειχνε ξανανιωμένος.

«Σου πήγε πολύ ο γάμος», είπε.

Ο Εστέμπαν πήρε την Κλάρα να της δείξει το σπίτι. Εκείνη γύριζε παντού το βλέμμα της και τα έβρισκε όλα πολύ χαριτωμένα, με τον ίδιο ευγενικό τρόπο που θαύμαζε το ηλιοβασίλεμα στην ανοιχτή θάλασσα, την πλατεία του Αγίου Μάρκου ή το σύνολο με τα μπριγιάν. Στην πόρτα της κρεβατοκάμαράς της ο Εστέμπαν της ζήτησε να κλείσει τα μάτια και την οδήγησε από το χέρι μέχρι το κέντρο του δωματίου.

«Τώρα μπορείς να τ' ανοίξεις», της είπε ευχαριστημένος.

Η Κλάρα κοίταξε γύρω της. Ήταν ένα μεγάλο δωμάτιο ταπετσαρισμένο με γαλάζιο μεταξωτό, μ' εγγλέζικα έπιπλα, με μεγάλα παράθυρα, με μπαλκόνια που έβλεπαν στον κήπο κι ένα κρεβάτι με ουρανό και αραχνοΰφαντες κουρτίνες, που έμοιαζε με ιστιοφόρο που έπλεε στα ήρεμα νερά του γαλάζιου μεταξωτού.

«Πολύ χαριτωμένο», είπε η Κλάρα.

Τότε ο Εστέμπαν της έδειξε το σημείο που στεκόταν. Ήταν η ωραία έκπληξη που της είχε ετοιμάσει. Η Κλάρα κατέβασε το βλέμμα κι έβγαλε μια φοβισμένη κραυγή. Στεκόταν πάνω στη μαύρη πλάτη του Μπαραμπάς, που κειτόταν μ' ορθάνοιχτα τα πόδια καταγής, μεταμορφωμένος σε χαλί, με το κεφάλι ανέπαφο και δυο γυάλινα μάτια που την κοίταζαν με την ανυπεράσπιστη έκφραση που έχουν όλα τα ταριχευμένα ζώα. Ο άντρας της μόλις που πρόλαβε να την πιάσει πριν σωριαστεί λιπόθυμη στο πάτωμα.

«Σου είπα πως δεν θα της άρεσε, Εστέμπαν», είπε η Φέρουλα.

Το κατεργασμένο τομάρι του Μπαραμπάς απομακρύνθηκε βιαστικά από την κρεβατοκάμαρα και πετάχτηκε σε κάποια γωνιά στο υπόγειο, μαζί με τα μαγικά βιβλία και τα μπαούλα του θείου Μάρκος και άλλους θησαυρούς, όπου αμύνθηκε ενάντια στο σκόρο και την εγκατάλειψη με μια επιμονή που άξιζε καλύτερη τύχη, ώσπου το ξέθαψαν άλλες γενιές.

Γρήγορα φάνηκε πως η Κλάρα ήταν έγκυος. Η τρυφερότητα, που η Φέρουλα ένιωθε για τη νύφη της, μεταμορφώθηκε σε πάθος να την προσέχει, σε αφοσίωση να την υπηρετεί και σε απεριόριστη αντοχή για τις αφηρημάδες και τις εκκεντρικότητές της. Για τη Φέρουλα, που είχε αφιερώσει όλη της τη ζωή σε μια γριά που σάπιζε ανεπανόρθωτα, η φροντίδα της Κλάρας ήταν σαν να έμπαινε στον παράδεισο. Την έπλενε με νερό που ευωδίαζε βασιλικό και γιασεμί, την έτριβε μ' ένα σφουγγάρι, τη σαπούνιζε, την άλειβε με κολόνια, της έβαζε ταλκ μ' ένα πομπόν από φτερά κύκνου και της βούρτσιζε τα μαλλιά ώσπου γίνονταν γυαλιστερά κι απαλά σαν θαλασσινά φυτά, ακριβώς όπως έκανε πριν η νταντά.

Πολύ πριν ικανοποιήσει την ανυπομονησία του νιόπαντρου, ο Εστέμπαν Τρουέμπα αναγκάστηκε να γυρίσει στις Τρεις Μαρίες, όπου δεν είχε πατήσει για έναν τουλάχιστο χρόνο κι όπου, παρ' όλες τις φροντίδες του Πέδρο Σεγκούντο Γκαρσία, η παρουσία του αφεντικού ήταν απαραίτητη. Το χτήμα, που πριν του φαινόταν παράδεισος και τον έκανε περήφανο, είχε γίνει τώρα ενοχλητικό. Κοίταζε τις ανέκφραστες γελάδες να μηρυκάζουν στους αγρούς, την αργή προσπάθεια των αγροτών, που επαναλάμβαναν τις ίδιες κινήσεις κάθε μέρα σ' όλη τους τη ζωή, τα αμετάβλητα όρια της χιονισμένης κορδιλιέρας και της λεπτής κολόνας καπνού που υψωνόταν από το ηφαίστειο, κι ένιωθε αιχμάλωτος.

Όσο εκείνος βρισκόταν στο χτήμα, η ζωή στο μεγάλο σπίτι στη γωνία άλλαξε, για να βολευτεί σε μια πιο ήσυχη ρουτίνα χωρίς άντρες. Η Φέρουλα ξυπνούσε πρώτη, γιατί της είχε μείνει η συνήθεια να σηκώνεται νωρίς από τον καιρό που ξαγρυπνούσε κοντά στην άρρωστη μητέρα της, όμως άφηνε τη νύφη της να κοιμάται ώς αργά. Αργά το πρωί τής πήγαινε μόνη της το πρωινό στο κρεβάτι, άνοιγε τις κουρτίνες από γαλάζιο μεταξωτό για να μπει ο ήλιος από τα τζάμια, γέμιζε την μπανιέρα από γαλλική πορσελάνη ζωγραφισμένη με νούφαρα, κι έδινε αρκετό χρόνο στην Κλάρα για να ξυπνήσει καλά, να χαιρετήσει με τη σειρά όλα τα πνεύματα, να πάρει κοντά της το δίσκο και να μουσκέψει τις φρυγανιές της στη ζεστή σοκολάτα. Ύστερα την έβγαζε από το κρεβάτι με μητρικά χάδια, λέγοντάς της όλα τα ευχάριστα νέα της εφημερίδας, που κάθε μέρα ήταν και λιγότερα, κι έτσι ήταν αναγκασμένη να γεμίζει τα κενά με κουτσομπολιά για τους γείτονες, λεπτομέρειες για το σπίτι κι ανέκδοτα που έβγαζε από το μυαλό της και που η Κλάρα τα έβρισκε πολύ χαριτωμένα και τα ξεχνούσε πιο ύστερα, κι έτσι ήταν δυνατό να της διηγείται τα ίδια πολλές φορές κι εκείνη διασκέδαζε σαν να ήταν η πρώτη.

Η Φέρουλα την έβγαζε περίπατο για να τη βλέπει ο ήλιος –κάνει καλό στο βρέφος– στα μαγαζιά –για να μην του λείπει τίποτα όταν γεννηθεί και να έχει τα πιο ωραία προικιά του κόσμου– για φαγητό στον Όμιλο του Γκολφ –για να δουν όλοι πόσο ομόρφυνες από τότε που παντρεύτηκες τον αδελφό μου– για επίσκεψη στο σπίτι των γονιών της –για να μη νομίζουν πως τους ξέχασες– στο θέατρο – για να μην περνάς όλη τη μέρα κλεισμένη στο σπίτι. Η Κλάρα αφηνόταν να την πηγαινοφέρνουν, με μια γλύκα που δεν ήταν βλακεία, παρά αφηρημάδα, και ξόδευε όλες της τις ικανότητες για συγκέντρωση σε ανώφελες προσπάθειες να επικοινωνήσει τηλεπαθητικά με τον Εστέμπαν, που δεν λάβαινε τα μηνύματά της, και προσπαθώντας να τελειοποιήσει την ίδια της τη διορατικότητα.

Για πρώτη φορά στη ζωή της, όσο μπορούσε να θυμηθεί, η Φέρουλα ήταν ευτυχισμένη. Βρισκόταν τόσο κοντά με την Κλάρα όσο ποτέ με κανέναν, ούτε και με την ίδια τη μητέρα της. Ένας άλλος άνθρωπος, λιγότερο ιδιότυπος από την Κλάρα, θα είχε κουραστεί με τα υπερβολικά χάδια και τις συνεχείς φροντίδες της κουνιάδας της ή θα είχε υποκύψει στον αυταρχικό και σχολαστικό της χαρακτήρα. Όμως η Κλάρα ζούσε σ' έναν άλλο κόσμο.

Η Φέρουλα μισούσε την ώρα και τη στιγμή που ο αδελφός της γύριζε από το χτήμα και η παρουσία του γέμιζε όλο το σπίτι κι έσπαζε την αρμονία που υπήρχε όσο έλειπε. Ήταν αναγκασμένη να μπαίνει σε δεύτερη μοίρα και να είναι πιο προσεχτική στον τρόπο που απευθυνόταν στους υπηρέτες, ακόμα και στις περιποιήσεις της προς την Κλάρα. Και το βράδυ, τη στιγμή που το ζευγάρι αποσυρόταν στο δωμάτιό του, ένιωθε να την κυριεύει ένα άγνωστο μίσος, που δεν μπορούσε να εξηγήσει και που γέμιζε την ψυχή της απαίσια συναισθήματα. Για να απασχολείται ξαναβρήκε την παλιά της συνήθεια να προσεύχεται με το ροζάριο στις φτωχογειτονιές και να εξομολογείται στον πάτερ Αντόνιο.

«Άβε Μαρία Πουρίσιμα».

«Άσπιλη κι αμόλυντη».

«Σ' ακούω, κόρη μου».

«Πάτερ, δεν ξέρω πώς ν' αρχίσω. Νομίζω πως αυτό που έκανα είναι αμαρτία...»

«Της σαρκός, κόρη μου;»

«Αχ, η σάρκα στέγνωσε, πάτερ, αλλά όχι και το πνεύμα. Με βασανίζει ο δαίμονας».

«Το έλεος του Θεού είναι ατέλειωτο».

«Εσείς δεν ξέρετε τις σκέψεις που περνούν από το μυαλό μιας μοναχής γυναίκας, πάτερ, μιας παρθένας που δεν γνώρισε άντρα, κι όχι επειδή έλειψαν οι ευκαιρίες, αλλά γιατί ο Θεός έστειλε στη μητέρα μου μια μακρόχρονη αρρώστια κι αναγκάστηκα να τη φροντίζω».

«Αυτή η θυσία έχει γραφτεί στον Ουρανό, κόρη μου».

«Ακόμα κι αν αμάρτησα με τις σκέψεις, πάτερ;»

«Ε, εξαρτάται από τις σκέψεις...»

«Τις νύχτες δεν μπορώ να κοιμηθώ, πνίγομαι. Για να ηρεμήσω, σηκώνομαι και βγαίνω στον κήπο, τριγυρίζω στο σπίτι, πηγαίνω στο δωμάτιο της νύφης μου, κολλάω το αυτί μου στην πόρτα, μερικές φορές μπαίνω στις μύτες των ποδιών μου για να τη δω να κοιμάται· μοιάζει σαν άγγελος, νιώθω τον πειρασμό να μπω μες στο κρεβάτι της για να νιώσω τη θέρμη της επιδερμίδας της και της ανάσας της».

«Να προσεύχεσαι, κόρη μου. Η προσευχή βοηθάει».

«Περίμενε, δεν τα είπα όλα. Ντρέπομαι».

«Δεν πρέπει να με ντρέπεσαι, γιατί δεν είμαι παρά ένα όργανο του Θεού».

«Όταν ο αδελφός μου γυρίζει από το χτήμα, είναι χειρότερα, πάτερ. Δεν μου κάνει τίποτα η προσευχή, δεν μπορώ να κοιμηθώ, ιδρώνω, τρέμω, στο τέλος σηκώνομαι και διασχίζω το σπίτι στα σκοτεινά, γλιστρώ με προσοχή στους διαδρόμους για να μην τρίξει το πάτωμα. Τους ακούω από την πόρτα της κρεβατοκάμαρας και μια φορά μπόρεσα να τους δω, γιατί είχε μείνει μισάνοιχτη η πόρτα. Δεν μπορώ να διηγηθώ αυτά που είδα, πάτερ, αλλά θα πρέπει να είναι τρομερό αμάρτημα. Δεν φταίει η Κλάρα, εκείνη είναι αθώα σαν παιδί. Είναι ο αδελφός μου που την παρασύρει. Σίγουρα είναι καταδικασμένος».

«Μόνο ο Θεός μπορεί να κρίνει και να καταδικάσει, κόρη μου. Τι έκαναν;»

Και τότε η Φέρουλα μπορούσε να περάσει μισή ώρα περιγράφοντας τις λεπτομέρειες. Ήταν αφηγήτρια με ταλέντο: ήξερε να χρησιμοποιεί την παύση, να υπολογίζει τον τονισμό, να εξηγεί χωρίς χειρονομίες, να ζωγραφίζει έναν τόσο ζωντανό πίνακα που ο ακροατής έμοιαζε να τον ζει. Ήταν απίστευτο πώς μπορούσε να συλλάβει από τη μισάνοιχτη πόρτα την ποιότητα της ανατριχίλας τους, την αφθονία των υγρών, τα λόγια που μουρμούριζαν στ' αυτί, τις πιο κρυφές μυρωδιές, ήταν θαύμα, στ' αλήθεια. Ξαλαφρωμένη από κείνες τις ταραγμένες ψυχικές καταστάσεις, γύριζε στο σπίτι με τη μάσκα της σαν είδωλο, ατάραχη και αυστηρή, και συνέχιζε να δίνει διαταγές, να μετράει τα μαχαιροπίρουνα, να προετοιμάζει το φαγητό, να κλειδώνει, να απαιτεί, βάλτε μου αυτό εδώ, της το έβαζαν, αλλάξτε τα λουλούδια στα βάζα, τα άλλαζαν, πλύντε τα τζάμια, κάντε να πάψουν αυτά τα καταραμένα πουλιά που μ' αυτή τη φασαρία δεν αφήνουν τη σενιόρα Κλάρα να κοιμηθεί και με τόσα κακαρίσματα θα τρομάξουν το βρέφος και μπορεί να γεννηθεί με φτερά. Τίποτα δεν ξέφευγε από το παρατηρητικό της βλέμμα και βρισκόταν πάντα σε κίνηση, αντίθετα από την Κλάρα, που τα έβρισκε όλα πολύ χαριτωμένα και της ήταν το ίδιο οι παραγεμιστές τρούφες ή η ξαναζεσταμένη σούπα, να κοιμηθεί στο πουπουλένιο στρώμα ή καθισμένη σε μια καρέκλα, να πλυθεί σε αρωματισμένο νερό ή να μην πλυθεί καθόλου. Όσο περισσότερο βάραινε, έμοιαζε να ξεκολλάει οριστικά από την πραγματικότητα και να γυρίζει προς το εσωτερικό της, σ' έναν μυστικό και συνεχή διάλογο με το μωρό.

Ο Εστέμπαν ήθελε γιο, για να έχει τ' όνομά του και να κληροδοτήσει στους απογόνους του το επώνυμο των Τρουέμπα.

«Είναι κορίτσι και λέγεται Μπλάνκα», είπε η Κλάρα από την πρώτη μέρα που ανάγγειλε την εγκυμοσύνη της.

Κι έτσι ήταν.

Ο γιατρός Κουέβας, που τελικά η Κλάρα είχε σταματήσει να τον φοβάται, υπολόγιζε τη γέννα για τα μέσα του Οχτώβρη, αλλά στις αρχές του Νοέμβρη η Κλάρα εξακολουθούσε να μεταφέρει πέρα δώθε μια τεράστια κοιλιά, σε υπνοβατική κατάσταση, όλο και πιο αφηρημένη και κουρασμένη, ασθματική και αδιάφορη σ' όλα όσα την τριγύριζαν, ακόμα και στον ίδιο της τον άντρα που μερικές φορές δεν αναγνώριζε και τον ρωτούσε «τι θα θέλατε;» όταν τον έβλεπε δίπλα της.

Όταν πια ο γιατρός απέρριψε κάθε πιθανό λάθος στους υπολογισμούς του και φάνηκε καθαρά πως η Κλάρα δεν είχε καμιά πρόθεση να γεννήσει φυσιολογικά, άνοιξε την κοιλιά της μητέρας κι έβγαλε τη μικρή Μπλάνκα, που ήταν ένα κοριτσάκι πολύ πιο μαλλιαρό και άσχημο από το συνηθισμένο. Ο Εστέμπαν ανατρίχιασε όταν την είδε, σίγουρος πως η μοίρα του τού είχε παίξει άσχημο παιχνίδι και αντί για το νόμιμο Τρουέμπα, που είχε υποσχεθεί στη μητέρα του στο νεκροκρέβατό της, είχε σπείρει ένα τέρας, και μάλιστα θηλυκό. Εξέτασε το κοριτσάκι ο ίδιος προσωπικά και βεβαιώθηκε πως είχε όλα του τα μέλη σωστά και στη σωστή τους θέση, τουλάχιστον όσα φαίνονταν με γυμνό μάτι. Ο γιατρός Κουέβας τον παρηγόρησε με την εξήγηση πως η αποκρουστική όψη του μωρού οφειλόταν στο γεγονός πως είχε μείνει περισσότερο από το κανονικό στην κοιλιά της μητέρας, στην ταλαιπωρία της καισαρικής και στη μικρή, αδύνατη, μελαχρινή και κάπως μαλλιαρή του φτιαξιά.

Η Κλάρα, αντίθετα, ήταν καταγοητευμένη με την κόρη της. Έμοιαζε να ξυπνάει από μακρόχρονη υπνηλία κι ανακάλυπτε τη χαρά της ζωής. Πήρε τη μικρή στην αγκαλιά της και δεν την άφησε πια ούτε στιγμή, κυκλοφορούσε με το μωρό κολλημένο στο στήθος της και το θήλαζε συνέχεια, χωρίς συγκεκριμένο ωράριο και χωρίς να προσέχει καλούς τρόπους και ντροπές, σαν ιθαγενής. Δεν θέλησε να τη φασκιώσει, να της κόψει τα μαλλιά, ν' ανοίξει τρύπες στ' αυτιά της ή να πάρει παραμάνα για να τη μεγαλώσει κι ακόμα λιγότερο να μεταχειριστεί γάλα από εργαστήριο, όπως έκαναν όλες όσες μπορούσαν να πληρώσουν αυτή την πολυτέλεια. Αλλά ούτε κι ακολούθησε τη συνταγή της νταντάς, να της δίνει αγελαδινό γάλα ανακατεμένο με ρυζόνερο γιατί, όπως είπε, αν η φύση ήθελε να μεγαλώνουν οι άνθρωποι μ' αυτό, θα είχε κάνει τα γυναικεία στήθη έτσι, ώστε να βγάζουν εκείνο το προϊόν κι όχι γάλα. Η Κλάρα μιλούσε στη μικρή όλη την ώρα, χωρίς να μεταχειρίζεται μωρουδίστικα ονόματα και υποκοριστικά, σε σωστά ισπανικά, σαν να μιλούσε σε μεγάλο, με τον ίδιο ήρεμο και λογικό τόνο που απευθυνόταν στα ζώα και στα φυτά, σίγουρη πως αφού είχε καλά αποτελέσματα με τη χλωρίδα και την πανίδα, δεν μπορούσε παρά να είχε ανάλογα και με τη μικρή. Ο συνδυασμός από μητρικό γάλα και συζήτηση μεταμόρφωσε την Μπλάνκα σ' ένα γερό και σχεδόν όμορφο κορίτσι, που δεν έμοιαζε καθόλου στο αρμαδίλιο που ήταν όταν γεννήθηκε.

Λίγες βδομάδες μετά τη γέννηση της Μπλάνκα, ο Εστέμπαν Τρουέμπα βεβαιώθηκε, με τα παιχνίδια μες στο ιστιοφόρο, στα ήρεμα νερά του γαλάζιου μεταξωτού, πως η γυναίκα του δεν είχε χάσει με τη μητρότητα τη χάρη ή τον ενθουσιασμό της για τον έρωτα, εντελώς το αντίθετο. Όσο για τη Φέρουλα, ήταν υπερβολικά απασχολημένη να μεγαλώνει τη μικρή, που είχε τρομερά πνευμόνια, αυθόρμητο χαρακτήρα και μεγάλη λαιμαργία, και δεν είχε πια καιρό να προσεύχεται στις φτωχογειτονιές, να εξομολογείται στον πάτερ Αντόνιο και, ακόμα λιγότερο, να κατασκοπεύει από τη μισάνοιχτη πόρτα.

4

Η εποχή των πνευμάτων

Σε ηλικία που τα περισσότερα μωρά φορούν ακόμα πάνες, μπουσουλάνε ψελλίζοντας ασυναρτησίες και βγάζοντας σάλια, η Μπλάνκα έμοιαζε με λογικό νανάκι, περπατούσε σκουντουφλώντας, αλλά στα δυο της πόδια, μιλούσε σωστά κι έτρωγε μόνη της, χάρη στο σύστημα της μητέρας της να τη μεταχειρίζεται σαν μεγάλο άνθρωπο. Είχε βγάλει όλα της τα δόντια κι είχε αρχίσει ν' ανοίγει τα συρτάρια και ν' ανακατεύει το περιεχόμενό τους, όταν η οικογένεια αποφάσισε να ξεκαλοκαιριάσει στις Τρεις Μαρίες, που η Κλάρα δεν είχε γνωρίσει μέχρι τότε.

Σ' εκείνη την περίοδο, στη ζωή της Μπλάνκα η περιέργεια ήταν πιο δυνατή από το ένστικτο της αυτοσυντήρησης και η Φέρουλα λαχτάριζε, τρέχοντας από πίσω της, για να μην πέσει από το πάνω πάτωμα, να μην καεί στο φούρνο και να μη φάει το σαπούνι. Η διαμονή στο χτήμα με τη μικρή τής φαινόταν επικίνδυνη, κουραστική και άχρηστη, μια κι ο Εστέμπαν μπορούσε να τα βγάζει πέρα μόνος του στις Τρεις Μαρίες, ενώ εκείνες απολάμβαναν πολιτισμένη ζωή στην πρωτεύουσα. Αλλά η Κλάρα ήταν ενθουσιασμένη. Το χτήμα ήταν για κείνη μια ιδέα ρομαντική, γιατί ποτέ δεν είχε μπει σε στάβλο, όπως έλεγε η Φέρουλα. Οι προετοιμασίες για το ταξίδι απασχόλησαν όλη την οικογένεια για δυο βδομάδες και το σπίτι γέμισε μπαούλα, καλάθια και βαλίτσες. Νοίκιασαν ένα ειδικό βαγόνι στο τρένο για να μεταφέρουν τις αναρίθμητες αποσκευές τους και τους υπηρέτες, που η Φέρουλα θεώρησε απαραίτητο να πάρουν μαζί τους, καθώς και τα πουλιά με τα κλουβιά τους, που η Κλάρα δεν θέλησε να εγκαταλείψει, και τα κιβώτια με τα παιχνίδια της Μπλάνκα, γεμάτα αρλεκίνους, κουκλάκια από πορσελάνη, παραγεμισμένα ζώα, κουρδιστές μπαλαρίνες και κούκλες μ' αληθινά μαλλιά κι ανθρώπινες κλειδώσεις, που ταξίδευαν με τα ρούχα τους, τ' αμάξια τους και τις βαλίτσες τους. Βλέποντας εκείνο το αναστατωμένο και νευρικό πλήθος κι εκείνο το σωρό από πράγματα, ο Εστέμπαν ένιωσε νικημένος για πρώτη φορά στη ζωή του, ιδιαίτερα όταν ανακάλυψε ανάμεσα στις αποσκευές έναν Σαν Αντόνιο σε φυσικό μέγεθος και με ανάγλυφα σανδάλια. Κοίταζε το χάος που τον τριγύριζε, μετανιωμένος για την απόφασή του να ταξιδέψει με τη γυναίκα του και την κόρη του, κι αναρωτιόταν πώς ήταν δυνατόν εκείνος μοναχός του να χρειάζεται μόνο δυο βαλίτσες για να γυρίσει όλο τον κόσμο κι εκείνες, αντίθετα, να κουβαλούν όλο εκείνο το φορτίο από άχρηστα πράγματα κι ολόκληρη ακολουθία από υπηρέτες, που δεν είχαν καμιά σχέση με το σκοπό του ταξιδιού τους.

Στο Σαν Λούκας πήραν τρεις άμαξες, που τους πήγαν στις Τρεις Μαρίες τυλιγμένους μέσα σ' ένα σύννεφο σκόνη, σαν Τσιγγάνους. Στην αυλή, μπροστά στο σπίτι, περίμεναν να τους καλωσορίσουν όλοι οι υποταχτικοί, μ' επικεφαλής το διαχειριστή, τον Πέδρο Σεγκούντο Γκαρσία. Βλέποντας εκείνο το πλανόδιο τσίρκο έμειναν ξεροί. Με τις οδηγίες της Φέρουλα άρχισαν να ξεφορτώνουν τ' αμάξια και να μεταφέρουν τα πράγματα μες στο σπίτι. Κανένας δεν πρόσεξε ένα παιδάκι, που είχε σχεδόν την ίδια ηλικία με την Μπλάνκα, γυμνό, μυξιάρικο, με φουσκωμένη κοιλιά από τα παράσιτα και με κάτι όμορφα μαύρα μάτια με γεροντίστικη έκφραση. Ήταν ο γιος του διαχειριστή και λεγόταν, για να ξεχωρίζει από τον πατέρα και από τον παππού, Πέδρο Τερσέρο Γκαρσία. Μέσα σ' εκείνη την αναστάτωση, μέχρι να εγκατασταθούν, να γυρίσουν το σπίτι, να ρίξουν μια ματιά στο λαχανόκηπο, να χαιρετήσουν όλο τον κόσμο, να στήσουν το βωμό για τον Σαν Αντόνιο, να διώξουν τις κότες από τα κρεβάτια και τα ποντίκια από τις ντουλάπες, η Μπλάνκα έβγαλε τα ρούχα της και βγήκε έξω τρέχοντας γυμνή με τον Πέδρο Τερσέρο. Έπαιξαν ανάμεσα στους μπόγους, μπήκαν κάτω από τα έπιπλα, μούσκεψαν με σαλιάρικα φιλιά, μάσησαν το ίδιο ψωμί, ρούφηξαν τις ίδιες μύξες και πασαλείφτηκαν με τα ίδια κακά, ώσπου, στο τέλος, αποκοιμήθηκαν αγκαλιασμένοι κάτω από το τραπέζι της τραπεζαρίας. Εκεί τους βρήκε η Κλάρα στις δέκα το βράδυ. Έψαχναν να τους βρουν ώρες ολόκληρες με δάδες, οι υποταχτικοί σε ομάδες είχαν διατρέξει την όχθη του ποταμού, τις αποθήκες, τα χωράφια και τους στάβλους. Η Φέρουλα είχε παρακαλέσει γονατιστή τον Σαν Αντόνιο, ο Εστέμπαν είχε εξαντληθεί να τους φωνάζει και η ίδια η Κλάρα άδικα είχε προσπαθήσει να μεταχειριστεί τη διορατικότητά της. Όταν τους βρήκαν, το αγοράκι ήταν ξαπλωμένο ανάσκελα καταγής και η Μπλάνκα ήταν κουλουριασμένη δίπλα του, με το κεφάλι της ακουμπισμένο στη στρογγυλή κοιλιά του καινούργιου της φίλου. Σ' εκείνη την ίδια στάση θα τους έπιαναν, πολλά χρόνια αργότερα, για μεγάλη τους ατυχία, και μια ολόκληρη ζωή δεν θα τους έφτανε για να εξιλεωθούν.

Από την πρώτη κιόλας μέρα η Κλάρα κατάλαβε πως υπήρχε χώρος για κείνη στις Τρεις Μαρίες και, ακριβώς όπως σημείωσε στα τετράδια όπου κατέγραψε τη ζωή, ένιωσε πως επιτέλους είχε βρει τον προορισμό της σ' εκείνο τον κόσμο. Δεν την εντυπωσίασαν τα τούβλινα σπίτια, το σχολείο και η αφθονία του φαγητού, γιατί η ικανότητά της να βλέπει το αόρατο διέκρινε αμέσως τη δυσπιστία, το φόβο και τη μνησικακία στους εργάτες και το ανεπαίσθητο μουρμουρητό που σιγούσε όταν γύριζε το κεφάλι, που της επέτρεψαν να μαντέψει μερικά πράγματα για το χαρακτήρα και το παρελθόν του άντρα της. Το αφεντικό ωστόσο είχε αλλάξει. Όλοι μπόρεσαν ν' αναγνωρίσουν πως δεν πήγαινε πια στον Κόκκινο Φάρο, είχαν σταματήσει τ' απογέματα με τα γλέντια, οι κοκορομαχίες, τα στοιχήματα, οι τρομεροί θυμοί του και, πάνω απ' όλα, η κακιά του συνήθεια ν' αναποδογυρίζει τις κοπέλες στα χωράφια. Το απέδωσαν στην Κλάρα. Από τη μεριά της κι εκείνη είχε αλλάξει. Από τη μια μέρα στην άλλη εγκατάλειψε τη νωθρότητά της, σταμάτησε να τα βρίσκει όλα πολύ χαριτωμένα κι έδειχνε να έχει γιατρευτεί από το βίτσιο να μιλάει με τ' αόρατα πλάσματα και να κινεί τα έπιπλα με υπερφυσικές δυνάμεις. Σηκωνόταν τα ξημερώματα με τον άντρα της, έτρωγαν το πρωινό τους ντυμένοι κι εκείνος έφευγε για να επιθεωρήσει τις δουλειές στο χτήμα, ενώ η Φέρουλα είχε αναλάβει το σπίτι, την Μπλάνκα και τους υπηρέτες από την πρωτεύουσα, που δεν μπορούσαν να συνηθίσουν στις ελλείψεις, στην εξοχή και στις μύγες.

Η Κλάρα μοίραζε το χρόνο της ανάμεσα στο εργαστήρι

της ραπτικής, στο παντοπωλείο και στο σχολείο, όπου είχε στήσει το γενικό αρχηγείο της για να βάζει φάρμακα για την ψώρα και παραφίνη για τις ψείρες, να ξεκαθαρίζει τα μυστήρια του αλφαβήτου, να μαθαίνει στα παιδιά να τραγουδούν η καλή μας αγελάδα βόσκει κάτω στη λιακάδα, στις γυναίκες να βράζουν το γάλα, να θεραπεύουν τη διάρροια και ν' ασπρίζουν τα ρούχα.

Το σούρουπο, προτού γυρίσουν οι άντρες από τα χωράφια, η Φέρουλα μάζευε τις αγρότισσες και τα παιδιά για να προσευχηθούν με το ροζάριο. Μαζεύονταν περισσότερο από καλοσύνη παρά από πίστη κι έδιναν στη γεροντοκόρη την ευκαιρία να θυμηθεί τον παλιό καλό καιρό στις φτωχογειτονιές. Η Κλάρα περίμενε να τελειώσει η κουνιάδα της τις μυστηριακές της λιτανείες με πατερημά και αβεμαρίες και επωφελούνταν από τη συγκέντρωση, για να επαναλάβει τα συνθήματα που είχε ακούσει από τη μητέρα της, όταν αλυσοδενόταν μπροστά στα μάτια της στα κάγκελα του Κογκρέσου. Οι γυναίκες την άκουγαν χαμογελαστές και ντροπαλές, για τον ίδιο λόγο που προσεύχονταν με τη Φέρουλα: για να μη δυσαρεστήσουν την αφεντικίνα. Αλλά εκείνα τα φλογερά λόγια τους φαίνονταν τρελοκουβέντες.

«Δεν έχει ξαναγίνει ο άντρας να μη χτυπά την ίδια του τη γυναίκα – αν δεν τη δέρνει είναι γιατί δεν την αγαπάει, ή γιατί δεν είναι σωστός άντρας. Πού ακούστηκε αυτά που κερδίζει ο άντρας, ή αυτά που βγάζει απ' τα χωράφια, ή απ' τις κότες, να 'ναι και των δυονών; Και πού ακούστηκε να κάνει η γυναίκα τα ίδια με τον άντρα, αφού κείνη γεννήθηκε με μια τρύπα ανάμεσα στα πόδια και χωρίς αρχίδια, ε, δόνια Κλαρίτα;» έλεγαν.

Η Κλάρα απελπιζόταν. Εκείνες έδιναν αγκωνιές η μια στην άλλη και γελούσαν ντροπαλά με τα ξεδοντιασμένα τους στόματα και τα γεμάτα ρυτίδες μάτια τους –το δέρμα τους σκασμένο από τον ήλιο και τη σκληρή ζωή– ξέροντας πολύ καλά πως αν είχαν τη φαεινή ιδέα να εφαρμόσουν τις συμβουλές της κυράς, οι άντρες τους θα τους έδιναν ένα χέρι ξύλο. Και με το δίκιο τους, σίγουρα, όπως η ίδια η Φέρουλα υποστήριζε.

Γρήγορα ο Εστέμπαν έμαθε για τη συνέχεια της ώρας της προσευχής κι έγινε θηρίο. Ήταν η πρώτη φορά που θύμωνε με την Κλάρα και η πρώτη φορά που τον έβλεπε σε μια από τις φημισμένες του κρίσεις. Ο Εστέμπαν φώναζε σαν τρελός, βαδίζοντας πάνω κάτω στο σαλόνι με μεγάλα βήματα και δίνοντας γροθιές στα έπιπλα, λέγοντας πως αν η Κλάρα σκεφτόταν ν' ακολουθήσει τα βήματα της μητέρας της, να το ήξερε πως θα τα έβρισκε σκούρα μ' έναν αληθινό άντρα που θα της κατέβαζε τα βρακιά και θα της έδινε ένα χέρι ξύλο για να της φύγει μια για πάντα η καταραμένη η όρεξη να βγάζει λόγους στον κόσμο, πως της απαγόρευε μια και για πάντα τις συγκεντρώσεις για προσευχή, ή για οποιονδήποτε άλλο λόγο, κι εκείνος δεν ήταν κανένας ρεζίλης που η γυναίκα του θα τον έκανε ρεντίκολο στον κόσμο. Η Κλάρα τον άφησε να φωνάζει και να χτυπάει τα έπιπλα μέχρι που κουράστηκε κι ύστερα, αφηρημένη καθώς ήταν πάντα, τον ρώτησε αν μπορούσε να κουνήσει τ' αυτιά του.

Οι διακοπές παρατάθηκαν και οι συγκεντρώσεις στο σχολείο συνεχίστηκαν. Τέλειωσε το καλοκαίρι και το φθινόπωρο σκέπασε με φωτιά και χρυσάφι τον κάμπο, αλλάζοντας το τοπίο. Άρχισαν τα πρώτα κρύα, οι βροχές και η λάσπη, χωρίς η Κλάρα να δείχνει πως ήθελε να γυρίσει στην πρωτεύουσα, παρ' όλες τις συνεχείς πιέσεις της Φέρουλα, που μισούσε την εξοχή. Το καλοκαίρι παραπονιόταν για τα ζεστά απογέματα όλο μύγες, για το χώμα της αυλής που γέμιζε σύννεφα σκόνης το σπίτι, λες και ζούσαν στο πηγάδι κάποιου ορυχείου, για το βρόμικο νερό στην μπανιέρα, όπου τα αρωματικά της άλατα γίνονταν κινέζικη σούπα, για τις ιπτάμενες κατσαρίδες που χώνονταν μες στα σεντόνια, για το πήγαιν' έλα από ποντίκια και μυρμήγκια, για τις αράχνες που έβρισκε το πρωί να χτυπιούνται μες στο ποτήρι του νερού πάνω στο κομοδίνο, τις θρασύτατες κλώσες που γεννούσαν τ' αβγά τους μες στα παπούτσια και γέμιζαν κουτσουλιές τ' ασπρόρουχα στις ντουλάπες. Όταν άλλαξε το κλίμα, είχε να γκρινιάζει για καινούργιες καταστροφές, για τα βαλτόνερα της αυλής, τις σύντομες μέρες –νύχτωνε απ' τις πέντε και δεν είχε κανείς τίποτα να κάνει, εκτός από το ν' αντιμετωπίσει μια μοναχική, ατέλειωτη νύχτα– για τον άνεμο και τα κρυολογήματα που καταπολεμούσε με καταπλάσματα από ευκάλυπτο, χωρίς να μπορεί ν' αποφύγει να τα κολλάει ο ένας από τον άλλο, σαν αλυσίδα χωρίς τέλος.

Είχε πια βαρεθεί ν' αγωνίζεται ενάντια στα στοιχεία, χωρίς άλλη διασκέδαση από το να βλέπει την Μπλάνκα να μεγαλώνει, που έμοιαζε με ανθρωποφάγο, όπως έλεγε, παίζοντας μ' εκείνο το βρόμικο πιτσιρίκο, τον Πέδρο Τερσέρο, κι ήταν το άκρον άωτον της κοινωνικότητας να μην έχει η μικρή κάποιον της τάξης της για να συναναστρέφεται, είχε μάθει άσχημους τρόπους, τριγυρνούσε με βρομισμένα μάγουλα κι όλο κάπαλα στα γόνατα της – «Ακούστε πώς μιλάει, λες κι είναι Ινδιάνα, βαρέθηκα να την ξεψειρίζω και να της βάζω μεθυλαίνιο στην ψώρα». Παρ' όλη την γκρίνια, όμως, διατηρούσε άκαμπτη την αξιοπρέπειά της, ίδιο κι απαράλλαχτο τον κότσο της, την κολλαρισμένη της μπλούζα και τον κρίκο με τα κλειδιά που κρέμονταν από τη μέση της, δεν ίδρωνε ποτέ, δεν ξυνόταν και διατηρούσε πάντα μια ελαφριά ευωδιά από λεβάντα και λεμόνι.

Κανένας δεν πίστευε πως κάτι θα μπορούσε να την κάνει να χάσει τον αυτοέλεγχό της, ώς τη μέρα που ένιωσε μια φαγούρα στην πλάτη. Ήταν μια φαγούρα τόσο έντονη, που δεν μπόρεσε να κρατηθεί και ξύθηκε λίγο στα κρυφά, αλλά τίποτα. Τελικά πήγε στο μπάνιο κι έβγαλε τον κορσέ της, που τον φορούσε ακόμα κι όταν είχε πολλή δουλειά. Καθώς έλυσε τα κορδόνια, έπεσε στο πάτωμα ένα ζαλισμένο ποντίκι, που βρισκόταν μες στον κορσέ όλο το πρωινό, προσπαθώντας άδικα να συρθεί για να βρει την έξοδο ανάμεσα στις σκληρές μπαλένες του κορσέ και στα σφιγμένα κρέατα της ιδιοχτήτριάς του. Η Φέρουλα έπαθε την πρώτη νευρική κρίση της ζωής της. Με τις φωνές της έτρεξαν όλοι και τη βρήκαν μες στην μπανιέρα, άσπρη από το φόβο κι ακόμα μισόγυμνη, να βγάζει τσιρίδες σαν μανιακή και να δείχνει με τρεμάμενο δάχτυλο το μικρό τρωκτικό, που προσπαθούσε με δυσκολία να σταθεί στα πόδια του και να κρυφτεί σ' ένα σίγουρο μέρος. Ο Εστέμπαν είπε πως ήταν η κλιμακτήριος και να μην της δίνουν σημασία. Κι έτσι ούτε και στη δεύτερη κρίση της έδωσαν προσοχή.

Ήταν στα γενέθλια του Εστέμπαν. Είχε ξημερώσει μια ηλιόλουστη Κυριακή και μεγάλη αναστάτωση βασίλευε στο σπίτι, γιατί για πρώτη φορά, από τον καιρό που η δόνια Εστέρ ήταν κοριτσάκι, θα έκαναν γιορτή στις Τρεις Μαρίες. Είχαν καλέσει διάφορους συγγενείς και φίλους, που έκαναν το ταξίδι με το τρένο από την πρωτεύουσα, κι όλους τους χτηματίες της περιοχής, χωρίς να ξεχάσουν τα σημαίνοντα πρόσωπα του χωριού. Μια βδομάδα πριν είχαν ετοιμάσει το φαγοπότι: μισό μοσχάρι ψημένο στην αυλή, πίτα με νεφράκια, γιουβέτσι κότα, σάλτσες από καλαμπόκι, ρυζόγαλο και γλυκά και τα καλύτερα κρασιά της σοδειάς. Το μεσημέρι είχαν αρχίσει να καταφτάνουν οι καλεσμένοι με άμαξες ή με άλογα και το μεγάλο πλιθόχτιστο σπίτι γέμισε συζητήσεις και γέλια. Η Φέρουλα απομακρύνθηκε μια στιγμή για να τρέξει στο μπάνιο, ένα από κείνα τα τεράστια μπάνια του σπιτιού, όπου η λεκάνη βρισκόταν στο κέντρο του δωματίου, περιτριγυρισμένη από μια έρημο με άσπρα πλακάκια. Βρισκόταν εγκαταστημένη σ' εκείνο το μοναχικό κάθισμα, σαν σε θρόνο, όταν άνοιξε η πόρτα και μπήκε ένας από τους καλεσμένους, όχι άλλος από τον ίδιο το δήμαρχο του χωριού, ξεκουμπώνοντας το παντελόνι του και κάπως ζαλισμένος από το απεριτίφ. Βλέποντας τη δεσποινίδα έμεινε ξερός από τη σύγχυση και την έκπληξη και, όταν μπόρεσε ν' αντιδράσει, το μόνο που σκέφτηκε να κάνει ήταν να προχωρήσει μ' ένα στραβό χαμόγελο, να διασχίσει όλο το μπάνιο, ν' απλώσει το χέρι του και να τη χαιρετήσει με μια υπόκλιση.

«Σορομπαμπέλ Μπλάνκο Χαμασμιέ, στις διαταγές σας!» της παρουσιάστηκε.

«Προς Θεού! Κανείς δεν μπορεί να ζήσει ανάμεσα σε τέτοιους άξεστους. Αν θέλετε εσείς, μείνετε σ' αυτό το καθαρτήριο από απολίτιστους, όσο για μένα, εγώ γυρίζω στην πόλη να ζήσω σαν χριστιανή, όπως έζησα πάντα», είπε φωνάζοντας η Φέρουλα, όταν μπόρεσε να μιλήσει για το επεισόδιο χωρίς να βάζει τα κλάματα. Αλλά δεν έφυγε. Δεν ήθελε ν' αποχωριστεί την Κλάρα, είχε καταλήξει να λατρεύει ακόμα και την ανάσα της και, αν και δεν είχε ευκαιρίες να την πλένει και να κοιμάται κοντά της, προσπαθούσε να της δείχνει την τρυφερότητά της με χίλιες μικρές λεπτομέρειες, στις οποίες αφιέρωνε την ύπαρξή της. Εκείνη η αυστηρή και σκληρή με τους άλλους και με τον εαυτό της γυναίκα μπορούσε να γίνει γλυκιά και γελαστή με την Κλάρα και μερικές φορές, κατ' επέκταση, και με την Μπλάνκα. Μόνο με την Κλάρα μπορούσε να επιτρέψει στον εαυτό της την πολυτέλεια να υποχωρεί στην υπερβολική της επιθυμία να υπηρετεί και ν' αγαπιέται, μ' εκείνη μπορούσε να εκφράζει, ακόμα και καλυμμένα, τους πιο κρυφούς κι ευγενικούς πόθους της ψυχής της. Μετά από τόσα χρόνια μοναξιάς και θλίψης, είχαν σιγά σιγά κατασταλάξει οι συγκινήσεις της και είχαν ξεκαθαρίσει τα συναισθήματά της, μέχρι που δεν απόμειναν παρά μερικά άγρια κι εξαιρετικά πάθη που την κυρίευαν εξ ολοκλήρου. Δεν ήταν ικανή για μικρές αναστατώσεις, για φτηνά μίση, για κρυφές ζήλιες, για φιλανθρωπίες, συμπαθητικές ευγένειες, ψευτοτρυφερότητες, ή τις καθημερινές καλοσύνες. Ήταν ένα από κείνα τα πλάσματα που είχαν γεννηθεί για το μεγαλείο ενός και μοναδικού έρωτα, για το υπερβολικό μίσος, για την αποκαλυπτική εκδίκηση, για τον πιο ευγενικό ηρωισμό, αλλά δεν είχε μπορέσει να διαμορφώσει τη ζωή της στα μέτρα της ρομαντικής της κλίσης κι έτσι την πέρασε, επίπεδη και γκρίζα, μες στους τέσσερις τοίχους, στο δωμάτιο μιας άρρωστης, σε μίζερες φτωχογειτονιές, σε βασανιστικές εξομολογήσεις, όπου εκείνη η μεγαλόσωμη, γεμάτη γυναίκα, με αίμα που έβραζε, φτιαγμένη για τη μητρότητα, για την αφθονία, για τη δράση και την τόλμη, φθειρόταν σιγά σιγά. Εκείνη την εποχή ήταν περίπου σαράντα πέντε χρονών, και η θαυμάσια ράτσα της και οι μακρινοί Μαυριτανοί πρόγονοί της τής έδιναν μια ακτινοβολία. Τα μαλλιά της ήταν ακόμα μαύρα και μεταξένια, με μία μόνο άσπρη τούφα στο μέτωπο, το σώμα της ήταν δυνατό και λεπτό κι είχε το αποφασιστικό βάδισμα των γερών ανθρώπων, όμως η άδεια της ζωή την έκανε να δείχνει μεγαλύτερη από τα χρόνια της.

Έχω μια φωτογραφία της Φέρουλα, βγαλμένη εκείνα τα χρόνια σε κάτι γενέθλια της Μπλάνκα. Είναι μια παλιά φωτογραφία σε τόνους σέπια, ξεθαμμένη απ' τα χρόνια, όπου, ωστόσο, φαίνεται ξεκάθαρα. Ήταν μια πραγματική αρχόντισσα, όμως ένα πικρό χαμόγελο φανέρωνε την εσωτερική της τραγωδία. Εκείνα τα χρόνια κοντά στην Κλάρα ήταν, ίσως, τα μόνα ευτυχισμένα στη ζωή της, γιατί μόνο με την Κλάρα άφηνε ελεύθερο τον εαυτό της. Σ' εκείνη εμπιστευόταν τις πιο κρυφές της συγκινήσεις και σ' εκείνη αφιέρωνε την τρομερή της ικανότητα για θυσία και θαυμασμό. Μια φορά τόλμησε να το πει στην Κλάρα κι εκείνη έγραψε στο τετράδιο, όπου κατέγραψε τη ζωή, πως η Φέρουλα την αγαπούσε πολύ περισσότερο απ' όσο άξιζε ή απ' όσο μπορούσε ν' ανταποδώσει.

Για κείνη την υπερβολική αγάπη η Φέρουλα δεν θέλησε να φύγει από τις Τρεις Μαρίες, ούτε ακόμα όταν έπεσε πάνω τους η μάστιγα των μυρμηγκιών, που άρχισε μ' ένα βούισμα στα χωράφια – μια σκούρα σκιά που γλιστρούσε με ταχύτητα και τα έτρωγε όλα, τα καλαμπόκια, τα στάρια, το «άλφα άλφα», τα ηλιοτρόπια. Τα κατάβρεχαν με βενζίνη και τους έβαζαν φωτιά κι εκείνα εμφανίζονταν και πάλι με μεγαλύτερη ορμή. Έβαφαν μ' ασβέστη τους κορμούς των δέντρων, αλλά εκείνα σκαρφάλωναν χωρίς δισταγμό και δεν σέβονταν ούτε αχλάδια, ούτε πορτοκάλια, ούτε μήλα, έμπαιναν στο μποστάνι κι εξαφάνιζαν τα πεπόνια, έμπαιναν στο γαλακτοκομείο και ξημερωνόταν το γάλα ξινισμένο και γεμάτο μικροσκοπικά πτώματα, έμπαιναν στα κοτέτσια και καταβρόχθιζαν τα κοτόπουλα ζωντανά, αφήνοντας πίσω τους φτερά και κάτι αξιολύπητα κοκαλάκια. Σχημάτιζαν δρομάκια μες στο σπίτι, έμπαιναν μέσα στους σωλήνες, κυριαρχούσαν στην αποθήκη· το μαγειρεμένο φαγητό έπρεπε να φαγωθεί αμέσως, γιατί αν έμενε λίγα λεπτά πάνω στο τραπέζι, έφταναν σε πομπή και το καταβρόχθιζαν. Ο Πέδρο Σεγκούντο Γκαρσία τα πολέμησε με νερό και φωτιά κι έθαψε σφουγγάρια με μέλι για να μαζευτούν τραβηγμένα από τη γλύκα και να τα σκοτώσει στα σίγουρα, αλλά όλα ήταν ανώφελα. Ο Εστέμπαν Τρουέμπα πήγε στο χωριό και γύρισε φορτωμένος μ' εντομοκτόνα απ' όλες τις γνωστές μάρκες, σε σκόνη, σε υγρό και σε χάπια, κι έριξε τόσο πολύ παντού, που δεν μπορούσαν να φάνε πια τα λαχανικά, γιατί ανακάτευαν το στομάχι. Αλλά τα μυρμήγκια εξακολουθούσαν να εμφανίζονται και να πολλαπλασιάζονται, όλο και πιο παράτολμα και αποφασιστικά. Ο Εστέμπαν ξαναπήγε στο χωριό κι έστειλε ένα τηλεγράφημα στην πρωτεύουσα. Τρεις μέρες αργότερα έφτασε στο σταθμό ο μίστερ Μπράουν, ένας Αμερικάνος νάνος, με μια μυστήρια βαλίτσα, που ο Εστέμπαν τον παρουσίασε σαν αγροτικό τεχνικό, ειδικό στα εντομοκτόνα. Αφού δροσίστηκε με μια κανάτα κρασί με φρούτα, άνοιξε τη βαλίτσα του πάνω στο τραπέζι. Από μέσα έβγαλε ένα ολόκληρο οπλοστάσιο από όργανα που κανείς δεν είχε ξαναδεί κι ύστερα μάζεψε ένα μυρμήγκι και το παρατήρησε προσεχτικά με το μικροσκόπιο.

«Γιατί το κοιτάζετε τόσο, μίστερ, αφού είναι όλα ίδια;» είπε ο Πέδρο Σεγκούντο Γκαρσία.

Ο γκρίνγκο δεν του απάντησε. Όταν επιτέλους αναγνώρισε τη ράτσα, τον τρόπο ζωής, την τοποθεσία της μυρμηγκοφωλιάς, τις συνήθειές τους και ακόμα και τις πιο κρυφές τους προθέσεις, είχε κιόλας περάσει μια βδομάδα και τα μυρμήγκια είχαν αρχίσει να μπαίνουν στα κρεβάτια των παιδιών, είχαν φάει τ' αποθέματα για το χειμώνα κι είχαν αρχίσει να επιτίθενται στ' άλογα και στις αγελάδες. Τότε ο μίστερ Μπράουν εξήγησε πως έπρεπε να τα ψεκάσει μ' ένα προϊόν που εκείνος είχε εφεύρει για να κάνει στείρα τα αρσενικά κι έτσι δεν θα πολλαπλασιάζονταν πια, κι ύστερα θα τους έριχναν ένα άλλο δηλητήριο, κι αυτό δικιάς του εφεύρεσης, που θα προκαλούσε μια θανατηφόρα αρρώστια στα θηλυκά κι έτσι, τους βεβαίωσε, θα έλυνε το πρόβλημα.

«Σε πόσο καιρό;» ρώτησε ο Εστέμπαν Τρουέμπα, που η ανυπομονησία του ήταν έτοιμη να μεταβληθεί σε θυμό.

«Σ' ένα μήνα», είπε ο μίστερ Μπράουν.

«Μέχρι τότε θα έχουν φάει και τους ανθρώπους, μίστερ», είπε ο Πέδρο Σεγκούντο Γκαρσία. «Αν μου επιτρέπεις, αφεντικό, πάω να φωνάξω τον πατέρα μου. Πάνε τρεις βδομάδες που μου λέει πως ξέρει ένα φάρμακο για το κακό. Εγώ νομίζω πως είναι γεροντίστικα πράματα, αλλά δεν χάνουμε τίποτα να το δοκιμάσουμε».

Φώναξαν το γερο-Πέδρο Γκαρσία, που έφτασε σέρνοντας τα πόδια του, τόσο μελαχρινός, ζαρωμένος και ξεδοντιασμένος, που ο Εστέμπαν ξαφνιάστηκε βλέποντας πώς περνάει ο καιρός. Ο γέρος άκουσε τι του είπαν με το καπέλο στο χέρι, κοιτάζοντας το πάτωμα και μασώντας τον αέρα με τα γυμνά του ούλα. Ύστερα ζήτησε ένα άσπρο μαντίλι, που η Φέρουλα του έφερε από την ντουλάπα του Εστέμπαν, και βγήκε από το σπίτι, διέσχισε την αυλή και πήγε κατευθείαν στο λαχανόκηπο κι από πίσω του όλοι οι ένοικοι του σπιτιού και ο ξένος νάνος, που χαμογελούσε υποτιμητικά – τι άγριοι! ω, μάι γκαντ! Ο γερούλης κάθισε ανακούρκουδα με δυσκολία κι άρχισε να μαζεύει μυρμήγκια. Όταν μάζεψε μια χούφτα, τα έβαλε μες στο μαντίλι, έδεσε τις τέσσερις άκρες κι έβαλε το μπογαλάκι μες στο καπέλο του.

«Θα σας δείξω το δρόμο, μυρμήγκια, για να φύγετε και να πάρετε μαζί σας και τ' άλλα», είπε.

Ο γέρος ανέβηκε σ' ένα άλογο κι απομακρύνθηκε αργά,

μουρμουρίζοντας συμβουλές και συστάσεις για τα μυρμήγκια, σοφές προσευχές και μαγικές κουβέντες. Ο γκρίνγκο κάθισε καταγής και βάλθηκε να γελάει σαν τρελός, ώσπου ο Πέδρο Σεγκούντο Γκαρσία τον ταρακούνησε.

«Να γελάς για τη γιαγιά σου, μίστερ, κοίτα δω, ο γέρος είναι πατέρας μου», τον προειδοποίησε.

Το απόγεμα γύρισε ο Πέδρο Γκαρσία. Ξεκαβάλησε αργά, είπε στ' αφεντικό πως είχε πάει τα μυρμήγκια στη δημοσιά και πήγε σπίτι του. Ήταν κουρασμένος. Το επόμενο πρωί είδαν πως δεν υπήρχαν μυρμήγκια στην κουζίνα, ούτε στην αποθήκη, έψαξαν στο σιτοβολώνα, στο στάβλο, στα κοτέτσια, βγήκαν στα χωράφια, έφτασαν μέχρι το ποτάμι, κοίταξαν παντού και δεν βρήκαν ούτε ένα για δείγμα. Ο ειδικός τρελάθηκε.

«Πρέπει να μου πει πώς το κάνει αυτό», φώναζε.

«Μα, μιλώντας τα, μίστερ. Πες τα να φύγουν, γιατί εδώ ενοχλούν, κι αυτά καταλαβαίνουν», εξήγησε ο γερο-Πέδρο Γκαρσία.

Η Κλάρα ήταν η μόνη που βρήκε φυσική τη διαδικασία. Η Φέρουλα αρπάχτηκε από την ευκαιρία για να πει πως βρίσκονταν σε μια τρύπα, σε μια απάνθρωπη περιοχή, όπου δεν λειτουργούσαν οι νόμοι του Θεού ούτε η πρόοδος της επιστήμης, που κάποια απ' αυτές τις μέρες θ' άρχιζαν να πετούν πάνω σε σκουπόξυλα, αλλά ο Εστέμπαν Τρουέμπα την έκανε να σταματήσει γιατί δεν ήθελε να βάλουν καινούργιες ιδέες στο κεφάλι της γυναίκας του. Τις τελευταίες μέρες η Κλάρα είχε ξαναγυρίσει στις τρελές της απασχολήσεις, να μιλάει με οπτασίες και να περνάει ώρες ολόκληρες γράφοντας στα τετράδια όπου κατέγραψε τη ζωή. Όταν έχασε κάθε ενδιαφέρον για το σχολείο, για το εργαστήρι της ραπτικής και για τις φεμινιστικές συγκεντρώσεις και

ξανάρχισε να τα βρίσκει όλα πολύ χαριτωμένα, κατάλαβαν πως ήταν πάλι έγκυος.
«Κι εσύ φταις», φώναξε του αδελφού της η Φέρουλα.
«Το ελπίζω», της απάντησε εκείνος.

Γρήγορα έγινε φανερό πως η Κλάρα δεν ήταν σε κατάσταση να περάσει την εγκυμοσύνη της στο χτήμα και να γεννήσει στο χωριό κι έτσι οργάνωσαν την επιστροφή στην πρωτεύουσα. Αυτό παρηγόρησε λίγο τη Φέρουλα, που είχε πάρει την εγκυμοσύνη της Κλάρας σαν προσωπική προσβολή. Εκείνη ταξίδεψε πρώτη με το μεγαλύτερο μέρος από τις αποσκευές και το υπηρετικό προσωπικό, για ν' ανοίξει το μεγάλο σπίτι στη γωνία και να το ετοιμάσει για την άφιξη της Κλάρας. Ο Εστέμπαν συνόδεψε, μερικές μέρες αργότερα, τη γυναίκα του και την κόρη του στο ταξίδι του γυρισμού κι άφησε ξανά τις Τρεις Μαρίες στα χέρια του Πέδρο Σεγκούντο Γκαρσία, που είχε γίνει ο διαχειριστής, παρ' όλο που αυτό δεν του έδινε περισσότερα προνόμια, παρά μόνο πιο πολλή δουλειά.

Το ταξίδι από τις Τρεις Μαρίες στην πρωτεύουσα εξάντλησε όλες τις δυνάμεις της Κλάρας. Εγώ την έβλεπα όλο και πιο χλομή, ασθματική, με μαύρους κύκλους κάτω από τα μάτια της. Με το ταρακούνημα στην άμαξα κι ύστερα στο τρένο, τη σκόνη του δρόμου και τη φυσική της τάση να ζαλίζεται, έχανε τη ζωτικότητά της μπροστά στα ίδια μου τα μάτια κι εγώ δεν μπορούσα να κάνω τίποτα για να τη βοηθήσω, γιατί, όταν αισθανόταν άσχημα, προτιμούσε να μην της μιλούν. Κατεβαίνοντας απ' το τρένο στο σταθμό αναγκάστηκα να τη στηρίξω, γιατί τα πόδια της δεν την κρατούσαν.
«Νομίζω πως θα ανυψωθώ», είπε.

«Εδώ όχι!» της φώναξα, κατατρομαγμένος με την ιδέα πως θα έφευγε πετώντας πάνω απ' τα κεφάλια των ταξιδιωτών στην αποβάθρα.

Αλλά εκείνη δεν αναφερόταν ακριβώς στην ανύψωση, παρά στο ν' ανέβει σ' ένα επίπεδο που θα της επέτρεπε ν' αφήσει πίσω της την ταλαιπωρία, το βάρος από την εγκυμοσύνη και την τρομερή κούραση που έφτανε ώς τα κόκαλά της. Μπήκε σε μιαν ακόμα από τις μεγάλες περιόδους στη ζωή της –νομίζω πως κράτησε αρκετούς μήνες– που μεταχειριζόταν τη μικρή πλάκα, όπως τον καιρό της βουβαμάρας. Σ' εκείνη την περίπτωση δεν ανησύχησα, γιατί υπέθεσα πως θα ξαναγινόταν κανονική, όπως είχε συμβεί μετά τη γέννα της Μπλάνκα, κι από την άλλη πλευρά είχα καταλάβει πως η σιωπή ήταν το τελευταίο απαραβίαστο καταφύγιο της γυναίκας μου και δεν ήταν μια πνευματική αρρώστια, όπως υποστήριζε ο γιατρός Κουέβας. Η Φέρουλα την πρόσεχε το ίδιο πιεστικά, όπως πριν φρόντιζε τη μητέρα μας, τη μεταχειριζόταν σαν να ήταν ανάπηρη, δεν την άφηνε ούτε στιγμή μόνη και παραμελούσε την Μπλάνκα, που έκλαιγε όλη μέρα γιατί ήθελε να ξαναγυρίσει στις Τρεις Μαρίες. Η Κλάρα τριγύριζε στο σπίτι σαν χοντρή σιωπηλή σκιά, με βουδιστική αδιαφορία για όλα όσα την τριγύριζαν. Εμένα ούτε που με κοίταζε, περνούσε δίπλα μου λες και ήμουν κανένα έπιπλο κι όταν της απεύθυνα το λόγο, έπεφτε από τα σύννεφα, λες και δεν μ' άκουγε ή δεν με γνώριζε. Δεν είχαμε κοιμηθεί ξανά μαζί.

Οι τεμπέλικες μέρες στην πόλη και η παράλογη ατμόσφαιρα στο σπίτι μου έδιναν στα νεύρα. Προσπαθούσα να είμαι συνέχεια απασχολημένος, αλλ' αυτό δεν ήταν αρκετό: ήμουν πάντα κακόκεφος. Έβγαινα κάθε μέρα να φροντίσω τις δουλειές μου. Εκείνη την εποχή είχα αρχίσει να παίζω στο Χρηματιστήριο και περνούσα ώρες ολόκληρες, μελετώντας τα ανεβοκατεβάσματα στις διεθνείς αξίες. Έκανα επενδύσεις, έφτιαχνα καινούργιες εταιρείες, εισαγωγές. Περνούσα πολλές ώρες στη Λέσχη. Είχε αρχίσει να μ' ενδιαφέρει και η πολιτική, και μέχρι που γράφτηκα και σ' ένα γυμναστήριο, όπου ένας γιγάντιος προπονητής με υποχρέωνε να γυμνάζω κάτι μυς που ούτε υποψιαζόμουνα πως είχα στο σώμα μου. Μου είχαν συστήσει να μου κάνουν μασάζ, αλλά αυτό ποτέ δεν μου άρεσε: σιχαίνομαι να μ' αγγίζουν μισθωμένα χέρια. Όμως τίποτε απ' όλ' αυτά δεν μπορούσε να γεμίσει τις μέρες μου, ένιωθα στενάχωρα και βαριόμουνα, ήθελα να ξαναγυρίσω στο χτήμα, αλλά δεν τολμούσα ν' αφήσω το σπίτι, όπου ήταν φως φανάρι πως χρειαζόταν η παρουσία ενός λογικού άντρα ανάμεσα σ' εκείνες τις υστερικές γυναίκες. Επιπλέον, η Κλάρα είχε παχύνει υπερβολικά. Είχε μια τεράστια κοιλιά, που μόλις και μπορούσε να στηρίξει ο εύθραυστος σκελετός της. Ντρεπόταν να τη βλέπω γυμνή, αλλά ήταν η γυναίκα μου κι εγώ δεν μπορούσα να το επιτρέψω. Τη βοηθούσα να πλυθεί, να ντυθεί, όταν η Φέρουλα δεν προλάβαινε, και τη λυπόμουνα μ' όλη μου την καρδιά, τόσο μικροκαμωμένη και λεπτή, μ' εκείνη την τερατώδη κοιλιά, καθώς κόντευε πια η ώρα της γέννας. Πολλές φορές είχα μείνει ξάγρυπνος, όταν σκεφτόμουν πως μπορούσε να πεθάνει στη γέννα και κλεινόμουν στο γραφείο με το γιατρό Κουέβας για να συζητήσουμε ποιος ήταν ο καλύτερος τρόπος για να τη βοηθήσουμε. Είχαμε συμφωνήσει πως αν τα πράγματα δυσκόλευαν, θα ήταν καλύτερα να της κάνει κι άλλη καισαρική, αλλά εγώ δεν ήθελα να την πάνε σε κλινική κι εκείνος αρνιόταν να κάνει άλλη εγχείρηση σαν την πρώτη, πάνω στο τραπέζι της τραπεζαρίας. Έλεγε πως δεν υπήρχαν ευκολίες, αλλά εκείνη την εποχή οι κλινικές ήταν εστίες μόλυνσης και εκεί μέσα πέθαιναν πιο πολλοί απ' όσους σώζονταν.

Μια μέρα, λίγο καιρό πριν γεννήσει, η Κλάρα κατέβηκε χωρίς καμιά προειδοποίηση από το βραχμανικό της καταφύγιο κι άρχισε πάλι να μιλάει. Ζήτησε ένα φλιτζάνι ζεστή σοκολάτα και μου είπε να την πάω μια βόλτα. Η καρδιά μου σταμάτησε. Όλο το σπίτι γέμισε χαρά, ανοίξαμε σαμπάνια, τους διέταξα να βάλουν φρέσκα λουλούδια στα βάζα, παράγγειλα καμέλιες, τ' αγαπημένα της λουλούδια, και ταπετσάρησα μ' αυτές όλο της το δωμάτιο, μέχρι που κόντεψε να την πιάσει κρίση άσθματος κι αναγκαστήκαμε να τις βγάλουμε έξω βιαστικά. Έτρεξα να της αγοράσω μια διαμαντένια καρφίτσα από το δρόμο με τους Εβραίους κοσμηματοπώλες. Η Κλάρα μ' ευχαρίστησε πολύ διαχυτικά, τη βρήκε πολύ χαριτωμένη, αλλά δεν είδα ποτέ να τη φορέσει. Υποθέτω πως κάπου θα έμεινε ακουμπισμένη, σε κάποιο απίθανο μέρος όπου εκείνη την έβαλε κι ύστερα την ξέχασε, όπως όλα τα κοσμήματα που της αγόρασα στη μακρόχρονη κοινή μας ζωή. Φώναξα το γιατρό Κουέβας, που παρουσιάστηκε με το πρόσχημα να πάρει το τσάι μαζί μας, αλλά στην πραγματικότητα είχε έρθει για να εξετάσει την Κλάρα. Την πήρε στο δωμάτιό της κι ύστερα μας είπε, στη Φέρουλα και σ' εμένα, πως, ναι, έμοιαζε να έχει θεραπευτεί από τη διανοητική της κρίση κι έπρεπε να προετοιμαστούμε για μια δύσκολη γέννα, γιατί το μωρό ήταν πολύ μεγάλο. Εκείνη τη στιγμή μπήκε η Κλάρα στο σαλόνι και θα πρέπει ν' άκουσε τα τελευταία λόγια.

«Όλα θα πάνε καλά, μη στεναχωριέστε», είπε.

«Ελπίζω αυτή τη φορά να είναι αγόρι, για να πάρει τ' όνομά μου», είπα στ' αστεία.

«Δεν είναι ένα, είναι δύο», απάντησε η Κλάρα. «Οι δίδυμοι ονομάζονται Χάιμε και Νικολάς», πρόσθεσε. Ε, αυτό πια πήγαινε πολύ. Υποθέτω πως ξέσπασα από την ένταση που είχε μαζευτεί τους τελευταίους μήνες. Έγινα θηρίο, υποστήριξα πως αυτά ήταν ονόματα για ξένους εμπόρους, πως κανείς δεν λεγόταν έτσι στην οικογένειά μου, ούτε στη δικιά της, πως τουλάχιστον ένα θα έπρεπε να ονομαστεί Εστέμπαν, σαν κι εμένα και σαν τον πατέρα μου, αλλά η Κλάρα μου εξήγησε πως τα ονόματα που επαναλαμβάνονται προκαλούν σύγχυση στα τετράδια, όπου κατέγραψε τη ζωή, κι επέμενε αμετάπειστη στην απόφασή της. Για να την τρομάξω, έσπασα με μια γροθιά ένα πορσελάνινο βάζο, που μου φαίνεται πως ήταν το μόνο που είχε απομείνει από τη θαυμάσια εποχή του προπάππου μου, αλλά εκείνη δεν συγκινήθηκε και ο γιατρός Κουέβας χαμογέλασε πίσω από το φλιτζάνι με το τσάι, πράγμα που με θύμωσε περισσότερο. Βγήκα χτυπώντας πίσω μου την πόρτα και πήγα στη Λέσχη.

Εκείνη τη νύχτα μέθυσα, κατ' αρχήν γιατί το χρειαζόμουνα, κι ύστερα, για εκδίκηση, πήγα στο πιο γνωστό μπορντέλο της πόλης, που είχε ιστορικό όνομα. Θέλω να το ξεκαθαρίσω πως δεν είμαι απ' αυτούς που πάνε στις πουτάνες και πως μόνο τον καιρό που ζούσα μοναχός μου κατέφευγα σ' αυτές. Δεν ξέρω τι είχα πάθει εκείνη τη μέρα, ήμουν πικαρισμένος με την Κλάρα, ήμουν οργισμένος, μου περίσσευε ενεργητικότητα, μπήκα στον πειρασμό. Εκείνα τα χρόνια η επιχείρηση του Κριστόμπαλ Κολόν άνθιζε, αλλά δεν είχε αποχτήσει ακόμα τη διεθνή φήμη που έφτασε να έχει όταν εμφανιζόταν στους ναυτιλιακούς χάρτες των εγγλέζικων εταιρειών και στους τουριστικούς οδηγούς και το τράβηξαν ταινία για την τηλεόραση. Μπήκα στο σαλόνι με τα γαλλικά έπιπλα, εκείνα με τα στραβά πόδια, όπου με υποδέχτηκε μια ντόπια ματρόνα που μιλούσε τέλεια με γαλλική προφορά και στην αρχή μου έδωσε τον κατάλογο με τις τιμές κι ύστερα με ρώτησε αν είχα κάτι ειδικό στο νου μου. Της είπα πως η εμπειρία μου περιοριζόταν στον Κόκκινο Φάρο και σε κάτι άθλια πορνεία για μεταλλωρύχους κι έτσι οποιαδήποτε νέα και καθαρή γυναίκα θα μου έκανε.

«Μου είστε πολύ συμπαθητικός, μεσιέ», είπε κείνη. «Θα σας φέρω την καλύτερη που έχω».

Στο κάλεσμά της ήρθε μια γυναίκα τυλιγμένη σ' ένα σατέν μαύρο φόρεμα, υπερβολικά στενό, που μόλις και μπορούσε να συγκρατήσει την πληθωρική της θηλυκότητα. Είχε τα μαλλιά ριγμένα από τη μια μεριά, χτένισμα που ποτέ δεν μου είχε αρέσει, και στο πέρασμά της άφηνε ένα τρομερό, γλυκερό άρωμα, που έμενε να αιωρείται στον αέρα επίμονα σαν αναστεναγμός.

«Χαίρομαι πολύ που σε ξαναβλέπω, αφεντικό», με χαιρέτησε και τότε την αναγνώρισα, γιατί η φωνή ήταν το μόνο που δεν είχε αλλάξει πάνω στην Τράνσιτο Σότο.

Μ' έπιασε από το χέρι και με πήγε σ' ένα δωμάτιο σκοτεινό, σαν τάφο, με σκούρες κουρτίνες σ' όλα τα παράθυρα, όπου το φως του ήλιου είχε χρόνια να μπει, αλλά που έμοιαζε με παλάτι σε σύγκριση με τις ελεεινές εγκαταστάσεις στον Κόκκινο Φάρο. Εκεί της έβγαλα μόνος μου το μαύρο σατέν φουστάνι, χάλασα το φριχτό της χτένισμα και μπόρεσα να δω πως σ' εκείνα τα χρόνια είχε μεγαλώσει, παχύνει κι ομορφύνει.

«Βλέπω πως προόδευσες πολύ», της είπα.

«Χάρη στα πενήντα πέσος σου, αφεντικό. Με βοήθησαν ν' αρχίσω», μου απάντησε. «Τώρα μπορώ να σου τα επιστρέψω με τόκο, γιατί με τον πληθωρισμό δεν έχουν την ίδια αξία».

«Προτιμώ να μου χρωστάς μια χάρη, Τράνσιτο!» είπα γελώντας.

Της έβγαλα τα μισοφόρια και βεβαιώθηκα πως τίποτα δεν απόμενε από τη λεπτή κοπέλα, με τους πεταγμένους αγκώνες και τα γόνατα, που δούλευε στον Κόκκινο Φάρο, εκτός από την ακούραστη σεξουαλικότητά της και τη βραχνή φωνή της. Είχε αποτριχώσει όλο της το σώμα και το έτριβε με λεμόνι και μέλι λεπτοκαρυάς, όπως μου εξήγησε, μέχρι που το δέρμα της γινόταν απαλό και άσπρο σαν μωρού. Είχε βαμμένα κόκκινα τα νύχια της κι ένα φίδι τατουάζ γύρω απ' τον αφαλό της, που μπορούσε να το κουνάει κυκλικά, ενώ κρατούσε τελείως ακίνητο το υπόλοιπο σώμα της. Όσο μου έδειχνε την ικανότητά της να κουνάει το φίδι, μου διηγήθηκε τη ζωή της.

«Αν είχα μείνει στον Κόκκινο Φάρο, τι θα είχα απογίνει, αφεντικό; Τώρα πια δεν θα 'χα δόντια, θα 'μουνα γριά. Σ' αυτό το επάγγελμα χαλάμε γρήγορα, πρέπει να προσέχουμε. Κι εγώ δεν κάνω στο πεζοδρόμιο! Ποτέ δεν μου άρεσε κι είναι κι επικίνδυνο. Στο δρόμο πρέπει να 'χουμε νταβατζή, γιατί ρισκάρουμε πολύ. Κανείς δεν μας σέβεται. Και γιατί να δίνουμε σ' έναν άντρα αυτά που με τόσο κόπο κερδίζουμε; Απ' αυτή την άποψη οι γυναίκες είναι πολύ χαζές. Είναι σκέτα κωθώνια. Χρειάζονται έναν άντρα για να νιώθουν ασφάλεια και δεν καταλαβαίνουν πως τους μόνους που πρέπει να φοβούνται είναι αυτούς τους ίδιους τους άντρες. Δεν ξέρουν να ζήσουν, πρέπει να θυσιάζονται για κάποιον. Οι πουτάνες είναι οι χειρότερες, αφεντικό, πίστεψέ με. Χαραμίζουν τη ζωή τους να δουλεύουν για το αγόρι τους, χαίρονται όταν τις χτυπάει, περηφανεύονται όταν ντύνεται καλά, με χρυσά δόντια και δαχτυλίδια και, όταν τις αφήσει για να πάει με μια πιο νέα, τον συγχωρούν γιατί "είναι άντρας". Όχι, αφεντικό, εγώ δεν είμαι απ' αυτές. Εμένα που με βλέπεις κανένας δεν με συντήρησε, γι' αυτό ούτε από τρέλα δεν θα συντηρούσα κάποιον. Δουλεύω για τον εαυτό μου, όσα κερδίζω τα ξοδεύω όπως θέλω. Μου κόστισε πολύ, μη νομίζεις πως ήταν εύκολο, γιατί οι μαντάμες στα σπίτια προτιμούν να τα βρίσκουν με τους νταβατζήδες κι όχι με τις γυναίκες. Δεν μας βοηθάνε. Δεν μας υπολογίζουν».

«Όμως μου φαίνεται πως εδώ σ' εκτιμούν, Τράνσιτο. Μου είπαν πως είσαι η καλύτερη στο σπίτι».

«Είμαι. Αυτή η δουλειά θα 'πεφτε έξω, αν δεν ήμουν εγώ που δουλεύω σαν γαϊδούρι», είπε εκείνη. «Οι άλλες ιδέα δεν έχουν. Εδώ έρχονται γέροι, δεν είναι όπως πρώτα. Πρέπει να εκσυγχρονίσουμε αυτή την υπόθεση, για να τραβήξουμε τους δημόσιους υπαλλήλους, που δεν έχουν τι να κάνουν τα μεσημέρια, τη νεολαία, τους φοιτητές. Πρέπει να μεγαλώσουν οι εγκαταστάσεις, να γίνει πιο ευχάριστο το μαγαζί και να το καθαρίσουμε. Να καθαρίσουμε καλά! Έτσι η πελατεία θα 'χει εμπιστοσύνη και δεν θα φοβάται μην κολλήσει καμιά βλεννόρροια, έτσι δεν είναι; Εδώ είναι χοιροστάσι. Ποτέ δεν καθαρίζουν. Κοίτα, σήκωσε το μαξιλάρι και σίγουρα θα πεταχτεί κάνα τσιμπούρι. Το είπα στη μαντάμ, αλλά ούτε που δίνει σημασία. Δεν ξέρει τη δουλειά».

«Κι εσύ ξέρεις;»

«Και βέβαια ξέρω, αφεντικό. Εγώ έχω ένα σωρό ιδέες για να φτιάξω το Κριστόμπαλ Κολόν. Εμένα μου κάνει κέφι το επάγγελμα. Δεν είμαι απ' αυτές που παραπονιούνται συνέχεια και ρίχνουνε το φταίξιμο στην κακιά τους τύχη, όταν τα πράγματα στραβώσουν. Αν το αποφασίσω, μπορώ να 'χω το καλύτερο σπίτι στη χώρα, λόγω τιμής».

Εγώ διασκέδαζα πολύ. Μπορούσα να την εκτιμήσω, γιατί μετά από τόσα χρόνια να βλέπω τη φιλοδοξία στον καθρέφτη κάθε πρωί όταν ξυριζόμουν, είχα καταλήξει να μάθω να την αναγνωρίζω όταν την έβλεπα στους άλλους.

«Μου φαίνεται εξαιρετική ιδέα, Τράνσιτο. Γιατί δεν ξεκινάς μια δική σου δουλειά; Εγώ σου βάζω το κεφάλαιο», είπα, γοητευμένος με την ιδέα να μεγαλώσω τα εμπορικά μου ενδιαφέροντα προς εκείνη την κατεύθυνση. Πόσο μεθυσμένος θα πρέπει να ήμουν!

«Όχι, ευχαριστώ, αφεντικό», απάντησε η Τράνσιτο, χαϊδεύοντας το φίδι της μ' ένα νύχι βαμμένο με κινέζικη λάκα. «Δεν βολεύει ν' αφήσω τον ένα καπιταλίστα για να πέσω στον άλλο. Αυτό που πρέπει να κάνουμε είναι ένα συνεταιρισμό και να στείλουμε τη μαντάμ στο διάολο. Δεν έχεις ξανακούσει γι' αυτά; Πήγαινε να κοιτάξεις προσεχτικά, έτσι και οι υποταχτικοί σου στο χτήμα σου φτιάξουν κανένα συνεταιρισμό, την πάτησες. Αυτό που εγώ θέλω είναι ένας συνεταιρισμός από πουτάνες. Μπορεί να 'ναι πουτάνες και πούστηδες, για ν' ανοίξουμε περισσότερο την επιχείρηση. Εμείς θα τα βάζουμε όλα, και το κεφάλαιο και τη δουλειά. Δεν χρειαζόμαστε αφεντικό!»

Κάναμε έρωτα βίαια και παράφορα, μ' έναν τρόπο που σχεδόν είχα ξεχάσει από τότε που έπλεα με το ιστιοφόρο στα ήρεμα νερά του γαλάζιου μεταξωτού. Μέσα σ' εκείνη την αταξία από μαξιλάρια και σεντόνια, αγκαλιασμένοι σ' ένα ζωντανό κόμπο πόθου, βιδωμένοι ο ένας μες στον άλλο μέχρι λιποθυμίας, ένιωσα ξανά είκοσι χρονών, ευχαριστημένος να κρατάω στα μπράτσα μου εκείνο το άγριο και μαυριδερό θηλυκό, που δεν διαλυόταν όταν το καβαλίκευαν, μια δυνατή φοράδα για να καλπάσω χωρίς σκέψεις, χωρίς να νιώθω πολύ βαριά τα χέρια μου, πολύ δυνατή τη φωνή μου, πολύ μεγάλα τα πόδια μου ή πολύ άγρια τα γένια μου, κάποια σαν κι εμένα, που ν' αντέχει ένα σωρό βρομόλογα στ' αυτί και να μη χρειάζεται να τη νανουρίζω με τρυφερές κουβεντούλες, ούτε να την καταφέρνω με περιποιήσεις. Ύστερα, ευτυχισμένος και νυσταλέος, ξεκουράστηκα για λίγο δίπλα της, θαυμάζοντας τη σφιχτή καμπύλη του γοφού της και το τρεμούλιασμα του φιδιού της.

«Θα ξαναϊδωθούμε, Τράνσιτο», της είπα, καθώς της έδινα φιλοδώρημα.

«Αυτό ακριβώς σου είχα πει κι εγώ, αφεντικό, θυμάσαι;» μου απάντησε μ' ένα τελευταίο πήγαιν' έλα του φιδιού.

Στην πραγματικότητα δεν είχα καμιά πρόθεση να την ξαναδώ. Μάλλον ήθελα να την ξεχάσω.

Δεν θα είχα αναφέρει αυτό το επεισόδιο, αν η Τράνσιτο Σότο δεν είχε παίξει τόσο σπουδαίο ρόλο στη ζωή μου πολύ καιρό αργότερα, γιατί, όπως είπα και πριν, δεν είμαι απ' αυτούς που πάνε στις πουτάνες. Αλλά αυτή η ιστορία δεν θα μπορούσε να γραφτεί, αν δεν είχε επέμβει εκείνη για να μας σώσει και μαζί να σώσει και τις αναμνήσεις μας.

Λίγες μέρες αργότερα, όταν ο γιατρός Κουέβας προετοιμαζόταν ψυχικά για ν' ανοίξει την κοιλιά της Κλάρας, πέθαναν ο Σεβέρο και η Νίβεα δελ Βάλιε, αφήνοντας πίσω τους αρκετά παιδιά και σαράντα εφτά εγγόνια. Η Κλάρα το έμαθε πριν απ' όλους, από ένα όνειρο, αλλά δεν το είπε σε κανέναν, εκτός από τη Φέρουλα, η οποία προσπάθησε να την ηρεμήσει, εξηγώντας της πως η εγκυμοσύνη δημιουργεί μια κατάσταση ανησυχίας και τ' άσχημα όνειρα είναι τότε πιο συχνά. Διπλασίασε τις φροντίδες της, την έτριβε με αμυγδαλέλαιο για ν' αποφύγει τις ραγάδες στο δέρμα της κοιλιάς της, της έβαζε μέλι στις ρώγες για να μη σκάσουν, της έδινε κοπανισμένα τσόφλια αβγού για να 'χει καλό γάλα και γερά δόντια και της διάβαζε προσευχές από τη Βηθλεέμ για να 'χει καλή γέννα. Δυο μέρες μετά τ' όνειρο γύρισε ο Εστέμπαν Τρουέμπα πιο νωρίς απ' ό,τι συνήθιζε στο σπίτι, χλομός και με αλλοιωμένα χαρακτηριστικά, άρπαξε την αδελφή του Φέρουλα από το μπράτσο και κλείστηκε μαζί της στη βιβλιοθήκη.

«Τα πεθερικά μου σκοτώθηκαν σ' ένα ατύχημα», της είπε σύντομα. «Δεν θέλω να το μάθει η Κλάρα πριν γεννήσει. Πρέπει να χτίσουμε έναν τοίχο τριγύρω της, ούτε εφημερίδες, ούτε ραδιόφωνο, ούτε επισκέψεις, τίποτα! Πρόσεχε τους υπηρέτες να μην τους ξεφύγει τίποτα».

Αλλά οι καλές του προθέσεις διαλύθηκαν μπροστά στη δύναμη της διορατικότητας της Κλάρας. Εκείνη τη νύχτα ονειρεύτηκε πάλι πως οι γονείς της περπατούσαν σ' ένα χωράφι με κρεμμύδια και πως η Νίβεα δεν είχε κεφάλι κι έτσι έμαθε όλα όσα είχαν συμβεί, χωρίς να χρειαστεί να τα διαβάσει στην εφημερίδα, ούτε να τ' ακούσει στο ραδιόφωνο. Ξύπνησε πολύ αναστατωμένη και ζήτησε από τη Φέρουλα να τη βοηθήσει να ντυθεί, γιατί έπρεπε να ψάξει για το κεφάλι της μητέρας της. Η Φέρουλα έτρεξε στον Εστέμπαν κι αυτός φώναξε το γιατρό Κουέβας, που ακόμα και με κίνδυνο να πειράξει τα δίδυμα, της έδωσε ένα φάρμακο για τρελούς που θα την έκανε να κοιμηθεί δυο μέρες, αλλά δεν είχε το παραμικρό αποτέλεσμα πάνω της.

Το ζεύγος δελ Βάλιε σκοτώθηκε ακριβώς όπως το είχε ονειρευτεί η Κλάρα κι ακριβώς όπως η Νίβεα, στ' αστεία, ανάγγελλε συχνά πως επρόκειτο να σκοτωθούν.

«Μια μέρα απ' αυτές θα σκοτωθούμε μ' αυτό το διαβολικό μηχάνημα», έλεγε η Νίβεα, δείχνοντας το παλιό αυτοκίνητο του άντρα της.

Ο Σεβέρο δελ Βάλιε είχε από νέος μεγάλη αδυναμία στις μοντέρνες εφευρέσεις. Το αυτοκίνητο δεν ήταν εξαίρεση. Την εποχή που όλος ο κόσμος πήγαινε με τα πόδια, με την άμαξα ή με ποδήλατα, εκείνος είχε αγοράσει το πρώτο αυτοκίνητο που είχε φτάσει στη χώρα και βρισκόταν εκτεθειμένο σε μια βιτρίνα του κέντρου, σαν κάτι αξιοπερίεργο. Ήταν ένα μηχανικό θαύμα, που έτρεχε με την αυτοκαταστροφική ταχύτητα των δεκαπέντε μέχρι και είκοσι χιλιομέτρων την ώρα, ανάμεσα στους κατάπληχτους πεζούς και στις βρισιές τους, που με το πέρασμά του πιτσιλιούνταν λάσπες ή γέμιζαν σκόνη. Στην αρχή ο κόσμος το πολέμησε σαν δημόσιο κίνδυνο. Γνωστοί επιστήμονες εξήγησαν στον Τύπο πως ο ανθρώπινος οργανισμός δεν ήταν φτιαγμένος για ν' αντέχει μια μετακίνηση με είκοσι χιλιόμετρα την ώρα και το καινούργιο υλικό, που ονόμαζαν βενζίνη, μπορούσε ν' αναφλέγει και να προκαλέσει αλυσιδωτή αντίδραση που θα κατάστρεφε την πόλη. Ακόμα και η Εκκλησία ανακατεύτηκε. Ο πάτερ Ρεστρέπο, που είχε την οικογένεια δελ Βάλιε στο μάτι από το δυσάρεστο επεισόδιο με την Κλάρα στη λειτουργία της Μεγάλης Πέμπτης, αυτοδιορίστηκε φύλαξ των καλών συνηθειών κι έκανε ν' ακουστεί η φωνή του ενάντια στους «amicis rerum novarum», στους φίλους των νεωτερισμών, σαν εκείνες τις διαβολικές μηχανές που τις σύγκρινε με τη φλεγόμενη άμαξα, με την οποία ο προφήτης Ηλίας είχε εξαφανιστεί στον ουρανό. Αλλά ο Σεβέρο αγνόησε το σκάνδαλο και σε λίγο καιρό ακολούθησαν κι άλλοι το παράδειγμά του, ώσπου το θέμα των αυτοκινήτων έπαψε πια να είναι νεωτερισμός. Το μεταχειρίστηκε για περισσότερο από δέκα χρόνια, αρνούμενος ν' αλλάξει μοντέλο όταν η πόλη είχε γεμίσει με πιο σύγχρονα αυτοκίνητα, που ήταν πιο αποτελεσματικά και πιο σίγουρα, για τον ίδιο λόγο που η γυναίκα του δεν είχε θελήσει να δώσει τα άλογα της άμαξας που ψόφησαν από γεράματα. Το Σανμπίμ είχε δαντελένιες κουρτίνες και δυο κρυστάλλινα ανθοδοχεία στα πλάγια, όπου η Νίβεα διατηρούσε πάντα φρέσκα λουλούδια, είχε επένδυση από γυαλιστερό ξύλο και ρωσικό δέρμα και τα μπρούντζινα κομμάτια του γυάλιζαν σαν χρυσά. Παρ' όλη τη βρετανική του καταγωγή, είχε βαφτιστεί μ' ένα ντόπιο όνομα, Κοβαντόνγκα. Ήταν στην πραγματικότητα τέλειο, μόνο που ποτέ δεν λειτουργούσαν καλά τα φρένα. Ο Σεβέρο περηφανευόταν για τις μηχανολογικές του ικανότητες. Το είχε διαλύσει πολλές φορές, προσπαθώντας να το φτιάξει κι άλλες τόσες το είχε εμπιστευτεί στο Μεγάλο Κερατά, έναν Ιταλό μηχανικό που ήταν ο καλύτερος στη χώρα. Τον έλεγαν έτσι από μια προσωπική τραγωδία που είχε μαυρίσει τη ζωή του. Η γυναίκα του, που είχε βαρεθεί να του περνάει κέρατα χωρίς εκείνος να το παίρνει χαμπάρι, τον εγκατάλειψε μια νύχτα με καταιγίδα αλλά, προτού φύγει, έδεσε κάτι τραγίσια κέρατα, που πήρε απ' το χασάπη, στα κάγκελα έξω απ' το γκαράζ. Την επόμενη μέρα, όταν ο Ιταλός έφτασε στη δουλειά του, βρήκε ένα σωρό παιδιά και γείτονες να τον κοροϊδεύουν. Εκείνο το δράμα, ωστόσο, δεν μείωσε καθόλου το επαγγελματικό του γόητρο· όμως ούτε κι αυτός κατάφερε να φτιάξει τα φρένα του Κοβαντόνγκα. Ο Σεβέρο κατάληξε να κουβαλάει μια μεγάλη πέτρα μες στο αυτοκίνητο κι όταν σταματούσε σε κατηφόρα, ένας επιβάτης πατούσε το φρένο με το πόδι κι ο άλλος κατέβαινε γρήγορα κι έβαζε την πέτρα μπροστά στις ρόδες. Το σύστημα γενικά ήταν αποτελεσματικό, αλλά εκείνη τη μοιραία Κυριακή, που η μοίρα είχε καθορίσει να 'ναι και η τελευταία τους, δεν έγινε έτσι. Το ζεύγος δελ Βάλιε βγήκε για μια βόλτα έξω από την πόλη, όπως έκανε όλες τις ηλιόλουστες μέρες. Ξαφνικά τα φρένα χάλασαν τελείως και προτού προλάβει η Νίβεα να πεταχτεί έξω από το αυτοκίνητο για να βάλει την πέτρα, ή να κάνει κάποια μανούβρα ο Σεβέρο, το αυτοκίνητο πήρε την κατηφόρα. Ο Σεβέρο προσπάθησε να το γυρίσει ή να το σταματήσει, αλλά ο διάβολος είχε μπει στη μηχανή του, έτρεχε ανεξέλεγκτα, ώσπου έπεσε πάνω σ' ένα κάρο φορτωμένο με σίδερα για οικοδομές. Ένα μεταλλικό φύλλο μπήκε από το παρμπρίζ κι αποκεφάλισε πέρα για πέρα τη Νίβεα. Το κεφάλι της πετάχτηκε έξω από το αυτοκίνητο και, παρ' όλες τις έρευνες που έκανε η αστυνομία, οι δασονόμοι και οι γείτονες εθελοντικά, που βγήκαν να ψάξουν με σκυλιά, στάθηκε αδύνατο να το βρουν μέσα σε δυο μέρες. Την τρίτη μέρα τα σώματα είχαν αρχίσει να βρομούν κι αναγκάστηκαν να τα θάψουν χωρίς το κεφάλι, με μια εξαιρετική κηδεία, όπου παραβρέθηκε όλη η φυλή δελ Βάλιε κι ένας απίστευτα μεγάλος αριθμός από φίλους και γνωστούς, εκτός από τις αντιπροσωπείες από γυναίκες που είχαν πάει ν' αποχαιρετήσουν τα θνητά απομεινάρια της Νίβεα, που θεωρούνταν πια η πρώτη φεμινίστρια στη χώρα, και για την οποία οι ιδεολογικοί της εχθροί έλεγαν πως αφού είχε χάσει το κεφάλι της όσο ζούσε, δεν υπήρχε λόγος να το διατηρήσει πεθαμένη.

Η Κλάρα, κλεισμένη στο σπίτι της, τριγυρισμένη από τους υπηρέτες που την πρόσεχαν, με φύλακά της τη Φέρουλα και ντοπαρισμένη από το γιατρό Κουέβας, δεν πήγε στην κηδεία. Για να μη στεναχωρήσει όσους είχαν προσπαθήσει να την προφυλάξουν από εκείνη τη στεναχώρια, δεν έκανε καμιά νύξη πως γνώριζε το ανατριχιαστικό περιστατικό με το χαμένο κεφάλι· όμως, όταν τέλειωσε η κηδεία και η ζωή έδειξε να ξαναπαίρνει τον καθημερινό της ρυθμό, η Κλάρα είπε στη Φέρουλα να τη συνοδέψει να ψάξουν να το βρουν κι εκείνη στάθηκε αδύνατο να την κάνει ν' αλλάξει την απόφασή της με περισσότερα καταπότια και χάπια. Νικημένη, η Φέρουλα κατάλαβε πως δεν ήταν δυνατό να συνεχίσει να ισχυρίζεται πως η ιστορία με το κεφάλι ήταν ένα κακό όνειρο και πως καλύτερα θα ήταν να τη βοηθούσε στα σχέδια της, προτού η αγωνία της την αποτρελάνει. Περίμεναν να φύγει ο Εστέμπαν από το σπίτι. Η Φέρουλα τη βοήθησε να ντυθεί και φώναξε ένα αμάξι. Οι οδηγίες που έδωσε η Κλάρα στον οδηγό ήταν κάπως ασαφείς:

«Προχωρήστε όλο ίσια κι εγώ θα σας οδηγώ», του είπε, ακολουθώντας το ένστικτό της για να βλέπει το αόρατο.

Βγήκαν από την πόλη και πέρασαν από τις ανοιχτές εκτάσεις, όπου τα σπίτια είχαν μεγάλη απόσταση μεταξύ τους κι όπου άρχιζαν οι λόφοι και οι κοιλάδες, έστριψαν σύμφωνα με τις οδηγίες της Κλάρας σ' έναν πλάγιο δρόμο και συνέχισαν μέσα από σημύδες και αγρούς με κρεμμύδια, ώσπου διέταξε τον οδηγό να σταματήσει μπροστά σε κάτι θάμνους.

«Εδώ είναι», είπε.

«Δεν μπορεί! Είμαστε πολύ μακριά από το σημείο του ατυχήματος», είπε η Φέρουλα.

«Σου λέω πως εδώ είναι!» επέμεινε η Κλάρα και κατέβηκε από το αμάξι με δυσκολία, κρατώντας τη μεγάλη της κοιλιά κι ακολουθούμενη από την κουνιάδα της, που μουρμούριζε προσευχές, και από τον οδηγό, που δεν είχε την παραμικρή ιδέα για το σκοπό του ταξιδιού τους. Προσπάθησε να συρθεί μες στους θάμνους, αλλά το μέγεθος των διδύμων δεν την άφησε.

«Κάντε μου μια χάρη, κύριε, μπείτε εκεί μέσα και δώστε

μου ένα γυναικείο κεφάλι που θα βρείτε», παρακάλεσε τον οδηγό.

Εκείνος σύρθηκε κάτω από τα αγκάθια και βρήκε το κεφάλι της Νίβεα, που έμοιαζε με μοναχικό πεπόνι. Το έπιασε από τα μαλλιά και το έβγαλε έξω μπουσουλώντας. Όσο εκείνος έκανε εμετό, στηριγμένος σ' ένα δέντρο, η Φέρουλα με την Κλάρα καθάρισαν το κεφάλι της Νίβεα από τα χώματα και τα χαλίκια, που είχαν μπει στ' αυτιά, στη μύτη και στο στόμα, και της έφτιαξαν το χτένισμα που είχε κάπως χαλάσει, αλλά δεν μπόρεσαν να της κλείσουν τα μάτια. Τύλιξαν το κεφάλι σ' ένα σάλι και γύρισαν στο αμάξι.

«Γρήγορα, παρακαλώ, γιατί μου φαίνεται πως θα γεννήσω», είπε η Κλάρα στον οδηγό.

Μόλις που πρόλαβαν να βάλουν την Κλάρα στο κρεβάτι. Η Φέρουλα ασχολήθηκε βιαστικά με τις προετοιμασίες, ενώ ένας υπηρέτης πήγε να φέρει το γιατρό Κουέβας και τη μαμή. Η Κλάρα, που με το ταρακούνημα του αυτοκινήτου, τις συγκινήσεις των τελευταίων ημερών και τα καταπότια του γιατρού Κουέβας είχε αποχτήσει μεγάλη ευκολία για τη γέννα, πράγμα που δεν είχε με την πρώτη της κόρη, έσφιξε τα δόντια, πιάστηκε από τη μετζάνα του ιστιοφόρου κι άρχισε τις προσπάθειες για να βγάλει στον κόσμο και στα ήρεμα νερά του γαλάζιου μεταξωτού τον Χάιμε και τον Νικολάς, που γεννήθηκαν βιαστικά, κάτω από το βλέμμα της γιαγιάς τους, που μ' ανοιχτά μάτια παρακολουθούσε από τη σιφονιέρα. Η Φέρουλα έπιασε το καθένα τους από μια τούφα μαλλιά που φύτρωνε στο σβέρκο και τα βοήθησε να βγουν με την εμπειρία που είχε αποχτήσει βλέποντας να γεννιούνται πουλάρια και μοσχάρια στις Τρεις Μαρίες. Προτού να φτάσουν ο γιατρός και η μαμή, έκρυψε κάτω από το κρεβάτι το κεφάλι της Νίβεα, για ν' αποφύγει ενοχλητικές εξηγήσεις. Όταν αυτοί έφτασαν τελικά, είχαν να κάνουν λίγα πράγματα, γιατί η μάνα ξεκουραζόταν ήσυχη και τα μωρά, μικροσκοπικά σαν εφταμηνίτικα, αλλά με όλα τα μέλη τους ακέραια και σε καλή κατάσταση, κοιμούνταν στην αγκαλιά της εξουθενωμένης θείας.

Το κεφάλι της Νίβεα έγινε μεγάλο πρόβλημα, γιατί δεν είχαν πού να το βάλουν για να μην το βλέπουν. Τελικά η Φέρουλα το έβαλε σε μια δερμάτινη καπελιέρα, τυλιγμένο σε πανιά. Συζήτησαν την πιθανότητα να το θάψουν με κανονική ταφή, αλλά θα χρειαζόταν μια ατέλειωτη γραφειοκρατία για ν' ανοίξουν τον τάφο και να βάλουν μέσα αυτό που έλειπε κι από την άλλη μεριά φοβούνταν το σκάνδαλο, αν γινόταν γνωστό με τι τρόπο η Κλάρα το είχε βρει, ενώ τα λαγωνικά είχαν αποτύχει. Ο Εστέμπαν Τρουέμπα, που πάντα φοβόταν να μη γίνει ρεζίλη στον κόσμο, προτίμησε μια λύση που δεν θα προκαλούσε τη γλωσσοφαγιά του κόσμου, γιατί ήξερε πως η παράξενη στάση της γυναίκας του γινόταν πάντα στόχος για κουτσομπολιά. Η ικανότητα της Κλάρας να μετακινεί αντικείμενα χωρίς να τα αγγίζει και να μαντεύει τα πιο απίθανα, είχε γίνει γνωστή. Κάποιος είχε ξεθάψει την ιστορία της βουβαμάρας της στα παιδικά της χρόνια και την κατηγορία του πάτερ Ρεστρέπο, εκείνου του αγαθού ανθρώπου που η Εκκλησία προσπαθούσε ν' αγιοποιήσει, να τον κάνει τον πρώτο άγιο της χώρας. Τα δυο χρόνια που είχαν περάσει στις Τρεις Μαρίες βοήθησαν για να σταματήσουν οι ψίθυροι και να ξεχάσει ο κόσμος, αλλά ο Τρουέμπα ήξερε πως αρκούσε ένας υπαινιγμός, σαν την υπόθεση με το κεφάλι της πεθεράς του, για ν' αρχίσουν πάλι τα κουτσομπολιά. Για αυτόν το λόγο, κι όχι από αμέλεια, όπως είπανε πολλά χρόνια αργότερα, η καπελιέρα έμεινε φυλαγμένη στο υπόγειο μέχρι να βρεθεί η ευκαιρία να τη θάψουν χριστιανικά.

Η Κλάρα συνήλθε γρήγορα από τη διπλή γέννα. Παράδωσε την ανατροφή των παιδιών της στην κουνιάδα της και στην νταντά, που μετά το θάνατο των αφεντικών της πήγε να δουλέψει στο σπίτι των Τρουέμπα, για να εξακολουθεί να βρίσκεται στην υπηρεσία του ίδιου αίματος, όπως έλεγε. Είχε γεννηθεί για να νανουρίζει ξένα μωρά, για να φοράει τα ρούχα που οι άλλοι πετούσαν, για να τρώει τα περισσέματα, για να ζει με δανεικά συναισθήματα και θλίψεις, για να γεράσει κάτω από μια ξένη στέγη, για να πεθάνει μια μέρα στο δωματιάκι της, στην τελευταία αυλή του σπιτιού, σ' ένα κρεβάτι που δεν ήταν δικό της, και να θαφτεί σ' έναν κοινό τάφο, στο Δημόσιο Νεκροταφείο. Κόντευε τα εβδομήντα, αλλά εξακολουθούσε να εργάζεται με την ίδια ενεργητικότητα, ακούραστη στα πήγαιν' έλα, ανέγγιχτη από το χρόνο, με αρκετή ευκινησία για να μεταμφιέζεται σε φάντασμα και να τρομάζει την Κλάρα στις γωνίες, όταν την έπιανε η μανία της βουβαμάρας και της μικρής πλάκας, αρκετά δυνατή ακόμα για να παλεύει με τους δίδυμους κι αρκετά τρυφερή για να παραχαϊδεύει την Μπλάνκα, ακριβώς όπως είχε κάνει πριν με τη μητέρα της και με τη γιαγιά της. Είχε αποχτήσει τη συνήθεια να μουρμουρίζει προσευχές συνέχεια, γιατί όταν κατάλαβε πως κανένας μες στο σπίτι δεν πίστευε, ανέλαβε εκείνη την ευθύνη να προσεύχεται για όλους τους ζωντανούς της οικογένειας και βέβαια και για τους πεθαμένους, σαν μια προέκταση των υπηρεσιών που τους είχε προσφέρει όσο ζούσαν. Στα γεράματά της κατέληξε να ξεχνάει για ποιον προσευχόταν, αλλά είχε κρατήσει τη συνήθεια, γιατί πίστευε πως σε κάτι θα βοηθούσε. Η αφοσίωση ήταν το μόνο που μοιραζόταν με τη Φέρουλα. Σ' όλα τ' άλλα ήταν αντίζηλες.

Μια Παρασκευή απόγεμα χτύπησαν την πόρτα του μεγάλου σπιτιού στη γωνία τρεις γυναίκες με διάφανα πρόσωπα και λεπτά χέρια, με μάτια σκεπασμένα από ομίχλη, και κάτι παλιοκαιρίσια καπέλα με λουλούδια στο κεφάλι, βουτηγμένες σε έντονο άρωμα αγριοβιολέτας, που γέμισε όλα τα δωμάτια κι έκανε το σπίτι να μυρίζει λουλούδια μέρες πολλές. Ήταν οι αδελφές Μόρα. Η Κλάρα βρισκόταν στον κήπο κι έδειχνε να τις περίμενε όλο τ' απόγεμα.

Τις υποδέχτηκε μ' ένα μωρό σε κάθε στήθος και με την Μπλάνκα να παίζει στα πόδια της. Κοιτάχτηκαν, αναγνωρίστηκαν και χαμογέλασαν. Ήταν η αρχή μιας παθιασμένης πνευματικής σχέσης που κράτησε όλη τους τη ζωή και, αν πραγματοποιήθηκαν οι προβλέψεις τους, συνεχίζεται και στο υπερπέραν.

Οι τρεις αδελφές Μόρα ήταν αφιερωμένες στη μελέτη του πνευματισμού και των υπερφυσικών φαινομένων και ήταν οι μόνες που είχαν την αδιάψευστη απόδειξη πως οι ψυχές μπορούσαν να υλοποιηθούν χάρη σε μια φωτογραφία, που τις έδειχνε γύρω από ένα τραπέζι, και πάνω από τα κεφάλια τους να πετάει ένα συγκεχυμένο και φτερωτό εκτόπλασμα, που μερικοί άπιστοι απέδιδαν σ' ένα λεκέ κατά την εμφάνιση της φωτογραφίας κι άλλοι σε κάποιο κόλπο του φωτογράφου. Είχαν μάθει με κάποιο μυστηριώδη τρόπο, προσιτό μόνο στους μυημένους, για την ύπαρξη της Κλάρας, είχαν έρθει τηλεπαθητικά σ' επαφή μαζί της κι αμέσως είχαν καταλάβει πως ήταν αστρικές αδελφές. Με διακριτικές αναζητήσεις είχαν βρει τη γήινη διεύθυνσή της και παρουσιάστηκαν στο σπίτι της με τράπουλες μουσκεμένες σε ευεργετικά υγρά, κάτι σύνολα με γεωμετρικά σχέδια και καβαλιστικούς αριθμούς, που οι ίδιες είχαν εφεύρει για να ξεσκεπάζουν τους ψευτοπαραψυχολόγους, και μια πιατέλα με κανονικά παστάκια, δώρο για την Κλάρα. Έγιναν στενές φίλες κι από κείνη τη μέρα προσπαθούσαν να συναντιούνται κάθε Παρασκευή για να επικαλούνται τα πνεύματα και ν' ανταλλάσσουν καβαλιστικές μεθόδους και συνταγές μαγειρικής. Ανακάλυψαν τον τρόπο να στέλνουν ψυχική ενέργεια από το μεγάλο σπίτι στη γωνία ώς την άλλη άκρη της πόλης, εκεί όπου ζούσαν οι αδελφές Μόρα, σ' έναν παλιό μύλο που τον είχαν μετατρέψει σε μοναδική κατοικία, και με την αντίθετη φορά, για να μπορούν να στέλνουν ηθική υποστήριξη στις δύσκολες ώρες της καθημερινής ζωής. Οι αδελφές Μόρα γνώριζαν πολύ κόσμο, που σχεδόν όλοι τους ενδιαφέρονταν για κείνα τα θέματα και που άρχισαν να καταφθάνουν στις συγκεντρώσεις της Παρασκευής και να προσφέρουν τις γνώσεις τους και τα μαγνητικά τους υγρά. Ο Εστέμπαν Τρουέμπα τους έβλεπε να παρελαύνουν από το σπίτι του κι έθεσε μοναδικούς όρους να σέβονται τη βιβλιοθήκη του, να μη μεταχειρίζονται τα παιδιά του για ψυχικά πειράματα και να είναι διακριτικοί, γιατί δεν ήθελε να δημιουργηθεί δημόσιο σκάνδαλο. Η Φέρουλα αποδοκίμαζε αυτές τις δραστηριότητες της Κλάρας, γιατί της φαίνονταν αντίθετες με την Εκκλησία και με τα χρηστά ήθη. Παρακολουθούσε τις συνεδριάσεις από κάποια φρόνιμη απόσταση, χωρίς να συμμετέχει, άγρυπνα, με την άκρη του ματιού της, ενώ έπλεκε, έτοιμη να επέμβει αν η Κλάρα υπερέβαινε τα όρια σε κάποια από τις εκστάσεις της.

Είχε προσέξει πως η νύφη της ήταν πάντα εξαντλημένη μετά από κάτι συνεδριάσεις, όπου εκτελούσε χρέη μέντιουμ με ειδωλολατρικές φωνές που δεν ήταν η δικιά της. Και η νταντά παρακολουθούσε μ' άγρυπνο μάτι, με τη δικαιολογία να προσφέρει καφεδάκια, τρομάζοντας τις ψυχές με τα κολλαρισμένα της μισοφόρια και με το κλικ κλακ από τις μουρμουριστές προσευχές της και τα χαλαρά της δόντια, αλλά δεν το έκανε για να φυλάει την Κλάρα από τις ίδιες της τις υπερβολές, παρά για να σιγουρεύεται πως κανένας δεν θα έκλεβε τα σταχτοδοχεία. Άδικα η Κλάρα της εξηγούσε πως οι επισκέπτες της δεν ενδιαφέρονταν καθόλου γι' αυτά, γιατί κανένας τους δεν κάπνιζε, αλλά η νταντά τούς είχε όλους χαρακτηρίσει, εκτός από τις τρεις γοητευτικές δεσποινίδες Μόρα, συμμορία από θρησκευόμενους ρουφιάνους.

Η νταντά και η Φέρουλα περιφρονούσαν η μία την άλλη. Λογομαχούσαν για την αγάπη των παιδιών και μάλωναν ποια να πρωτοφροντίσει την Κλάρα στις παραξενιές της και στα παραληρήματά της, με μια βουβή και μόνιμη μάχη που διαδραματιζόταν στις κουζίνες, στις αυλές, στους διαδρόμους, αλλά ποτέ κοντά στην Κλάρα, γιατί ήταν κι οι δυο σύμφωνες ν' αποφύγει εκείνη τη στεναχώρια. Η Φέρουλα είχε καταλήξει ν' αγαπάει την Κλάρα μ' ένα πάθος όλο ζήλια, που έμοιαζε περισσότερο απαιτητικού συζύγου παρά κουνιάδας. Με τον καιρό είχε χάσει τη φρονιμάδα της και στη λατρεία της άφηνε να διακρίνονται ορισμένες λεπτομέρειες που δεν ξέφευγαν από τον Εστέμπαν. Όταν εκείνος γύριζε από το χτήμα, η Φέρουλα προσπαθούσε να τον πείσει πως η Κλάρα βρισκόταν σ' αυτό που ονόμαζε «μια από τις άσχημες στιγμές της», για να μην κοιμηθεί μαζί της στο κρεβάτι και για να μην έχει παρά μόνο μετρημένες επαφές μαζί της και για λίγο χρονικό διάστημα. Υποστήριζε τα επιχειρήματά της με παραγγελίες του γιατρού Κουέβας, που αργότερα, όταν τις επαλήθευαν με το γιατρό, αποδείχνονταν ψεύτικες. Έμπαινε με κάθε τρόπο ανάμεσα στο ζευγάρι και, αν δεν πετύχαινε τίποτα, παρακινούσε τα τρία παιδιά να ζητήσουν να πάνε βόλτα με τον πατέρα τους, να διαβάσουν με τη μητέρα τους, να ξαγρυπνήσει κάποιος μαζί τους γιατί είχαν πυρετό, να παίξουν μαζί τους: «Καημενούλια, χρειάζονται τον μπαμπά τους και τη μαμά τους, περνούν όλη τους τη μέρα στα χέρια αυτής της ανίδεης γριάς, που τους βάζει στο κεφάλι παλιοκαιρίσιες ιδέες, θα τα κάνει ηλίθια με τις προλήψεις της, αυτό που πρέπει να γίνει με την νταντά είναι να την κλείσουμε κάπου. Λένε πως οι Δούλες του Θεού έχουν ένα άσυλο για γριές υπηρέτριες, που είναι θαύμα, τους φέρονται σαν κυρίες, δεν δουλεύουν, τρώνε καλά, αυτό θα ήταν πιο ανθρώπινο για την καημένη την νταντά, δεν κάνει πια για τίποτα», έλεγε. Χωρίς να καταλαβαίνει το λόγο, ο Εστέμπαν άρχισε να αισθάνεται στενάχωρα στο ίδιο του το σπίτι. Ένιωθε τη γυναίκα του όλο και πιο αποξενωμένη, πιο παράξενη και απροσπέλαστη, δεν μπορούσε να τη φτάσει ούτε με δώρα, ούτε με τα ντροπαλά δείγματα της τρυφερότητας του, ούτε με το ξέφρενο πάθος που τον έπιανε κοντά της. Όλο εκείνο τον καιρό ο ερωτάς του μεγάλωνε, ώσπου μεταβλήθηκε σε μονομανία. Ήθελε η Κλάρα να μη σκέφτεται κανέναν άλλο εκτός από κείνον, να μην έχει άλλη ζωή πέρα απ' αυτή που μοιραζόταν μαζί του, να του διηγείται τα πάντα, να μην κατέχει τίποτα· άλλο έξω απ' αυτά που εκείνος της έδινε με τα χέρια του, να εξαρτιέται εντελώς από κείνον.

Αλλά η πραγματικότητα ήταν διαφορετική. Η Κλάρα έμοιαζε να πετάει με αεροπλάνο, σαν το θείο της τον Μάρκος, μακριά από το στέρεο έδαφος, ψάχνοντας τον Θεό σε θιβετιανικούς κανονισμούς, ζητώντας συμβουλές από πνεύματα με τρίποδα τραπεζάκια που κουνιόνταν μόνα τους, δυο κουνήματα ναι, τρία όχι, αποκρυπτογραφώντας μηνύματα από άλλους κόσμους, που μπορούσαν να της δώσουν μέχρι και το μετεωρολογικό δελτίο. Μια φορά είχαν αναγγείλει πως υπήρχε ένας κρυμμένος θησαυρός κάτω από το τζάκι κι εκείνη έβαλε πρώτα να γκρεμίσουν τον τοίχο, αλλά δεν βρέθηκε, ύστερα τη σκάλα, ούτε και τότε, ύστερα το μισό από το μεγάλο σαλόνι, τίποτα. Τελικά, κατάληξε πως το πνεύμα, μπερδεμένο από τις αρχιτεκτονικές αλλαγές που εκείνη είχε κάνει στο σπίτι, δεν πρόσεξε πως η κρυψώνα με τα χρυσά ντομπλόνια δεν βρισκόταν στο αρχοντικό των Τρουέμπα, παρά στην άλλη μεριά του δρόμου, στο σπίτι των Ουγκάρτε, που αρνήθηκαν να γκρεμίσουν την τραπεζαρία τους, γιατί δεν πίστεψαν στο σπανιόλικο φάντασμα.

Η Κλάρα δεν μπορούσε να πλέκει τις πλεξούδες της Μπλάνκα για να πάει σχολείο, αυτό το αναλάμβαναν η Φέρουλα ή η νταντά, αλλά είχε μαζί της μια καταπληκτική σχέση, που βασιζόταν στις ίδιες αρχές με τη σχέση που η ίδια είχε με τη Νίβεα: έλεγαν ιστορίες, διάβαζαν τα μαγικά βιβλία από τα μαγεμένα μπαούλα, κοίταζαν τις οικογενειακές φωτογραφίες, έλεγαν ανέκδοτα για τους θείους, γι' αυτούς που τους ξεφεύγουν πορδές και για τους τυφλούς που πέφτουν σαν τερατόμορφες υδρορροές από τις λεύκες, κι επικοινωνούσαν μ' ένα ιδίωμα που είχαν εφεύρει, καταργώντας το ταυ στα ισπανικά κι αντικαθιστώντας το με το νι, και το ρο με το λάμδα, κι έτσι κατέληγαν να μιλούν ακριβώς σαν τον Κινέζο που έπλενε τα ρούχα.

Στο μεταξύ, ο Χάιμε και ο Νικολάς μεγάλωναν μακριά από τις γυναίκες, σύμφωνα με τις αρχές εκείνης της εποχής, πως «έπρεπε να γίνουν άντρες». Οι γυναίκες, αντίθετα, γεννιόνταν με την προδιάθεσή τους γενετικά ενσωματωμένη και δεν χρειαζόταν να την αποχτήσουν μες στις δυσκολίες της ζωής. Οι δίδυμοι μεγάλωναν και γίνονταν όλο και πιο δυνατοί και απάνθρωποι, με παιχνίδια κατάλληλα για την ηλικία τους, πρώτα κυνηγώντας σαύρες για να τους κόβουν τις ουρές, ποντίκια για να τα βάζουν να τρέχουν και πεταλούδες για να βγάζουν τη σκόνη από τα φτερά τους και, αργότερα, δίνοντας μπουνιές και κλοτσιές σύμφωνα με τις οδηγίες του ίδιου Κινέζου του βαφείου, που προηγείτο της εποχής του κι ήταν ο πρώτος που έφερε στη χώρα τη χιλιόχρονη εξάσκηση της πολεμικής τέχνης, αλλά κανείς δεν του είχε δώσει σημασία όταν έδειχνε πώς μπορούσε να σπάζει τούβλα με το χέρι και όταν θέλησε ν' ανοίξει δικιά του σχολή, κι έτσι κατάληξε να πλένει ξένα ρούχα. Πολλά χρόνια αργότερα, οι δίδυμοι έγιναν άντρες, όταν το έσκαγαν από το σχολείο για να πηγαίνουν σε μια αλάνα στο σκουπιδότοπο, όπου αντάλλαζαν τ' ασημένια μαχαιροπίρουνα της μητέρας τους για λίγα λεπτά απαγορευμένο έρωτα με μια τεράστια γυναικάρα, που μπορούσε να τους νανουρίσει και τους δύο στα τεράστια στήθια της, σαν ολλανδέζικη γελάδα, μπορούσε να τους πνίξει με τη μαλακιά υγρασία στις μασχάλες της, να τους πλακώσει με τα ελεφαντίσια της πόδια και να τους ανυψώσει και τους δυο στα ουράνια με τη σκοτεινή, ζουμερή και θερμή κοιλότητα του φύλου της. Αλλά αυτό δεν συνέβη παρά μόνο πολύ αργότερα και η Κλάρα ποτέ δεν το έμαθε, κι έτσι δεν μπόρεσε να το σημειώσει στα τετράδιά της, για να το διαβάσω εγώ κάποια μέρα. Το έμαθα από άλλες πηγές.

Η Κλάρα δεν ενδιαφερόταν για τις δουλειές του σπιτιού. Τριγυρνούσε στα δωμάτια χωρίς να παραξενεύεται που όλα βρίσκονταν σε τέλεια τάξη και καθαριότητα. Καθόταν στο τραπέζι χωρίς ν' αναρωτιέται ποιος ετοίμασε το φαγητό ή πού αγοράστηκαν τα τρόφιμα, δεν την ενδιέφερε ποιος θα τη σέρβιρε, ξεχνούσε τα ονόματα του προσωπικού και καμιά φορά μέχρι και των ίδιων των παιδιών της, ωστόσο έδινε την εντύπωση πως ήταν πάντα παρούσα, σαν ένα καλοκάγαθο και χαρούμενο πνεύμα, που στο πέρασμά του χτυπούσαν τα ρολόγια. Ντυνόταν πάντα στα άσπρα, γιατί είχε αποφασίσει πως ήταν το μόνο χρώμα που δεν άλλαζε την αύρα της, με τα απλά φορέματα που της έφτιαχνε η Φέρουλα στη μηχανή του ραψίματος και που τα προτιμούσε από τις τουαλέτες με βολάν και πέτρες που της δώριζε ο άντρας της, με σκοπό να τη θαμπώσει και να τη δει ντυμένη με τη μόδα.

Ο Εστέμπαν υπέφερε από κρίσεις απελπισίας, γιατί εκείνη του φερόταν με την ίδια συμπάθεια που φερόταν σ' όλο τον κόσμο, του μιλούσε με τον ίδιο χαϊδευτικό τόνο που μεταχειριζόταν για τους γάτους, ήταν ανίκανη να καταλάβει αν ήταν εκνευρισμένος, στεναχωρημένος, χαρούμενος ή με κέφια να κάνει έρωτα· αντίθετα μάντευε από το χρώμα της ακτινοβολίας του όταν μαγείρευε κάτι κακό και μπορούσε να τον κάνει να κόψει μια από τις κρίσεις της λύσσας του με μια δυο κοροϊδευτικές φράσεις. Του προξενούσε απελπισία που η Κλάρα ποτέ δεν ένιωθε ευγνωμοσύνη για τίποτα και ποτέ δεν χρειαζόταν κάτι που μπορούσε εκείνος να της προσφέρει. Στο κρεβάτι ήταν αφηρημένη και γελαστή, όπως και σ' όλα τ' άλλα, ήρεμη κι απλή, αλλά απούσα. Γνώριζε πως είχε το σώμα της για να κάνει όλα τα ακροβατικά που μάθαινε σ' ένα βιβλίο που έκρυβε σ' ένα ντουλάπι στη βιβλιοθήκη, αλλά μέχρι και τα πιο αποτρόπαια αμαρτήματά της φαίνονταν σαν παιχνίδια για μωρά, γιατί ήταν αδύνατο να τα νοστιμέψει με το αλάτι της πονηριάς ή με το πιπέρι της υποταγής. Έξαλλος ο Τρουέμπα, μερικές φορές ξαναγύριζε στις παλιές του αμαρτίες κι αναποδογύριζε καμιά γεροδεμένη αγρότισσα στους θάμνους, όσο κρατούσαν οι αναγκαστικοί χωρισμοί, κι όταν η Κλάρα έμενε με τα παιδιά στην πρωτεύουσα κι εκείνος έπρεπε να πάει στο χτήμα, αλλά αυτά τα επεισόδια, αντί να τον ξαλαφρώνουν, του άφηναν μια άσχημη γεύση στο στόμα και δεν του πρόσφεραν καμιά ευχαρίστηση που μπορούσε να διαρκέσει, ιδιαίτερα γιατί αν τα διηγούνταν στη γυναίκα του, θα σκανδαλιζόταν με τον άσχημο τρόπο του απέναντι στην άλλη, αλλά καθόλου για την απιστία του. Η Κλάρα δεν ήξερε τι θα πει ζήλια και άλλα καθαρά ανθρώπινα συναισθήματα. Πήγε και δυο τρεις φορές στον Κόκκινο Φάρο, αλλά γρήγορα σταμάτησε, γιατί δεν λειτουργούσε πια με τις πόρνες κι ήταν αναγκασμένος να καταπίνει την ταπείνωση με μασημένες δικαιολογίες, πως είχε πιει πολύ κρασί, πως του είχε πέσει βαρύ το μεσημεριανό, πως εδώ και μέρες ήταν κρυωμένος. Δεν ξαναπήγε όμως στην Τράνσιτο Σότο, γιατί προαισθανόταν πως είχε μέσα της τον κίνδυνο για εθισμό. Ένιωθε έναν ανικανοποίητο πόθο να του γυρίζει τα σωθικά, μια φωτιά που ήταν αδύνατο να σβήσει, μια δίψα για την Κλάρα, που ποτέ, ακόμα και στις πιο φλογερές και παρατεταμένες νύχτες τους, δεν μπόραγε να σβήσει. Κοιμόταν εξουθενωμένος, με την καρδιά έτοιμη να σπάσει στο στήθος του, αλλά ακόμα και στον ύπνο του γνώριζε πως η γυναίκα που κοιμόταν στο πλάι του δεν βρισκόταν εκεί, παρά σε κάποια άγνωστη διάσταση, όπου ποτέ δεν θα μπορούσε εκείνος να πάει. Μερικές φορές έχανε την υπομονή του και σκούνταγε έξαλλος την Κλάρα, της φώναζε τις χειρότερες κατηγορίες και κατάληγε να κλαίει στην αγκαλιά της, ζητώντας συγγνώμη για τη σκληρότητά του. Η Κλάρα καταλάβαινε αλλά δεν μπορούσε να κάνει τίποτα. Ο υπερβολικός έρωτας του Εστέμπαν Τρουέμπα για την Κλάρα ήταν χωρίς αμφιβολία το πιο δυνατό συναίσθημα στη ζωή του, ακόμα μεγαλύτερο και από το θυμό και την περηφάνια του και μισό αιώνα αργότερα εξακολουθούσε να τον επικαλείται με την ίδια ανατριχίλα και την ίδια αμεσότητα. Φώναζε τ' όνομά της στο κρεβάτι του, γέρος πια, μέχρι που έκλεισε τα μάτια του.

Οι παρεμβάσεις της Φέρουλα χειροτέρεψαν την ανήσυχη κατάσταση του Εστέμπαν. Κάθε εμπόδιο, που η αδελφή του έβαζε ανάμεσα στην Κλάρα και σ' εκείνον, τον έκανε έξαλλο. Έφτασε να μισεί τα ίδια του τα παιδιά, γιατί απορροφούσαν την προσοχή της μητέρας, πήρε την Κλάρα για ένα δεύτερο μήνα του μέλιτος στα ίδια μέρη με τον πρώτο, το έσκαγαν τα σαββατοκύριακα σε ξενοδοχεία, αλλά όλα ήταν ανώφελα. Πείστηκε πως για όλα έφταιγε η Φέρουλα, που είχε σπείρει στη γυναίκα του έναν κακόβουλο σπόρο, που δεν την άφηνε να τον αγαπήσει και που, αντίθετα, έκλεβε με απαγορευμένα χάδια αυτό που ανήκε σ' αυτόν. Γινόταν κατάχλομος όταν έπιανε τη Φέρουλα να κάνει μπάνιο την Κλάρα, της έπαιρνε το σφουγγάρι από τα χέρια, την έδιωχνε άγρια κι έβγαζε την Κλάρα απ' το νερό σχεδόν στα χέρια, την ταρακουνούσε, της απαγόρευε να την ξαναπλύνουν, γιατί στην ηλικία της ήταν πια βίτσιο και κατάληγε να τη στεγνώνει, να την τυλίγει στη ρόμπα της και να την πηγαίνει στο κρεβάτι της, με την αίσθηση πως συμπεριφερόταν σαν ηλίθιος. Αν η Φέρουλα σέρβιρε στη γυναίκα του ένα φλιτζάνι ζεστή σοκολάτα, το άρπαζε από τα χέρια της με τη δικαιολογία πως της φερόταν σαν σε ανάπηρη, αν τη φιλούσε για καληνύχτα, την έκανε πέρα μ' ένα σπρώξιμο, λέγοντας πως δεν κάνουν καλό τα πολλά φιλήματα, αν της έδινε τα καλύτερα κομμάτια στην πιατέλα, σηκωνόταν από το τραπέζι έξαλλος. Τα δυο αδέλφια έφτασαν να γίνουν δηλωμένοι αντίζηλοι, κοιτάζονταν με βλέμματα μίσους, προσπαθούσαν με σοφιστείες να υποτιμούν ο ένας τον άλλο στα μάτια της Κλάρας, κατασκοπεύονταν, ζηλεύονταν. Ο Εστέμπαν αμέλησε το χτήμα κι έβαλε τον Πέδρο Σεγκούντο Γκαρσία να διαχειρίζεται τα πάντα, ακόμα και τις αγελάδες εισαγωγής, σταμάτησε να βγαίνει με τους φίλους του, να πηγαίνει να παίζει γκολφ, να δουλεύει, για να παρακολουθεί μέρα νύχτα τα βήματα της αδελφής του και να μπαίνει μπροστά της κάθε φορά που πλησίαζε την Κλάρα. Η ατμόσφαιρα στο σπίτι είχε γίνει ανυπόφορη, βαριά και πένθιμη, κι ακόμα και η νταντά τριγυρνούσε σαν στοιχειωμένη. Η μόνη που εξακολουθούσε να είναι μακριά απ' όσα συνέβαιναν τριγύρω της ήταν η Κλάρα, που μες στην αφηρημάδα και την αθωότητά της δεν έπαιρνε είδηση τίποτα.

Το μίσος ανάμεσα στον Εστέμπαν και στη Φέρουλα άργησε να ξεσπάσει. Ξεκίνησε σαν κρυφή ανησυχία, μια επιθυμία να θίγει ο ένας τον άλλο στις μικρές λεπτομέρειες, αλλά μεγάλωσε με τον καιρό τόσο πολύ που γέμισε το σπίτι. Εκείνο το καλοκαίρι ο Εστέμπαν αναγκάστηκε να πάει στις Τρεις Μαρίες, γιατί ακριβώς την εποχή της συγκομιδής ο Πέδρο Σεγκούντο Γκαρσία έπεσε απ' τ' άλογο και πήγε να μείνει με σπασμένο το κεφάλι στο νοσοκομείο των καλογριών. Μόλις έγινε καλά ο διαχειριστής του, ο Εστέμπαν γύρισε στην πρωτεύουσα χωρίς να προειδοποιήσει. Μες στο τρένο ένιωθε ένα τρομερό προαίσθημα, με μια ανομολόγητη επιθυμία να ξεσπούσε κάποιο δράμα, χωρίς να ξέρει πως το δράμα είχε κιόλας αρχίσει τη στιγμή που το είχε επιθυμήσει. Έφτασε στην πόλη αργά το απόγεμα, αλλά πήγε κατευθείαν στη Λέσχη, όπου έπαιξε μερικές παρτίδες μπρίσκα και δείπνησε, χωρίς να καταφέρει να ηρεμήσει την ανησυχία και την ανυπομονησία του, αν κι ακόμα δεν ήξερε τι περίμενε. Στη διάρκεια του δείπνου έγινε ένας μικρός σεισμός, οι κρυστάλλινες λάμπες κουνήθηκαν με το συνηθισμένο καμπάνισμα του κρυστάλλου, αλλά κανείς δεν σήκωσε το βλέμμα, εξακολούθησαν το φαγητό και οι μουσικοί συνέχισαν να παίζουν χωρίς να χάσουν νότα, εκτός από τον Εστέμπαν Τρουέμπα, που πετάχτηκε πάνω, λες κι εκείνο ήταν μια προειδοποίηση. Τέλειωσε το φαγητό του βιαστικά, ζήτησε το λογαριασμό κι έφυγε.

Η Φέρουλα, που γενικά συγκρατούσε τα νεύρα της, δεν είχε καταφέρει να συνηθίσει στους σεισμούς. Είχε καταφέρει να ξεπεράσει το φόβο της για τα φαντάσματα που η Κλάρα επικαλούνταν και για τα ποντίκια στο χτήμα, αλλά ο σεισμός την αναστάτωνε και για πολλή ώρα αργότερα, αφού είχε περάσει, εξακολουθούσε ν' ανατριχιάζει. Εκείνη τη νύχτα δεν είχε ακόμα πλαγιάσει κι έτρεξε στο δωμάτιο της Κλάρας, που είχε πιει το τίλιο της και κοιμόταν ήσυχα. Αναζητώντας λίγη συντροφιά και θαλπωρή, ξάπλωσε δίπλα της προσπαθώντας να μην την ξυπνήσει και μουρμουρίζοντας προσευχές σιωπηλά, για να μην ξαναγίνει κανένας μεγάλος σεισμός. Εκεί τη βρήκε ο Εστέμπαν Τρουέμπα. Μπήκε στο σπίτι προσεχτικά, σαν κλέφτης, ανέβηκε στην κρεβατοκάμαρα της Κλάρας χωρίς ν' ανάψει τα φώτα κι εμφανίστηκε σαν σίφουνας ανάμεσα στις δυο μισοκοιμισμένες γυναίκες, που νόμιζαν πως βρισκόταν στις Τρεις Μαρίες. Έπεσε πάνω στην αδελφή του με την ίδια λύσσα που θα ένιωθε για το διαφθορέα της γυναίκας του, την έβγαλε με σπρωξιές από το κρεβάτι, την έσυρε στο διάδρομο, την κατέβασε, σπρώχνοντας, στη σκάλα και την έβαλε με το ζόρι μες στο γραφείο, ενώ η Κλάρα από την πόρτα του δωματίου της φώναζε, χωρίς να καταλαβαίνει τι είχε συμβεί. Μονάχος με τη Φέρουλα, ο Εστέμπαν ξέσπασε πάνω της όλη τη μανία του ανικανοποίητου συζύγου, της είπε αυτά που ποτέ δεν έπρεπε να πει, από λεσβία μέχρι πόρνη, κατηγορώντας την πως διέστρεφε τη γυναίκα του, πως την τρέλαινε με γεροντοκορίστικα χάδια, πως την έκανε αφηρημένη, βουβή και πνευματίστρια, με λεσβιακά τεχνάσματα, πως τη χαιρόταν όσο εκείνος έλειπε, πως λέκιαζε ακόμα και την τιμή των παιδιών, την τιμή του σπιτιού και τη μνήμη της αγίας τής μητέρας τους, πως είχε βαρεθεί πια τόση διαφθορά και πως την πετούσε έξω από το σπίτι του, να φύγει αμέσως, πως δεν ήθελε να την ξαναδεί ποτέ πια και της απαγόρευε να πλησιάσει τη γυναίκα του και τα παιδιά του, πως δεν θα της έλειπαν τα χρήματα για να ζήσει με αξιοπρέπεια όσο εκείνος ήταν ζωντανός, όπως ακριβώς της είχε υποσχεθεί κάποτε, αλλά αν την έβλεπε να τριγυρίζει ξανά την οικογένεια του, θα τη σκότωνε, να το 'βαζε αυτό καλά στο κεφάλι της.

«Ορκίζομαι στη μάνα μας, θα σε σκοτώσω!»

«Την κατάρα μου να έχεις, Εστέμπαν!» του φώναξε η Φέρουλα. «Θα μείνεις για πάντα μόνος, θα μικρύνει η ψυχή σου και το σώμα σου και θα πεθάνεις σαν το σκυλί!»

Κι έφυγε για πάντα από το μεγάλο σπίτι στη γωνία, με τη νυχτικιά της και χωρίς να πάρει τίποτα μαζί της.

Την επόμενη μέρα ο Εστέμπαν Τρουέμπα πήγε να δει τον πάτερ Αντόνιο και του διηγήθηκε τι είχε συμβεί, χωρίς να του πει λεπτομέρειες. Ο ιερέας τον άκουσε ευγενικά, με το ήρεμο βλέμμα κάποιου που είχε ξανακούσει την ίδια ιστορία.

«Τι θέλεις από μένα, γιε μου;» ρώτησε όταν ο Εστέμπαν σταμάτησε να μιλάει.

«Θέλω να φτάνει στα χέρια της αδελφής μου κάθε μήνα

ένας φάκελος που εγώ θα σας παραδίνω. Δεν θέλω να έχει οικονομικές δυσκολίες. Και θέλω να το ξεκαθαρίσω, δεν το κάνω από αγάπη, αλλά γιατί το έχω υποσχεθεί».

Ο πάτερ Αντόνιο δέχτηκε τον πρώτο φάκελο μ' ένα στεναγμό κι ετοιμάστηκε να τον ευλογήσει, αλλά ο Εστέμπαν είχε κιόλας γυρίσει την πλάτη του κι έφευγε. Δεν έδωσε καμιά εξήγηση στην Κλάρα γι' αυτό που είχε συμβεί ανάμεσα σ' εκείνον και την αδελφή του. Της ανάγγειλε πως την είχε πετάξει έξω από το σπίτι, πως της απαγόρευε ν' αναφέρει ξανά το όνομά της μπροστά του, υποδηλώνοντας πως αν είχε και λίγη αξιοπρέπεια, δεν θα την ανέφερε ούτε πίσω από την πλάτη του. Έβαλε να μαζέψουν όλα τα ρούχα της και όσα αντικείμενα θύμιζαν την ύπαρξή της και προσπάθησε να πιστέψει πως είχε πεθάνει.

Η Κλάρα κατάλαβε πως ήταν ανώφελο να τον ρωτάει. Πήγε στο δωμάτιο ραπτικής να βρει το εκκρεμές της, που το χρησιμοποιούσε για να επικοινωνεί με τα φαντάσματα και για να συγκεντρώνεται. Άπλωσε ένα χάρτη της πόλης καταγής, κράτησε το εκκρεμές μισό μέτρο από πάνω του και περίμενε τις ταλαντεύσεις που θα της έδειχναν τη διεύθυνση της κουνιάδας της, αλλά μετά από προσπάθειες που κράτησαν όλο το απόγεμα, κατάλαβε πως δεν θα είχε αποτελέσματα μ' αυτό το σύστημα, όσο η Φέρουλα δεν είχε κάποια μόνιμη κατοικία. Μια και το εκκρεμές είχε αποτύχει να προσδιορίσει τη θέση της, βγήκε να τριγυρίσει στην πόλη μ' ένα αμάξι, ελπίζοντας να την οδηγήσει το ένστικτό της, αλλά ούτε και τότε είχε κανένα αποτέλεσμα. Συμβουλεύτηκε το τρίποδο τραπεζάκι χωρίς κανένα οδηγητικό πνεύμα να εμφανιστεί, για να την πάει μέσα από τα στενοσόκακα της πόλης στη Φέρουλα, τη φώναξε με τη σκέψη της και δεν πήρε καμιά απάντηση και ούτε η τράπουλα του ταρό τη διαφώτισε. Τότε αποφάσισε να καταφύγει σε πιο παραδοσιακά μέσα κι άρχισε να την ψάχνει ανάμεσα στις φίλες της, ρώτησε όλους τους προμηθευτές κι όσους είχαν πάρε δώσε μαζί της, αλλά κανείς δεν την είχε ξαναδεί. Τελικά οι έρευνές της την οδήγησαν στον πάτερ Αντόνιο.

«Μην την ψάχνετε πια, κυρία», της είπε ο ιερέας. «Δεν θέλει να σας δει».

Η Κλάρα κατάλαβε τότε πως αυτός ήταν ο λόγος που δεν είχε λειτουργήσει κανένα από τα αλάνθαστα συστήματα της μαντικής.

«Οι αδελφές Μόρα είχαν δίκιο», σκέφτηκε. «Δεν μπορεί κανένας να βρει αυτόν που δεν θέλει να βρεθεί».

Για τον Εστέμπαν Τρουέμπα άρχισε μια πολύ ευνοϊκή περίοδος. Οι επιχειρήσεις του έμοιαζαν σαν να τις είχε αγγίξει κάποιο μαγικό ραβδί. Ήταν ευχαριστημένος από τη ζωή. Ήταν πλούσιος, όπως ακριβώς το είχε λογαριάσει κάποτε, είχε πάρει το δικαίωμα εκμετάλλευσης και γι' άλλα ορυχεία, έκανε εξαγωγές φρούτων στο εξωτερικό, είχε φτιάξει μια οικοδομική εταιρεία και οι Τρεις Μαρίες, που είχαν μεγαλώσει πολύ σε μέγεθος, είχαν μεταμορφωθεί στο καλύτερο χτήμα της περιοχής. Η οικονομική κρίση που είχε συγκλονίσει όλη τη χώρα, εκείνον δεν τον είχε επηρεάσει. Στις βόρειες επαρχίες η καταστροφή στα αλατωρυχεία είχε αφήσει στη μιζέρια χιλιάδες εργάτες. Πεινασμένες φυλές από απολυμένους, που έσερναν τις γυναίκες τους, τα παιδιά τους, τους γέρους τους, ψάχνοντας δουλειά στο δρόμο, είχαν καταλήξει να πλησιάσουν στην πρωτεύουσα και σιγά σιγά σχημάτισαν έναν κλοιό φτώχειας γύρω από την πόλη. Έστηναν τα σπίτια τους όπως όπως, με τάβλες και κομμάτια από χαρτόνι, μες στα σκουπίδια και στην εγκατάλειψη. Τριγυρνούσαν στους δρόμους αναζητώντας κάποια ευκαιρία για να δουλέψουν, αλλά δεν υπήρχε δουλειά για όλους και σιγά σιγά οι απλοί εργάτες, αδυνατισμένοι από την πείνα, ζαρωμένοι από το κρύο, κουρελιασμένοι, σταμάτησαν ν' αναζητούν δουλειά και ζητούσαν μονάχα ελεημοσύνη. Γέμισε ο τόπος ζητιάνους. Και ύστερα κλέφτες. Ποτέ δεν είχαν πέσει τέτοιες παγωνιές, όπως εκείνη τη χρονιά. Χιόνισε στην πρωτεύουσα, ένα ασυνήθιστο θέαμα που διατηρήθηκε στις πρώτες σελίδες στις εφημερίδες, σχολιασμένο σαν ένα ευχάριστο νέο, ενώ στους περιθωριακούς οικισμούς τα παιδιά ξημερώνονταν μπλαβιά, παγωμένα. Και ούτε η φιλανθρωπία ήταν αρκετή για τόσους πολλούς στερημένους.

Εκείνη ήταν η χρονιά του εξανθηματικού τύφου. Άρχισε σαν άλλη μια συμφορά για τους φτωχούς και γρήγορα απόχτησε τα χαρακτηριστικά θεϊκής τιμωρίας. Ξεκίνησε από τις φτωχογειτονιές, από το βαρύ χειμώνα, από τον υποσιτισμό, από τα βρόμικα νερά, ενώθηκε με την ανεργία και απλώθηκε προς κάθε κατεύθυνση. Τα νοσοκομεία δεν προλάβαιναν. Οι άρρωστοι τριγυρνούσαν στους δρόμους με βλέμμα χαμένο, έβγαζαν τις ψείρες τους και τις πετούσαν στους γερούς. Απλώθηκε παντού η επιδημία, μπήκε σ' όλα τα σπίτια, μόλυνε τα σχολεία και τα εργοστάσια, κανένας δεν μπορούσε να νιώσει ασφαλής. Όλοι ζούσαν με το φόβο, ψάχνοντας για τα σημάδια που ανάγγελλαν την τρομερή αρρώστια. Οι μολυσμένοι άρχιζαν να τρέμουν από ένα κρύο που έφτανε ώς τα κόκαλα και μετά από λίγο έπεφταν σε λήθαργο. Έμεναν σαν ηλίθιοι να αναλώνονται μες στον πυρετό, γεμάτοι λεκέδες, να χέζουν αίμα, με παραληρήματα για φωτιά και ναυάγιο, πέφτοντας καταγής, με τα κόκαλά τους μουδιασμένα, με κομμένα τα πόδια και μια γεύση από χολή στο στόμα και το σώμα ωμό κρέας, με μια φλύκταινα κόκκινη δίπλα σε μια μπλαβιά κι άλλη κίτρινη κι άλλη μαύρη, να βγάζουν τα έντερά τους και να παρακαλούν το Θεό να τους λυπηθεί και να τους αφήσει να πεθάνουν μια κι έξω, πως δεν αντέχουν πια, πως θα σπάσει το κεφάλι τους, και ξεψύχαγαν μες στα σκατά και στον τρόμο.

Ο Εστέμπαν πρότεινε να πάρει όλη την οικογένεια στο χτήμα, για να προστατευτούν από τη μόλυνση, αλλά η Κλάρα ούτε που θέλησε να τ' ακούσει. Ήταν πολύ απασχολημένη να βοηθάει τους φτωχούς, μια δουλειά που δεν είχε ούτε αρχή ούτε τέλος. Έφευγε πολύ νωρίς και πολλές φορές γύριζε σχεδόν μεσάνυχτα. Άδειασε τις ντουλάπες του σπιτιού, μάζεψε τα ρούχα των παιδιών, τις κουβέρτες από τα κρεβάτια, τα σακάκια του άντρα της. Έπαιρνε τα τρόφιμα από την αποθήκη κι είχε οργανώσει ένα σύστημα με αποστολές, με τον Πέδρο Σεγκούντο Γκαρσία, που της έστελνε από τις Τρεις Μαρίες τυριά, αβγά, παστά, φρούτα, κοτόπουλα, που εκείνη τα μοίραζε σ' όσους είχαν ανάγκη. Είχε αδυνατίσει κι έδειχνε μαραζωμένη. Τη νύχτα άρχισε πάλι να υπνοβατεί.

Η απουσία της Φέρουλα έγινε αισθητή σαν κατακλυσμός στο σπίτι κι ακόμα και η νταντά, που ποθούσε να φτάσει εκείνη η στιγμή κάποια μέρα, αναστατώθηκε. Όταν μπήκε η άνοιξη και η Κλάρα μπόρεσε να ξεκουραστεί λιγάκι, μεγάλωσε η τάση της ν' αποφεύγει την πραγματικότητα και να χάνεται μέσα σ' όνειρα. Παρ' όλο που δεν μπορούσε πια να υπολογίζει στην άμεμπτη οργάνωση της κουνιάδας της για να βάζει σε τάξη το χάος στο μεγάλο σπίτι στη γωνία, εγκατάλειψε τις σπιτικές δουλειές. Παρέδωσε τα πάντα στα χέρια της ντάντας και στους άλλους υπηρέτες και βυθίστηκε στον κόσμο με τις οπτασίες και στα ψυχικά πειράματα. Τα τετράδια, όπου κατέγραψε τη ζωή, μπερδεύτηκαν, η καλλιγραφία της έχασε τη μοναστηριακή κομψότητα που είχε πάντα, και εκφυλίστηκε σε κάτι ασυνάρτητα σημάδια, που, μερικές φορές, ήταν τόσο μικροσκοπικά που δεν μπορούσαν να διαβαστούν, κι άλλες τόσο μεγάλα που με τρεις λέξεις γέμιζε η σελίδα.

Τα επόμενα χρόνια μαζεύτηκε γύρω από την Κλάρα και τις τρεις αδελφές Μόρα μια ομάδα από μαθητές του Γκουρτζίεφ, ροζακρουσίστες, πνευματιστές και γλεντζέδες ξενύχτηδες, που έτρωγαν κάθε μέρα τρία γεύματα στο σπίτι και μοίραζαν το χρόνο τους ανάμεσα σε κατηγορηματικά συμβούλια με τα πνεύματα στο τρίποδο τραπέζι και στην ανάγνωση των ποιημάτων του τελευταίου φωτισμένου ποιητή που έφτανε στα χέρια της Κλάρας. Ο Εστέμπαν επέτρεπε εκείνη την επιδρομή από εκκεντρικούς, γιατί από πολύ καιρό πια είχε καταλάβει πως ήταν ανώφελο να θέλει να επέμβει στη ζωή της γυναίκας του. Αποφάσισε πως τουλάχιστον τ' αγόρια θα έπρεπε να βρίσκονται έξω από τις μαγείες κι έτσι ο Χάιμε και ο Νικολάς μπήκαν εσωτερικοί σ' ένα εγγλέζικο βικτοριανό σχολείο, όπου με οποιαδήποτε αφορμή κατέβαζαν τα παντελόνια των παιδιών και τα έδερναν στον πισινό, ιδιαίτερα τον Χάιμε, που κοροϊδευε τη βρετανική βασιλική οικογένεια και στα δώδεκά του ενδιαφερόταν να διαβάσει τον Μαρξ, έναν Εβραίο που προκαλούσε επαναστάσεις σ' όλον τον κόσμο. Ο Νικολάς είχε κληρονομήσει την όρεξη για περιπέτειες από το θείο Μάρκος και την τάση του να φτιάχνει ωροσκόπια και να αποκρυπτογραφεί το μέλλον από τη μητέρα του, αλλά αυτό δεν αποτελούσε σοβαρό παράπτωμα, σύμφωνα με τον αυστηρό κανονισμό του σχολείου, παρά μόνο εκκεντρικότητα, κι έτσι ο νεαρός τιμωρούνταν πολύ λιγότερο από τον αδελφό του.

Η περίπτωση της Μπλάνκα ήταν διαφορετική, γιατί ο πατέρας της δεν επενέβαινε στη μόρφωσή της. Θεωρούσε πως η μοίρα της ήταν να παντρευτεί και να λάμψει μες στην κοινωνία, όπου η ικανότητα να επικοινωνεί με τους νεκρούς, εφόσον τη διατηρούσε σ' ένα επιφανειακό επίπεδο, μπορούσε να θεωρηθεί προσόν. Υποστήριζε πως η μαγεία, όπως η θρησκεία και η κουζίνα, ήταν καθαρά γυναικεία υπόθεση κι ίσως γι' αυτό μπορούσε να συμπαθήσει τις αδελφές Μόρα, ενώ αντίθετα σιχαινόταν τους πνευματιστές από το αντρικό φύλο τόσο όσο και τους παπάδες. Από την πλευρά της, η Κλάρα πήγαινε παντού, με την κόρη της κολλημένη στις φούστες της, την έπαιρνε μαζί της στις συγκεντρώσεις της Παρασκευής και την είχε μεγαλώσει με στενή οικειότητα με τα πνεύματα, με μέλη από μυστικές οργανώσεις και με τους πανάθλιους καλλιτέχνες που η ίδια προστάτευε. Ακριβώς όπως κι εκείνη με τη μητέρα της τον καιρό της βουβαμάρας, έπαιρνε τώρα την Μπλάνκα μαζί της, για να βλέπει τους φτωχούς, φορτωμένη με δώρα και συμβουλές.

«Αυτό βοηθάει να ηρεμεί η ψυχή μας, κόρη μου», της εξηγούσε. «Αλλά δεν βοηθάει τους φτωχούς, που δεν χρειάζονται φιλανθρωπία, αλλά δικαιοσύνη».

Σ' αυτό ακριβώς το σημείο είχαν τους χειρότερους καβγάδες με τον Εστέμπαν, που είχε άλλη γνώμη γι' αυτό το θέμα.

«Δικαιοσύνη! Είναι δίκαιο να παίρνουν όλοι το ίδιο; Οι τεμπέληδες το ίδιο με τους εργατικούς; Οι βλάκες το ίδιο με τους έξυπνους; Αυτά δεν γίνονται ούτε στα ζώα! Δεν είναι θέμα πλούσιος και φτωχός, αλλά δυνατός και αδύνατος. Συμφωνώ πως πρέπει όλοι να έχουμε τις ίδιες ευκαιρίες, αλλά αυτοί οι άνθρωποι δεν κάνουν καμιά προσπάθεια. Είναι πολύ εύκολο ν' απλώνεις το χέρι και να ζητάς ελεημοσύνη! Εγώ πιστεύω στην προσπάθεια και στην ανταμοιβή. Χάρη σ' αυτή τη φιλοσοφία έφτασα να έχω αυτά που έχω. Ποτέ δεν ζήτησα χάρη από κανέναν κι ούτε έκανα καμιά ατιμία, πράγμα που αποδείχνει πως ο καθένας μπορεί να τα καταφέρει. Εγώ ήμουνα προορισμένος να γίνω ένας δυστυχισμένος γραφιάς στο συμβολαιογραφείο. Γι' αυτό δεν θ' ανεχτώ μπολσεβίκικες ιδέες στο σπίτι μου. Πάτε να κάνετε φιλανθρωπίες στις φτωχογειτονιές, αν θέλετε! Ώς εδώ, εντάξει, είναι καλό για τη διαμόρφωση του χαρακτήρα των δεσποινίδων. Αλλά μην αρχίζετε πάλι με τις ίδιες βλακείες του Πέδρο Τερσέρο Γκαρσία, γιατί αυτά δεν τα ανέχομαι!»

Ήταν αλήθεια, ο Πέδρο Τερσέρο Γκαρσία μιλούσε για δικαιοσύνη στις Τρεις Μαρίες. Ήταν ο μόνος που τολμούσε ν' αψηφήσει τ' αφεντικό, παρ' όλο το ξύλο που έτρωγε από τον πατέρα του, τον Πέδρο Σεγκούντο Γκαρσία, κάθε φορά που τον έπιανε στα πράσα. Από πολύ μικρός ο νεαρός ταξίδευε χωρίς άδεια ώς το χωριό για να δανείζεται βιβλία, να διαβάζει τις εφημερίδες και να κουβεντιάζει με το δάσκαλο του χωριού, ένα φλογερό κομμουνιστή, που μερικά χρόνια αργότερα θα σκότωναν με μια σφαίρα ανάμεσα στα μάτια. Και τις νύχτες το έσκαζε για να πηγαίνει στο μπαρ του Σαν Λούκας, όπου μαζεύονταν κάτι συνδικαλιστές που είχαν τη μανία να διορθώνουν τον κόσμο καθώς έπιναν μπίρα, ή να βρίσκει το γιγάντιο και καταπληχτικό πάτερ Χοσέ Ντούλσε Μαρία, έναν Ισπανό ιερέα με το κεφάλι γεμάτο επαναστατικές ιδέες, που έγιναν αιτία να τον ξαποστείλει η Εταιρεία του Ιησού σ' εκείνη την άκρη, στο τέλος του κόσμου, αλλά ούτε κι αυτό τον σταμάτησε από το να μετατρέπει τις βιβλικές παραβολές σε σοσιαλιστική προπαγάνδα. Τη μέρα που ο Εστέμπαν Τρουέμπα ανακάλυψε πως ο γιος του διαχειριστή του μοίραζε ανατρεπτικά φυλλάδια στους υποταχτικούς του, τον φώναξε στο γραφείο του και μπροστά στον πατέρα του τον έδειρε μ' ένα μαστίγιο από δέρματα φιδιών.

«Αυτή είναι η πρώτη προειδοποίηση, κωλομυξιάρη!» του είπε, χωρίς να υψώσει τον τόνο της φωνής του και κοιτάζοντάς τον με φλογισμένα μάτια. «Την επόμενη φορά που θα σε πιάσω να ενοχλείς τον κόσμο, θα σε χώσω μέσα. Στην ιδιοχτησία μου δεν θέλω επαναστάτες, γιατί εγώ διατάζω εδώ κι έχω κάθε δικαίωμα να διαλέγω τον κόσμο που με τριγυρίζει. Εσύ δεν μ' αρέσεις, έτσι για να το ξέρεις. Σ' ανέχομαι για το χατίρι του πατέρα σου, που με υπηρέτησε πιστά τόσα χρόνια, αλλά πρόσεχε πολύ, γιατί μπορεί να έχεις άσχημο τέλος. Και τώρα, δρόμο!»

Ο Πέδρο Τερσέρο Γκαρσία έμοιαζε στον πατέρα του: μελαχρινός, με σκληρά χαρακτηριστικά, σκαλισμένα σαν σε πέτρα, με μεγάλα θλιμμένα μάτια, μαύρα μαλλιά και σκληρά, κομμένα σαν βούρτσα. Είχε μόνο δυο έρωτες, τον πατέρα του και την κόρη του αφεντικού, που είχε αγαπήσει από τη μέρα που κοιμήθηκαν γυμνοί κάτω από το τραπέζι της τραπεζαρίας, στην τρυφερή τους παιδική ηλικία. Ούτε και η Μπλάνκα είχε ξεφύγει από κείνη τη μοίρα. Κάθε φορά που πήγαινε για διακοπές στο χτήμα κι έφτανε στις Τρεις Μαρίες μέσα σ' ένα σύννεφο από σκόνη, που ξεσήκωναν τ' αμάξια φορτωμένα με τις ανακατωμένες αποσκευές τους, ένιωθε την καρδιά της να χτυπάει σαν αφρικάνικο τύμπανο από την ανυπομονησία και την αγωνία. Πρώτη εκείνη πηδούσε από τ' αμάξι κι έτρεχε προς το σπίτι και πάντα συναντούσε τον Πέδρο Τερσέρο Γκαρσία, στο ίδιο μέρος όπου είχαν ιδωθεί για πρώτη φορά, όρθιο στο κατώφλι, μισοκρυμμένο κάτω από τη σκιά της πόρτας, ξυπόλυτο, ντροπαλό και κατσούφη, με το τριμμένο του παντελόνι να κοιτάζει με τα γεροντίστικα μάτια του τον ορίζοντα, περιμένοντάς τη να φτάσει. Οι δυο τους έτρεχαν, αγκαλιάζονταν, φιλιόντουσαν, γελούσαν, έδιναν μπουνιές ο ένας στον άλλο χαϊδευτικά, κι έκαναν κωλοτούμπες καταγής, τραβώντας τα μαλλιά τους και τσιρίζοντας.

«Σήκω πάνω, μικρή μου! Άσ' τον κουρελιάρη!» φώναζε η νταντά προσπαθώντας να τους χωρίσει.

«Άφησε τους, νταντά, είναι παιδιά κι αγαπιούνται», έλεγε η Κλάρα που ήξερε περισσότερα.

Τα παιδιά το έσκαγαν τρέχοντας, πήγαιναν να κρυφτούν για να διηγηθούν όλα όσα είχαν μαζέψει τους μήνες του χωρισμού. Ο Πέδρο της έδινε ντροπαλά κάτι ζωάκια σκαλισμένα πάνω σε κομμάτια ξύλου που της είχε φτιάξει κι η Μπλάνκα του έδινε τα δώρα που του είχε μαζέψει: ένα σουγιά που άνοιγε σαν λουλούδι, ένα μικρό μαγνήτη που τραβούσε σαν να ήταν μαγεμένος τα σκουριασμένα καρφιά από το χώμα. Το καλοκαίρι που κουβάλησε ένα μέρος από το περιεχόμενο των μπαούλων του θείου Μάρκος με τα μαγικά βιβλία, ήταν περίπου δέκα χρονών κι ο Πέδρο Τερσέρο Γκαρσία διάβαζε με κάποια δυσκολία ακόμα, αλλά η περιέργεια και η επιθυμία κατάφεραν αυτό που δεν μπόρεσε η δασκάλα με το χάρακά της. Είχαν περάσει το καλοκαίρι διαβάζοντας ξαπλωμένοι ανάμεσα στις καλαμιές του ποταμού, στα πεύκα του δάσους, στα στάχυα στα χωράφια, συζητώντας για τις αρετές του Σαντοκάν και του Ρομπέν των Δασών, την κακιά τύχη του Μαύρου Πειρατή, τις αληθινές και παιδαγωγικές ιστορίες από το Θησαυρό των Νέων, το νόημα απ' όλες τις άσχημες λέξεις που ήταν απαγορευμένες στο λεξικό της Βασιλικής Ακαδημίας της Ισπανικής Γλώσσης, το καρδιομυϊκό σύστημα σε φωτογραφίες, που έδειχνε έναν τύπο χωρίς δέρμα, με όλες τις φλέβες του και την καρδιά του σε κοινή θέα, αλλά με σώβρακο. Μέσα σε λίγες βδομάδες ο νεαρός είχε μάθει να καταβροχθίζει τα κείμενα. Μπήκαν στον πλατύ και βαθύ κόσμο του απίθανου, με νάνους, νεράιδες, με ναυαγούς που τρώνε ο ένας τον άλλο αφού ρίξουν τα ζάρια, με τίγρεις που αφήνονται να εξημερωθούν από αγάπη, με συναρπαστικές εφευρέσεις, με γεωγραφικά και ζωολογικά περίεργα, στις ανατολικές χώρες, όπου υπάρχουν τζίνια μες στα μπουκάλια, δράκοι στις σπηλιές και αιχμάλωτες πριγκιποπούλες στους πύργους. Συχνά πήγαιναν να επισκεφτούν τον Πέδρο Γκαρσία, το γέρο, που με τον καιρό έχανε τις αισθήσεις του. Σιγά σιγά έχανε το φως του και μια θαλασσιά ταινία σκέπαζε τα μάτια του – «είναι τα σύννεφα που μπαίνουν μπρος μου», έλεγε. Χαιρόταν πολύ με τις επισκέψεις της Μπλάνκα και του Πέδρο Τερσέρο, που ήταν εγγονός του, αν κι εκείνος πια το είχε ξεχάσει. Άκουγε τις ιστορίες που εκείνοι διάλεγαν από τα μαγικά βιβλία και που έπρεπε να του φωνάζουν στ' αυτί, γιατί, όπως έλεγε, ο άνεμος έμπαινε στ' αυτιά του και γι' αυτό είχε κουφαθεί. Σ' αντάλλαγμα ο γέρος τούς μάθαινε πώς να προστατεύονται από δαγκώματα από τα δηλητηριώδη έντομα και τους έδειχνε την αποτελεσματικότητα του αντίδοτου, βάζοντας ένα ζωντανό σκορπιό πάνω στο μπράτσο του. Τους έδειχνε πώς να ψάχνουν για νερό. Έπρεπε να πιάσουν ένα ξερό κλαδί με τα δυο τους χέρια και να προχωρήσουν, ακουμπώντας στο χώμα, σιωπηλά, και να σκέφτονται το νερό και τη δίψα του ξύλου, ώσπου ξαφνικά, νιώθοντας την υγρασία, το κλαδί άρχιζε να τρέμει. Εκεί έπρεπε να σκάψουν, τους έλεγε ο γέρος, αλλά διευκρίνιζε πως δεν χρησιμοποιούσε αυτό το σύστημα για το έδαφος στις Τρεις Μαρίες, γιατί εκείνος δεν χρειαζόταν ξύλο. Τα κόκαλά του είχαν τέτοια δίψα, που, περνώντας πάνω από υπόγεια νερά, ακόμα κι αν ήταν πολύ βαθιά, ο σκελετός του τον προειδοποιούσε. Τους έδειχνε τα φυτά στον κάμπο και τους έβαζε να τα μυρίζουν, να τα δοκιμάζουν, να τα χαϊδεύουν για να γνωρίζουν το φυσικό τους άρωμα, τη γεύση και την υφή τους και να μπορούν να τ' αναγνωρίζουν ανάλογα με τις θεραπευτικές τους ιδιότητες: το ένα ηρεμεί το πνεύμα, το άλλο διώχνει τις διαβολικές επιδράσεις, το άλλο καθαρίζει τα μάτια, εκείνο σφίγγει την κοιλιά, αυτό βοηθάει το αίμα. Σ' εκείνη την περιοχή η σοφία του ήταν τόσο μεγάλη, που ο γιατρός από το νοσοκομείο των καλογριών ερχόταν να τον επισκεφτεί και να ζητήσει τη συμβουλή του. Ωστόσο, όλη του η σοφία δεν μπόρεσε να σώσει την κόρη του Πάντσα από τα ρίγη και τις κράμπες που την έστειλαν στον άλλο κόσμο. Της έδωσε να φάει κοπριά από αγελάδα κι όταν αυτό δεν είχε κανένα αποτέλεσμα, από άλογο, την τύλιξε σε κουβέρτες και την έκανε να ιδρώσει το κακό, μέχρι που απόμεινε πετσί και κόκαλο, την έτριψε με αγουαρδιέντε και μπαρούτι σ' όλο της το κορμί, αλλά όλα άδικα. Η Πάντσα σιγοπέθαινε με μια ατέλειωτη διάρροια που στράγγιζε τις σάρκες της και υπέφερε από ανικανοποίητη δίψα. Νικημένος, ο Πέδρο Γκαρσία ζήτησε άδεια από τ' αφεντικό για να την πάει στο χωριό μ' ένα κάρο. Τα δυο παιδιά τον συντρόφεψαν. Ο γιατρός στο νοσοκομείο των καλογριών εξέτασε προσεχτικά την Πάντσα και είπε στο γέρο πως δεν είχε ελπίδες πια, πως αν την είχε πάει πιο πριν και δεν είχε προκαλέσει όλο εκείνο το ίδρωμα, κάτι θα μπορούσε να κάνει γι' αυτή, αλλά πως το σώμα της πια δεν συγκρατούσε υγρά κι ήταν σαν φυτό με ξεραμένες ρίζες. Ο Πέδρο Γκαρσία προσβλήθηκε κι εξακολούθησε ν' αρνιέται την αποτυχία του, ακόμα κι όταν γύρισε με το πτώμα της κόρης του τυλιγμένο σε μια κουβέρτα, μαζί με τα δυο τρομαγμένα παιδιά, και το ξεφόρτωσε στην αυλή στις Τρεις Μαρίες, μουρμουρίζοντας θυμωμένα ενάντια στην άγνοια του γιατρού. Την έθαψαν σ' ένα προνομιούχο σημείο στο μικρό νεκροταφείο, κοντά στην εγκαταλειμμένη εκκλησία, στα ριζά του ηφαιστείου, γιατί κατά κάποιον τρόπο ήταν γυναίκα του αφεντικού, μια και του είχε δώσει το μοναδικό γιο που είχε τ' όνομα του, αν και ποτέ δεν πήρε το επώνυμό του, κι ένα εγγόνι, τον παράξενο Εστέμπαν Γκαρσία, που ήταν προορισμένος να παίξει τρομερό ρόλο στην ιστορία της οικογένειας.

Μια μέρα ο γερο-Πέδρο Γκαρσία διηγήθηκε στην Μπλάνκα και στον Πέδρο Τερσέρο την ιστορία με τις κότες, που συμφώνησαν ν' αντιμετωπίσουν την αλεπού που έμπαινε κάθε βράδυ στο κοτέτσι και έκλεβε τ' αβγά και καταβρόχθιζε τα κοτόπουλα. Οι κότες αποφάσισαν πως είχαν πια βαρεθεί να υποφέρουν την παντοδυναμία της αλεπούς, την περίμεναν οργανωμένες και, όταν μπήκε στο κοτέτσι, της έκλεισαν το δρόμο, την κύκλωσαν κι έπεσαν πάνω της με τσιμπήματα, που την άφησαν πιότερο ψόφια παρά ζωντανή.

«Και τότε είδανε την αλεπού να τρέχει με την ουρά κάτω από τα σκέλια κι από πίσω να την κυνηγάνε οι κότες», τέλειωσε ο γέρος.

Η Μπλάνκα γέλασε με την ιστορία και είπε πως ήταν αδύνατο να γίνει, γιατί οι κότες είναι από φυσικού τους κουτές κι αδύναμες και οι αλεπούδες πονηρές και δυνατές, αλλά ο Πέδρο Τερσέρο δεν γέλασε. Απόμεινε σκεφτικός όλο τ' απόγεμα, να σκέφτεται ξανά και ξανά την ιστορία με την αλεπού και τις κότες κι ίσως εκείνη να ήταν η στιγμή που το παιδί άρχισε να γίνεται άντρας.

5

Οι εραστές

Τα παιδικά χρόνια της Μπλάνκα πέρασαν χωρίς ιδιαίτερες εκπλήξεις και τα ζεστά καλοκαίρια στις Τρεις Μαρίες, όπου ανακάλυπτε ένα συναίσθημα που ολοένα μεγάλωνε μέσα της, εναλλάσσονταν με τη ρουτίνα στην πρωτεύουσα, όμοια με τα άλλα κορίτσια της ηλικίας της και της τάξης της, παρ' όλο που η παρουσία της Κλάρας έδινε μια εκκεντρική νότα στη ζωή της. Κάθε πρωί εμφανιζόταν η νταντά με το πρωινό για να διώξει τον ύπνο, να επιθεωρήσει τη στολή της, ν' ανεβάσει τις κάλτσες της, να της βάλει το καπέλο, τα γάντια και το μαντίλι, να ταχτοποιήσει τα βιβλία στη σάκα, ενώ μια μουρμούριζε προσευχές για την ψυχή των νεκρών, μια έδινε παραγγελίες με δυνατή φωνή στην Μπλάνκα, να μην αφήσει να την παρασύρουν οι καλόγριες.

«Αυτές οι γυναίκες είναι όλες διεφθαρμένες», την προειδοποιούσε, «διαλέγουν ανάμεσα από τις μαθήτριες τις πιο όμορφες, τις πιο έξυπνες κι από καλές οικογένειες, για να τις βάλουν στο μοναστήρι, ξυρίζουν τα κεφάλια στις δόκιμες, τις καημενούλες, και τις προορίζουν να χαραμίσουν τη ζωή τους φτιάχνοντας γλυκά για πούλημα και φροντίζοντας ξένα γεροντάκια».

Ο οδηγός πήγαινε τη μικρή στο σχολείο, όπου η μέρα άρχιζε με λειτουργία και υποχρεωτική κοινωνία. Γονατισμένη στο στασίδι της, η Μπλάνκα ανάπνεε την έντονη μυρωδιά από το λιβάνι και τα κρίνα της Μαρίας, ενώ υπόμενε ένα πολλαπλό μαρτύριο από ναυτία, ενοχή και θαριεστημάρα. Ήταν το μόνο που δεν της άρεσε στο σχολείο. Αγαπούσε τους ψηλοτάβανους διαδρόμους από πέτρα, την άσπιλη καθαριότητα στα μαρμάρινα πατώματα, τους γυμνούς άσπρους τοίχους, το σιδερένιο Χριστό που έστεκε φύλακας στην είσοδο. Ήταν ρομαντικό και συναισθηματικό πλάσμα, με τάση για μοναξιά, με λίγες φίλες, ικανή να συγκινηθεί μέχρι δακρύων όταν άνθιζαν τα τριαντάφυλλα στον κήπο, όταν μύριζε την απαλή μυρωδιά από πανί και σαπούνι, που είχαν οι καλόγριες όταν έσκυβαν στις καθημερινές τους δουλειές, κι όταν έμενε πίσω από τις άλλες για να νιώσει τη θλιβερή σιωπή στις άδειες πτέρυγες. Έδειχνε ντροπαλή και μελαγχολική. Μόνο στο χτήμα, με το δέρμα ηλιοκαμένο και την κοιλιά γεμάτη φρέσκα φρούτα, τρέχοντας στα χωράφια με τον Πέδρο Τερσέρο, ήταν χαμογελαστή και χαρούμενη. Η μητέρα της έλεγε πως εκείνη ήταν η αληθινή Μπλάνκα και πως η άλλη, στην πόλη, ήταν μια Μπλάνκα σε χειμέρια νάρκη.

Με τη συνεχή αναστάτωση που βασίλευε στο σπίτι, κανένας εκτός από την νταντά δεν καταλάβαινε πως η Μπλάνκα μεταμορφωνόταν σε γυναίκα. Από τη μια μέρα στην άλλη μπήκε στην εφηβεία: από τους Τρουέμπα είχε πάρει το σπανιόλικο και το αράπικο αίμα, το αρχοντικό ανάστημα, το περήφανο χαμόγελο, το δέρμα στο χρώμα της ελιάς και τα σκούρα μάτια από τα μεσογειακά τους γονίδια, αλλά όλα επηρεασμένα από την κληρονομιά της μητέρας της, απ' όπου πήρε τη γλύκα που κανένας από τους Τρουέμπα δεν είχε ποτέ. Ήταν ένα ήσυχο πλάσμα, διασκέδαζε μόνη της, διάβαζε, έπαιζε με τις κούκλες της, και δεν έδειχνε καμιά φυσική κλίση για τον πνευματισμό της μητέρας της ή για τους θυμούς του πατέρα της. Οι συγγενείς έλεγαν, στ' αστεία, πως ήταν το μόνο φυσιολογικό άτομο μέσα σε πολλές γενιές στην οικογένεια και στην πραγματικότητα έδειχνε να είναι ένα θαύμα ισορροπίας και γαλήνης. Γύρω στα δεκατρία άρχισε να μεγαλώνει το στήθος της, να μικραίνει η μέση της, λέπτυνε και ψήλωσε σαν δεντράκι που του είχαν ρίξει λίπασμα. Η νταντά τής μάζεψε τα μαλλιά σ' έναν κότσο και τη συνόδεψε για ν' αγοράσει τον πρώτο της στηθόδεσμο, το πρώτο της ζευγάρι μεταξωτές κάλτσες, το πρώτο της γυναικείο φουστάνι και μια συλλογή από μικρές πετσέτες, γι' αυτό που εκείνη ονόμαζε κάθαρση. Στο μεταξύ, η μητέρα της εξακολουθούσε να κάνει τις καρέκλες να χορεύουν σ' όλο το σπίτι, να παίζει Σοπέν με το πιάνο κλειστό και ν' απαγγέλλει τους θαυμάσιους ανομοιοκατάληκτους στίχους, χωρίς θέμα και χωρίς νόημα, ενός νεαρού ποιητή που είχε μαζέψει στο σπίτι της και που μόλις είχε αρχίσει να γίνεται γνωστός, χωρίς να προσέχει τις αλλαγές πάνω στην κόρη της, χωρίς να βλέπει τη σχολική στολή με τις ξηλωμένες ραφές, χωρίς ν' αντιλαμβάνεται πως το στρογγυλό της πρόσωπο είχε ανεπαίσθητα μεταμορφωθεί σε γυναικείο, γιατί η Κλάρα ζούσε προσέχοντας τις αύρες και τις επιδράσεις κι όχι τα κιλά ή τα εκατοστά. Μια μέρα την είδε να μπαίνει στο δωμάτιο της ραπτικής, ντυμένη για να βγει έξω, και παραξενεύτηκε που εκείνη η ψηλή και μελαχρινή σενιορίτα ήταν η μικρή της Μπλάνκα. Την αγκάλιασε, τη γέμισε φιλιά και την προειδοποίησε πως γρήγορα θα της ερχόταν η περίοδος.

«Κάτσε να σου εξηγήσω τι 'ναι αυτό», είπε η Κλάρα.

«Μη στεναχωριέσαι, μαμά, πάει ένας χρόνος που μου έρχεται κάθε μήνα», αποκρίθηκε γελώντας η Μπλάνκα.

Η σχέση μεταξύ τους δεν άλλαξε πολύ με την ανάπτυξη της νεαρής, γιατί είχε στέρεες βάσεις, στην απόλυτη αλληλοπαραδοχή και στην ικανότητά τους να κοροϊδεύουν μαζί όλα σχεδόν τα πράγματα στη ζωή.

Εκείνη τη χρονιά το καλοκαίρι μπήκε νωρίς, με ξερή και υγρή ζέστη που σκέπασε την πόλη με μια εφιαλτική αντανάκλαση, γι' αυτό αποφάσισαν να φύγουν δυο βδομάδες νωρίτερα για τις Τρεις Μαρίες. Όπως κάθε χρόνο, η Μπλάνκα περίμενε με αγωνία τη στιγμή που θα έβλεπε τον Πέδρο Τερσέρο και, όπως κάθε χρόνο, κατεβαίνοντας από τ' αμάξι, το πρώτο που έκανε ήταν να ψάξει με το βλέμμα να τον βρει στο ίδιο μέρος. Ανακάλυψε τη σκιά του κρυμμένη στο κατώφλι της πόρτας και πετάχτηκε από τ' αμάξι, τρέχοντας να τον συναντήσει με λαχτάρα, μετά από τόσους μήνες που τον ονειρευόταν, αλλά είδε ξαφνιασμένη πως το παιδί έκανε μισή στροφή κι έφυγε τρέχοντας.

Η Μπλάνκα γύρισε όλο το απόγεμα στα μέρη που συναντιούνταν, ρώτησε γι' αυτόν, τον φώναξε, τον αναζήτησε στο σπίτι του Πέδρο Γκαρσία, του γέρου, και, τελικά, όταν έπεσε η νύχτα, ξάπλωσε νικημένη χωρίς να φάει. Στο τεράστιο μπρούντζινο κρεβάτι της, πονεμένη κι έκπληκτη, βύθισε το πρόσωπό της στο μαξιλάρι κι έκλαψε απαρηγόρητα. Η νταντά τής πήγε ένα ποτήρι γάλα με μέλι και μάντεψε αμέσως το λόγο της στεναχώριας της.

«Επιτέλους!» της είπε με στραβό χαμόγελο. «Δεν είσαι πια μωρό για να παίζεις μ' εκείνον το μυξιάρικο ψειριάρη!»

Μισή ώρα αργότερα μπήκε στο δωμάτιο η μητέρα της να

την καληνυχτίσει και τη βρήκε να κλαίει με τους τελευταίους λυγμούς ενός μελοδραματικού θρήνου. Για μια στιγμή η Κλάρα σταμάτησε να είναι ένας αφηρημένος άγγελος και κατέβηκε στο ύψος των απλών θνητών, που στα δεκατέσσερά τους υποφέρουν την πρώτη τους ερωτική απογοήτευση. Θέλησε να τη ρωτήσει, αλλά η Μπλάνκα ήταν πολύ περήφανη ή υπερβολικά γυναίκα κιόλας, και δεν της έδωσε καμιά εξήγηση, κι έτσι η Κλάρα αρκέστηκε να καθίσει για λίγο στο κρεβάτι της και να τη χαϊδέψει μέχρι που ηρέμησε.

Εκείνη τη νύχτα η Μπλάνκα κακοκοιμήθηκε και ξύπνησε τα ξημερώματα τριγυρισμένη από σκιές στο μεγάλο δωμάτιο. Έμεινε να κοιτάζει τα φατνώματα στο ταβάνι, ώσπου λάλησε ο πρώτος κόκορας και τότε σηκώθηκε, άνοιξε τις κουρτίνες κι άφησε να μπει μέσα το απαλό φως της αυγής και οι πρώτοι θόρυβοι του κόσμου. Πλησίασε στον καθρέφτη της ντουλάπας και κοιτάχτηκε ώρα πολλή. Έβγαλε τη νυχτικιά της και παρατήρησε για πρώτη φορά εξονυχιστικά το σώμα της, συνειδητοποιώντας πως εκείνες οι αλλαγές ήταν η αιτία που ο φίλος της το είχε σκάσει. Χαμογέλασε μ' ένα καινούργιο και λεπτό γυναικείο χαμόγελο. Έβαλε τα παλιά της ρούχα από το περασμένο καλοκαίρι, που σχεδόν δεν της έμπαιναν, τυλίχτηκε σ' ένα σάλι και βγήκε έξω στις μύτες των ποδιών της, για να μην ξυπνήσει την οικογένεια. Έξω το χτήμα μόλις που αποτίναζε το λήθαργο της νύχτας και οι πρώτες αχτίνες του ήλιου έκοβαν σαν σπαθιές τις κορφές της κορδιλιέρας, ζεσταίνοντας τη γη και εξατμίζοντας τη δροσιά σ' ένα λεπτό ατμό, που έσβηνε τον περίγυρο των πραγμάτων και μετέτρεπε το τοπίο σε μαγεμένο όραμα. Η Μπλάνκα βάλθηκε να προχωρεί προς το ποτάμι. Όλα ήταν ακόμα ήρεμα, τα πόδια της πατούσαν τα πεσμένα φύλλα και τα ξερά κλαδιά κι άφηναν ένα ελαφρό τρίξιμο, το μόνο θόρυβο σ' εκείνον τον απέραντο, κοιμισμένο χώρο. Ένιωσε πως οι ακαθόριστες δεντροστοιχίες, τα χρυσαφένια στάρια και τα μακρινά βιολετιά βουνά, που χάνονταν στο διάφανο πρωινό ουρανό, ήταν μια παλιά ανάμνηση στη μνήμη της, κάτι που είχε ξαναδεί ακριβώς έτσι και πως είχε ξαναζήσει εκείνη τη στιγμή. Η ελαφριά νυχτερινή ψιχάλα είχε μουσκέψει τη γη και τα δέντρα κι ένιωσε τα ρούχα της υγραμένα και τα παπούτσια της κρύα. Ανάπνευσε το άρωμα που ανάδινε η βρεγμένη γη και το χώμα και που ξυπνούσε μια άγνωστη ευχαρίστηση στις αισθήσεις της.

Η Μπλάνκα έφτασε ώς το ποτάμι και είδε τον παιδικό της φίλο να κάθεται στο μέρος όπου τόσες φορές είχαν συναντηθεί. Ο Πέδρο Τερσέρο δεν είχε ψηλώσει, όπως η Μπλάνκα, εκείνη τη χρονιά κι εξακολουθούσε να είναι το ίδιο αδύνατο, μελαχρινό παιδί, με πεταμένη κοιλιά, με την ίδια σοφή, γεροντίστικη έκφραση στα μαύρα του μάτια. Όταν την είδε σηκώθηκε κι εκείνη υπολόγισε πως τον περνούσε μισό κεφάλι. Κοιτάχτηκαν αμήχανοι, νιώθοντας για πρώτη φορά σαν ξένοι. Για λίγο διάστημα, που τους φάνηκε αιωνιότητα, έμειναν ακίνητοι, προσπαθώντας να συνηθίσουν στις αλλαγές και στις καινούργιες αποστάσεις, αλλά τότε ένα σπουργίτι τερέτισε κι όλα ξανάγιναν όπως το περασμένο καλοκαίρι. Ξανάγιναν δυο παιδιά πάλι, που τρέχουν, που αγκαλιάζονται και γελούν, που πέφτουν καταγής, κάνουν τούμπες, πέφτουν στα χαλίκια μουρμουρίζοντας ακούραστα τα ονόματά τους, ευτυχισμένα που βρίσκονται ξανά μαζί. Στο τέλος ηρέμησαν. Εκείνη είχε τα μαλλιά της γεμάτα φύλλα κι εκείνος της τα καθάρισε βγάζοντας τα ένα ένα.

«Έλα, θέλω να σου δείξω κάτι», είπε ο Πέδρο Τερσέρο. Την πήρε από το χέρι. Περπατούσαν και γεύονταν εκείνο το πρωινό στον κόσμο, σέρνοντας τα πόδια πάνω στη λάσπη, μαζεύοντας τρυφερά κοτσάνια για να ρουφήξουν το μέλι τους, ενώ κοιτάζονταν και χαμογελούσαν, χωρίς να μιλούν, μέχρι που έφτασαν σ' ένα μακρινό χωράφι. Ο ήλιος είχε βγει πάνω από το ηφαίστειο, αλλά η μέρα ακόμα δεν είχε εγκατασταθεί και η γη χασμουριόταν. Ο Πέδρο της έκανε νόημα να πέσει κάτω και να μη μιλάει. Πλησίασαν έρποντας σε κάτι θάμνους, έκαναν ένα σύντομο κύκλο και τότε η Μπλάνκα την είδε: ήταν μια όμορφη, άγρια φοράδα, που γεννούσε μόνη πάνω στο λόφο. Τα παιδιά, ακίνητα, προσπαθώντας να μην ακούγεται ούτε η ανάσα τους, την είδαν να λαχανιάζει και να σφίγγεται μέχρι που το πουλάρι έβγαλε το κεφάλι του κι ύστερα, μετά από πολλή ώρα, το υπόλοιπο σώμα του. Το ζωάκι έπεσε καταγής και η μάνα του άρχισε να το γλείφει, μέχρι που το άφησε καθαρό και γυαλιστερό σαν βερνικωμένο ξύλο, σπρώχνοντάς το με το μουσούδι για να προσπαθήσει να σηκωθεί. Το πουλάρι προσπάθησε να σταθεί όρθιο, αλλά τα λεπτά του νεογέννητα ποδαράκια δίπλωναν κι έμεινε ξαπλωμένο καταγής να κοιτάζει τη μάνα του με χαμένο ύφος, ενώ εκείνη χλιμίντρισε χαιρετίζοντας τον πρωινό ήλιο. Η Μπλάνκα ένιωσε το στήθος της να γεμίζει ευτυχία και ξέσπασε σε κλάματα.

«Όταν μεγαλώσω θα σε παντρευτώ και θα 'ρθουμε να ζήσουμε εδώ, στις Τρεις Μαρίες», είπε ψιθυριστά.

Ο Πέδρο έμεινε να την κοιτάζει με το γεροντίστικο θλιμμένο του βλέμμα και κούνησε αρνητικά το κεφάλι. Ήταν ακόμα πολύ πιο κοντός από κείνη, αλλά ήδη γνώριζε τη θέση του στον κόσμο. Ήξερε ακόμα πως θ' αγαπούσε εκείνο το κορίτσι σ' όλη του τη ζωή, πως εκείνο το ξημέρωμα θα έμενε στη μνήμη του και θα ήταν το τελευταίο που θα σκεφτόταν πριν πεθάνει.

Πέρασαν εκείνο το καλοκαίρι ταλαντευόμενοι ανάμεσα σε παιδιάστικα καμώματα και στο ξύπνημα του άντρα και της γυναίκας. Μερικές φορές έτρεχαν σαν μικρά παιδιά, ξεσηκώνοντας τις κότες και αναστατώνοντας τις γελάδες, χόρταιναν με χλιαρό, φρεσκοαρμεγμένο γάλα κι έκαναν μουστάκια από τον αφρό, έκλεβαν φρεσκοψημένο ψωμί από το φούρνο, σκαρφάλωναν στα δέντρα για να φτιάξουν σπιτάκια του δάσους. Άλλες φορές κρύβονταν στα πιο κρυφά και πυκνά μέρη στο δάσος, έφτιαχναν κρεβάτια με φύλλα κι έπαιζαν τους παντρεμένους και χαϊδεύονταν μέχρι να εξαντληθούν. Δεν είχαν χάσει την αθωότητά τους, έβγαζαν τα ρούχα τους χωρίς περιέργεια και κολυμπούσαν γυμνοί στο ποτάμι, όπως συνήθιζαν, βουτώντας στο κρύο νερό κι αφήνοντας το ρεύμα να τους παρασύρει πάνω στις γυαλιστερές πέτρες του βυθού. Αλλά υπήρχαν πράγματα που δεν μοιράζονταν όπως παλιά. Είχαν μάθει να ντρέπονται ο ένας τον άλλο. Δεν ανταγωνίζονταν πια για να δουν ποιος μπορεί να φτιάξει τη μεγαλύτερη λιμνούλα από τσίσα και η Μπλάνκα δεν του είπε για κείνο το σκούρο υγρό που της λέρωνε την κιλότα κάθε μήνα. Χωρίς κανένας να τους το πει, κατάλαβαν πως δεν μπορούσαν να έχουν οικειότητες μπροστά στους άλλους. Όταν η Μπλάνκα έβαζε τα δεσποινιδίστικά της ρούχα και καθόταν τ' απογέματα στη βεράντα για να πιει λεμονάδα με την οικογένεια, ο Πέδρο Τερσέρο την παρακολουθούσε από μακριά και δεν πλησίαζε. Άρχισαν να κρύβονται για να παίζουν. Σταμάτησαν να περπατούν πιασμένοι από το χέρι μπροστά στους μεγάλους και αγνοούσαν ο ένας τον άλλο για να μην τραβούν την προσοχή. Η νταντά είχε αναστενάξει πιο ήσυχη, αλλά η Κλάρα άρχισε να τους παρακολουθεί με μεγαλύτερη προσοχή. Τέλειωσαν οι διακοπές και οι Τρουέμπα γύρισαν στην πρωτεύουσα φορτωμένοι βάζα με γλυκό, κομπόστες, κιβώτια με φρούτα, τυριά, κοτόπουλα και καπνιστά κουνέλια, καλάθια με αβγά. Όσο ταχτοποιούσαν τα πράγματα στα αμάξια που θα τους πήγαιναν στο σταθμό, η Μπλάνκα και ο Πέδρο Τερσέρο κρύφτηκαν στην αποθήκη για ν' αποχαιρετιστούν. Μέσα σ' εκείνους τους τρεις μήνες είχαν καταλήξει ν' αγαπιούνται μ' ένα πάθος παράφορο, που θα τους βασάνιζε σ' όλη την υπόλοιπη ζωή τους. Με τον καιρό εκείνος ο έρωτας έγινε πιο άτρωτος κι επίμονος, αλλά είχε από τότε κιόλας το ίδιο βάθος και τη σιγουριά που θα τον χαραχτήριζε αργότερα. Πάνω σ' ένα σωρό από σπόρο, αναπνέοντας την αρωματική σκόνη της αποθήκης, μες στο χρυσαφί και συγκεχυμένο πρωινό φως, καθώς διαχεόταν μέσα από τις τάβλες, φιλήθηκαν παντού, έγλειψαν ο ένας τον άλλο, δαγκώθηκαν, ρουφήχτηκαν, έκλαψαν κι ήπιαν ο ένας τα δάκρυα του άλλου, ορκίστηκαν αιώνια αγάπη και συμφώνησαν ν' αλληλογραφούν τους μήνες του χωρισμού μ' ένα μυστικό κώδικα.

Όλοι όσοι έζησαν εκείνο το επεισόδιο συμφωνούν πως ήταν γύρω στις οχτώ το βράδυ όταν εμφανίστηκε η Φέρουλα, χωρίς τίποτα να προμηνύσει την άφιξή της. Όλοι μπόρεσαν να τη δουν με την κολλαρισμένη της μπλούζα, το μάτσο τα κλειδιά στη ζώνη της και το γεροντοκορίστικο κότσο της, ακριβώς όπως την έβλεπαν όλοι μες στο σπίτι. Μπήκε από την πόρτα της τραπεζαρίας τη στιγμή που ο Εστέμπαν άρχιζε να κόβει το ψητό και την αναγνώρισαν αμέσως, παρ' όλο που είχαν έξι χρόνια να τη δουν κι ήταν πιο χλομή και γερασμένη. Ήταν Σάββατο και οι δίδυμοι, ο Χάιμε και ο Νικολάς, είχαν βγει από το σχολείο για να περάσουν το σαββατοκύριακο με την οικογένεια, κι έτσι βρίσκονταν εκεί κι αυτοί. Η μαρτυρία τους είναι πολύ σπουδαία, γιατί ήταν τα μόνα μέλη της οικογένειας που ζούσαν μακριά από το τρίποδο τραπέζι, προστατευμένοι από τη μαγεία και τον πνευματισμό στο αυστηρό εγγλέζικο σχολείο τους. Πρώτα ένιωσαν ένα ξαφνικό κρύο στην τραπεζαρία και η Κλάρα διέταξε να κλείσουν τα παράθυρα, γιατί σκέφτηκε πως ήταν κάποιο ρεύμα αέρα. Ύστερα άκουσαν το κουδούνισμα των κλειδιών και σχεδόν αμέσως άνοιξε η πόρτα κι εμφανίστηκε η Φέρουλα, σιωπηλή και με απόμακρη έκφραση, την ίδια στιγμή που έμπαινε η νταντά από την πόρτα της κουζίνας με τη σαλατιέρα. Ο Εστέμπαν Τρουέμπα έμεινε με το μαχαίρι και το πιρούνι στον αέρα, ξερός από την έκπληξη, και τα τρία παιδιά φώναξαν σχεδόν την ίδια στιγμή, θεία Φέρουλα! Η Μπλάνκα πρόλαβε να σηκωθεί για να την προϋπαντήσει, αλλά η Κλάρα, που καθόταν δίπλα της, άπλωσε το χέρι και την κράτησε από το μπράτσο. Στην πραγματικότητα, η Κλάρα ήταν η μόνη που κατάλαβε από την πρώτη στιγμή αυτό που συνέβαινε, λόγω της μεγάλης της οικειότητας με τα υπερφυσικά φαινόμενα, παρ' όλο που τίποτα στην εμφάνιση της κουνιάδας της δεν πρόδινε την αληθινή της κατάσταση. Η Φέρουλα σταμάτησε ένα μέτρο από το τραπέζι, τους κοίταξε όλους μ' ένα άδειο κι αδιάφορο βλέμμα κι ύστερα προχώρησε προς την Κλάρα, που σηκώθηκε χωρίς να κάνει καμιά κίνηση για να την πλησιάσει, παρά μόνο έκλεισε τα μάτια κι άρχισε να αναπνέει γρήγορα, λες κι επρόκειτο να πάθει μια από τις κρίσεις άσθματος. Η Φέρουλα την πλησίασε, ακούμπησε ένα χέρι στον κάθε ώμο της και τη φίλησε στο μέτωπο μ' ένα σύντομο φιλί. Το μόνο που ακουγόταν στην τραπεζαρία ήταν η λαχανιασμένη αναπνοή της Κλάρας και το μεταλλικό κουδούνισμα από τα κλειδιά στη ζώνη της Φέρουλα. Αφού φίλησε τη νύφη της, η Φέρουλα πέρασε δίπλα της και βγήκε από κει που είχε έρθει, κλείνοντας την πόρτα πίσω της απαλά. Στην τραπεζαρία η οικογένεια έμεινε ακίνητη, σαν σε εφιάλτη. Ξαφνικά η ντάντα άρχισε να τρέμει τόσο δυνατά, που της έπεσαν τα κουτάλια από τη σαλάτα και ο θόρυβος από το ασήμι, που χτύπησε στο παρκέ, τους έκανε όλους να τρομάξουν. Η Κλάρα άνοιξε τα μάτια. Εξακολουθούσε ν' αναπνέει με δυσκολία και σιωπηλά δάκρυα έτρεχαν στα μάγουλα και στο λαιμό της, λεκιάζοντας την μπλούζα της.

«Η Φέρουλα πέθανε», ανάγγειλε.

Ο Εστέμπαν πέταξε τα μαχαιροπίρουνα για το σερβίρισμα του ψητού πάνω στο τραπεζομάντιλο και βγήκε τρέχοντας στο διάδρομο. Έφτασε ώς το δρόμο φωνάζοντας την αδελφή του, αλλά δεν βρήκε ούτε ίχνος της. Στο μεταξύ η Κλάρα διέταξε έναν υπηρέτη να φέρει τα παλτά κι όταν ο άντρας της γύρισε, έβαζε κιόλας το δικό της και κρατούσε τα κλειδιά του αυτοκινήτου στο χέρι.

«Πάμε στον πάτερ Αντόνιο», του είπε.

Σ' όλο το δρόμο δεν μίλησαν. Ο Εστέμπαν οδηγούσε με σφιγμένη την καρδιά, ψάχνοντας για την παλιά ενορία του πάτερ Αντόνιο στις φτωχογειτονιές, όπου είχε πολλά χρόνια να πατήσει. Ο ιερέας έραβε ένα κουμπί στο ξεφτισμένο του ράσο όταν έφτασαν με το νέο πως η Φέρουλα είχε πεθάνει.

«Δεν μπορεί!» φώναξε. «Πάνε δυο μέρες που ήμασταν μαζί και ήταν γερή και καλοδιάθετη».

«Πήγαινέ μας στο σπίτι της, πάτερ, σε παρακαλώ», παρακάλεσε η Κλάρα. «Ξέρω γιατί το λέω. Είναι νεκρή».

Μπροστά στην επιμονή της Κλάρας, ο πάτερ Αντόνιο τους συνόδεψε. Οδήγησε τον Εστέμπαν από κάτι στενούς δρόμους μέχρι το σπίτι της Φέρουλα. Όλα εκείνα τα χρόνια της μοναξιάς είχε ζήσει σε μια από κείνες τις φτωχογειτονιές, όπου πήγαινε να προσευχηθεί με το ροζάριο, ενάντια στη θέληση των ωφελουμένων, στα νιάτα της. Αναγκάστηκαν ν' αφήσουν το αυτοκίνητο αρκετά τετράγωνα πιο μακριά, γιατί οι δρόμοι στένευαν ολοένα περισσότερο, ώσπου κατάλαβαν πως ήταν φτιαγμένοι για να περνάνε μόνο πεζοί και ποδήλατα. Προχωρούσαν ο ένας πίσω από τον άλλο, πηδώντας τις λακκούβες με τα βρόμικα νερά που ξεχείλιζαν από τους υπονόμους κι αποφεύγοντας τους σωρούς με τα σκουπίδια, όπου σκάλιζαν σαν σιωπηλές σκιές οι γάτες. Η φτωχογειτονιά ήταν ένας μακρύς διάδρομος από ερειπωμένα σπίτια, όλα ίδια, μικρά και ταπεινά σπιτόπουλα από τσιμέντο, με μια μόνο πόρτα και δυο παράθυρα βαμμένα με σκούρα χρώματα, ξεχαρβαλωμένα, φαγωμένα από την υγρασία, με σύρματα τεντωμένα από τη μια άκρη στην άλλη, όπου τη μέρα στέγνωναν τα ρούχα στον ήλιο, αλλά εκείνη την ώρα της νύχτας κουνιούνταν ανεπαίσθητα. Μες στη μέση, σ' εκείνο το σοκάκι, βρισκόταν το μοναδικό ντεπόζιτο νερού, που προμήθευε όλες τις οικογένειες που έμεναν εκεί, και μόνο δυο φανάρια φώτιζαν το διάδρομο ανάμεσα στα σπίτια. Ο πάτερ Αντόνιο χαιρέτησε μια γριά που περίμενε δίπλα στο ντεπόζιτο να γεμίσει ο κουβάς της με την αδύναμη κλωστή νερού που έπεφτε από τη βρύση.

«Είδες μήπως τη σενιορίτα Φέρουλα;» τη ρώτησε.

«Σπίτι της πρέπει να 'ναι, πάτερ. Έχω να τη δω μερικές μέρες», είπε η γριά.

Ο πάτερ Αντόνιο έδειξε ένα από τα σπίτια, ίδιο με τ' άλλα, θλιβερό, ξεβαμμένο και βρόμικο, αλλά μόνο που είχε δυο τενεκεδάκια κρεμασμένα κοντά στην πόρτα, όπου μεγάλωναν κάτι γεράνια, τα λουλούδια των φτωχών. Ο ιερέας χτύπησε την πόρτα.

«Σπρώξτε και μπείτε!» φώναξε η γριά από το ντεπόζιτο. «Η σενιορίτα ποτέ δεν κλειδώνει. Εδώ δεν υπάρχει τίποτα για κλέψιμο!»

Ο Εστέμπαν Τρουέμπα άνοιξε την πόρτα φωνάζοντας την αδελφή του, αλλά δεν τόλμησε να μπει μέσα. Η Κλάρα ήταν η πρώτη που πέρασε το κατώφλι. Μέσα ήταν σκοτεινά και η γνωστή μυρωδιά από λεβάντα και λεμόνι τούς χτύπησε στη μύτη. Ο πάτερ Αντόνιο άναψε ένα σπίρτο. Η αδύναμη φλόγα άνοιξε ένα φωτεινό κύκλο μες στο σκοτάδι, αλλά προτού μπορέσουν να προχωρήσουν ή να κοιτάξουν γύρω τους, έσβησε.

«Περιμένετε εδώ», είπε ο παπάς. «Εγώ ξέρω το σπίτι».

Προχώρησε στα τυφλά και σε λίγο άναψε ένα κερί. Η σιλουέτα του ξεχώρισε αλλόκοτα κι είδαν το πρόσωπό του παραμορφωμένο από το φως που έφεγγε από κάτω κι επέπλεε στο μισό ύψος του δωματίου, ενώ η γιγάντια σκιά του χοροπηδούσε πάνω στους τοίχους. Η Κλάρα περιέγραψε εκείνη τη σκηνή σχολαστικά στο ημερολόγιό της, δίνοντας προσεχτικά όλες τις λεπτομέρειες για τα δυο σκοτεινά δωμάτια, που οι τοίχοι τους ήταν λεκιασμένοι από την υγρασία, το μικρό μπάνιο βρόμικο και χωρίς τρεχούμενο νερό, την κουζίνα όπου είχαν μείνει μόνο περισσέματα από μπαγιάτικο ψωμί κι ένα τενεκεδάκι με λίγο τσάι. Το υπόλοιπο σπίτι της Φέρουλα έδωσε την εντύπωση στην Κλάρα πως ταίριαζε με τον εφιάλτη που είχε αρχίσει όταν η κουνιάδα της εμφανίστηκε στην τραπεζαρία, στο μεγάλο σπίτι στη γωνία, για να την αποχαιρετήσει. Έμοιαζε λες κι ήταν αποθήκη μαγαζιού για μεταχειρισμένα ρούχα ή τα καμαρίνια κάποιου φτωχοθίασου σε περιοδεία. Από κάτι καρφιά στον τοίχο κρέμονταν παλιά φουστάνια, μποά από φτερά, κακομοιριασμένα γούνινα κομμάτια, κολιέ με ψεύτικες πέτρες, καπέλα που ήταν της μόδας πριν πενήντα χρόνια, ξεθαμμένα μισοφόρια με ξεφτισμένες δαντέλες, φουστάνια που κάποτε τραβούσαν την προσοχή και που η λάμψη τους είχε χαθεί, ανεξήγητα σακάκια για ναυάρχους και φαιλόνια για επισκόπους, όλα αυτά ανακατωμένα κι αλλόκοτα αδελφωμένα, εκεί όπου φώλιαζε η σκόνη από πολλά χρόνια. Στο πάτωμα ήταν πεταμένα σατέν παπούτσια, τσαντάκια για ντεμπιτάντ, ζώνες από ψεύτικες πέτρες, ζαρτιέρες, μέχρι κι ένα γυαλιστερό ξίφος δόκιμου αξιωματικού. Είδε θλιβερές περούκες, βαζάκια με κοκκινάδια, άδεια μπουκάλια κι ένα σωρό απίθανα αντικείμενα πεταμένα παντού. Μια στενή πόρτα χώριζε τα δυο μοναδικά δωμάτια. Στο άλλο δωμάτιο κειτόταν η Φέρουλα πάνω στο κρεβάτι της. Στολισμένη σαν Αυστριακή βασίλισσα, φορούσε ένα βελούδινο σκοροφαγωμένο φουστάνι, μισοφόρια από κίτρινο ταφτά, και στο κεφάλι, καλά τοποθετημένη, γυάλιζε μια απίθανη σγουρή περούκα τραγουδίστριας της όπερας. Κανένας δεν βρισκόταν μαζί της, κανένας δεν είχε μάθει πως χαροπάλευε και υπολόγισαν πως πρέπει να είχαν περάσει αρκετές ώρες που είχε πεθάνει, γιατί τα ποντίκια είχαν αρχίσει κιόλας να δαγκώνουν τα πόδια της και να της τρώνε τα δάχτυλα. Ήταν εξαιρετική μες στη μεγαλοπρεπή της εγκατάλειψη κι είχε στο πρόσωπό της μια γλυκιά και γαλήνια έκφραση, που ποτέ δεν συνήθιζε στη θλιβερή της ζήση.

«Της άρεσε να ντύνεται με μεταχειρισμένα ρούχα που αγόραζε από δεύτερο χέρι ή που μάζευε στους σκουπιδότοπους, βαφόταν και φορούσε αυτές τις περούκες, και ποτέ δεν έκανε κακό σε κανέναν, αλλά, αντίθετα, μέχρι το τέλος της ζωής της, προσευχόταν για τη σωτηρία των αμαρτωλών», εξήγησε ο πάτερ Αντόνιο.

«Αφήστε με μόνη μαζί της», είπε η Κλάρα αποφασιστικά. Οι δυο άντρες βγήκαν στο διάδρομο, όπου είχαν κιόλας αρχίσει να μαζεύονται οι γείτονες. Η Κλάρα έβγαλε το άσπρο μάλλινο παλτό της και σήκωσε τα μανίκια της, πλησίασε την κουνιάδα της και της έβγαλε απαλά την περούκα κι είδε πως είχε μείνει σχεδόν φαλακρή, γριά κι αβοήθητη. Τη φίλησε στο μέτωπο, όπως εκείνη την είχε φιλήσει λίγες ώρες πριν, στην τραπεζαρία του σπιτιού, κι ύστερα άρχισε ν' αυτοσχεδιάζει την τελετουργία της θανής. Την έγδυσε, την έπλυνε, τη σαπούνισε σχολαστικά, χωρίς να ξεχάσει ούτε ακρίτσα, την έτριψε με κολόνια, της έβαλε ταλκ, βούρτσισε τις δυο της τρίχες με αγάπη, την έντυσε με τα πιο εκκεντρικά και κομψά κουρέλια που μπόρεσε να βρει, της φόρεσε την περούκα τής σοπράνο, επιστρέφοντας της μ' αυτόν τον τρόπο στο θάνατο εκείνες τις άπειρες υπηρεσίες που η Φέρουλα της είχε προσφέρει όσο ζούσε. Ενώ δούλευε, παλεύοντας με το άσθμα της, της διηγούνταν για την Μπλάνκα που ήταν πια δεσποινίς, για τους δίδυμους, για το μεγάλο σπίτι στη γωνία, για το χτήμα, «κι αν έβλεπες τουλάχιστον πόσο μας έλειψες, κουνιάδα, πόσο σε χρειάζομαι για να φροντίζω αυτή την οικογένεια, εσύ ξέρεις πως δεν κάνω για τις δουλειές του σπιτιού, τ' αγόρια είναι ανυπόφορα, όμως η Μπλάνκα είναι πολύ καλό κορίτσι και οι ορτανσίες που φύτεψες με τα ίδια σου τα χέρια στις Τρεις Μαρίες έχουν γίνει θαύμα, βγήκαν μερικές γαλάζιες, γιατί έβαλα χάλκινα νομίσματα στην κοπριά, για να πετάξουν λουλούδια μ' αυτό το χρώμα, είναι ένα μυστικό της φύσης, και κάθε φορά που γεμίζω τα βάζα σε θυμάμαι, αλλά σε θυμάμαι ακόμα κι όταν δεν έχει ορτανσίες, πάντα σε θυμάμαι,

Φέρουλα, γιατί η αλήθεια είναι πως από τότε που έφυγες από κοντά μου, ποτέ κανείς δεν μου έδωσε τόση αγάπη».

Την ταχτοποίησε, έμεινε για λίγο να της μιλάει και να τη χαϊδεύει κι ύστερα φώναξε τον άντρα της και τον πάτερ Αντόνιο να συζητήσουν για την ταφή. Σ' ένα κουτί από μπισκότα βρήκαν ανέπαφους τους φακέλους με τα λεφτά που ο Εστέμπαν έστελνε στην αδελφή του κάθε μήνα, όλα εκείνα τα χρόνια. Η Κλάρα τους έδωσε στον ιερέα για τα φιλανθρωπικά του έργα, σίγουρη πως κι η Φέρουλα αυτό σκεφτόταν να κάνει έτσι κι αλλιώς.

Ο παπάς έμεινε με τη νεκρή, για να μην της φερθούν με ασέβεια τα ποντίκια. Ήταν σχεδόν μεσάνυχτα όταν βγήκαν έξω. Στην πόρτα είχε μαζευτεί όλη η γειτονιά για να συζητήσει τα νέα. Αναγκάστηκαν ν' ανοίξουν δρόμο σπρώχνοντας τους περίεργους και διώχνοντας τα σκυλιά που μύριζαν τον κόσμο. Ο Εστέμπαν απομακρύνθηκε με μεγάλα βήματα, κρατώντας την Κλάρα από το μπράτσο, σχεδόν τραβώντας την, χωρίς να προσέχει τα βρόμικα νερά που πιτσίλαγαν το άψογο, γκρίζο παντελόνι του, ραμμένο σε Εγγλέζο ράφτη. Ήταν έξαλλος, γιατί η αδελφή του, ακόμα και μετά το θάνατό της, κατάφερνε να τον κάνει να νιώθει ένοχος, ακριβώς όπως όταν ήταν παιδί. Θυμήθηκε τα παιδικά του χρόνια, όταν τον περιτριγύριζε με τις σκοτεινές της φροντίδες, τυλίγοντάς τον σε χρέη ευγνωμοσύνης τόσο μεγάλα, που όλες οι μέρες της ζωής του δεν θα έφταναν για να τα ξεπληρώσει. Ένιωσε ξανά ταπεινωμένος, μια αίσθηση που συχνά τον βασάνιζε μπροστά της, και μίσησε ξανά την αυτοθυσία της, την αυστηρότητά της, την κλίση της για τη φτώχεια και την ακλόνητη αγνότητα της, που εκείνος ένιωθε σαν κατηγορία για την εγωιστική, αισθησιακή και φιλόδοξη φύση του. Στο διάολο, κακορίζικη! σκέφτηκε, χωρίς να θέλει να παραδεχτεί, ούτε κατά διάνοια, πως η γυναίκα του σταμάτησε να του ανήκει από τη μέρα που πέταξε τη Φέρουλα έξω απ' το σπίτι.

«Γιατί ζούσε έτσι αφού της περίσσευαν τα χρήματα;» φώναξε ο Εστέμπαν.

«Γιατί της έλειπαν όλα τ' άλλα», απάντησε η Κλάρα γλυκά.

Τους μήνες που ήταν χωρισμένοι, η Μπλάνκα και ο Πέδρο Τερσέρο αντάλλασσαν φλογερά γράμματα, που εκείνος υπέγραφε με γυναικείο όνομα και εκείνη τα έκρυβε μόλις έφταναν. Η νταντά κατάφερε να πιάσει ένα δυο, αλλά δεν ήξερε να διαβάζει· όμως, ακόμα κι αν ήξερε, ο μυστικός κώδικας δεν θα της επέτρεπε να καταλάβει το περιεχόμενο, ευτυχώς για κείνη, γιατί η καρδιά της δεν θ' άντεχε. Η Μπλάνκα πέρασε το χειμώνα πλέκοντας στο μάθημα της οικιακής οικονομίας ένα γιλέκο με κροσέ και σκοτσέζικο μαλλί στα μέτρα του αγοριού. Τη νύχτα κοιμόταν αγκαλιά με το γιλέκο, μυρίζοντας το μαλλί, καθώς ονειρευόταν πως ήταν εκείνος που κοιμόταν στο κρεβάτι της. Ο Πέδρο Τερσέρο, από την πλευρά του, πέρασε το χειμώνα συνθέτοντας τραγούδια στην κιθάρα για να τα τραγουδήσει στην Μπλάνκα και σκαλίζοντας τη μορφή της σ' όποιο κομματάκι ξύλο έπεφτε στα χέρια του, χωρίς να μπορεί να ξεχωρίσει την αγγελική ανάμνηση του κοριτσιού μ' εκείνα τα βασανιστήρια που έκαναν το αίμα του να βράζει, που του τρυπούσαν τα κόκαλα, του άλλαζαν τη φωνή του κι έκαναν να βγαίνουν τρίχες στο πρόσωπό του. Μοιραζόταν ανήσυχος ανάμεσα στις απαιτήσεις του σώματός του, που μεταμορφωνόταν σε αντρικό, και στη γλύκα ενός συναισθήματος που είχε ακόμα τις αποχρώσεις από τ' αθώα παιχνίδια της παιδικής του ηλικίας. Κι οι δυο περίμεναν το καλοκαίρι με οδυνηρή ανυπομονησία και, τελικά, όταν έφτασε και ξανασυναντήθηκαν, το γιλέκο που είχε πλέξει η Μπλάνκα δεν έμπαινε στον Πέδρο Τερσέρο από το κεφάλι, γιατί σ' εκείνους τους μήνες είχε αφήσει πια πίσω του τα παιδιάστικα κι είχε αποχτήσει τις διαστάσεις ενήλικου άντρα και τα τρυφερά τραγούδια για λουλούδια και ξημερώματα, που είχε συνθέσει για κείνη, του φαίνονταν γελοία, γιατί είχε την εμφάνιση και τις ανάγκες κανονικής γυναίκας.

Ο Πέδρο Τερσέρο εξακολουθούσε να είναι αδύνατος, με ίσια μαλλιά και θλιμμένα μάτια, αλλά η φωνή του, καθώς άλλαξε, απόχτησε ένα βραχνό και παθιασμένο τόνο που θα τον έκανε γνωστό αργότερα, όταν θα τραγουδούσε την επανάσταση. Μιλούσε λίγο κι ήταν κατσούφης και αδέξιος στις σχέσεις του, αλλά τρυφερός και λεπτός με τα χέρια του, είχε μακριά δάχτυλα καλλιτέχνη, που σκάλιζαν το ξύλο, έκαναν τις χορδές της κιθάρας να θρηνούν και ζωγράφιζε με την ίδια ευκολία που τραβούσε τα χαλινάρια στο άλογο, που σήκωνε το τσεκούρι για να κόψει ξύλα ή οδηγούσε το ζευγάρι. Ήταν ο μόνος στις Τρεις Μαρίες που αντιμιλούσε στ' αφεντικό. Ο πατέρας του, ο Πέδρο Σεγκούντο, του είχε πει χίλιες φορές να μην κοιτάζει τ' αφεντικό στα μάτια, να μην του αντιμιλάει, να μην πιάνεται μαζί του και προσπαθώντας να τον προστατέψει, έφτασε να του δώσει αρκετές φορές ένα γερό ξύλο για να του κόψει τον αέρα. Αλλά ο γιος του ήταν επαναστάτης. Στα δέκα του χρόνια ήξερε όσα και η δασκάλα του σχολείου στις Τρεις Μαρίες και στα δώδεκα επέμενε να κάνει τη διαδρομή ως το λύκειο του χωριού με τ' άλογο ή με τα πόδια, ξεκινώντας από το τούβλινο σπιτάκι στις πέντε το πρωί, με βροχή ή με χαλάζι. Διάβασε και ξαναδιάβασε τα μαγικά βιβλία από τα μαγεμένα μπαούλα του θείου Μάρκος κι εξακολούθησε να τρέφεται με άλλα, που του δάνειζαν οι συνδικαλιστές στο μπαρ κι ο πάτερ Χοσέ Ντούλσε Μαρία, που του έμαθε ακόμα να καλλιεργεί τη φυσική του ικανότητα να φτιάχνει στίχους και να μεταφράζει τις ιδέες του σε τραγούδια.

«Γιε μου, η αγία Εκκλησία κάθεται στα δεξιά, αλλά ο Ιησούς Χριστός πάντα καθόταν στ' αριστερά», του έλεγε αινιγματικά, πίνοντας γουλιά γουλιά από το κρασί της λειτουργίας που σέρβιρε, για να γιορτάζει τις επισκέψεις του Πέδρο Τερσέρο.

Κι έτσι έγινε, και μια μέρα ο Εστέμπαν Τρουέμπα, που ξεκουραζόταν στη βεράντα μετά το μεσημεριανό, τον άκουσε να τραγουδάει για κάτι κότες οργανωμένες που ενώθηκαν για ν' αντιμετωπίσουν την αλεπού και τη νίκησαν. Τον φώναξε.

«Θέλω να σ' ακούσω. Για τραγούδησε να δούμε», τον διέταξε.

Ο Πέδρο Τερσέρο πήρε την κιθάρα με μια τρυφερή κίνηση, ακούμπησε το πόδι του σε μια καρέκλα και χάιδεψε τις χορδές. Έμεινε να κοιτάζει στα μάτια τ' αφεντικό, ενώ η βελούδινη φωνή του υψωνόταν παθιασμένη μες στην υπνηλία του μεσημεριανού ύπνου. Ο Εστέμπαν δεν ήταν βλάκας και κατάλαβε την πρόκληση.

«Αχά! Βλέπω πως και η μεγαλύτερη βλακεία μπορεί να ειπωθεί μ' ένα τραγούδι», γρύλισε. «Καλά θα κάνεις να μάθεις να τραγουδάς ερωτικά τραγουδάκια».

«Εμένα μ' αρέσουν, αφεντικό. Η ένωση φτιάχνει τη δύναμη, όπως λέει κι ο πάτερ Χοσέ Ντούλσε Μαρία. Αν οι κότες μπορούν να ενωθούν μπροστά στην αλεπού, τι γίνεται με τους ανθρώπους;»

Και πήρε την κιθάρα του κι έφυγε σέρνοντας τα πόδια

του, προτού ο άλλος βρει τι να του πει, παρ' όλο που ο θυμός είχε φτάσει σχεδόν στα χείλια του κι είχε αρχίσει να του ανεβαίνει η πίεση. Από κείνη τη μέρα, ο Εστέμπαν Τρουέμπα τον έβαλε στο μάτι, τον παρακολουθούσε, δυσπιστούσε. Προσπάθησε να τον εμποδίσει να πάει στο λύκειο, δίνοντάς του δουλειές για άντρες, αλλά το παιδί ξυπνούσε πιο νωρίς και κοιμόταν πιο αργά για να τις τελειώνει. Ήταν εκείνη τη χρονιά που ο Εστέμπαν τον έδειρε με το μαστίγιο μπροστά στον πατέρα του, γιατί είχε φέρει στους υποταχτικούς τις καινούργιες ιδέες που κυκλοφορούσαν ανάμεσα στους συνδικαλιστές του χωριού, ιδέες για την Κυριακή αργία, για ελάχιστο μισθό, για συνταξιοδότηση και ιατρική περίθαλψη, για άδεια μητρότητας για τις έγκυες γυναίκες και ψήφο χωρίς πιέσεις και, το πιο σοβαρό, την ιδέα για μια αγροτική οργάνωση που θα μπορούσε ν' αντιμετωπίσει τ' αφεντικά.

Εκείνο το καλοκαίρι, όταν η Μπλάνκα πήγε να περάσει τις διακοπές στις Τρεις Μαρίες, κόντεψε να μην τον αναγνωρίσει, γιατί είχε ψηλώσει δεκαπέντε εκατοστά και δεν ήταν πια το κοιλαράδικο παιδί που είχε μοιραστεί μαζί της όλα τα παιδικά της καλοκαίρια. Εκείνη κατέβηκε από τ' αμάξι, έφτιαξε τη φούστα της και για πρώτη φορά δεν έτρεξε να τον αγκαλιάσει, παρά μόνο κούνησε το κεφάλι για χαιρετισμό, παρ' όλο που με τα μάτια τού είπε όσα οι άλλοι δεν έπρεπε ν' ακούσουν και που, από την άλλη μεριά, του τα είχε πει κιόλας στην ξεδιάντροπη αλληλογραφία τους σε κώδικα. Η νταντά παρατήρησε τη σκηνή με την άκρη του ματιού της και χαμογέλασε κοροϊδευτικά. Περνώντας μπροστά από τον Πέδρο Τερσέρο του έκανε μια γκριμάτσα. «Για να μάθεις, μυξιάρη, να κάθεσαι με την τάξη σου κι όχι με δεσποινίδες», τον κορόιδεψε μές' απ' τα δόντια της.

Εκείνο το βράδυ η Μπλάνκα δείπνησε μ' όλη την οικογένεια στην τραπεζαρία με κότα της κατσαρόλας, που ήταν το φαγητό με το οποίο πάντα τους υποδέχονταν στις Τρεις Μαρίες, χωρίς ν' αφήσει να φανεί καμιά αγωνία στη διάρκεια της παρατεταμένης συζήτησης μετά το δείπνο, που ο πατέρας της έπινε κονιάκ και μιλούσε για αγελάδες εισαγωγής και ορυχεία χρυσού. Περίμενε να της δώσει η μητέρα της το σύνθημα για ν' αποσυρθεί, ύστερα σηκώθηκε ήρεμα, ευχήθηκε καληνύχτα σ' όλους ξεχωριστά και πήγε στο δωμάτιό της. Για πρώτη φορά στη ζωή της κλείδωσε με το κλειδί. Κάθισε στο κρεβάτι χωρίς να βγάλει τα ρούχα της και περίμενε μες στο σκοτάδι να σωπάσουν οι φωνές των δίδυμων που αναστάτωναν το διπλανό δωμάτιο, τα βήματα του προσωπικού, οι πόρτες, οι σύρτες, και το σπίτι να πέσει στον ύπνο. Τότε άνοιξε το παράθυρο και πήδηξε έξω, πέφτοντας πάνω στις ορτανσίες, που πολύ καιρό πριν είχε φυτέψει η θεία της η Φέρουλα. Η νύχτα ήταν φωτεινή κι ακούγονταν τα τζιτζίκια και τα βατράχια. Ανάπνευσε βαθιά κι ο αέρας τής έφερε τη γλυκερή μυρωδιά από τα ροδάκινα που στέγνωναν στην αυλή για τις προμήθειες του χειμώνα. Περίμενε να συνηθίσουν τα μάτια της στο σκοτάδι κι ύστερα άρχισε να προχωρεί, αλλά δεν μπόρεσε να πάει μακριά, γιατί άκουσε τ' άγρια γαβγίσματα των σκύλων που άφηναν ελεύθερους τη νύχτα, για να φυλάνε το σπίτι. Ήταν τέσσερις μολοσσοί που είχαν μεγαλώσει με αλυσίδες και περνούσαν όλη τη μέρα δεμένοι, που εκείνη ποτέ δεν είχε δει από κοντά κι ήξερε πως δεν μπορούσαν να την αναγνωρίσουν. Για μια στιγμή ένιωσε να χάνει την ψυχραιμία της από τον πανικό κι ήταν έτοιμη ν' αρχίσει τις τσιρίδες, αλλά τότε θυμήθηκε πως ο Πέδρο Γκαρσία, ο γέρος, της είχε πει πως οι κλέφτες τριγυρνούν γυμνοί, για να μην τους επιτίθενται τα σκυλιά. Χωρίς δεύτερη σκέψη, έβγαλε τα ρούχα της όσο πιο γρήγορα της επέτρεπαν τα νεύρα της, τα έβαλε κάτω από τη μασχάλη της κι εξακολούθησε να περπατάει με ήρεμο βήμα, ενώ προσευχόταν να μη μυρίσουν τα ζώα το φόβο της. Τα είδε να έρχονται προς το μέρος της γαβγίζοντας και συνέχισε το δρόμο της χωρίς να χάσει το ρυθμό στο βάδισμά της. Τα σκυλιά πλησίασαν γρυλίζοντας ανήσυχα, αλλά εκείνη δεν σταμάτησε. Ένα, πιο τολμηρό από τ' άλλα, πλησίασε να τη μυρίσει. Ένιωσε τη χλιαρή του ανάσα στη μέση της πλάτης της, αλλά δεν του έδωσε σημασία. Συνέχισαν να γρυλίζουν και να γαβγίζουν για λίγο, τη συνόδεψαν για λίγο και στο τέλος βαρέθηκαν και γύρισαν πίσω. Η Μπλάνκα αναστέναξε ξαλαφρωμένη και συνειδητοποίησε πως έτρεμε ολόκληρη και πως ήταν καταϊδρωμένη. Αναγκάστηκε ν' ακουμπήσει σ' ένα δέντρο και να περιμένει να της περάσει η κούραση που της είχε κόψει τα πόδια. Ύστερα ντύθηκε βιαστικά και βάλθηκε να τρέχει προς το ποτάμι.

Ο Πέδρο Τερσέρο την περίμενε στο ίδιο μέρος που συναντιόνταν το προηγούμενο καλοκαίρι κι όπου, πολλά χρόνια πριν, ο Εστέμπαν Τρουέμπα είχε πάρει την ταπεινή παρθενιά της Πάντσα Γκαρσία. Βλέποντας το νεαρό, η Μπλάνκα κατακοκκίνισε απότομα. Όλους αυτούς τους μήνες που είχαν περάσει χώρια, εκείνος είχε ψηθεί μες στη σκληρή δουλειά για να γίνει άντρας κι εκείνη, αντίθετα, ήταν κλεισμένη μες στους τοίχους του σπιτιού, και στις καλόγριες, προστατευμένη από τις δυσκολίες της ζωής, τρέφοντας ρομαντικά όνειρα με βελόνες του πλεξίματος και σκοτσέζικο μαλλί, αλλά η εικόνα των ονείρων της δεν έμοιαζε μ' εκείνο τον ψηλό νεαρό που την πλησίαζε μουρμουρίζοντας τ' όνομά της. Ο Πέδρο Τερσέρο άπλωσε το χέρι του και το ακούμπησε στο λαιμό, στο ύψος του αυτιού. Η Μπλάνκα ένιωσε κάτι καυτό να τρέχει στα κόκαλά της και να της κόβει τα πόδια, έκλεισε τα μάτια κι εγκαταλείφθηκε. Εκείνος την τράβηξε προς το μέρος του απαλά και την αγκάλιασε με τα μπράτσα του, εκείνη βύθισε τη μύτη της στο στήθος αυτού του άντρα που δεν γνώριζε, του τόσο διαφορετικού από το αδύνατο παιδί με το οποίο χαϊδευόταν μέχρι εξάντληση λίγους μήνες πριν. Ανάπνευσε την καινούργια του μυρωδιά, τρίφτηκε πάνω στο άγριο δέρμα του, έπιασε εκείνο το λιγνό και δυνατό κορμί κι ένιωσε μια μεγαλειώδη και ολοκληρωτική γαλήνη, που δεν έμοιαζε καθόλου με την αναστάτωση που είχε πιάσει εκείνον. Έψαξαν να βρουν ο ένας τον άλλο με τη γλώσσα, όπως έκαναν πριν, αν κι έμοιαζε σαν χάδι που μόλις είχαν ανακαλύψει, κι έπεσαν γονατιστοί, καθώς φιλιόντουσαν απελπισμένα, κι ύστερα κύλησαν πάνω στο μαλακό κρεβάτι της μουσκεμένης γης. Ανακάλυπταν ο ένας τον άλλο για πρώτη φορά και δεν είχαν τίποτα να πουν. Το φεγγάρι διέσχισε όλο τον ορίζοντα, αλλά εκείνοι δεν το είδαν, γιατί ήταν απασχολημένοι να εξερευνούν τα πιο απόκρυφά τους, μπαίνοντας ο ένας στο δέρμα του άλλου αχόρταγα.

Από κείνη τη νύχτα, η Μπλάνκα κι ο Πέδρο Τερσέρο συναντιόντουσαν στο ίδιο πάντα σημείο και την ίδια ώρα. Τη μέρα εκείνη κεντούσε, διάβαζε και ζωγράφιζε σαχλές ακουαρέλες γύρω από το σπίτι, κάτω από το ευτυχισμένο βλέμμα της νταντάς, που επιτέλους μπορούσε να κοιμάται ήσυχη. Η Κλάρα, αντίθετα, προαισθανόταν πως κάτι παράξενο συνέβαινε, γιατί μπορούσε να δει ένα καινούργιο χρώμα στην αύρα της κόρης της και πίστευε πως ήξερε το λόγο. Ο Πέδρο Τερσέρο έκανε τις συνηθισμένες του δουλειές στο χτήμα και δεν σταμάτησε να πηγαίνει στο χωριό για να βλέπει τους φίλους του. Όταν έπεφτε η νύχτα, ήταν ψόφιος από την κούραση, αλλά η προοπτική τής συνάντησης με την Μπλάνκα του ξανάδινε δυνάμεις. Δεν ήταν για περιφρόνηση τα δεκαπέντε του χρόνια. Έτσι πέρασαν όλο το καλοκαίρι και πολλά χρόνια αργότερα θα θυμόνταν εκείνες τις παθιασμένες νύχτες σαν την καλύτερη εποχή στη ζωή τους.

Στο μεταξύ, ο Χάιμε και ο Νικολάς επωφελούνταν από τις διακοπές για να κάνουν όλα όσα ήταν απαγορευμένα στο εγγλέζικο σχολείο που ήταν κλεισμένοι εσωτερικοί. Φώναζαν ώσπου βράχνιαζαν, πάλευαν με την παραμικρή δικαιολογία, κι είχαν μεταβληθεί σε δυο βρόμικους μυξιάρηδες, με τα γόνατα γεμάτα κάπαλα και το κεφάλι ψείρες, χορτάτοι με φρεσκοκομμένα φρούτα, με ήλιο και μ' ελευθερία. Έφευγαν την αυγή και δεν γύριζαν στο σπίτι παρά μόνο το σούρουπο, απασχολημένοι να κυνηγούν κουνέλια με το λάστιχο, να τρέχουν με τ' άλογα μέχρι να τους κοπεί η ανάσα και να κατασκοπεύουν τις γυναίκες που έπλεναν ρούχα στο ποτάμι.

Έτσι πέρασαν τρία χρόνια, ώσπου ο σεισμός άλλαξε τα πράγματα. Όταν τέλειωσαν εκείνες οι διακοπές, οι δίδυμοι γύρισαν στην πρωτεύουσα πριν από την υπόλοιπη οικογένεια, με τη συνοδεία της νταντάς, το προσωπικό από την πόλη κι ένα μεγάλο μέρος από τις αποσκευές. Τ' αγόρια πήγαν κατευθείαν στο σχολείο, ενώ η νταντά και οι άλλοι υπηρέτες ετοίμαζαν το μεγάλο σπίτι στη γωνία για την άφιξη των αφεντικών.

Η Μπλάνκα έμεινε με τους γονείς της στο χτήμα μερικές μέρες ακόμα. Τότε ήταν που η Κλάρα άρχισε να βλέπει εφιάλτες, να υπνοβατεί τη νύχτα στους διαδρόμους και να ξυπνάει τσιρίζοντας. Τη μέρα τριγυρνούσε σαν αποβλακωμένη, βλέποντας παντού προειδοποιητικά σημάδια στη συμπεριφορά των ζώων: πως οι κότες δεν κάνουν το καθημερινό αβγό, πως οι αγελάδες τριγυρνούν τρομαγμένες, πως τα σκυλιά ουρλιάζουν πένθιμα και βγαίνουν από τις κρυψώνες τους οι αρουραίοι, οι αράχνες και τα σκουλήκια, πως τα πουλιά έχουν εγκαταλείψει τις φωλιές τους κι απομακρύνονται σε κοπάδια, ενώ τα μικρά τους φωνάζουν πάνω στα δέντρα από την πείνα. Κοίταζε επίμονα τη λεπτή στήλη άσπρου καπνού στο ηφαίστειο, ψάχνοντας για αλλαγές στο χρώμα τ' ουρανού. Η Μπλάνκα της ετοίμαζε ζεστά για να ηρεμήσει και χλιαρά μπάνια κι ο Εστέμπαν θυμήθηκε το παλιό κουτάκι με τα ομοιοπαθητικά χάπια για να την ησυχάσει, αλλά τα όνειρα συνεχίστηκαν.

«Η γη θα κουνηθεί», έλεγε η Κλάρα, κάθε φορά και πιο χλομή και πιο αναστατωμένη.

«Πάντα κουνιέται, Κλάρα, προς Θεού!» απαντούσε ο Εστέμπαν.

«Αυτή τη φορά θα 'ναι διαφορετικά. Θα χαθούν δέκα χιλιάδες».

«Ούτε όλη η χώρα δεν έχει τόσο κόσμο», την κορόιδευε εκείνος.

Το τέλος του κόσμου άρχισε στις τέσσερις τα ξημερώματα. Η Κλάρα ξύπνησε λίγο νωρίτερα μ' έναν εφιάλτη με ξεχοιλιασμένα άλογα, αγελάδες που είχε παρασύρει η θάλασσα, ανθρώπους να σέρνονται κάτω από πέτρες κι ορθάνοιχτες τρύπες στο έδαφος που κατάπιναν σπίτια ολόκληρα. Σηκώθηκε κατάχλομη από τον τρόμο κι έτρεξε στο δωμάτιο της Μπλάνκα. Αλλά η Μπλάνκα, όπως κάθε νύχτα, είχε κλειδώσει την πόρτα της κι είχε γλιστρήσει από το παράθυρο με κατεύθυνση το ποτάμι. Τις τελευταίες μέρες προτού γυρίσει στην πόλη, το καλοκαιρινό πάθος έπαιρνε δραματικές διαστάσεις, γιατί μπροστά στον επικείμενο νέο χωρισμό οι δυο νέοι επωφελούνταν από κάθε ευκαιρία για να κάνουν ξέφρενα έρωτα. Περνούσαν όλη τη νύχτα στο ποτάμι, απρόσβλητοι από το κρύο ή την κούραση, κι αγαπιόνταν με απελπισία, και μόνο με τις πρώτες αχτίνες του ήλιου η Μπλάνκα γύριζε στο σπίτι κι έμπαινε από το παράθυρο στο δωμάτιό της, όπου έφτανε ακριβώς την ώρα που λαλούσαν τα κοκόρια. Η Κλάρα έφτασε στην πόρτα της κόρης της και προσπάθησε να την ανοίξει, αλλά ήταν κλειδωμένη. Χτύπησε, αλλά κανένας δεν απάντησε, βγήκε τρέχοντας, έκανε μια βόλτα γύρω από το σπίτι και τότε είδε το ορθάνοιχτο παράθυρο και τις ορτανσίες που είχε φυτέψει η Φέρουλα πατημένες. Στη στιγμή κατάλαβε για ποιο λόγο είχε αλλάξει χρώμα η αύρα της Μπλάνκα, τους μαύρους κύκλους κάτω από τα μάτια της, την ανορεξία της και τη σιωπή της, την πρωινή της υπνηλία και τις απογεματινές της ακουαρέλες. Ακριβώς εκείνη τη στιγμή άρχισε ο σεισμός.

Η Κλάρα ένιωσε να κουνιέται το έδαφος και δεν μπόρεσε να κρατηθεί όρθια. Έπεσε στα γόνατα. Τα κεραμίδια της στέγης άρχισαν να πέφτουν σαν βροχή με εκκωφαντικό θόρυβο. Είδε τον πλιθόχτιστο τοίχο του σπιτιού ν' ανοίγει, λες και τον είχαν χτυπήσει με τσεκούρι, και η γη άνοιξε ακριβώς όπως το είχε δει στον ύπνο της, μπροστά της, καταπίνοντας τα κοτέτσια, τους νεροχύτες για την πλύση κι ένα μέρος από το στάβλο. Το ντεπόζιτο του νερού έγειρε στο πλάι κι έπεσε καταγής, χύνοντας χίλια λίτρα νερό πάνω σ' όσες κότες είχαν επιζήσει, που άρχισαν να φτεροκοπούν απελπισμένες. Το ηφαίστειο, από μακριά, τίναζε φωτιά και καπνό σαν θυμωμένος δράκος. Τα σκυλιά έσπασαν τις αλυσίδες τους κι άρχισαν να τρέχουν ξετρελαμένα, τ' άλογα, που είχαν γλιτώσει από το γκρέμισμα του στάβλου, μύριζαν τον αέρα και χλιμίντριζαν τρομαγμένα προτού φύγουν καλπάζοντας προς τ' ανοιχτά χωράφια, οι λεύκες κουνιόνταν πέρα δώθε σαν μεθυσμένες και μερικές έπεφταν καταγής με τις ρίζες τους στον αέρα, πλακώνοντας τις φωλιές των σπουργιτιών. Αλλά το πιο τρομερό απ' όλα ήταν ο βρυχηθμός που ακουγόταν μέσα από τη γη, εκείνη η ανάσα κάποιου γίγαντα που σιγά σιγά γέμισε τα πάντα με τρόμο. Η Κλάρα προσπάθησε να συρθεί προς το σπίτι φωνάζοντας την Μπλάνκα, αλλά τα ψυχομαχητά του εδάφους δεν την άφηναν. Είδε τους αγρότες να βγαίνουν τρομοκρατημένοι από τα σπίτια τους ζητώντας βοήθεια από τον ουρανό, ν' αγκαλιάζονται, τραβώντας τα παιδιά τους, κλοτσώντας τους σκύλους, σπρώχνοντας τους γέρους, προσπαθώντας να περισώσουν τα λίγα τους υπάρχοντα μέσα σ' εκείνο το πανδαιμόνιο από τούβλα και κεραμίδια, που έβγαιναν από τα ίδια τα σπλάχνα της γης σαν ατέλειωτο βουητό στο τέλος του κόσμου.

Ο Εστέμπαν Τρουέμπα εμφανίστηκε στο κατώφλι της πόρτας την ίδια στιγμή που το σπίτι άνοιξε στη μέση σαν τσόφλι από αβγό και γκρεμίστηκε μέσα σ' ένα σύννεφο σκόνης, πλακώνοντάς τον κάτω από ένα βουνό από ερείπια. Η Κλάρα σύρθηκε ώς εκεί φωνάζοντάς τον, αλλά κανένας δεν απάντησε.

Ο πρώτος σεισμός διάρκεσε σχεδόν ένα λεπτό κι ήταν ο πιο δυνατός που είχε καταγραφεί μέχρι εκείνη τη μέρα σ' εκείνη τη χώρα των καταστροφών.

Ισοπέδωσε σχεδόν τα πάντα κι ό,τι απόμεινε ορθό γκρεμίστηκε αργότερα με τη σειρά από σεισμούς που ακολούθησαν, ταρακουνώντας τον κόσμο μέχρι τα ξημερώματα. Στις Τρεις Μαρίες περίμεναν να βγει ο ήλιος για να μετρήσουν τους νεκρούς και να ξεθάψουν όσους είχαν ταφεί ζωντανοί και βογκούσαν ακόμα κάτω από τα ερείπια ανάμεσα σ' αυτούς και τον Εστέμπαν Τρουέμπα, που όλοι ήξεραν πού βρισκόταν, αλλά κανένας δεν περίμενε να τον βρουν ζωντανό. Χρειάστηκαν τέσσερις άντρες κάτω από τις διαταγές του Πέδρο Σεγκούντο για να βγάλουν το βουνό από σκόνη, κεραμίδια και πλίνθους που τον σκέπαζαν. Η Κλάρα είχε παρατήσει την αγγελική της αφηρημάδα και βοηθούσε, βγάζοντας πέτρες μ' αντρίκεια δύναμη.

«Πρέπει να τον βγάλουμε! Είναι ζωντανός και μας ακούει!» τους βεβαίωνε η Κλάρα κι αυτό τους έδινε κουράγιο για να συνεχίσουν.

Με τις πρώτες αχτίνες του ήλιου εμφανίστηκαν η Μπλάνκα κι ο Πέδρο Τερσέρο ανέπαφοι. Η Κλάρα όρμησε πάνω στην κόρη της, της έδωσε δυο χαστούκια, αλλά ύστερα την αγκάλιασε κλαίγοντας μ' ανακούφιση που ήταν γερή και κοντά της.

«Ο πατέρας σου είναι εκεί μέσα!» της είπε.

Τα δυο παιδιά έπεσαν κι αυτά στη δουλειά μαζί με τους άλλους και μετά από μία ώρα, όταν είχε πια βγει για τα καλά ο ήλιος σ' εκείνη τη θλιβερή χώρα, έβγαλαν τ' αφεντικό από τον τάφο του. Είχε τόσα πολλά σπασμένα κόκαλα, που δεν μετριόνταν, αλλά ήταν ακόμα ζωντανός κι είχε ανοιχτά τα μάτια του.

«Πρέπει να τον πάμε στο χωριό να τον δει γιατρός», είπε ο Πέδρο Σεγκούντο.

Είχαν αρχίσει να συζητούν πώς να τον μεταφέρουν χωρίς να πεταχτούν τα κόκαλά του απ' όλες τις μεριές σαν τρύπιο τσουβάλι, όταν έφτασε ο Πέδρο Γκαρσία, ο γέρος, που χάρη στην τύφλωσή του και στα γερατειά του είχε αντέξει το σεισμό χωρίς ν' αναστατωθεί. Έσκυψε πάνω από τον πληγωμένο και ψαχούλεψε με μεγάλη προσοχή όλο του το σώμα, αγγίζοντάς το με τα χέρια του, εξετάζοντάς το με τα πανάρχαιά του δάχτυλα, ώσπου δεν άφησε ούτε ακρίτσα που να μην την ψάξει, ούτε ένα σπάσιμο που να μην το λάβει υπόψη του.

«Αν τον μετακινήσετε, θα πεθάνει», αποφάνθηκε.

Ο Εστέμπαν Τρουέμπα δεν ήταν αναίσθητος και τον άκουσε με μεγάλη διαύγεια, θυμήθηκε τη μάστιγα των μυρμηγκιών κι αποφάσισε πως ο γέρος ήταν η μόνη του ελπίδα.

«Αφήστε τον, ξέρει τι κάνει», ψέλλισε.

Ο Πέδρο Γκαρσία τους έβαλε να φέρουν μια κουβέρτα και με τη βοήθεια του γιου και του εγγονού του τον έβαλαν πάνω της, τον σήκωσαν προσεχτικά και τον ακούμπησαν σ' ένα αυτοσχέδιο τραπέζι που είχαν στήσει στη μέση της αυλής, που τώρα πια δεν ήταν παρά ένα μικρό ξέφωτο μέσα σ' εκείνο τον εφιάλτη από ψοφίμια, από ζώα, από παιδιά που έκλαιγαν, από σκυλιά που ούρλιαζαν κι από γυναίκες που προσεύχονταν. Μέσα από τα ερείπια ψάρεψαν ένα ασκί κρασί, που ο Πέδρο Γκαρσία χώρισε σε τρία μέρη, ένα για να πλύνουν το σώμα του πληγωμένου, ένα άλλο για να του δώσουν να πιει και το τρίτο μέρος το ήπιε ο ίδιος σιγά σιγά, προτού αρχίσει να του βάζει τα κόκαλα στη θέση τους, ένα ένα, με υπομονή και ηρεμία, τραβώντας από δω, ενώνοντας από κει, τοποθετώντας το καθένα στη θέση του, βάζοντας νάρθηκες, τυλίγοντάς τα σε λουρίδες από σεντόνια για να τα ακινητοποιήσει, μουρμουρίζοντας λιτανείες αγίων θεραπευτών, επικαλούμενος την καλή τύχη και την Παναγία κι υποφέροντας τις φωνές και τις βρισιές του Εστέμπαν

Τρουέμπα, χωρίς καθόλου ν' αλλάξει τη μακάρια τυφλή του έκφραση. Στα τυφλά επιδιόρθωσε το σώμα τόσο καλά, που οι γιατροί που τον είδαν αργότερα δεν μπορούσαν να το πιστέψουν.

«Εγώ ούτε που θα το είχα επιχειρήσει», ομολόγησε ο γιατρός Κουέβας όταν το έμαθε.

Οι καταστροφές από το σεισμό έριξαν τη χώρα σε μεγάλο πένθος. Δεν ήταν αρκετό που η γη ταρακουνήθηκε ώσπου τα γκρέμισε όλα, παρά και η θάλασσα αποτραβήχτηκε αρκετά μίλια κι ύστερα γύρισε πίσω με ένα γιγάντιο κύμα, που έσπρωξε τα καράβια πάνω στους λόφους, μακριά από τις ακτές, παράσυρε οικισμούς, δρόμους και ζώα και βύθισε ένα μέτρο κάτω από την επιφάνεια του νερού διάφορα νησιά στο Νότο. Κτίρια ολόκληρα έπεσαν σαν πληγωμένοι δεινόσαυροι, άλλα σωριάστηκαν σαν πύργοι από τραπουλόχαρτα, οι νεκροί μετριόνταν σε χιλιάδες και δεν έμεινε οικογένεια που να μην κλάψει κάποιον. Το αλμυρό νερό κατέστρεψε τις σοδειές, οι πυρκαγιές ισοπέδωσαν ολόκληρες πόλεις και χωριά και στο τέλος λάβα άρχισε να πέφτει και, σαν επιστέγασμα της τιμωρίας, έπεσε στάχτη πάνω στα χωριά που βρίσκονταν κοντά στο ηφαίστειο. Ο κόσμος δεν κοιμόταν πια στα σπίτια του, κατατρομαγμένος με την πιθανότητα να επαναληφθεί η βιβλική καταστροφή, αυτοσχεδίαζε σκηνές σ' έρημα μέρη, κοιμόταν στις πλατείες και στους δρόμους. Οι στρατιώτες αναγκάστηκαν ν' αναλάβουν να βάλουν τάξη στο χάος και πυροβολούσαν χωρίς ερωτήσεις όποιον έπιαναν να κλέβει, γιατί ενώ οι πιο θρήσκοι γέμιζαν τις εκκλησίες, ζητώντας συγγνώμη για τις αμαρτίες τους και παρακαλώντας τον Θεό να δώσει τόπο στην οργή του, οι κλέφτες τριγυρνούσαν στα ερείπια κι όπου φαινόταν έν' αυτί με σκουλαρίκι ή ένα δάχτυλο με δαχτυλίδι, τα έκλεβαν με μια μαχαιριά, χωρίς να παίρνουν υπόψη τους αν το θύμα ήταν πεθαμένο ή απλά φυλακισμένο μες στα χαλάσματα. Είχε γεμίσει ο τόπος μικρόβια, που προκάλεσαν διάφορες επιδημίες στη χώρα. Ο υπόλοιπος κόσμος, υπερβολικά απασχολημένος με τον άλλο πόλεμο, μόλις που έμαθε πως η φύση είχε τρελαθεί σ' εκείνο το απόμακρο μέρος του πλανήτη, αλλά ακόμα κι έτσι έφτασαν φορτία με φάρμακα, κουβέρτες, τρόφιμα και οικοδομικά υλικά, που χάθηκαν σε τέτοιο σημείο στο μυστηριώδη λαβύρινθο της δημόσιας διοίκησης, ώστε χρόνια αργότερα μπορούσε ν' αγοράσει κανείς κονσέρβες με λαχανικά από τις Ηνωμένες Πολιτείες και γάλα σκόνη από την Ευρώπη στα πιο καλά μαγαζιά με γαστρονομικά είδη, σε ψηλές τιμές.

Ο Εστέμπαν Τρουέμπα πέρασε τέσσερις μήνες τυλιγμένος σ' επιδέσμους, πιασμένος μες στους νάρθηκες, τα μπλάστρια και τ' αγκίστρια, μ' ένα φριχτό μαρτύριο από φαγούρα και ακινησία, και να τον βασανίζει η ανυπομονησία. Ο χαρακτήρας του χειροτέρεψε τόσο, που κανένας πια δεν μπορούσε να τον υποφέρει. Η Κλάρα έμεινε στο χτήμα για να τον φροντίζει κι όταν αποκαταστάθηκαν οι επικοινωνίες κι επανήλθε τάξη και ασφάλεια στη χώρα, έστειλαν την Μπλάνκα στο σχολείο της εσωτερική, γιατί η μητέρα της δεν μπορούσε να έχει την ευθύνη της.

Στην πρωτεύουσα ο σεισμός βρήκε την νταντά στο κρεβάτι και παρ' όλο που δεν ήταν τόσο ισχυρός εκεί όπως στο Νότο, ο τρόμος τη σκότωσε. Το μεγάλο σπίτι στη γωνία έτριξε σαν καρύδι, οι τοίχοι του γέμισαν ρωγμές κι ο μεγάλος κρυστάλλινος πολυέλαιος στην τραπεζαρία έπεσε μ' ένα κουδούνισμα σαν από χίλιες καμπάνες κι έγινε θρύψαλα. Εκτός απ' αυτό, το μόνο κακό ήταν ο θάνατος της νταντάς. Όταν πέρασε ο τρόμος της πρώτης στιγμής, οι υπηρέτες συνειδητοποίησαν πως η γριούλα δεν είχε βγει τρέχοντας στο δρόμο με τους άλλους. Μπήκαν μέσα για να ψάξουν και τη βρήκαν στο κρεβάτι της με γουρλωμένα μάτια και όρθια από τον τρόμο τα λίγα μαλλιά που της είχαν απομείνει. Στο χάος εκείνων των ημερών δεν μπόρεσαν να της κάνουν μια σωστή κηδεία, όπως εκείνη θα ήθελε, παρά αναγκάστηκαν να τη θάψουν βιαστικά, χωρίς λόγους, ούτε δάκρυα. Κανένα από τα πολυάριθμα ξένα παιδιά, που είχε μεγαλώσει με τόση αγάπη, δεν παραβρέθηκε στην κηδεία της.

Ο σεισμός άλλαξε τόσο τη ζωή της οικογένειας Τρουέμπα, που από τότε τα γεγονόταν χωρίζονταν σε πριν και μετά από κείνη την ημερομηνία. Στις Τρεις Μαρίες ο Πέδρο Σεγκούντο Γκαρσία ανέλαβε ξανά τα χρέη του διαχειριστή, μπροστά στην αδυναμία του αφεντικού να μετακινηθεί από το κρεβάτι του. Σ' εκείνον έπεσε η ευθύνη να οργανώσει τους εργάτες, να ξαναφέρει την ηρεμία και να ανοικοδομήσει τα ερείπια σ' όλη την ιδιοχτησία. Άρχισαν με την ταφή των νεκρών στο νεκροταφείο, στα ριζά του ηφαιστείου, που σαν από θαύμα είχε σωθεί από το ποτάμι της λάβας που είχε κυλήσει στις πλαγιές εκείνου του καταραμένου βουνού. Οι καινούργιοι τάφοι έδωσαν χαρούμενο τόνο στο ταπεινό εκείνο κοιμητήρι, όπου φύτεψαν σειρές από σημύδες για να ρίχνουν σκιά σ' αυτούς που επισκέπτονταν τους νεκρούς τους. Ξανάχτισαν ένα ένα τα σπιτάκια από τούβλα, ακριβώς όπως ήταν πριν, τους στάβλους, το γαλακτοκομείο και την αποθήκη, κι ετοίμασαν ξανά τη γη για τη σπορά, μ' ευγνωμοσύνη που η λάβα και η στάχτη είχαν πέσει από την άλλη μεριά, σώζοντας έτσι την ιδιοχτησία. Ο Πέδρο Τερσέρο αναγκάστηκε να σταματήσει τις βόλτες στο χωριό, γιατί ο πατέρας του τον χρειαζόταν κοντά του. Τον βοηθούσε όλο γκρίνια, υπενθυμίζοντάς του συνέχεια

πως εκείνοι έσπαζαν την πλάτη τους για να ξανακάνουν πλούσιο το αφεντικό, ενώ οι ίδιοι εξακολουθούσαν να είναι το ίδιο φτωχοί όπως και πριν.
«Έτσι γίνεται πάντα, γιε μου. Δεν μπορείς ν' αλλάξεις τη θέληση του Θεού», απαντούσε ο πατέρας του.
«Ναι, μπορεί ν' αλλάξει, πατέρα. Υπάρχουν άνθρωποι που τα καταφέρνουν, αλλά εδώ που βρισκόμαστε ούτε μαθαίνουμε τι γίνεται. Στον κόσμο συμβαίνουν σπουδαία πράγματα», υποστήριζε ο Πέδρο Τερσέρο κι απάγγελλε το λόγο του κομμουνιστή δάσκαλου ή του πάτερ Χοσέ Ντούλσε Μαρία μονορούφι.
Ο Πέδρο Σεγκούντο δεν απαντούσε κι εξακολουθούσε να δουλεύει χωρίς αμφιβολίες. Στην περίπτωση του γιου του έκανε τα στραβά μάτια, κι εκείνος, επωφελούμενος από την αρρώστια του αφεντικού, είχε σταματήσει τις προφυλάξεις, έσπαζε το φράχτη της απαγόρευσης κι έφερνε στις Τρεις Μαρίες τα απαγορευμένα φυλλάδια από τους συνδικαλιστές, τις πολιτικές εφημερίδες του δάσκαλου και τις παράξενες βιβλικές εκδοχές του Ισπανού παπά.

Με διαταγές του Εστέμπαν Τρουέμπα, ο διαχειριστής άρχισε την ανοικοδόμηση του αρχοντικού ακολουθώντας το ίδιο σχέδιο που είχε παλιά. Δεν άλλαξαν ούτε τους πλίνθους και τη λάσπη με σύγχρονα τούβλα, ούτε μεγάλωσαν τα παράθυρα που ήταν υπερβολικά στενά. Η μόνη αλλαγή ήταν να βάλουν τρεχούμενο ζεστό νερό στα μπάνια και ν' αλλάξουν την παλιά κουζίνα, που έκαιγε με ξύλα, μ' ένα μηχάνημα με παραφίνη, που, ωστόσο, καμιά μαγείρισσα δεν μπόρεσε να συνηθίσει και τέλειωσε τις μέρες του εξορισμένο στην αυλή, για να το χρησιμοποιούν χωρίς διάκριση οι κότες. Όσο χτιζόταν το σπίτι, αυτοσχεδίασαν ένα καταφύγιο με ξύλινες τάβλες και τσίγκινη στέγη, όπου ταχτοποίησαν τον Εστέμπαν στο αναπηρικό του κρεβάτι και από κει, μέσα από ένα παράθυρο, μπορούσε να παρακολουθεί την πρόοδο του έργου και να φωνάζει τις οδηγίες του, βράζοντας από θυμό με την αναγκαστική του ακινησία.

Η Κλάρα είχε αλλάξει πολύ σ' εκείνους τους μήνες. Αναγκάστηκε ν' αναλάβει μαζί με τον Πέδρο Σεγκούντο Γκαρσία να σώσει ό,τι μπορούσε να διασωθεί. Για πρώτη φορά στη ζωή της ανέλαβε, χωρίς καμιά βοήθεια, τις υλικές υποθέσεις, γιατί δεν μπορούσε πια να βασίζεται στον άντρα της, ούτε στη Φέρουλα, ούτε στην νταντά. Ξύπνησε στο τέλος μιας μακρόχρονης παιδικής ηλικίας, στη διάρκεια της οποίας ήταν πάντα προστατευμένη, τριγυρισμένη από φροντίδες κι ευκολίες και χωρίς καμιά ευθύνη. Ο Εστέμπαν Τρουέμπα απόχτησε τη συνήθεια πως όλα όσα έτρωγε τον πείραζαν, εκτός απ' αυτά που μαγείρευε η Κλάρα, κι έτσι εκείνη περνούσε μεγάλο μέρος της μέρας στην κουζίνα, ξεπουπουλίζοντας κότες για να φτιάχνει σουπίτσες για τον άρρωστο και να ζυμώνει ψωμί. Είχε αναγκαστεί να κάνει τη νοσοκόμα, να τον πλένει με το σφουγγάρι, να του αλλάζει επιδέσμους, να του βάζει την πάπια. Εκείνος γινόταν ολοένα πιο κακότροπος και δεσποτικός, όλο απαιτήσεις, βάλε ένα μαξιλάρι εδώ, όχι, πιο πάνω, φέρε μου κρασί, όχι αυτό, σου είπα κόκκινο, άνοιξε το παράθυρο, κλείσ' το, πονάω δω, πεινάω, ζεσταίνομαι, ξύσε μου την πλάτη, πιο κάτω. Η Κλάρα κατάληξε να τον φοβάται πολύ περισσότερο από τότε που ήταν ένας δυνατός και γερός άντρας, που έμπαινε μες στην ηρεμία της ζωής της με τη μυρωδιά από ανυπόμονο αρσενικό, με τη βροντερή φωνάρα του, την ατέλειωτη γκρίνια του, την αρχοντική του ανωτερότητα, επιβάλλοντας τη θέλησή του και τσακίζοντας τα καπρίτσια του πάνω στη λεπτεπίλεπτη ισορροπία που εκείνη διατηρούσε ανάμεσα στα πνεύματα από το υπερπέραν και στις ψυχές που βρίσκονταν σ' ανάγκη στο υπερεδώ. Κατέληξε να τον περιφρονεί. Μόλις κόλλησαν τα κόκαλά του κι άρχισε να κινείται λίγο, του ξανάρθε η βασανιστική επιθυμία να την αγκαλιάσει και, κάθε φορά που περνούσε από δίπλα του, άπλωνε το χέρι του και τη χούφτωνε, μπερδεύοντάς τη μες στη ζαλάδα της αρρώστιας του με τις στιβαρές αγρότισσες, που στα νιάτα του τον εξυπηρετούσαν στην κουζίνα και στο κρεβάτι. Η Κλάρα ένιωθε πως δεν έκανε πια για τέτοια κόλπα. Οι δυστυχίες την είχαν κάνει πιο πνευματική και η ηλικία και η έλλειψη αγάπης για τον άντρα της την είχαν κάνει να καταλήξει πως το σεξ ήταν μια απασχόληση κάπως χτηνώδης για να περνάει η ώρα, που την άφηνε με πονεμένα κόκαλα κι αναστάτωνε τα έπιπλα. Μέσα σε λίγες ώρες ο σεισμός την έκανε να γνωρίσει τη βία, το θάνατο και τη χυδαιότητα και την έφερε σ' επαφή με τις βασικές ανάγκες που εκείνη αγνοούσε. Σε τίποτα δεν της είχε χρησιμέψει το τρίποδο τραπεζάκι ή η ικανότητα της να μαντεύει το μέλλον στα φύλλα του τσαγιού, μπροστά στην αναγκαιότητα να προστατέψει τους υποτακτικούς από τις επιδημίες και την απογοήτευση, τη γη από την ξηρασία και το σαλιγκάρι, τις αγελάδες από τον αφθώδη πυρετό, τις κότες από τη μόρβα, τα ρούχα από το σκόρο, τα παιδιά της από την εγκατάλειψη και τον άντρα της από το θάνατο και τον ίδιο του τον ανεξέλεγκτο θυμό. Η Κλάρα είχε κουραστεί πάρα πολύ. Ένιωθε μόνη και συγχυσμένη και τις ώρες που έπρεπε να πάρει κάποια απόφαση, μόνο από τον Πέδρο Σεγκούντο μπορούσε να ζητήσει βοήθεια. Εκείνος ο πιστός και σιωπηλός άντρας ήταν πάντα παρών, όποτε τον φώναζε, και της έδινε κάποια σιγουριά μες στο θυελλώδες τρακούνημα που είχε εισβάλει στη ζωή της. Πολύ συχνά, στο τέλος της μέρας, η Κλάρα πήγαινε να τον βρει για να του προσφέρει ένα φλιτζάνι τσάι. Κάθονταν σε πολυθρόνες από λυγαριά κάτω από μια μαρκίζα και περίμεναν να έρθει η νύχτα και να τους ξαλαφρώσει από την ένταση της μέρας. Έβλεπαν να πέφτει αργά το σκοτάδι και τα πρώτα αστέρια να λάμπουν στον ουρανό, άκουγαν το κόασμα των βατράχων κι έμεναν σιωπηλοί. Είχαν πολλά να πουν, πολλά προβλήματα να λύσουν, πολλές εκκρεμείς συμφωνίες, αλλά και οι δυο καταλάβαιναν πως αυτή η μισή ώρα σιωπής ήταν μια ανταμοιβή που άξιζαν, έπιναν το τσάι τους χωρίς βιασύνη, για να διαρκέσει περισσότερο, κι ο καθένας τους σκεφτόταν τη ζωή του άλλου. Γνωρίζονταν τουλάχιστο δεκαπέντε χρόνια, περνούσαν κοντά τα καλοκαίρια, αλλά στο σύνολο είχαν ανταλλάξει πολύ λίγες κουβέντες. Εκείνος έβλεπε την αφεντικίνα σαν μια καλοκαιρινή, φωτεινή οπτασία, ξένη στις χυδαίες ανάγκες της ζωής, διαφορετική από τις άλλες γυναίκες που είχε γνωρίσει. Ακόμα και τότε, με τα χέρια όλο ζυμάρι ή με την ποδιά καταματωμένη από την κότα του μεσημεριανού, του φαινόταν σαν αντικατοπτρισμός στην αντανάκλαση της μέρας. Μόνο το σούρουπο, μες στην ηρεμία, εκείνες τις στιγμές που μοιράζονταν μ' ένα φλιτζάνι τσάι, μπορούσε να τη βλέπει στην ανθρώπινή της διάσταση. Της είχε κρυφά ορκιστεί αιώνια πίστη και, σαν έφηβος, μερικές φορές είχε φαντασιώσεις με την ιδέα να περάσει τη ζωή μαζί της. Την εκτιμούσε τόσο όσο μισούσε τον Εστέμπαν Τρουέμπα.

Όταν πήγαν να τους βάλουν τηλέφωνο, το σπίτι ακόμα δεν βρισκόταν σε βιώσιμη κατάσταση. Είχαν περάσει τέσσερα χρόνια από τότε που ο Εστέμπαν προσπαθούσε να τ' αποχτήσει και πήγαν να τους το εγκαταστήσουν ακριβώς τότε που δεν είχαν ούτε μια στέγη για να το προφυλάξουν από τον άσχημο καιρό. Το μηχάνημα δεν διάρκεσε πολύ, αλλά χρησίμεψε για να τηλεφωνήσουν στους δίδυμους και ν' ακούσουν τη φωνή τους, λες κι ερχόταν από άλλο γαλαξία, μέσα από ένα εκκωφαντικό γουργούρισμα και τις διακοπές της τηλεφωνήτριας του χωριού που έπαιρνε μέρος στη συζήτηση. Από το τηλέφωνο έμαθαν πως η Μπλάνκα ήταν άρρωστη και οι καλόγριες ήθελαν να τη στείλουν σπίτι της. Το κορίτσι έβηχε επίμονα κι είχε συχνά πυρετό. Ο φόβος για τη φυματίωση ήταν διάχυτος, γιατί δεν υπήρχε οικογένεια που να μην έχει κλάψει κάποιο φθισικό, κι έτσι η Κλάρα αποφάσισε να πάει να τη φέρει. Την ίδια μέρα που θα έφευγε η Κλάρα, ο Εστέμπαν Τρουέμπα διέλυσε το τηλέφωνο με μπαστουνιές, γιατί είχε αρχίσει να κουδουνίζει κι εκείνος του φώναξε πως τώρα έρχομαι, να πάψει, αλλά το μηχάνημα εξακολούθησε να χτυπάει κι εκείνος, μέσα σε μια μανιακή κρίση, έπεσε πάνω του χτυπώντας το και σπάζοντας το κλειδοκόκαλο, που τόσο δύσκολα είχε βάλει στη θέση του ο Πέδρο Γκαρσία, ο γέρος.

Ήταν η πρώτη φορά που η Κλάρα ταξίδευε μόνη της. Είχε κάνει την ίδια διαδρομή πολλές φορές, αλλά πάντα αφηρημένη, γιατί πάντα υπολόγιζε σε κάποιον άλλο, που αναλάμβανε τις πραχτικές λεπτομέρειες όσο εκείνη ονειρευόταν, κοιτάζοντας το τοπίο από το παράθυρο. Ο Πέδρο Σεγκούντο Γκαρσία την πήγε ώς το σταθμό και την ταχτοποίησε στη θέση της στο τρένο. Αποχαιρετώντας τον, εκείνη έσκυψε και τον φίλησε ελαφρά στο μάγουλο και χαμογέλασε. Εκείνος έφερε το χέρι του στο πρόσωπο, για να προστατέψει από τον αέρα εκείνο το φευγαλέο φιλί, και δεν χαμογέλασε, γιατί ήταν γεμάτος θλίψη.

Οδηγημένη από το ένστικτό της περισσότερο, παρά από

τις γνώσεις της ή τη λογική, η Κλάρα κατάφερε να φτάσει στο σχολείο της κόρης της χωρίς καθυστερήσεις. Η ηγουμένη την υποδέχτηκε στο σπαρτιάτικο γραφείο της, μ' έναν τεράστιο Χριστό που αιμορραγούσε στον τοίχο κι ένα αταίριαστο μπουκέτο από κόκκινα τριαντάφυλλα πάνω στο τραπέζι.

«Φωνάξαμε το γιατρό, σενιόρα Τρουέμπα», της είπε. «Η μικρή δεν έχει τίποτα στους πνεύμονες, αλλά είναι καλύτερα να την πάρετε – στην εξοχή θα νιώσει καλύτερα. Εμείς δεν μπορούμε να έχουμε αυτή την ευθύνη, καταλαβαίνετε».

Η καλόγρια χτύπησε ένα καμπανάκι και μπήκε η Μπλάνκα. Φαινόταν πιο αδύνατη και χλομή, με βιολετιές σκιές κάτω από τα μάτια, που θα είχαν εντυπωσιάσει οποιαδήποτε μητέρα, αλλά η Κλάρα κατάλαβε αμέσως πως η αρρώστια της κόρης της δεν ήταν στο σώμα αλλά στην ψυχή. Η φριχτή γκρίζα στολή την έδειχνε μικρότερη από τα χρόνια της, παρ' όλο που οι γυναικείες της στρογγυλάδες πετιόνταν από τις ραφές. Η Μπλάνκα ξαφνιάστηκε όταν είδε τη μητέρα της, που τη θυμόταν σαν έναν άγγελο, ντυμένη στα λευκά, χαρούμενη κι αφηρημένη, και που μέσα σε λίγους μήνες είχε μεταμορφωθεί σε μια ικανή γυναίκα με χέρια όλο κάλους και δυο βαθιές ρυτίδες στις άκρες των χειλιών της.

Πήγαν να δουν τους δίδυμους στο σχολείο τους. Ήταν η πρώτη φορά που συναντιόνταν μετά το σεισμό και ξαφνιάστηκαν όταν έμαθαν πως το μόνο μέρος στα χωρικά εδάφη που δεν είχε αγγίξει η βιβλική καταστροφή ήταν το παλιό σχολείο, που ο σεισμός το είχε τελείως αγνοήσει. Εκεί κανένας δεν είχε πάρει είδηση τους δέκα χιλιάδες νεκρούς κι εξακολουθούσαν να τραγουδούν στα αγγλικά και να παίζουν κρίκετ και να συγκινούνται μόνο με τα νέα που έφταναν με τρεις βδομάδες καθυστέρηση από τη Μεγάλη Βρετανία.

Παραξενεμένες, είδαν πως εκείνα τα δυο παιδιά που είχαν αράπικο και σπανιόλικο αίμα στις φλέβες τους και που είχαν γεννηθεί στην τελευταία γωνιά της Αμερικής, μιλούσαν τα ισπανικά με οφξορδιανή προφορά και η μόνη συγκίνηση που ήταν ικανοί να δείξουν ήταν η έκπληξη, σηκώνοντας το αριστερό φρύδι. Δεν είχαν καμιά σχέση μ' εκείνα τα δυο πληθωρικά και ψειριάρικα παιδιά, που περνούσαν τα καλοκαίρια στο χτήμα. «Ελπίζω τόσο σαξονικό φλέγμα να μην τους κάνει ηλίθιους», μουρμούρισε η Κλάρα, καθώς αποχαιρετούσε τους γιους της.

Ο θάνατος της νταντάς, που, παρ' όλα της τα χρόνια, ήταν η υπεύθυνη για το μεγάλο σπίτι στη γωνία, τον καιρό που έλειπαν τ' αφεντικά, προκάλεσε αναστάτωση στους υπηρέτες. Χωρίς κανέναν έλεγχο, είχαν εγκαταλείψει τις δουλειές τους και περνούσαν τη μέρα τους μέσα σ' ένα όργιο από μεσημεριανούς ύπνους και κουτσομπολιά, ενώ τα φυτά ξεραίνονταν από την έλλειψη νερού και οι αράχνες έκαναν βόλτες στις γωνιές. Η φθορά ήταν τόσο φανερή, που η Κλάρα αποφάσισε να κλείσει το σπίτι και να τους απολύσει όλους. Έπειτα, μαζί με την Μπλάνκα σκέπασαν όλα τα έπιπλα με σεντόνια κι έβαλαν ναφθαλίνη παντού. Άνοιξαν ένα ένα τα κλουβιά με τα πουλιά κι ο ουρανός γέμισε με παπαγαλάκια, καναρίνια, σπίνους και παραδείσια πτηνά, που φτερούγιζαν ζαλισμένα από την ελευθερία και τελικά πέταξαν προς κάθε κατεύθυνση. Η Μπλάνκα πρόσεξε πως, μέσα σ' όλες εκείνες τις δουλειές, δεν εμφανίστηκε κανένα φάντασμα πίσω από τις κουρτίνες, ούτε κατέφθασε κανένας ροζακρουσίστας ειδοποιημένος από την έκτη του αίσθηση, ούτε κανένας πεινασμένος ποιητής που να τον έφερε η ανάγκη. Η μητέρα της έδειχνε να έχει μεταβληθεί σε μια κανονική, λίγο πρωτόγονη, γυναίκα.

«Έχετε αλλάξει πολύ, μαμά», παρατήρησε η Μπλάνκα.
«Δεν έχω αλλάξει εγώ, παιδί μου, ο κόσμος άλλαξε», απάντησε η Κλάρα.

Προτού φύγουν, πήγαν στο δωμάτιο της νταντάς, στην αυλή του υπηρετικού προσωπικού, η Κλάρα άνοιξε τα κιβώτιά της, έβγαλε τη χαρτονένια βαλίτσα, που η καλή γυναίκα είχε μεταχειριστεί για μισό αιώνα, και κοίταξε την ντουλάπα της. Δεν υπήρχαν παρά λίγα ρούχα, κάτι παλιά πέδιλα και κουτιά σε διάφορα μεγέθη, δεμένα με κορδέλες και λαστιχάκια, όπου εκείνη φύλαγε τις προσκλήσεις για την Πρώτη Κοινωνία και τις βαφτίσεις, μπούκλες από μαλλιά, κομμένα νύχια, ξεθωριασμένες φωτογραφίες και μερικά μωρουδιακά παπουτσάκια πολυμεταχειρισμένα. Ήταν αναμνηστικά απ' όλα τα παιδιά της οικογένειας δελ Βάλιε, κι ύστερα των Τρουέμπα, που πέρασαν από τα μπράτσα της και που εκείνη είχε νανουρίσει στην αγκαλιά της. Κάτω από το κρεβάτι της βρήκε ένα μπογαλάκι μ' όλες τις μεταμφιέσεις, που η νταντά μεταχειριζόταν για να τρομάζει τη βουβαμάρα της. Καθισμένη στο κρεβάτι εκστρατείας, μ' όλους αυτούς τους θησαυρούς στην αγκαλιά της, η Κλάρα έκλαψε ώρα πολλή εκείνη τη γυναίκα, που είχε αφιερώσει την ύπαρξή της για να κάνει πιο άνετη τη ζωή των άλλων και που είχε πεθάνει ολομόναχη.

«Μετά από τόση προσπάθεια για να με τρομάξει, τελικά εκείνη πέθανε από το φόβο της», παρατήρησε στο τέλος η Κλάρα.

Έβαλε να μεταφέρουν το σώμα της στο μαυσωλείο των δελ Βάλιε, στο καθολικό νεκροταφείο, γιατί σκέφτηκε πως δεν θα της άρεσε να είναι θαμμένη με τους ευαγγελιστές και τους Εβραίους και πως θα προτιμούσε να συνεχίσει και στο θάνατο να βρίσκεται κοντά σ' αυτούς που είχε υπηρετήσει στη ζωή της. Έβαλε ένα μπουκέτο λουλούδια πάνω στην πλάκα της και πήγε με την Μπλάνκα στο σταθμό, για να γυρίσουν στις Τρεις Μαρίες.

Σ' όλη τη διαδρομή στο τρένο, η Κλάρα είπε στην κόρη της όλα τα νέα για την οικογένεια και την υγεία του πατέρα της, περιμένοντας πως η Μπλάνκα θα της έκανε τη μοναδική ερώτηση που ήξερε πως ήθελε να κάνει, αλλά η Μπλάνκα δεν ανέφερε τον Πέδρο Τερσέρο Γκαρσία και ούτε η Κλάρα τόλμησε να τον αναφέρει. Είχε την ιδέα πως από τη στιγμή που δίνει κανείς ένα όνομα στα προβλήματα, αυτά υλοποιούνται και μετά είναι αδύνατο να τα αγνοήσει κανείς· αντίθετα, αν διατηρούνται μετέωρα ανάμεσα στα ανείπωτα λόγια, μπορούν να εξαφανιστούν από μόνα τους με το πέρασμα του χρόνου. Στο σταθμό τις περίμενε ο Πέδρο Σεγκούντο με το αμάξι και η Μπλάνκα ξαφνιάστηκε που τον άκουσε να σφυρίζει σ' όλη τη διαδρομή ώς τις Τρεις Μαρίες, μια και ο διαχειριστής είχε φήμη κλειστού ανθρώπου.

Βρήκαν τον Εστέμπαν Τρουέμπα καθισμένο σε μια πολυθρόνα, ταπετσαρισμένη με τσόχα, που της είχαν προσθέσει ρόδες από ποδήλατο, περιμένοντας να φτάσει από την πρωτεύουσα η αναπηρική πολυθρόνα που είχε παραγγείλει και που η Κλάρα έφερνε με τις αποσκευές της. Διεύθυνε τις εργασίες στο σπίτι, κουνώντας ενεργητικά το μπαστούνι του, με διάφορες βρισιές, και τις υποδέχτηκε μ' ένα αφηρημένο φιλί, ξεχνώντας να ρωτήσει για την υγεία της κόρης του.

Εκείνο το βράδυ έφαγαν σ' ένα χωριάτικο τραπέζι από τάβλες, που φώτιζε μια λάμπα πετρελαίου. Η Μπλάνκα είδε τη μητέρα της να σερβίρει το φαγητό σε πήλινα πιάτα χοντροφτιαγμένα, από το υλικό που έφτιαχναν τα τούβλα, γιατί με το σεισμό είχαν χαθεί όλα τα σερβίτσια. Χωρίς την νταντά για να επιβλέπει στην κουζίνα, είχαν απλοποιήσει τόσο τα πράγματα, που έτρωγαν ένα λιτό δείπνο από πηχτές φακές, ψωμί, τυρί και κυδώνι γλυκό, που ήταν πιο λίγο απ' όσα έτρωγε στο σχολείο εσωτερική στη νηστεία της Παρασκευής. Ο Εστέμπαν έλεγε πως, μόλις θα μπορούσε να σταθεί στα δυο του πόδια, θα πήγαινε ο ίδιος στην πρωτεύουσα ν' αγοράσει τα πιο φίνα και ακριβά πράγματα για να εξοπλίσει το σπίτι, γιατί είχε πια βαρεθεί να ζει σαν χωριάτης εξαιτίας της καταραμένης, υστερικής φύσης σ' αυτή τη διαβολοχώρα. Απ' όλα όσα κουβέντιασαν στο τραπέζι, το μόνο που θυμόταν η Μπλάνκα ήταν πως είχε διώξει τον Πέδρο Τερσέρο Γκαρσία, με ρητή διαταγή να μην ξαναπατήσει στο χτήμα, γιατί τον είχε πιάσει να φέρνει κομμουνιστικές ιδέες στους αγρότες. Το κορίτσι χλόμιασε όταν το άκουσε και της έπεσαν οι φακές από το κουτάλι στο τραπεζομάντιλο. Μόνο η Κλάρα πρόσεξε την αλλαγή της, γιατί ο Εστέμπαν ήταν απορροφημένος στο συνηθισμένο του μονόλογο για τους κακορίζικους που δαγκώνουν το χέρι που τους δίνει να φάνε, «και γι' αυτά όλα φταίνε οι διαβολεμένοι πολιτικάντηδες, σαν αυτόν το σοσιαλιστή υποψήφιο, έναν ψωροφαντασμένο που έχει το θράσος να διασχίζει τη χώρα από το βορρά ώς το νότο μ' ένα τρένο της κακιάς ώρας, αναστατώνοντας τους ειρηνικούς ανθρώπους με τις μπολσεβίκικες καυχησιές του, αλλά που καλά θα κάνει να μην πλησιάσει εδώ κοντά, γιατί έτσι και κατέβει από το τρένο, θα τον κάνουμε κιμά, είμαστε όλοι έτοιμοι, δεν υπάρχει ιδιοχτήτης σ' όλη την περιοχή που να μη συμφωνεί, δεν θα επιτρέψουμε να έρθουν να βγάλουν λόγους ενάντια στην τίμια εργασία, τη δίκαια αμοιβή γι' αυτόν που προσπαθεί, την ανταμοιβή γι' αυτούς που πάνε μπροστά στη ζωή, δεν είναι δυνατόν οι τεμπέληδες να έχουν τα ίδια μ' εμάς που δουλεύουμε μέρα νύχτα και ξέρουμε να τοποθετούμε το κεφάλαιό μας, να ριψοκινδυνεύουμε, ν' αναλαμβάνουμε τις ευθύνες, γιατί, στο κάτω κάτω, το παραμύθι πως η γη ανήκει σ' αυτούς που τη δουλεύουν θα γυρίσει εναντίον τους, γιατί εδώ ο μόνος που ξέρει να δουλεύει είμαι εγώ, χωρίς εμένα όλα αυτά θα ήταν ερείπια και θα εξακολουθούσαν να είναι, ούτε ο Χριστός είπε πως πρέπει να μοιράζουμε τα φρούτα των προσπαθειών μας με τους τεμπέληδες κι εκείνος ο σκατομυξιάρης, ο Πέδρο Τερσέρο Γκαρσία, τολμάει να μιλάει μες στην ιδιοχτησία μου, δεν του φύτεψα μια σφαίρα στο κεφάλι γιατί εχτιμώ πολύ τον πατέρα του και χρωστάω κατά κάποιον τρόπο τη ζωή μου στον παππού του, αλλά τον προειδοποίησα πως αν τον δω να τριγυρίζει εδώ γύρω, θα τον κάνω κόσκινο με την καραμπίνα μου».

Η Κλάρα δεν είχε πάρει μέρος στη συζήτηση. Ήταν απασχολημένη να πηγαινοφέρνει πράγματα στο τραπέζι και να παρακολουθεί την κόρη της με την άκρη του ματιού της αλλά, παίρνοντας τη σουπιέρα με τις υπόλοιπες φακές από το τραπέζι, άκουσε τις τελευταίες κουβέντες από τον γκρινιάρικο λόγο που έβγαζε ο άντρας της.

«Δεν μπορείς να εμποδίσεις τον κόσμο ν' αλλάξει, Εστέμπαν. Αν δεν είναι ο Πέδρο Τερσέρο Γκαρσία, κάποιος άλλος θα φέρει τις καινούργιες ιδέες στις Τρεις Μαρίες», του είπε.

Ο Εστέμπαν Τρουέμπα έδωσε μια μπαστουνιά στη σουπιέρα που κρατούσε η γυναίκα του στα χέρια της και την πέταξε μακριά, χύνοντας το περιεχόμενο της καταγής. Η Μπλάνκα σηκώθηκε όρθια τρομοκρατημένη. Ήταν η πρώτη φορά που έβλεπε να θυμώνει ο πατέρας της με την Κλάρα και σκέφτηκε πως εκείνη θα έπεφτε σε κάποια από τις τρελές της κρίσεις και θα έβγαινε πετώντας από το παράθυρο, αλλά τίποτα τέτοιο δεν συνέβη. Η Κλάρα μάζεψε τα κομμάτια της σπασμένης σουπιέρας με τη συνηθισμένη της ηρεμία, χωρίς να δείξει πως είχε ακούσει τις χοντράδες που της πετούσε ο Εστέμπαν. Τον περίμενε να τελειώσει, του είπε καληνύχτα μ' ένα χλιαρό φιλί στο μάγουλο και βγήκε, παίρνοντας την Μπλάνκα από το χέρι.

Η Μπλάνκα δεν είχε ανησυχήσει για την απουσία του Πέδρο Τερσέρο. Πήγαινε κάθε μέρα στο ποτάμι και τον περίμενε. Ήξερε πως το νέο του γυρισμού της στο χτήμα θα έφτανε στο νεαρό αργά ή γρήγορα και το κάλεσμα του έρωτα θα τον έβρισκε όπου κι αν βρισκόταν. Κι έτσι τελικά έγινε. Την πέμπτη μέρα είδε να καταφθάνει ένας κουρελής, κουκουλωμένος με μια βαριά κουβέρτα κι ένα πλατύγυρο καπέλο στο κεφάλι, τραβώντας ένα γαϊδούρι φορτωμένο με κουζινικά, τεντζερέδες από κασσίτερο, χάλκινες τσαγιέρες, μεγάλες εμαγιέ κατσαρόλες, κουτάλες σ' όλα τα μεγέθη και μ' ένα τενεκεδένιο κουδούνι που ανάγγελλε, δέκα λεπτά πριν, την άφιξή του. Δεν τον αναγνώρισε. Έμοιαζε σαν κακόμοιρος γερούλης, ένας από εκείνους τους θλιβερούς πλανόδιους πωλητές, που τριγυρνούν στην επαρχία με τα εμπορεύματά τους από πόρτα σε πόρτα. Στάθηκε μπροστά της, έβγαλε το καπέλο του και τότε εκείνη είδε τα όμορφα μάτια του να λάμπουν μέσα από μια αναστατωμένη χαίτη και μια γενειάδα. Ο γάιδαρος έμεινε να βόσκει στο γρασίδι με το φόρτωμά του από θορυβώδη κατσαρολικά, ενώ η Μπλάνκα και ο Πέδρο Τερσέρο έσβηναν την πείνα και τη δίψα που είχαν μαζευτεί μετά από τόσους μήνες σιωπή και χωρισμό, στριφογυρίζοντας πάνω στις πέτρες και στους θάμνους κι αναστενάζοντας απελπισμένα. Ύστερα κάθισαν αγκαλιασμένοι ανάμεσα στις καλαμιές, στην όχθη του ποταμού. Μες στο ζουζούνισμα που έκαναν οι μύγες και στα κοάσματα των βατράχων, εκείνη του διηγήθηκε πως έβαζε φλούδια από μπανάνες και στυπόχαρτο στα παπούτσια της για να της έρθει πυρετός και πως είχε φάει τόση τριμμένη κιμωλία που την έπιασε βήχας πραγματικά, για να πείσει τις καλόγριες πως η ανορεξία και η χλομάδα της ήταν πραγματικά συμπτώματα της φυματίωσης.

«Ήθελα να βρίσκομαι κοντά σου!» του είπε φιλώντας τον στο λαιμό.

Ο Πέδρο Τερσέρο της μίλησε γι' αυτά που συνέβαιναν στον κόσμο και στη χώρα, για το μακρινό πόλεμο που είχε αφήσει τη μισή ανθρωπότητα ξεκοιλιασμένη από σφαίρες, να ψυχομαχάει στα στρατόπεδα συγκεντρώσεων, με μια ατέλειωτη σειρά από χήρες και ορφανά, της μίλησε για τους εργάτες στην Ευρώπη και στη Βόρεια Αμερική, όπου σέβονταν τα δικαιώματά τους, γιατί η θυσία των συνδικαλιστών και των σοσιαλιστών στις προηγούμενες δεκαετίες είχε γίνει αιτία να δημιουργηθούν νόμοι πιο δίκαιοι και σωστές δημοκρατίες, σύμφωνα με το θέλημα του Θεού, όπου αυτοί που κυβερνούν δεν κλέβουν το γάλα σκόνη από τα θύματα των καταστροφών.

«Οι τελευταίοι που μαθαίνουν τι συμβαίνει είμαστε πάντα εμείς οι αγρότες – δεν ξέρουμε τι γίνεται σ' άλλα μέρη. Εδώ μισούν τον πατέρα σου. Αλλά τον φοβούνται τόσο, που δεν είναι ικανοί να οργανωθούν και να τον αντιμετωπίσουν. Κατάλαβες, Μπλάνκα;»

Εκείνη καταλάβαινε, αλλά εκείνη τη στιγμή ενδιαφερόταν μονάχα για τη μυρωδιά του από φρέσκο σπόρο, για να του γλείψει τ' αυτιά, να βυθίσει τα δάχτυλά της σ' εκείνη την πυκνή γενειάδα, ν' ακούσει τους ερωτικούς του στεναγμούς. Ήξερε πως όχι μόνο ο πατέρας της θα του φύτευε τη σφαίρα που του είχε υποσχεθεί, αλλά πως κι οποιοσδήποτε από τους άλλους ιδιοχτήτες της περιοχής θα έκανε το ίδιο με μεγάλη ευχαρίστηση. Η Μπλάνκα θύμισε στον Πέδρο Τερσέρο Γκαρσία την ιστορία ενός σοσιαλιστή αρχηγού, που δυο χρόνια πριν τριγυρνούσε στην περιοχή μ' ένα ποδήλατο, μοιράζοντας φυλλάδια στα αγροχτήματα κι οργανώνοντας τους υποταχτικούς, μέχρι που τον έπιασαν οι αδελφοί Σάντσες, τον σκότωσαν στο ξύλο και τον κρέμασαν από έναν τηλεφωνικό στύλο στη διασταύρωση δυο δρόμων, για να μπορέσουν να τον δουν όλοι. Εκεί έμεινε μία μέρα και μία νύχτα, να κουνιέται κάτω από τον ουρανό, ώσπου έφτασαν οι χωροφύλακες με άλογα και τον ξεκρέμασαν. Για να τα μπαλώσουν, κατηγόρησαν τους ιθαγενείς του καταυλισμού, παρ' όλο που όλος ο κόσμος ήξερε πως ήταν φιλήσυχοι και πως αν φοβόνταν να σκοτώσουν μια κότα, ακόμα περισσότερο θα φοβόνταν για έναν άνθρωπο. Αλλά οι αδελφοί Σάντσες τον ξέθαψαν από το νεκροταφείο κι άφησαν έκθετο το σώμα στην κοινή θέα, κι αυτό πια ήταν υπερβολικό για να το αποδώσουν στους ιθαγενείς. Όμως, ούτε και τότε η δικαιοσύνη τόλμησε να επέμβει και ο θάνατος του σοσιαλιστή γρήγορα ξεχάστηκε.

«Μπορεί να σε σκοτώσουν», του είπε η Μπλάνκα, αγκαλιάζοντάς τον ικετευτικά.

«Θα προσέχω», την ησύχασε ο Πέδρο Τερσέρο. «Δεν θα μείνω για πολύ στο ίδιο μέρος. Γι' αυτό δεν μπορώ να σε βλέπω κάθε μέρα. Να με περιμένεις εδώ. Θα έρχομαι, όταν θα μπορώ».

«Σ' αγαπώ», του είπε εκείνη κλαίγοντας.

«Κι εγώ».

Αγκαλιάστηκαν ξανά με το ακόρεστο πάθος της ηλικίας τους, ενώ ο γάιδαρος εξακολουθούσε να μασουλάει το χορτάρι.

Η Μπλάνκα τα κατάφερε να μην ξαναγυρίσει στο σχολείο, προκαλώντας εμετούς με ζεστή σαλαμούρα, διάρροια με πράσινα δαμάσκηνα, και εξάντληση, σφίγγοντας τη μέση της μ' ένα χαλινάρι, ώσπου απόχτησε φήμη αρρωστιάρας, όπως ακριβώς ήθελε. Τόσο καλά προσποιούνταν τα συμπτώματα από τις πιο διαφορετικές αρρώστιες, που θα μπορούσε να κοροϊδέψει ολόκληρο ιατρικό συμβούλιο – κι έφτασε κι η ίδια να πιστεύει πως αρρώσταινε εύκολα. Κάθε πρωί, μόλις ξυπνούσε, έκανε μια πνευματική επιθεώρηση στον οργανισμό της για να δει πού την πονούσε και τι καινούργια προβλήματα είχε αναπτύξει. Έμαθε να επωφελείται από οποιαδήποτε κατάσταση για ν' αρρωσταίνει, από μια αλλαγή στη θερμοκρασία μέχρι τη γύρη των λουλουδιών και να μετατρέπει κάθε μικρή αδιαθεσία σε ψυχομαχητό. Η Κλάρα ήταν της γνώμης πως η καλύτερη θεραπεία για την κόρη της ήταν να έχει τα χέρια της απασχολημένα· έτσι μπορούσε να κρατάει σε απόσταση τις αδιαθεσίες της δίνοντάς της δουλειά. Η κοπέλα έπρεπε να σηκώνεται νωρίς, όπως όλοι οι άλλοι, να πλένεται με κρύο νερό και ν' αφοσιώνεται στις δουλειές της, που περιλάμβαναν διδασκαλία στο σχολείο, ράψιμο στο εργαστήρι της ραπτικής και επίβλεψη σε όλες τις δουλειές στο ιατρείο, από το να κάνει κλύσματα, μέχρι να ράβει πληγές με κλωστή και βελόνι από το εργαστήρι, χωρίς κανένας να προσέχει πως λιποθυμούσε όταν έβλεπε αίμα, ούτε πως την έλουζε κρύος ιδρώτας όταν έπρεπε να σκουπίσει κάποιο εμετό. Ο Πέδρο Γκαρσία, ο γέρος, που ήταν κιόλας ενενήντα χρονών και μόλις που μπορούσε να πάρει τα πόδια του, συμμεριζόταν την ιδέα της Κλάρας πως τα χέρια είναι για να τα χρησιμοποιούμε. Έτσι, μια μέρα που η Μπλάνκα παραπονιόταν για έναν τρομερό πονοκέφαλο, τη φώναξε και χωρίς καμιά προειδοποίηση της έβαλε μια μπάλα από πηλό στα χέρια. Πέρασε όλο το απόγεμα προσπαθώντας να της μάθει να πλάθει τον πηλό, για να φτιάχνει σκεύη για την κουζίνα, χωρίς η κοπέλα να θυμηθεί ούτε μια στιγμή τους πόνους της. Ο γέρος δεν ήξερε τότε πως της έδινε αυτό που αργότερα θα ήταν το μοναδικό της μέσο για να κερδίζει τη ζωή της και η παρηγοριά της στις πιο δύσκολες ώρες. Της έμαθε πως να γυρίζει τον τροχό με το πόδι, ενώ τα χέρια της πετούσαν πάνω στο μαλακό πηλό, φτιάχνοντας δοχεία και κανάτια. Αλλά πολύ γρήγορα η Μπλάνκα ανακάλυψε πως βαριόταν να φτιάχνει χρήσιμα αντικείμενα και ήταν πιο διασκεδαστικό να πλάθει ζώα και ανθρωπάκια. Με τον καιρό αφοσιώθηκε στο να φτιάχνει έναν κόσμο σε μικρογραφία, από οικιακά ζώα και ανθρωπάκια απ' όλα τα επαγγέλματα, ξυλουργούς, πλύστρες, μαγείρισσες, όλους με τα μικρά τους σύνεργα και έπιπλα.

«Αυτά δεν μπορούν να χρησιμοποιηθούν πουθενά», είπε ο Εστέμπαν Τρουέμπα όταν είδε τα έργα της κόρης του.

«Ας ψάξουμε να βρούμε πού να τα χρησιμοποιήσουμε», πρότεινε η Κλάρα.

Έτσι γεννήθηκε η ιδέα των Γεννήσεων. Η Μπλάνκα άρχισε να φτιάχνει φιγούρες για τη χριστουγεννιάτικη φάτνη, όχι μόνο με τους μάγους και με τους βοσκούς, αλλά μ' ένα πλήθος από τα πιο διαφορετικά ανθρωπάκια και όλων των ειδών τα ζώα, καμήλες και ζέμπρες της Αφρικής, ιγουάνες της Αμερικής και τίγρεις της Ασίας, χωρίς να παίρνει υπόψη της τη ζωολογία της ίδιας της Βηθλεέμ. Ύστερα άρχισε να προσθέτει ζώα που έβγαζε από το μυαλό της, κολλώντας μισό ελέφαντα με μισό κροκόδειλο, χωρίς να ξέρει πως έφτιαχνε με πηλό τα ίδια με τη θεία της τη Ρόζα, που δεν την είχε γνωρίσει και που εκείνη κένταγε με τις κλωστές της στο γιγάντιο τραπεζομάντιλό της, ενώ η Κλάρα σκεφτόταν πως αν οι τρέλες επαναλαμβάνονται στην οικογένεια, θα πρέπει να υπάρχει μια γενετική μνήμη που εμποδίζει να χαθούν για πάντα μες στη λήθη. Οι πολυπληθείς Γεννήσεις της Μπλάνκα μεταβλήθηκαν σ' ένα αξιοπερίεργο γεγονός. Αναγκάστηκε να εκπαιδεύσει δυο κοπέλες για να τη βοηθούν, γιατί δεν προλάβαινε τις παραγγελίες, εκείνη τη χρονιά όλοι ήθελαν μια τέτοια Γέννηση για τα Χριστούγεννα, και ιδιαίτερα γιατί ήταν δωρεάν. Ο Εστέμπαν Τρουέμπα αποφάσισε πως η μανία για τον πηλό ήταν παραδεχτή σαν απασχόληση για δεσποινίδες, αλλά αν μετατρεπόταν σ' επιχείρηση, το όνομα των Τρουέμπα θα ξέπεφτε στην ίδια σειρά μ' αυτούς που πουλούσαν καρφιά στα σιδεράδικα και τηγανητά ψάρια στην αγορά.

Οι συναντήσεις της Μπλάνκα με τον Πέδρο Τερσέρο έγιναν πιο σπάνιες, αλλά γι' αυτόν το λόγο και πιο παθιασμένες. Εκείνα τα χρόνια η κοπέλα συνήθισε στα ξαφνιάσματα και στην αναμονή, στην ιδέα πως θ' αγαπιόνταν πάντα στα κρυφά και σταμάτησε να τρέφει όνειρα πως θα παντρεύονταν και θα ζούσαν σ' ένα από τα τούβλινα σπιτάκια του πατέρα της. Συχνά περνούσε ολόκληρες βδομάδες χωρίς νέα του, αλλά ξαφνικά εμφανιζόταν στο χτήμα ένας ταχυδρόμος με ποδήλατο, ένας προτεστάντης παπάς διδάσκοντας με τη Βίβλο κάτω απ' τη μασχάλη, ή ένας Τσιγγάνος που μιλούσε κάποια μισοειδωλολατρική γλώσσα, όλοι τους τόσο άκακοι, που περνούσαν κάτω από τα άγρυπνα μάτια του αφεντικού χωρίς να προκαλούν υποψίες. Τον αναγνώριζε από τα μαύρα του μάτια. Και δεν ήταν η μόνη: όλοι οι υποταχτικοί στις Τρεις Μαρίες και πολλοί αγρότες από άλλα χτήματα τον περίμεναν. Από τότε που οι ιδιοχτήτες τον κυνηγούσαν, ο νεαρός είχε αποχτήσει φήμη ήρωα. Όλοι ήθελαν να τον κρύψουν για μια νύχτα, οι γυναίκες τού έπλεκαν πόντσο και κάλτσες για το χειμώνα και οι άντρες τού φύλαγαν το καλύτερο αγουαρδιέντε και το καλύτερο τσαρκί της εποχής. Ο πατέρας του, ο Πέδρο Σεγκούντο Γκαρσία, υποψιαζόταν πως ο γιος του παραβίαζε την απαγόρευση του Τρουέμπα και μάντευε τα ίχνη που άφηνε στο πέρασμά του. Βρισκόταν σε δίλημμα ανάμεσα στην αγάπη για το γιο του και στο ρόλο του φύλακα μες στο χτήμα. Επιπλέον φοβόταν μήπως τον αναγνωρίσει και ο Εστέμπαν Τρουέμπα το καταλάβει από το βλέμμα του, αλλά ένιωθε μια κρυφή χαρά να του αποδίνει μερικά από τα παράξενα πράγματα που συνέβαιναν εκεί γύρω. Το μόνο που δεν πέρασε από το μυαλό του ήταν πως οι επισκέψεις του γιου του είχαν σχέση με τις βόλτες της Μπλάνκα στο ποτάμι, γιατί αυτή η πιθανότητα δεν υπήρχε στη φυσική τάξη του κόσμου του. Ποτέ δεν μιλούσε για το γιο του έξω από την οικογένειά του, αλλά ήταν περήφανος γι' αυτόν και προτιμούσε να τον βλέπει φυγάδα, παρά σαν έναν ακόμα από τους αγρότες, να φυτεύει πατάτες και να θερίζει φτώχεια, όπως όλοι οι άλλοι. Όταν άκουγε να σιγοτραγουδούν κάποιο από τα τραγούδια με κότες κι αλεπούδες, χαμογελούσε, γιατί σκεφτόταν πως ο γιος του είχε αποχτήσει πιο πολλούς πιστούς με τις ανατρεπτικές του μπαλάντες, παρά με τα φυλλάδια του Σοσιαλιστικού Κόμματος, που ακούραστα μοίραζε.

6

Η εκδίκηση

Ενάμιση χρόνο μετά το σεισμό, οι Τρεις Μαρίες ξανάγιναν το πρότυπο αγρόχτημα που ήταν παλιά. Είχε ξαναχτιστεί το μεγάλο αρχοντικό ακριβώς όπως το παλιό, αλλά πιο στέρεο και με εγκατάσταση ζεστού νερού στα μπάνια. Το νερό ήταν σαν αραιωμένη ζεστή σοκολάτα και μερικές φορές έβγαιναν και βατραχάκια, αλλά έτρεχε με χαρούμενη και δυνατή ροή. Η γερμανική αντλία ήταν θαύμα. Εγώ κυκλοφορούσα πάντα χωρίς άλλη βοήθεια από ένα ασημένιο μπαστούνι, το ίδιο που έχω ακόμα και που η εγγονή μου λέει πως δεν το μεταχειρίζομαι για να μην κουτσαίνω, παρά για να δίνω έμφαση στα λόγια μου, κουνώντας το σαν παραπανίσιο επιχείρημα. Η μακρόχρονη αρρώστια είχε καταστρέψει τον οργανισμό μου κι είχε χειροτερέψει το χαρακτήρα μου. Αναγνωρίζω πως, τελικά, ούτε η Κλάρα μπορούσε να βάλει φρένο στους θυμούς μου. Ένας άλλος θα είχε μείνει ανάπηρος για πάντα μετά το ατύχημα, αλλά εμένα με βοήθησε η δύναμη της απελπισίας μου. Σκεφτόμουν τη μητέρα μου καθισμένη στην αναπηρική της καρέκλα να σαπίζει ζωντανή κι αυτό μου έδινε κουράγιο για να σηκωθώ και ν' αρχίσω να περπατάω, ακόμα κι αν ήταν με κατάρες. Νομίζω πως ο κόσμος με φοβόταν. Ακόμα και η ίδια η Κλάρα, που ποτέ δεν είχε φοβηθεί τους θυμούς μου, εν μέρει γιατί φρόντιζα να μην τα βάζω μαζί της, ζούσε τρομοκρατημένη. Όσο την έβλεπα να με φοβάται τόσο γινόμουν έξαλλος. Σιγά σιγά η Κλάρα είχε αρχίσει ν' αλλάζει. Την έβλεπα κουρασμένη και παρατηρούσα πως απομακρυνόταν από μένα. Δεν με συμπαθούσε πια, οι πόνοι μου της ήταν ενοχλητικοί και δεν προκαλούσαν τη συμπόνοια της, κατάλαβα πως με απόφευγε. Θα τολμούσα να πω πως εκείνη την εποχή προτιμούσε ν' αρμέγει τις αγελάδες με τον Πέδρο Σεγκούντο, παρά να μου κρατάει συντροφιά στο σαλόνι.

Όσο πιο πολύ απομακρυνόταν από μένα η Κλάρα, τόσο περισσότερο ένιωθα την ανάγκη για τον έρωτά της. Δεν είχε λιγοστέψει ο πόθος μου για κείνη από τότε που την είχα παντρευτεί, ήθελα να την κατέχω ολόκληρη ώς την τελευταία της σκέψη, αλλά εκείνη η διάφανη γυναίκα περνούσε από δίπλα μου σαν ανάσα κι ακόμα και όταν την άρπαζα με τα δυο μου χέρια και τη φίλαγα άγρια, δεν μπορούσα να τη φυλακίσω. Δεν ήταν δικό μου το πνεύμα της. Όταν άρχισε να με φοβάται, η ζωή μας έγινε κόλαση. Τη μέρα ο καθένας μας είχε τις δικές του ασχολίες. Και οι δυο μας είχαμε πολλά πράγματα να κάνουμε. Συναντιόμασταν μόνο την ώρα του φαγητού και τότε εγώ κρατούσα τη συζήτηση, γιατί εκείνη έμοιαζε να βρίσκεται στα σύννεφα. Μιλούσε πολύ λίγο κι είχε χάσει εκείνο το δροσερό και τολμηρό της γέλιο, που ήταν το πρώτο πράγμα που μου άρεσε πάνω της – δεν έριχνε πίσω το κεφάλι ούτε γελούσε δείχνοντας όλα της τα δόντια. Μόλις που χαμογελούσε. Είχα σκεφτεί πως η ηλικία και το ατύχημά μου μας είχαν χωρίσει, πως είχε βαρεθεί τη συζυγική ζωή, αυτά τα πράγματα συμβαίνουν σ' όλα τα ζευγάρια, κι εγώ δεν ήμουν κανένας λεπτός εραστής, απ' αυτούς που στέλνουν λουλούδια κάθε τόσο και λένε ωραία λόγια. Αλλά είχα προσπαθήσει να την πλησιάσω. Πόσο προσπάθησα, Θεέ μου! Έμπαινα στο δωμάτιό της, όταν ήταν απασχολημένη να γράφει στα τετράδια όπου κατέγραψε τη ζωή ή με το τρίποδο τραπεζάκι. Προσπαθούσα ακόμα να μοιραστώ μαζί της αυτές τις πλευρές της ζωής της, αλλά δεν της άρεσε να διαβάζουν τα τετράδιά της και η παρουσία μου της έκοβε την έμπνευση όταν συζητούσε με τα πνεύματα κι έτσι αναγκάστηκα να σταματήσω. Είχα ακόμα εγκαταλείψει την ιδέα να φτιάξω μια καλή σχέση με την κόρη μου. Η Μπλάνκα από μικρή ήταν παράξενη και δεν ήταν ποτέ το τρυφερό και στοργικό κοριτσάκι που είχα επιθυμήσει. Στην πραγματικότητα, έμοιαζε με αρμαδίλιο. Όσο θυμάμαι, ήταν ακοινώνητη μαζί μου και δεν χρειάστηκε να ξεπεράσει κανένα οιδιπόδειο σύμπλεγμα, γιατί ποτέ δεν το απόχτησε. Όμως ήταν πια δεσποινίς, έδειχνε έξυπνη και ώριμη για την ηλικία της και γινόταν ένα με τη μητέρα της. Είχα σκεφτεί πως μπορούσε να με βοηθήσει και προσπάθησα να την πάρω με το μέρος μου, της έκανα δώρα, προσπαθούσα ν' αστειευτώ μαζί της, αλλά και τότε με απόφευγε. Τώρα που είμαι γέρος και μπορώ να μιλώ για κείνον χωρίς να γίνομαι έξαλλος, νομίζω πως για όλα έφταιγε ο ερωτάς της για τον Πέδρο Τερσέρο Γκαρσία. Η Μπλάνκα δεν εξαγοραζόταν. Δεν ζητούσε ποτέ τίποτα, μιλούσε λιγότερο κι από τη μητέρα της κι όταν την υποχρέωνα να με χαιρετήσει μ' ένα φιλί, μου το έδινε με τόση κακή διάθεση που με πονούσε σαν χαστούκι. «Όλα θ' αλλάξουν όταν γυρίσουμε στην πρωτεύουσα κι αρχίσουμε να ζούμε πολιτισμένα», έλεγα εγώ τότε, αλλά ούτε η Κλάρα ούτε η Μπλάνκα έδειχναν το παραμικρό ενδιαφέρον για ν' αφήσουν τις Τρεις Μαρίες· αντίθετα, κάθε φορά που ανέφερα το θέμα, η Μπλάνκα έλεγε πως η ζωή στο χτήμα την είχε γιάνει, αλλά δεν αισθανόταν ακόμα ευτελώς καλά και η Κλάρα μου θύμιζε πως είχαμε πολλές δουλειές ακόμα στο χτήμα και δεν μπορούσαμε να τις αφήσουμε μισοτελειωμένες. Η γυναίκα μου δεν είχε αποθυμήσει ούτε τις πολυτέλειες, στις οποίες ήταν συνηθισμένη, και τη μέρα που έφτασε στις Τρεις Μαρίες το φορτίο τα έπιπλα και τα οικιακά σκεύη, που είχα παραγγείλει για να της κάνω έκπληξη, περιορίστηκε να τα βρει όλα πολύ χαριτωμένα. Εγώ ο ίδιος αναγκάστηκα ν' αποφασίσω πού να τοποθετήσουν τα πράγματα, γιατί εκείνη δεν έδειχνε να ενδιαφέρεται καθόλου. Το καινούργιο σπίτι απόχτησε ένα λούσο που δεν είχε ποτέ, ούτε ακόμα και στα θαυμάσια χρόνια του πατέρα μου, που μας κατέστρεψε. Είχαν φτάσει μεγάλα αποικιακού ρυθμού έπιπλα από βαλανιδιά και καρυδιά, σκαλισμένα στο χέρι, βαριά μάλλινα χαλιά, λάμπες από σφυρηλατημένο σίδερο και χαλκό. Είχα παραγγείλει στην πρωτεύουσα ένα εγγλέζικο σερβίτσιο από πορσελάνη, ζωγραφισμένο στο χέρι, που άξιζε να πάει σε πρεσβεία, κρυστάλλινα ποτήρια, τέσσερα κιβώτια φίσκα με στολίδια, λινά σεντόνια και τραπεζομάντιλα, μια συλλογή από δίσκους με κλασική και ελαφρά μουσική, μαζί με τη μοντέρνα τους βιτρόλα. Οποιαδήποτε γυναίκα θα είχε ξετρελαθεί μ' όλα αυτά και θα είχε βρει δουλειά για πολλούς μήνες, ταχτοποιώντας το σπίτι της, εκτός από την Κλάρα, που ήταν απρόσβλητη απ' αυτά. Είχε περιοριστεί να εκπαιδεύσει ένα ζευγάρι μαγείρισσες και μερικά κορίτσια, κόρες των υποταχτικών, για να σερβίρουν στο σπίτι και, μόλις ελευθερώθηκε από τις κατσαρόλες και τη σκούπα, ξαναγύρισε στα τετράδια όπου κατέγραψε τη ζωή και στα χαρτιά του ταρό. Περνούσε τις περισσότερες ώρες της μέρας στο εργαστήρι της ραπτικής, στο ιατρείο και στο σχολείο. Εγώ την άφηνα ήσυχη, γιατί εκείνες οι απασχολήσεις δικαίωναν την ύπαρξή της. Ήταν φιλάνθρωπη και γενναιόδωρη γυναίκα, που επιθυμούσε να κάνει ευτυχισμένους αυτούς που την τριγύριζαν, όλους εκτός από μένα. Μετά το γκρέμισμα του σπιτιού ξαναχτίσαμε το παντοπωλείο και, για να την ευχαριστήσω, σταμάτησα το σύστημα με τα τριανταφυλλιά χαρτάκια κι άρχισα να πληρώνω τον κόσμο με χαρτονομίσματα, γιατί η Κλάρα έλεγε πως μπορούσαν ν' αγοράζουν και από το χωριό και να κάνουν οικονομίες. Αυτό δεν ήταν αλήθεια. Το μόνο καλό ήταν πως οι άντρες πήγαιναν να μεθοκοπήσουν στην ταβέρνα στο Σαν Λούκας και οι γυναίκες και τα παιδιά περνούσαν πείνες. Γι' αυτά τα πράγματα μαλώναμε πολύ. Οι υποταχτικοί ήταν η αιτία για όλες τις φιλονικίες μας. Καλά, όχι για όλες. Φιλονικούσαμε και για τον παγκόσμιο πόλεμο. Εγώ παρακολουθούσα την προέλαση των ναζί σ' ένα χάρτη που είχα βάλει στον τοίχο στο σαλόνι, ενώ η Κλάρα έπλεκε κάλτσες για τους στρατιώτες των συμμάχων. Η Μπλάνκα έπιανε το κεφάλι της με τα δυο της χέρια, χωρίς να καταλαβαίνει για ποιο λόγο τέτοιο πάθος για έναν πόλεμο που δεν είχε καμιά σχέση μ' εμάς και που συνέβαινε στην άλλη άκρη του ωκεανού. Υποθέτω πως διαφωνούσαμε και γι' άλλα πράγματα. Στην πραγματικότητα, πολύ λίγες φορές συμφωνούσαμε σε κάτι. Δεν πιστεύω πως για όλα έφταιγε η κακοκεφιά μου, γιατί ήμουν καλός σύζυγος, ούτε το νυχάκι εκείνου του τρελάρα που ήμουν ανύπαντρος. Εκείνη ήταν η μοναδική γυναίκα για μένα. Κι ακόμα είναι.

Μια μέρα η Κλάρα παράγγειλε κι έβαλαν ένα σύρτη

στην πόρτα του δωματίου της κι από τότε δεν με ξαναδέχτηκε στο κρεβάτι της, εκτός από τις περιπτώσεις που εγώ πίεζα τόσο την κατάσταση, που αν αρνιόταν θα σήμαινε οριστική ρήξη. Στην αρχή είχα σκεφτεί πως περνούσε μια από κείνες τις μυστήριες αδιαθεσίες που παθαίνουν οι γυναίκες πότε πότε, ή μάλλον η κλιμακτήριος, αλλά όταν η κατάσταση παρατάθηκε αρκετές βδομάδες, αποφάσισα να μιλήσω μαζί της. Μου εξήγησε με ηρεμία πως η συζυγική μας σχέση είχε φθαρεί και πως γι' αυτό είχε χάσει κάθε καλή διάθεση για τα ερωτικά παιχνίδια. Είχε βγάλει το συμπέρασμα φυσικότατα πως, αφού δεν είχαμε τίποτα να πούμε, δεν μπορούσαμε να μοιραζόμαστε και το ίδιο κρεβάτι, κι έδειχνε έκπληξη που εγώ περνούσα όλη μέρα θυμωμένος μαζί της και το βράδυ αποζητούσα τα χάδια της. Προσπάθησα να της εξηγήσω πως, απ' αυτή την άποψη, οι άντρες διαφέρουν από τις γυναίκες, και πως τη λάτρευα, παρ' όλες τις μανίες μου, αλλά στάθηκε ανώφελο. Εκείνο τον καιρό εγώ κρατιόμουνα καλά, ήμουν πιο γερός και πιο δυνατός από κείνη, παρ' όλο το ατύχημά μου και τα χρόνια που την περνούσα. Με τα χρόνια είχα αδυνατίσει. Δεν είχα ούτε ένα δράμι πάχος πάνω μου και διατηρούσα την ίδια αντοχή και δύναμη που είχα στα νιάτα μου. Μπορούσα να περάσω όλη τη μέρα πάνω στο άλογο, να κοιμηθώ καταγής οπουδήποτε, να φάω ό,τι να 'ναι χωρίς να αισθάνομαι τη χολή, το συκώτι και τ' άλλα όργανα μέσα μου, που γι' αυτά μιλάει συνέχεια ο κόσμος. Εμένα, ναι, με πονούσαν τα κόκαλά μου. Τα κρύα βράδια και τις υγρές νύχτες ο πόνος στα κόκαλα που είχα σπάσει με το σεισμό ήταν τόσο έντονος, που δάγκωνα το μαξιλάρι μου για να μην ακούσουν τα βογκητά μου. Όταν δεν άντεχα άλλο, έπινα δυο ασπιρίνες με μια μεγάλη γουλιά αγουαρδιέντε, αλλά ούτε κι αυτό με ανακούφιζε. Το παράξενο είναι πως ο αισθησιασμός μου είχε γίνει πιο εκλεκτικός με την ηλικία, αλλά ήταν τόσο ευέξαπτος, όπως και στα νιάτα μου. Μου άρεσε να κοιτάζω τις γυναίκες, ακόμα μ' αρέσει. Είναι μια αισθητική απόλαυση, σχεδόν πνευματική. Αλλά μόνο η Κλάρα ξυπνούσε μέσα μου τον πραγματικό κι άμεσο πόθο, γιατί σ' όλη τη μακρόχρονη κοινή ζωή μας είχαμε μάθει να γνωριζόμαστε κι ο καθένας μας ήξερε με την άκρη των δαχτύλων του τη γεωγραφία του άλλου με ακρίβεια. Εκείνη γνώριζε ποια ήταν τα πιο ευαίσθητα σημεία μου, μπορούσε να μου πει ακριβώς αυτό που περίμενα ν' ακούσω. Σε μια ηλικία που η πλειονότητα των αντρών έχουν πια βαρεθεί τις γυναίκες τους και χρειάζονται να ερεθιστούν από άλλες για να ξαναβρούν τη σπίθα του πόθου, εγώ ήμουν σίγουρος πως μόνο με την Κλάρα μπορούσα να κάνω έρωτα, όπως το μήνα του μέλιτος, ακούραστα. Δεν έμπαινα στον πειρασμό να ψάξω γι' άλλες.

Θυμάμαι πως, όταν έπεφτε η νύχτα, άρχιζα να την παραφυλάω. Τ' απογέματα καθόταν να γράψει κι εγώ προσποιόμουν πως ρούφαγα την πίπα μου, αλλά στην πραγματικότητα την κατασκόπευα με την άκρη του ματιού μου. Μόλις υπολόγιζα πως σκόπευε να πάει για ύπνο —γιατί άρχιζε να καθαρίζει την πένα και να κλείνει τα τετράδια— βιαζόμουν να πάω πρώτος. Πήγαινα κουτσαίνοντας στο μπάνιο, φτιαχνόμουν, φορούσα μια ρόμπα από επισκοπικό βελούδο, που είχα αγοράσει για να την καταχτήσω, αλλά που εκείνη ποτέ δεν έδειξε πως πρόσεξε, κολλούσα τ' αυτί μου στην πόρτα και την περίμενα. Όταν την άκουγα να προχωρεί στο διάδρομο, πεταγόμουν μπροστά της. Όλα τα είχα επιχειρήσει, από το να τη γεμίζω με κομπλιμέντα και δώρα μέχρι να την απειλώ πως θα γκρεμίσω την πόρτα και θα τη σπάσω στο ξύλο, αλλά καμιά απ' αυτές τις εναλλακτικές λύσεις δεν γεφύρωνε την άβυσσο που μας χώριζε. Υποθέτω πως ήταν ανώφελο να προσπαθώ με τις ερωτικές μου πιέσεις τη νύχτα να την κάνω να ξεχάσει τους άσχημους τρόπους μου, που την εξαντλούσαν όλη μέρα. Η Κλάρα με απόφευγε μ' εκείνο το αφηρημένο ύφος που κατέληξα να σιχαίνομαι. Δεν μπορώ να καταλάβω τι ήταν αυτό που με τραβούσε σ' αυτή. Ήταν μια ώριμη γυναίκα χωρίς καμιά κοκεταρία, που έσερνε ελαφρά τα πόδια και είχε χάσει την αδικαιολόγητη ευθυμία που την έκανε τόσο επιθυμητή στα νιάτα της. Η Κλάρα δεν ήταν ούτε δελεαστική ούτε τρυφερή μαζί μου. Είμαι σίγουρος πως δεν μ' αγαπούσε. Δεν υπήρχε λόγος να την ποθώ μ' αυτόν τον υπερβολικό κι άγριο τρόπο, που με βύθιζε στην απελπισία και μ' έκανε γελοίο. Αλλά δεν μπορούσα να το αποφύγω. Οι παραμικρές της κινήσεις, η απαλή μυρωδιά της από καθαρά ρούχα και σαπούνι, το φως των ματιών της, η χάρη του λεπτού της σβέρκου που στεφάνωναν οι ατίθασες μπούκλες της, όλα πάνω της μου άρεσαν. Η λεπτότητά της μου προκαλούσε ανυπόφορη τρυφερότητα. Ήθελα να την προστατέψω, να την αγκαλιάσω, να την κάνω να γελάσει σαν τον παλιό καιρό, να κοιμηθώ ξανά κοντά της, με το κεφάλι της στον ώμο μου, τα πόδια της μαζεμένα κάτω από τα δικά μου, τόσο μικρή και θερμή, το χέρι της στο στήθος μου, ευαίσθητη και μονάκριβη. Άλλες φορές αποφάσιζα να την τιμωρήσω με προσποιητή αδιαφορία, αλλά μετά από μερικές μέρες δεν άντεχα άλλο, γιατί έδειχνε πολύ πιο ήσυχη κι ευτυχισμένη όταν την αγνοούσα. Είχα ανοίξει μια τρύπα στον τοίχο του μπάνιου για να τη βλέπω γυμνή, αλλά αυτό με αναστάτωνε τόσο, που προτίμησα να την κλείσω με λίγη λάσπη. Για να την πληγώσω, έκανα νύξη πως θα πήγαινα στον Κόκκινο Φάρο, αλλά το μόνο σχόλιό της ήταν πως καλύτερα έτσι, παρά να βιάζω τις αγρότισσες, πράγμα που με εξέπληξε, γιατί δεν φανταζόμουν πως το ήξερε. Μπροστά σ' εκείνο το σχόλιο, προσπάθησα να επιχειρήσω τους βιασμούς μόνο για να την προκαλέσω. Αλλά μπόρεσα να πιστοποιήσω πως ο καιρός και ο σεισμός είχαν προκαλέσει τέτοιες καταστροφές στον ανδρισμό μου, που δεν είχα δύναμη πια ν' αγκαλιάσω από τη μέση μια ρωμαλέα αγρότισσα και να τη σηκώσω πάνω στη σέλα του αλόγου μου, κι ακόμα περισσότερο να της βγάλω τα ρούχα και να την πάρω ενάντια στη θέλησή της. Βρισκόμουν στην ηλικία που χρειαζόμουν βοήθεια και τρυφερότητα για να κάνω έρωτα. Είχα γεράσει, διάβολε...

Εκείνος ήταν ο μόνος που κατάλαβε πως μίκραινε. Το πρόσεξε στα ρούχα του. Δεν ήταν μόνο που φάρδαιναν στις ραφές αλλά και τα μανίκια του και τα μπατζάκια τού έρχονταν μακριά. Ζήτησε από την Μπλάνκα να του τα διορθώσει στη ραπτομηχανή, με τη δικαιολογία πως είχε αδυνατίσει, αλλά αναρωτιόταν ανήσυχος μήπως ο Πέδρο Γκαρσία, ο γέρος, του είχε κολλήσει ανάποδα τα κόκαλα, γι' αυτό και μάζευαν. Δεν το είπε σε κανέναν, ακριβώς όπως δεν μίλησε ποτέ σε κανέναν για τους πόνους του, μόνο από περηφάνια.

Εκείνο τον καιρό προετοιμάζονταν οι προεδρικές εκλογές. Σ' ένα δείπνο για συντηρητικούς πολιτικούς στο χωριό, ο Εστέμπαν Τρουέμπα γνώρισε τον κόμη Ζαν δε Σατινί. Φορούσε παπούτσια από σεβρό και σακάκια από χοντρό λινό, δεν ίδρωνε σαν τους άλλους θνητούς και μύριζε εγγλέζικη κολόνια, ήταν πάντα ηλιοκαμένος από τη συνήθειά του να χτυπάει μια μπάλα μέσα από ένα μικρό τόξο μ' ένα ξύλο, μέρα μεσημέρι, και μιλούσε τραβώντας τις τελευταίες συλλαβές στις λέξεις και τρώγοντας τα ρο. Ήταν ο μοναδικός άντρας που ο Εστέμπαν είχε δει να βάζει γυαλιστερό βερνίκι στα νύχια του και γαλάζιο κολλύριο στα μάτια του. Είχε καρτ βιζίτ με τον οικογενειακό του θυρεό και τηρούσε όλους τους γνωστούς καλούς τρόπους, και μερικούς άλλους που ο ίδιος είχε εφεύρει, όπως να τρώει τις αγκινάρες με λαβίδες, πράγμα που προκαλούσε τη γενική κατάπληξη. Οι άντρες τον κορόιδευαν πίσω από την πλάτη του, αλλά γρήγορα φάνηκε πως προσπαθούσαν να τον μιμηθούν σε κομψότητα, στα σεβρό παπούτσια του, στην αδιαφορία του και στο πολιτισμένο του ύφος. Ο τίτλος του κόμη τον έβαζε σε επίπεδο διαφορετικό από τους άλλους μετανάστες, που είχαν φτάσει από την Κεντρική Ευρώπη για ν' αποφύγουν τις επιδημίες του περασμένου αιώνα, από την Ισπανία για να ξεφύγουν από τον πόλεμο, από τη Μέση Ανατολή με τις επιχειρήσεις των Τούρκων και των Αρμενίων, από την Ασία, όπου πουλούσαν τα εθνικά τους φαγητά και τα ψιλολόγια τους. Ο κόμης δε Σατινί δεν χρειαζόταν να κερδίζει τη ζωή του, όπως το έκανε γνωστό σ' όλο τον κόσμο. Η επιχείρηση με τα τσιντσιλά ήταν μόνο για να περνάει την ώρα του.

Ο Εστέμπαν Τρουέμπα είχε δει τα τσιντσιλά να τριγυρίζουν στο χτήμα του. Τα κυνηγούσε με όπλα για να μην του τρώνε τις σοδειές, αλλά ποτέ δεν είχε σκεφτεί πως αυτά τα ασήμαντα τρωκτικά μπορούσαν να μεταβληθούν σε γυναικεία παλτά. Ο Ζαν δε Σατινί έψαχνε να βρει ένα συνέταιρο, που θα έβαζε το κεφάλαιο, την εργασία, τις μάντρες, και θ' αναλάμβανε όλους τους κινδύνους, για να μοιράζεται ένα πενήντα τοις εκατό από τα κέρδη μαζί του. Ο Εστέμπαν Τρουέμπα δεν είχε ποτέ ριψοκινδυνέψει στη ζωή του, αλλά ο Γάλλος κόμης είχε τη χάρη και τη νοημοσύνη που μπορούσαν να τον σκλαβώσουν, γι' αυτό πέρασε πολλές άγρυπνες νύχτες μελετώντας την πρόταση για τα τσιντσιλά και κάνοντας υπολογισμούς. Στο μεταξύ ο μεσιέ δε Σατινί περνούσε μεγάλα διαστήματα στις Τρεις Μαρίες, σαν τιμώμενος επισκέπτης. Έπαιζε με το μπαλάκι του μέρα μεσημέρι, έπινε τρομερές ποσότητες από χυμό πεπόνι χωρίς ζάχαρη και χάζευε με λεπτότητα τα κεραμικά της Μπλάνκα. Έφτασε μέχρι να προτείνει στην κοπέλα να τα εξάγει σ' άλλες χώρες, όπου υπήρχε σίγουρη αγορά για χειροτεχνίες των ιθαγενών. Η Μπλάνκα προσπάθησε να του δείξει το λάθος του, εξηγώντας του πως εκείνη δεν είχε καμιά σχέση με τους ιθαγενείς, ούτε και το έργο της, αλλά το φράγμα της γλώσσας τον εμπόδισε να καταλάβει την άποψή της. Ο κόμης ήταν μια κοινωνική κατάχτηση για την οικογένεια Τρουέμπα, γιατί από τη στιγμή που εγκαταστάθηκε στο χτήμα, έπεφταν βροχή οι προσκλήσεις από τα γειτονικά αγροχτήματα, για τις πολιτικές συγκεντρώσεις του χωριού και για όλες τις πολιτιστικές και κοινωνικές εκδηλώσεις της περιοχής. Όλοι ήθελαν να πλησιάσουν το Γάλλο, μήπως και κολλήσουν κάτι από τον εξευγενισμό του – οι νεαρές αναστέναζαν όταν τον έβλεπαν και οι μητέρες τον ήθελαν για γαμπρό και τσακώνονταν ποια θα είχε την τιμή να τον καλέσει. Οι άντρες ζήλευαν την τύχη του Εστέμπαν Τρουέμπα, που είχε διαλεχτεί για την επιχείρηση με τα τσιντσιλά. Η Κλάρα ήταν η μόνη που δεν είχε εντυπωσιαστεί με τη γοητεία του Γάλλου, ούτε είχε θαυμάσει τον τρόπο που καθάριζε το πορτοκάλι με τα μαχαιροπίρουνα, χωρίς να τα αγγίξει με το χέρι, αφήνοντας τα φλούδια σε σχήμα λουλουδιού, ή την ικανότητά του ν' απαγγέλλει Γάλλους ποιητές και φιλόσοφους στη μητρική του γλώσσα, τόσο, που, κάθε φορά που τον έβλεπε, έπρεπε να ρωτάει τ' όνομά του κι αναστατωνόταν όταν τον συναντούσε να πηγαίνει στο μπάνιο με τη μεταξωτή του ρόμπα μες στο ίδιο της το σπίτι. Η Μπλάνκα, αντίθετα, διασκέδαζε με την παρουσία του και αδραχνόταν από την ευκαιρία για να φοράει τα καλύτερα φουστάνια της, να χτενίζεται προσεχτικά και να στολίζει το τραπέζι με το εγγλέζικο σερβίτσιο και τ' ασημένια κηροπήγια.

«Ξαναγινόμαστε τουλάχιστον πολιτισμένοι», έλεγε.

Ο Εστέμπαν Τρουέμπα ήταν περισσότερο εντυπωσιασμένος με τα τσιντσιλά απ' ό,τι με τις φανφάρες του αριστοκράτη. Σκεφτόταν πώς διάολο δεν του είχε έρθει η ιδέα να κατεργαστεί το τρίχωμά τους, αντί να χάνει τόσα χρόνια ανατρέφοντας εκείνες τις καταραμένες κότες που ψοφούσαν μ' οποιαδήποτε διάρροια από μόρβα, κι εκείνες τις αγελάδες που, για κάθε λίτρο γάλα που έδιναν, κατανάλωναν ένα εκτάριο χορτάρι κι ένα κουτί βιταμίνες, κι επιπλέον γέμιζαν τα πάντα με μύγες και σκατά. Η Κλάρα και ο Πέδρο Σεγκούντο Γκαρσία, αντίθετα, δεν συμμερίζονταν τον ενθουσιασμό του – εκείνη για ανθρωπιστικούς λόγους, μια και της φαινόταν φριχτό να τα μεγαλώνουν για να τους πάρουν το πετσί, κι εκείνος γιατί ποτέ δεν είχε ακούσει ν' ανατρέφουν ποντίκια.

Μια νύχτα ο κόμης βγήκε να καπνίσει ένα από τ' ανατολίτικα τσιγάρα του, που έφερνε ειδικά από το Λίβανο –πού να ξέρει κανείς πού είναι αυτό το μέρος! όπως έλεγε ο Τρουέμπα–, και ν' αναπνεύσει το άρωμα των λουλουδιών που ερχόταν βαρύ από τον κήπο και πλημμύριζε τα δωμάτια. Έκανε μια μικρή βόλτα στη βεράντα κι αναμέτρησε με το βλέμμα το γρασίδι που απλωνόταν γύρω από το αρχοντικό. Αναστέναξε, συγκινημένος μ' εκείνη τη θαυμαστή φύση που μπορούσε να συγκεντρώνει στο πιο ξεχασμένο κράτος του κόσμου όλα τα κλίματα που είχε εφεύρει, την κορδιλιέρα και τη θάλασσα, τις κοιλάδες και τις πιο ψηλές κορφές, ποτάμια με γάργαρα νερά και μια αγαθή πανίδα που επέτρεπε να τριγυρίζει κανείς με κάθε εμπιστοσύνη, με τη σιγουριά πως δεν θα εμφανίζονταν μπροστά του δηλητηριώδη φίδια ή πεινασμένα θηρία και, για να ολοκληρωθεί η εικόνα της τελειότητας, δεν υπήρχαν μνησίκακοι μαύροι ούτε άγριοι ιθαγενείς. Είχε πια βαρεθεί να τριγυρίζει εξωτικές χώρες, κυνηγώντας επιχειρήσεις με πτερύγια καρχαριών για αφροδισιακά, πιπερόριζα για όλες τις αρρώστιες, σκαλισμένες φιγούρες από Εσκιμώους, βαλσαμωμένα πιράνχας από τον Αμαζόνιο και τσιντσιλά για να κάνει παλτά για κυρίες. Ήταν τριάντα οχτώ χρονών, τουλάχιστον τόσα ομολογούσε, κι ένιωθε πως επιτέλους είχε συναντήσει τον παράδεισο πάνω στο γη, όπου μπορούσε να κάνει ήσυχες δουλειές με αφελείς συνεταίρους. Κάθισε σ' έναν κορμό για να καπνίσει μες στο σκοτάδι. Ξαφνικά είδε μια σκιά να κουνιέται και σκέφτηκε για μια στιγμή πως μπορούσε να ήταν ένας κλέφτης, αλλά ύστερα έβγαλε την ιδέα από το μυαλό του, γιατί οι ληστές σ' εκείνη την περιοχή ήταν τόσο άγνωστοι όσο και τα άγρια θηρία. Πλησίασε επιφυλαχτικά και τότε διέκρινε την Μπλάνκα που έβγαζε τα πόδια από το παράθυρο και γλιστρούσε σαν γάτα τοίχο τοίχο, πέφτοντας πάνω στις ορτανσίες χωρίς τον παραμικρό θόρυβο. Φορούσε αντρικά ρούχα, γιατί τα σκυλιά τη γνώριζαν πια και δεν χρειαζόταν να γυρίζει γυμνή. Ο Ζαν δε Σατινί την είδε ν' απομακρύνεται κάτω από τη σκιά της μαρκίζας του σπιτιού και τα δέντρα, έκανε να την ακολουθήσει, αλλά φοβήθηκε τους μολοσσούς και σκέφτηκε πως δεν είχε ανάγκη να την πάρει από πίσω για να μάθει πού πήγαινε μια κοπέλα που πηδούσε από το παράθυρο μες στη νύχτα. Όμως στεναχωρέθηκε, γιατί αυτό που είχε δει του χαλούσε τα σχέδια.

Την επόμενη μέρα ο κόμης ζήτησε το χέρι της Μπλάνκα Τρουέμπα από τον Εστέμπαν, που δεν είχε πολλές ευκαιρίες να γνωρίσει την κόρη του και που είχε πάρει τη γαλήνια φιλικότητά της και τον ενθουσιασμό της να βάζει τα ασημένια κηροπήγια στο τραπέζι, για έρωτα. Ένιωσε πολύ ευχαριστημένος που η κόρη του, τόσο βαρετή και αρρωστιάρα, είχε καταφέρει ν' αρπάξει τον πιο πολύφερνο γαμπρό στην περιοχή. «Τι της βρήκε;» αναρωτήθηκε παραξενεμένος. Στον υποψήφιο μνηστήρα είπε πως έπρεπε να ρωτήσει και την Μπλάνκα, αλλά πως ήταν σίγουρος πως δεν θα υπήρχε καμιά δυσκολία και πως, από την πλευρά του, του ευχόταν προκαταβολικά το καλωσήρθες στην οικογένεια. Έβαλε να φωνάξουν την κόρη του, που εκείνη τη στιγμή έκανε μάθημα γεωγραφίας στο σχολείο, και κλείστηκε μαζί της στο γραφείο του. Πέντε λεπτά αργότερα άνοιξε η πόρτα απότομα κι ο κόμης είδε να βγαίνει η νεαρή με κατακόκκινα μάγουλα. Περνώντας από δίπλα του, του έριξε μια δολοφονική ματιά και γύρισε το κεφάλι. Να ήταν άλλος, λιγότερο πεισματάρης, θα είχε μαζέψει τις βαλίτσες του και θα είχε πάει στο μοναδικό ξενοδοχείο του χωριού, αλλά ο κόμης είπε στον Εστέμπαν πως ήταν σίγουρος πως θα κέρδιζε την αγάπη της κοπέλας, αν του έδιναν λίγο χρόνο. Ο Εστέμπαν Τρουέμπα του πρότεινε να μείνει φιλοξενούμενος στις Τρεις Μαρίες, όσο εκείνος θα το θεωρούσε απαραίτητο. Η Μπλάνκα δεν είπε τίποτα, αλλά από κείνη τη μέρα σταμάτησε να τρώει στο τραπέζι μαζί τους και δεν έχανε ευκαιρία να κάνει το Γάλλο να νιώθει πως ήταν ανεπιθύμητος. Φύλαξε τα καλά της ρούχα και τ' ασημένια κηροπήγια και τον απόφευγε προσεχτικά. Ανάγγειλε στον πατέρα της πως αν ανέφερε ξανά την υπόθεση, θα γύριζε με το πρώτο τρένο στην πρωτεύουσα και θα έμπαινε δόκιμη στο μοναστήρι.

«Θ' αλλάξεις γνώμη», μούγκρισε ο Εστέμπαν Τρουέμπα.

«Αμφιβάλλω», απάντησε κείνη.

Η άφιξη των δίδυμων στις Τρεις Μαρίες εκείνη τη χρονιά ήταν μεγάλο ξαλάφρωμα. Έφεραν μαζί τους μια πνοή δροσιάς και ενεργητικότητας στην καταπιεστική ατμόσφαιρα του σπιτιού. Κανένα απ' τα δυο αδέλφια δεν ήξερε να εκτιμήσει τη γοητεία του Γάλλου αριστοκράτη, παρ' όλο που εκείνος έκανε διακριτικές προσπάθειες για να κερδίσει τη συμπάθεια των νέων. Ο Χάιμε κι ο Νικολάς κορόιδευαν τους τρόπους του, τα πούστικα παπούτσια του και το ξένο του επώνυμο, αλλά ο Ζαν δε Σατινί ποτέ δεν ενοχλήθηκε. Η καλή του διάθεση κατέληξε να τους αφοπλίσει και πέρασαν μαζί το υπόλοιπο καλοκαίρι φιλικά, φτάνοντας μέχρι το σημείο να συμμαχήσουν για να πείσουν την Μπλάνκα να βγει από το πείσμα που είχε βυθιστεί.

«Έκλεισες τα είκοσι τέσσερα, αδελφούλα! Θέλεις να μείνεις στο ράφι;» έλεγαν.

Προσπαθούσαν να την πείσουν να κόψει τα μαλλιά της και ν' αντιγράψει τα φορέματα από τα περιοδικά που ήταν της μόδας, αλλά εκείνη δεν ενδιαφερόταν γι' αυτή την εξωτική μόδα, που δεν είχε ούτε την παραμικρή πιθανότητα να επιζήσει στα σύννεφα από σκόνη στο χτήμα.

Οι δίδυμοι ήταν τόσο διαφορετικοί μεταξύ τους, που δεν έμοιαζαν για αδέλφια. Ο Χάιμε ήταν ψηλός, ρωμαλέος, ντροπαλός και μελετηρός. Υποχρεωμένος από την εκπαίδευση του σχολείου του, είχε αναπτύξει με τον αθλητισμό ένα αθλητικό σώμα, αλλά στην πραγματικότητα θεωρούσε πως αυτή ήταν μια εξαντλητική κι άχρηστη δραστηριότητα. Δεν μπορούσε να καταλάβει τον ενθουσιασμό του Ζαν δε Σατινί, που περνούσε το πρωί κυνηγώντας μια μπάλα μ' ένα ξύλο για να τη ρίξει σε μια τρύπα, όταν ήταν πολύ πιο εύκολο να τη βάλει μέσα με το χέρι. Είχε παράξενες μανίες, που είχαν αρχίσει να εκδηλώνονται εκείνη την εποχή και γίνονταν με τα χρόνια ακόμα πιο έντονες. Δεν του άρεσε να αναπνέουν πολύ κοντά του, να του δίνουν το χέρι, να του κάνουν προσωπικές ερωτήσεις, να δανείζονται τα βιβλία του ή να του γράφουν γράμματα. Όλ' αυτά έκαναν δύσκολες τις σχέσεις του με τους ανθρώπους, αλλά δεν κατάφεραν να τον απομονώσουν, γιατί πέντε λεπτά μετά τη γνωριμία του με κάποιον, γινόταν ολοφάνερο πως, παρ' όλη την κακότροπη στάση του, ήταν γενναιόδωρος, αθώος κι είχε μεγάλη ικανότητα για τρυφερότητα, που άδικα προσπαθούσε να την κρύψει, γιατί ντρεπόταν. Ενδιαφερόταν για τους άλλους πολύ περισσότερο απ' όσο ήθελε να παραδεχτεί κι ήταν εύκολο να τον συγκινήσει κανείς. Στις Τρεις Μαρίες οι υποταχτικοί τον φώναζαν «το μικρό αφεντικό» κι έτρεχαν σ' αυτόν όταν χρειάζονταν κάτι. Ο Χάιμε τους άκουγε χωρίς σχόλια, απαντούσε με μονοσύλλαβα και κατέληγε να τους γυρίζει την πλάτη, αλλά δεν έβρισκε ξεκούραση ώσπου να λύσει το πρόβλημά τους. Ήταν ακοινώνητος και η μητέρα του έλεγε πως ούτε κι όταν ήταν μικρός άφηνε να τον χαϊδεύουν. Από μικρός είχε παράξενες συνήθειες: ήταν ικανός να βγάλει τα ρούχα που φορούσε για να τα δώσει σ' άλλον, πράγμα που είχε κάνει σε διάφορες ευκαιρίες. Θεωρούσε την τρυφερότητα και τις συγκινήσεις ένδειξη κατωτερότητας και μόνο με τα ζώα εγκατέλειπε τις υπερβολικές ντροπές του, στριφογύριζε καταγής μαζί τους, τα χάιδευε, τους έδινε να φάνε στο στόμα και κοιμόταν αγκαλιασμένος με τα σκυλιά. Μπορούσε να κάνει το ίδιο με τα πολύ μικρά παιδιά, όταν κανένας δεν τον παρακολουθούσε, γιατί μπροστά στον κόσμο προτιμούσε το ρόλο του σκληρού, μοναχικού άντρα. Η δωδεκάχρονη βρετανική εκπαίδευση δεν μπόρεσε ν' αναπτύξει το φλέγμα του, που θεωρούνταν το καλύτερο προτέρημα ενός άντρα. Ήταν ένας αδιόρθωτος αισθηματίας. Γι' αυτό δεν ενδιαφέρθηκε για την πολιτική κι αποφάσισε πως δεν θα σπούδαζε δικηγόρος, όπως ήθελε ο πατέρας του, αλλά γιατρός, για να βοηθάει αυτούς που είχαν ανάγκη, όπως του πρότεινε η μητέρα του, που τον γνώριζε καλύτερα. Ο Χάιμε έπαιζε με τον Πέδρο Τερσέρο Γκαρσία όταν ήταν μικρός, στα παιδικά του χρόνια, αλλά ήταν εκείνη τη χρονιά που έμαθε να τον θαυμάζει. Η Μπλάνκα αναγκάστηκε να θυσιάσει μερικές συναντήσεις στο ποτάμι για να βρεθούν μαζί οι δυο νέοι και να τα πουν. Μιλούσαν για δικαιοσύνη, για ισότητα, για το αγροτικό κίνημα, για το σοσιαλισμό, ενώ η Μπλάνκα τους άκουγε ανυπόμονα, παρακαλώντας να τελειώσουν γρήγορα για να μείνει μόνη με τον αγαπημένο της. Εκείνη η φιλία ένωσε τα δυο παιδιά ως το θάνατο, χωρίς ο Εστέμπαν Τρουέμπα να το υποπτευτεί.

Ο Νικολάς ήταν όμορφος σαν κορίτσι. Είχε κληρονομήσει το λεπτό και διάφανο δέρμα της μητέρας του, ήταν μικροκαμωμένος, αδύνατος, πονηρός και γρήγορος σαν αλεπού. Ήταν εξαιρετικά έξυπνος και, χωρίς να κάνει καμιά προσπάθεια, ξεπερνούσε τον αδελφό του σ' ό,τι και να καταπιάνονταν και οι δυο τους. Είχε εφεύρει ένα παιχνίδι για να τον βασανίζει: τον έφερνε αντιμέτωπο σ' οποιοδήποτε θέμα και συζητούσε με τόση ικανότητα και βεβαιότητα, που κατάληγε να πείσει τον Χάιμε πως είχε κάνει λάθος, υποχρεώνοντάς τον να το παραδεχτεί.

«Είσαι σίγουρος πως έχω δίκιο;» έλεγε τελικά ο Νικολάς στον αδελφό του.

«Ναι, έχεις δίκιο», μούγκριζε ο Χάιμε, που η ευθύτητά του τον εμπόδιζε να συζητάει με ψέματα.

«Α, πολύ χαίρομαι», αναφώναζε ο Νικολάς. «Τώρα θα σου δείξω πως αυτός που έχει δίκιο είσ' εσύ κι εγώ έχω άδικο. Θα σου δώσω τα επιχειρήματα που θα έπρεπε να μου πεις, αν ήσουν έξυπνος».

Ο Χάιμε έχανε την υπομονή του κι έπεφτε πάνω του με μπουνιές, αλλά μετά μετάνιωνε, γιατί ήταν πολύ πιο δυνατός από τον αδελφό του και η ίδια του η δύναμη τον έκανε να νιώθει ένοχος. Στο σχολείο ο Νικολάς χρησιμοποιούσε την εξυπνάδα του για να ενοχλεί τους άλλους κι όταν ήταν αναγκασμένος ν' αντιμετωπίσει μια βίαιη κατάσταση, φώναζε τον αδελφό του να τον υπερασπίσει, ενώ εκείνος τον ενθάρρυνε απ' έξω. Ο Χάιμε συνήθισε ν' αναλαμβάνει τις ευθύνες του Νικολάς κι έφτασε να το θεωρεί φυσικό να τιμωρείται αντί γι' αυτόν και να σκεπάζει τα ψέματά του. Το βασικό ενδιαφέρον του Νικολάς εκείνη την περίοδο, στα νιάτα του, εκτός από τις γυναίκες, ήταν ν' αναπτύξει την ικανότητα της Κλάρας να μαντεύει το μέλλον. Αγόραζε βιβλία για απόκρυφες οργανώσεις, για ωροσκόπια και για όλα όσα είχαν σχέση με το υπερφυσικό. Εκείνο το χρόνο είχε αποφασίσει να ξεμασκαρέψει θαύματα, είχε αγοράσει τους *Βίους Αγίων* σε μια λαϊκή έκδοση και πέρασε το καλοκαίρι του ψάχνοντας για λογικές εξηγήσεις στα πιο απίθανα πνευματικά κατορθώματα. Η μητέρα του τον κορόιδευε.

«Αν δεν μπορείς να καταλάβεις πώς λειτουργεί το τηλέφωνο, γιε μου», του έλεγε, «πώς θέλεις να καταλάβεις τα θαύματα;»

Το ενδιαφέρον του Νικολάς για τα υπερφυσικά θέματα είχε αρχίσει να εκδηλώνεται δυο χρόνια νωρίτερα. Τα σαββατοκύριακα που μπορούσε να βγει απ' το σχολείο, πήγαινε να επισκεφτεί τις αδελφές Μόρα στον παλιό τους μύλο, για να μάθει τις απόκρυφες επιστήμες. Αλλά γρήγορα φάνηκε πως δεν είχε ταλέντο για τη διορατικότητα ή την τηλεκινησία, κι έτσι αναγκάστηκε να αρκεστεί στη μηχανική των ωροσκοπίων, το ταρό και τα κινέζικα ξυλάκια του Ι-Τσινγκ. Όπως το ένα φέρνει το άλλο, στο σπίτι των Μόρα γνώρισε μια όμορφη κοπέλα που την έλεγαν Αμάντα, λίγο μεγαλύτερή του, που τον μύησε στο διαλογισμό της γιόγκα και στη βελονοθεραπεία, επιστήμες με τις οποίες ο Νικολάς κατάφερνε να θεραπεύει τους ρευματισμούς κι άλλους λιγότερο δυνατούς πόνους, που ήταν περισσότερο απ' όσα κατάφερνε ο αδελφός του με την παραδοσιακή ιατρική μετά από εφτά χρόνια σπουδές. Αλλά όλ' αυτά έγιναν πολύ αργότερα. Εκείνο το καλοκαίρι ήταν είκοσι ενός χρονών και βαριόταν στο χτήμα. Ο αδελφός του τον παρακολουθούσε από κοντά, για να μην ενοχλεί τα κορίτσια, γιατί είχε αυτοδιοριστεί προστάτης της αρετής των κοριτσιών στις Τρεις Μαρίες, παρ' όλο που ο Νικολάς τα είχε καταφέρει έτσι, ώστε να ξελογιάσει σχεδόν όλες τις νεαρές στην περιοχή, με ιπποτικά τεχνάσματα που δεν ήταν γνωστά σ' εκείνα τα μέρη. Τον υπόλοιπο καιρό τον περνούσε ερευνώντας θαύματα, προσπαθώντας να μάθει τα κόλπα της μητέρας του, για να κουνάει την αλατιέρα με τη δύναμη του μυαλού, και γράφοντας φλογερούς στίχους στην Αμάντα, που εκείνη τους επέστρεφε με το ταχυδρομείο, διορθωμένους και καλύτερους, χωρίς αυτό να καταφέρνει να τον αποθαρρύνει.

Ο Πέδρο Γκαρσία, ο γέρος, πέθανε λίγο πριν από τις προεδρικές εκλογές. Η χώρα ήταν αναστατωμένη με τις προεκλογικές εκστρατείες, τα τρένα διέσχιζαν θριαμβευτικά τον τόπο από το βορρά στο νότο, μεταφέροντας τους υποψήφιους, που έβγαιναν στο μπαλκόνι στην ουρά, μαζί με την ακολουθία τους από προσηλυτιστές, που χαιρετούσαν όλοι με τον ίδιο τρόπο, τυλιγμένοι σε σημαίες και με μεγάφωνα που κατατρόμαζαν την ησυχία του τοπίου και αναστάτωναν τα κοπάδια. Ο γέρος είχε ζήσει τόσο πολύ που δεν ήταν πια παρά ένας σωρός διάφανα κοκαλάκια, σκεπασμένα με κίτρινο δέρμα. Έκανε «κλακ κλακ» όταν περπατούσε, μ' ένα χτύπημα σαν καστανιέτες, δεν είχε δόντια και μπορούσε να φάει μόνο κρέμες για μωρά. Εκτός από τυφλός ήταν και κουφός, αλλά ποτέ δεν είχε πάψει ν' αναγνωρίζει τα πράγματα, τις αναμνήσεις του παρελθόντος και το άμεσο παρόν. Πέθανε καθισμένος στην καρέκλα του από λυγαριά, το σούρουπο. Του άρεσε να κάθεται στο κατώφλι της πόρτας του και να νιώθει τη νύχτα να πέφτει, κάτι που μάντευε από την αλλαγή της θερμοκρασίας, από τους θορύβους στην αυλή, από τις δουλειές στις κουζίνες, από τη σιωπή στο κοτέτσι. Εκεί τον βρήκε ο θάνατος. Στα πόδια του βρισκόταν ο δισέγγονός του, ο Εστέμπαν Γκαρσία, που τότε ήταν περίπου δέκα χρονών, απασχολημένος να βγάζει τα μάτια ενός κοτόπουλου μ' ένα καρφί. Ήταν γιος του Εστέμπαν Γκαρσία, του μοναδικού μπάσταρδου του αφεντικού που είχε πάρει τ' όνομά του, αλλά όχι και το επώνυμό του. Κανένας δεν θυμόταν την προέλευσή του ή το λόγο που είχε πάρει αυτό το όνομα, εκτός από τον ίδιο, γιατί η γιαγιά του, η Πάντσα Γκαρσία, προτού πεθάνει είχε προφτάσει να δηλητηριάσει την παιδική του ηλικία με το παραμύθι πως αν ο πατέρας του είχε γεννηθεί στη θέση της

Μπλάνκα, του Χάιμε ή του Νικολάς, θα είχε κληρονομήσει τις Τρεις Μαρίες και θα μπορούσε να γίνει πρόεδρος της Δημοκρατίας, αν το ήθελε. Σ' εκείνη την περιοχή, που ήταν γεμάτη από νόθα παιδιά κι άλλα νόμιμα που δεν γνώριζαν τον πατέρα τους, αυτός ήταν ίσως ο μόνος που είχε μεγαλώσει μισώντας το επώνυμό του. Ζούσε μέσα στο μίσος ενάντια στο αφεντικό, ενάντια στην αποπλανημένη του γιαγιά, ενάντια στον μπάσταρδο πατέρα του και ενάντια στην ίδια την αδυσώπητη μοίρα του χωριάτη. Ο Εστέμπαν Τρουέμπα δεν τον ξεχώριζε ανάμεσα στα υπόλοιπα μικρά στο χτήμα, ήταν ένα ακόμα μες στο σωρό που τραγουδούσαν τον εθνικό ύμνο στο σχολείο κι έκαναν ουρά για το δώρο τα Χριστούγεννα. Δεν θυμόταν την Πάντσα Γκαρσία, ούτε πως είχε κάνει ένα γιο μαζί της, κι ακόμα λιγότερο εκείνο το κατσούφικο εγγόνι που τον μισούσε, αλλά που τον παρατηρούσε από μακριά για να μιμείται τις κινήσεις και τη φωνή του. Το παιδί ξαγρυπνούσε τη νύχτα και φανταζόταν τρομερές αρρώστιες ή ατυχήματα που θα μπορούσαν να βάλουν τέλος στην ύπαρξη του αφεντικού κι όλων των παιδιών του, για να μπορέσει εκείνος να κληρονομήσει το χτήμα. Και τότε μεταμόρφωνε τις Τρεις Μαρίες σε βασίλειό του. Αυτές τις φαντασιώσεις τις είχε σ' όλη του τη ζωή, ακόμα και αφού έμαθε πως ποτέ δεν θ' αποχτούσε οτιδήποτε από κληρονομιά. Ποτέ δεν συχώρεσε τον Τρουέμπα για τη σκοτεινή ύπαρξη που του είχε χαλκεύσει κι ένιωθε τιμωρημένος ακόμα και τις μέρες που έφτασε στην κορυφή της εξουσίας και κρατούσε τους πάντες στο χέρι του.

Το παιδί κατάλαβε πως κάτι είχε αλλάξει στο γέρο. Τον πλησίασε, τον άγγιξε και το σώμα του κουνήθηκε. Ο Πέδρο Γκαρσία έπεσε στο πάτωμα σαν μια σακούλα κόκαλα. Είχε ανοιχτά τα μάτια μ' εκείνη τη γαλακτώδη ταινία που τα είχε αφήσει χωρίς φως για ένα τέταρτο του αιώνα. Ο Εστέμπαν Γκαρσία μάζεψε το καρφί κι ήταν έτοιμος να του τα τρυπήσει, όταν έφτασε η Μπλάνκα και τον έκανε πέρα μ' ένα σπρώξιμο, χωρίς να υποψιάζεται πως εκείνο το μελαχρινό κι όλο κακία παιδί ήταν ανιψιός της και πως μέσα σε λίγα χρόνια θα γινόταν το όργανο για μια οικογενειακή τους τραγωδία.

«Θεέ μου, πέθανε ο γερούλης», άρχισε να θρηνεί σκύβοντας πάνω από το παραμορφωμένο σώμα του γέρου, που είχε γεμίσει τα παιδικά της χρόνια με παραμύθια κι είχε προστατέψει τον κρυφό της έρωτα.

Τον Πέδρο Γκαρσία, το γέρο, τον έθαψαν μετά από μια αγρύπνια που κράτησε τρεις μέρες και που ο Εστέμπαν Γκαρσία διέταξε να μη λυπηθούν τα έξοδα. Τοποθέτησαν το σώμα σε μια κάσα από χοντροκομμένο πεύκο, με τα κυριακάτικά του, τα ίδια που είχε φορέσει όταν παντρεύτηκε και που φορούσε για να ψηφίζει και να εισπράττει τα πενήντα πέσος κάθε Χριστούγεννα. Του φόρεσαν το μοναδικό του άσπρο πουκάμισο, που του ήταν πολύ φαρδύ στο λαιμό, γιατί με τα χρόνια είχε μαζέψει, τη μαύρη γραβάτα του κι ένα κόκκινο γαρίφαλο στο πέτο, όπως όταν ντυνόταν για καμιά γιορτή. Του έδεσαν το σαγόνι μ' ένα μαντίλι και του φόρεσαν το μαύρο του καπέλο, γιατί πολλές φορές είχε πει πως ήθελε να το βγάλει για να χαιρετήσει τον Θεό. Δεν είχε παπούτσια, αλλά η Κλάρα έφερε κάτι του Εστέμπαν Τρουέμπα, για να δουν όλοι πως δεν θα πήγαινε ξυπόλυτος στον παράδεισο.

Ο Ζαν δε Σατινί ενθουσιάστηκε με την κηδεία, έβγαλε από τις βαλίτσες του μια φωτογραφική μηχανή με τρίποδο κι έβγαλε τόσες πολλές φωτογραφίες το νεκρό, που οι συγγενείς του σκέφτηκαν πως μπορούσε να του κλέψει την ψυχή και καλού κακού κατέστρεψαν τις πλάκες. Στην αγρύπνια ήρθαν αγρότες απ' όλη την περιοχή, γιατί ο Πέδρο Γκαρσία στον αιώνα που έζησε είχε συγγενέψει με πολλούς αγρότες της επαρχίας. Έφτασε και η γιάτραινα, που ήταν ακόμα πιο γριά απ' αυτόν, με διάφορους ιθαγενείς από τη φυλή της, που μετά από μια διαταγή της άρχισαν να θρηνούν με ψιλή φωνή και δεν σταμάτησαν παρά όταν τέλειωσε το γλέντι, τρεις μέρες αργότερα. Ο κόσμος μαζεύτηκε γύρω από το ράντσο του γέρου για να πίνει κρασί, να παίξει κιθάρα και να παρακολουθήσει τις ψησταριές. Έφτασαν ακόμα και δυο παπάδες με ποδήλατο για να ευλογήσουν τα θνητά απομεινάρια του Πέδρο Γκαρσία και για να διευθύνουν την τελετουργία του πένθους. Ο ένας ήταν ένας κοκκινοπρόσωπος γίγαντας με έντονη ισπανική προφορά, ο πάτερ Χοσέ Ντούλσε Μαρία, που ο Εστέμπαν Τρουέμπα είχε ακουστά. Ήταν έτοιμος να απαγορέψει την είσοδό του στο χτήμα, αλλά η Κλάρα τον έπεισε πως δεν ήταν η κατάλληλη στιγμή για να αντιπαραθέσει τα πολιτικά μίση στο χριστιανικό ζήλο των αγροτών. «Θα βάλει τουλάχιστο λίγη τάξη στις υποθέσεις της ψυχής», του είπε κείνη. Έτσι ο Εστέμπαν Τρουέμπα κατέληξε να του ευχηθεί το καλωσόρισες και να τον καλέσει να μείνει στο σπίτι του μαζί με τον άλλο παπά, που δεν άνοιγε το στόμα του και κοίταζε πάντα το πάτωμα, με το κεφάλι προς το πλάι και σταυρωμένα τα χέρια. Το αφεντικό ήταν συγκινημένο με το θάνατο του γέρου που είχε σώσει τις σοδειές από τα μυρμήγκια και την ίδια του τη ζωή ακόμα, κι ήθελε όλοι να θυμούνται την κηδεία του σαν ένα μεγάλο γεγονός.

Οι παπάδες μάζεψαν τους υποταχτικούς και τους επισκέπτες στο σχολείο, για να ξαναθυμηθούν τα ξεχασμένα ευαγγέλια και να κάνουν λειτουργία για την ανάπαυση της ψυχής του Πέδρο Γκαρσία. Ύστερα αποτραβήχτηκαν στο δωμάτιο που τους είχαν παραχωρήσει στο αρχοντικό, ενώ οι άλλοι συνέχιζαν το γλέντι που είχε διακοπεί με την άφιξή τους. Εκείνη τη νύχτα η Μπλάνκα περίμενε να σωπάσουν οι κιθάρες και ο θρήνος των ιθαγενών και να πάνε όλοι στα κρεβάτια τους, για να πηδήξει από το παράθυρο του δωματίου της και να πάρει το δρόμο προς τη γνωστή κατεύθυνση, προφυλαγμένη κάτω από τις σκιές. Και εξακολούθησε να το σκάει τις επόμενες τρεις νύχτες, ώσπου έφυγαν οι παπάδες. Όλοι, εκτός από τους γονείς της, έμαθαν πως η Μπλάνκα συναντούσε έναν από τους δύο στο ποτάμι. Ήταν ο Πέδρο Τερσέρο Γκαρσία, που δεν θέλησε να λείψει από την κηδεία του παππού του κι επωφελήθηκε από το δανεικό ράσο για να βγάλει λόγους στους εργάτες από σπίτι σε σπίτι, εξηγώντας τους πως οι ερχόμενες εκλογές ήταν η ευκαιρία που περίμεναν για να τινάξουν το ζυγό, κάτω από τον οποίο είχαν ζήσει σ' όλη τους τη ζωή. Τον άκουγαν ξαφνιασμένοι κι αμήχανοι. Ο καιρός τους μετριόταν με τις εποχές, οι σκέψεις τους με γενιές, ήταν αργοί και φρόνιμοι. Μόνο οι πιο νέοι, αυτοί που είχαν ραδιόφωνο κι άκουγαν τις ειδήσεις, αυτοί που κατά καιρούς πήγαιναν στο χωριό και κουβέντιαζαν με τους συνδικαλιστές, μπορούσαν να παρακολουθήσουν αυτά που έλεγε. Οι άλλοι τον άκουγαν γιατί ήταν ο ήρωας που κυνηγούσαν τ' αφεντικά, αλλά κατά βάθος πίστευαν πως έλεγε κουταμάρες.

«Αν τ' αφεντικό ανακαλύψει πως θα ψηφίσουμε για τους σοσιαλιστές, την έχουμε άσχημα», είπαν.

«Δεν μπορεί να το μάθει! Η ψηφοφορία είναι κρυφή», τους απάντησε ο ψευτοπαπάς.

«Έτσι νομίζεις εσύ, γιε μου», απάντησε ο Πέδρο Σεγκούντο, ο πατέρας του. «Λένε πως είναι κρυφή, αλλά μετά πάντα γνωρίζουν για ποιον ψηφίσαμε. Κι εδώ που τα λέμε, αν κερδίσουν αυτοί από το κόμμα σου, θα μας πετάξουν στο δρόμο, δεν θα έχουμε δουλειά. Εγώ έζησα εδώ όλη μου τη ζωή. Πού θα μπορούσα να πάω;»

«Δεν μπορούν να σας πετάξουν στο δρόμο όλους, γιατί τ' αφεντικό θα χάσει περισσότερο αν σας διώξει!» απάντησε ο Πέδρο Τερσέρο.

«Δεν έχει σημασία για ποιον ψηφίζουμε, πάντα κερδίζουν τις εκλογές εκείνοι».

«Αλλάζουν τις ψήφους», είπε η Μπλάνκα, που παρακολουθούσε τη συζήτηση καθισμένη ανάμεσα στους αγρότες.

«Αυτή τη φορά δεν θα μπορέσουν», είπε ο Πέδρο Τερσέρο. «Θα στείλουμε ανθρώπους από το Κόμμα για να ελέγχουν τα τραπέζια και να προσέξουν να σφραγιστούν καλά οι κάλπες».

Οι αγρότες όμως δεν έδειχναν καμιά εμπιστοσύνη. Η εμπειρία της ζωής τούς είχε διδάξει πως στο τέλος η αλεπού πάντα τρώει τις κότες, παρ' όλες τις επαναστατικές μπαλάντες που περνούσαν από στόμα σε στόμα, τραγουδώντας το αντίθετο. Γι' αυτό, όταν πέρασε το τρένο με τον καινούργιο υποψήφιο του Σοσιαλιστικού Κόμματος, έναν μύωπα και χαρισματικό σπουδασμένο, που αναστάτωνε τα πλήθη με τους φλογερούς του λόγους, εκείνοι έμειναν να τον παρατηρούν από το σταθμό, κάτω από τ' άγρυπνα βλέμματα των αφεντικών, που είχαν σχηματίσει φράγμα γύρω τους, οπλισμένοι με κυνηγετικά όπλα και μπαστούνια. Άκουσαν με μεγάλο σεβασμό τα λόγια του υποψήφιου, αλλά δεν τόλμησαν να κάνουν ούτε τον παραμικρό χαιρετισμό, εκτός από μερικούς εργάτες που έτρεξαν όλοι μαζί, οπλισμένοι με ξύλα και φτυάρια, να τον υποδεχτούν και να τον ζητωκραυγάσουν, ώσπου βράχνιασε η φωνή τους, γιατί εκείνοι δεν είχαν να χάσουν τίποτα, ήταν νομάδες και τριγυρνούσαν στην περιοχή, χωρίς μόνιμη δουλειά, χωρίς οικογένεια, χωρίς αφεντικό και φόβο.

Λίγο μετά το θάνατο και την αξέχαστη κηδεία του Πέδρο Γκαρσία, του γέρου, η Μπλάνκα άρχισε να χάνει τα ροδακινιά της χρώματα και να υποφέρει από φυσιολογικές εξαντλήσεις, που δεν προέρχονταν από το κράτημα της αναπνοής, κι από πρωινούς εμετούς, χωρίς να πίνει ζεστή σαλαμούρα. Σκέφτηκε πως πρέπει να έφταιγε το πολύ φαγητό, γιατί ήταν η εποχή με τα χρυσαφιά ροδάκινα, τα δαμάσκηνα, το τρυφερό καλαμπόκι που μαγείρευαν σε πήλινες κατσαρόλες με βασιλικό, ήταν η εποχή που έφτιαχναν μαρμελάδες και ξινά για το χειμώνα. Αλλά η νηστεία, τα χαμομήλια, τα καθαρτικά και η ανάπαυση δεν τη θεράπευσαν. Έχασε κάθε ενθουσιασμό για το σχολείο, για το ιατρείο κι ακόμα και για τις κεραμικές της φάτνες, ήταν αδύναμη και υπναλέα, μπορούσε να περνάει ώρες ολόκληρες σωριασμένη σε μια σκιά να κοιτάζει τον ουρανό, χωρίς να ενδιαφέρεται για τίποτα. Η μόνη δραστηριότητα που διατήρησε ήταν οι βραδινές της εξορμήσεις από το παράθυρο, όταν επρόκειτο να συναντήσει τον Πέδρο Τερσέρο στο ποτάμι.

Ο Ζαν δε Σατινί, που δεν θεωρούσε τον εαυτό του νικημένο στη ρομαντική του πολιορκία, την παρακολουθούσε. Από διακριτικότητα περνούσε μερικά διαστήματα στο ξενοδοχείο του χωριού κι έκανε και λίγα σύντομα ταξίδια στην πρωτεύουσα, απ' όπου γυρνούσε φορτωμένος με βιβλία για τα τσιντσιλά, για τα κλουβιά τους, για την τροφή τους, τις αρρώστιες τους, τη μέθοδο αναπαραγωγής τους, τον τρόπο επεξεργασίας της γούνας τους και, γενικά, για όλα όσα αναφέρονταν σ' εκείνα τα μικρά ζώα, που ο προορισμός τους ήταν να μεταβληθούν σε ετόλ. Το μεγαλύτερο μέρος του καλοκαιριού ο κόμης ήταν φιλοξενούμενος στις Τρεις Μαρίες. Ήταν ένας γοητευτικός επισκέπτης, με ευγενικούς τρόπους, ήσυχος και εύθυμος. Πάντα είχε στα χείλια του μια καλή κουβέντα, παινούσε το φαγητό, τους διασκέδαζε τα βράδια παίζοντας πιάνο στο σαλόνι, όπου συναγωνιζόταν με την Κλάρα στα Νυχτερινά του Σοπέν κι ήταν μια αστείρευτη πηγή από ανέκδοτα. Ξυπνούσε αργά και περνούσε δυο τρεις ώρες με την προσωπική του τουαλέτα, έκανε γυμναστική, έτρεχε γύρω από το σπίτι, χωρίς να δίνει σημασία στους πρόστυχους χωριάτες που τον κορόιδευαν, μούσκευε στην μπανιέρα με ζεστό νερό κι αργούσε πολύ κάθε φορά να διαλέξει τι ρούχα να φορέσει. Όμως άδικα πήγαιναν οι προσπάθειές του, γιατί κανένας δεν εχτιμούσε την κομψότητά του και συχνά το μόνο που κατάφερνε με τα εγγλέζικα κοστούμια ιππασίας, τα βελούδινα σακάκια του και τα τιρολέζικα καπέλα του με φτερά φασιανού, ήταν να του προσφέρει η Κλάρα, με τις καλύτερες προθέσεις, πιο κατάλληλα ρούχα για την εξοχή. Ο Ζαν δεν έχανε το κέφι του, δεχόταν τα ειρωνικά χαμόγελα του οικοδεσπότη, τα κατεβασμένα μούτρα της Μπλάνκα και την αιώνια αφηρημάδα της Κλάρας, που μετά από ένα χρόνο εξακολουθούσε να τον ρωτάει τ' όνομά του. Ήξερε να μαγειρεύει γαλλικά φαγητά, καρυκευμένα τέλεια κι εξαιρετικά παρουσιασμένα, που αποτελούσαν τη συνεισφορά του κάθε φορά που είχαν καλεσμένους. Ήταν η πρώτη φορά που έβλεπαν έναν άντρα να ενδιαφέρεται για τη μαγειρική, αλλά υπέθεταν πως ήταν ευρωπαϊκές συνήθειες και δεν τολμούσαν να τον κοροϊδέψουν, για να μη φανούν ανίδεοι. Από τα ταξίδια του στην πρωτεύουσα έφερνε, πέρα απ' όσα αφορούσαν τα τσιντσιλά, τα περιοδικά με τη μόδα, τα πολεμικά βιβλιαράκια που έβγαζαν για το λαό, για να δημιουργούν το μύθο του ηρωικού στρατιώτη, και ρομαντικά μυθιστορήματα για την Μπλάνκα. Στις συζητήσεις του στο τραπέζι μερικές φορές αναφερόταν, μ' έναν τόνο γεμάτο πλήξη, στα καλοκαίρια του με την ευρωπαϊκή αριστοκρατία στους πύργους του Λιχτενστάιν ή στη γαλλική Ριβιέρα. Δεν έχανε ευκαιρία ν' αναφέρει πόσο ευτυχισμένος ήταν που τα είχε αφήσει όλα εκείνα για τη γοητεία της Αμερικής. Η Μπλάνκα τον ρωτούσε γιατί δεν είχε διαλέξει την Καραϊβική ή τουλάχιστο μια χώρα με μιγάδες, με φοινικόδεντρα και ταμ ταμ, μια κι έψαχνε να βρει κάτι εξωτικό, αλλά εκείνος υποστήριζε πως δεν υπήρχε πιο ωραίο μέρος πάνω στη γη από κείνο το ξεχασμένο κράτος στην άκρη του κόσμου. Ο Γάλλος δεν μιλούσε για την προσωπική του ζωή, παρά μόνο όταν άφηνε να ξεφεύγουν ορισμένες ανεπαίσθητες φράσεις-κλειδιά, που επέτρεπαν στον παρατηρητικό συνομιλητή να συνειδητοποιήσει το λαμπρό του παρελθόν, την ανυπολόγιστη περιουσία του και την αριστοκρατική του καταγωγή. Κανένας δεν γνώριζε με βεβαιότητα αν ήταν παντρεμένος ή όχι, την ηλικία του, την οικογένειά του ή από ποιο μέρος της Γαλλίας προερχόταν. Η Κλάρα ήταν της γνώμης πως τόσο μυστήριο ήταν επικίνδυνο και προσπάθησε να το λύσει με τα χαρτιά του ταρό, αλλά ο Ζαν δεν επέτρεπε να του ρίχνουν τα χαρτιά ούτε να διαβάζουν το χέρι του. Ακόμα κανένας δεν ήξερε τι ζώδιο ήταν.

Ο Εστέμπαν Τρουέμπα ούτε που τα πρόσεχε όλ' αυτά. Για κείνον ήταν αρκετό που ο κόμης ήταν διατεθειμένος να του κάνει παρέα με μια παρτίδα σκάκι ή ντόμινο, που ήταν έξυπνος και συμπαθητικός και ποτέ δεν ζητούσε δανεικά. Από τότε που ο Ζαν δε Σατινί επισκεπτόταν το σπίτι, είχε γίνει πιο υποφερτή η πλήξη στην εξοχή, όπου μετά τις πέντε το απόγεμα δεν είχε κανείς τι να κάνει. Επιπλέον του άρεσε που τον ζήλευαν οι γείτονες, επειδή είχε τέτοιο διακεκριμένο επισκέπτη στις Τρεις Μαρίες.

Είχε ακουστεί πως ο Ζαν ήθελε να παντρευτεί την Μπλάνκα Τρουέμπα, αλλά αυτό δεν εμπόδισε να του έχουν ιδιαίτερη αδυναμία όλες οι μάνες με κόρες της παντρειάς. Ακόμα και η Κλάρα τον εχτιμούσε, παρ' όλο που δεν τον έβλεπε καθόλου για γαμπρό. Όσο για την Μπλάνκα, είχε καταλήξει να συνηθίσει στην παρουσία του. Ήταν τόσο διακριτικός κι ευγενικός στις σχέσεις του, που σιγά σιγά η Μπλάνκα ξέχασε την πρότασή του για γάμο. Έφτασε να σκέφτεται πως ήταν κάποιο αστείο του κόμη. Έβγαλε ξανά από την ντουλάπα τ' ασημένια κηροπήγια, έστρωνε πάλι το τραπέζι με το εγγλέζικο σερβίτσιο κι άρχισε να φοράει ξανά τα καλά της ρούχα στις απογεματινές συγκεντρώσεις. Συχνά ο Ζαν την προσκαλούσε να πάει μαζί του στο χωριό ή στις διάφορες κοινωνικές προσκλήσεις που είχε. Σ' εκείνες τις περιπτώσεις η Κλάρα ήταν αναγκασμένη να πηγαίνει μαζί τους, γιατί ο Εστέμπαν Τρουέμπα ήταν αμετάπειστος σ' αυτό το σημείο: δεν ήθελε να δουν την κόρη του μόνη με το Γάλλο. Αντίθετα, τους επέτρεπε να τριγυρίζουν μες στο χτήμα χωρίς επίβλεψη, με τον όρο να μην απομακρύνονται πολύ και να γυρίζουν πίσω πριν νυχτώσει. Η Κλάρα υποστήριζε πως αν ήταν να φροντίζουν για την παρθενιά της κοπέλας, αυτό το τελευταίο ήταν πιο επικίνδυνο από το να πάνε να πάρουν ένα τσάι στο χτήμα των Ουσκάτεγκι, αλλά ο Εστέμπαν ήταν σίγουρος πως δεν είχε τίποτα να φοβηθεί από τον Ζαν, μια και είχε τίμιες προθέσεις, αλλά έπρεπε να φυλάγονται από τις κακές γλώσσες, που μπορούσαν να καταστρέψουν την τιμή της κόρης τους.

Οι βόλτες στην εξοχή του Ζαν και της Μπλάνκα έκαναν σταθερή τη φιλία τους. Τα πήγαιναν καλά. Τους άρεσε να φεύγουν αργά το πρωί με τ' άλογα, μ' ένα καλάθι με το μεσημεριανό τους και διάφορες λινές και δερμάτινες τσάντες με τα σύνεργα του Ζαν. Ο κόμης σε κάθε στάση τοποθετούσε την Μπλάνκα μπροστά στο τοπίο και τη φωτογράφιζε, παρ' όλο που εκείνη έφερνε κάποιες αντιρρήσεις, γιατί ένιωθε γελοία. Κι όταν έβλεπε κανείς τις φωτογραφίες, καταλάβαινε πως είχε δίκιο, γιατί είχε ένα ψεύτικο χαμόγελο στα χείλια, μια άβολη στάση και δυστυχισμένο ύφος, που οφείλονταν, σύμφωνα με τον Ζαν, στο ότι δεν μπορούσε να ποζάρει με φυσικότητα και, σύμφωνα μ' εκείνη, στο ότι την υποχρέωνε να ποζάρει σε άβολες στάσεις και να κρατάει την αναπνοή της για μεγάλα διαστήματα, ώσπου να αποτυπωθεί η εικόνα στην πλάκα. Συνήθως διάλεγαν ένα σκιερό μέρος, άπλωναν μια κουβέρτα πάνω στο χορτάρι και περνούσαν αναπαυτικά μερικές ώρες. Μιλούσαν για την Ευρώπη, για βιβλία, για οικογενειακά ανέκδοτα της Μπλάνκα ή για τα ταξίδια του Ζαν. Εκείνη του έκανε δώρο ένα βιβλίο του Ποιητή και ο Ζαν τόσο πολύ ενθουσιάστηκε, που έμαθε μεγάλα κομμάτια απέξω και μπορούσε ν' απαγγέλλει τους στίχους τέλεια. Έλεγε πως ήταν ό,τι καλύτερο είχε ποτέ γραφτεί σε ποίηση και ούτε ακόμα στα γαλλικά, που ήταν η γλώσσα της τέχνης, υπήρχε κάτι που θα μπορούσε να συγκριθεί. Δεν μιλούσαν για τα αισθήματά τους. Ο Ζαν ενδιαφερόταν, αλλά δεν παρακαλούσε ούτε επέμενε, παρά μόνο έκανε καλή παρέα κι αστειευόταν. Όταν της φιλούσε το χέρι για να την αποχαιρετήσει, το έκανε με ύφος σχολιαρόπαιδου, που αφαιρούσε κάθε ρομαντισμό από την κίνησή του. Όταν της έκανε ένα κομπλιμέντο για κάποιο φόρεμα, για μια σάλτσα ή για μια φιγούρα της φάτνης, ο τόνος του είχε κάτι ειρωνικό, που μπορούσε να ερμηνευτεί με διάφορους τρόπους. Όταν της χάριζε λουλούδια ή τη βοηθούσε ν' ανέβει στο άλογό της, το έκανε με τόσο απλό τρόπο, που μεταμόρφωνε τον ιπποτισμό του σε φιλική πράξη. Όμως, για καλό και για κακό, η Μπλάνκα του έδινε να καταλάβει, κάθε φορά που παρουσιαζόταν η ευκαιρία, πως ούτε πεθαμένη δεν θα παντρευόταν μαζί του. Ο Ζαν δε Σατινί χαμογελούσε με το αστραφτερό, γοητευτικό του χαμόγελο, χωρίς να λέει τίποτα και η Μπλάνκα δεν μπορούσε να μην προσέξει πως ήταν πολύ πιο καλοκαμωμένος από τον Πέδρο Τερσέρο.

Η Μπλάνκα δεν ήξερε πως ο Ζαν την κατασκόπευε. Την είχε δει πολλές φορές να πηδάει από το παράθυρο ντυμένη με αντρικά ρούχα. Την ακολουθούσε για λίγο, αλλά πάντα γύριζε πίσω, γιατί φοβόταν μην του επιτεθούν τα σκυλιά μες στο σκοτάδι. Όμως από την κατεύθυνση που εκείνη έπαιρνε πάντα, μπόρεσε να καθορίσει πως ήταν προς το ποτάμι.

Στο μεταξύ, ο Τρουέμπα δεν μπορούσε ν' αποφασίσει για τα τσιντσιλά. Για να κάνουν μια δοκιμή σε μικρή κλίμακα, δέχτηκε να εγκαταστήσει ένα κλουβί με μερικά ζευγάρια από κείνα τα τρωκτικά. Ήταν η πρώτη φορά που έβλεπαν τον Ζαν με ανασηκωμένα τα μανίκια να δουλεύει. Όμως τα τσιντσιλά κόλλησαν μια αρρώστια που παθαίνουν οι αρουραίοι και ψόφησαν όλα μέσα σε λιγότερο από δυο βδομάδες. Ούτε που μπόρεσαν να κατεργαστούν τις γούνες τους, γιατί η τρίχα τους είχε θαμπώσει κι έπεφτε σαν πούπουλα μουσκεμένα σε καυτό νερό. Ο Ζαν αντίκρισε αναστατωμένος εκείνα τα άτριχα ψοφίμια με τα τεντωμένα πόδια και το άψυχο βλέμμα, που είχαν ισοπεδώσει κάθε ελπίδα για να πείσει τον Εστέμπαν Τρουέμπα, που έχασε όλο του τον ενθουσιασμό για τις γούνες, βλέποντας εκείνο το θανατικό.

«Αν η επιδημία είχε πέσει στην πρότυπη βιομηχανία, θα είχα καταστραφεί τώρα ολοκληρωτικά», συμπέρανε ο Τρουέμπα.

Με την επιδημία στα τσιντσιλά και με τις νυχτερινές βόλτες της Μπλάνκα, ο κόμης πέρασε αρκετούς μήνες χάνοντας τον καιρό του. Είχε αρχίσει να κουράζεται μ' όλα εκείνα τα πήγαιν' έλα και σκεφτόταν πως η Μπλάνκα ποτέ δεν θα πρόσεχε τα προτερήματά του. Είδε πως δεν γινόταν τίποτα με την αναπαραγωγή των τρωκτικών κι αποφάσισε πως έπρεπε να σπρώξει λίγο τα πράγματα προτού κανένας άλλος, πιο ξύπνιος, κατάφερνε να του πάρει την κληρονόμο. Επιπλέον, η Μπλάνκα άρχισε να του αρέσει, τώρα που ήταν πιο γεμάτη και μ' εκείνη τη νωθρότητα που είχαν αποχτήσει οι χωριάτικοι τρόποι της. Προτιμούσε τις ατάραχες και πληθωρικές γυναίκες και η Μπλάνκα του θύμιζε τη μητέρα του, καθώς ξάπλωνε πάνω σε μαξιλάρια κοιτάζοντας τον ουρανό την ώρα του μεσημεριανού ύπνου. Μερικές φορές κατόρθωνε να τον συγκινεί. Ο Ζαν είχε μάθει να μαντεύει από μικρές λεπτομέρειες, αδιόρατες στους άλλους, πότε η Μπλάνκα σχεδίαζε μια νυχτερινή εκδρομή στο ποτάμι. Σ' εκείνες τις περιπτώσεις η νεαρή δεν έτρωγε βραδινό, προφασιζόταν κάποιον πονοκέφαλο, τους καληνυχτούσε νωρίς κι υπήρχε μια παράξενη γυαλάδα στα μάτια της, μια ανυπομονησία και μια αγωνία στις κινήσεις της, που εκείνος είχε μάθει ν' αναγνωρίζει.

Μια νύχτα αποφάσισε να την ακολουθήσει για να δώσει ένα τέλος σ' εκείνη την κατάσταση, που απειλούσε να εξακολουθήσει επ' άπειρον. Ήταν σίγουρος πως η Μπλάνκα είχε εραστή, αλλά νόμιζε πως δεν μπορούσε να είναι τίποτα σοβαρό. Προσωπικά, ο Ζαν δε Σατινί δεν είχε καμιά έμμονη ιδέα για την παρθενιά και δεν είχε σκεφτεί καθόλου το θέμα όταν είχε αποφασίσει να τη ζητήσει σε γάμο. Αυτό που τον ενδιέφερε ήταν άλλα πράγματα και δεν θα τα έχανε για μια στιγμή ευχαρίστησης στις όχθες του ποταμού.

Αφού η Μπλάνκα αποσύρθηκε στο δωμάτιό της και το ίδιο και η υπόλοιπη οικογένεια, ο Ζαν δε Σατινί έμεινε καθισμένος στο σαλόνι, στα σκοτεινά, ακούγοντας τους θορύβους μες στο σπίτι, μέχρι την ώρα που υπολόγισε πως εκείνη θα πηδούσε από το παράθυρο. Τότε βγήκε στην αυλή και πήρε θέση ανάμεσα στα δέντρα για να την περιμένει. Έμεινε κρυμμένος μες στις σκιές πάνω από μισή ώρα, χωρίς τίποτα το ασυνήθιστο να ταράξει την ησυχία της νύχτας. Βαριεστημένος να περιμένει, ήταν έτοιμος να πάει στο δωμάτιό του, όταν πρόσεξε πως το παράθυρο της Μπλάνκα ήταν ανοιχτό. Κατάλαβε τότε πως είχε βγει έξω προτού να πάρει εκείνος θέση στον κήπο για να την παρακολουθήσει.

«Merde», μουρμούρισε στα γαλλικά.

Παρακαλώντας να μη σηκώσουν τα σκυλιά με τα γαβγίσματά τους το σπίτι στο ποδάρι και να μην του επιτεθούν, προχώρησε προς το ποτάμι από το μονοπάτι που τόσες φορές είχε δει να παίρνει η Μπλάνκα. Δεν ήταν συνηθισμένος να περπατάει με τα κομψά του παπούτσια στα οργωμένα χωράφια ούτε να πηδάει πάνω από πέτρες ή ν' αποφεύγει λακκούβες, αλλά η νύχτα ήταν φωτεινή, με μια όμορφη πανσέληνο, που φώτιζε τον ουρανό με φαντασμαγορική λάμψη, και μόλις πέρασε ο φόβος του μήπως του επιτεθούν τα σκυλιά, μπόρεσε να εχτιμήσει την ομορφιά γύρω του. Περπάτησε ένα ολόκληρο τέταρτο προτού αρχίσει να διακρίνει τις πρώτες καλαμιές της όχθης και τότε πήρε μεγαλύτερες προφυλάξεις και πλησίασε πιο αθόρυβα, προσέχοντας να μην πατάει κλαδιά που μπορούσαν να τον προδώσουν. Το φεγγάρι αντανακλούσε στα νερά με μια κρυστάλλινη λάμψη και το αεράκι κουνούσε ελαφρά τα καλάμια και το φύλλωμα των δέντρων. Βασίλευε η πιο απόλυτη ησυχία και για μια στιγμή νόμισε πως ονειρευόταν ξύπνιος, πως περπατούσε και περπατούσε, χωρίς να προχωρεί, πάντα στο ίδιο μαγεμένο σημείο, όπου ο χρόνος είχε σταματήσει κι όπου προσπαθούσε να πιάσει τα δέντρα, που έμοιαζαν να βρίσκονται δίπλα του, και συναντούσε το κενό. Αναγκάστηκε να κάνει μια προσπάθεια για να ξαναβρεί τη συνηθισμένη του ψυχική κατάσταση, δηλαδή, ρεαλιστής και αντικειμενικός. Σε μια στροφή του ποταμού, ανάμεσα σε κάτι μεγάλες γκρίζες πέτρες, φωτισμένες από το φεγγάρι, τους είδε τόσο κοντά του, που θα μπορούσε ν' απλώσει το χέρι του και να τους αγγίξει. Ήταν γυμνοί. Ο άντρας ήταν ξαπλωμένος ανάσκελα με κλειστά τα μάτια, αλλά δεν δυσκολεύτηκε ν' αναγνωρίσει τον ιησουίτη ιερέα που είχε βοηθήσει στην κηδεία του Πέδρο Γκαρσία, του γέρου. Αυτό τον ξάφνιασε. Η Μπλάνκα κοιμόταν με το κεφάλι ακουμπισμένο πάνω στη λεία και μελαχρινή κοιλιά του εραστή της. Το απαλό φως του φεγγαριού έδινε μεταλλικές ανταύγειες στα κορμιά τους κι ο Ζαν δε Σατινί ανατρίχιασε βλέποντας το αρμονικό σώμα της Μπλάνκα που εκείνη τη στιγμή του φάνηκε τέλειο.

Χρειάστηκε σχεδόν ένα λεπτό για να εγκαταλείψει ο κομψός Γάλλος κόμης την ονειρική κατάσταση που βρισκόταν, βλέποντας τους ερωτευμένους, με την ηρεμία της νύχτας, το φεγγάρι και την ησυχία της φύσης, και να συνειδητοποιήσει πως η κατάσταση ήταν πιο σοβαρή απ' ό,τι είχε φανταστεί. Στη στάση των εραστών αναγνώρισε την εγκατάλειψη αυτών που γνωρίζονται μεγάλο χρονικό διάστημα. Η υπόθεση δεν έμοιαζε καλοκαιριάτικη ερωτική περιπέτεια, όπως είχε υποθέσει, παρά ένα πάντρεμα σάρκας και πνεύματος. Ο Ζαν δε Σατινί δεν μπορούσε να ξέρει πως η Μπλάνκα και ο Πέδρο Τερσέρο είχαν αποκοιμηθεί με τον ίδιο τρόπο από την πρώτη μέρα που γνωρίστηκαν και πως συνέχισαν να κοιμούνται έτσι κάθε φορά που μπορούσαν όλα εκείνα τα χρόνια, ωστόσο από ένστικτο το κατάλαβε.

Προσπαθώντας να μην κάνει ούτε τον παραμικρό θόρυβο που θα μπορούσε να τους ξαφνιάσει, έκανε στροφή και πήρε το δρόμο της επιστροφής, ενώ σκεφτόταν πώς ν' αντιμετωπίσει την κατάσταση. Όταν έφτασε στο σπίτι, είχε πάρει πια την απόφαση να το πει στον πατέρα της Μπλάνκα, γιατί ο εύκολος θυμός του Εστέμπαν Τρουέμπα του φάνηκε ο καλύτερος τρόπος για να λύσει το πρόβλημα. «Ας τα βρουν μεταξύ τους οι ιθαγενείς», σκέφτηκε.

Ο Ζαν δε Σατινί δεν περίμενε να ξημερώσει. Χτύπησε την πόρτα του δωματίου του οικοδεσπότη του και προτού εκείνος προλάβει να καλοξυπνήσει, του διηγήθηκε μονορούφι το παραμύθι του. Είπε πως δεν μπορούσε να κοιμηθεί από τη ζέστη και πως για να πάρει αέρα βγήκε έξω και περπατούσε αφηρημένα προς το ποτάμι, όταν συνάντησε το απελπιστικό θέαμα της μελλοντικής του γυναίκας να κοιμάται στην αγκαλιά του γενειοφόρου ιησουίτη, γυμνοί κι οι δυο τους κάτω από το φως του φεγγαριού. Για μια στιγμή ο Εστέμπαν Τρουέμπα παραξενεύτηκε, γιατί δεν μπορούσε να φανταστεί την κόρη του να κοιμάται με τον πάτερ Χοσέ Ντούλσε Μαρία, αλλά αμέσως κατάλαβε αυτό που είχε συμβεί, την κοροϊδία στην κηδεία του γέρου και πως ο διαφθορέας της κόρης του δεν μπορούσε να είναι άλλος από τον Πέδρο Τερσέρο Γκαρσία, εκείνο το καταραμένο κωλόπαιδο, που θα το πλήρωνε με τη ζωή του. Φόρεσε το παντελόνι του βιαστικά, τις μπότες, έβαλε το τουφέκι του στον ώμο και ξεκρέμασε από τον τοίχο ένα μαστίγιο ιππασίας.

«Εσείς θα με περιμένετε εδώ, κύριε», διέταξε το Γάλλο, που έτσι κι αλλιώς δεν είχε καμιά πρόθεση να τον συνοδέψει.

Ο Εστέμπαν Τρουέμπα έτρεξε στο στάβλο κι ανέβηκε στο άλογό του χωρίς να το σελώσει. Πήγαινε λαχανιασμένος από αγανάχτηση, με τα κολλημένα του κόκαλα να τρίζουν από την προσπάθεια και την καρδιά να καλπάζει μες στο στήθος του. «Θα τους σκοτώσω και τους δυο», μουρμούριζε συνέχεια, σαν να έψελνε. Βγήκε από το δρόμο προς την κατεύθυνση που του είπε ο Γάλλος, αλλά δεν χρειάστηκε να φτάσει ώς το ποτάμι, γιατί στα μισά του δρόμου συνάντησε την Μπλάνκα, που γύριζε στο σπίτι τραγουδώντας, με αναστατωμένα μαλλιά, με βρόμικα ρούχα και με το ευτυχισμένο ύφος εκείνων που τα έχουν όλα στη ζωή. Βλέποντας την κόρη του, ο Εστέμπαν Τρουέμπα δεν μπόρεσε να συγκρατήσει τον άσχημο θυμό του, προχώρησε καταπάνω της με το άλογο και με το μαστίγιο στο χέρι, τη χτύπησε αλύπητα, το ένα χτύπημα πίσω απ' το άλλο, ώσπου η κοπέλα έπεσε κάτω κι έμεινε ακίνητη μες στη λάσπη. Ο πατέρας της πήδηξε απ' το άλογο, την ταρακούνησε μέχρι που τη συνέφερε και της φώναξε όσα προσβλητικά λόγια ήξερε κι άλλα τόσα που έβγαλε από το νου του μες στην αναστάτωση της στιγμής εκείνης.

«Ποιος είναι! Πες μου τ' όνομά του ή σε σκοτώνω!» της φώναζε.

«Ποτέ δεν θα σ' το πω», θρηνούσε εκείνη.

Ο Εστέμπαν Τρουέμπα κατάλαβε πως δεν ήταν καλό εκείνο το σύστημα για να μάθει κάτι από την κόρη του, που είχε κληρονομήσει το δικό του πείσμα. Είδε πως το είχε παρακάνει με την τιμωρία, όπως συνήθως. Την ανέβασε πάνω στ' άλογο και γύρισαν στο σπίτι. Το ένστικτο και η φασαρία από τα σκυλιά προειδοποίησαν την Κλάρα και τους υπηρέτες, που περίμεναν στην πόρτα με όλα τα φώτα αναμμένα. Ο μόνος που δεν φαινόταν πουθενά ήταν ο ίδιος ο κόμης, που με τη φασαρία επωφελήθηκε για να κάνει τις βαλίτσες του, να ζέψει τ' άλογα στο αμάξι και να πάει κατευθείαν στο ξενοδοχείο του χωριού.

«Τι έκανες, Εστέμπαν, προς Θεού!» φώναξε η Κλάρα, όταν αντίκρισε την κόρη της όλο λάσπη και αίματα.

Η Κλάρα και ο Πέδρο Σεγκούντο Γκαρσία πήραν αγκαλιά την Μπλάνκα και την πήγαν στο κρεβάτι της. Ο διαχειριστής είχε χλομιάσει του πεθαμού, αλλά δεν είπε ούτε λέξη. Η Κλάρα έπλυνε την κόρη της, της έβαλε κρύες κομπρέσες στις μελανιές και τη νανούρισε μέχρι που κατάφερε να την ηρεμήσει. Ύστερα την άφησε μισοκοιμισμένη και πήγε ν' αντιμετωπίσει τον άντρα της, που είχε κλειστεί στο γραφείο του και πηγαινοερχόταν έξαλλος, χτυπώντας με το μαστίγιο τους τοίχους, βρίζοντας και κλοτσώντας τα έπιπλα. Μόλις την είδε, ο Εστέμπαν έβγαλε όλο του το άχτι πάνω της, της είπε πως ήταν υπεύθυνη, πως μεγάλωσε την Μπλάνκα χωρίς ηθικούς φραγμούς, χωρίς θρησκεία, χωρίς αρχές, σαν ελευθεριάζουσα άθεη, ακόμα χειρότερα, χωρίς αίσθηση των τάξεων, γιατί θα μπορούσε να το καταλάβει να το κάνει με κάποιον της τάξης της, αλλά όχι και μ' ένα χωριάτη, ένα χοντροκέφαλο, έναν ασυγκράτητο, έναν τεμπέλη που δεν έκανε για τίποτα.

«Έπρεπε να τον είχα σκοτώσει όταν το είπα! Να πλαγιάζει με την ίδια μου την κόρη! Σ' ορκίζομαι πως θα τον βρω και, όταν τον πιάσω, θα τον ευνουχίσω, θα του κόψω τ' αρχίδια, ακόμα κι αν είναι το τελευταίο πράγμα που θα κάνω στη ζωή μου· ορκίζομαι στη μάνα μου πως θα μετανιώσει που γεννήθηκε!»

«Ο Πέδρο Τερσέρο Γκαρσία δεν έκανε τίποτα παραπάνω από σένα», του είπε η Κλάρα όταν μπόρεσε να τον διακόψει. «Κι εσύ πλάγιασες με γυναίκες που δεν ανήκαν στην τάξη σου. Η διαφορά είναι πως εκείνος το έκανε από έρωτα, το ίδιο και η Μπλάνκα».

Ο Τρουέμπα την κοίταξε ακίνητος από την έκπληξη. Για μια στιγμή έδειξε να περνάει ο θυμός του κι ένιωσε σαν να τον κορόιδευε, αλλά αμέσως το αίμα τού ανέβηκε στο κεφάλι. Έχασε τον έλεγχο και έδωσε μια μπουνιά καταπρόσωπο στη γυναίκα του, ρίχνοντας την πάνω στον τοίχο. Η Κλάρα σωριάστηκε καταγής, χωρίς ούτε μια φωνή. Ο Εστέμπαν έμοιασε να βγαίνει μέσα από έκσταση, γονάτισε στο πλάι της, κλαίγοντας, ψελλίζοντας συγγνώμες κι εξηγήσεις, λέγοντάς της τρυφερά λόγια, που μόνο σε μεγάλες οικειότητες μεταχειριζόταν, χωρίς να καταλαβαίνει πώς μπόρεσε να σηκώσει το χέρι του σ' εκείνην, που ήταν ο μόνος άνθρωπος που αγαπούσε πραγματικά και που ποτέ, ακόμα και στις χειρότερες στιγμές της κοινής τους ζωής, δεν είχε πάψει να σέβεται. Την πήρε στην αγκαλιά του, την κάθισε τρυφερά σε μια πολυθρόνα, έβρεξε ένα μαντίλι για να της το βάλει στο μέτωπο και προσπάθησε να την κάνει να πιει λίγο νερό. Τελικά η Κλάρα άνοιξε τα μάτια. Από τη μύτη της έτρεχε αίμα. Όταν άνοιξε το στόμα, έφτυσε αρκετά δόντια, που έπεσαν στο πάτωμα, και μια κλωστή ματωμένο σάλιο έτρεξε από το πηγούνι στο λαιμό της.

Μόλις η Κλάρα μπόρεσε να σταθεί στα πόδια της, έκανε στο πλάι τον Εστέμπαν μ' ένα σπρώξιμο και βγήκε από το γραφείο, προσπαθώντας να περπατήσει όσο πιο στητά μπορούσε. Πίσω από την πόρτα βρισκόταν ο Πέδρο Σεγκούντο Γκαρσία, που πρόφτασε να την πιάσει την ώρα που παραπάτησε. Όταν τον ένιωσε κοντά της, η Κλάρα εγκαταλείφθηκε. Ακούμπησε το πρησμένο της πρόσωπο στο στήθος εκείνου του άντρα, που είχε σταθεί κοντά της στις πιο δύσκολες στιγμές στη ζωή της, και βάλθηκε να κλαίει. Το πουκάμισο του Πέδρο Σεγκούντο Γκαρσία βάφτηκε κόκκινο από το αίμα.

Η Κλάρα δεν μίλησε ποτέ ξανά στον άντρα της. Σταμάτησε να χρησιμοποιεί τ' όνομά του κι έβγαλε από το δάχτυλο της τη λεπτή χρυσή βέρα, που εκείνος της είχε φορέσει πριν είκοσι πέντε χρόνια, εκείνη την αξέχαστη νύχτα που ο Μπαραμπάς είχε ψοφήσει δολοφονημένος μ' ένα χασαπομάχαιρο.

Δυο μήνες αργότερα, η Κλάρα και η Μπλάνκα εγκατέλειψαν τις Τρεις Μαρίες και γύρισαν στην πρωτεύουσα. Ο Εστέμπαν έμεινε ταπεινωμένος και έξαλλος, με την αίσθηση πως κάτι είχε σπάσει για πάντα στη ζωή του.

Ο Πέδρο Σεγκούντο πήγε ν' αφήσει την αφεντικίνα και την κόρη της στο σταθμό. Από κείνη τη νύχτα δεν τις είχε ξαναδεί κι ήταν σιωπηλός και λιγομίλητος. Τις ταχτοποίησε στο τρένο κι ύστερα έμεινε με το καπέλο στο χέρι και χαμηλωμένα τα μάτια, χωρίς να ξέρει πώς να τις αποχαιρετήσει. Η Κλάρα τον αγκάλιασε. Στην αρχή εκείνος έμεινε ακίνητος και ξαφνιασμένος, αλλά ύστερα τον νίκησαν τα ίδια του τα συναισθήματα και τόλμησε να βάλει δειλά τα μπράτσα του γύρω της και να φιλήσει ανεπαίσθητα τα μαλλιά της. Κοιτάχτηκαν για τελευταία φορά απ' το παράθυρο κι είχαν κι οι δυο βουρκωμένα μάτια. Ο πιστός διαχειριστής γύρισε στο τούβλινο σπίτι του, έκανε ένα μπογαλάκι τα λιγοστά του υπάρχοντα, τύλιξε σ' ένα μαντίλι τις λίγες οικονομίες του μετά από τόσα χρόνια δουλειά κι έφυγε. Ο Τρουέμπα τον είδε ν' αποχαιρετάει τους υποταχτικούς και ν' ανεβαίνει στο άλογό του. Προσπάθησε να τον σταματήσει, να του εξηγήσει πως αυτό που είχε συμβεί δεν είχε καμιά σχέση μ' εκείνον, πως δεν ήταν δίκιο εξαιτίας του γιου του να χάσει αυτός τη δουλειά του, τους φίλους του, το σπίτι του και την ασφάλειά του.

«Δεν θέλω να βρίσκομαι εδώ όταν θα βρεις το γιο μου, αφεντικό», ήταν οι τελευταίες κουβέντες του Πέδρο Σεγκούντο Γκαρσία, προτού φύγει καλπάζοντας προς το δρόμο.

Πόσο μονάχος ένιωσα τότε! Δεν ήξερα πως η μοναξιά ποτέ πια δεν θα μ' άφηνε και πως ο μόνος άνθρωπος που θα έμενε κοντά μου στην υπόλοιπη ζωή μου θα ήταν η μποέμικια και παράξενη εγγονή μου με τα πράσινα μαλλιά, σαν της Ρόζας. Αυτό όμως έγινε πολλά χρόνια αργότερα.

Μετά από την αναχώρηση της Κλάρας κοίταξα γύρω μου κι είδα πολλά καινούργια πρόσωπα στις Τρεις Μαρίες. Οι παλιοί σύντροφοι είχαν πεθάνει ή είχαν απομακρυνθεί. Δεν είχα ούτε γυναίκα ούτε κόρη. Η επαφή μου με τους δίδυμους ήταν ελάχιστη. Είχε πεθάνει η μάνα μου, η αδελφή μου η καλή, η νταντά, ο Πέδρο Γκαρσία, ο γέρος. Και ξαναθυμήθηκα και τη Ρόζα μ' έναν αξέχαστο πόνο. Δεν μπορούσα πια να βασίζομαι στον Πέδρο Σεγκούντο Γκαρσία, που είχε μείνει κοντά μου τριάντα οχτώ χρόνια. Μου ερχόταν να κλαίω. Έπεφταν μόνα τους τα δάκρυα, τα σκούπιζα με τις χούφτες μου, αλλά έτρεχαν κι άλλα. Να πάτε όλοι στο διάλο! μούγκριζα μέσα σ' όλο το σπίτι. Τριγύριζα στα άδεια δωμάτια, έμπαινα στο δωμάτιο της Κλάρας κι έψαχνα στην ντουλάπα της και στη σιφονιέρα της να βρω κάτι που είχε μεταχειριστεί, να το μυρίσω και να ξαναβρώ, έστω και για ένα φευγαλέο λεπτό, την απαλή μυρωδιά της καθαριότητας. Ξάπλωνα στο κρεβάτι της, βύθιζα το πρόσωπό μου στο μαξιλάρι της, χάιδευα τα πράγματα που είχε αφήσει πάνω στην τουαλέτα της κι ένιωθα παντέρημος.

Ο Πέδρο Τερσέρο Γκαρσία έφταιγε για όσα είχαν συμβεί. Εξαιτίας του απομακρύνθηκε η Μπλάνκα από κοντά μου, εξαιτίας του είχα μαλώσει με την Κλάρα, εξαιτίας του είχε φύγει από το χτήμα ο Πέδρο Σεγκούντο, εξαιτίας του οι υποταχτικοί με κοίταζαν καχύποπτα και ψιθύριζαν πίσω από την πλάτη μου. Ήταν πάντα επαναστάτης κι αυτό που έπρεπε να είχα κάνει από την αρχή ήταν να τον διώξω με τις κλοτσιές. Από σεβασμό στον πατέρα του και στον παππού του άφησα να περάσει ο καιρός και το αποτέλεσμα ήταν αυτός ο βρομομυξιάρης να μου πάρει ό,τι αγαπούσα πιο πολύ στον κόσμο. Πήγα στη χωροφυλακή στο χωριό και πλήρωσα τους χωροφύλακες για να με βοηθήσουν να τον βρω. Τους έδωσα διαταγή να μην τον χώσουν μέσα, παρά να μου τον παραδώσουν χωρίς φασαρίες. Στο μπαρ, στο κουρείο, στον όμιλο και στον Κόκκινο Φάρο διέδωσα πως έδινα ανταμοιβή σ' όποιον θα μου παράδινε το νεαρό.

«Πρόσεχε, αφεντικό. Μην παίρνεις τη δικαιοσύνη στα χέρια σου, τα πράγματα άλλαξαν πολύ από την εποχή των αδελφών Σάντσες», με προειδοποίησαν. Αλλά εγώ δεν θέλησα να τους ακούσω. Τι θα έκανε η δικαιοσύνη σ' αυτή την περίπτωση; Τίποτα.

Πέρασαν δεκαπέντε μέρες χωρίς κανένα νέο. Έβγαινα και τριγύριζα στο χτήμα, έμπαινα στις γειτονικές ιδιοχτησίες, κατασκόπευα τους υποταχτικούς. Ήμουν σίγουρος πως έκρυβαν τον νεαρό. Ανέβασα την αμοιβή και απείλησα τους χωροφύλακες πως θα βάλω να τους απολύσουν για ανίκανους, αλλά όλα μάταια. Όσο περνούσαν οι ώρες τόσο μεγάλωνε η λύσσα μου. Άρχισα να πίνω όπως ποτέ δεν έπινα στη ζωή μου, ακόμα κι όταν ήμουν εργένης. Κακοκοιμόμουν κι άρχισα να βλέπω τη Ρόζα στον ύπνο μου. Μια νύχτα ονειρεύτηκα πως τη χτυπούσα όπως την Κλάρα και πως κι αυτής τα δόντια κυλούσαν στο πάτωμα· ξύπνησα φωνάζοντας, αλλά ήμουν μόνος και κανένας δεν μπορούσε να μ' ακούσει. Είχα τέτοια κατάθλιψη, που σταμάτησα να ξυρίζομαι, δεν άλλαζα ρούχα, μου φαίνεται πως ούτε και πλενόμουνα. Το φαγητό μού φαινόταν ξινισμένο – είχα μια γεύση από χολή στο στόμα. Είχα σπάσει τα κότσια στα χέρια μου δίνοντας μπουνιές στους τοίχους κι έσκασα ένα άλογο στο τρέξιμο, για να βγάλω από μέσα μου τη λύσσα που μου έτρωγε τα σωθικά. Εκείνες τις μέρες κανένας δεν με πλησίαζε, οι υπηρέτριες με σέρβιραν στο τραπέζι τρέμοντας κι αυτό χειροτέρευε την κατάστασή μου.

Μια μέρα ήμουν στη βεράντα και κάπνιζα ένα τσιγάρο πριν πάω για το μεσημεριανό ύπνο, όταν με πλησίασε ένα μελαχρινό παιδί και στάθηκε μπροστά μου σιωπηλό. Ονομαζόταν Εστέμπαν Γκαρσία. Ήταν εγγονός μου, αλλά εγώ δεν το ήξερα και μόνο τώρα, μετά από τα όσα φοβερά συνέβησαν εξαιτίας του, έμαθα για τη συγγένεια που μας ένωνε. Ήταν κι εγγόνι της Πάντσα Γκαρσία, μιας αδελφής του Πέδρο Σεγκούντο, που στην πραγματικότητα δεν θυμάμαι.

«Τι θέλεις, μυξιάρικο;» ρώτησα το παιδί.

«Ξέρω πού είναι ο Πέδρο Τερσέρο Γκαρσία», μου απάντησε.

Μ' ένα πήδημα τόσο απότομο, που αναποδογύρισε η πολυθρόνα από λυγαριά όπου καθόμουν, άρπαξα το παιδί από τους ώμους και το ταρακούνησα.

«Πού είναι; Πού είναι αυτός ο καταραμένος;» του φώναξα.

«Θα μου δώσεις την αμοιβή, αφεντικό;» τραύλισε το παιδί τρομοκρατημένο.

«Θα την έχεις! Αλλά πρώτα θέλω να σιγουρευτώ πως δεν με κοροϊδεύεις. Πάμε, πήγαινέ με σ' αυτόν τον άτιμο!»

Πήγα να πάρω το τουφέκι μου και βγήκαμε έξω. Το παιδί μού είπε πως έπρεπε να πάμε με τ' άλογο, γιατί ο Πέδρο Τερσέρο Γκαρσία κρυβόταν στο ξυλουργείο των Λέμπους, αρκετά μίλια από τις Τρεις Μαρίες. Πώς δεν το είχα σκεφτεί πως βρισκόταν εκεί; Ήταν τέλεια κρυψώνα. Εκείνη την εποχή το ξυλουργείο των Γερμανών ήταν κλειστό και βρισκόταν μακριά από τους δρόμους.

«Πώς έμαθες πως ο Πέδρο Τερσέρο Γκαρσία βρίσκεται εκεί;»

«Όλος ο κόσμος το ξέρει, αφεντικό, εκτός από σένα», μου απάντησε.

Προχωρήσαμε με αργό τροχασμό, γιατί σ' εκείνο το έδαφος δεν μπορούσαμε να καλπάσουμε. Το ξυλουργείο ήταν χτισμένο στην πλαγιά ενός βουνού κι εκεί δεν μπορούσαμε να βιάσουμε τ' άλογά μας. Στην προσπάθειά μας να σκαρφαλώσουμε, τα πέταλα των αλόγων έβγαζαν σπίθες πάνω στις πέτρες. Νομίζω πως τα ποδοβολητά τους ήταν ο μόνος θόρυβος που ακουγόταν μες στην απογεματινή, ήσυχη κουφόβραση. Μπαίνοντας στο δάσος άλλαξε το τοπίο και δρόσισε, γιατί τα δέντρα υψώνονταν σε πυκνές σειρές και δεν άφηναν να περάσει το φως του ήλιου. Το έδαφος ήταν ένα κοκκινωπό, απαλό χαλί, όπου τα πόδια των αλόγων βυθίζονταν απαλά. Τότε μας περιτριγύρισε η σιωπή. Το παιδί πήγαινε μπροστά, καβάλα στο άλογο, χωρίς σέλα, κολλημένο πάνω στο ζώο, λες κι είχαν ένα σώμα, κι εγώ από πίσω, κατσούφης, αναμασώντας τη λύσσα μου. Μερικές φορές μ' έπιανε μια θλίψη πιο δυνατή από την οργή που είχα μαζέψει μέσα μου όλον εκείνο τον καιρό, πιο δυνατή από το μίσος που αισθανόμουν για τον Πέδρο Τερσέρο Γκαρσία. Θα πρέπει να είχαν περάσει δυο ώρες προτού μπορέσουμε να διακρίνουμε τα χαμηλά καλύβια του ξυλουργείου, χτισμένα σε ημικύκλιο σ' ένα ξέφωτο στο δάσος. Σ' εκείνο το μέρος η μυρωδιά από ξύλο και πεύκα ήταν τόσο έντονη, που για μια στιγμή ξέχασα το λόγο του ταξιδιού. Με είχαν επηρεάσει το τοπίο, το δάσος, η ησυχία. Αλλά αυτή η αδυναμία δεν κράτησε παρά μόνο ένα δευτερόλεπτο.

«Περίμενε εδώ και πρόσεχε τ' άλογα. Μην κάνεις ρούπι».

Ξεπέζεψα. Το παιδί πήρε τα χαλινάρια του αλόγου κι εγώ ξεκίνησα σκυφτός, με το τουφέκι έτοιμο στο χέρι. Δεν ένιωθα τα εξήντα μου χρόνια ούτε τους πόνους στα σπασμένα, γέρικα κόκαλά μου.

Προχωρούσα σπρωγμένος από την ιδέα της εκδίκησης. Μέσα από ένα καλύβι έβγαινε μια λεπτή στήλη καπνού, είδα ένα άλογο δεμένο στην πόρτα, έβγαλα το συμπέρασμα πως εκεί πρέπει να βρισκόταν ο Πέδρο Τερσέρο και προχώρησα προς το καλύβι, κάνοντας έναν κύκλο. Χτυπούσαν τα δόντια μου από την ανυπομονησία, σκεφτόμουνα, καθώς προχωρούσα, πως δεν ήθελα να τον σκοτώσω με την πρώτη, γιατί αυτό θα ήταν πολύ γρήγορο και όλα θα τέλειωναν σ' ένα λεπτό· τον πρόσμενα τόσο πολύ, που ήθελα να ευχαριστηθώ τη στιγμή που θα τον έκανα κομμάτια, αλλά ούτε μπορούσα να του δώσω ευκαιρία να το σκάσει. Ήταν πολύ πιο νέος από μένα κι αν δεν μπορούσα να τον αιφνιδιάσω, την είχα πατήσει. Το πουκάμισό μου ήταν μούσκεμα στον ιδρώτα, κολλημένο πάνω μου, ένα πέπλο σκέπαζε τα μάτια μου, αλλά ένιωθα είκοσι χρονών και δυνατός σαν ταύρος. Σύρθηκα σιωπηλά μες στο καλύβι κι η καρδιά μου χτυπούσε σαν ταμπούρλο στο στήθος μου. Βρέθηκα σε μια μεγάλη αποθήκη με το πάτωμα στρωμένο ροκανίδι. Υπήρχαν μεγάλες στοίβες ξύλα και κάτι μηχανές σκεπασμένες με πράσινο καναβάτσο για να μη σκονίζονται. Προχώρησα κρυμμένος πίσω από τους σωρούς με τα ξύλα, μέχρι που τον είδα. Ο Πέδρο Τερσέρο Γκαρσία ήταν ξαπλωμένος καταγής, κοιμισμένος, με το κεφάλι πάνω σε μια διπλωμένη κουβέρτα. Στο πλάι του έκαιγε ένα μικρό μαγκάλι με κάρβουνα πάνω σε κάτι πέτρες κι ένα τενεκεδάκι για να βράζει νερό. Σταμάτησα ξαφνιασμένος και μπόρεσα να τον παρατηρήσω με την ησυχία μου, μ' όλο το μίσος του κόσμου, προσπαθώντας να κρατήσω για πάντα στη μνήμη μου εκείνο το μελαχρινό πρόσωπο, με τα σχεδόν παιδικά χαρακτηριστικά, όπου η γενειάδα έμοιαζε μασκάρεμα, χωρίς να καταλαβαίνω τι διάβολο είχε βρει η κόρη μου σ' αυτόν τον πολύ συνηθισμένο μακρυμάλλη. Ήταν περίπου είκοσι πέντε χρονών, αλλά καθώς τον είδα κοιμισμένο, μου φάνηκε παιδί. Αναγκάστηκα να καταβάλω μεγάλη προσπάθεια για να σταματήσω το τρεμούλιασμα των χεριών μου και το χτύπημα των δοντιών μου. Σήκωσα το τουφέκι κι έκανα δυο βήματα. Βρισκόταν τόσο κοντά, που μπορούσα να του τινάξω το κεφάλι στον αέρα χωρίς να σημαδέψω, αλλά αποφάσισα να περιμένω μερικά δευτερόλεπτα για να ηρεμήσουν τα χέρια μου. Εκείνη η στιγμή της αναποφασιστικότητας μ' έκανε να χάσω την ευκαιρία μέσ' από τα χέρια μου. Νομίζω πως η συνήθεια να κρύβεται είχε ακονίσει την ακοή του Πέδρο Τερσέρο Γκαρσία και το ένστιχτο τον προειδοποίησε για τον κίνδυνο. Μέσα σ' ένα κλάσμα του δευτερολέπτου πρέπει να ξύπνησε και να έμεινε με κλειστά τα μάτια, σε ετοιμότητα μ' όλους τους μυς του· τέντωσε τους τένοντες κι έβαλε όλη του την ενεργητικότητα σ' ένα τρομερό πήδημα, που τον έκανε να βρεθεί όρθιος ένα μέτρο πιο πέρα από κει που έπεσε η σφαίρα μου.

Δεν πρόλαβα να σημαδέψω ξανά, γιατί έσκυψε, μάζεψε ένα κομμάτι ξύλο και το πέταξε κατευθείαν πάνω στο τουφέκι, που πετάχτηκε μακριά. Θυμάμαι πως ένιωσα να με κυριεύει πανικός καθώς έμεινα άοπλος, αλλά αμέσως συνειδητοποίησα πως εκείνος ήταν πιο τρομαγμένος από μένα. Κοιταζόμασταν σιωπηλά, λαχανιασμένοι, ο καθένας περιμένοντας την πρώτη κίνηση του άλλου για να ορμήσει. Και τότε είδα το τσεκούρι. Βρισκόταν τόσο κοντά μου, που μπορούσα να το φτάσω απλώνοντας μονάχα το χέρι κι αυτό ακριβώς έκανα, χωρίς να το ξανασκεφτώ. Άρπαξα το τσεκούρι και, με μια άγρια κραυγή που βγήκε από τα σωθικά μου, όρμησα πάνω του έτοιμος να τον ανοίξω από πάνω ως κάτω μ' ένα μόνο χτύπημα. Το τσεκούρι έλαμψε στον αέρα κι έπεσε πάνω στον Πέδρο Τερσέρο Γκαρσία. Αίματα πετάχτηκαν και με πιτσίλισαν στο πρόσωπο.

Την τελευταία στιγμή σήκωσε τα μπράτσα για να πιάσει το τσεκούρι και η κόψη του εργαλείου του έκοψε πέρα για πέρα τρία δάχτυλα από το δεξί του χέρι. Με την προσπάθεια που έκανα, προχώρησα προς τα μπρος κι έπεσα στα γόνατα. Κράτησε το χέρι του πάνω στο στήθος του κι έφυγε τρέχοντας, πήδηξε πάνω από τις στοίβες με τα ξύλα και τους πεταμένους κορμούς, έφτασε τ' άλογό του, το καβάλησε μ' ένα πήδημα και χάθηκε με μια τρομερή κραυγή ανάμεσα στις σκιές των πεύκων. Άφησε πίσω του ένα ρυάκι αίμα.

Έμεινα στα τέσσερα, ξέπνοος. Πέρασαν αρκετά λεπτά μέχρι να ηρεμήσω και να καταλάβω πως δεν τον είχα σκοτώσει. Η πρώτη μου αντίδραση ήταν ανακούφιση, γιατί όταν ένιωσα το ζεστό αίμα να με χτυπάει καταπρόσωπο, μου έφυγε ξαφνικά όλο το μίσος κι αναγκάστηκα να κάνω προσπάθεια για να θυμηθώ γιατί ήθελα να τον σκοτώσω, για να δικαιώσω τη βία που μ' έπνιγε, που έκανε το στήθος μου να σπάει, να βουίζουν τ' αυτιά μου, που μου θόλωνε τα μάτια. Άνοιξα το στόμα απελπισμένος, προσπαθώντας να γεμίσω με αέρα τα πνευμόνια μου και κατάφερα να σταθώ όρθιος, αλλά άρχισα να τρέμω, έκανα δυο βήματα κι έπεσα καθισμένος πάνω σ' ένα σωρό τάβλες, ανακατεμένος, χωρίς να μπορώ να ξαναβρώ το ρυθμό της αναπνοής μου. Νόμισα πως θα λιποθυμούσα, η καρδιά μου πήγαινε να σπάσει μες στο στήθος μου, σαν ξετρελαμένη μηχανή. Θα πρέπει να είχε περάσει αρκετή ώρα, δεν ξέρω. Τελικά σήκωσα το βλέμμα μου, σηκώθηκα κι έψαξα να βρω το τουφέκι.

Το παιδί, ο Εστέμπαν Γκαρσία, ήταν δίπλα μου και με κοίταζε σιωπηλά. Είχε μαζέψει τα κομμένα δάχτυλα και τα κρατούσε σαν ένα μάτσο ματωμένα σπαράγγια. Δεν μπόρεσα να συγκρατήσω την αναγούλα, είχα το στόμα μου γεμάτο σάλια, έκανα εμετό λερώνοντας τις μπότες μου, ενώ ο μικρός χαμογελούσε ατάραχος.

«Πέτα τα, σκατομυξιάρη!» του φώναξα, χτυπώντας τον στο χέρι.

Τα δάχτυλα έπεσαν πάνω στο ροκανίδι και έβαψαν το κόκκινο.

Μάζεψα το τουφέκι και προχώρησα τρεμάμενος προς τα έξω. Ο δροσερός βραδινός αέρας και η συνταραχτική ευωδιά των πεύκων με χτύπησαν στο πρόσωπο και μου ξανάδωσαν την αίσθηση της πραγματικότητας. Ανέπνευσα άπληστα, ρουφώντας τον αέρα. Προχώρησα προς το άλογό μου με μεγάλη προσπάθεια, με πονούσε όλο μου το σώμα και τα χέρια μου ήταν πιασμένα. Το παιδί μ' ακολούθησε.

Γυρίσαμε στις Τρεις Μαρίες, ψάχνοντας για το μονοπάτι μες στο σκοτάδι που έπεσε ξαφνικά, μόλις έδυσε ο ήλιος.

Τα δέντρα δυσκόλευαν το δρόμο μας, τ' άλογα σκόνταφταν στις πέτρες και στους θάμνους, τα κλαδιά μάς χτυπούσαν περνώντας. Εγώ βρισκόμουν σ' άλλο κόσμο, αναστατωμένος και τρομοκρατημένος με την ίδια μου τη βία, ευχαριστημένος που ο Πέδρο Τερσέρο το είχε σκάσει, γιατί ήμουν σίγουρος πως αν έπεφτε καταγής θα είχα συνεχίσει να τον χτυπάω με το τσεκούρι μέχρι να τον σκοτώσω, να τον διαλύσω, να τον κάνω κομματάκια, με την ίδια αποφασιστικότητα που ήμουν διατεθειμένος να του φυτέψω μια σφαίρα στο κεφάλι.

Ξέρω τι λένε για μένα. Λένε, ανάμεσα σ' άλλα πράματα, πως σκότωσα έναν ή αρκετούς ανθρώπους στη ζωή μου. Με κατηγόρησαν για το θάνατο κάτι αγροτών. Δεν είναι αλήθεια. Αν ήταν, δεν θα μ' ένοιαζε να το παραδεχτώ, γιατί στην ηλικία που βρίσκομαι αυτά τα πράγματα μπορούν να ειπωθούν ατιμωρητί. Σε λίγο καιρό ακόμα θα με θάψουν. Ποτέ μου δεν σκότωσα άνθρωπο και το πιο κοντά που βρέθηκα στο να το κάνω ήταν εκείνη τη μέρα που πήρα το τσεκούρι κι έπεσα πάνω στον Πέδρο Τερσέρο Γκαρσία.

Φτάσαμε στο σπίτι νύχτα. Κατέβηκα με δυσκολία απ' το άλογο και τράβηξα για τη βεράντα. Είχα ξεχάσει εντελώς το παιδί που με συντρόφευε, γιατί σ' όλη τη διαδρομή δεν είχε ανοίξει το στόμα του, γι' αυτό ξαφνιάστηκα που ένιωσα να με τραβάει απ' το μανίκι.

«Θα μου δώσεις την αμοιβή, αφεντικό;» μου είπε.

Τον αποχαιρέτησα μ' ένα χαστούκι.

«Δεν έχει αμοιβή για τους προδότες! Και σου απαγορεύω να διηγηθείς αυτά που έγιναν! Με κατάλαβες;» μούγκρισα.

Μπήκα στο σπίτι και πήγα να πιω ένα ποτό απ' το μπουκάλι. Το κονιάκ μου έκαψε το λαιμό και με ζέστανε λίγο.

Ύστερα ξάπλωσα στον καναπέ ξεφυσώντας. Χτυπούσε ακόμα άταχτα η καρδιά μου κι ένιωθα ναυτία. Με την ανάποδη του χεριού σκούπισα τα δάκρυα που έτρεχαν στα μάγουλά μου.

Απ' έξω έμεινε ο Εστέμπαν Γκαρσία μπροστά στην κλειστή πόρτα. Όπως κι εγώ, έκλαιγε κι αυτός από λύσσα.

7

Τα αδέλφια

Η Κλάρα με την Μπλάνκα έμοιαζαν, όταν έφτασαν στην πρωτεύουσα, με θύματα καταστροφής. Είχαν και οι δυο τους πρησμένα πρόσωπα, τα μάτια κόκκινα απ' το κλάμα και τσαλακωμένα ρούχα απ' το μακρύ ταξίδι με το τρένο. Η Μπλάνκα, πιο ευαίσθητη από τη μητέρα της, παρ' όλο που ήταν πιο νέα, πιο ψηλή και πιο γεμάτη, αναστέναζε στον ξύπνιο της κι έκλαιγε στον ύπνο της, μ' έναν αδιάκοπο θρήνο που συνεχιζόταν από τη μέρα του ξυλοδαρμού. Όμως η Κλάρα δεν είχε υπομονή στις συμφορές κι έτσι μόλις έφτασε στο μεγάλο σπίτι στη γωνία, που ήταν άδειο και πένθιμο σαν μαυσωλείο, αποφάσισε πως έφταναν τα κλαψουρίσματα και τα παράπονα, πως ήταν πια καιρός να μπει λίγη χαρά στη ζωή τους. Υποχρέωσε την κόρη της να τη βοηθήσει να βρουν καινούργιους υπηρέτες, ν' ανοίξουν τα παντζούρια, να βγάλουν τα σεντόνια που σκέπαζαν τα έπιπλα, τα καλύμματα από τις λάμπες, τα λουκέτα από τις πόρτες, να τινάξουν τη σκόνη και ν' αφήσουν να μπει ο καθαρός αέρας και το φως. Σ' αυτά βρίσκονταν, όταν εισέβαλε στο σπίτι η ξεκάθαρη ευωδιά από αγριοβιολέτες κι έτσι κατάλαβαν πως οι αδελφές Μόρα, προειδοποιημένες με τηλεπάθεια ή μόνο από αγάπη, είχαν καταφτάσει για να τις επισκεφτούν. Με το χαρούμενο κουβεντολόι τους, τις κρύες κομπρέσες τους, την πνευματική τους παρηγοριά και τη φυσική τους χάρη, κατόρθωσαν να κάνουν μάνα και κόρη ν' αναλάβουν από τα σωματικά τους χτυπήματα και τους ψυχικούς τους πόνους.

«Θα πρέπει ν' αγοράσουμε καινούργια πουλιά», είπε η Κλάρα, κοιτάζοντας από το παράθυρο τ' άδεια κλουβιά και το χορταριασμένο κήπο, όπου τ' αγάλματα του Ολύμπου υψώνονταν γυμνά και κουτσουλισμένα από τα περιστέρια.

«Δεν ξέρω πώς μπορείς να σκέφτεσαι τα πουλιά, ενώ σου λείπουν τα δόντια σου, μαμά», πρόσθεσε η Μπλάνκα, που δεν μπορούσε να συνηθίσει στο καινούργιο, ξεδοντιασμένο πρόσωπο της μητέρας της.

Η Κλάρα τα προλάβαινε όλα. Μέσα σε δυο βδομάδες τα παλιά κλουβιά ήταν γεμάτα καινούργια πουλιά κι είχε βάλει να της φτιάξουν μια γέφυρα από πορσελάνη, που στηριζόταν στη θέση της μ' έναν έξυπνο μηχανισμό πάνω στους τραπεζίτες που της είχαν απομείνει, αλλά το όλο σύστημα ήταν τόσο άβολο, που προτιμούσε να κουβαλάει τα ψεύτικα δόντια κρεμασμένα με μια κορδέλα από το λαιμό της. Τα φορούσε μόνο για να φάει και, καμιά φορά, για τις κοινωνικές της συγκεντρώσεις. Η Κλάρα ξανάδωσε ζωή στο σπίτι. Έδωσε διαταγές στη μαγείρισσα να κρατάει όλη μέρα αναμμένη τη φωτιά στην κουζίνα και της είπε πως έπρεπε να είναι έτοιμοι ανά πάσα στιγμή να σερβίρουν μεγάλο αριθμό από καλεσμένους. Και ήξερε τι έλεγε. Σε λίγες μέρες άρχισαν να καταφτάνουν οι φίλοι της, οι ροζακρουσίστες, οι πνευματιστές, οι θεόσοφοι, οι βελονιστές, οι τηλεπαθιστές, οι βροχοποιοί, οι περιπατητικοί, οι χιλιαστές, οι φτωχοί ή άτυχοι καλλιτέχνες, και γενικά όλοι όσοι αποτελούσαν συνήθως την ακολουθία της. Η Κλάρα τους διαφέντευε σαν μια μικρή, φαφούτισσα βασίλισσα. Εκείνη την εποχή είχε αρχίσει να προσπαθεί στα σοβαρά να επικοινωνήσει με τους εξωγήινους και, όπως η ίδια σημείωσε, είχε τις πρώτες της αμφιβολίες όσον αφορά την προέλευση των πνευματιστικών μηνυμάτων που δεχόταν με το εκκρεμές ή στο τρίποδο τραπεζάκι. Την άκουγαν πολύ συχνά να λέει πως δεν ήταν οι ψυχές των νεκρών που τριγυρνούσαν σε άλλη διάσταση, παρά μόνο όντα από άλλους πλανήτες που προσπαθούσαν να έρθουν σ' επαφή με τους γήινους, αλλά καθώς ήταν άυλα, μπορούσαν εύκολα να μπερδευτούν με τις ψυχές. Αυτή η επιστημονική εξήγηση είχε καταγοητέψει το Νικολάς, αλλά δεν έγινε με τον ίδιο ενθουσιασμό δεχτή από τις αδελφές Μόρα, που ήταν πολύ συντηρητικές.

Η Μπλάνκα ζούσε μακριά απ' όλες εκείνες τις αμφιβολίες. Τα όντα από άλλους πλανήτες ανήκαν για κείνη στην ίδια κατηγορία με τις ψυχές και δεν μπορούσε, συνεπώς, να καταλάβει το πάθιασμα της μητέρας της και των άλλων να τ' αναγνωρίσουν. Ήταν πολύ απασχολημένη με το σπίτι, γιατί η Κλάρα έκανε την ανήξερη σ' ό,τι αφορούσε τις δουλειές του σπιτιού, με τη δικαιολογία πως ποτέ δεν είχε κλίση σ' αυτές. Το μεγάλο σπίτι στη γωνία χρειαζόταν ένα στρατό υπηρέτες για να διατηρείται καθαρό και η ακολουθία της μητέρας της τους υποχρέωνε να έχουν μόνιμα βάρδιες στην κουζίνα. Έπρεπε να μαγειρεύουν δημητριακά και χόρτα για μερικούς, λαχανικά και ωμό ψάρι για άλλους, φρούτα και ξινόγαλα για τις τρεις αδελφές Μόρα και νόστιμα μαγειρευτά κρέατα, γλυκά κι άλλα δηλητήρια για τον

Χάιμε και τον Νικολάς, που πείναγαν συνέχεια, χωρίς να έχουν ακόμα αποχτήσει τις ιδιαίτερες μανίες τους. Με τον καιρό και οι δυο θα περνούσαν μεγάλες πείνες: ο Χάιμε από αλληλεγγύη προς τους φτωχούς κι ο Νικολάς για να εξαγνίσει την ψυχή του. Αλλά εκείνη την εποχή ακόμα ήταν δυο ρωμαλέοι νεαροί, πρόθυμοι να γευτούν τις χαρές της ζωής.

Ο Χάιμε είχε μπει στο πανεπιστήμιο και ο Νικολάς τριγύριζε άσκοπα, ψάχνοντας να κάνει την τύχη του. Είχαν ένα προϊστορικό αυτοκίνητο, αγορασμένο με τα έσοδα από τις ασημένιες πιατέλες, που είχαν κλέψει από το σπίτι των γονιών τους. Το είχαν βαφτίσει Κοβαντόνγκα, σ' ανάμνηση του αυτοκίνητου των παππούδων δελ Βάλιε. Το Κοβαντόνγκα είχε διαλυθεί και συναρμολογηθεί με άλλα κομμάτια τόσες φορές, που μόλις και μπορούσε να κινείται. Προχωρούσε μ' έναν εκκωφαντικό θόρυβο από τη σκουριασμένη του μηχανή, φτύνοντας καπνό και παξιμάδια από την εξάτμιση. Τα αδέλφια το μοιράζονταν με σολομώντεια δικαιοσύνη: τις ζυγές μέρες το μεταχειριζόταν ο Χάιμε και τις μονές ο Νικολάς.

Η Κλάρα ήταν πολύ ευχαριστημένη που ζούσε με τους γιους της κι ήταν αποφασισμένη ν' αποχτήσει μαζί τους φιλική σχέση. Στην παιδική τους ηλικία είχε πολύ λίγη επαφή μαζί τους και στην ανάγκη να «γίνουν άντρες» είχε χάσει τις καλύτερες ώρες των παιδιών της κι είχε αναγκαστεί να κρατήσει όλα της τα χάδια. Τώρα που είχαν πια τις ενήλικες διαστάσεις τους και είχαν γίνει άντρες τελικά, μπορούσε να τους χαϊδεύει, όπως έπρεπε να είχε κάνει όταν ήταν μικροί, αλλά ήταν πια αργά, γιατί οι δίδυμοι είχαν μεγαλώσει χωρίς τα χάδια της και είχαν καταλήξει να μην τα χρειάζονται. Η Κλάρα συνειδητοποίησε πως δεν την είχαν ανάγκη. Δεν θύμωσε, ούτε έχασε την καλή της διάθεση.

Δέχτηκε τους νέους όπως ήταν κι αποφάσισε να χαίρεται την παρουσία τους, χωρίς να ζητάει τίποτα σ' αντάλλαγμα.

Η Μπλάνκα ωστόσο γκρίνιαζε, γιατί τ' αδέλφια της είχαν μετατρέψει το σπίτι σε αχούρι. Απ' όπου και να περνούσαν, προξενούσαν ζημιές, αταξία και φασαρία. Η κοπέλα βάραινε κάθε μέρα και περισσότερο και γινόταν όλο και πιο νωθρή και κακόκεφη. Ο Χάιμε παρατήρησε την κοιλιά της αδελφής του και πήγε στη μητέρα του.

«Νομίζω πως η Μπλάνκα είναι έγκυος, μαμά», της είπε, χωρίς περιστροφές.

«Το φανταζόμουνα, παιδί μου», αναστέναξε η Κλάρα.

Η Μπλάνκα δεν το αρνήθηκε κι έτσι, όταν το νέο επιβεβαιώθηκε, η Κλάρα το έγραψε με τα στρογγυλά της γράμματα στο τετράδιο, όπου κατέγραψε τη ζωή. Ο Νικολάς απόσπασε το βλέμμα του από τα κινέζικα ωροσκόπια που έφτιαχνε και πρότεινε να το αναγγείλουν στον πατέρα, γιατί σε κάνα δυο βδομάδες η υπόθεση δεν θα κρυβόταν πια κι όλος ο κόσμος θα το μάθαινε.

«Ποτέ δεν θα σας πω ποιος είναι ο πατέρας», είπε η Μπλάνκα αποφασιστικά.

«Δεν αναφέρομαι στον πατέρα του μωρού, αλλά στο δικό μας», είπε ο αδελφός της. «Ο μπαμπάς έχει δικαίωμα να το μάθει από μας, προτού του το προφτάσει κάποιος τρίτος».

«Να του στείλουμε ένα τηλεγράφημα στο χτήμα», πρότεινε θλιβερά η Κλάρα. Είχε καταλάβει πως όταν ο Εστέμπαν Τρουέμπα θα το μάθαινε, η εγκυμοσύνη της Μπλάνκα θα μετατρεπόταν σε οικογενειακή τραγωδία.

Ο Νικολάς έγραψε το μήνυμα με το ίδιο κρυπτογραφικό πνεύμα με το οποίο έγραφε ποιήματα στην Αμάντα, για να μην καταλάβει ο τηλεγραφητής του χωριού τι ήθελε να πει το τηλεγράφημα και να μη διαδώσει κουτσομπολιά: «Μπλάνκα περιμένει στείλε οδηγίες. Στοπ». Ο Εστέμπαν Τρουέμπα, όπως και ο τηλεγραφητής, δεν μπόρεσε να το αποκρυπτογραφήσει κι αναγκάστηκε να τηλεφωνήσει στο σπίτι του στην πρωτεύουσα για να μάθει για την υπόθεση. Κι ήταν η σειρά του Χάιμε να του την εξηγήσει, που πρόσθεσε ακόμα πως η εγκυμοσύνη ήταν τόσο προχωρημένη που δεν θα μπορούσαν να σκεφτούν κανένα άλλο δραστικό μέσο. Μια μακριά και τρομερή σιωπή έπεσε στην άλλη άκρη της γραμμής κι ύστερα ο πατέρας του κατέβασε το ακουστικό. Στις Τρεις Μαρίες, ο Εστέμπαν Τρουέμπα, χλομός από την έκπληξη και το θυμό, σήκωσε το μπαστούνι του και διάλυσε το τηλέφωνο για δεύτερη φορά. Ποτέ δεν του είχε περάσει από το νου η ιδέα πως μια κόρη του θα μπορούσε να διαπράξει τέτοια απαίσια τρέλα. Γνωρίζοντας ποιος ήταν ο πατέρας, χρειάστηκε λιγότερο από ένα δευτερόλεπτο για να μετανιώσει που δεν του είχε φυτέψει μια σφαίρα στο κεφάλι, όταν είχε την ευκαιρία. Ήταν σίγουρος πως το σκάνδαλο θα ήταν το ίδιο αν η Μπλάνκα γεννούσε ένα μπάσταρδο ή αν παντρευόταν με το γιο ενός χωρικού: η κοινωνία θα την καταδίκαζε με εξορία και στις δυο περιπτώσεις.

Ο Εστέμπαν Τρουέμπα πέρασε αρκετές ώρες τριγυρίζοντας στο σπίτι με μεγάλες δρασκελιές, δίνοντας μπαστουνιές στα έπιπλα και στους τοίχους, μουρμουρίζοντας βρισιές ανάμεσα στα δόντια του και κάνοντας διάφορα απίθανα σχέδια, από το να στείλει την Μπλάνκα στην Εξτρεμαδούρα μέχρι να τη σκοτώσει στο ξύλο. Όταν τελικά ηρέμησε λιγάκι, του ήρθε στο μυαλό μια σωτήρια ιδέα. Έβαλε να σελώσουν τ' άλογό του και πήγε καλπάζοντας στο χωριό.

Συνάντησε το Ζαν δε Σατινί, που δεν τον είχε ξαναδεί

από κείνη την άτυχη νύχτα που τον ξύπνησε για να του διηγηθεί τους έρωτες της Μπλάνκα, να πίνει χυμό από πεπόνι χωρίς ζάχαρη στο μοναδικό ζαχαροπλαστείο του χωριού, μαζί με το γιο τού Ινδαλέσιο Αγκιρασάμπαλ, έναν καλοντυμένο κομψευόμενο, με λεπτή τσιριχτή φωνή, που απάγγελλε Ρουμπέν Δαρίο. Χωρίς κανένα σεβασμό, ο Τρουέμπα άρπαξε το Γάλλο κόμη από το άμεμπτο σκοτσέζικο σακάκι του, τον έβγαλε από το ζαχαροπλαστείο σχεδόν σηκωτό, μπροστά στα έκπληκτα βλέμματα των άλλων πελατών, και τον έστησε έξω στο πεζοδρόμιο.

«Μου έχετε προξενήσει αρκετά προβλήματα, νεαρέ. Πρώτα με τα καταραμένα τσιντσιλά σας κι ύστερα με την κόρη μου. Κουράστηκα πια. Πάτε να μαζέψετε τα πράγματά σας, γιατί θα 'ρθείτε στην πρωτεύουσα μαζί μου. Θα παντρευτείτε με την Μπλάνκα».

Δεν του έδωσε καιρό να συνέλθει από την έκπληξή του. Τον συνόδεψε στο ξενοδοχείο του χωριού, όπου περίμενε με το μαστίγιο στο ένα χέρι και το μπαστούνι στο άλλο, όσο ο Ζαν δε Σατινί έφτιαχνε τις βαλίτσες του. Ύστερα τον πήγε κατευθείαν στο σταθμό και τον έβαλε χωρίς άλλες κουβέντες στο τρένο. Σ' όλο το ταξίδι ο κόμης προσπαθούσε να του εξηγήσει πως δεν είχε καμιά σχέση με την υπόθεση και πως δεν είχε ακουμπήσει ποτέ την Μπλάνκα, πως πιθανόν ο υπεύθυνος για το συμβάν να ήταν ο γενειοφόρος πάτερ, με τον οποίο η Μπλάνκα συναντιόταν τις νύχτες στην όχθη του ποταμού. Ο Εστεμπάν Τρουέμπα τον κεραυνοβόλησε με την πιο άγρια ματιά του.

«Δεν ξέρω για τι πράγμα μιλάτε, παιδί μου. Αυτά ασφαλώς τα ονειρευτήκατε», του είπε.

Ύστερα ο Τρουέμπα άρχισε να του εξηγεί τους διάφορους όρους τα γαμήλιου συμβολαίου, πράγμα που ηρέμησε αρκετά το Γάλλο. Η προίκα της Μπλάνκα, το μηνιαίο της εισόδημα και η προοπτική να κληρονομήσει μια περιουσία, τη μετέτρεπαν σε καλή επιχείρηση.

«Όπως βλέπετε, αυτή η πρόταση θ' αποφέρει περισσότερα από τα τσιντσιλά», συμπέρανε ο μελλοντικός πεθερός, χωρίς να προσέχει τα νευρικά κλαψουρίσματα του νεαρού.

Έτσι έγινε και το Σάββατο έφτασε ο Εστέμπαν Τρουέμπα στο μεγάλο σπίτι στη γωνία, μ' ένα σύζυγο για την ξεπαρθενεμένη κόρη του κι έναν πατέρα για το μικρό μπάσταρδο. Μπήκε αφρίζοντας από τη λύσσα του. Μ' ένα χτύπημα με το χέρι του αναποδογύρισε το βάζο με τα χρυσάνθεμα στην είσοδο, έδωσε ένα χαστούκι στο Νικολάς, που προσπάθησε να μπει στη μέση για να εξηγήσει την κατάσταση, και ανάγγειλε με φωνές πως δεν ήθελε να δει στα μάτια του την Μπλάνκα, που έπρεπε να μείνει κλεισμένη στο δωμάτιό της μέχρι τη μέρα του γάμου. Η Κλάρα δεν πήγε να τον υποδεχτεί. Έμεινε στο δωμάτιό της και δεν άνοιξε, ακόμα κι όταν εκείνος έσπασε το ασημένιο μπαστούνι χτυπώντας την πόρτα της.

Στο σπίτι μπήκε ένας ανεμοστρόβιλος από δραστηριότητα και καβγάδες. Η ατμόσφαιρα έγινε ανυπόφορη κι ακόμα και τα πουλιά σώπαιναν στα κλουβιά τους. Το υπηρετικό προσωπικό έτρεμε με τις διαταγές αυτού του ανήσυχου και απότομου αφεντικού, που δεν δεχόταν αργοπορίες στην εκτέλεση των επιθυμιών του. Η Κλάρα συνέχισε να κάνει την ίδια ζωή, αγνοώντας τον άντρα της και χωρίς να του απευθύνει ούτε μία λέξη. Ο αρραβωνιαστικός, κυριολεκτικά αιχμάλωτος από το μελλοντικό πεθερό του, ταχτοποιήθηκε σ' ένα από τα πολυάριθμα δωμάτια για τους ξένους, όπου περνούσε τη μέρα του περπατώντας πάνω κάτω, χωρίς να έχει δει την Μπλάνκα και χωρίς να έχει καλοκαταλάβει πώς είχε μπλέξει σ' εκείνη την ιστορία. Δεν ήξερε αν θα έπρεπε να κλαίει που έπεσε θύμα σ' εκείνους τους άγριους ιθαγενείς ή να χαίρεται που μπορούσε να εκπληρώσει τ' όνειρό του να παντρευτεί μια νέα κι όμορφη, πλούσια Νοτιοαμερικάνα κληρονόμο. Καθώς ήταν αισιόδοξος σαν άνθρωπος και προικισμένος με την αίσθηση του πρακτικού, όπως όλοι οι συμπατριώτες του, προτίμησε το δεύτερο και στη διάρκεια της βδομάδας άρχισε να ηρεμεί.

Ο Εστέμπαν Τρουέμπα όρισε την ημερομηνία του γάμου δεκαπέντε μέρες αργότερα. Αποφάσισε πως ο καλύτερος τρόπος ν' αποφύγουν το σκάνδαλο ήταν να το προκαλέσουν μ' έναν πολύ ανοιχτό γάμο. Ήθελε να παντρέψει την κόρη του ο αρχιεπίσκοπος, μ' άσπρο φουστάνι με ουρά έξι μέτρα, που να την κρατούν αγοράκια και κοριτσάκια, με φωτογραφία στην κοσμική στήλη της εφημερίδας, ήθελε μια ρωμαϊκή δεξίωση κι αρκετές φανφάρες κι έξοδα, ώστε κανείς να μην προσέξει την κοιλιά της νύφης. Ο μόνος που τον υποστήριξε στα σχέδιά του ήταν ο Ζαν δε Σατινί.

Όταν ο Εστέμπαν Τρουέμπα φώναξε την κόρη του, για να τη στείλει στο μόδιστρο να προβάρει το νυφικό της, ήταν η πρώτη φορά που την έβλεπε από τη βραδιά του ξύλου. Τρόμαξε που την είδε χοντρή και με πανάδες στο πρόσωπο.

«Δεν θα παντρευτώ, πατέρα», είπε κείνη.

«Πάψε», μούγκρισε κείνος. «Θα παντρευτείς, γιατί εγώ δεν θέλω μπάσταρδα στην οικογένεια, ακούς;»

«Νόμιζα πως είχαμε αρκετά», απάντησε η Μπλάνκα.

«Μη μου βγάζεις γλώσσα! Να ξέρεις πως ο Πέδρο Τερσέρο Γκαρσία είναι πεθαμένος. Τον σκότωσα με τα ίδια μου τα χέρια κι έτσι ξέχασέ τον και προσπάθησε να γίνεις καλή σύζυγος για τον άνθρωπο που θα σου δώσει τ' όνομά του».

Η Μπλάνκα έβαλε τα κλάματα και συνέχισε να κλαίει ασταμάτητα όλες τις μέρες που ακολούθησαν.

Ο γάμος, που η Μπλάνκα δεν ήθελε να κάνει, έγινε στον καθεδρικό ναό και τον ευλόγησε ο αρχιεπίσκοπος, μ' ένα βασιλικό φουστάνι φτιαγμένο στον καλύτερο οίκο μόδας στη χώρα, που έκανε θαύματα για να κρύψει την πεταχτή κοιλιά, με καταρράχτες από λουλούδια και ελληνορωμαϊκές πτυχές. Το αποκορύφωμα του γάμου ήταν μια θεαματική δεξίωση με πεντακόσιους καλεσμένους με βραδινές τουαλέτες, που εισέβαλαν στο μεγάλο σπίτι στη γωνία, ψυχωμένοι από μια μισθωμένη ορχήστρα, μ' ένα σκανδαλώδη αριθμό από μοσχάρια μαγειρεμένα με αρωματικά χόρτα, φρέσκα θαλασσινά, χαβιάρι της Βαλτικής, σολομό της Νορβηγίας, κυνήγι παραγεμισμένο με τρούφες, ένα χείμαρρο από εξωτικά ποτά, ένα ατέλειωτο ποτάμι από σαμπάνια και μια σπατάλη από γλυκά, σου, μιλφέιγ, εκλέρ, ζαχαρωτά, μεγάλα κρυστάλλινα ποδαράτα ποτήρια με φρουί γκλασέ, φράουλες από την Αργεντινή, ινδοκάρυδα από τη Βραζιλία, παπάγιες από τη Χιλή, ανανάδες από την Κούβα, κι άλλες λιχουδιές, που ήταν αδύνατο να τις θυμηθεί κανείς, πάνω σ' ένα πελώριο τραπέζι που έζωνε γύρω γύρω σχεδόν όλο τον κήπο και κατέληγε σε μια κολοσσιαία τούρτα με τρία πατώματα, φτιαγμένη από έναν Ιταλό καλλιτέχνη από τη Νάπολη, φίλο του Ζαν δε Σατινί, που είχε μετατρέψει τα ταπεινά υλικά, αβγά, αλεύρι και ζάχαρη, σε ομοίωμα της Ακρόπολης, στεφανωμένο μ' ένα σύννεφο από μαρέγκα, όπου αναπαύονταν δύο μυθολογικοί εραστές, η Αφροδίτη με τον Άδωνη, φτιαγμένοι από βαμμένη αμυγδαλόψιχα, για να μιμηθεί το τριανταφυλλί χρώμα της σάρκας, το ξανθό χρώμα των μαλλιών, το γαλανό των ματιών, μαζί μ' ένα στρουμπουλό Ερωτιδέα, φαγώσιμο κι αυτόν, που κόπηκε μ' ένα ασημένιο μαχαίρι από τον περήφανο γαμπρό και την απελπισμένη νύφη.

Η Κλάρα, που από την αρχή ήταν αντίθετη στην ιδέα να παντρέψει την Μπλάνκα ενάντια στη θέλησή της, αποφάσισε να μην παραστεί στη γιορτή. Έμεινε στο δωμάτιο της ραπτικής, κάνοντας άσχημες προβλέψεις για τους νιόπατρους, που βγήκαν όλες αληθινές, όπως όλοι μπόρεσαν να επιβεβαιώσουν αργότερα, μέχρι που ο άντρας της πήγε να την παρακαλέσει ν' αλλάξει ρούχα και να εμφανιστεί στον κήπο, έστω και για δέκα λεπτά, για να πάψουν να κουτσομπολεύουν οι καλεσμένοι. Η Κλάρα το αποφάσισε, αλλά κακόκεφα, από αγάπη για την κόρη της, έβαλε τα δόντια της και προσπάθησε να χαμογελάει σ' όλους τους καλεσμένους.

Ο Χάιμε έφτασε στο τέλος της δεξίωσης, γιατί δούλευε ώς αργά στο νοσοκομείο των φτωχών, όπου είχε αρχίσει να εξασκείται σαν μαθητευόμενος γιατρός. Ο Νικολάς πήγε μαζί με την όμορφη Αμάντα, που μόλις είχε ανακαλύψει το Σαρτρ κι είχε πάρει το μοιραίο ύφος που είχαν οι Ευρωπαίες υπαρξίστριες, ντυμένη στα μαύρα, χλομή, με βαμμένα μαύρα τα ανατολίτικα μάτια της, τα σκούρα μαλλιά της λυμένα ως τη μέση της κι ένα σωρό κουδουνίστρες από κολιέ, βραχιόλια και σκουλαρίκια, που προκαλούσαν αναστάτωση στο πέρασμά της. Από τη μεριά του, ο Νικολάς ήταν ντυμένος στ' άσπρα, σαν νοσοκόμος, με διάφορα φυλαχτά που κρέμονταν απ' το λαιμό του. Ο πατέρας του πήγε να τον προϋπαντήσει, τον έπιασε από το μπράτσο και τον έβαλε με το ζόρι στο μπάνιο, όπου άρχισε να του βγάζει τα χαϊμαλιά χωρίς δεύτερη σκέψη.

«Πήγαινε στο δωμάτιό σου και βάλε μια γραβάτα της προκοπής! Ύστερα να έρθεις στη δεξίωση και να φερθείς σαν κύριος! Μην αρχίσεις να διδάσκεις καμιά αίρεση στους καλεσμένους! Και πες στη στρίγκλα, που έφερες μαζί σου, να κλείσει το ντεκολτέ της!» διέταξε ο Εστέμπαν το γιο του. Ο Νικολάς υπάκουσε, αλλά με το χειρότερο τρόπο. Στην αρχή δεν έπινε καθόλου, αλλά ύστερα, από το θυμό του, ήπιε μερικά ποτήρια, ζαλίστηκε κι έπεσε με τα ρούχα στο σιντριβάνι του κήπου, απ' όπου αναγκάστηκαν να τον ψαρέψουν με μουσκεμένη την αξιοπρέπειά του.

Η Μπλάνκα πέρασε όλη τη βραδιά καθισμένη σε μια καρέκλα, παρατηρώντας την τούρτα με αποβλακωμένη έκφραση και κλαίγοντας, ενώ ο ολοκαίνουργιος άντρας της τριγύριζε ανάμεσα στους καλεσμένους, αποδίδοντας την απουσία της πεθεράς του σε κρίση άσθματος και το κλάμα της νύφης στη συγκίνηση της τελετής. Κανένας δεν τον πίστεψε. Ο Ζαν δε Σατινί έδινε τρυφερά φιλάκια στο λαιμό της Μπλάνκα, την έπιανε από το χέρι και προσπαθούσε να την παρηγορήσει με γουλιές σαμπάνιας και γαρίδες διαλεγμένες μία μία με αγάπη, που τις πρόσφερε ο ίδιος με το χέρι του, αλλά όλα χωρίς αποτέλεσμα, γιατί εκείνη συνέχεια έκλαιγε. Παρ' όλ' αυτά η δεξίωση είχε μεγάλη επιτυχία, ακριβώς όπως την είχε σχεδιάσει ο Εστέμπαν Τρουέμπα. Οι καλεσμένοι έφαγαν και ήπιαν πλουσιοπάροχα κι είδαν την ανατολή του ήλιου χορεύοντας με τους ήχους της ορχήστρας, ενώ στο κέντρο της πόλης ομάδες από άνεργους μαζεύονταν για να ζεσταθούν γύρω από μικρές φωτιές που άναβαν με εφημερίδες, παρέες από νεαρούς με σκούρα πουκάμισα παρέλαυναν χαιρετώντας με το χέρι ψηλά, όπως είχαν δει στις γερμανικές ταινίες, και στα κέντρα των πολιτικών κομμάτων έβαζαν τις τελευταίες πινελιές στην προεκλογική τους εκστρατεία.

«Θα κερδίσουν οι σοσιαλιστές», είχε πει ο Χάιμε, που, καθώς περνούσε τον περισσότερο καιρό στο νοσοκομείο των φτωχών με τους προλετάριους, είχε χάσει τα λογικά του.

«Όχι, παιδί μου, θα κερδίσουν αυτοί που κερδίζουν πάντα», είχε απαντήσει η Κλάρα, που το είχε διαβάσει στα χαρτιά και της το επιβεβαίωνε η κοινή της λογική.

Μετά τη δεξίωση, ο Εστέμπαν Τρουέμπα πήρε το γαμπρό του στο γραφείο του και του έδωσε μια επιταγή. Ήταν το γαμήλιο δώρο του. Είχε κάνει όλες τις προετοιμασίες, ώστε το ζευγάρι να πάει στο βορρά, όπου ο Ζαν δε Σατινί σκεφτόταν να εγκατασταθούν άνετα και να ζήσουν από τα εισοδήματα της γυναίκας του, μακριά από τις φλυαρίες του παρατηρητικού κόσμου, που δεν θα σταματούσε να μιλάει για την πρόωρη εγκυμοσύνη. Είχε στο νου του να κάνει μια δουλειά με μούμιες των ιθαγενών και κεραμικά των Ίνκας.

Προτού οι νιόπατροι φύγουν από τη δεξίωση, πήγαν ν' αποχαιρετήσουν τη μητέρα τους. Η Κλάρα πήρε στο πλάι την Μπλάνκα, που δεν είχε σταματήσει το κλάμα, και της είπε τρυφερά:

«Σταμάτησε τα κλάματα, κοριτσάκι μου. Τόσα δάκρυα θα κάνουν κακό στο μωρό σου κι ίσως δεν σου βγουν σε καλό», είπε η Κλάρα.

Η Μπλάνκα απάντησε μ' άλλον ένα λυγμό.

«Ο Πέδρο Τερσέρο Γκαρσία είναι ζωντανός, παιδί μου», πρόσθεσε η Κλάρα.

«Πώς το ξέρεις, μαμά;» τη ρώτησε.

«Το είδα στον ύπνο μου», απάντησε η Κλάρα.

Αυτό ήταν αρκετό για να ηρεμήσει εντελώς την Μπλάνκα. Σκούπισε τα μάτια της, σήκωσε το κεφάλι και δεν ξανάκλαψε ως τη μέρα που πέθανε η μητέρα της, εφτά χρόνια αργότερα, παρ' όλο που δεν της έλειψαν οι στεναχώριες, η μοναξιά κι άλλοι πολλοί λόγοι.

Χωρισμένη από την κόρη της, με την οποία συνδεόταν πάντα στενά, η Κλάρα μπήκε σε μια από τις μελαγχολικές και αναστατωμένες περιόδους της ζωής της. Συνέχισε να κάνει την ίδια ζωή, όπως πριν, με το μεγάλο σπίτι ανοιχτό και πάντα γεμάτο κόσμο, με τις πνευματιστικές της συναντήσεις και τις λογοτεχνικές της βραδιές, αλλά σταμάτησε να γελάει εύκολα και συχνά έμενε αφηρημένη να κοιτάζει μπροστά της, χαμένη στις σκέψεις της. Προσπάθησε να επικοινωνήσει άμεσα με την Μπλάνκα, για να μπορεί ν' αποφεύγει τις καθυστερήσεις στο ταχυδρομείο, αλλά η τηλεπάθεια δεν λειτουργούσε πάντα και δεν ήταν καθόλου σίγουρη πως η κόρη της θα καταλάβαινε καλά τα μηνύματα. Μπόρεσε να βεβαιωθεί πως οι επικοινωνίες τους μπερδεύονταν από ανεξέλεγκτες παρεμβάσεις και πως καταλάβαινε διαφορετικά πράγματα απ' αυτά που εκείνη ήθελε να της πει. Επιπλέον η Μπλάνκα δεν είχε καμιά κλίση προς τα ψυχικά πειράματα και, παρ' όλο που βρισκόταν πάντα πολύ κοντά στη μητέρα της, ποτέ δεν είχε δείξει την παραμικρή περιέργεια για τα πνευματιστικά φαινόμενα. Ήταν μια πραχτική, προσγειωμένη και δύσπιστη γυναίκα και η μοντέρνα και ρεαλιστική της φύση ήταν σοβαρό εμπόδιο για την τηλεπάθεια. Η Κλάρα τελικά αναγκάστηκε να παραιτηθεί και μεταχειριζόταν τα συμβατικά μέσα. Μάνα και κόρη αλληλογραφούσαν σχεδόν καθημερινά και η πλούσια αλληλογραφία τους αντικατέστησε για μερικούς μήνες τα τετράδια, όπου κατέγραψε τη ζωή. Έτσι η Μπλάνκα μάθαινε όλα όσα συνέβαιναν στο μεγάλο σπίτι στη γωνία και μπορούσε να παίζει με την ψευδαίσθηση πως βρισκόταν ακόμα με την οικογένεια της και πως ο γάμος της δεν ήταν παρά ένα κακό όνειρο.

Εκείνο το χρόνο οι δρόμοι του Χάιμε και του Νικολάς απομακρύνθηκαν οριστικά, γιατί οι διαφορές ανάμεσα στα δυο αδέλφια ήταν ασυμβίβαστες. Ο Νικολάς εκείνη την εποχή είχε ανακαλύψει το φλαμένκο, που έλεγε πως το είχε μάθει από τους Τσιγγάνους στις σπηλιές της Γρανάδα, αν και στην πραγματικότητα ποτέ δεν είχε βγει έξω από τη χώρα, αλλά ήταν τόσο πειστικός, που ακόμα και μέσα στην ίδια του την οικογένεια είχαν αρχίσει να τον πιστεύουν. Με την παραμικρή πρόσκληση έκανε επίδειξη της τέχνης του. Ανέβαινε πάνω στο μεγάλο τραπέζι από βαλανιδιά της τραπεζαρίας, όπου είχαν ξαπλώσει τη Ρόζα πεθαμένη πολλά χρόνια πριν και που η Κλάρα είχε κληρονομήσει, κι άρχιζε να χτυπάει παλαμάκια σαν τρελός, να χτυπάει σπασμωδικά τα τακούνια του, να πηδάει και να βγάζει δυνατές τσιρίδες, ώσπου κατάφερνε να τραβήξει την προσοχή όλων των ενοίκων μες στο σπίτι, μερικούς γείτονες και, σε κάποια περίπτωση, και τους αστυνομικούς, που έφτασαν με τα γκλομπ έτοιμα, λασπώνοντας τα χαλιά με τις μπότες τους, αλλά που κατάληξαν, όπως και οι άλλοι, να χειροκροτούν και να φωνάζουν ολέ. Το τραπέζι άντεξε ηρωικά, παρ' όλο που μετά από μια βδομάδα έμοιαζε με την τάβλα του χασάπη, όπου κομματιάζει βόδια. Το φλαμένκο ήταν τελείως άχρηστο για την κλειστή πρωτευουσιάνικη κοινωνία τότε, αλλά ο Νικολάς έβαλε μια διακριτική αγγελία στην εφημερίδα, αναγγέλλοντας πως έδινε μαθήματα για κείνο το φλογερό χορό. Την επόμενη μέρα απόχτησε μια μαθήτρια και μέσα σε μια βδομάδα η φήμη του είχε κάνει το γύρο της πόλης. Οι κοπέλες έρχονταν σε ομάδες, στην αρχή ντροπαλά και δειλά, αλλά εκείνος άρχιζε να τις στριφογυρίζει, να χτυπάει τα τακούνια του κρατώντας τες από τη μέση, να τους χαμογελάει με ύφος γόη και σε πολύ λίγο καιρό κατάφερνε να τις ενθουσιάζει. Τα μαθήματα είχαν επιτυχία. Το τραπέζι της τραπεζαρίας ήταν έτοιμο να γίνει σκλήθρες, η Κλάρα άρχισε να παραπονιέται για πονοκεφάλους κι ο Χάιμε περνούσε τον καιρό του κλεισμένος στο δωμάτιό του, προσπαθώντας να διαβάσει, με δυο μπαλάκια κερί στ' αυτιά του. Όταν ο Εστέμπαν Τρουέμπα έμαθε τι συνέβαινε στο σπίτι του όσο εκείνος έλειπε, έγινε έξω φρενών, και με το δίκιο του, κι απαγόρεψε στο γιο του να μεταχειρίζεται το σπίτι για σχολή χορού ή για οποιοδήποτε άλλο πράμα. Ο Νικολάς αναγκάστηκε να σταματήσει τις στροφές του, αλλά στο μεταξύ μ' αυτή την εμπειρία μεταβλήθηκε στον πιο δημοφιλή νεαρό εκείνη την εποχή, στο βασιλιά κάθε γιορτής, κι έκαιγε όλες τις γυναικείες καρδιές, γιατί ενώ οι άλλοι διάβαζαν, φορούσαν γκρίζα σταυρωτά κοστούμια κι άφηναν μουστάκι στο ρυθμό των μπολερό, εκείνος πίστευε στον ελεύθερο έρωτα, ανάφερνε αποσπάσματα από το Φρόιντ, έπινε περνό και χόρευε φλαμένκο. Η κοινωνική επιτυχία ωστόσο δεν κατάφερε να λιγοστέψει το ενδιαφέρον του για τις ψυχικές ικανότητες της μητέρας του. Άδικα προσπαθούσε να τη μιμηθεί. Μελετούσε παθιασμένα, προσπαθούσε να εξασκηθεί, σε σημείο να διακινδυνεύει την υγεία του κι έπαιρνε μέρος στις συναντήσεις την Παρασκευή με τις τρεις αδελφές Μόρα, παρ' όλη την αυστηρή απαγόρευση του πατέρα του, που επέμενε στην ιδέα πως εκείνα δεν ήταν απασχόληση για άντρες. Η Κλάρα προσπαθούσε να τον παρηγορήσει για τις αποτυχίες του.

«Αυτά δεν μαθαίνονται ούτε κληρονομιούνται, παιδί μου», του έλεγε, όταν τον έβλεπε να προσπαθεί να συγκεντρωθεί, με τέτοια τρομερή επιμονή που στο τέλος αλληθώριζε, για να κουνήσει την αλατιέρα χωρίς να την αγγίξει.

Οι τρεις αδελφές Μόρα αγαπούσαν πολύ το νεαρό. Του δάνειζαν απόκρυφα βιβλία και τον βοηθούσαν ν' αποκρυπτογραφεί τα μυστήρια στα ωροσκόπια και στα χαρτιά. Κάθονταν τριγύρω του πιασμένες από το χέρι, για να τον διαπεράσουν με ευεργετικά υγρά, αλλά ούτε και μ' αυτό τον τρόπο κατόρθωσε ν' αποχτήσει πνευματικές δυνάμεις ο Νικολάς. Τον υποστήριζαν στον έρωτά του για την Αμάντα. Στην αρχή η κοπέλα είχε γοητευτεί με το τρίποδο τραπεζάκι και τους μακρυμάλληδες καλλιτέχνες στο σπίτι του Νικολάς, αλλά γρήγορα κουράστηκε να καλεί φαντάσματα και ν' απαγγέλλει τον Ποιητή που οι στίχοι του περνούσαν από στόμα σε στόμα, κι άρχισε να δουλεύει σαν δημοσιογράφος σε μια εφημερίδα.

«Αυτή είναι παλιοδουλειά», δήλωσε ο Εστέμπαν Τρουέμπα όταν το έμαθε.

Ο Τρουέμπα δεν τη συμπαθούσε. Δεν του άρεσε να τη βλέπει στο σπίτι του. Πίστευε πως επηρέαζε άσχημα το γιο του και είχε την εντύπωση πως τα μακριά μαλλιά της, τα βαμμένα μάτια της και τα στολίδια της ήταν τα συμπτώματα κάποιου κρυφού βίτσιου, και πως η συνήθειά της να βγάζει τα παπούτσια της και να κάθεται σταυροπόδι καταγής, σαν τους ιθαγενείς, ήταν τρόποι αντρογυναίκας.

Η Αμάντα έβλεπε πολύ απαισιόδοξα τον κόσμο, και για ν' αντέχει στις καταθλίψεις της, κάπνιζε χασίς. Ο Νικολάς κάπνιζε μαζί της για παρέα. Η Κλάρα είχε καταλάβει πως ο γιος της περνούσε άσχημες στιγμές, αλλά η θαυμαστή της προαίσθηση δεν τη βοήθησε να συνδέσει εκείνες τις ανατολίτικες πίπες που κάπνιζε ο Νικολάς με τους παραλογισμούς του, τη συχνή του υπνηλία και τις κρίσεις αδικαιολόγητης ευθυμίας, γιατί ποτέ δεν είχε ακούσει να μιλούν γι' αυτό το ναρκωτικό κι ούτε και για κανένα άλλο. «Είναι της ηλικίας, θα του περάσουν», έλεγε, όταν τον έβλεπε να κάνει σαν τρελός, χωρίς να σκέφτεται πως ο Χάιμε είχε γεννηθεί την ίδια μέρα και δεν πάθαινε καμιά τέτοια κρίση.

Η τρέλα του Χάιμε ήταν διαφορετική. Είχε μια τάση για την αυτοθυσία και τη λιτότητα. Στην ντουλάπα του είχε μονάχα τρία πουκάμισα και δυο παντελόνια. Η Κλάρα περνούσε το χειμώνα πλέκοντας βιαστικά μάλλινα για να ντύνεται πιο ζεστά, αλλά εκείνος τα φορούσε μόνο ώσπου να βρεθεί κάποιος που τα είχε περισσότερο ανάγκη. Όλα τα λεφτά που του έδινε ο πατέρας του πήγαιναν στις τσέπες των φτωχών που περιποιόταν στο νοσοκομείο. Κάθε φορά που κάποιο σκελετωμένο σκυλί τον έπαιρνε από πίσω στο δρόμο, εκείνος το μάζευε στο σπίτι, κι όταν μάθαινε για κάποιο εγκαταλειμμένο παιδί, μια ανύπαντρη μητέρα ή μια ανάπηρη γριά που χρειαζόταν την προστασία του, κατάφτανε στο σπίτι μαζί τους για ν' αναλάβει η μητέρα του να λύσει τα προβλήματά τους. Η Κλάρα είχε μετατραπεί σε ειδικό στις φιλανθρωπίες, γνώριζε όλες τις κρατικές και τις εκκλησιαστικές υπηρεσίες για να τοποθετεί όσους βρίσκονταν σε μειονεκτική θέση κι όταν δεν μπορούσε να κάνει τίποτ' άλλο γι' αυτούς, τους κρατούσε στο σπίτι της. Οι φίλες της την είχαν πάρει από φόβο, γιατί κάθε φορά που πήγαινε να τις επισκεφτεί, ήταν γιατί κάτι ήθελε να ζητήσει. Έτσι το δίκτυο από τους προστατευόμενους της Κλάρας και του Χάιμε απλώθηκε, είχαν χάσει το λογαριασμό γι' αυτούς που βοηθούσαν κι έτσι συχνά ξαφνιάζονταν όταν κάποιος τους ευχαριστούσε για μια εξυπηρέτηση που δεν θυμόνταν να είχαν κάνει. Ο Χάιμε είχε πάρει τις ιατρικές του σπουδές σαν θρησκευτική κλίση. Πίστευε πως οποιαδήποτε διασκέδαση, που τον κρατούσε μακριά από τα βιβλία ή τον έκανε να χάνει την ώρα του, ήταν προδοσία ενάντια στην ανθρωπότητα που είχε ορκιστεί να υπηρετεί. «Αυτό το παιδί θα έπρεπε να είχε γίνει παπάς», έλεγε η Κλάρα. Οι όρκοι της ταπεινότητας, της φτώχειας και της αγνότητας δεν θα είχαν ενοχλήσει τον Χάιμε, αν δεν πίστευε πως η αιτία για τις μισές δυστυχίες στον κόσμο ήταν η Εκκλησία κι όταν η μητέρα του του μιλούσε έτσι γινόταν έξαλλος. Έλεγε πως ο χριστιανισμός, όπως σχεδόν και όλες οι προλήψεις, έκαναν τους ανθρώπους πιο αδύναμους και μοιρολάτρες και πως δεν έπρεπε να περιμένουν ανταμοιβή στον ουρανό, παρά να μάχονται για τα δικαιώματά τους πάνω στη γη. Αυτά τα πράγματα τα συζητούσε μονάχα με τη μητέρα του, γιατί ήταν αδύνατο να κουβεντιάσει με τον Εστέμπαν Τρουέμπα, που γρήγορα έχανε την υπομονή του και κατέληγε σε φωνές και χτυπούσε τις πόρτες, γιατί, όπως έλεγε, είχε πια βαρεθεί να ζει μαζί με θεότρελους και το μόνο που ήθελε ήταν λίγη ομαλότητα, αλλά είχε την κακιά τύχη να παντρευτεί με μια εκκεντρική και ν' αποχτήσει τρία θεοπάλαβα παιδιά, που δεν έκαναν άλλο από το να του μαυρίζουν τη ζωή. Ο Χάιμε δεν συζητούσε με τον πατέρα του. Περνούσε μέσα απ' το σπίτι σαν σκιά, έδινε ένα αφηρημένο φιλί στη μητέρα του, όταν την έβλεπε, και πήγαινε κατευθείαν στην κουζίνα, έτρωγε όρθιος τ' απομεινάρια των άλλων κι ύστερα κλεινόταν στο δωμάτιό του για να διαβάσει ή να μελετήσει. Η κρεβατοκάμαρά του ήταν ένα τούνελ από βιβλία, όλοι οι τοίχοι ήταν σκεπασμένοι από το πάτωμα ως το ταβάνι με ράφια γεμάτα με τόμους που κανένας δεν ξεσκόνιζε, γιατί είχε πάντα κλειδωμένη την πόρτα του. Ήταν ιδανικές φωλιές για τις αράχνες και τα ποντίκια. Μες στη μέση του δωματίου βρισκόταν το κρεβάτι του, ένα ράντσο εκστρατείας και πάνω απ' το κεφαλάρι ένας γυμνός γλόμπος που κρεμόταν στο ταβάνι. Στη διάρκεια ενός σεισμού, που η Κλάρα ξέχασε να προβλέψει, άκουσαν ένα θόρυβο σαν από εκτροχιασμένο τρένο και όταν μπόρεσαν ν' ανοίξουν την πόρτα, είδαν πως το κρεβάτι είχε θαφτεί κάτω από ένα βουνό βιβλία. Είχαν γκρεμιστεί τα ράφια και τα βιβλία είχαν πλακώσει τον Χάιμε. Τον ξετρύπωσαν χωρίς ούτε μια γρατσουνιά. Όσο η Κλάρα έβγαζε τα βιβλία, θυμόταν το σεισμό και σκεφτόταν πως είχε ξαναζήσει εκείνη την ίδια στιγμή. Με την ευκαιρία επωφελήθηκαν για να τινάξουν τη σκόνη από το κρησφύγετο και να διώξουν τα μαμούνια και τους άλλους πελάτες με τη σκούπα.

Τις λίγες φορές που ο Χάιμε συγκέντρωνε το βλέμμα του στην πραγματικότητα του σπιτιού του, ήταν όταν έβλεπε να περνάει η Αμάντα πιασμένη από το χέρι του Νικολάς. Πολύ λίγες φορές της είχε μιλήσει και κατακοκκίνιζε όταν εκείνη του μιλούσε. Δεν είχε εμπιστοσύνη στην εξωτική της εμφάνιση κι ήταν σίγουρος πως αν χτενιζόταν όπως όλος ο κόσμος και ξέβαφε τα μάτια της θα έμοιαζε με αδύνατο, πρασινωπό ποντικάκι. Δεν μπορούσε όμως να πάρει τα μάτια του από πάνω της. Το κουδούνισμα από τα βραχιόλια, που συνόδευε την κοπέλα, τον αποσπούσε από τη μελέτη του κι ήταν αναγκασμένος να κάνει μεγάλη προσπάθεια για να μην την παίρνει από πίσω μες στο σπίτι, σαν υπνωτισμένος. Μονάχα στο κρεβάτι του, χωρίς να μπορεί να συγκεντρωθεί στην ανάγνωση, φανταζόταν την Αμάντα γυμνή, τυλιγμένη με τα μαύρα της μαλλιά, μ' όλα τα θορυβώδη στολίδια της, σαν είδωλο. Ο Χάιμε ζούσε σαν ασκητής.

Από παιδί ήταν ακοινώνητος κι αργότερα έγινε δειλός άντρας. Δεν αγαπούσε τον εαυτό του κι ίσως γι' αυτό να πίστευε πως δεν άξιζε την αγάπη των άλλων. Ακόμα και η παραμικρή εκδήλωση συμπαράστασης ή ευγνωμοσύνης προς αυτόν, τον έκανε να ντρέπεται και να υποφέρει. Η Αμάντα αντιπροσώπευε την ουσία για καθετί γυναικείο και, καθώς ήταν η συντρόφισσα του αδελφού του, για καθετί απαγορευμένο. Η ελεύθερη, τρυφερή και περιπετειώδης προσωπικότητα της νεαρής γυναίκας τον γοήτευε και η εμφάνισή της, σαν μεταμφιεσμένο ποντικάκι, του προκαλούσε μια βασανιστική αγωνία να την προστατέψει. Την ποθούσε μ' όλη του την καρδιά, αλλά δεν μπορούσε να τ' ομολογήσει ούτε στον ίδιο του τον εαυτό.

Εκείνη την εποχή η Αμάντα σύχναζε πολύ στο σπίτι των Τρουέμπα. Στην εφημερίδα που δούλευε είχε ελαστικό ωράριο και κάθε φορά που μπορούσε κατάφτανε στο μεγάλο σπίτι στη γωνία μαζί με τον αδελφό της Μιγκέλ, χωρίς κανένας να προσέχει την παρουσία τους μέσα σ' εκείνη τη σπιταρόνα, πάντα γεμάτη φασαρία και κόσμο. Ο Μιγκέλ ήταν τότε περίπου πέντε χρονών, ήταν διακριτικός και καθαρός, δεν έκανε φασαρία, περνούσε απαρατήρητος, χαμένος ανάμεσα στα σχέδια και στο χαρτί της ταπετσαρίας και στα έπιπλα, έπαιζε μόνος του στον κήπο κι έτρεχε πίσω από την Κλάρα σ' όλο το σπίτι και τη φώναζε μαμά. Γι' αυτόν το λόγο, και γιατί φώναζε μπαμπά τον Χάιμε, υπέθεσαν πως η Αμάντα και ο Μιγκέλ ήταν ορφανά. Η Αμάντα πήγαινε παντού με τον αδελφό της, τον έπαιρνε μαζί της στη δουλειά της, τον είχε συνηθίσει να τρώει τα πάντα, οποιαδήποτε ώρα, και να κοιμάται καταγής και στα πιο άβολα μέρη. Του φερόταν με παθιασμένη κι άγρια τρυφερότητα, τον έξυνε σαν σκυλάκι, του φώναζε όταν θύμωνε κι ύστερα έτρεχε να τον αγκαλιάσει. Δεν άφηνε κανέναν να διορθώσει ή να δώσει διαταγές στον αδελφό της, δεν δεχόταν παρατηρήσεις για την παράξενη ζωή που ζούσαν και τον υποστήριζε σαν λέαινα, ακόμα κι όταν κανένας δεν είχε πρόθεση να του επιτεθεί. Η Κλάρα ήταν ο μόνος άνθρωπος που η Αμάντα επέτρεψε να πει τη γνώμη του για τη μόρφωση του Μιγκέλ, που μπόρεσε να την πείσει να τον στείλει στο σχολείο για να μη γίνει ένας αναλφάβητος ερημίτης. Η Κλάρα δεν υποστήριζε ιδιαίτερα τη γενική μόρφωση, αλλά στην περίπτωση του Μιγκέλ είχε σκεφτεί πως ήταν αναγκαίο να έχει μερικές ώρες τη μέρα πειθαρχία και διαβίωση με άλλα παιδιά της ηλικίας του. Εκείνη η ίδια ανάλαβε να τον γράψει στο σχολείο, του αγόρασε τ' απαραίτητα και τη στολή των μαθημάτων. Μπρος στην πόρτα η Αμάντα και ο Μιγκέλ αγκαλιάστηκαν κλαίγοντας, χωρίς να μπορέσει η δασκάλα ν' αποσπάσει τον Μιγκέλ από τις φούστες της Αμάντα, απ' όπου κρατιόταν με τα νύχια και τα δόντια, τσιρίζοντας και κλοτσώντας απελπισμένα όποιον πλησίαζε. Τελικά, με τη βοήθεια της Κλάρας, η δασκάλα μπόρεσε να σύρει το παιδί μέσα κι έκλεισε την πόρτα του σχολείου από πίσω του. Η Αμάντα έμεινε όλο το πρωί καθισμένη στο πεζοδρόμιο έξω από το σχολείο. Η Κλάρα κάθισε μαζί της, γιατί ένιωθε ένοχη για κείνον τον ξένο πόνο κι είχε αρχίσει ν' αμφιβάλλει για τη σοφία της πρωτοβουλίας της. Το μεσημέρι χτύπησε το κουδούνι κι άνοιξε η πόρτα. Είδαν να βγαίνει ένα κοπάδι μαθητές κι ανάμεσα τους, στη γραμμή, σιωπηλός και χωρίς κλάματα, με μια μολυβιά στη μύτη και με τις κάλτσες μαζεμένες στα παπούτσια, βρισκόταν ο μικρός Μιγκέλ, που μέσα σ' εκείνες τις λίγες ώρες είχε μάθει να προχωρεί στη ζωή χωρίς το χέρι της αδελφής του. Η Αμάντα τον έσφιξε με δύναμη πάνω στο στήθος της κι όπως της ήρθε εκείνη τη στιγμή, του είπε: «Θα έδινα και τη ζωή μου ακόμα για σένα, Μιγκελίτο». Δεν ήξερε πως κάποια μέρα θα ήταν αναγκασμένη να το κάνει.

Στο μεταξύ, ο Εστέμπαν Τρουέμπα ένιωθε κάθε μέρα όλο και πιο μόνος και πιο έξαλλος. Το είχε πάρει πια απόφαση πως η γυναίκα του δεν θα του ξαναμιλούσε και, κουρασμένος να την κυνηγάει στις γωνιές, να την κοιτάζει παρακλητικά και ν' ανοίγει τρύπες στους τοίχους του μπάνιου, αποφάσισε ν' αφοσιωθεί στην πολιτική. Όπως ακριβώς η Κλάρα το είχε προβλέψει, κέρδισαν τις εκλογές αυτοί που κέρδιζαν πάντα, αλλά με τόσο λίγη διαφορά που αναστατώθηκε όλη η χώρα. Ο Τρουέμπα έκρινε πως ήταν η κατάλληλη στιγμή για να υπερασπίσει τα συμφέροντα της πατρίδας και του Συντηρητικού Κόμματος, μια και κανείς δεν μπορούσε να τα ενσαρκώσει καλύτερα απ' αυτόν τον τίμιο κι αδιάφθορο πολιτικό, όπως εκείνος ο ίδιος έλεγε, και πρόσθεσε πως είχε πάει μπροστά με τις ίδιες του τις δυνάμεις, προσφέροντας εργασία και καλές συνθήκες ζωής στους υπαλλήλους του, ιδιοχτήτης στο μοναδικό αγρόχτημα με τούβλινα σπίτια. Σεβόταν το νόμο, την πατρίδα και την παράδοση και κανένας δεν μπορούσε να τον κατηγορήσει για κανένα αδίκημα, πέρα από τη φοροδιαφυγή. Προσέλαβε ένα διαχειριστή για ν' αντικαταστήσει τον Πέδρο Σεγκούντο Γκαρσία και του ανάθεσε τις Τρεις Μαρίες, τις κλώσες του και τις αγελάδες εισαγωγής κι εκείνος εγκαταστάθηκε οριστικά στην πρωτεύουσα. Πέρασε αρκετούς μήνες αφοσιωμένος στην προεκλογική εκστρατεία, με την υποστήριξη του Συντηρητικού Κόμματος, που χρειαζόταν ανθρώπους για να παρουσιάσει στις επόμενες βουλευτικές εκλογές, κι έχοντας θέσει και την ίδια του την περιουσία στη διάθεση του αγώνα. Το σπίτι του γέμισε με πολιτική προπαγάνδα και με τους υποστηριχτές του, που κυριολεκτικά εισέβαλαν, κι ανακατεύονταν με τα φαντάσματα στους διαδρόμους, τους ροζακρουσίστες και τις τρεις αδελφές Μόρα. Σιγά σιγά η ακολουθία της Κλάρας μετατοπίστηκε στα πίσω δωμάτια του σπιτιού. Δημιουργήθηκε ένα αόρατο σύνορο ανάμεσα στην περιοχή που καταλάμβανε ο Εστέμπαν Τρουέμπα και σ' αυτήν της γυναίκας του. Με την έμπνευση της Κλάρας και σύμφωνα με τις ανάγκες της στιγμής, ξεπετάγονταν ολοένα από την αριστοκρατική αρχοντική αρχιτεκτονική, δωματιάκια, σκάλες, πύργοι και ταράτσες. Κάθε φορά που έπρεπε να φιλοξενήσουν κι έναν καινούργιο επισκέπτη, έφταναν οι ίδιοι χτίστες και πρόσθεταν κι άλλη κρεβατοκάμαρα. Έτσι, το μεγάλο σπίτι στη γωνία κατέληξε να μοιάζει με λαβύρινθο.

«Κάποια μέρα αυτό το σπίτι θα γίνει ξενοδοχείο», έλεγε ο Νικολάς.

«Ή ένα μικρό νοσοκομείο», πρόσθετε ο Χάιμε, που είχε αρχίσει να τρέφει ενδόμυχα την επιθυμία να μεταφέρει τους φτωχούς του στο Μπάριο Άλτο.

Η πρόσοψη του σπιτιού διατηρήθηκε χωρίς καμιά αλλαγή. Από μπροστά φαίνονταν οι ηρωικές κολόνες και ο βερσαλλιώδης κήπος, αλλά προς τα πίσω έχανε το στιλ του. Ο πίσω κήπος ήταν μια πυκνή ζούγκλα, όπου διάφορες ποικιλίες από φυτά και λουλούδια πολλαπλασιάζονταν και τα πουλιά της Κλάρας αναστάτωναν τον τόπο μαζί με αρκετές γενιές από σκύλους και γάτες. Ανάμεσα σ' εκείνη την οικιακή πανίδα, το μόνο ζώο που έμεινε περισσότερο στις αναμνήσεις της οικογένειας ήταν ένα κουνέλι που είχε κουβαλήσει ο Μιγκέλ, ένα κακόμοιρο κουνέλι, που τα σκυλιά το έγλειφαν συνέχεια, μέχρι που του έπεσε όλη η τρίχα και μεταβλήθηκε στο μοναδικό άτριχο δείγμα του είδους του, σκεπασμένο μ' ένα κιτρινωπό δέρμα, που του έδινε την εμφάνιση ερπετού με μεγάλα αυτιά.

Όσο πλησίαζε η μέρα των εκλογών, ο Εστέμπαν Τρουέμπα γινόταν ολοένα και περισσότερο νευρικός. Έπαιζε ό,τι είχε και δεν είχε στην πολιτική του περιπέτεια. Μια νύχτα δεν άντεξε άλλο και πήγε και χτύπησε την πόρτα της Κλάρας. Εκείνη του άνοιξε. Φορούσε τη νυχτικιά της κι είχε βάλει τα δόντια της, γιατί της άρεσε να μασουλάει μπισκότα όσο έγραφε στα τετράδια, όπου κατέγραψε τη ζωή. Του φάνηκε τόσο νέα και όμορφη, όπως την πρώτη μέρα που την έφερε απ' το χέρι σ' εκείνη την ταπετσαρισμένη με γαλάζιο μεταξωτό κρεβατοκάμαρα και την έστησε πάνω στο δέρμα του Μπαραμπάς. Χαμογέλασε με την ανάμνηση.

«Συγγνώμη, Κλάρα», είπε μισοχαμογελώντας σαν μαθητούδι. «Νιώθω μόνος και ανήσυχος. Μπορώ να μείνω λίγο μαζί σου, αν δεν σε πειράζει;»

Η Κλάρα χαμογέλασε κι αυτή, αλλά δεν είπε τίποτα. Του έδειξε ένα κάθισμα κι ο Εστέμπαν κάθισε. Έμειναν για λίγο σιωπηλοί να τρώνε μπισκότα από το ίδιο πιάτο και να κοιτάζονται παραξενεμένοι, γιατί είχε περάσει πολύς καιρός που ζούσαν κάτω από την ίδια στέγη χωρίς να βλέπονται.

«Υποθέτω πως ξέρεις τι με βασανίζει», είπε ο Εστέμπαν Τρουέμπα τελικά.

Η Κλάρα κούνησε καταφατικά το κεφάλι.

«Νομίζεις πως θα εκλεγώ γερουσιαστής;»

Η Κλάρα έγνεψε πάλι καταφατικά και τότε ο Τρουέμπα

ένιωσε τόσο ξαλαφρωμένος, λες και του είχε δώσει γραπτή εγγύηση. Ξέσπασε σ' ένα χαρούμενο και δυνατό γέλιο, σηκώθηκε, την έπιασε από τους ώμους και τη φίλησε στο μέτωπο.

«Είσαι καταπληκτική, Κλάρα! Αφού το λες εσύ, τότε θα γίνω γερουσιαστής», φώναξε.

Από κείνη τη νύχτα η εχθρότητα ανάμεσά τους μειώθηκε. Η Κλάρα εξακολουθούσε να μην του απευθύνει το λόγο, αλλά εκείνος έκανε πως αγνοεί τη σιωπή της και της μιλούσε κανονικά, ερμηνεύοντας και τις παραμικρές της κινήσεις σαν απαντήσεις. Στην ανάγκη, η Κλάρα μεταχειριζόταν τους υπηρέτες ή τα παιδιά της για να του στέλνει μηνύματα. Την απασχολούσε η υγεία του άντρα της και τον συνόδευε, όταν της το ζητούσε. Μερικές φορές του χαμογελούσε.

Μετά από δέκα μέρες ο Εστέμπαν Τρουέμπα βγήκε γερουσιαστής της Δημοκρατίας, ακριβώς όπως η Κλάρα το είχε προβλέψει. Γιόρτασε το γεγονός με μια δεξίωση για τους φίλους και ομοϊδεάτες του, ένα δώρο σε μετρητά για τους υπαλλήλους και τους υποταχτικούς στις Τρεις Μαρίες κι ένα σμαραγδένιο κολιέ, που το άφησε πάνω στο κρεβάτι για την Κλάρα, μαζί μ' ένα μπουκέτο βιολέτες. Η Κλάρα άρχισε να παίρνει μέρος στις δεξιώσεις και στις πολιτικές συγκεντρώσεις, όπου η παρουσία της ήταν απαραίτητη για να προβάλλει ο άντρας της την εικόνα ενός απλού ανθρώπου και οικογενειάρχη, που άρεσε στο λαό και στο Συντηρητικό Κόμμα. Σ' εκείνες τις περιπτώσεις η Κλάρα φορούσε τα δόντια της και μερικά από τα κοσμήματα που της είχε κάνει δώρο ο Εστέμπαν. Ήταν η πιο κομψή, διακριτική και γοητευτική κυρία μες στον κοινωνικό της κύκλο και κανένας ποτέ δεν υποψιάστηκε πως εκείνο το διακεκριμένο ζευγάρι δεν συζητούσε ποτέ.

Με την καινούργια θέση του Εστέμπαν Τρουέμπα μεγάλωσε κι ο αριθμός των επισκεπτών στο μεγάλο σπίτι στη γωνία. Η Κλάρα δεν μπορούσε να υπολογίσει πόσα στόματα τάιζε ούτε τι ξόδευε. Οι αποδείξεις πήγαιναν κατευθείαν στο γραφείο του γερουσιαστή Τρουέμπα στη Γερουσία, που πλήρωνε χωρίς να κάνει ερωτήσεις, γιατί είχε ανακαλύψει πως όσο περισσότερα ξόδευε τόσο μεγάλωνε η περιουσία του, κι είχε βγάλει το συμπέρασμα πως δεν θα ήταν η Κλάρα, με την άνευ διακρίσεων φιλοξενία της και τα φιλανθρωπικά της έργα, αυτή που θα κατάφερνε να τον καταστρέψει οικονομικά. Στην αρχή είχε πάρει την πολιτική εξουσία σαν καινούργιο παιχνίδι. Ωριμάζοντας, είχε κατορθώσει να γίνει πλούσιος κι αξιοσέβαστος άνθρωπος, αυτό που ήθελε όταν ήταν φτωχός έφηβος, χωρίς προστάτες και χωρίς άλλο κεφάλαιο πέρα από την περηφάνια του και τη φιλοδοξία του. Αλλά με τον καιρό κατάλαβε πως ήταν τόσο μόνος όσο και πριν. Οι δυο γιοι του τον απόφευγαν και με την Μπλάνκα δεν είχε πια καμιά επαφή. Μάθαινε νέα της απ' αυτά που του έλεγαν τ' αδέλφια κι είχε αρκεστεί να της στέλνει κάθε μήνα μια επιταγή, πιστός στη συμφωνία που είχε κάνει με τον Ζαν δε Σατινί. Βρισκόταν τόσο μακριά από τους γιους του, που του ήταν αδύνατο να συζητήσει μαζί τους χωρίς να τελειώσει με φωνές. Ο Τρουέμπα μάθαινε για τις τρέλες του Νικολάς όταν ήταν πια πολύ αργά, δηλαδή, όταν όλος ο κόσμος τις συζητούσε. Και ούτε γνώριζε κάτι από τη ζωή του Χάιμε. Αν είχε υποπτευτεί πως συναντιόταν με τον Πέδρο Τερσέρο Γκαρσία, που είχε φτάσει να τον αγαπάει σαν αδελφό, σίγουρα θα 'χε πάθει αποπληξία, αλλά ο Χάιμε φρόντιζε να μη μιλάει γι' αυτά τα πράγματα με τον πατέρα του.

Ο Πέδρο Τερσέρο Γκαρσία είχε εγκαταλείψει τα χωριά.

Μετά την τρομερή συνάντηση με τ' αφεντικό του, τον μάζεψε ο πάτερ Χοσέ Ντούλσε Μαρία στο σπίτι του και του έγιανε το χέρι. Αλλά ο νεαρός ήταν βυθισμένος στην κατάθλιψη κι επαναλάμβανε συνέχεια πως η ζωή δεν είχε καμιά σημασία πια, γιατί είχε χάσει την Μπλάνκα κι ούτε μπορούσε να παίξει κιθάρα, που ήταν η μοναδική του παρηγοριά. Ο πάτερ Χοσέ Ντούλσε Μαρία περίμενε ο γερός οργανισμός του νεαρού να κλείσει τις πληγές στα δάχτυλά του κι ύστερα τον έβαλε σ' ένα κάρο και τον πήγε στον καταυλισμό των ιθαγενών, όπου του παρουσίασε μια εκατοντάχρονη γριά, που ήταν τυφλή κι είχε στραβωμένα τα χέρια της από τους ρευματισμούς, αλλά παρ' όλ' αυτά συνέχιζε να δουλεύει με τα πόδια. «Αν αυτή μπορεί να φτιάχνει καλάθια χωρίς χέρια κι εσύ μπορείς να παίζεις κιθάρα χωρίς δάχτυλα», του είπε. Ύστερα ο ιησουίτης του διηγήθηκε την ιστορία του.

«Στην ηλικία σου κι εγώ ήμουν ερωτευμένος, παιδί μου. Η αγαπημένη μου ήταν η πιο όμορφη μες στο χωριό μου. Θα παντρευόμασταν κι εκείνη είχε αρχίσει να κεντάει την προίκα της κι εγώ να αποταμιεύω για να φτιάξουμε ένα σπιτάκι, όταν με κάλεσαν στο στρατό. Όταν γύρισα, τη βρήκα παντρεμένη με το χασάπη κι είχε πια γίνει μια χοντρή κυρία. Ήμουν έτοιμος να πάω να πέσω στο ποτάμι με μια πέτρα στο λαιμό, αλλά ύστερα αποφάσισα να γίνω παπάς. Τη χρονιά που φόρεσα τα ράσα, εκείνη χήρεψε κι ερχόταν στην εκκλησία και με κοίταζε με λιγωμένα μάτια». Το όλο ειλικρίνεια γέλιο του γιγάντιου ιησουίτη έκανε τον Πέδρο Τερσέρο να ξαναβρεί το κέφι του και να χαμογελάσει για πρώτη φορά μέσα σε τρεις βδομάδες. «Για να δεις, παιδί μου», κατέληξε ο πάτερ Χοσέ Ντούλσε Μαρία, «πως δεν πρέπει ν' απελπίζεσαι. Θα ξαναδείς την Μπλάνκα, όταν δεν θα το περιμένεις».

Με θεραπευμένο το σώμα και την ψυχή, ο Πέδρο Τερσέρο Γκαρσία πήγε στην πρωτεύουσα μ' ένα μπογαλάκι με ρούχα και λίγα νομίσματα, που ο παπάς είχε πάρει από το παγκάρι της εκκλησίας. Του είχε δώσει ακόμα τη διεύθυνση ενός σπουδαίου σοσιαλιστή στην πρωτεύουσα, που τον φιλοξένησε σπίτι του τις πρώτες μέρες κι ύστερα του βρήκε δουλειά τραγουδιστή σε κάποια ορχήστρα με μποέμηδες. Ο νεαρός πήγε να ζήσει σ' έναν εργατικό συνοικισμό, σ' ένα ξύλινο σπιτάκι που του φάνηκε παλάτι, χωρίς άλλα έπιπλα εκτός από ένα σομιέ με πόδια, ένα στρώμα, μια καρέκλα και δυο κούτες που του χρησίμευαν για τραπέζι. Από κει υποστήριζε το σοσιαλισμό και δεν μπορούσε να το χωνέψει πως η Μπλάνκα είχε παντρευτεί με άλλον και δεν θέλησε να δεχτεί τις εξηγήσεις και τα παρηγορητικά λόγια του Χάιμε. Με τον καιρό άρχισε πάλι να χρησιμοποιεί το δεξί του χέρι κι αναπτύσσοντας μεγαλύτερη επιδεξιότητα στα δυο δάχτυλα που του απόμεναν, εξακολούθησε να συνθέτει τραγούδια για κότες και κυνηγημένες αλεπούδες. Μια μέρα τον κάλεσαν σ' ένα πρόγραμμα στο ραδιόφωνο κι εκείνη ήταν η αρχή για μια ιλιγγιώδη δημοτικότητα, που ούτε κι εκείνος ο ίδιος περίμενε. Η φωνή του άρχισε ν' ακούγεται συχνά στο ραδιόφωνο και τ' όνομά του έγινε γνωστό. Ο γερουσιαστής Τρουέμπα όμως ποτέ δεν τον άκουσε, γιατί στο σπίτι του δεν επέτρεπε ραδιοφωνικά μηχανήματα. Τα θεωρούσε όργανα που έκαναν μόνο για αμόρφωτους, που μετέφεραν καταχθόνιες επιρροές και χυδαίες ιδέες. Κανένας δεν βρισκόταν τόσο μακριά από τη λαϊκή μουσική όσο εκείνος και η μόνη μελωδία που μπορούσε ν' αντέξει ήταν η όπερα στη διάρκεια της λυρικής σεζόν και ο θίασος με ζαρζουέλα που έφτανε από την Ισπανία το χειμώνα.

Τη μέρα που έφτασε ο Χάιμε στο σπίτι με το νέο πως ήθελε ν' αλλάξει όνομα, γιατί, από τότε που ο πατέρας του είχε γίνει γερουσιαστής στο Συντηρητικό Κόμμα, οι συμφοιτητές του τον εχθρεύονταν στο πανεπιστήμιο και δεν του είχαν πια εμπιστοσύνη στο προάστιο του Ελέους, ο Εστέμπαν Τρουέμπα έχασε την υπομονή του κι ήταν έτοιμος να τον αρχίσει στα χαστούκια, αλλά συγκρατήθηκε έγκαιρα, γιατί κατάλαβε από το βλέμμα του πως σ' εκείνη την περίπτωση δεν θα το ανεχόταν.

«Παντρεύτηκα για ν' αποχτήσω νόμιμα παιδιά, που θα έπαιρναν τ' όνομά μου κι όχι μπάσταρδα, με της μητέρας τους», του πέταξε χλομός από τη λύσσα του.

Δυο βδομάδες αργότερα άκουσε να συζητούν στο διάδρομο της Γερουσίας και στα σαλόνια της Λέσχης πως ο γιος του Χάιμε είχε βγάλει το παντελόνι του στην Πλατεία Μπραζίλ για να το δώσει σ' έναν ιθαγενή κι είχε γυρίσει σπίτι του με τα πόδια, μόνο με το σώβρακο, δεκαπέντε τετράγωνα δρόμο, κι από πίσω του η μαρίδα και οι περίεργοι που τον ζητωκραύγαζαν. Κουρασμένος να προσπαθεί να μη γελοιοποιείται και ν' αποφεύγει τα κουτσομπολιά, εξουσιοδότησε το γιο του να πάρει όποιο επώνυμο του έκανε κέφι, εκτός από το δικό του. Εκείνη τη μέρα, κλεισμένος στο γραφείο του, έκλαψε από την απογοήτευση και το θυμό του. Προσπάθησε να πείσει τον εαυτό του πως αυτές οι εκκεντρικότητες του Χάιμε θα του περνούσαν όταν ωρίμαζε, κι αργά ή γρήγορα θα γινόταν ο ισορροπημένος άντρας που θα μπορούσε να τον βοηθάει στις δουλειές του και να τον στηρίζει στα γεράματά του. Με τον άλλο του γιο, αντίθετα, είχε χάσει κάθε ελπίδα. Ο Νικολάς περνούσε από τη μια φανταστική επιχείρηση στην άλλη.

Εκείνη την εποχή φιλοδοξούσε να πετάξει μ' ένα αερόστατο, σίγουρος πως το θέαμα ενός αερόστατου, που κρέμεται ανάμεσα στα σύννεφα, ήταν ένα ακατανίκητο διαφημιστικό στοιχείο, που οποιαδήποτε εταιρεία αναψυκτικών θα μπορούσε να υποστηρίξει. Αντέγραψε το μοντέλο από ένα προπολεμικό γερμανικό ζέπελιν, που υψωνόταν στον ουρανό μ' ένα σύστημα με ζεστό αέρα, μεταφέροντας στο εσωτερικό του ένα ή και περισσότερα άτομα με τολμηρό χαρακτήρα. Με τη δουλειά που είχε για να συναρμολογήσει εκείνο το γιγάντιο, φουσκωτό λουκάνικο, να μελετήσει τους κρυφούς μηχανισμούς, τα ρεύματα των ανέμων, τις προβλέψεις στα χαρτιά και τους νόμους της αεροδυναμικής, απασχολήθηκε πολύ καιρό. Είχε ξεχάσει βδομάδες ολόκληρες τις πνευματιστικές συγκεντρώσεις της Παρασκευής, με τη μητέρα του και τις τρεις αδελφές Μόρα, και ούτε που συνειδητοποίησε πως η Αμάντα δεν πήγαινε πια σπίτι του. Όταν το ιπτάμενο σκάφος του ετοιμάστηκε, συνάντησε ένα εμπόδιο που δεν το είχε προβλέψει: ο διευθυντής των αναψυκτικών, ένας Βορειοαμερικάνος από το Αρκάνσας, αρνήθηκε να χρηματοδοτήσει το σχέδιό του, με το πρόσχημα πως αν ο Νικολάς σκοτωνόταν μες στο μηχάνημά του, θα έπεφταν οι πωλήσεις του αναψυκτικού του. Ο Νικολάς προσπάθησε να βρει άλλους υποστηριχτές, αλλά κανένας δεν ενδιαφέρθηκε. Όμως, τίποτα δεν τον έκανε ν' αλλάξει τις προθέσεις του κι αποφάσισε να πετάξει έτσι κι αλλιώς, ακόμα κι αν ήταν χωρίς χρηματοδότη. Την ορισμένη μέρα η Κλάρα συνέχισε να πλέκει ανενόχλητη, χωρίς να δίνει προσοχή στις προετοιμασίες του γιου της, παρ' όλο που η οικογένεια, οι γείτονες και οι φίλοι ήταν τρομοκρατημένοι με το εξωφρενικό του σχέδιο να διασχίσει την κορδιλιέρα μ' εκείνη την παράξενη μηχανή.

«Έχω μια προαίσθηση πως δεν θα πετάξει», είπε η Κλάρα χωρίς να σταματήσει το πλέξιμο. Κι έτσι έγινε. Την τελευταία στιγμή εμφανίστηκε ένα φορτηγάκι γεμάτο αστυνομικούς στο δημόσιο πάρκο, απ' όπου ο Νικολάς είχε αποφασίσει να πετάξει. Του ζήτησαν την άδεια από τις δημοτικές αρχές και βέβαια δεν την είχε. Αλλά ούτε κατάφερε να την πάρει. Πέρασε τέσσερις μέρες να τρέχει απ' το ένα γραφείο στο άλλο, με απελπισμένα πήγαιν' έλα, που κατέληγαν σ' έναν τοίχο από γραφειοκρατική ακαταληψία. Ποτέ δεν έμαθε πως πίσω από το φορτηγάκι με τους αστυνομικούς και το χαρτοβασίλειο της γραφειοκρατίας βρισκόταν ο πατέρας του, που δεν ήταν διατεθειμένος να επιτρέψει εκείνη την περιπέτεια. Κουρασμένος να πολεμάει ενάντια στην ατολμία των αναψυκτικών και στην αεροπορική γραφειοκρατία, πείστηκε πως δεν μπορούσε να πετάξει, παρά μόνο αν το έκανε στα κρυφά, πράγμα αδύνατο, αν λάβαινε κανείς υπόψη τις διαστάσεις του σκάφους του. Πέρασε μια κρίση όλο ανησυχία, απ' όπου τον έβγαλε η μητέρα του, προτείνοντάς του, για να μη χάσει όλα όσα είχε επενδύσει, να μεταχειριστεί τα υλικά του αερόστατου για κάποιο πραχτικό σκοπό. Τότε ο Νικολάς είχε την ιδέα να φτιάξει σάντουιτς με κοτόπουλο, τυλιγμένα στο ύφασμα του αερόστατου κομμένο κομματάκια και να τα πουλάει στα γραφεία. Η μεγάλη κουζίνα του σπιτιού του τού φάνηκε ιδανική για το εργοστάσιο. Ο πίσω κήπος σιγά σιγά γέμισε με πουλιά δεμένα από τα πόδια, που περίμεναν τη σειρά τους για ν' αποκεφαλιστούν από δυο χασάπηδες που είχαν προσληφθεί ειδικά για την περίπτωση. Η αυλή γέμισε με πούπουλα και το αίμα πιτσίλαγε τ' αγάλματα του Ολύμπου, η μυρωδιά από κοτόζουμο έφερνε ναυτία σ' όλο τον κόσμο και το ξεκοίλιασμα των πουλιών είχε αρχίσει να γεμίζει με μύγες όλο το προάστιο, όταν η Κλάρα έβαλε τέλος στο μακελειό με μια νευρική κρίση που παραλίγο να τη γυρίσει στην εποχή της βουβαμάρας. Αυτή η εμπορική αποτυχία δεν πείραξε ιδιαίτερα τον Νικολάς, γιατί κι εκείνος είχε ανακατωμένο το στομάχι και τη συνείδηση μ' εκείνο το σκότωμα. Αποφάσισε πως θα έχανε αυτά που είχε επενδύσει σ' εκείνη την επιχείρηση και κλείστηκε στο δωμάτιό του για να σκεφτεί καινούργιους τρόπους για να βγάλει λεφτά και να διασκεδάσει.

«Πάει καιρός που δεν βλέπουμε την Αμάντα εδώ γύρω», είπε ο Χάιμε, όταν δεν μπορούσε πια ν' αντέξει την ανυπομονησία της καρδιάς του.

Εκείνη τη στιγμή ο Νικολάς θυμήθηκε την Αμάντα κι έκανε το λογαριασμό πως είχε τρεις βδομάδες να τη δει να κυκλοφορεί στο σπίτι και πως δεν είχε παραβρεθεί στην αποτυχημένη απόπειρα να πετάξει με το αερόστατο, ούτε στα εγκαίνια της οικιακής βιομηχανίας του με ψωμί και κοτόπουλο. Πήγε να ρωτήσει τη μητέρα του, αλλά ούτε εκείνη είχε νέα της κι είχε αρχίσει να την ξεχνάει, γιατί, καθώς το σπίτι της ήταν αναπόφευκτα γεμάτο ανθρώπους πάντα, ήταν αναγκασμένη να θυμάται τους παρόντες και, όπως έλεγε, δεν είχε τόσο μεγάλη καρδιά για να κλαίει για όσους δεν ξαναγύριζαν. Ο Νικολάς αποφάσισε τότε να πάει να τη βρει, γιατί κατάλαβε πως του έλειπε η ανήσυχη πεταλούδα της Αμάντα και τα πνιγερά και σιωπηλά μπράτσα της στα άδεια δωμάτια, στο μεγάλο σπίτι στη γωνία, όπου αγαπιόντουσαν σαν σκυλάκια, κάθε φορά που η Κλάρα χαλάρωνε την επιτήρησή της και ο Μιγκέλ ήταν απασχολημένος να παίζει κάπου ή αποκοιμιόταν σε καμιά γωνιά.

Η πανσιόν, όπου έμενε η Αμάντα με τον αδελφούλη της, αποδείχτηκε ένα παμπάλαιο σπίτι, που μισό αιώνα πριν μπορεί να φάνταζε επιδεικτικά, αλλά, όσο η πόλη απλωνόταν προς τις πλαγιές της κορδιλιέρας, είχε χάσει κάθε ομορφιά. Πρώτα κατοίκησαν εκεί Άραβες έμποροι, που του πρόσθεσαν επιτηδευμένα τριανταφυλλιά διαζώματα από γύψο και αργότερα, όταν οι Άραβες μετέφεραν τις δουλειές τους στο προάστιο των Τούρκων, ο ιδιοχτήτης το μετέτρεψε σε πανσιόν, χωρίζοντάς το σε κακοφωτισμένα, θλιβερά, άβολα δωμάτια, φτιαγμένα για υποταχτικούς με ελάχιστους πόρους. Ήταν ένας λαβύρινθος από στενούς και υγρούς διαδρόμους, όπου βασίλευε μόνιμα μπόχα από κουνουπίδι και λάχανο μαγειρευτό. Η ίδια η ιδιοχτήτρια της πανσιόν άνοιξε την πόρτα, μια τεράστια γυναικάρα με τριπλό προγούλι και κάτι ανατολίτικα ματάκια κλεισμένα μέσα σε απολιθωμένες ρυτίδες λίπους, με δαχτυλίδια σ' όλα της τα δάχτυλα και με νάζια δόκιμης καλόγριας.

«Δεν επιτρέπονται επισκέπτες από το άλλο φύλο», είπε στον Νικολάς.

Όμως ο Νικολάς μεταχειρίστηκε το ακατανίκητο γοητευτικό του χαμόγελο, φίλησε το χέρι της, χωρίς να υποχωρήσει μπροστά στα βρόμικα, ξεθαμμένα κόκκινα νύχια της, θαύμασε τα δαχτυλίδια της και πέρασε για ξάδελφος της Αμάντα, μέχρι που εκείνη, νικημένη, με κοκέτικα γελάκια και ελεφάντινα νάζια και τσακίσματα, τον οδήγησε από τις σκονισμένες σκάλες στο τρίτο πάτωμα και του έδειξε την πόρτα της Αμάντα. Ο Νικολάς βρήκε την κοπέλα στο κρεβάτι, τυλιγμένη μ' ένα ξεβαμμένο σάλι, να παίζει ντάμα με τον αδελφό της. Ήταν τόσο χλομή κι αδυνατισμένη, που τρόμαξε να την αναγνωρίσει. Η Αμάντα τον κοίταξε χωρίς να χαμογελάσει και δεν του έκανε καμιά κίνηση για καλωσόρισμα. Ο Μιγκέλ, ωστόσο, στάθηκε μπροστά του με τα χέρια στη μέση.

«Επιτέλους, ήρθες», του είπε το παιδί.

Ο Νικολάς πλησίασε το κρεβάτι και προσπάθησε να θυμηθεί την κουνιστή, μελαχρινή Αμάντα, την ευλύγιστη και ζουμερή Αμάντα, που συναντούσε στο σκοτάδι στα κλεισμένα δωμάτια, αλλά μέσα στο κατσιασμένο μαλλί από το σάλι της και στα γκρίζα σεντόνια υπήρχε μια άγνωστη με μεγάλα μάτια και χαμένο ύφος, που τον κοίταζε με ανεξήγητη σκληρότητα. «Αμάντα», μουρμούρισε και έπιασε το χέρι της. Εκείνο το χέρι, χωρίς τ' ασημένια δαχτυλίδια και βραχιόλια, έμοιαζε αδύναμο σαν ποδαράκι ετοιμοθάνατου πουλιού. Η Αμάντα φώναξε τον αδελφό της. Ο Μιγκέλ πλησίασε το κρεβάτι κι εκείνη κάτι του ψιθύρισε στ' αυτί. Το παιδί προχώρησε αργά προς την πόρτα και από το κατώφλι έριξε ένα άγριο βλέμμα στο Νικολάς και βγήκε έξω, κλείνοντας πίσω του την πόρτα χωρίς θόρυβο.

«Συγχώρα με, Αμάντα», ψέλλισε ο Νικολάς. «Ήμουν πολύ απασχολημένος. Γιατί δεν με ειδοποίησες πως είσαι άρρωστη;»

«Δεν είμαι άρρωστη», απάντησε εκείνη. «Είμαι έγκυος».

Εκείνη η λέξη χτύπησε καταπρόσωπο τον Νικολάς σαν χαστούκι. Έκανε πίσω μέχρι που ένιωσε το τζάμι του παραθύρου στην πλάτη του. Από την πρώτη φορά που έγδυσε την Αμάντα, ψαχουλευτά μες στο σκοτάδι, μπλεγμένος μες στα κουρέλια της υπαρξιστικής της μεταμφίεσης, τρέμοντας από ανυπομονησία για τις προεξοχές και τις σχισμές, που τόσες πολλές φορές είχε φανταστεί χωρίς ποτέ να τις γνωρίσει με τη θαυμάσια γύμνια τους, είχε υποθέσει πως εκείνη είχε αρκετή εμπειρία για ν' αποφύγει να τον κάνει οικογενειάρχη στα είκοσι ένα του χρόνια και να γίνει ανύπαντρη μητέρα στα είκοσι πέντε της. Η Αμάντα είχε γνωρίσει τον έρωτα από πριν κι εκείνη πρώτη του μίλησε για τον ελεύθερο έρωτα. Επέμενε στην ακλόνητη απόφασή της να κάνουν παρέα όσο συμπαθούσαν ο ένας τον άλλο, χωρίς δεσμούς και υποσχέσεις για το μέλλον, όπως ο Σαρτρ με την Μποβουάρ. Εκείνη η συμφωνία, που στην αρχή του Νικολάς του είχε φανεί δείγμα ψυχρότητας και έλλειψη προκατάληψης κάπως προσβλητική, ύστερα αποδείχτηκε πολύ βολική. Ελεύθερος και χαρούμενος, όπως ήταν πάντα για όλα τα πράγματα στη ζωή, αντιμετώπισε την ερωτική σχέση χωρίς να υπολογίσει τις συνέπειες.

«Τι θα κάνουμε τώρα;» αναρωτήθηκε δυνατά.

«Μια έκτρωση, βέβαια», απάντησε εκείνη.

Ο Νικολάς ανακουφίστηκε ξαφνικά. Είχε αποφύγει την άβυσσο γι' άλλη μια φορά. Όπως όταν έπαιζε στην άκρη ενός γκρεμού, κάποιος άλλος πιο δυνατός είχε παρουσιαστεί δίπλα του για ν' αναλάβει την κατάσταση, ακριβώς όπως και την εποχή του σχολείου, όταν πείραζε τα παιδιά στο διάλειμμα μέχρι που του επιτίθονταν και την τελευταία στιγμή, όταν ακριβώς παρέλυε από το φόβο, έφτανε ο Χάιμε και έμπαινε μπροστά του, μεταμορφώνοντας τον τρόμο σε ευφορία, και του επέτρεπε να κρυφτεί πίσω από τις κολόνες στην αυλή και να φωνάζει βρισιές από το καταφύγιό του, ενώ έτρεχε αίμα η μύτη του αδελφού του, που μοίραζε μπουνιές με τη σιωπηλή αντοχή μηχανής. Τώρα ήταν η Αμάντα που αναλάμβανε την ευθύνη αντί για κείνον.

«Μπορούμε να παντρευτούμε, Αμάντα... αν θέλεις», ψέλλισε για να σώσει την αξιοπρέπειά του.

«Όχι!» απάντησε εκείνη χωρίς να διστάσει. «Δεν σ' αγαπώ τόσο για να σε παντρευτώ, Νικολάς».

Αμέσως τα αισθήματα του άλλαξαν, γιατί αυτό δεν το είχε σκεφτεί μέχρι τότε. Μέχρι τότε κανένας δεν τον είχε απορρίψει ή εγκαταλείψει και, σε κάθε αισθηματάκι που είχε, ήταν αναγκασμένος να επιστρατέψει όλη του τη λεπτότητα για να ξεφύγει, χωρίς να πληγώσει υπερβολικά την κοπέλα. Σκέφτηκε τη δύσκολη κατάσταση που βρισκόταν η Αμάντα, φτωχιά, ολομόναχη, να εγκυμονεί. Σκέφτηκε πως μόνο μια λέξη του μπορούσε ν' αλλάξει τη μοίρα της κοπέλας και να τη μετατρέψει στην αξιοσέβαστη σύζυγο ενός Τρουέμπα. Αυτοί οι υπολογισμοί πέρασαν από το κεφάλι του μέσα σ' ένα δευτερόλεπτο, αλλά αμέσως ντράπηκε και κοκκίνισε που έπιασε τον εαυτό του να κάνει τέτοιες σκέψεις. Ξαφνικά η Αμάντα του φάνηκε εξαιρετική. Θυμήθηκε όλες τις ωραίες στιγμές που είχαν μοιραστεί, όταν έπεφταν στο πάτωμα καπνίζοντας την ίδια πίπα για να ζαλιστούν μαζί, γελώντας μ' εκείνο το χόρτο που μύριζε σαν ξερή κοπριά κι ήταν ένα πολύ ελαφρύ παραισθησιογόνο, αλλά βοηθούσε τη δύναμη της υποβολής. Θυμήθηκε τις ασκήσεις της γιόγκα και το διαλογισμό που έκαναν μαζί, καθισμένοι αντικριστά, σε τέλεια χαλάρωση, ενώ κοιτάζονταν στα μάτια και μουρμούριζαν λέξεις στα σανσκριτικά, που μπορούσαν να τους μεταφέρουν στη νιρβάνα, αλλά που γενικά είχαν το αντίθετο αποτέλεσμα και κατέληγαν ν' αποφεύγουν τα ξένα βλέμματα και να κάνουν έρωτα απελπισμένοι, κρυμμένοι μες στους θάμνους του κήπου. Θυμήθηκε τα βιβλία που διάβαζαν με το φως του κεριού, ασφυκτιώντας από το πάθος και την κάπνα, τις αιώνιες συζητήσεις για τους μεταπολεμικούς φιλοσόφους, όταν συγκεντρώνονταν για να κουνήσουν το τρίποδο τραπεζάκι, δυο χτυπήματα ναι, τρία χτυπήματα όχι, ενώ η Κλάρα τους κορόιδευε. Έπεσε στα γόνατα δίπλα στο κρεβάτι, παρακαλώντας την Αμάντα να μην τον εγκαταλείψει, να τον συγχωρέσει, να συνεχίσουν να βρίσκονται σαν να μην είχε συμβεί τίποτα, πως εκείνο δεν ήταν παρά ένα ατύχημα που δεν μπορούσε ν' αλλάξει την ουσία της σχέσης τους. Αλλά εκείνη έμοιαζε να μην τον ακούει. Χάιδευε το κεφάλι του μ' ένα μητρικό, αφηρημένο ύφος.

«Δεν γίνεται, Νικολάς. Δεν βλέπεις πως το πνεύμα μου είναι γερασμένο κι εσύ είσαι ακόμα παιδί; Θα μείνεις παιδί για πάντα», του είπε.

Εξακολούθησαν να χαϊδεύονται χωρίς πόθο και να βασανίζονται με παρακλήσεις και αναμνήσεις. Ρεύονταν την πίκρα του χωρισμού που προαισθάνονταν, αλλά που ακόμα μπορούσαν να συγχέουν με μια συμφιλίωση. Εκείνη σηκώθηκε απ' το κρεβάτι για να φτιάξει ένα τσάι για τους δυο τους κι ο Νικολάς είδε πως φορούσε ένα παλιό κομπινεζόν αντί για νυχτικιά. Είχε αδυνατίσει κι οι γάμπες της του φάνηκαν αξιολύπητες. Τριγυρνούσε στο δωμάτιο ξυπόλυτη, με το σάλι ριγμένο στους ώμους κι ανακατωμένα τα μαλλιά, σκυμμένη πάνω στη μικρή κουζίνα πετρελαίου που υπήρχε πάνω σ' ένα τραπέζι, που χρησίμευε για γραφείο, τραπεζαρία και κουζίνα. Είδε την ακαταστασία και συνειδητοποίησε πως μέχρι τότε αγνοούσε σχεδόν τα πάντα γι' αυτήν. Είχε υποθέσει πως δεν είχε άλλη οικογένεια από τον αδελφό της και πως ζούσε μ' έναν ελάχιστο μισθό, αλλά ήταν αδύνατο να φανταστεί την πραγματική της κατάσταση. Η φτώχεια ήταν γι' αυτόν αφηρημένη κι απόμακρη έννοια, που ταίριαζε στους υποταχτικούς στις Τρεις Μαρίες και στους ιθαγενείς, που ο αδελφός του Χάιμε βοηθούσε, αλλά με τους οποίους ποτέ δεν είχε έρθει σ' επαφή. Η Αμάντα, η Αμάντα του, τόσο κοντά του και τόσο γνώριμη, ξαφνικά είχε γίνει μια ξένη. Κοίταζε τα ρούχα της, που όταν τα φορούσε έμοιαζαν βασιλικά, κρεμασμένα από κάτι καρφιά στον τοίχο, και τα έβλεπε σαν τα θλιβερά κουρέλια μιας ζητιάνας. Κοίταζε την οδοντόβουρτσά της σ' ένα ποτήρι πάνω στο σκουριασμένο νεροχύτη, τα σχολικά παπούτσια του Μιγκέλ, που μετά από τόσα βαψίματα είχαν χάσει το αρχικό τους σχήμα, την παλιά γραφομηχανή δίπλα στην κουζίνα, τα βιβλία ανάμεσα στα φλιτζάνια, το σπασμένο τζάμι σ' ένα παράθυρο σκεπασμένο μ' ένα φύλλο από περιοδικό. Ήταν ένας άλλος κόσμος. Ένας κόσμος που την ύπαρξή του δεν υποψιαζόταν. Μέχρι τότε, από τη μια μεριά της διαχωριστικής γραμμής βρίσκονταν οι πραγματικά φτωχοί κι από την άλλη άνθρωποι σαν κι εκείνον, ανάμεσα στους οποίους είχε τοποθετήσει την Αμάντα. Δεν γνώριζε τίποτα για κείνη τη σιωπηλή μέση τάξη, που πάλευε ανάμεσα σε μια καθωσπρέπει φτώχεια και στην ανέφικτη επιθυμία ν' ανταγωνιστεί με τους χρυσωμένους παλιανθρώπους, στους οποίους ανήκε κι ο ίδιος. Ένιωσε ντροπιασμένος κι αναστατωμένος, καθώς σκεφτόταν περασμένες περιπτώσεις, που εκείνη ήταν αναγκασμένη να τους κάνει μάγια για να μην προσέξουν τη μιζέρια της στο σπίτι των Τρουέμπα κι εκείνος, τελείως άσχετος, δεν την είχε βοηθήσει. Θυμήθηκε τις ιστορίες του πατέρα του, όταν μιλούσε για τα φτωχά παιδικά του χρόνια και πως στην ηλικία του δούλευε για να συντηρεί τη μητέρα και την αδελφή του και για πρώτη φορά μπόρεσε να συνδέσει εκείνα τα διδαχτικά παραμύθια με μια πραγματικότητα. Σκέφτηκε πως έτσι πρέπει να ήταν κι η ζωή της Αμάντα.

Ήπιαν μαζί ένα φλιτζάνι τσάι, καθισμένοι στο κρεβάτι, γιατί υπήρχε μόνο μία καρέκλα. Η Αμάντα του διηγήθηκε για τα παιδικά της χρόνια, την οικογένειά της, για έναν αλκοολικό πατέρα, που ήταν καθηγητής σε κάποια επαρχία στο βορρά, για μια εξαντλημένη και θλιμμένη μητέρα, που δούλευε για να θρέψει τα έξι παιδιά της, και πως εκείνη, όταν κατάλαβε λίγο τον εαυτό της, το έσκασε απ' το σπίτι. Έφτασε στην πρωτεύουσα δεκαπέντε χρονών, στο σπίτι μιας γενναιόδωρης νονάς, που τη βοήθησε για λίγο καιρό. Ύστερα, όταν πέθανε η μητέρα της, πήγε πίσω για να τη θάψει και να πάρει τον Μιγκέλ, που ήταν ακόμα βρέφος με πάνες. Από τότε ήταν σαν μάνα του. Δεν είχε μάθει ποτέ τίποτα για τον πατέρα της ή για τα υπόλοιπα αδέλφια της. Ο Νικολάς ένιωθε να μεγαλώνει μέσα του η επιθυμία να την προστατέψει και να τη φροντίσει, να της δώσει όσα της είχαν λείψει. Ποτέ δεν την αγάπησε περισσότερο.

Όταν νύχτωσε, κατάφτασε ο Μιγκέλ, αναψοκοκκινισμένος, στριφογυρίζοντας σιωπηλά και χαρούμενα, για να κρύψει το δώρο που κρατούσε κρυμμένο πίσω από την πλάτη του. Ήταν μια σακούλα με ψωμί για την αδελφή του. Την έβαλε πάνω στο κρεβάτι, τη φίλησε όλο αγάπη, της ίσιωσε τα μαλλιά με το μικρό του χεράκι, της έφτιαξε τα μαξιλάρια. Ο Νικολάς ανατρίχιασε, γιατί σ' εκείνες τις κινήσεις του παιδιού υπήρχε περισσότερη αγάπη και τρυφερότητα απ' όση είχε δείξει εκείνος με τα χάδια του σ' όλη του τη ζωή σ' οποιαδήποτε γυναίκα. Τότε κατάλαβε αυτό που ήθελε να του πει η Αμάντα. «Έχω ακόμα πολλά να μάθω», μουρμούρισε. Ακούμπησε το μέτωπο στο γλιτσιασμένο τζάμι του παραθύρου κι αναρωτήθηκε αν θα μπορούσε ποτέ να δώσει τόσα όσα περίμενε να πάρει από τους άλλους.

«Πώς θα γίνει;» ρώτησε, χωρίς να τολμήσει να πει την τρομερή κουβέντα.

«Ζήτησε βοήθεια από τον αδελφό σου», πρότεινε η Αμάντα.

Ο Χάιμε υποδέχτηκε τον αδελφό του μες στο τούνελ από βιβλία, πλαγιασμένος στο ράντσο του που το φώτιζε ένας μοναδικός γλόμπος που κρεμόταν από το ταβάνι. Διάβαζε τα σονέτα του Ποιητή, που τότε πια ήταν γνωστός σ' όλο τον κόσμο, ακριβώς όπως το είχε προφητέψει η Κλάρα την πρώτη φορά που τον άκουσε ν' απαγγέλλει με τη φωνή του στη λογοτεχνική της βραδιά. Σκεφτόταν πως ίσως είχε εμπνευστεί για τα σονέτα από την παρουσία της Αμάντα στον κήπο των Τρουέμπα, όπου ο Ποιητής συνήθιζε να κάθεται την ώρα του τσαγιού και να μιλάει για τραγούδια της απελπισίας, την εποχή που ήταν ταχτικός φιλοξενούμενος στο μεγάλο σπίτι στη γωνία. Η επίσκεψη του αδελφού του τον ξάφνιασε, γιατί, από τότε που είχαν τελειώσει το σχολείο, απομακρύνονταν ολοένα και περισσότερο ο ένας από τον άλλο. Τον τελευταίο καιρό δεν είχαν τίποτα να πουν και μόνο κουνούσαν το κεφάλι αντί για χαιρετισμό τις λίγες φορές που βρίσκονταν στο κατώφλι της πόρτας. Ο Χάιμε είχε εγκαταλείψει την ιδέα να κάνει τον Νικολάς να ενδιαφερθεί για τα υπερβατικά πράγματα της ύπαρξης.

Ένιωθε ακόμα πως οι επιπόλαιες απασχολήσεις του ήταν μια προσωπική προσβολή, γιατί δεν μπορούσε να δεχτεί πως έχανε χρόνο και ενεργητικότητα για ταξίδια με αερόστατα και σκοτώνοντας κοτόπουλα, ενώ υπήρχε τόση δουλειά στο προάστιο του Ελέους. Έτσι δεν προσπαθούσε πια να τον τραβήξει στο νοσοκομείο για να δει από κοντά τον πόνο, μήπως και η ξένη μιζέρια καταφέρει να συγκινήσει την αδιάφορη καρδιά του, κι είχε σταματήσει να τον καλεί στις συγκεντρώσεις με τους σοσιαλιστές, στο σπίτι του Πέδρο Τερσέρο Γκαρσία, στο τέρμα του δρόμου στον εργατικό συνοικισμό, όπου μαζεύονταν, κάτω από τα άγρυπνα βλέμματα της αστυνομίας, κάθε Πέμπτη. Ο Νικολάς κορόιδευε τις κοινωνικές του ανησυχίες, υποστηρίζοντας πως μόνο ένας χαζός με κλίση για απόστολος μπορούσε να βγαίνει στον κόσμο και να ψάχνει με το κερί να βρει τη δυστυχία και την ασχήμια. Τώρα ο Χάιμε είχε μπροστά του τον αδελφό του, να τον κοιτάζει με ένοχη και παρακλητική έκφραση, που τόσες φορές είχε χρησιμοποιήσει για να τον συγκινήσει.

«Η Αμάντα είναι έγκυος», είπε ο Νικολάς, χωρίς εισαγωγές.

Αναγκάστηκε να το επαναλάβει, γιατί ο Χάιμε έμεινε ακίνητος, μ' εκείνη την καχύποπτη έκφραση που είχε από μικρός, χωρίς να κάνει ούτε μια κίνηση που να έδειχνε πως τον άκουσε. Αλλά από μέσα του η απογοήτευση τον έπνιγε. Σιωπηλά πρόφερε τ' όνομα της Αμάντα, προσπαθώντας να συγκρατήσει τη γλυκιά αντιλαλιά εκείνης της λέξης, για να μη χάσει τον αυτοέλεγχό του. Ήταν τόσο μεγάλη η ανάγκη του να κρατήσει ζωντανή την ψευδαίσθηση, που είχε φτάσει στο σημείο να πείσει τον εαυτό του πως η Αμάντα και ο Νικολάς αγαπιούνταν πλατωνικά, πως είχαν μια σχέση που περιοριζόταν σε αθώες βόλτες, πιασμένοι από το χέρι, σε συζητήσεις γύρω από ένα μπουκάλι ανίς και σε λίγα φευγαλέα φιλιά που ο ίδιος είχε δει. Είχε αρνηθεί να δεχτεί την οδυνηρή αλήθεια που τώρα έπρεπε ν' αντιμετωπίσει.

«Μη μου λες τίποτα. Δεν με αφορά», απάντησε μόλις μπόρεσε να μιλήσει.

Ο Νικολάς αφέθηκε να καθίσει στα πόδια του κρεβατιού, κρύβοντας το πρόσωπό του μες στα χέρια του.

«Πρέπει να τη βοηθήσεις, σε παρακαλώ!» τον ικέτεψε.

Ο Χάιμε έκλεισε τα μάτια κι ανάπνευσε με δυσκολία, κάνοντας μια προσπάθεια να ελέγξει εκείνα τ' άγρια αισθήματα, που τον έσπρωχναν να σκοτώσει τον αδελφό του και να τρέξει να παντρευτεί εκείνος την Αμάντα, να κλάψει από την ανικανότητα και την απογοήτευση. Είχε την εικόνα της κοπέλας μπροστά στα μάτια του, ακριβώς όπως κάθε φορά που τον έπιανε η αγωνία του έρωτα. Την έβλεπε να μπαινοβγαίνει στο σπίτι, σαν πνοή καθαρού αέρα, κρατώντας το μικρό της αδελφό από το χέρι, άκουγε το γέλιο της στη βεράντα, μύριζε το ανεπαίσθητο και γλυκό άρωμα της επιδερμίδας και των μαλλιών της, όταν περνούσε από δίπλα του μες στη ζέστη του μεσημεριού. Την έβλεπε, όπως τη φανταζόταν τις τεμπέλικες ώρες που την ονειρευόταν. Και, πάνω απ' όλα, αναπολούσε τη μοναδική στιγμή που η Αμάντα είχε μπει στο δωμάτιο του κι είχαν βρεθεί οι δυο τους μονάχοι στην οικειότητα του αδύτου του. Είχε μπει μέσα χωρίς να χτυπήσει την πόρτα, ενώ εκείνος ήταν ξαπλωμένος στο κρεβάτι του διαβάζοντας, είχε γεμίσει το τούνελ με τα μακριά της μαλλιά και με τα κύματα των χεριών της, άγγιξε τα βιβλία του χωρίς κανένα σεβασμό και μέχρι που τόλμησε να τα βγάλει από τα ιερά τους ράφια, να φυσήξει τη σκόνη χωρίς την παραμικρή προσοχή, κι ύστερα να τα πετάξει πάνω στο κρεβάτι, φλυαρώντας ακατάπαυστα, ενώ εκείνος έτρεμε από τον πόθο και την έκπληξη, χωρίς να συναντήσει σ' όλο το απέραντο εγκυκλοπαιδικό του λεξιλόγιο ούτε μία λέξη για να την κρατήσει, ώσπου τελικά τον αποχαιρέτησε μ' ένα φιλί που του έδωσε στο μάγουλο, ένα φιλί που τον έκαιγε σαν έγκαυμα, ένα μοναδικό και τρομερό φιλί, που του χρησίμεψε για να φτιάξει ένα λαβύρινθο από όνειρα, όπου οι δυο τους ήταν ερωτευμένοι πρίγκιπες.

«Εσύ ξέρεις από ιατρική, Χάιμε. Πρέπει να κάνεις κάτι», τον παρακάλεσε ο Νικολάς.

«Είμαι φοιτητής, ακόμα χρειάζομαι πολύ για να γίνω γιατρός. Δεν ξέρω τίποτε απ' αυτά. Αλλά έχω δει πολλές γυναίκες να πεθαίνουν, γιατί κάποιος ανίδεος τις χειρούργησε», είπε ο Χάιμε.

«Εκείνη σου έχει εμπιστοσύνη. Λέει πως μόνο εσύ μπορείς να τη βοηθήσεις», είπε ο Νικολάς.

Ο Χάιμε έπιασε τον αδελφό του από τα ρούχα και τον σήκωσε στον αέρα, τινάζοντας τον σαν κούκλα, φωνάζοντας όποια βρισιά περνούσε απ' το μυαλό του, μέχρι που οι ίδιοι του οι λυγμοί τον υποχρέωσαν να τον αφήσει. Ο Νικολάς έκλαψε με ανακούφιση. Ήξερε τον Χάιμε κι είχε καταλάβει πως είχε δεχτεί, όπως πάντα, το ρόλο του προστάτη.

«Ευχαριστώ, αδελφέ μου!»

Ο Χάιμε τον χτύπησε ανόρεχτα στην πλάτη και τον έβγαλε με σπρωξιές από το δωμάτιο. Έκλεισε την πόρτα, κλείδωσε κι έπεσε μπρούμυτα στο κρεβάτι, σκιρτώντας μ' εκείνο το βραχνό και τρομερό θρήνο που κλαίνε οι άντρες το χαμένο έρωτα.

Περίμεναν μέχρι την Κυριακή. Ο Χάιμε συμφώνησε να τους δει στο ιατρείο, στο προάστιο του Ελέους όπου δούλευε, κάνοντας την κλινική του εκπαίδευση. Είχε κλειδί, γιατί έφευγε πάντα τελευταίος, κν έτσι μπορούσε να μπει χωρίς δυσκολίες, αλλά ένιωθε σαν κλέφτης, γιατί δεν θα μπορούσε να εξηγήσει την παρουσία του σε μια ώρα τόσο περασμένη. Είχε περάσει τις προηγούμενες τρεις μέρες διαβάζοντας προσεχτικά τις οδηγίες για την εγχείρηση που επρόκειτο να κάνει. Μπορούσε να επαναλάβει λέξη προς λέξη το κείμενο του βιβλίου με τη σωστή του σειρά, αλλά αυτό δεν του έδινε καμιά σιγουριά. Έτρεμε ολόκληρος. Προσπαθούσε να μη σκέφτεται τις γυναίκες που είχε δει να φτάνουν ψυχομαχώντας στο χειρουργείο του νοσοκομείου, αυτές που είχε βοηθήσει να τις σώσουν σ' εκείνο το ίδιο ιατρείο, και τις άλλες, εκείνες που είχαν πεθάνει κατάχλομες σ' εκείνα τα κρεβάτια, μ' ένα ποτάμι αίμα να τρέχει ανάμεσα από τα πόδια τους, χωρίς η επιστήμη να μπορεί να κάνει κάτι για να σταματήσει τη ζωή που τους ξέφευγε από κείνη την ανοιγμένη βρύση. Γνώριζε το δράμα από πολύ κοντά, αλλά μέχρι εκείνη τη στιγμή δεν είχε ποτέ αναγκαστεί ν' αντιμετωπίσει το ηθικό πρόβλημα για να βοηθήσει μια απελπισμένη γυναίκα. Κι ακόμα λιγότερο την Αμάντα. Άναψε τα φώτα, φόρεσε την άσπρη ποδιά του επαγγέλματός του, ετοίμασε τα όργανα, επαναλαμβάνοντας δυνατά κάθε λεπτομέρεια που είχε απομνημονεύσει. Παρακαλούσε να συμβεί κάποια τρομερή καταστροφή, ένας κατακλυσμός που θα ταρακουνούσε τον πλανήτη πέρα για πέρα, για να μην αναγκαστεί να κάνει αυτό που επρόκειτο να κάνει. Όμως τίποτα δεν έγινε ώς την ορισμένη ώρα.

Στο μεταξύ, ο Νικολάς πήγε να πάρει την Αμάντα με το παλιό Κοβαντόγκα, που μόλις και προχωρούσε με τινάγματα μέσα σε μια μαύρη κάπνα από καμένο λάδι, που ήταν χρήσιμο όμως ακόμα για επείγουσες περιπτώσεις. Εκείνη τον περίμενε καθισμένη στη μοναδική καρέκλα του δωματίου της, κρατώντας από το χέρι τον Μιγκέλ, με αμοιβαία συνενοχή, απ' όπου ο Νικολάς ένιωσε αποκλεισμένος. Η κοπέλα έδειχνε χλομή και μαραμένη, πράγμα που οφειλόταν στα νεύρα της, στις αδιαθεσίες και στην αβεβαιότητα που είχε υποφέρει τις τελευταίες βδομάδες, αλλά πιο ήρεμη από τον Νικολάς, που μπέρδευε τα λόγια του, δεν μπορούσε να κάτσει ήσυχος μια στιγμή κι έκανε προσπάθειες για να της φτιάξει το κέφι, με μια ψευτοευθυμία και με ανώφελα αστεία. Της είχε φέρει δώρο ένα παλιό δαχτυλίδι με γρανάδες και μπριγιάν που είχε πάρει από το δωμάτιο της μητέρας του, σίγουρος πως η μητέρα του δεν θα το αναζητούσε και, ακόμα κι αν το έβλεπε στο χέρι της Αμάντα, δεν επρόκειτο να το αναγνωρίσει, γιατί η Κλάρα δεν θυμόταν τέτοια πράγματα. Η Αμάντα του το έδωσε πίσω γλυκά.

«Βλέπεις, Νικολάς, είσαι ακόμα παιδί», του είπε, χωρίς να χαμογελάσει.

Την ώρα που έφευγαν, ο μικρός Μιγκέλ φόρεσε ένα πόντσο κι αρπάχτηκε απ' το χέρι της αδελφής του. Ο Νικολάς αναγκάστηκε να επιστρατεύσει πρώτα τη γοητεία του κι ύστερα σκέτη βία για να μπορέσει να τον αφήσει στα χέρια της ιδιοχτήτριας της πανσιόν, που τις τελευταίες μέρες είχε οριστικά καταχτηθεί από τον υποτιθέμενο ξάδελφο της ενοίκου της και, ενάντια στις αρχές της, είχε δεχτεί να φυλάξει το μικρό για κείνη τη νύχτα.

Έκαναν τη διαδρομή χωρίς να μιλούν, καθένας βυθισμένος στους φόβους του. Ο Νικολάς ένιωθε την εχθρότητα της Αμάντα σαν αρρώστια που είχε έρθει να τους χωρίσει. Τις τελευταίες μέρες εκείνη είχε νιώσει να ωριμάζει μέσα της η ιδέα του θανάτου και τον φοβόταν λιγότερο από τον πόνο και την ταπείνωση που εκείνη τη νύχτα έπρεπε να υποστεί. Εκείνος οδηγούσε το Κοβαντόνγκα σε μια άγνωστη περιοχή της πόλης, σε στενά και σκοτεινά δρομάκια, όπου τα σκουπίδια ήταν στοιβαγμένα κοντά στους ψηλούς τοίχους από τα εργοστάσια, μέσα σ' ένα δάσος από καμινάδες που έκλειναν το δρόμο στο γαλανό του ουρανού. Τα σκυλιά του δρόμου μύριζαν τις βρομιές και οι ζητιάνοι κοιμόνταν τυλιγμένοι με εφημερίδες στα κατώφλια. Τον κατέπληξε το γεγονός πως αυτό ήταν το καθημερινό σκηνικό στις δραστηριότητες του αδελφού του.

Ο Χάιμε τους περίμενε στην πόρτα του ιατρείου. Η άσπρη ποδιά και η ίδια του η ανησυχία τον έδειχναν μεγαλύτερο από την ηλικία του. Τους οδήγησε μέσα από ένα λαβύρινθο από παγωμένους διαδρόμους μέχρι την αίθουσα που είχε ετοιμάσει, προσπαθώντας να τραβήξει την προσοχή της Αμάντα από την ασχήμια του τόπου, για να μη βλέπει τις κιτρινισμένες πετσέτες στα καλάθια, που περίμεναν να πλυθούν τη Δευτέρα, τις βρομοκουβέντες που ήταν γραμμένες στους τοίχους, τα ξεκολλημένα πλακάκια και τους σκουριασμένους σωλήνες που έσταζαν ασταμάτητα. Μπροστά στην ανοιχτή πόρτα του χειρουργείου η Αμάντα σταμάτησε, με μια έκφραση τρόμου στο πρόσωπό της: είχε δει τα όργανα και το γυναικολογικό τραπέζι, κι αυτά, που μέχρι εκείνη τη στιγμή ήταν μια αφηρημένη ιδέα κι ένα παιχνίδι με την πιθανότητα του θανάτου, εκείνη τη στιγμή ξαφνικά έγιναν πραγματικότητα. Ο Νικολάς είχε χλομιάσει, αλλά ο Χάιμε τους πήρε από το μπράτσο και τους υποχρέωσε να μπουν μέσα.

«Μην κοιτάζεις, Αμάντα! Θα σε κοιμίσω και δεν θα νιώσεις τίποτα», της είπε.

Δεν είχε δώσει αναισθησία σε κανέναν ποτέ, ούτε είχε επέμβει σε καμιά εγχείρηση. Σαν φοιτητής περιοριζόταν σε διοικητικές εργασίες, έκανε στατιστικές, γέμιζε φόρμες και βοηθούσε στις θεραπείες, ράμματα και βοηθητικές εργασίες. Ήταν πιο φοβισμένος από την ίδια την Αμάντα, αλλά είχε πάρει το υπεύθυνο και χαλαρό ύφος των γιατρών, για να πιστέψει πως όλη εκείνη η υπόθεση δεν ήταν άλλο από ρουτίνα. Για να την απαλλάξει από την ντροπή να ξεντυθεί μπροστά του και για ν' αποφύγει ο ίδιος την ανησυχία βλέποντάς την, την έβαλε να ξαπλώσει ντυμένη στο χειρουργικό τραπέζι. Όσο πλενόταν κι έδειχνε και στον Νικολάς πώς να πλυθεί, προσπαθούσε ν' αποσπάσει την προσοχή της με ιστορίες για το ισπανικό φάντασμα που είχε εμφανιστεί στην Κλάρα σε μια συγκέντρωση της Παρασκευής και της είπε για ένα θησαυρό που ήταν κρυμμένος στα θεμέλια του σπιτιού και για την οικογένειά του: ένα σωρό από εκκεντρικούς τρελούς για αρκετές γενιές, που ακόμα και τα οράματα τους κορόιδευαν. Αλλά η Αμάντα δεν τον άκουγε, ήταν χλομή σαν το σεντόνι και χτυπούσαν τα δόντια της.

«Για ποιο λόγο είναι εδώ αυτές οι ζώνες; Δεν θέλω να με δέσεις!» είπε ανατριχιάζοντας.

«Δεν θα σε δέσω. Ο Νικολάς θα σου δώσει τον αιθέρα. Ανάπνεε ήσυχα, μην τρομάζεις κι όταν ξυπνήσεις, όλα θα έχουν τελειώσει», είπε ο Χάιμε χαμογελώντας με τα μάτια, πάνω από τη μάσκα του.

Ο Νικολάς πλησίασε στο πρόσωπο της κοπέλας τη μάσκα με την αναισθησία και το τελευταίο που είδε εκείνη, προτού βυθιστεί στο σκοτάδι, ήταν ο Χάιμε που την κοίταζε με αγάπη, αλλά εκείνη νόμισε πως το ονειρεύτηκε. Ο Νικολάς της έβγαλε τα ρούχα και την έδεσε στο τραπέζι, συνειδητοποιώντας πως εκείνο ήταν χειρότερο κι από βιασμό, ενώ ο αδελφός του περίμενε με γάντια στα χέρια, προσπαθώντας να μη βλέπει σ' αυτή τη γυναίκα, που απασχολούσε τη σκέψη του μέρα νύχτα, παρά μόνο ένα σώμα, όπως τόσα άλλα που περνούσαν καθημερινά από κείνο το ίδιο τραπέζι με φωνές πόνου. Άρχισε να εργάζεται αργά και προσεχτικά, επαναλαμβάνοντας αυτά που έπρεπε να κάνει, μουρμουρίζοντας το κείμενο του βιβλίου που είχε μάθει απέξω, με τον ιδρώτα να του πέφτει μες στα μάτια, προσέχοντας την αναπνοή της κοπέλας, το χρώμα της, το ρυθμό της καρδιάς της, για να κάνει νόημα στον αδελφό του να της δίνει περισσότερο αιθέρα κάθε φορά που βόγκαγε, παρακαλώντας να μη δημιουργηθεί καμιά περιπλοκή, ενώ σκάλιζε βαθιά μέσα της, στα πιο κρυφά της μέρη, χωρίς να σταματάει ούτε στιγμή να καταριέται τον αδελφό του με τη σκέψη του, γιατί αν αυτό το παιδί ήταν δικό του, κι όχι του Νικολάς, θα είχε γεννηθεί γερό κι ολόκληρο, αντί να χαθεί σε κομματάκια στον υπόνομο εκείνου του θλιβερού ιατρείου, και θα το είχε νανουρίσει και προστατέψει, αντί να το βγάζει από τη φωλιά του με το κουτάλι. Τέλειωσε είκοσι πέντε λεπτά αργότερα και διέταξε τον Νικολάς να τον βοηθήσει να την ταχτοποιήσουν, ώσπου να περάσει η επήρεια του αιθέρα, αλλά είδε πως ο αδελφός του παραπατούσε στηριγμένος στον τοίχο με τρομερές αναγούλες.

«Ηλίθιε», μούγκρισε ο Χάιμε. «Πήγαινε στο μπάνιο να βγάλεις τις ενοχές σου μαζί με τ' άντερά σου κι ύστερα περίμενε στην αίθουσα αναμονής, γιατί έχουμε ακόμα πολλή δουλειά!»

Ο Νικολάς βγήκε τρικλίζοντας κι ο Χάιμε έβγαλε τα γάντια και τη μάσκα κι άρχισε να λύνει την Αμάντα, να της φοράει προσεχτικά τα ρούχα, να κρύβει τα ματωμένα χνάρια από το έργο του και ν' απομακρύνει τα όργανα του μαρτυρίου. Ύστερα την πήρε στην αγκαλιά του, καθώς χαιρόταν τη στιγμή που μπορούσε να τη σφίξει στο στήθος του, και την πήγε σ' ένα κρεβάτι, όπου είχε βάλει καθαρά σεντόνια, πράγμα που ήταν περισσότερο απ' όσα είχαν οι γυναίκες που πήγαιναν να ζητήσουν βοήθεια σ' εκείνο το ιατρείο. Τη σκέπασε και κάθισε δίπλα της. Για πρώτη φορά στη ζωή του μπορούσε να την παρατηρήσει όσο του έκανε ευχαρίστηση. Ήταν μικρότερη και πιο γλυκιά απ' ό,τι έδειχνε όταν τριγύριζε μασκαρεμένη σε μάγισσα με τα κουδουνιστά της βραχιόλια και, ακριβώς όπως το είχε φανταστεί, τα κόκαλα στο αδύνατο σώμα της μόλις που διακρίνονταν ανάμεσα στους μικρούς λόφους και στις λείες κοιλάδες της θηλυκότητάς της. Χωρίς τη φανταχτερή της χαίτη και τα μάτια της σφίγγας, έδειχνε δεκαπέντε χρονών. Η ευαισθησία της ήταν πιο προκλητική τώρα για τον Χάιμε από τα άλλα που τον είχαν τραβήξει σ' εκείνη πριν. Ένιωθε πολύ πιο μεγάλος και βαρύς από κείνη και χίλιες φορές πιο δυνατός, αλλά ήξερε πως είχε χάσει τη μάχη από την αρχή, λόγω της τρυφερότητας που ένιωθε γι' αυτήν και της επιθυμίας του να την προστατέψει. Καταράστηκε τον αιώνιο συναισθηματισμό του και προσπάθησε να τη δει σαν την ερωμένη του αδελφού του, που μόλις είχε κάνει έκτρωση, αλλά αμέσως κατάλαβε πως ήταν αδύνατον κι εγκαταλείφθηκε στην ευχαρίστηση και στο μαρτύριο της αγάπης του. Χάιδεψε τα διάφανα χέρια της, τα λεπτά της δάχτυλα, το σαλιγκάρι των αυτιών της, πέρασε το χέρι του στο λαιμό της, νιώθοντας το ανεπαίσθητο ψιθύρισμα της ζωής στις φλέβες της. Πλησίασε το στόμα του στα χείλια της κι ανάπνευσε έντονα τη μυρωδιά της αναισθησίας, αλλά δεν τόλμησε να τ' αγγίξει.

Η Αμάντα επέστρεψε από το όνειρο σιγά σιγά. Ένιωσε πρώτα το κρύο κι ύστερα την τάραξε μια τάση για εμετό. Ο Χάιμε την παρηγόρησε, μιλώντας της στην κρυφή γλώσσα που χρησιμοποιούσε για τα ζώα και για τα πολύ μικρά παιδιά στο νοσοκομείο των παιδιών, ώσπου ηρέμησε. Εκείνη άρχισε να κλαίει κι εκείνος συνέχισε να τη χαϊδεύει. Έμειναν σιωπηλοί, εκείνη να ταλαντεύεται ανάμεσα στην υπνηλία, τη ναυτία, την αγωνία και τον πόνο, που είχε αρχίσει να σφίγγει την κοιλιά της, κι εκείνος να παρακαλάει να μην τελειώσει εκείνη η νύχτα.

«Νομίζεις πως θα μπορέσω να κάνω παιδιά;» ρώτησε εκείνη τελικά.

«Υποθέτω πως ναι», απάντησε εκείνος. «Όμως ψάξε να βρεις έναν υπεύθυνο πατέρα».

Κι οι δυο χαμογέλασαν ξαλαφρωμένοι. Η Αμάντα έψαξε να βρει στο μελαχρινό πρόσωπο του Χάιμε, που ήταν τόσο κοντά σκυμμένο στο δικό της, κάποια ομοιότητα με του Νικολάς, αλλά δεν μπόρεσε να βρει καμία. Για πρώτη φορά στη νομαδική της ύπαρξη ένιωσε προστατευμένη και σίγουρη, ανέπνευσε ευχαριστημένη και ξέχασε τη ρυπαρότητα που την περιτριγύριζε, τους ξεφτισμένους τοίχους, τα κρύα μεταλλικά ντουλάπια, τα τρομερά όργανα, τη μυρωδιά του αντισηπτικού κι ακόμα κι εκείνο το βουβό πόνο που είχε εγκατασταθεί στα σωθικά της.

«Σε παρακαλώ, ξάπλωσε δίπλα μου κι αγκάλιασέ με», είπε.

Εκείνος ξάπλωσε δειλά στο στενό κρεβάτι και την πήρε στα μπράτσα του. Προσπαθούσε να μείνει ακίνητος για να μην την ενοχλεί και να μην πέσει. Είχε την αδέξια τρυφερότητα αυτού που ποτέ δεν αγάπησε κι έπρεπε ν' αυτοσχεδιάσει. Η Αμάντα έκλεισε τα μάτια και χαμογέλασε. Έμειναν έτσι, ανασαίνοντας μαζί, ολότελα ήρεμοι, σαν αδέλφια, μέχρι που άρχισε να ξημερώνει και το φως από το παράθυρο έγινε πιο δυνατό από της λάμπας. Τότε ο Χάιμε τη βοήθησε να σταθεί στα πόδια της, της φόρεσε το παλτό της και την πήγε πιασμένη από το μπράτσο στην αίθουσα αναμονής, όπου ο Νικολάς είχε μείνει κοιμισμένος σε μια καρέκλα.

«Ξύπνα! Θα την πάμε σπίτι μας να τη φροντίσει η μητέρα. Είναι καλύτερα να μη μείνει μόνη μερικές μέρες», είπε ο Χάιμε.

«Ήξερα πως μπορούσαμε να βασιστούμε σ' εσένα, αδελφέ μου», τον ευχαρίστησε ο Νικολάς.

«Δεν το έκανα για σένα, κακομοίρη μου, για κείνη το έκανα», μούγκρισε ο Χάιμε και του γύρισε την πλάτη.

Στο μεγάλο σπίτι στη γωνία η Κλάρα τους υποδέχτηκε

χωρίς να κάνει ερωτήσεις ή ίσως είχε ρωτήσει κατευθείαν τα χαρτιά ή τα πνεύματα. Είχαν αναγκαστεί να την ξυπνήσουν, γιατί μόλις που ξημέρωνε και κανένας δεν είχε σηκωθεί ακόμα.

«Μαμά, βοήθησε την Αμάντα», της ζήτησε ο Χάιμε με τη σιγουριά που του έδινε η μακρόχρονη συνενοχή τους σ' εκείνες τις υποθέσεις. «Είναι άρρωστη και θα μείνει εδώ μερικές μέρες».

«Κι ο Μιγκελίτο;» ρώτησε η Αμάντα.

«Εγώ θα πάω να τον φέρω», είπε ο Νικολάς κι έφυγε.

Ετοίμασαν ένα από τα δωμάτια για τους φιλοξενούμενους και η Αμάντα ξάπλωσε. Ο Χάιμε μέτρησε τη θερμοκρασία της και είπε πως έπρεπε να ξεκουραστεί. Έκανε να φύγει, αλλά έμεινε ορθός στο κατώφλι της πόρτας, αναποφάσιστος. Τότε ακριβώς γύρισε η Κλάρα μ' ένα δίσκο με καφέδες για τους τρεις.

«Μαμά, υποθέτω πως σου χρωστάμε μια εξήγηση», μουρμούρισε ο Χάιμε.

«Όχι, παιδί μου», απάντησε εύθυμα η Κλάρα. «Αν είναι αμαρτία, προτιμώ να μην το ξέρω. Θα επωφεληθούμε για να περιποιηθούμε λίγο την Αμάντα, που το χρειάζεται».

Βγήκε με τη συνοδεία του γιου της. Ο Χάιμε είδε τη μητέρα του να προχωρεί στο διάδρομο ξυπόλυτη, με τα μαλλιά ελεύθερα στην πλάτη, ντυμένη με την άσπρη ρόμπα της, και πρόσεξε πως δεν ήταν ψηλή ούτε δυνατή όπως την έβλεπε στα παιδικά του χρόνια. Άπλωσε το χέρι του και την κράτησε από τον ώμο. Εκείνη γύρισε το κεφάλι, χαμογέλασε, κι ο Χάιμε την αγκάλιασε αυθόρμητα, την έσφιξε στο στήθος του, γρατσουνίζοντας το μέτωπό της με τα ανυπόφορα γένια του, που χρειάζονταν πάλι ξύρισμα. Ήταν η πρώτη φορά που έκανε μια αυθόρμητη, χαϊδευτική κίνηση από τότε που ήταν μωρό κρεμασμένο από ανάγκη στο στήθος της και η Κλάρα ξαφνιάστηκε, καθώς συνειδητοποίησε πόσο ψηλός ήταν ο γιος της, με στήθος παλαιστή και με μπράτσα σιδερένια, που την έσφιγγαν με τρομερή δύναμη. Συγκινημένη κι ευτυχισμένη, αναρωτιόταν πώς ήταν δυνατόν εκείνος ο μαλλιαρός άντρακλας, δυνατός σαν αρκούδα κι αφελής σαν δόκιμη, να υπήρξε κάποια φορά μες στην κοιλιά της, και μάλιστα μαζί με άλλον.

Τις επόμενες μέρες η Αμάντα έκανε πυρετό. Τρομαγμένος, ο Χάιμε την πρόσεχε συνέχεια και της έδινε σουλφαμίδα. Η Κλάρα την περιποιόταν. Δεν μπορούσε παρά να προσέξει πως ο Νικολάς ρωτούσε διακριτικά για την υγεία της, αλλά δεν έκανε καμιά νύξη για να την επισκεφτεί, ενώ, αντίθετα, ο Χάιμε κλεινόταν στο δωμάτιο μαζί της, της δάνειζε τα πιο αγαπημένα του βιβλία και περπατούσε σαν υπνωτισμένος, μιλώντας ακατάληπτα, και τριγύριζε μες στο σπίτι, όπως ποτέ δεν το είχε κάνει, σε τέτοιο σημείο που ξέχασε τη συγκέντρωση των σοσιαλιστών την Πέμπτη.

Έτσι έγινε και η Αμάντα έμεινε με την οικογένεια για λίγο διάστημα κι ο Μιγκελίτο, λόγω μιας ειδικής περίστασης, ήταν παρών, κρυμμένος στην ντουλάπα, τη μέρα που γεννήθηκε η Άλμπα στο σπίτι των Τρουέμπα και ποτέ δεν ξέχασε εκείνο το μεγαλειώδες και τρομερό θέαμα του μωρού, που βγήκε στον κόσμο τυλιγμένο με τις ματωμένες του μεμβράνες, μες στις κραυγές της μητέρας και στη φασαρία των γυναικών που βοηθούσαν τριγύρω του.

Στο μεταξύ, ο Εστέμπαν Τρουέμπα είχε πάει ταξίδι στη Βόρεια Αμερική. Κουρασμένος από τους πόνους στα κόκαλα κι εκείνη την κρυφή αρρώστια που μόνο ο ίδιος αντιλαμβανόταν, πήρε την απόφαση να πάει να τον εξετάσουν ξένοι γιατροί, γιατί είχε βγάλει το πρόωρο συμπέρασμα πως οι Λατίνοι γιατροί ήταν όλοι τσαρλατάνοι κι έμοιαζαν περισσότερο με ιθαγενείς μάγους παρά με επιστήμονες. Το μίκρεμά του ήταν τόσο ανεπαίσθητο, τόσο αργό και καλυμμένο, που κανένας άλλος δεν το είχε καταλάβει. Είχε αναγκαστεί να πάρει παπούτσια ένα νούμερο μικρότερα, να κοντύνει τα παντελόνια του και να κάνει πιέτες στα μανίκια των πουκαμίσων. Μια μέρα έβαλε το ψηλό του καπέλο, που δεν το είχε φορέσει όλο το καλοκαίρι, κι είδε πως του σκέπαζε τελείως τ' αυτιά και τότε έβγαλε τρομοκρατημένος το συμπέρασμα πως αν μίκραινε σε μέγεθος και το μυαλό του, ίσως να μίκραιναν κι οι ιδέες του. Οι γκρίνγκος γιατροί μέτρησαν το σώμα του, ζύγισαν ένα ένα τα μέλη του, τον ανάκριναν στ' αγγλικά, του έβαλαν με μια βελόνα κάτι υγρά και του τα έβγαλαν με μια άλλη, τον φωτογράφισαν, τον γύρισαν το μέσα έξω σαν γάντι, μέχρι που του έβαλαν και μια λάμπα στον πρωκτό. Στο τέλος έβγαλαν το συμπέρασμα πως όλα ήταν ιδέα του, να μη σκέφτεται πως μικραίνει, γιατί είχε πάντα το ίδιο μέγεθος και σίγουρα θα πρέπει να ονειρεύτηκε πως κάποτε ήταν ένα κι ογδόντα και φορούσε σαράντα δύο νούμερο παπούτσι. Ο Εστέμπαν Τρουέμπα έχασε την υπομονή του και γύρισε στην πατρίδα του, αποφασισμένος να μη δώσει πια προσοχή στο πρόβλημα του ύψους, μια και όλοι οι μεγάλοι πολιτικοί στην ιστορία ήταν μικροκαμωμένοι, από τον Ναπολέοντα μέχρι τον Χίτλερ. Όταν έφτασε στο σπίτι του είδε τον Μιγκέλ να παίζει στον κήπο και την Αμάντα πιο αδύνατη, με πεταγμένα μάτια, χωρίς τα κολιέ και τα βραχιόλια της, να κάθεται στη βεράντα με τον Χάιμε. Δεν έκανε ερωτήσεις, γιατί ήταν συνηθισμένος να βλέπει ξένους να ζούνε κάτω από την ίδια του τη στέγη.

8

Ο κόμης

Εκείνη η εποχή θα είχε χαθεί μέσα σε μια σύγχυση από παλιές αναμνήσεις, ξεθωριασμένες από τον καιρό, αν δεν ήταν η αλληλογραφία της Κλάρας με την Μπλάνκα. Εκείνα τα αμέτρητα γράμματα διατήρησαν τα περιστατικά και τα διάσωσαν από την αοριστία της απιθανότητας. Από το πρώτο γράμμα, που πήρε από την κόρη της μετά το γάμο, η Κλάρα μάντεψε πως ο χωρισμός τους δεν θα κρατούσε πολύ καιρό. Χωρίς να πει τίποτα σε κανέναν, ετοίμασε ένα από τα πιο ηλιόλουστα και μεγάλα δωμάτια του σπιτιού. Εκεί εγκατέστησε την μπρούντζινη κούνια που είχαν χρησιμοποιήσει τα τρία παιδιά της.

Η Μπλάνκα ποτέ δεν εξήγησε στη μητέρα της τους λόγους για τους οποίους είχε δεχτεί να παντρευτεί, γιατί ούτε κι η ίδια τους γνώριζε. Αναλύοντας το παρελθόν, όταν πια ήταν ώριμη γυναίκα, έβγαλε το συμπέρασμα πως ο βασικός λόγος ήταν ο φόβος που ένιωθε για τον πατέρα της. Από τότε που ήταν βυζανιάρικο είχε γνωρίσει την παράλογη δύναμη της οργής του κι είχε συνηθίσει να τον υπακούει.

Η εγκυμοσύνη της και το νέο για το θάνατο του Πέδρο Τερσέρο Γκαρσία την είχαν επηρεάσει: ωστόσο είχε αποφασίσει, από τη στιγμή που δέχτηκε να δεθεί με τον Ζαν δε Σατινί, πως ποτέ δεν θα ολοκλήρωνε το γάμο. Θα εφεύρισκε κάθε είδους επιχειρήματα για να καθυστερήσει την ένωση, με πρόσχημα τις αδιαθεσίες της ίδιας της της κατάστασης, κι ύστερα θα έβρισκε κι άλλα, σίγουρη πως θα ήταν πολύ πιο εύκολο να διευθύνει ένα σύζυγο σαν τον κόμη, που φορούσε παπούτσια από σεβρό, έβαζε βερνίκι στα νύχια κι ήταν διατεθειμένος να παντρευτεί μια γυναίκα έγκυο από άλλον άντρα, παρά να εναντιώνεται σ' έναν πατέρα σαν τον Εστέμπαν Τρουέμπα. Από τα δυο κακά διάλεξε εκείνο που της φάνηκε μικρότερο. Είχε καταλάβει πως ανάμεσα στον πατέρα της και στο Γάλλο κόμη υπήρχε μια εμπορική συμφωνία, για την οποία εκείνης δεν της έπεφτε λόγος. Σε αντάλλαγμα για ένα επώνυμο για το εγγόνι του, ο Τρουέμπα έδωσε στον Ζαν δε Σατινί μια ζουμερή προίκα και την υπόσχεση πως κάποια μέρα θα κληρονομούσε αρκετά. Η Μπλάνκα προσφέρθηκε για τις διαπραγματεύσεις, αλλά δεν ήταν διατεθειμένη να δώσει στο σύζυγό της ούτε την αγάπη της ούτε και το κορμί της, γιατί αγαπούσε ακόμα τον Πέδρο Τερσέρο Γκαρσία, περισσότερο από τη δύναμη της συνήθειας, παρά από την ελπίδα πως θα τον έβλεπε ξανά μια μέρα.

Η Μπλάνκα και ο φανταχτερός της σύζυγος πέρασαν την πρώτη νύχτα του γάμου στο νυφικό διαμέρισμα στο καλύτερο ξενοδοχείο της πρωτεύουσας, που ο Τρουέμπα το είχε γεμίσει λουλούδια, για να του συγχωρέσει η κόρη του όλη εκείνη τη σειρά από τιμωρίες που την είχε υποβάλει τους τελευταίους μήνες. Με μεγάλη της έκπληξη η Μπλάνκα είδε πως δεν υπήρχε λόγος να προσποιηθεί πονοκέφαλο, γιατί, μόλις έμειναν μόνοι, ο Ζαν εγκατέλειψε το ρόλο του γαμπρού, που της έδινε φιλάκια στο λαιμό και διάλεγε τις καλύτερες γαρίδες, που της τις πρόσφερε ο ίδιος με το χέρι του, έδειξε να ξεχνάει τελείως τους θελκτικούς τρόπους του γόη του βωβού κινηματογράφου και μεταμορφώθηκε στον αδελφό που υπήρξε για κείνη στις βόλτες τους στην εξοχή, όταν έκαναν εκδρομές με τη φωτογραφική μηχανή και τα γαλλικά βιβλία. Ο Ζαν μπήκε στο μπάνιο, όπου άργησε τόσο πολύ, ώστε, όταν ξαναβγήκε, η Μπλάνκα ήταν μισοκοιμισμένη. Νόμισε πως ονειρευόταν όταν είδε πως ο άντρας της είχε βγάλει το γαμπριάτικο κοστούμι για να φορέσει μια πιτζάμα από μαύρο μεταξωτό και μια ρόμπα από βελούδο της Πομπηίας, είχε φορέσει ένα δίχτυ στα μαλλιά για να προφυλάξει τα τέλεια σγουρά του και μύριζε έντονα εγγλέζικη κολόνια. Δεν έδειχνε να έχει καμιά ερωτική ανυπομονησία. Κάθισε στο πλάι της στο κρεβάτι και της χάιδεψε το μάγουλο, με την ίδια λίγο κοροϊδευτική κίνηση που είχε κάνει κι άλλες φορές, κι ύστερα άρχισε να της εξηγεί με τα εξεζητημένα του ισπανικά, τρώγοντας τα ρο, πως δεν είχε καμιά ιδιαίτερη κλίση για το γάμο, καθώς ήταν ένας άντρας ερωτευμένος μόνο με τις τέχνες και τα επιστημονικά παράξενα, και πως γι' αυτό δεν είχε καμιά πρόθεση να την ενοχλήσει με συζυγικές απαιτήσεις κι έτσι μπορούσαν να ζήσουν μαζί, αλλά όχι μπλεγμένοι, με τέλεια αρμονία και καλούς τρόπους. Ξαλαφρωμένη, η Μπλάνκα τον αγκάλιασε με τα δυο της μπράτσα και τον φίλησε και στα δυο μάγουλα.

«Ευχαριστώ, Ζαν!» του είπε.

«Τίποτα», απάντησε εκείνος ευγενικά.

Βολεύτηκαν στο μεγάλο κρεβάτι ψευτοαυτοκρατορικού ρυθμού, συζητώντας λεπτομέρειες για τη δεξίωση και κάνοντας σχέδια για τη μελλοντική τους ζωή.

«Δεν θέλεις να μάθεις ποιος είναι ο πατέρας του παιδιού μου;» τον ρώτησε η Μπλάνκα.

«Εγώ είμαι», απάντησε ο Ζαν, φιλώντας τη στο μέτωπο. Κοιμήθηκαν ο καθένας στη μεριά του με γυρισμένη την πλάτη. Στις πέντε το πρωί η Μπλάνκα ξύπνησε με το στομάχι ανακατωμένο από τη γλυκερή μυρωδιά των λουλουδιών, που ο Εστέμπαν Τρουέμπα είχε στείλει για να στολίσει το νυφικό διαμέρισμα. Ο Ζαν δε Σατινί τη συνόδεψε στο μπάνιο, της κράτησε το μέτωπο όσο ήταν διπλωμένη πάνω από τη λεκάνη, τη βοήθησε να ξαπλώσει κι έβγαλε τα λουλούδια στο διάδρομο. Ύστερα έμεινε ξάγρυπνος διαβάζοντας *La Philosophie dans le Boudoir* του μαρκήσιου ντε Σαντ, ενώ η Μπλάνκα μουρμούριζε μες στον ύπνο της πως ήταν φανταστικό να είναι παντρεμένη μ' ένα διανοούμενο.

Την επόμενη μέρα ο Ζαν πήγε στην τράπεζα για ν' αλλάξει την επιταγή του πεθερού του και πέρασε σχεδόν όλη τη μέρα γυρίζοντας στα μαγαζιά του κέντρου, για ν' αγοράσει ρούχα κατάλληλα για την καινούργια οικονομική του κατάσταση. Στο μεταξύ η Μπλάνκα, βαριεστημένη να τον περιμένει στο.χολ του ξενοδοχείου, αποφάσισε να επισκεφτεί τη μητέρα της. Έβαλε το καλύτερο πρωινό καπέλο της και πήρε μια άμαξα για το μεγάλο σπίτι στη γωνία, όπου η υπόλοιπη οικογένεια έτρωγε μεσημεριανό σιωπηλά, θυμωμένη και κουρασμένη ακόμα από την αναστάτωση του γάμου και τα επακόλουθα των τελευταίων καβγάδων. Μόλις την είδε ο πατέρας της να μπαίνει στην τραπεζαρία, έβγαλε μια κραυγή τρόμου.

«Τι κάνεις εδώ!» μούγκρισε.

«Τίποτα... ήρθα να σας δω...» μουρμούρισε η Μπλάνκα τρομοκρατημένη.

«Τρελάθηκες! Δεν καταλαβαίνεις πως, αν κάποιος σε δει,

θα πει πως ο άντρας σου σ' έδιωξε πάνω στο μήνα του μέλιτος; Θα πουν πως δεν ήσουν παρθένα!»

«Μα και βέβαια δεν ήμουν, μπαμπά!»

Ο Εστέμπαν ήταν έτοιμος να της αστράψει μια ανάποδη, αλλά ο Χάιμε μπήκε ανάμεσα τους με τέτοια αποφασιστικότητα, που περιορίστηκε να τη βρίσει για τη βλακεία της. Η Κλάρα, ατάραχη, πήγε την Μπλάνκα σε μια καρέκλα και της σέρβιρε ένα πιάτο κρύο ψάρι με σάλτσα από κάππαρη. Όσο ο Εστέμπαν εξακολουθούσε να φωνάζει κι ο Νικολάς είχε πάει να φέρει το αυτοκίνητο για να την πάει πίσω στον άντρα της, οι δυο τους ψιλοκουβέντιαζαν όπως τον παλιό καιρό.

Εκείνο το ίδιο βράδυ η Μπλάνκα κι ο Ζαν πήραν το τρένο που τους πήγε στο λιμάνι. Εκεί μπάρκαραν σ' ένα εγγλέζικο υπερωκεάνιο. Εκείνος φορούσε άσπρο λινό παντελόνι κι ένα σακάκι μπλε μαρίν, που συνδυάζονταν τέλεια με την μπλε φούστα και την άσπρη ζακέτα από το ταγιέρ της γυναίκας του. Τέσσερις μέρες μετά το καράβι τούς άφησε στην ξεχασμένη επαρχία του βορρά, όπου τα κομψά ταξιδιωτικά τους ρούχα και οι βαλίτσες τους από δέρμα κροκοδείλου πέρασαν απαρατήρητα μες στην κουφόβραση του μεσημεριού. Ο Ζαν δε Σατινί βόλεψε πρόχειρα τη γυναίκα του σ' ένα ξενοδοχείο κι ανάλαβε να βρει μια κατοικία αντάξια των καινούργιων εισοδημάτων του. Μέσα σε είκοσι τέσσερις ώρες η μικρή επαρχιακή κοινωνία είχε μάθει πως υπήρχε ένας αυθεντικός κόμης ανάμεσά τους. Αυτό βοήθησε πολύ τα πράγματα για τον Ζαν. Μπόρεσε να νοικιάσει ένα παλιό αρχοντικό που ανήκε σε μια από τις μεγάλες περιουσίες την εποχή των αλατωρυχείων, προτού εφευρεθεί το συνθετικό υποκατάστατο που έστειλε όλη την περιοχή κατά διαβόλου.

Το σπίτι ήταν κάπως μουχλιασμένο και εγκαταλειμμένο, όπως κι όλα τ' άλλα εκεί πέρα, χρειαζόταν μερικές επιδιορθώσεις, αλλά διατηρούσε ανέπαφη την προηγούμενη αξιοπρέπειά του και τη γοητεία του τέλους του αιώνα. Ο κόμης το διακόσμησε σύμφωνα με το γούστο του, με μια αμφίβολη και παρακμάζουσα λεπτότητα, που ξάφνιασε την Μπλάνκα, συνηθισμένη στη ζωή του χτήματος και στην κλασική αυστηρότητα του πατέρα της. Ο Ζαν τοποθέτησε απίθανα βάζα από κινέζικη πορσελάνη, που αντί για λουλούδια είχαν βαμμένα φτερά από στρουθοκάμηλο, ντραπαρισμένες κουρτίνες από δαμασκηνό ύφασμα με φούντες, μεγάλα μαξιλάρια με φράντζες και πομπόν, έπιπλα απ' όλους τους ρυθμούς, χρυσαφένια διαχωριστικά, παραβάν και κάτι απίθανα λαμπατέρ, που στηρίζονταν σε κεραμικά αγάλματα, που παρίσταναν μαύρους της Αβησσυνίας σε φυσικό μέγεθος, μισόγυμνους, αλλά με πασούμια και τουρμπάνια. Το σπίτι είχε πάντα κλεισμένες τις κουρτίνες, μ' ένα απαλό μισόφωτο που κατάφερνε να κρατάει μακριά το αδυσώπητο φως της ερήμου. Στις γωνιές ο Ζαν είχε τοποθετήσει ανατολίτικα θυμιατήρια, όπου έκαιγε αρωματικά χόρτα και ξυλάκια από λιβάνι, που στην αρχή ανακάτευαν το στομάχι της Μπλάνκα, αλλά γρήγορα τα συνήθισε. Πήρε αρκετούς ιθαγενείς στην υπηρεσία του, κι επιπλέον μια τεράστια χοντρή για την κουζίνα, που της έμαθε να φτιάχνει τις πιο πικάντικες σάλτσες που εκείνος αγαπούσε, και μια κουτσή κι αγράμματη υπηρέτρια για να περιποιείται την Μπλάνκα. Έβαλε φανταχτερές θεατρικές στολές σ' όλους, αλλά δεν μπόρεσε να τους βάλει παπούτσια, γιατί ήταν συνηθισμένοι να περπατούν ξυπόλυτοι και δεν τα άντεχαν.

Η Μπλάνκα ένιωθε άβολα σ' εκείνο το σπίτι και δεν είχε εμπιστοσύνη στους ανέκφραστους ιθαγενείς, που τη σερβίριζαν ανόρεχτα κι έδειχναν να την κοροϊδεύουν πίσω από την πλάτη της. Κυκλοφορούσαν γύρω της σαν πνεύματα, γλιστρούσαν αθόρυβα στα δωμάτια, που ήταν σχεδόν πάντα άδεια και βαρετά. Δεν απαντούσαν όταν εκείνη τους μιλούσε, λες και δεν καταλάβαιναν ισπανικά, και μεταξύ τους μιλούσαν ψιθυριστά ή σε διάλεχτο των οροπεδίων. Κάθε φορά που η Μπλάνκα συζητούσε με τον άντρα της τα παράξενα πράγματα που έβλεπε ανάμεσα στους υπηρέτες, εκείνος έλεγε πως ήταν συνήθειες των ιθαγενών και πως δεν έπρεπε να τους δίνει σημασία. Το ίδιο της είχε απαντήσει και η Κλάρα σ' ένα γράμμα, όταν εκείνη της έγραψε πως μια μέρα είχε δει έναν από τους ιθαγενείς να ισορροπεί πάνω σε κάτι απίθανα παλιά παπούτσια με στριφτό τακούνι και βελουδένιο φιόγκο, όπου τα φαρδιά όλο κάλους ποδάρια εκείνου του άντρα είχαν κολλήσει. «Η ζέστη της ερήμου, η εγκυμοσύνη σου και η ανομολόγητη επιθυμία σου να ζήσεις σαν κοντέσα σε κάνουν να βλέπεις οράματα, κόρη μου», της έγραψε η Κλάρα στ' αστεία και πρόσθεσε πως το καλύτερο φάρμακο για τα Λουί XV παπούτσια ήταν ένα κρύο ντους κι ένα χαμομήλι. Μια άλλη φορά η Μπλάνκα βρήκε στο πιάτο της μια μικρή ψόφια σαύρα κι ήταν έτοιμη να τη βάλει στο στόμα της. Μόλις συνήλθε από την τρομάρα της και μπόρεσε να μιλήσει, φώναξε τη μαγείρισσα και της έδειξε το πιάτο με τρεμάμενο δάχτυλο. Η μαγείρισσα πλησίασε πηγαινοφέρνοντας τα τεράστια λίπη της και τις μαύρες πλεξούδες της και πήρε το πιάτο χωρίς συζήτηση. Αλλά τη στιγμή που γύρισε, η Μπλάνκα νόμισε πως έπιασε ένα συνένοχο νόημα ανάμεσα στον άντρα της και στην ιθαγενή. Εκείνη τη νύχτα έμεινε ξάγρυπνη ώς αργά, να σκέφτεται αυτό που είχε δει, μέχρι που το ξημέρωμα έβγαλε το συμπέρασμα πως το είχε φανταστεί. Η μητέρα της είχε δίκιο: η ζέστη και η εγκυμοσύνη την επηρέαζαν.

Τα πιο απομακρυσμένα δωμάτια στο σπίτι προορίστηκαν για τη μανία του Ζαν με τη φωτογραφία. Εκεί εγκατέστησε τις λάμπες του, τα τρίποδά του, τις μηχανές του. Παρακάλεσε την Μπλάνκα να μην μπει ποτέ σ' αυτό που βάφτισε «εργαστήριό του» χωρίς εξουσιοδότηση, γιατί, όπως εξήγησε, μπορούσαν να χαλάσουν οι πλάκες με το φως της μέρας. Έβαλε κλειδαριά στην πόρτα και κουβαλούσε το κλειδί πάνω του, κρεμασμένο από χρυσή αλυσίδα, μια τελείως άχρηστη προφύλαξη, γιατί η γυναίκα του δεν ένιωθε κανένα ενδιαφέρον γι' αυτά που την τριγύριζαν κι ακόμα λιγότερο για τη φωτογραφία.

Όσο η Μπλάνκα βάραινε, τόσο αποχτούσε ανατολίτικη νωθρότητα, που απόδιωχνε τις προσπάθειες του άντρα της να την ενσωματώσει στην κοινωνία, να την πάει σε δεξιώσεις, να κάνουν βόλτες με το αμάξι ή να την ενθουσιάσει με τη διακόσμηση του καινούργιου σπιτιού. Βαριά, αποχαυνωμένη, μοναχική και μόνιμα κουρασμένη, η Μπλάνκα είχε καταφύγει στο πλέξιμο και στο κέντημα. Περνούσε μεγάλο μέρος της μέρας στο κρεβάτι και τις ώρες που έμενε ξύπνια έφτιαχνε μικροσκοπικά ρουχαλάκια για μια τριανταφυλλιά προίκα, γιατί ήταν σίγουρη πως θα γεννούσε κορίτσι. Ακριβώς όπως η μητέρα της μ' εκείνη, είχε αναπτύξει ένα σύστημα επικοινωνίας με το μωρό που μεγάλωνε, γυρίζοντας προς τα μέσα της μ' ένα σιωπηλό και αδιάκοπο διάλογο. Στα γράμματά της περιέγραφε τη μελαγχολική κι αποτραβηγμένη της ζωή και αναφερόταν στο σύζυγό της με τυφλή συμπάθεια, σαν ένα λεπτό, διακριτικό και προσεχτικό άντρα. Έτσι δημιούργησε το θρύλο, χωρίς να το θέλει, πως ο Ζαν δε Σατινί ήταν σχεδόν ένας πρίγκιπας και δεν είχε αναφέρει πως έπαιρνε κοκαΐνη από τη μύτη και κάπνιζε όπιο τ' απογέματα, γιατί ήταν σίγουρη πως οι γονείς της δεν θα το καταλάβαιναν. Είχε στη διάθεσή της μια ολόκληρη πτέρυγα για κείνη. Εκεί είχε φτιάξει το αρχηγείο της κι εκεί μάζευε όλα όσα ετοίμαζε για την κόρη της. Ο Ζαν έλεγε πως πενήντα παιδιά δεν θα προλάβαιναν να φορέσουν όλα εκείνα τα ρούχα και να παίξουν με τόσα παιχνίδια, αλλά η μόνη διασκέδαση για την Μπλάνκα ήταν να τριγυρίσει στην περιορισμένη αγορά της πόλης και ν' αγοράσει όλα όσα είχαν τριανταφυλλί χρώμα για την κόρη της. Περνούσε τη μέρα κεντώντας φουστανάκια, πλέκοντας μάλλινα παπουτσάκια, διακοσμώντας καλαθάκια, ταχτοποιώντας τις στοίβες τα πουκάμισα, τις σαλιάρες, τις πάνες, κοιτάζοντας τα κεντημένα σεντόνια. Μετά το μεσημεριανό ύπνο έγραφε στη μητέρα της και μερικές φορές στον αδελφό της τον Χάιμε κι όταν έπεφτε ο ήλιος και δρόσιζε λιγάκι, πήγαινε να περπατήσει εκεί γύρω για να ξεμουδιάσει τα πόδια της. Το βράδυ βρισκόταν με το σύζυγό της στη μεγάλη τραπεζαρία του σπιτιού, όπου οι κεραμικοί μαύροι, όρθιοι στις γωνίες, φώτιζαν τη σκηνή με το ξεδιάντροπο φως τους. Καθόταν καθένας σε μια άκρη του τραπεζιού με το μακρύ τραπεζομάντιλο, κρυστάλλινα ποτήρια και σερβίτσια, κανονικά διακοσμημένο με ψεύτικα λουλούδια, γιατί σ' εκείνη την αφιλόξενη περιοχή δεν υπήρχαν φυσικά. Τους σέρβιρε πάντα ο ίδιος, ατάραχος και σιωπηλός ιθαγενής, που διατηρούσε μες στο στόμα του μόνιμα το πράσινο μπαλάκι από φύλλα κόκας που τον συντηρούσε. Δεν ήταν κοινός υπηρέτης και δεν εκτελούσε καμιά ιδιαίτερη υπηρεσία μες στο σπίτι. Ούτε και ήξερε να σερβίρει στο τραπέζι, καθώς δεν χειριζόταν καλά ούτε τις πιατέλες ούτε τα σερβίτσια και κατέληγε να τους πετάει το φαγητό όπως να ήταν. Η Μπλάνκα είχε αναγκαστεί να του πει σε κάποια περίπτωση, πως, παρακαλώ, να μην πιάνεις τις πατάτες με το χέρι για να τις βάλεις στο πιάτο. Αλλά ο Ζαν τον εχτιμούσε για κάποιο μυστηριώδη λόγο και του έκανε μαθήματα για να τον πάρει βοηθό του στο εργαστήριο.

«Αν δεν μπορεί να μιλάει σαν χριστιανός, πολύ λιγότερο θα μπορέσει να τραβάει φωτογραφίες», παρατήρησε η Μπλάνκα, όταν το έμαθε.

Εκείνος ήταν ο ιθαγενής που η Μπλάνκα νόμισε πως τον είδε να φοράει παπούτσια με τακούνι Λουί XV.

Οι πρώτοι μήνες της παντρεμένης της ζωής πέρασαν ατάραχοι και βαρετοί. Η φυσική τάση της Μπλάνκα για την απομόνωση και τη μοναξιά μεγάλωσε. Αρνήθηκε να κάνει κοινωνική ζωή και ο Ζαν κατέληξε να πηγαίνει μόνος του στις πολυάριθμες προσκλήσεις που λάβαιναν. Ύστερα, όταν γυρνούσε στο σπίτι, κορόιδευε μπροστά στην Μπλάνκα τη γελοιότητα εκείνων των παλιών και ταγκιασμένων οικογενειών, που οι κόρες τους έβγαιναν ακόμα έξω με συνοδεία και οι άντρες φορούσαν φυλαχτά. Η Μπλάνκα μπορούσε να κάνει την τεμπέλικη ζωή για την οποία είχε κλίση, ενώ ο άντρας της είχε αφοσιωθεί σ' εκείνες τις μικρές διασκεδάσεις, που μόνο το χρήμα μπορεί να προσφέρει και τις οποίες είχε αναγκαστεί να στερηθεί για πολύ μεγάλο διάστημα. Έβγαινε κάθε βράδυ για να παίξει στο καζίνο και η γυναίκα του υπολόγισε πως θα πρέπει να έχανε μεγάλα ποσά, γιατί στο τέλος κάθε μήνα υπήρχε πάντα μια ουρά από πιστωτές στην πόρτα τους. Ο Ζαν είχε μια παράξενη ιδέα για την οικιακή οικονομία. Αγόρασε ένα αυτοκίνητο, τελευταίο μοντέλο, με καθίσματα ταπετσαρισμένα με δέρμα από λεοπάρδαλη και χρυσά κουμπιά, κατάλληλο για

Άραβα πρίγκιπα, το πιο μεγάλο και φανταχτερό που είχαν δει ποτέ σ' εκείνα τα μέρη. Οργάνωσε ένα δίκτυο με μυστηριώδεις επαφές, που του επέτρεπαν ν' αγοράζει αντίκες, ιδιαίτερα γαλλικές πορσελάνες σε μπαρόκ στιλ, στις οποίες είχε αδυναμία. Είχε ακόμα φέρει στη χώρα ολόκληρες κούτες με καλά λικέρ, που περνούσαν από το τελωνείο χωρίς κανένα πρόβλημα. Τα λαθραία του έμπαιναν στο σπίτι από την πόρτα υπηρεσίας κι έβγαιναν ανέπαφα από την κύρια είσοδο, με προορισμό άλλα μέρη, όπου ο Ζαν τα κατανάλωνε σε κρυφά γλέντια ή τα πούλαγε σε απίθανες τιμές. Στο σπίτι δεν πήγαιναν επισκέψεις και μετά από λίγες βδομάδες οι κυρίες του τόπου σταμάτησαν να της τηλεφωνούν. Είχε βγει μια φήμη πως ήταν περήφανη, ψηλομύτα κι αρρωστιάρα, πράγμα που μεγάλωσε τη γενική συμπάθεια για το Γάλλο κόμη, που έβγαλε φήμη υπομονετικού και ανεκτικού συζύγου.

Η Μπλάνκα τα πήγαινε καλά με τον άντρα της. Τις μόνες φορές που μάλωναν ήταν όταν εκείνη προσπαθούσε να επαληθεύσει κάτι σχετικό με τα οικονομικά τους. Δεν μπορούσε να εξηγήσει πώς ο Ζαν πρόσφερε στον εαυτό του την πολυτέλεια να αγοράζει πορσελάνες και να κόβει βόλτες με το λεοπαρδέ του αυτοκίνητο, όταν δεν της έφταναν τα λεφτά για να πληρώσει το λογαριασμό του Κινέζου στο μπακάλικο, ούτε να δώσει τους μισθούς στους πολυάριθμους υπηρέτες. Ο Ζαν δεν δεχόταν να μιλήσει γι' αυτό το θέμα, με το πρόσχημα πως αυτά ήταν μόνο αντρικές ευθύνες και δεν υπήρχε ανάγκη εκείνη να γεμίζει το σπουργιτίσιο της μυαλουδάκι με προβλήματα που δεν ήταν σε θέση να καταλάβει. Η Μπλάνκα υπέθεσε πως ο λογαριασμός του Ζαν δε Σατινί με τον Εστέμπαν Τρουέμπα είχε απεριόριστα αποθέματα και, καθώς ήταν αδύνατο να συμφωνήσει μαζί του, κατέληξε να σταματήσει να ενδιαφέρεται για κείνα τα προβλήματα. Φυτοζωούσε σαν λουλούδι από άλλο κλίμα μέσα σ' εκείνο το σπίτι, το χτισμένο πάνω στην άμμο, τριγυρισμένη από παράξενους ιθαγενείς, που έμοιαζαν να ζουν σε άλλη διάσταση, ανακαλύπτοντας συχνά μικρές λεπτομέρειες, που την έκαναν ν' αμφιβάλλει για τη διανοητική της κατάσταση. Η πραγματικότητα έμοιαζε σβησμένη, λες κι εκείνος ο αμείλικτος ήλιος, που έσβηνε τα χρώματα, μπορούσε ακόμα να παραμορφώσει τα πράγματα γύρω της και μπορούσε να μεταμορφώσει τις ανθρώπινες υπάρξεις σε σιωπηλές σκιές. Στους αποχαυνωτικούς εκείνους μήνες η Μπλάνκα, προστατευμένη από το βρέφος που μεγάλωνε μέσα της, ξέχασε το μέγεθος της δυστυχίας της. Σταμάτησε να σκέφτεται τον Πέδρο Τερσέρο Γκαρσία με την ακατανίκητη ανάγκη που ένιωθε πριν και βρήκε καταφύγιο σε γλυκιές και ξεθωριασμένες αναμνήσεις, που μπορούσε ν' αναπολεί ανά πάσα στιγμή. Η σεξουαλικότητά της είχε αποκοιμηθεί και τις ελάχιστες φορές που αναλογιζόταν την άτυχη μοίρα της, χαιρόταν να φαντάζεται τον εαυτό της να αιωρείται σ' ένα σύννεφο, χωρίς χαρές και πόνους, μακριά από τις ασχήμιες της ζωής, αποξενωμένη, με μοναδική συντροφιά την κόρη της. Είχε φτάσει να πιστεύει πως είχε χάσει για πάντα την ικανότητα ν' αγαπάει και πως η φλόγα της σάρκας της είχε σβήσει οριστικά. Περνούσε ατέλειωτες ώρες χαζεύοντας το χλομό τοπίο, που απλωνόταν μπροστά από το παράθυρό της. Το σπίτι βρισκόταν στην άκρη της πόλης, τριγυρισμένο από μερικά καχεκτικά δέντρα, που άντεχαν στην αμείλικτη επίθεση της ερήμου. Από το βορρά ο άνεμος κατέστρεφε κάθε φυτική ζωή και μπορούσε να δει κανείς την τεράστια πεδιάδα από αμμόλοφους και μακρινά δάση, που έτρεμαν στην αντανάκλαση του φωτός. Τη μέρα την εξαντλούσε η ασφυξία εκείνου του φλεγόμενου ήλιου και τις νύχτες έτρεμε από το κρύο μες στα σεντόνια της, προσπαθώντας να προστατευτεί από τις παγωνιές με σακούλες ζεστό νερό και μάλλινα σάλια. Κοίταζε το γυμνό και διάφανο ουρανό, ψάχνοντας να βρει κάποιο σύννεφο, με την ελπίδα πως κάποια φορά θα έπεφτε καμιά σταγόνα βροχή για να ξαλαφρώσει απ' την καταπιεστική ξηρασία εκείνη τη σεληνιακή κοιλάδα. Οι μήνες κυλούσαν απαράλλαχτοι, χωρίς άλλη διασκέδαση εκτός από τα γράμματα της μητέρας της, όπου της διηγιόταν την προεκλογική εκστρατεία του πατέρα της, τις τρέλες του Νικολάς, τις εκκεντρικότητες του Χάιμε, που ζούσε σαν παπάς, αλλά τριγυρνούσε μ' ερωτευμένο ύφος. Η Κλάρα της πρότεινε, για ν' απασχολείται με κάτι, να ξαναγυρίσει στις φάτνες της. Εκείνη το προσπάθησε. Ζήτησε να της στείλουν τον ειδικό πηλό, που ήταν συνηθισμένη να χρησιμοποιεί στις Τρεις Μαρίες, οργάνωσε το εργαστήρι της πίσω από την κουζίνα κι έβαλε δυο ιθαγενείς να χτίσουν ένα φούρνο για να ψήνει τις κεραμικές φιγούρες. Αλλά ο Ζαν δε Σατινί την κορόιδευε για τις καλλιτεχνικές της εργασίες κι έλεγε πως αν ήταν ν' απασχολείται με κάτι, καλύτερα να έπλεκε παπουτσάκια και να μάθαινε να φτιάχνει γλυκά με φύλλο. Εκείνη κατέληξε να εγκαταλείψει τη δουλειά, όχι τόσο για τα σαρκαστικά λόγια του άντρα της, αλλά γιατί της ήταν αδύνατο να ανταγωνιστεί την αρχαία κεραμική τέχνη των ιθαγενών.

Ο Ζαν είχε οργανώσει την επιχείρησή του με την ίδια επιμονή που είχε χρησιμοποιήσει πριν για τα τσιντσιλά, αλλά με μεγαλύτερη επιτυχία. Εκτός από ένα Γερμανό ιερέα, που τριγυρνούσε στην περιοχή τριάντα χρόνια, για να ξεθάβει το παρελθόν των Ίνκας, κανένας άλλος δεν είχε απασχοληθεί μ' εκείνα τα λείψανα, γιατί θεωρούσαν πως δεν είχαν εμπορική αξία. Η κυβέρνηση απαγόρευε το εμπόριό τους και είχε δώσει στον παπά ένα γενικό δικαίωμα, που τον εξουσιοδοτούσε να κατάσχει τα αρχαία ευρήματα και να τα πηγαίνει στο μουσείο. Ο Ζαν τα είδε για πρώτη φορά στις σκονισμένες βιτρίνες του μουσείου. Πέρασε δυο μέρες μαζί με το Γερμανό, που, ευτυχισμένος που είχε συναντήσει μετά από τόσα χρόνια κάποιον που ενδιαφερόταν για τη δουλειά του, δεν σκέφτηκε καθόλου προτού αποκαλύψει τις πλατιές του γνώσεις. Έτσι έμαθε τον τρόπο που μπορούσε κανείς να υπολογίσει το χρόνο που είχαν μείνει θαμμένα, έμαθε να ξεχωρίζει τις εποχές και το ρυθμό, ανακάλυψε τον τρόπο να βρίσκει τα νεκροταφεία στην έρημο με σημάδια αόρατα στο πολιτισμένο μάτι κι έβγαλε τελικά το συμπέρασμα πως ακόμα κι αν εκείνα τα δοχεία δεν είχαν τη χρυσαφένια λάμψη των αιγυπτιακών τάφων, είχαν τουλάχιστον την ίδια ιστορική αξία. Όταν απόχτησε όσες πληροφορίες χρειαζόταν, οργάνωσε ομάδες από ιθαγενείς για να ξεθάψει ό,τι είχε ξεφύγει από τον αρχαιολογικό ζήλο του παπά.

Θαυμάσια κεραμικά δοχεία, πρασινισμένα από την πατίνα του χρόνου, άρχισαν να φτάνουν στο σπίτι του κρυμμένα στους μπόγους των ιθαγενών και στις σέλες των λάμα, γεμίζοντας γρήγορα τις κρυψώνες που είχαν ετοιμάσει. Η Μπλάνκα τα έβλεπε να στοιβάζονται στα δωμάτια και θαύμαζε τα σχήματά τους. Τα έπαιρνε στα χέρια της, τα χάιδευε σαν υπνωτισμένη κι όταν τα αμπαλάριζαν με χόρτο και χαρτί για να τα στείλουν στους μακρινούς και άγνωστους προορισμούς τους, ένιωθε λυπημένη. Εκείνη η κεραμική τέχνη της φαινόταν εξαιρετικά όμορφη. Ένιωθε πως τα τέρατα με τις φάτνες της δεν μπορούσαν να βρίσκονται κάτω από την ίδια στέγη με τα κεραμικά δοχεία των ιθαγενών· γι' αυτό, κι όχι για άλλο λόγο, εγκατέλειψε το εργαστήρι της.

Η επιχείρηση με τα πήλινα των ιθαγενών ήταν μυστική, μια και ήταν η εθνική κληρονομιά του λαού. Αρκετές ομάδες από ιθαγενείς δούλευαν για τον Ζαν δε Σατινί, που είχαν φτάσει ως εκεί ξεγλιστρώντας παράνομα μέσα από τα άγνωστα μονοπάτια στα σύνορα. Δεν είχαν έγγραφα που ν' αποδείχνουν πως ήταν ανθρώπινα όντα, ήταν σιωπηλοί, πεισματάρηδες και αδιαπέραστοι. Κάθε φορά που η Μπλάνκα ρωτούσε από πού είχαν ξεφυτρώσει εκείνοι οι άνθρωποι που εμφανίζονταν ξαφνικά στην αυλή της, της απαντούσαν πως ήταν ξαδέλφια αυτών που σερβίριζαν στο τραπέζι, και πραγματικά έμοιαζαν μεταξύ τους. Δεν έμεναν πολύ στο σπίτι. Τον περισσότερο καιρό τον περνούσαν στην έρημο, χωρίς άλλες αποσκευές από ένα φτυάρι για να βγάζουν την άμμο και ένα μπαλάκι από φύλλα κόκας στο στόμα, για να διατηρούνται ζωντανοί. Μερικές φορές είχαν την τύχη να συναντήσουν μισοθαμμένα τα ερείπια κάποιου χωριού των Ίνκας και σε πολύ λίγο γέμιζαν τις αποθήκες στο σπίτι μ' αυτά που έκλεβαν από τις ανασκαφές. Το ψάξιμο, η μεταφορά και η εκμετάλλευση αυτού του εμπορεύματος γινόταν με τέτοιο μυστικό τρόπο, που η Μπλάνκα δεν είχε την παραμικρή αμφιβολία πως υπήρχε κάτι παράνομο πίσω από τις δραστηριότητες του άντρα της. Ο Ζαν της εξήγησε πως η κυβέρνηση ενδιαφερόταν πολύ για τα βρομερά αγγεία και τα μίζερα κολιέ με πέτρες από την έρημο και, για ν' αποφύγει τις αιώνιες εργασίες της επίσημης γραφειοκρατίας, προτιμούσε να τα διαπραγματεύεται μ' αυτόν τον τρόπο. Τα έβγαζε από τη χώρα μέσα σε σφραγισμένα κουτιά με πινακίδες για μήλα, χάρη στο συνένοχο ενδιαφέρον κάποιων επιθεωρητών στο τελωνείο.

Τίποτε απ' όλ' αυτά δεν απασχολούσε την Μπλάνκα. Το μόνο που τη στεναχωρούσε ήταν η υπόθεση με τις μούμιες.

Με τους νεκρούς είχε εξοικειωθεί από μικρή, γιατί είχε περάσει όλη της τη ζωή σε στενή επαφή μαζί τους, μέσα από το τρίποδο τραπεζάκι, όπου τους επικαλούνταν η μητέρα της. Ήταν συνηθισμένη να βλέπει τις διάφανες σιλουέτες τους να τριγυρνούν στους διαδρόμους, στο σπίτι των γονιών της, κάνοντας θόρυβο στις ντουλάπες και να έρχονται στα όνειρά τους για να προαναγγέλλουν δυστυχίες ή τον πρώτο λαχνό. Αλλά οι μούμιες ήταν διαφορετικές. Εκείνα τα μαζεμένα πλάσματα, τυλιγμένα σε κουρέλια, που διαλύονταν σε σκονισμένες ίνες, με τα άσαρκα και κίτρινα κεφάλια τους, τα ζαρωμένα χεράκια τους, τα ραμμένα τους βλέφαρα, τα ελάχιστα μαλλιά στο σβέρκο τους, το αιώνιο και τρομερό τους χαμόγελο χωρίς χείλια, η ταγκιασμένη τους μυρωδιά κι εκείνο το θλιβερό και κακομοίρικο ύφος των παλιών πτωμάτων, της ανακάτευαν την ψυχή. Ήταν σπάνιες. Μόνο μια φορά στις τόσες έφταναν οι ιθαγενείς με καμιά μούμια. Αργοί και αμετάβλητοι, εμφανίζονταν στο σπίτι κουβαλώντας ένα μεγάλο δοχείο σφραγισμένο με ψημένο πηλό. Ο Ζαν το άνοιγε προσεχτικά σ' ένα δωμάτιο, μ' όλες τις πόρτες και τα παράθυρα κλεισμένα, για να μην τις μετατρέψει το πρώτο φύσημα του αέρα σε στάχτες. Στο εσωτερικό του δοχείου εμφανιζόταν η μούμια, σαν το κουκούτσι κάποιου παράξενου φρούτου, μαζεμένη σε στάση εμβρύου, τυλιγμένη με τα κουρέλια της, μαζί με τους φτωχικούς της θησαυρούς, από κολιέ φτιαγμένα με δόντια και πάνινες κούκλες. Τις εχτιμούσαν πολύ περισσότερο από τ' άλλα αντικείμενα που έβγαζαν από τους τάφους, γιατί ορισμένοι συλλέκτες και κάποια ξένα μουσεία τις πλήρωναν πολύ ακριβά. Η Μπλάνκα αναρωτιόταν τι είδους άνθρωπος μπορούσε να συλλέγει πεθαμένους και πού θα τους έβαζε. Δεν μπορούσε να φανταστεί μια μούμια σαν μέρος της διακόσμησης ενός σαλονιού, αλλά ο Ζαν δε Σατινί της έλεγε πως, τοποθετημένες μέσα σε κρυστάλλινη υδρία, μπορούσαν να είναι πιο πολύτιμες από οποιοδήποτε έργο τέχνης για έναν Ευρωπαίο εκατομμυριούχο.

Οι μούμιες έβγαιναν δύσκολα στο εμπόριο, δύσκολα μεταφέρονταν και περνούσαν από το τελωνείο κι έτσι έμεναν αναγκαστικά αρκετές βδομάδες στις αποθήκες του σπιτιού, περιμένοντας τη σειρά τους για να πάρουν το δρόμο για το μεγάλο ταξίδι στο εξωτερικό. Η Μπλάνκα τις έβλεπε στον ύπνο της, πάθαινε παραισθήσεις, νόμιζε πως τις έβλεπε να τριγυρίζουν στους διαδρόμους, στις μύτες των ποδιών τους, μικρές σαν πονηρά και ύπουλα καλικαντζαράκια. Έκλεινε την πόρτα του δωματίου της, έβαζε το κεφάλι της μες στα σεντόνια και περνούσε ώρες ολόκληρες έτσι, τρέμοντας, λέγοντας προσευχές και φωνάζοντας τη μητέρα της με τις σκέψεις της. Το διηγήθηκε στην Κλάρα στα γράμματά της κι εκείνη απάντησε πως δεν έπρεπε να φοβάται τους πεθαμένους, παρά μόνο τους ζωντανούς, γιατί παρ' όλη την κακή τους φήμη κανένας ποτέ δεν έμαθε για μια μούμια που να επιτέθηκε σε άνθρωπο. Και, αντίθετα, από τη φύση τους ήταν πολύ δειλές.

Δυναμωμένη από τις συμβουλές της μητέρας της, η Μπλάνκα αποφάσισε να τις κατασκοπεύσει. Τις περίμενε σιωπηλά, παρακολουθώντας από τη μισάνοιχτη πόρτα του δωματίου της. Γρήγορα ένιωσε με βεβαιότητα πως τριγυρνούσαν μες στο σπίτι, σέρνοντας τα παιδικά τους ποδαράκια πάνω στα χαλιά, σιγοψιθυρίζοντας σαν μαθητούδια, σπρώχνοντας η μια την άλλη, περνώντας κάθε βράδυ σε μικρές ομάδες από δυο ή τρεις, πάντα με κατεύθυνση προς το φωτογραφικό εργαστήριο του Ζαν δε Σατινί. Μερικές φορές νόμιζε πως άκουγε κάτι μακρινά βογκητά του άλλου κόσμου και πάθαινε ανεξέλεγκτες κρίσεις τρόμου, φώναζε τον άντρα της, αλλά κανένας δεν ερχόταν κι εκείνη φοβόταν υπερβολικά για να διασχίσει όλο το σπίτι και να ψάξει να τον βρει. Με τις πρώτες αχτίνες του ήλιου η Μπλάνκα έβρισκε τα λογικά της και τον έλεγχο των βασανισμένων νεύρων της, καταλάβαινε πως οι νυχτερινές της αγωνίες ήταν αποτέλεσμα της ανήσυχης φαντασίας, που είχε κληρονομήσει από τη μητέρα της, και ηρεμούσε, ώσπου έπεφταν πάλι οι σκιές της νύχτας και ξανάρχιζε ο κύκλος του τρόμου.

Μια μέρα δεν άντεξε την ανησυχία που ένιωθε όσο πλησίαζε το βράδυ κι αποφάσισε να μιλήσει για τις μούμιες στον Ζαν. Ήταν καθισμένοι στο τραπέζι κι έτρωγαν. Όταν εκείνη του διηγήθηκε για τις βόλτες, τα ψιθυρίσματα και τις πνιγμένες κραυγές, ο Ζαν δε Σατινί έμεινε σαν πετρωμένος, με το πιρούνι στο χέρι και το στόμα ανοιχτό. Ο ιθαγενής, που έμπαινε εκείνη τη στιγμή στην τραπεζαρία με την πιατέλα, παραπάτησε και το ψητό κοτόπουλο κύλησε κάτω από μια καρέκλα. Ο Ζαν επιστράτεψε όλη του τη γοητεία, τη σταθερότητα και την αίσθηση της λογικής για να την πείσει πως είχαν πειραχτεί τα νεύρα της και πως τίποτε απ' όλα αυτά δεν συνέβαινε στην πραγματικότητα, πως ήταν μόνο το αποτέλεσμα της αχαλίνωτης φαντασίας της. Η Μπλάνκα υποκρίθηκε πως δέχτηκε τις εξηγήσεις του, αλλά η ορμητικότητα του άντρα της τής φάνηκε ύποπτη, γιατί συνήθως δεν έδινε προσοχή στα προβλήματά της, όπως και το πρόσωπο του ιθαγενή, που για πρώτη φορά είχε χάσει την αναλλοίωτη έκφραση αγάλματος κι είχαν πεταχτεί έξω τα μάτια του. Αποφάσισε τότε από μέσα της να εξακριβώσει σε βάθος την υπόθεση με τις μούμιες που περπατούσαν. Εκείνη τη νύχτα αποσύρθηκε νωρίς, αφού ανάγγειλε στον άντρα της πως σκεφτόταν να πάρει ένα ηρεμιστικό για να κοιμηθεί. Αντίθετα όμως, ήπιε ένα μεγάλο μαύρο καφέ και πήρε θέση δίπλα στην πόρτα, έτοιμη να ξαγρυπνήσει πολλές ώρες.

Γύρω στα μεσάνυχτα άκουσε τα πρώτα βηματάκια. Άνοιξε την πόρτα με πολλή προσοχή κι έβγαλε το κεφάλι της ακριβώς τη στιγμή που μια μικρή φιγούρα μαζεμένη περνούσε από το βάθος του διαδρόμου. Αυτή τη φορά ήταν σίγουρη πως δεν είχε ονειρευτεί, αλλά λόγω του βάρους της κοιλιάς της χρειάστηκε σχεδόν ένα λεπτό για να φτάσει στο διάδρομο. Η νύχτα ήταν κρύα και φυσούσε ο άνεμος της ερήμου, που έκανε να τρίζουν τα παλιά δοκάρια του σπιτιού και φούσκωνε τις κουρτίνες σαν μαύρα πανιά στο πέλαγος. Από μικρή, όταν άκουγε τα παραμύθια με τα φαντάσματα της νταντάς στην κουζίνα, φοβόταν το σκοτάδι, αλλά δεν τόλμησε ν' ανάψει τα φώτα, για να μην τρομάξει τις μικρές μούμιες στις αλλοπρόσαλλές τους βόλτες.

Ξαφνικά μια βραχνή κραυγή έσπασε τη σιωπή της νύχτας, πνιγμένη, λες κι έβγαινε μέσα από ένα φέρετρο, ή τουλάχιστον αυτό σκέφτηκε η Μπλάνκα. Είχε αρχίσει να γίνεται θύμα της νοσηρής γοητείας για τα πράγματα του άλλου κόσμου; Έμεινε ακίνητη, με την καρδιά της έτοιμη να σπάσει, αλλά ένα δεύτερο βογκητό την ξύπνησε, δίνοντάς της δύναμη να προχωρήσει ώς την πόρτα του εργαστηρίου του Ζαν δε Σατινί. Προσπάθησε να την ανοίξει, αλλά ήταν κλειδωμένη. Κόλλησε τ' αυτί της στην πόρτα και τότε άκουσε ξεκάθαρα μουρμουρίσματα, πνιγμένες φωνές και γέλια, και δεν της έμεινε καμιά αμφιβολία πως κάτι συνέβαινε με τις μούμιες. Γύρισε στο δωμάτιό της παρηγορημένη, με την πεποίθηση πως δεν ήταν τα νεύρα της πειραγμένα, παρά πως κάτι τρομερό συνέβαινε στο κρυφό άντρο του άντρα της.

Την επόμενη μέρα η Μπλάνκα περίμενε να τελειώσει ο Ζαν δε Σατινί τη σχολαστική του πρωινή τουαλέτα, να πάρει το πρωινό του με τη συνηθισμένη του βραδύτητα, διαβάζοντας την εφημερίδα του από την αρχή ώς το τέλος, και τελικά να βγει για την καθημερινή πρωινή του βόλτα, χωρίς τίποτα στη νωθρή αδιαφορία της μέλλουσας μητέρας να δείχνει την άγρια αποφασιστικότητά της. Όταν ο Ζαν έφυγε, εκείνη φώναξε τον ιθαγενή με τα ψηλά τακούνια και για πρώτη φορά του έδωσε μια διαταγή:

«Πήγαινε στην πόλη και πάρε μου φρούτα γκλασαρισμένα», τον διέταξε ξερά.

Ο ιθαγενής έφυγε με το αργό τρέξιμο της ράτσας του κι εκείνη έμεινε στο σπίτι με τους άλλους υπηρέτες, που τους φοβόταν πολύ λιγότερο από κείνο τον παράξενο άνθρωπο με τις αυλικές τάσεις. Υπέθεσε πως είχε στη διάθεσή της δυο ώρες προτού γυρίσει κι έτσι αποφάσισε να μη βιαστεί και να προχωρήσει ήρεμα. Ήταν αποφασισμένη να ξεδιαλύνει το μυστήριο με τις ύπουλες μούμιες. Κατευθύνθηκε στο εργαστήριο, σίγουρη πως στο πρωινό φως οι μούμιες δεν θα είχαν κέφια για να κάνουν αστεία κι ελπίζοντας να βρει την πόρτα ξεκλείδωτη, αλλά τη βρήκε κλειδωμένη όπως πάντα. Δοκίμασε όλα τα κλειδιά της, αλλά κανένα δεν ταίριαζε. Τότε πήρε το πιο μεγάλο μαχαίρι της κουζίνας, το έβαλε στη χαραματιά της πόρτας κι άρχισε να την παραβιάζει, μέχρι που το ξεραμένο ξύλο στο περβάζι πετάχτηκε σε κομμάτια κι έτσι μπόρεσε να βγάλει την κλειδαριά και ν' ανοίξει την πόρτα. Η ζημιά που είχε κάνει στην πόρτα δεν κρυβόταν με τίποτα και κατάλαβε πως όταν θα την έβλεπε ο άντρας της, θα έπρεπε να του δώσει κάποια λογική εξήγηση, αλλά παρηγορήθηκε με το επιχείρημα πως ήταν η κυρία του σπιτιού κι είχε δικαίωμα να μάθει τι συνέβαινε μες στο σπίτι της. Παρ' όλη την κοινή της λογική, που είχε αντισταθεί ακλόνητα περισσότερο από είκοσι χρόνια στο χορό του τρίποδου τραπεζιού και στη μητέρα της, που πρόβλεπε όσα δεν προβλέπονταν, διασχίζοντας το κατώφλι του εργαστηρίου η Μπλάνκα έτρεμε ολόκληρη.

Στα τυφλά έψαξε για το διακόπτη κι άναψε το φως. Βρέθηκε σ' ένα μεγάλο δωμάτιο με βαμμένους μαύρους τοίχους, με χοντρές κουρτίνες στο ίδιο χρώμα στα παράθυρα, απ' όπου δεν έμπαινε ούτε η παραμικρή αχτίνα φως. Το πάτωμα ήταν σκεπασμένο με παχιά σκούρα χαλιά και παντού είδε τους προβολείς, τις λάμπες και τις οθόνες, που είχε δει τον Ζαν να μεταχειρίζεται για πρώτη φορά στην κηδεία του Πέδρο Γκαρσία, του γέρου, όταν του είχε έρθει η όρεξη να πάρει φωτογραφίες τους νεκρούς και τους ζωντανούς, μέχρι που τους αναστάτωσε όλους και οι χωριάτες κατέληξαν να σπάσουν με τα πόδια τους τις πλάκες. Κοίταξε γύρω της ξαφνιασμένη: βρισκόταν μέσα σ' ένα φανταστικό σκηνικό. Προχώρησε αποφεύγοντας ανοιχτά μπαούλα, που περιείχαν πλουμιστά ρούχα απ' όλες τις εποχές, σγουρές περούκες και φανταχτερά καπέλα, στάθηκε σ' ένα χρυσαφί τραπέζι, απ' όπου κρεμόταν από το ταβάνι ένας εξαρθρωμένος κούκλος με ανθρώπινες διαστάσεις, είδε σε μια γωνιά ένα βαλσαμωμένο λάμα, πάνω στα τραπέζια μπουκάλια με κεχριμπαρένια ποτά και στο πάτωμα δέρματα από εξωτικά ζώα. Αλλά αυτό που την ξάφνιασε περισσότερο ήταν οι φωτογραφίες. Μόλις τις είδε, έμεινε ξερή. Οι τοίχοι στο στούντιο του Ζαν δε Σατινί ήταν γεμάτοι από θλιβερές ερωτικές σκηνές, που αποκάλυπταν την κρυφή φύση του άντρα της.

Η Μπλάνκα αργούσε ν' αντιδράσει κι άργησε αρκετά να

συνειδητοποιήσει αυτό που έβλεπε, γιατί δεν είχε καμιά εμπειρία σε τέτοια πράγματα. Γνώριζε την ηδονή σαν ένα τελικό και μονάκριβο στάδιο στο μακρύ δρόμο που είχαν πάρει μαζί με τον Πέδρο Τερσέρο, απ' όπου είχαν περάσει χωρίς βιασύνη, καλόκεφα, στο πλαίσιο του δάσους, στα χωράφια, στο ποτάμι, κάτω απ' τον απέραντο ουρανό, στη σιωπή της εξοχής. Δεν πρόλαβε ν' αποχτήσει τις ανησυχίες της εφηβείας. Ενώ οι συμμαθήτριές της στο σχολείο διάβαζαν στα κρυφά απαγορευμένα μυθιστορήματα με φανταστικούς ιππότες όλο πάθος και ανήσυχες παρθένες που δεν ήθελαν να είναι πια, εκείνη καθόταν κάτω από τις δαμασκηνιές στην αυλή, έκλεινε τα μάτια κι αναπολούσε με τέλεια ακρίβεια τη θαυμάσια πραγματικότητα του Πέδρο Τερσέρο Γκαρσία, που την έσφιγγε στα μπράτσα του, σκεπάζοντάς τη με τα χάδια του και βγάζοντας από τα βάθη της τις ίδιες συγχορδίες που έβγαζε από την κιθάρα του. Τα ένστικτά της είχαν ικανοποιηθεί μόλις ξύπνησαν και δεν μπορούσε να φανταστεί πως το πάθος μπορούσε να παίρνει κι άλλες μορφές. Εκείνες οι άταχτες και βασανιστικές σκηνές ήταν μια πραγματικότητα πολύ πιο ανησυχητική από τις άταχτες μούμιες που περίμενε να συναντήσει.

Αναγνώρισε τις μορφές του υπηρετικού προσωπικού. Εκεί βρισκόταν όλη η αυλή των Ίνκας, όλοι τους γυμνοί, όπως τους είχε φέρει ο Θεός στον κόσμο, ή κακοντυμένοι με θεατρικά κοστούμια. Είδε την απύθμενη άβυσσο ανάμεσα στα μπούτια της μαγείρισσας, το βαλσαμωμένο λάμα να καλπάζει πάνω στην κουτσή υπηρέτρια και τον απαθή ιθαγενή, που τους σερβίριζε στο τραπέζι, γυμνό σαν νεογέννητο, άτριχο και κοντοπόδαρο, με το ανέκφραστο σαν πέτρα πρόσωπό του και το τεράστιο ανορθωμένο πέος του.

Για ένα ατέλειωτο λεπτό η Μπλάνκα έμεινε αιωρούμενη μες στην ίδια της την αβεβαιότητα, ώσπου τη νίκησε ο τρόμος. Προσπάθησε να σκεφτεί ξεκάθαρα. Κατάλαβε αυτό που ο Ζαν δε Σατινί ήθελε να της πει την πρώτη νύχτα του γάμου, όταν της εξήγησε πως δεν είχε καμιά κλίση για τη συζυγική ζωή. Διέκρινε ακόμα την παράξενη δύναμη του ιθαγενή, την κρυφή κοροϊδία του προσωπικού, κι ένιωσε αιχμάλωτη στην αίθουσα αναμονής της κόλασης. Εκείνη τη στιγμή η μικρή κουνήθηκε μες στην κοιλιά της κι εκείνη ανατρίχιασε, λες και μια καμπάνα συναγερμού είχε χτυπήσει.

«Το παιδί μου! Πρέπει να το βγάλω από δω!» φώναξε, αγκαλιάζοντας την κοιλιά της.

Βγήκε τρέχοντας από το εργαστήριο, διέσχισε όλο το σπίτι με μια ανάσα κι έφτασε στο δρόμο, όπου η τρομερή ζέστη και το αλύπητο μεσημεριανό φως την έκαναν να ξαναγυρίσει στην πραγματικότητα. Κατάλαβε πως δεν θα μπορούσε να πάει πολύ μακριά με τα πόδια και με μια κοιλιά εννιά μηνών. Γύρισε στο δωμάτιό της, πήρε όσα λεφτά μπόρεσε να βρει, έκανε ένα μπογαλάκι με μερικά ρούχα από την πλούσια προίκα που είχε ετοιμάσει και κατευθύνθηκε στο σταθμό.

Καθισμένη σ' ένα σκληρό ξύλινο πάγκο κοντά στις γραμμές, με τον μπόγο στην αγκαλιά της και με τρομαγμένο βλέμμα, η Μπλάνκα περίμενε αρκετές ώρες να φτάσει το τρένο, παρακαλώντας μέσα από τα δόντια της να μην ψάξει να τη βρει ο κόμης, όταν θα γύριζε στο σπίτι και θα έβλεπε την καταστροφή στην πόρτα του εργαστηρίου και να την υποχρεώσει να γυρίσει στο διεφθαρμένο βασίλειο των Ίνκας, να βιαστεί ο σιδηρόδρομος και για μια φορά να φτάσει στην ώρα του, για να μπορέσει να φτάσει στο σπίτι των γονιών της, προτού το βρέφος, που της έστριβε τα σωθικά και κλοτσούσε τα πλευρά της, αναγγείλει την άφιξή του στον κόσμο, ν' αντέξει εκείνο το ταξίδι των δύο ημερών χωρίς ξεκούραση και να μεγαλώσει η επιθυμία της να ζήσει περισσότερο από κείνη την τρομερή απόγνωση που είχε αρχίσει να την παραλύει. Έσφιξε τα δόντια και περίμενε.

9

Η μικρή Άλμπα

Η Άλμπα βγήκε στον κόσμο με τα πόδια, πράγμα που σημαίνει καλή τύχη. Η γιαγιά της, η Κλάρα, έψαξε την πλάτη της και βρήκε ένα σημάδι σαν αστέρι, που έχουν όλοι όσοι γεννιούνται για να ζήσουν ευτυχισμένοι. «Δεν χρειάζεται ν' ασχοληθείτε μ' αυτό το παιδί. Είναι τυχερή και θα ζήσει ευτυχισμένη. Θα έχει και ωραίο δέρμα, γιατί είναι κληρονομικό, και στην ηλικία που είμαι δεν έχω ρυτίδες κι ούτε ποτέ έβγαλα σπυράκια», ανάγγειλε η Κλάρα τη δεύτερη μέρα από τη γέννησή της. Γι' αυτόν το λόγο δεν ασχολήθηκαν καθόλου να την προετοιμάσουν για τη ζωή, μια και τα άστρα είχαν συνδυαστεί για να της χαρίσουν τόσα προτερήματα. Το ζώδιό της ήταν Λέων. Η γιαγιά της έφτιαξε το ωροσκόπιό της κι έγραψε το πεπρωμένο της με άσπρη μελάνη σ' ένα άλμπουμ με μαύρα φύλλα, όπου κόλλησε και λίγες πρασινωπές τούφες από τα πρώτα της μαλλιά, τα πρώτα νύχια που της έκοψαν κι αρκετές φωτογραφίες, όπου μπορεί κανείς να τη δει όπως ακριβώς ήταν: ένα εξαιρετικά μικροκαμωμένο πλάσμα, σχεδόν φαλακρή, χλομή και ζαρωμένη, χωρίς ίχνος ανθρώπινης εξυπνάδας, εκτός από τα μαύρα γυαλιστερά της μάτια, με μια σοφή γεροντίστικη έκφραση, που είχαν από την κούνια ακόμα. Έτσι ήταν και τα μάτια του αληθινού της πατέρα. Η μητέρα της ήθελε να τη βγάλει Κλάρα, αλλά η γιαγιά δεν συμφωνούσε να επαναλαμβάνονται τα ίδια ονόματα στην οικογένεια, γιατί αυτό δημιουργούσε σύγχυση στα τετράδια, όπου κατέγραψε τη ζωή. Έψαξαν να βρουν ένα συνώνυμο στο λεξικό κι ανακάλυψαν το δικό της, που είναι το τελευταίο από μια σειρά φωτεινές συνώνυμες λέξεις. Πολλά χρόνια αργότερα η Άλμπα βασανιζόταν με τη σκέψη πως όταν θ' αποχτούσε μια κόρη, δεν θα υπήρχε άλλη λέξη με το ίδιο νόημα, αλλά η Μπλάνκα της έδωσε την ιδέα να χρησιμοποιήσει ξένες γλώσσες, που προσφέρουν μεγάλη ποικιλία.

Η Άλμπα κόντεψε να γεννηθεί μέσα σ' ένα μικρό τρένο, στις τρεις το απόγεμα μες στην έρημο. Αυτό θα ήταν μοιραίο για το ωροσκόπιό της. Ευτυχώς, κατάφερε να μείνει στην κοιλιά της μητέρας της μερικές ώρες ακόμα και να γεννηθεί στο σπίτι των παππούδων της, τη μέρα, την ώρα και στον τόπο ακριβώς που ήταν το ευνοϊκότερο για τ' άστρα της. Η μητέρα της έφτασε στο μεγάλο σπίτι στη γωνία χωρίς καμιά προειδοποίηση, ξεμαλλιασμένη, σκονισμένη, με μαύρους κύκλους κάτω απ' τα μάτια της και διπλωμένη στα δυο από τις συσπάσεις, με τις οποίες η Άλμπα έσπρωχνε για να βγει στον κόσμο, χτύπησε την πόρτα απελπισμένα και, όταν της άνοιξαν, διέσχισε το σπίτι σαν σίφουνας ώς το δωμάτιο ραπτικής, όπου η Κλάρα τέλειωνε το τελευταίο θαυμάσιο φουστανάκι για την εγγονή της. Εκεί σωριάστηκε η Μπλάνκα, μετά από το μακρύ της ταξίδι, χωρίς να προλάβει να δώσει καμιά εξήγηση, γιατί η κοιλιά της εξερράγη μ' ένα βαθύ υγρό αναστεναγμό κι ένιωσε πως όλο το νερό του κόσμου έτρεχε ανάμεσα απ' τα πόδια της μ' ένα απότομο γουργουρητό. Με τις φωνές της Κλάρας έτρεξαν οι υπηρέτες κι ο Χάιμε, που εκείνες τις μέρες βρισκόταν πάντα στο σπίτι, τριγυρίζοντας την Αμάντα. Τη μετέφεραν στο δωμάτιο της Κλάρας και, όσο την ταχτοποιούσαν πάνω στο κρεβάτι και της έβγαζαν βιαστικά τα ρούχα, η Άλμπα άρχισε να προβάλλει τη μικροσκοπική της ανθρώπινη μορφή. Ο θείος της, ο Χάιμε, που είχε παραστεί σε μερικές γέννες στο νοσοκομείο, τη βοήθησε να γεννηθεί πιάνοντάς την από τους μηρούς με το δεξί χέρι, ενώ με τα δάχτυλα του αριστερού ψαχούλευε στα τυφλά, ψάχνοντας για το λαιμό του βρέφους, για να χαλαρώσει τον ομφάλιο λώρο που την έπνιγε. Στο μεταξύ, η Αμάντα, που έφτασε τρέχοντας όταν άκουσε τη φασαρία, πατούσε την κοιλιά της Μπλάνκα με όλο της το βάρος και η Κλάρα, σκυμμένη πάνω στο πονεμένο πρόσωπο της κόρης της, της κρατούσε κοντά στη μύτη της ένα τρυπητό τσαγιού σκεπασμένο μ' ένα πανάκι, όπου μούσκευαν μερικές σταγόνες αιθέρα. Η Άλμπα γεννήθηκε πολύ γρήγορα. Ο Χάιμε της έβγαλε το λώρο απ' το λαιμό, την κράτησε από τα πόδια στον αέρα και με δυο ηχηρά χτυπήματα τη μύησε στα βάσανα της ζωής και στη μηχανική της αναπνοής, αλλά η Αμάντα, που είχε διαβάσει για τις συνήθειες στις αφρικανικές φυλές και πίστευε στην επιστροφή στη φύση, του άρπαξε τη νεογέννητη από τα χέρια και την τοποθέτησε με τρυφερότητα πάνω στη ζεστή κοιλιά της μητέρας της, όπου κάπως παρηγορήθηκε από τη θλίψη της γέννησης. Μάνα και κόρη ξεκουράζονταν γυμνές κι αγκαλιασμένες, ενώ οι άλλοι καθάριζαν τα ίχνη της γέννας και πηγαινοέρχονταν με καθαρά σεντόνια και τις πρώτες πάνες. Μέσα σ' όλη την αναστάτωση κανένας δεν πρόσεξε το μικρό Μιγκέλ, που παρακολουθούσε τη σκηνή από τη μισάνοιχτη πόρτα της ντουλάπας, παράλυτος από το φόβο του, χαράζοντας για πάντα στη μνήμη του εκείνη την εικόνα, με το τεράστιο μπαλόνι όλο φλέβες και στεφανωμένο μ' έναν πεταχτό αφαλό, απ' όπου είχε βγει εκείνο το μπλαβί πλάσμα, τυλιγμένο σ' ένα φριχτό γαλάζιο έντερο.

Καταχώρισαν την Άλμπα στο ληξιαρχείο και στα βιβλία της ενορίας με το γαλλικό επώνυμο του πατέρα της, αλλά εκείνη ποτέ δεν το μεταχειρίστηκε, γιατί της μητέρας της ήταν πιο εύκολο. Ο παππούς της, ο Εστέμπαν Τρουέμπα, ποτέ δεν συμφώνησε μ' αυτή την κακιά συνήθεια γιατί, ακριβώς, όπως έλεγε όταν του δινόταν η ευκαιρία, είχε περάσει πολλές στεναχώριες για ν' αποχτήσει το κορίτσι γνωστό πατέρα κι ένα αξιοσέβαστο επίθετο και δεν χρειαζόταν να μεταχειρίζεται της μητέρας της, σαν να ήταν βγαλμένη από την ντροπή και την αμαρτία. Ούτε κι επέτρεπε ν' αμφιβάλλει κανείς για τη νόμιμη πατρότητα του κόμη κι εξακολούθησε να περιμένει, ενάντια σε κάθε λογική, πως αργά ή γρήγορα θα διακρίνονταν οι καλοί της τρόποι και η λεπτή γοητεία του Γάλλου στη σιωπηλή κι αδέξια εγγονή του, που τριγύριζε μες στο σπίτι του. Ούτε και η Κλάρα ανέφερε ποτέ την υπόθεση, μέχρι πολύ αργότερα, όταν σε κάποια περίπτωση είδε τη μικρή να παίζει ανάμεσα στα κατεστραμμένα αγάλματα στον κήπο και συνειδητοποίησε πως δεν έμοιαζε σε κανέναν τους μες στην οικογένεια και πολύ λιγότερο στον Ζαν δε Σατινί.

«Από ποιον πήρε αυτά τα γεροντίστικα μάτια;» ρώτησε η γιαγιά.

«Τα μάτια της είναι του πατέρα της», είχε απαντήσει η Μπλάνκα αφηρημένα.

«Υποθέτω του Πέδρο Τερσέρο Γκαρσία», είπε η Κλάρα. «Αχά».

Ήταν η μόνη φορά που ανέφεραν την καταγωγή της Άλμπα στην οικογένεια, γιατί, όπως σημείωσε η Κλάρα, κανένας δεν ενδιαφερόταν για την υπόθεση, μια που έτσι κι αλλιώς ο Ζαν δε Σατινί είχε χαθεί από τη ζωή τους. Δεν είχαν μάθει τίποτα γι' αυτόν και κανένας δεν μπήκε στον κόπο να ψάξει να δει πού βρισκόταν, ούτε και να νομιμοποιήσει την κατάσταση της Μπλάνκα, που δεν είχε καμιά από τις ελευθερίες της ανύπαντρης και είχε όλους τους περιορισμούς της παντρεμένης, αλλά χωρίς να έχει σύζυγο. Η Άλμπα ποτέ δεν είδε μια φωτογραφία του κόμη, γιατί η μητέρα της δεν άφησε γωνιά στο σπίτι χωρίς να την ψάξει, μέχρι που κατέστρεψε όλες τις φωτογραφίες, ακόμα κι εκείνες όπου βρισκόταν κρεμασμένη στο μπράτσο του τη μέρα του γάμου. Είχε πάρει την απόφαση να ξεχάσει τον άντρα που είχε παντρευτεί, σαν να μην το είχε σκάσει από τη συζυγική εστία. Η Κλάρα, που είχε περάσει εννιά χρόνια βουβή, γνώριζε τα πλεονεχτήματα της σιωπής κι έτσι δεν έκανε ερωτήσεις στην κόρη της και τη βοήθησε να σβήσουν τον Ζαν δε Σατινί από τις αναμνήσεις τους. Στην Άλμπα είπαν πως πατέρας της ήταν ένας ευγενικός κύριος, έξυπνος κι αρχοντικός, που είχε την ατυχία να πεθάνει από πυρετούς στην έρημο του βορρά. Ήταν ένα από τα λίγα ψέματα που είχε αναγκαστεί να υποφέρει στην παιδική της ηλικία, γιατί για όλα τ' άλλα βρισκόταν σε στενή επαφή με τις καθημερινές αλήθειες της ζωής. Ο θείος της ο Χάιμε ανάλαβε να διαλύσει το μύθο για τα μωρά που βγαίνουν από τα λάχανα ή που τα φέρνουν οι πελαργοί απ' το Παρίσι, κι ο θείος Νικολάς για τον Άγιο Βασίλη, τις νεράιδες και τα φαντάσματα.

Η Άλμπα έβλεπε εφιάλτες στον ύπνο της για το θάνατο του πατέρα της. Έβλεπε ένα νέο, ωραίο και στα κάτασπρα ντυμένο άντρα, με ίδιο χρώμα λουστρίνι παπούτσια κι ένα ψαθάκι, να περπατάει στην έρημο κάτω από έναν κατακόρυφο ήλιο. Στο όνειρό της ο περιπατητής κοντοστεκόταν, δίσταζε, προχωρούσε ολοένα και πιο αργά, σκόνταφτε κι έπεφτε, σηκωνόταν και ξανάπεφτε, ενώ ψηνόταν από τη ζέστη, τον πυρετό και τη δίψα. Σερνόταν στα γόνατα για ένα διάστημα πάνω στην πυρωμένη άμμο, αλλά τελικά έμενε ξαπλωμένος στους απέραντους χλομούς αμμόλοφους, με τα όρνια να κάνουν κύκλους πάνω απ' το ακίνητο σώμα του. Τόσες πολλές φορές τον είχε ονειρευτεί, που ξαφνιάστηκε όταν, πολλά χρόνια αργότερα, αναγκάστηκε να πάει στο νεκροτομείο για ν' αναγνωρίσει το πτώμα αυτού που πίστευε πως ήταν ο πατέρας της. Τότε η Άλμπα ήταν μια νέα, τολμηρή κοπέλα, συνηθισμένη στις δυσκολίες και γι' αυτό πήγε μόνη της. Την υποδέχτηκε ένας ασκούμενος γιατρός με άσπρη ποδιά, που την οδήγησε από τους μακριούς διαδρόμους στο παλιό κτίριο, σε μια μεγάλη και κρύα αίθουσα με τοίχους βαμμένους γκρίζους. Ο άντρας με την άσπρη ποδιά άνοιξε την πόρτα ενός γιγάντιου ψυγείου κι έβγαλε μια μεγάλη πιατέλα, πάνω στην οποία βρισκόταν ξαπλωμένο ένα πρησμένο, γέρικο, γαλαζωπό σώμα. Η Άλμπα το κοίταξε προσεχτικά, χωρίς να συναντήσει καμιά ομοιότητα με την εικόνα που είχε ονειρευτεί τόσες φορές. Της φάνηκε κοινός τύπος, με εμφάνιση ταχυδρομικού υπαλλήλου και πρόσεξε τα χέρια του: δεν ήταν τα χέρια ενός ευγενικού, έξυπνου και εκλεπτυσμένου κυρίου, παρά κάποιου που δεν έχει τίποτα ενδιαφέρον για να πει. Όμως τα χαρτιά του ήταν η αδιάψευστη απόδειξη πως εκείνο το γαλαζωπό και θλιβερό πτώμα ήταν ο Ζαν δε Σατινί, που δεν είχε πεθάνει στους χρυσαφένιους αμμόλοφους σ' έναν παιδικό εφιάλτη, παρά μόνο από αποπληξία, διασχίζοντας ένα δρόμο, πολλά χρόνια αργότερα. Την εποχή που ζούσε ακόμα η Κλάρα, όταν η Άλμπα ήταν μικρή, το μεγάλο σπίτι στη γωνία ήταν ένας κλειστός κόσμος, όπου μεγάλωσε προστατευμένη ακόμα κι από τους ίδιους της τους εφιάλτες.

Η Άλμπα δεν είχε κλείσει ακόμα τους δυο μήνες, όταν η Αμάντα έφυγε από το μεγάλο σπίτι στη γωνία. Είχε ξαναβρεί τις δυνάμεις της και δεν χρειάστηκε πολύ για να μαντέψει τον πόθο στην καρδιά του Χάιμε. Πήρε το μικρό της αδελφό από το χέρι κι έφυγε, ακριβώς όπως είχε έρθει, χωρίς φασαρία και χωρίς υποσχέσεις. Χάθηκε οριστικά και ο μόνος που μπορούσε να ψάξει να τη βρει, δεν θέλησε να το κάνει, για να μην πληγώσει τον αδελφό του. Μόνο τυχαία την ξαναείδε ο Χάιμε, πολλά χρόνια αργότερα, αλλά τότε ήταν πια αργά και για τους δυο. Όταν εκείνη έφυγε, ο Χάιμε από την απελπισία το έριξε στο διάβασμα και στη δουλειά. Ξαναβρήκε τις παλιές, καλογερίστικες συνήθειές του και σχεδόν ποτέ δεν τον έβλεπαν στο σπίτι. Δεν ανέφερε ποτέ ξανά το όνομα της κοπέλας κι απομακρύνθηκε για πάντα από τον αδελφό του.

Η παρουσία της εγγονής του μες στο σπίτι γλύκανε λίγο το χαρακτήρα του Εστέμπαν Τρουέμπα. Η αλλαγή ήταν ανεπαίσθητη, αλλά η Κλάρα την πρόσεξε. Τον πρόδιναν ορισμένα μικρά σημάδια: η γυαλάδα στα μάτια του όταν έβλεπε τη μικρή, τα ακριβά δώρα που της έφερνε, η αγωνία του όταν την έβλεπε να κλαίει. Όμως αυτό δεν τον έφερε πιο κοντά στην Μπλάνκα. Οι σχέσεις του με την κόρη του ποτέ δεν ήταν καλές, κι από το θλιβερό της γάμο είχαν χαλάσει σε τέτοιο βαθμό, που μόνο από ευγένεια, που τους την επέβαλλε η Κλάρα, μπορούσαν να ζουν κάτω από την ίδια στέγη.

Εκείνη την εποχή το σπίτι των Τρουέμπα είχε γεμάτα όλα τα δωμάτια κι όταν έστρωναν το τραπέζι κάθε μέρα για την οικογένεια και τους καλεσμένους, έβαζαν κι ένα σερβίτσιο παραπάνω για όποιον έφτανε απρόσκλητος. Η κύρια είσοδος ήταν πάντα ανοιχτή, για να μπαινοβγαίνουν οι φιλοξενούμενοι και οι επισκέπτες. Όσο ο γερουσιαστής Τρουέμπα προσπαθούσε ν' αλλάξει το πεπρωμένο της χώρας του, η γυναίκα του έπλεε επιδέξια στα ταραγμένα νερά της κοινωνικής ζωής και στ' άλλα, τα πιο φουρτουνιασμένα, με τα πνευματιστικά της ταξίδια. Η ηλικία και η πραχτική εξάσκηση είχαν ακονίσει την ικανότητα της Κλάρας να μαντεύει το απόκρυφο και να κινεί τα αντικείμενα από μακριά. Οι εξημμένες ψυχικές καταστάσεις την οδηγούσαν πολύ εύκολα σε έκσταση και τότε μπορούσε να μετακινείται καθισμένη στην καρέκλα της μέσα σ' όλο το δωμάτιο, λες κι είχε ένα μηχανάκι κρυμμένο κάτω από το κάθισμα. Εκείνες τις μέρες ένας νεαρός πεινασμένος καλλιτέχνης, που είχε μαζέψει στο σπίτι από φιλανθρωπία, πλήρωσε για τη φιλοξενία του ζωγραφίζοντας το μοναδικό πορτρέτο της Κλάρας που υπάρχει. Πολλά χρόνια αργότερα, ο κακόμοιρος καλλιτέχνης αναγνωρίστηκε σαν μεγάλος ζωγράφος και σήμερα ο πίνακας βρίσκεται σ' ένα μουσείο στο Λονδίνο, μαζί με πολλά άλλα έργα τέχνης που βγήκαν έξω από τη χώρα εκείνη την εποχή, όταν ήταν αναγκασμένοι να πουλούν τα έπιπλά τους για να τρέφουν τους καταδιωγμένους. Στη λινάτσα βλέπει κανείς μια ώριμη γυναίκα, ντυμένη στ' άσπρα, μ' ασημόχρωμα μαλλιά και γλυκιά έκφραση ακροβάτιδας στο πρόσωπο, να ξεκουράζεται σε μια κουνιστή πολυθρόνα που αιωρείται πάνω απ' το επίπεδο του πατώματος, να πλέει ανάμεσα σε λουλουδιασμένες κουρτίνες, ένα βάζο να πετάει αναποδογυρισμένο κι ένα χοντρό και μαύρο γάτο να παρατηρεί, καθισμένος σαν κύριος. Επιρροή του Σαγκάλ, λέει ο κατάλογος του μουσείου, αλλά δεν είναι σωστό. Πρόκειται για την πραγματικότητα, όπως ακριβώς την έζησε ο ζωγράφος στο σπίτι της Κλάρας. Εκείνη ήταν μια εποχή που οι κρυφές δυνάμεις της ανθρώπινης φύσης και το θεϊκό κέφι ορμούσαν χωρίς δυσάρεστες συνέπειες, αιφνιδιάζοντας και προκαλώντας αναστάτωση στους νόμους της φυσικής και της λογικής. Η Κλάρα επικοινωνούσε με τις περιπλανώμενες ψυχές και τους εξωγήινους με τηλεπάθεια, τα όνειρα κι ένα εκκρεμές που χρησιμοποιούσε γι' αυτόν το λόγο, κρατώντας το στον αέρα, πάνω από ένα αλφάβητο που τοποθετούσε τακτικά πάνω στο τραπέζι. Οι αυτόνομες κινήσεις που έκανε το εκκρεμές έδειχναν τα γράμματα και σχημάτιζαν μηνύματα στα ισπανικά και στην εσπεράντο, αποδείχνοντας έτσι πως ήταν οι μοναδικές γλώσσες που ενδιέφεραν τα πνεύματα από άλλες διαστάσεις κι όχι τ' αγγλικά, όπως έλεγε η Κλάρα στα γράμματα που έστελνε στους πρεσβευτές των αγγλόφωνων δυνάμεων, χωρίς εκείνοι ποτέ να της απαντήσουν, όπως δεν της απάντησαν και τα διαδοχικά Υπουργεία Παιδείας, στα οποία απευθυνόταν για να τους αναπτύξει τη θεωρία της, πως, αντί να διδάσκουν στα σχολεία αγγλικά και γαλλικά, γλώσσες για ναύτες, γυρολόγους και τοκογλύφους, να υποχρεώνουν τα παιδιά να μάθουν εσπεράντο.

Η Άλμπα πέρασε την παιδική της ηλικία με δίαιτες για χορτοφάγους, γιαπωνέζικες πολεμικές τέχνες, θιβετιανούς χορούς, αναπνοές γιόγκα, χαλάρωση και συγκέντρωση με τον καθηγητή Χάουσερ και με πολλές άλλες ενδιαφέρουσες τεχνικές, χωρίς να λογαριάσει κανείς τα όσα πρόσφεραν στη μόρφωσή της οι δυο θείοι και οι τρεις γοητευτικές σενιορίτες Μόρα. Η γιαγιά της, η Κλάρα, τα κανόνιζε πάντα έτσι, ώστε να διατηρεί σε λειτουργία εκείνο το τεράστιο κάρο, γεμάτο από παραισθησιακούς, στο οποίο είχε μεταβληθεί το σπίτι της, παρ' όλο που η ίδια δεν είχε καμιά οικιακή ικανότητα και περιφρονούσε τόσο τις τέσσερις πράξεις, ώστε να μην μπορεί να κάνει μια πρόσθεση. Έτσι η οργάνωση του σπιτιού και οι λογαριασμοί έπεφταν με φυσικό τρόπο στα χέρια της Μπλάνκα, που μοίραζε το χρόνο της ανάμεσα στη δουλειά της οικονόμου σ' εκείνο το βασίλειο σε μικρογραφία και στο εργαστήρι της κεραμικής στο βάθος της αυλής, το τελευταίο καταφύγιο για τις στεναχώριες της, όπου παρέδιδε μαθήματα για μογγολικά παιδιά και για δεσποινίδες, κι έφτιαχνε τις απίστευτες φάτνες της με τέρατα, που ενάντια σε κάθε λογική πουλιόνταν σαν ζεστά ψωμάκια.

Από πολύ μικρή η Άλμπα είχε αναλάβει την ευθύνη να βάζει φρέσκα λουλούδια στα βάζα. Άνοιγε τα παράθυρα για να μπουν ο αέρας και το φως, αλλά τα λουλούδια δεν άντεχαν ως το βράδυ, γιατί η φωνάρα του Εστέμπαν Τρουέμπα κι οι μπαστουνιές του είχαν την ιδιότητα να τρομάζουν τη φύση. Στο πέρασμά του, τα οικιακά ζώα το έβαζαν στα πόδια και τα λουλούδια μαραίνονταν. Η Μπλάνκα μεγάλωνε ένα φίκο από τη Βραζιλία, ένα καχεκτικό και δειλό φυτό, που η μόνη του χάρη ήταν η τιμή του: αγοραζόταν φύλλο φύλλο. Όταν άκουγαν τον παππού να φτάνει, όποιος βρισκόταν πιο κοντά, έτρεχε να βγάλει το φίκο στην ταράτσα, γιατί μόλις ο γέρος έμπαινε στο δωμάτιο, το φυτό μάζευε τα φύλλα του κι άρχιζε να βγάζει από το κοτσάνι ένα ασπριδερό υγρό, σαν δάκρυα από γάλα.

Η Άλμπα δεν πήγαινε σχολείο, γιατί η γιαγιά της έλεγε πως όποιος έχει ευνοηθεί τόσο πολύ από τ' άστρα, όπως αυτή, δεν χρειάζεται άλλο από το να ξέρει να διαβάζει και να γράφει κι αυτά μπορούσε να τα μάθει στο σπίτι. Βιάστηκε τόσο να της μάθει το αλφάβητο, που στα πέντε της χρόνια η μικρή διάβαζε την εφημερίδα την ώρα του πρωινού για να συζητάει τα νέα με τον παππού της, στα έξι της χρόνια είχε ανακαλύψει τα μαγικά βιβλία στα μαγεμένα μπαούλα του θείου Μάρκος κι είχε ολοκληρωτικά εισχωρήσει στον χωρίς επιστροφή κόσμο της φαντασίας. Ούτε ασχολήθηκαν με την υγεία της, γιατί δεν πίστευαν στις βιταμίνες κι έλεγαν πως τα εμβόλια ήταν για τις κότες. Επιπλέον, η γιαγιά της μελέτησε τις γραμμές στο χέρι της και είπε πως θα είχε σιδερένια υγεία και μακρόχρονη ζωή. Η μόνη επιπόλαια φροντίδα που της έδειχναν ήταν να της χτενίζουν τα μαλλιά με Μπάιρουμ για ν' απαλύνουν τη σκούρα πράσινη απόχρωση που είχαν όταν γεννήθηκε, παρ' όλο που ο γερουσιαστής Τρουέμπα έλεγε πως έπρεπε να τ' αφήσουν έτσι, γιατί ήταν η μόνη που είχε κληρονομήσει κάτι από την ωραία Ρόζα, αν και, δυστυχώς, μόνο το θαλασσινό χρώμα των μαλλιών. Για να τον ευχαριστήσει η Άλμπα, στα εφηβικά της χρόνια εγκατέλειψε τα τεχνάσματα του Μπάιρουμ και ξέβγαζε τα μαλλιά της με βρασμένο μαϊντανό, πράγμα που επέτρεψε στο πράσινο χρώμα να φουντώσει ξανά. Το υπόλοιπο σώμα της ήταν μικροκαμωμένο και ασήμαντο, αντίθετα με τις περισσότερες γυναίκες στην οικογένεια, που ήταν όλες, σχεδόν χωρίς εξαίρεση, εξαιρετικές.

Τις λίγες ώρες ανάπαυσης που είχε η Μπλάνκα για να

σκέφτεται τον εαυτό της και την κόρη της, λυπόταν γιατί ήταν μοναχοπαίδι και σιωπηλό παιδί, χωρίς παρέες της ηλικίας της για να παίζει. Στην πραγματικότητα, η Άλμπα δεν ένιωθε μόνη, αντίθετα, μερικές φορές θα ήταν πολύ ευτυχισμένη αν μπορούσε να αποφεύγει τη διορατικότητα της γιαγιάς της, την προαίσθηση της μητέρας της και τη φασαρία του παράξενου κόσμου που εμφανιζόταν, εξαφανιζόταν κι εμφανιζόταν ξανά στο μεγάλο σπίτι στη γωνία. Την Μπλάνκα την απασχολούσε ακόμα πως η κόρη της δεν έπαιζε με κούκλες, αλλά η Κλάρα υποστήριζε την εγγονή της, με το επιχείρημα πως εκείνα τα μικρά πτώματα από πορσελάνη, με τα μάτια που ανοιγοκλείνουν και τα διεστραμμένα πεταχτά χείλια, ήταν αποκρουστικά. Εκείνη μόνη της έφτιαχνε κάτι άμορφα πλάσματα, με περισσέματα από το μαλλί που έπλεκε για τους φτωχούς. Ήταν κάτι μωρά που δεν είχαν τίποτα ανθρώπινο πάνω τους, αλλά ακριβώς γι' αυτό μπορούσε να τα νανουρίζει, να τα πλένει κι ύστερα να τα πετάει στα σκουπίδια με μεγαλύτερη ευκολία. Το αγαπημένο παιχνίδι της μικρής ήταν το υπόγειο. Ο Εστέμπαν Τρουέμπα είχε διατάξει να βάλουν ένα σύρτη στην πόρτα για τα ποντίκια, αλλά η Άλμπα γλιστρούσε με το κεφάλι από ένα φεγγίτη και προσγειωνόταν αθόρυβα σ' εκείνο τον παράδεισο από ξεχασμένα πράγματα. Εκείνο το μέρος ήταν πάντα μισοσκότεινο, διατηρημένο μακριά από το πέρασμα του χρόνου, σαν σφραγισμένη πυραμίδα. Εκεί μέσα βρίσκονταν στοιβαγμένα τα έπιπλα που πετούσαν, εργαλεία για κάποια ακατανόητη χρήση, κομμάτια από το Κοβαντόνγκα, το προϊστορικό αυτοκίνητο, που οι θείοι της είχαν διαλύσει για να το μεταμορφώσουν σε όχημα αγώνων κι είχε τελειώσει τις μέρες του μεταβλημένο σε παλιοσίδερα. Η Άλμπα με τα πάντα έφτιαχνε σπιτάκια στις γωνίες. Υπήρχαν μπαούλα και βαλίτσες με παλιά ρούχα, που τα χρησιμοποιούσε για ν' ανεβάζει τις μοναχικές θεατρικές της παραστάσεις, κι ένα θλιβερό, μαύρο και σκοροφαγωμένο μαλλιαρό πράγμα, με κεφάλι σκύλου, που, απλωμένο πάνω στο πάτωμα, έμοιαζε μ' ένα κακόμοιρο ζώο μ' ανοιχτά τα πόδια. Ήταν τα τελευταία, ντροπιασμένα απομεινάρια του πιστού Μπαραμπάς.

Κάποια παραμονή Χριστουγέννων η Κλάρα έκανε στην εγγονή της ένα καταπληκτικό δώρο, που κατάφερε σε μερικές περιπτώσεις ν' αντικαταστήσει τη γοητεία του υπογείου: ένα κιβώτιο με μπογιές, πινέλα, μια μικρή σκάλα και την άδεια να ζωγραφίσει ό,τι θέλει στο μεγαλύτερο τοίχο στο δωμάτιό της.

«Μ' αυτά θα βγάλει το άχτι της», είπε η Κλάρα, όταν την είδε να ισορροπεί πάνω στη σκάλα, για να ζωγραφίσει κοντά στο ταβάνι ένα τρένο γεμάτο ζώα.

Με τα χρόνια, η Άλμπα γέμιζε εκείνον και τους άλλους τοίχους του δωματίου της με τεράστιες τοιχογραφίες, όπου ανάμεσα σε μια χλωρίδα της Αφροδίτης και μια απίθανη πανίδα με ζώα που έβγαζε απ' το μυαλό της, σαν αυτά που κεντούσε η Ρόζα στο τραπεζομάντιλό της κι έψηνε η Μπλάνκα στο φούρνο της, εμφανίζονταν οι επιθυμίες, οι αναμνήσεις, οι θλίψεις και οι χαρές της παιδικής της ηλικίας.

Πολύ κοντά της βρίσκονταν οι δυο της θείοι. Ο Χάιμε ήταν ο αγαπημένος της. Ήταν ένας μαλλιαρός άντρακλας, που έπρεπε να ξυρίζεται δυο φορές τη μέρα, κι ακόμα κι έτσι έδειχνε πάντα αξύριστος, είχε απειλητικά μαύρα φρύδια, που τα χτένιζε πάντα προς τα πάνω για να κάνει την ανιψιά του να νομίζει πως μοιάζει με το διάβολο, κι είχε ίσια μαλλιά σαν σκούπα, κολλημένα πάντα με μπριγιαντίνη και υγρά. Μπαινόβγαινε πάντα με τα βιβλία του κάτω από τη μασχάλη και μια τσάντα υδραυλικού στο χέρι. Είχε πει στην Άλμπα πως ήταν κλέφτης κοσμημάτων και πως μέσα στην τρομερή του βαλίτσα κουβαλούσε αντικλείδια και γάντια. Η μικρή έκανε πως τρόμαζε, αλλά ήξερε πως ο θείος της ήταν γιατρός και πως στο βαλιτσάκι του είχε τα όργανα της δουλειάς του. Είχαν σκεφτεί παιχνίδια για να διασκεδάζουν μερικά βροχερά απογέματα.

«Φέρε τον ελέφαντα», διέταζε ο θείος Χάιμε.

Η Άλμπα έβγαινε και γυρνούσε, σέρνοντας από ένα αόρατο σκοινί ένα φανταστικό παχύδερμο. Μπορούσαν να περάσουν περισσότερο από μισή ώρα, δίνοντας του να φάει τα κατάλληλα χόρτα για το είδος του, πλένοντάς το για να προφυλάξουν το δέρμα του από την ξηρασία και γυαλίζοντας τους χαυλιόδοντές του, ενώ συζητούσαν έντονα για τα προτερήματα και τα μειονεχτήματα της ζωής στη ζούγκλα.

«Αυτό το παιδί θα αποτρελαθεί», έλεγε ο γερουσιαστής Τρουέμπα, όταν έβλεπε τη μικρή Άλμπα, καθισμένη στη βεράντα, να διαβάζει τις ιατρικές πραγματείες που της δάνειζε ο θείος της Χάιμε.

Ήταν ο μόνος άνθρωπος στο σπίτι που είχε κλειδί για να μπαίνει στο τούνελ με τα βιβλία του θείου της κι είχε εξουσιοδότηση να τα παίρνει και να τα διαβάζει. Η Μπλάνκα υποστήριζε πως έπρεπε να επιτηρούν τα διαβάσματά της, γιατί υπήρχαν πράγματα που δεν ήταν κατάλληλα για την ηλικία της, αλλά ο θείος Χάιμε ήταν της γνώμης πως οι άνθρωποι δεν διαβάζουν παρά μόνο όσα τους ενδιαφέρουν κι αν κάτι τους ενδιαφέρει, είναι γιατί έχουν κιόλας την ωριμότητα να το διαβάσουν. Είχε την ίδια θεωρία για το μπάνιο και για το φαγητό. Έλεγε πως αν η μικρή δεν είχε όρεξη να κάνει μπάνιο ήταν γιατί δεν το χρειαζόταν κι έπρεπε να της δίνουν να τρώει αυτά που ήθελε τις ώρες που πεινούσε, γιατί ο οργανισμός ήξερε καλύτερα απ' όλους τις ίδιες του τις ανάγκες. Σ' αυτό το σημείο η Μπλάνκα ήταν ανένδοτη κι υποχρέωνε την κόρη της να τηρεί ένα αυστηρό ωράριο και κανόνες υγιεινής. Το αποτέλεσμα ήταν πως, πέρα από το φαγητό και τα κανονικά μπάνια, η Άλμπα έτρωγε όλα όσα της χάριζε ο θείος της και πλενόταν με το λάστιχο κάθε φορά που ζεσταινόταν, χωρίς τίποτα απ' αυτά να επηρεάζει τη γερή της κράση. Η Άλμπα θα προτιμούσε να παντρευόταν ο θείος Χάιμε με τη μαμά της, γιατί ήταν πιο σίγουρο να τον έχει πατέρα παρά θείο, αλλά της εξήγησαν πως απ' αυτές τις επιμειξίες γεννιούνται μογγολικά παιδιά. Έτσι έμεινε με την ιδέα πως οι μαθητές της Πέμπτης, που μάθαιναν κεραμική στο εργαστήρι της μητέρας της, ήταν παιδιά των θείων της.

Κι ο Νικολάς ήταν κοντά στη μικρή, αλλά είχε κάτι εφήμερο, φευγαλέο, βιαστικό – πάντα περαστικός, λες και πηδούσε από τη μια ιδέα στην άλλη, πράγμα που προκαλούσε ανησυχία πάντα στην Άλμπα. Ήταν πέντε χρονών όταν ο θείος της ο Νικολάς γύρισε από την Ινδία. Κουρασμένος να επικαλείται τον Θεό με το τρίποδο τραπεζάκι και με το χασίς, είχε αποφασίσει να πάει να τον βρει σ' έναν τόπο λιγότερο άγριο από την πατρίδα του. Πέρασε δυο μήνες ενοχλώντας την Κλάρα, την έπαιρνε από πίσω σ' όλο το σπίτι και της μουρμούριζε στ' αυτί όταν κοιμόταν, μέχρι που την έπεισε να πουλήσει ένα δαχτυλίδι με μπριγιάν για να πληρώσει το εισιτήριο για τη γη του Μαχάτμα Γκάντι. Εκείνη τη φορά ο Εστέμπαν Τρουέμπα δεν έφερε αντίρρηση, γιατί είχε σκεφτεί πως μια βόλτα σ' εκείνη την περιοχή με τους πεινασμένους και τις περιφερόμενες αγελάδες θα έκανε καλό στο γιο του.

«Αν δεν πεθάνεις από τσίμπημα κόμπρας ή από καμιά παράξενη επιδημία, ελπίζω πως τουλάχιστον θα γίνεις άντρας, γιατί έχω βαρεθεί πια τις εκκεντρικότητές σου», του είπε ο πατέρας του, όταν τον αποχαιρετούσε στην αποβάθρα.

Ο Νικολάς πέρασε ένα χρόνο ζητιανεύοντας, περνώντας από τους δρόμους των γιόγκι, με τα πόδια στα Ιμαλάια, με τα πόδια στο Κατμαντού, με τα πόδια στον Γάγγη, και με τα πόδια στο Μπεναρές. Μετά από κείνο το προσκύνημα, σιγουρεύτηκε για την ύπαρξη του Θεού κι έμαθε να περνάει μεγάλες καρφίτσες στα μάγουλά του και στο στήθος του και να ζει σχεδόν χωρίς να τρώει. Μια μέρα τον είδαν να καταφθάνει στο σπίτι, χωρίς άλλη προειδοποίηση, με μια μωρουδιακή πάνα που έκρυβε τ' απόκρυφά του, πετσί και κόκαλο, και μ' εκείνο το χαμένο ύφος που έχουν όσοι τρώνε μόνο λαχανικά. Είχε φτάσει με τη συνοδεία δυο αστυνομικών, που, καχύποπτοι, ήταν έτοιμοι να τον χώσουν μέσα, αν δεν μπορούσε να αποδείξει πως πραγματικά ήταν γιος του γερουσιαστή Τρουέμπα, και με μια παρέα παιδιά που του πετούσαν σκουπίδια και τον κορόιδευαν. Η Κλάρα ήταν η μόνη που δεν δυσκολεύτηκε να τον αναγνωρίσει. Ο πατέρας του ηρέμησε τους αστυνομικούς και διέταξε τον Νικολάς να κάνει μπάνιο και να βάλει ανθρώπινα ρούχα, αν ήθελε να μείνει στο σπίτι, αλλά ο Νικολάς τον κοίταξε σαν να μην τον έβλεπε και δεν του απάντησε. Είχε γίνει χορτοφάγος. Δεν έβαζε στο στόμα του κρέας, ούτε γάλα, ούτε αβγά, κι έτρωγε αυτά που τρώνε τα κουνέλια – με τον καιρό το ανήσυχο πρόσωπό του είχε αρχίσει να μοιάζει μ' αυτά τα ζώα. Μασούσε κάθε μπουκιά από το ελάχιστο φαγητό του πενήντα φορές. Τα γεύματα μεταβλήθηκαν σε αιώνια ιεροτελεστία, ώσπου η Άλμπα αποκοιμιόταν πάνω στο άδειο πιάτο της και οι υπηρέτες με τις πιατέλες στην κουζίνα, ενώ εκείνος μηρύκαζε τελετουργικά· γι' αυτό ο Εστέμπαν Τρουέμπα σταμάτησε να πηγαίνει στο σπίτι κι έτρωγε όλα του τα γεύματα στη Λέσχη. Ο Νικολάς βεβαίωνε πως μπορούσε να περπατήσει ξυπόλυτος πάνω στα κάρβουνα, αλλά κάθε φορά που ήταν διατεθειμένος να το κάνει, η Κλάρα πάθαινε κρίση άσθματος κι ήταν αναγκασμένος να σταματήσει. Μιλούσε όλο με ακαταλαβίστικες ανατολίτικες παραβολές. Τα μοναδικά του ενδιαφέροντα ήταν πνευματικής φύσης. Ο υλισμός της οικιακής ζωής τον ενοχλούσε τόσο όσο και οι υπερβολικές φροντίδες της αδελφής του και της μητέρας του, που επέμεναν να τον τρέφουν και να τον ντύνουν και η καταδίωξη μάγευε την Άλμπα, που τον ακολουθούσε σαν σκυλάκι στο σπίτι, παρακαλώντας τον να της μάθει να στέκεται με το κεφάλι κάτω και τα πόδια πάνω και να τρυπιέται με καρφίτσες. Έμεινε γυμνός ακόμα κι όταν ήρθε άγριος ο χειμώνας. Μπορούσε να κρατάει σχεδόν τρία λεπτά την αναπνοή του κι ήταν διατεθειμένος να πραγματοποιεί αυτή την άσκηση κάθε φορά που κάποιος του το ζητούσε, πράγμα που συνέβαινε συχνά. Ο Χάιμε έλεγε πως ήταν κρίμα που ο αέρας ήταν δωρεάν, γιατί έκανε το λογαριασμό πως ο Νικολάς ανέπνεε το μισό από έναν κανονικό άνθρωπο, αν κι αυτό δεν έδειχνε να τον επηρεάζει καθόλου. Πέρασε όλο το χειμώνα τρώγοντας καρότα, χωρίς να παραπονιέται για το κρύο, κλεισμένος στο δωμάτιό του, γεμίζοντας σελίδες ολόκληρες με τα μικροσκοπικά του γράμματα με μαύρη μελάνη. Όταν έφτασαν τα πρώτα σημάδια της άνοιξης, ανάγγειλε πως το βιβλίο του ήταν έτοιμο. Είχε γράψει χίλιες πεντακόσιες σελίδες και μπόρεσε να πείσει τον πατέρα του και τον αδελφό του να του το χρηματοδοτήσουν, έναντι του κέρδους που θα είχαν από τις πωλήσεις. Μετά από τις διορθώσεις και το τύπωμα, από τις χίλιες τόσες σελίδες έμειναν εξακόσιες σελίδες, σε μια ογκώδη πραγματεία για τα ενενήντα εννιά ονόματα του Θεού και τον τρόπο που μπορεί να φτάνει κανείς στη νιρβάνα με αναπνευστικές ασκήσεις. Δεν είχε την επιτυχία που περίμενε και τα κιβώτια με την έκδοση τέλειωσαν τις μέρες τους στο υπόγειο, όπου η Άλμπα τα χρησιμοποιούσε σαν τούβλα για να κατασκευάζει χαρακώματα, ώσπου, πολλά χρόνια αργότερα, έγιναν προσάναμμα σε μια αισχρή πυρά.

Μόλις βγήκε το βιβλίο από το τυπογραφείο, ο Νικολάς το πήρε με αγάπη στα χέρια του, ξαναβρήκε το χαμένο ειρωνικό του χαμόγελο, έβαλε κανονικά ρούχα κι ανάγγειλε πως είχε φτάσει η στιγμή να φέρει την Αλήθεια στους συγχρόνους του, που βρίσκονταν στα σκοτάδια της άγνοιας. Ο Εστέμπαν Τρουέμπα του θύμισε την απαγόρευση να μεταχειρίζεται το σπίτι σαν ακαδημία και τον προειδοποίησε πως δεν θα ανεχόταν να βάζει ειδωλολατρικές ιδέες στο κεφάλι της Άλμπα, κι ακόμα λιγότερο να της μαθαίνει τα κόλπα των φακίρηδων. Ο Νικολάς πήγε να διδάξει στην καφετέρια στο πανεπιστήμιο, όπου κατόρθωσε να αποχτήσει έναν εντυπωσιακό αριθμό πιστών για τα μαθήματά του, με πνευματικές και αναπνευστικές ασκήσεις. Στις ελεύθερες ώρες του έκανε βόλτες με μοτοσικλέτα και μάθαινε στην ανιψιά του να νικάει τον πόνο κι άλλες αδυναμίες της σάρκας. Η μέθοδός του ήταν η αναγνώριση εκείνων των πραγμάτων που προκαλούν τρόμο. Η μικρή, που είχε κάποια κλίση προς το μακάβριο, αυτοσυγκεντρωνόταν σύμφωνα με τις οδηγίες του θείου της και κατάφερνε να δει με το νου της, λες και τον ζούσε στην πραγματικότητα, το θάνατο της μητέρας της. Την έβλεπε χλομή, με κλειστά τα όμορφα, ανατολίτικα μάτια της, ξαπλωμένη σ' ένα φέρετρο. Άκουγε το θρήνο της οικογένειας. Έβλεπε τη λιτανεία των φίλων, που έμπαιναν σιωπηλά, άφηναν σ' ένα δίσκο τις προσωπικές τους κάρτες, κι έβγαιναν με χαμηλωμένο το κεφάλι. Ένιωθε τη μυρωδιά από τα λουλούδια, άκουγε να χλιμιντρίζουν τα στολισμένα με φτερά άλογα της νεκροφόρας. Πονούσαν τα πόδια της μες στα καινούργια μαύρα της παπούτσια. Φανταζόταν τη μοναξιά της, την εγκατάλειψή της, την ορφάνια της. Ο θείος της τη βοηθούσε να τα σκέφτεται όλ' αυτά χωρίς να κλαίει, να χαλαρώνει και να μην αντιστέκεται στον πόνο, ώστε να τη διαπερνάει χωρίς να μένει μέσα της. Άλλες φορές η Άλμπα έπιανε ένα δάχτυλο στην πόρτα και μάθαινε να υποφέρει τον καυτό πόνο χωρίς να παραπονιέται. Αν κατόρθωνε να περάσει μια βδομάδα χωρίς να κλάψει, ξεπερνώντας τις δοκιμασίες που της έβαζε ο Νικολάς, κέρδιζε ένα βραβείο, που ήταν σχεδόν πάντα το ίδιο, μια βόλτα με τη μοτοσικλέτα με ιλιγγιώδη ταχύτητα, πράγμα που ήταν αξέχαστη εμπειρία. Κάποια φορά μπήκαν ανάμεσα σ' ένα κοπάδι αγελάδες που γυρνούσαν στο στάβλο, σ' ένα δρόμο έξω από την πόλη, όπου ο Νικολάς είχε πάει την ανιψιά του για να της δώσει το βραβείο. Εκείνη θα θυμόταν για πάντα τα βαριά σώματα των ζώων, τη βραδύτητά τους, τις λασπωμένες τους ουρές που τη χτυπούσαν καταπρόσωπο, τη μυρωδιά της κοπριάς, τα κέρατα που την έξυναν και την ίδια, την αίσθηση του κενού στο στομάχι της, το θαυμάσιο ίλιγγο, την απίστευτη αναστάτωση, ανάμικτη από παθιασμένη περιέργεια και τρόμο, που μόνο ελάχιστες φορές στη ζωή της ξανάζησε.

Ο Εστέμπαν Τρουέμπα, που πάντα δυσκολευόταν να εκφράζει την ανάγκη του για αγάπη, και που, από τότε που χειροτέρεψαν οι συζυγικές σχέσεις του με την Κλάρα, κανένας δεν του έδειχνε τρυφερότητα, μετέφερε τα καλύτερά του συναισθήματα στην Άλμπα. Η μικρή αποτελούσε για κείνον αυτό που δεν είχαν σημάνει ποτέ τα ίδια του τα παιδιά. Κάθε πρωί εκείνη πήγαινε με τις πιτζάμες στο δωμάτιο του παππού, άνοιγε την πόρτα χωρίς να χτυπήσει κι έμπαινε μες στο κρεβάτι του. Εκείνος υποκρινόταν πως ξυπνούσε ξαφνιασμένος, αν και στην πραγματικότητα την περίμενε, και μούγκριζε να μην τον ενοχλεί, να πάει στο δωμάτιό της και να τον αφήσει να κοιμηθεί. Η Άλμπα τον γαργαλούσε μέχρι που, φαινομενικά νικημένος, της έδινε την άδεια να ψάξει να βρει τη σοκολάτα που της είχε φυλάξει. Η Άλμπα γνώριζε όλες τις κρυψώνες κι ο παππούς της τις μεταχειριζόταν πάντα με την ίδια σειρά, αλλά για να μην τον απογοητεύσει, έψαχνε αρκετή ώρα κι έβγαζε φωνές από τη χαρά της όταν την έβρισκε. Ο Εστέμπαν ποτέ δεν έμαθε πως η εγγονή του αηδίαζε με τις σοκολάτες και τις έτρωγε μόνο από αγάπη για κείνον. Μ' εκείνα τα πρωινά παιχνίδια ο γερουσιαστής ικανοποιούσε τις ανάγκες του για ανθρώπινη επαφή. Την υπόλοιπη μέρα ήταν απασχολημένος με τη Γερουσία, τη Λέσχη, το γκολφ, τις επιχειρήσεις και τα πολιτικά του συμβούλια. Δύο φορές το χρόνο πήγαινε στις Τρεις Μαρίες με την εγγονή του, για δυο τρεις βδομάδες. Κι οι δυο γύριζαν πιο χοντροί, ηλιοκαμένοι κι ευτυχισμένοι. Εκεί έφτιαχναν ένα σπιτικό αγουαρδιέντε, που χρησίμευε για να το πίνουν, ν' ανάβουν την κουζίνα, ν' απολυμαίνουν πληγές και να σκοτώνουν τις κατσαρίδες και που εκείνοι ονόμαζαν με στόμφο «βότκα». Στο τέλος της ζωής του, όταν τα ενενήντα του χρόνια τον είχαν κάνει ένα στραβωμένο κι εύθραυστο δέντρο, ο Εστέμπαν Τρουέμπα θα θυμόταν εκείνες τις ώρες με την εγγονή του σαν τις καλύτερές του κι εκείνη κράτησε για πάντα στη μνήμη της τη συνενοχή σ' εκείνα τα ταξίδια στην εξοχή, πιασμένη από το χέρι του παππού, τις βόλτες καβάλα πίσω του, τα δειλινά στην απεραντοσύνη των χωραφιών, τις μακριές νύχτες κοντά στο τζάκι της σάλας, να διηγούνται ιστορίες για φαντάσματα και να ζωγραφίζουν.

Οι σχέσεις του γερουσιαστή Τρουέμπα με την υπόλοιπη οικογένεια χειροτέρευαν ολοένα και περισσότερο με τα χρόνια. Μια φορά τη βδομάδα, κάθε Σάββατο, μαζεύονταν για να δειπνήσουν γύρω από το μεγάλο δρύινο τραπέζι, που ανήκε από παλιά στους δελ Βάλιε, πράγμα που σημαίνει πως ήταν παμπάλαιο κι είχε χρησιμέψει για να ξαγρυπνήσουν τους νεκρούς, για χορούς φλαμένκο και για άλλες απίθανες δουλειές. Κάθιζαν την Άλμπα ανάμεσα στη γιαγιά και στη μητέρα της, με μια μαξιλάρα στην καρέκλα της για να φτάνει η μύτη της στην άκρη του τραπεζιού. Η μικρή παρακολουθούσε τους μεγάλους γοητευμένη, τη γιαγιά της, που αχτινοβολούσε με τη μασέλα που φορούσε για την περίσταση, ν' απευθύνει μηνύματα στον άντρα της με τα παιδιά της ή τους υπηρέτες, τον Χάιμε που έκανε επίδειξη κακών τρόπων, ρευόταν μετά από κάθε φαγητό και σκάλιζε τα δόντια του με το μικρό του δάχτυλο, για να ενοχλεί τον πατέρα του, τον Νικολάς με μισόκλειστα μάτια να μασουλάει πενήντα φορές κάθε μπουκιά και την Μπλάνκα να φλυαρεί για οτιδήποτε, μόνο και μόνο για να δίνει την εντύπωση πως ήταν ένα κανονικό δείπνο. Ο Τρουέμπα κρατιόταν σχετικά σιωπηλός, μέχρι που δεν άντεχε άλλο ο παλιοχαρακτήρας του κι άρχιζε να μαλώνει με το γιο του Χάιμε για τους φτωχούς, για τις ψηφοφορίες, για τους σοσιαλιστές και για τις αρχές, ή να προσβάλλει τον Νικολάς για τις πρωτοβουλίες που αναλάμβανε κατά καιρούς να πετάει μ' αερόστατα ή να κάνει βελονισμούς στην Άλμπα, ή να στεναχωρεί την Μπλάνκα για τα κακοφτιαγμένα της αντίγραφα, για την αδιαφορία της και με τις ανώφελες προειδοποιήσεις του, πως είχε καταστρέψει τη ζωή της και πως δεν θα κληρονομούσε ούτε ένα πέσο από κείνον. Με τη μόνη που δεν μάλωνε ήταν με την Κλάρα, αλλά μαζί της ούτε καν μιλούσε. Μερικές φορές η Άλμπα έπιανε τον παππού της, με τα μάτια του καρφωμένα πάνω στην Κλάρα, να γίνεται κάτασπρος και γλυκός μέχρι που έμοιαζε σαν κάποιον άγνωστο γερούλη. Όμως αυτό δεν συνέβαινε πολύ συχνά, συνήθως οι σύζυγοι αγνοούσαν ο ένας τον άλλον. Άλλες φορές ο γερουσιαστής Τρουέμπα έχανε τον έλεγχο και φώναζε τόσο, που κοκκίνιζε κι έπρεπε να του ρίξουν μια κανάτα κρύο νερό στο πρόσωπο, για να του περάσει η κρίση και να ξαναβρεί το ρυθμό της αναπνοής του.

Εκείνη την εποχή η Μπλάνκα ήταν πιο όμορφη παρά ποτέ. Είχε ανατολίτικο ύφος, νωχελικό και πληθωρικό, που προκαλούσε εμπιστοσύνη και γαλήνη. Ήταν ψηλή και γεμάτη, μ' αδύνατο και κλαψιάρικο χαρακτήρα, που ξυπνούσε στους άντρες την πανάρχαια διάθεση για προστασία. Ο πατέρας της δεν τη συμπαθούσε. Δεν της είχε συγχωρέσει τον έρωτά της για τον Πέδρο Τερσέρο Γκαρσία και προσπαθούσε να την κάνει να μην ξεχνάει πως ζούσε από την ευσπλαχνία του. Ο Τρουέμπα δεν μπορούσε να εξηγήσει πώς η κόρη του είχε τόσους θαυμαστές, ερωτευμένους μαζί της, γιατί η Μπλάνκα δεν είχε τίποτα από την αφοπλιστική ευθυμία και διαχυτικότητα που τον τραβούσαν στις γυναίκες κι επιπλέον σκεφτόταν πως κανένας φυσιολογικός άνθρωπος δεν θα ήθελε να παντρευτεί μια αρρωστιάρα γυναίκα, με αβέβαιη οικονομική κατάσταση και μια κόρη. Από τη μεριά της, η Μπλάνκα δεν ξαφνιαζόταν που την κυνηγούσαν οι άντρες. Ήξερε πως ήταν όμορφη. Όμως, μπροστά στους άντρες που την τριγύριζαν κρατούσε αντιφατική στάση, δίνοντάς τους θάρρος με τα ανατολίτικα μάτια της, αλλά κρατώντας τους σε φρόνιμη απόσταση. Μόλις έβλεπε πως κάποιος είχε σοβαρές προθέσεις, έκοβε απότομα τη σχέση. Μερικοί, με καλύτερη οικονομική κατάσταση, κατόρθωναν να φτάσουν στην καρδιά της Μπλάνκα καταχτώντας την κόρη της. Γέμιζαν την Άλμπα ακριβά δώρα, μηχανικές κούκλες που περπατούσαν, έκλαιγαν, έτρωγαν κι έκαναν κι άλλα πολλά καθαρά ανθρώπινα κατορθώματα, την κερνούσαν γλυκά με σαντιγί και την πήγαιναν βόλτες στο ζωολογικό κήπο, όπου η μικρή έκλαιγε από λύπη για τα καημένα τα αιχμάλωτα ζώα, ιδιαίτερα για τη φώκια, που της προκαλούσε πένθιμα συναισθήματα. Εκείνες οι επισκέψεις στο ζωολογικό κήπο, κρατώντας το χέρι κάποιου σπάταλου κοιλαρά υποψήφιου, της άφησαν για την υπόλοιπη ζωή της έναν τρόμο για την κλεισούρα, τους τοίχους, τα κάγκελα και την απομόνωση.

Ανάμεσα σ' όλους τους ερωτευμένους, αυτός που προχώρησε περισσότερο στο δρόμο για την κατάχτηση της Μπλάνκα ήταν ο Βασιλιάς της Χύτρας Ταχύτητος. Παρ' όλη την τεράστια περιουσία του και τον ήρεμο και στοχαστικό του χαρακτήρα, ο Εστέμπαν Τρουέμπα τον σιχαινόταν, γιατί ήταν περιτομημένος, είχε μύτη Σεφαρδιμίτη και σγουρά μαλλιά. Με την κοροϊδευτική κι εχθρική του διάθεση, ο Τρουέμπα κατάφερε να διώξει εκείνο τον άνθρωπο που είχε επιβιώσει σ' ένα στρατόπεδο συγκέντρωσης, είχε νικήσει τη φτώχεια και την εξορία κι είχε θριαμβεύσει στον ανήλεο κόσμο του εμπορίου. Όσο διάρκεσε το ειδύλλιο, ο Βασιλιάς της Χύτρας Ταχύτητος περνούσε να πάρει την Μπλάνκα για να φάνε έξω, στα πιο ακριβά μέρη, μ' ένα μικροσκοπικό αυτοκίνητο, με δύο μόνο καθίσματα, με ρόδες από τρακτέρ κι ένα θόρυβο από τουρμπίνα στη μηχανή του, μοναδικό στο είδος του, που προκαλούσε αναστάτωση στους περίεργους με το πέρασμά του και υποτιμητικά για τους Τρουέμπα κουτσομπολιά. Αδιαφορώντας για τη δυσφορία του πατέρα της και τις κατασκοπίες των γειτόνων, η Μπλάνκα ανέβαινε στο όχημα ντυμένη με το μοναδικό μαύρο ταγιέρ της και την άσπρη μεταξωτή της μπλούζα, που φορούσε σ' όλες τις εξαιρετικές περιπτώσεις. Η Άλμπα την αποχαιρετούσε μ' ένα φιλί κι έμενε όρθια στην πόρτα, με την απαλή μυρωδιά από γιασεμί της μητέρας της κολλημένη στα ρουθούνια της κι έναν κόμπο ανησυχίας στο στήθος. Μόνο η εξάσκηση με το θείο Νικολάς της επέτρεπε ν' αντέχει εκείνες τις εξόδους της μητέρας της, χωρίς να βάζει τα κλάματα, γιατί φοβόταν πως κάποια μέρα ο υποψήφιος που είχε σειρά θα κατάφερνε να πείσει την Μπλάνκα να φύγει μαζί του κι εκείνη θα έμενε για πάντα χωρίς μητέρα. Είχε αποφασίσει πολλά χρόνια πριν πως δεν χρειαζόταν πατέρα κι ακόμα λιγότερο πατριό, αλλά αν έφευγε η μητέρα της θα έβαζε το κεφάλι της σ' έναν κουβά με νερό μέχρι να πνιγεί, ακριβώς όπως έκανε η μαγείρισσα με τα γατάκια που γεννούσε η γάτα κάθε τέσσερις μήνες.

Η Άλμπα έχασε αυτόν το φόβο, πως η μητέρα της θα την εγκατέλειπε, όταν γνώρισε τον Πέδρο Τερσέρο και το ένστικτό της την ειδοποίησε πως όσο υπήρχε εκείνος ο άντρας, δεν μπορούσε κανένας άλλος να πάρει την καρδιά της Μπλάνκα. Ήταν μια καλοκαιριάτικη Κυριακή. Η Μπλάνκα της έφτιαξε μπούκλες μ' ένα ζεστό σίδερο που της τσουρούφλισε τ' αυτιά, της φόρεσε άσπρα γάντια και μαύρα λουστρίνια κι ένα ψάθινο καπέλο με ψεύτικα κεράσια. Όταν η γιαγιά της, η Κλάρα, την είδε, έβαλε τα γέλια, αλλά η μητέρα της την παρηγόρησε με δυο σταγόνες άρωμα που της έβαλε στο λαιμό.

«Θα πάμε να γνωρίσεις έναν πολύ φημισμένο άνθρωπο», είπε αινιγματικά η Μπλάνκα πριν ξεκινήσουν.

Πήγε με τη μικρή στο γιαπωνέζικο πάρκο, όπου της αγόρασε μαλλί της γριάς και μια σακούλα με ποπ κορν. Κάθισαν σ' ένα παγκάκι στη σκιά, πιασμένες απ' το χέρι, τριγυρισμένες από τα περιστέρια που τσιμπολογούσαν το καλαμπόκι.

Τον είδε να πλησιάζει προτού της τον δείξει η μητέρα της. Φορούσε φόρμα μηχανικού, είχε μια τεράστια μαύρη γενειάδα που του σκέπαζε το μισό στήθος, ανακατωμένα μαλλιά, καλογερίστικα σανδάλια χωρίς κάλτσες κι ένα πλατύ, ζωηρό και θαυμάσιο χαμόγελο, που τον τοποθέτησε αμέσως στην κατηγορία όσων άξιζαν να ζωγραφιστούν στη γιγάντια τοιχογραφία στο δωμάτιό της.

Ο άντρας και το κορίτσι κοιτάχτηκαν κι αναγνώρισαν ο ένας τον άλλο.

«Είναι ο Πέδρο Τερσέρο, ο τραγουδιστής. Τον έχεις ακούσει στο ραδιόφωνο», είπε η μητέρα της.

Η Άλμπα άπλωσε το χέρι κι εκείνος της το έσφιξε με το αριστερό. Τότε εκείνη πρόσεξε πως του έλειπαν αρκετά δάχτυλα από το δεξί χέρι, αλλά εκείνος της εξήγησε πως μπορούσε κι έτσι να παίζει κιθάρα, γιατί πάντα υπάρχει τρόπος να κάνει κανείς αυτό που θέλει. Έκαναν βόλτα οι τρεις τους στο γιαπωνέζικο πάρκο. Αργά το απόγεμα πήγαν, μ' ένα από τα τελευταία ηλεκτρικά τραμ που υπήρχαν ακόμα στην πόλη, να φάνε ψάρι σ' ένα ταβερνάκι της αγοράς, κι όταν νύχτωσε τις συνόδεψε μέχρι το δρόμο του σπιτιού τους. Η Μπλάνκα και ο Πέδρο Τερσέρο αποχαιρετήθηκαν μ' ένα φιλί στο στόμα. Ήταν η πρώτη φορά που η Άλμπα έβλεπε κάτι τέτοιο, γιατί δεν υπήρχαν ερωτευμένοι στο περιβάλλον της.

Από κείνη τη μέρα η Μπλάνκα άρχισε να φεύγει μόνη της τα σαββατοκύριακα. Έλεγε πως πήγαινε να επισκεφτεί κάτι μακρινές της ξαδέλφες. Ο Εστέμπαν Τρουέμπα θύμωνε και την απειλούσε πως θα την πετούσε από το σπίτι, αλλά η Μπλάνκα παρέμενε ακλόνητη στην απόφασή της. Άφηνε την κόρη της με την Κλάρα κι έφευγε με το λεωφορείο, με μια γελοία βαλίτσα με ζωγραφισμένα λουλούδια.

«Σου υπόσχομαι πως δεν θα παντρευτώ και πως θα γυρίσω αύριο το βράδυ», έλεγε της κόρης της, αποχαιρετώντας την.

Η Άλμπα αγαπούσε να κάθεται με τη μαγείρισσα τις ώρες του μεσημεριανού ύπνου, ν' ακούει από το ραδιόφωνο λαϊκά τραγούδια, ιδιαίτερα του άντρα που είχε γνωρίσει στο γιαπωνέζικο πάρκο. Μια μέρα μπήκε ο γερουσιαστής στην κουζίνα κι ακούγοντας τη φωνή από το ραδιόφωνο, έπεσε πάνω στο μηχάνημα με το μπαστούνι του, μέχρι που το έκανε βίδες μπροστά στα τρομαγμένα μάτια της εγγονής του, που δεν μπορούσε να εξηγήσει την ξαφνική κρίση του παππού της. Την επομένη η Κλάρα αγόρασε άλλο ραδιόφωνο για να μπορεί η Άλμπα ν' ακούει τον Πέδρο Τερσέρο όταν ήθελε κι ο γερο-Τρουέμπα έκανε πως δεν το πήρε είδηση.

Εκείνη ήταν η εποχή του Βασιλιά της Χύτρας Ταχύτητος. Ο Πέδρο Τερσέρο έμαθε για την ύπαρξή του κι έπαθε μια αδικαιολόγητη κρίση αντιζηλίας, αν συγκρίνει κανείς την επιρροή που είχε αυτός πάνω στην Μπλάνκα με τη δειλή πολιορκία του Εβραίου εμπόρου. Όπως τόσες άλλες φορές, παρακάλεσε την Μπλάνκα να εγκαταλείψει το σπίτι των Τρουέμπα, την άγρια κηδεμονία του πατέρα της και τη μοναξιά του εργαστηρίου της, που ήταν γεμάτο μογγολικά παιδιά και αργές δεσποινίδες και να φύγει μαζί του, μια για πάντα, να ζήσουν τον τρελό έρωτα που έκρυβαν από τα παιδικά τους χρόνια. Αλλά η Μπλάνκα ήταν αναποφάσιστη. Ήξερε πως αν έφευγε με τον Πέδρο Τερσέρο θα έμενε έξω από τον κοινωνικό της κύκλο κι από τη θέση της και ήξερε πως η ίδια δεν είχε την παραμικρή πιθανότητα να ταιριάξει με τις φιλίες του Πέδρο Τερσέρο, ούτε να προσαρμοστεί στη μετρημένη ζωή στην εργατική συνοικία.

Πολλά χρόνια αργότερα, όταν η Άλμπα μεγάλωσε αρκετά για ν' αναλύσει εκείνη την πλευρά της ζωής της μητέρας της, έβγαλε το συμπέρασμα πως δεν είχε φύγει με τον Πέδρο Τερσέρο, γιατί απλώς δεν ήταν αρκετός ο έρωτάς της, μια και στο σπίτι των Τρουέμπα δεν υπήρχε τίποτα που εκείνος να μην μπορούσε να της δώσει. Η Μπλάνκα ήταν πολύ φτωχιά γυναίκα, που είχε λεφτά μόνο όταν της έδινε η Κλάρα ή όταν πούλαγε καμιά φάτνη. Κέρδιζε πολύ λίγα, που τα ξόδευε σχεδόν όλα στους γιατρούς, γιατί η εργασία και η ανάγκη δεν είχαν μειώσει την ικανότητά της ν' αρρωσταίνει με φανταστικές αρρώστιες, που, αντίθετα, δεν έκανε άλλο από το να αυξάνεται χρόνο με το χρόνο. Προσπαθούσε να μη ζητάει τίποτα από τον πατέρα της, για να μην του δίνει την ευκαιρία να την ταπεινώνει. Πότε πότε η Κλάρα κι ο Χάιμε της αγόραζαν ρούχα ή της έδιναν κάτι για τις ανάγκες της, αλλά συνήθως δεν είχε λεφτά ούτε για ένα ζευγάρι κάλτσες. Η φτώχεια της βρισκόταν σ' αντίθεση με τα κεντημένα φουστάνια και τα παπούτσια κατά παραγγελία, που ο γερουσιαστής Τρουέμπα αγόραζε για την εγγονή του Άλμπα. Η ζωή της ήταν σκληρή. Σηκωνόταν στις έξι κάθε πρωί, χειμώνα καλοκαίρι. Εκείνη την ώρα άναβε το φούρνο στο εργαστήρι, φορούσε λαστιχένια ποδιά και τσόκαρα, ετοίμαζε τα τραπέζια της εργασίας και ανακάτευε τον πηλό για τα μαθήματά της, με τα μπράτσα βυθισμένα ώς τους αγκώνες στην τραχιά και κρύα λάσπη. Γι' αυτόν το λόγο τα νύχια της ήταν πάντα σπασμένα και το δέρμα σκασμένο, και με τον καιρό άρχισαν να στραβώνουν τα δάχτυλά της. Εκείνη την ώρα είχε έμπνευση και κανένας δεν τη διέκοπτε· έτσι άρχιζε τη μέρα της κατασκευάζοντας τα τέρατα για τις φάτνες της. Ύστερα έπρεπε ν' ασχολείται με το σπίτι, τους υπηρέτες και τα ψώνια, ώς την ώρα που άρχιζαν τα μαθήματα. Οι μαθητές της ήταν κορίτσια από καλές οικογένειες, που δεν είχαν τίποτα να κάνουν κι ακολουθούσαν τη μόδα της χειροτεχνίας, που ήταν πιο αριστοκρατικό από το να πλέκουν για τους φτωχούς, όπως έκαναν οι γιαγιάδες.

Η ιδέα να παραδίνει μαθήματα σε μογγολικά παιδιά τής ήρθε στην τύχη. Μια μέρα είχε φτάσει στο σπίτι του γερουσιαστή Τρουέμπα μια παλιά φίλη της Κλάρας μαζί με τον εγγονό της. Ήταν ένας χοντρός και μαλθακός έφηβος, μ' ένα ολοστρόγγυλο, φεγγαρίσιο, ήρεμο πρόσωπο και μια αναλλοίωτη τρυφερή έκφραση στα ανατολίτικα ματάκια του. Ήταν δεκαπέντε χρονών, αλλά η Άλμπα κατάλαβε πως φερόταν σαν μωρό. Η Κλάρα ζήτησε από τη μικρή να τον πάρει μαζί της να παίξουν στον κήπο και να προσέχει να μη λερωθεί, να μην πνιγεί στο σιντριβάνι και να μην πιάνει τα κουμπιά στο παντελόνι του. Η Άλμπα γρήγορα βαρέθηκε να τον παρακολουθεί και καθώς δεν μπορούσε να συνεννοηθεί μαζί του σε καμιά κατανοητή γλώσσα, τον πήγε στο εργαστήρι της κεραμικής, όπου η Μπλάνκα, για να τον απασχολήσει, του φόρεσε μια ποδιά, για να τον προφυλάξει από τους λεκέδες και τα νερά, και του έβαλε στα χέρια μια μπάλα από πηλό. Ο νεαρός πέρασε πάνω από τρεις ώρες διασκεδάζοντας, χωρίς να βγάζει σάλια, χωρίς να κατουρηθεί και χωρίς να χτυπάει το κεφάλι του στους τοίχους, φτιάχνοντας κάτι αδέξιες φιγούρες από λάσπη, που ύστερα έκανε δώρο στη γιαγιά του. Η κυρία, που είχε κοντέψει να ξεχάσει πως τον είχε φέρει μαζί της, κατευχαριστήθηκε κι έτσι γεννήθηκε η ιδέα πως η κεραμική κάνει καλό στα μογγολικά παιδιά.

Η Μπλάνκα κατάληξε να παραδίνει μαθήματα σε μια ομάδα παιδιών που πήγαιναν στο εργαστήρι κάθε Πέμπτη απόγεμα. Έφταναν μ' ένα φορτηγάκι, μαζί με δυο καλόγριες με κολλαρισμένους γιακάδες, που κάθονταν στον κήπο κι έπιναν ζεστή σοκολάτα με την Κλάρα και συζητούσαν τα πλεονεχτήματα της σταυροβελονιάς και την ιεραρχία των αμαρτιών, ενώ η Μπλάνκα κι η κόρη της έδειχναν στα παιδιά πώς να κάνουν σκουλήκια, μπαλάκια, πατημένα σκυλιά και παραμορφωμένα βάζα. Στο τέλος της χρονιάς οι καλόγριες οργάνωναν μια έκθεση και μια γιορτή κι εκείνα τα τρομερά έργα τέχνης πουλιόνταν για φιλανθρωπικούς σκοπούς. Γρήγορα η Μπλάνκα και η Άλμπα κατάλαβαν πως τα παιδιά δούλευαν πολύ καλύτερα όταν ένιωθαν πως τα αγαπούσαν και ο μόνος τρόπος να επικοινωνούν μαζί τους ήταν η τρυφερότητα. Έμαθαν να τα αγκαλιάζουν, να τα φιλούν και να τους κάνουν αστεία, μέχρι που κι οι δυο τους κατέληξαν να τ' αγαπήσουν πραγματικά. Η Άλμπα περίμενε όλη τη βδομάδα να φτάσει το φορτηγάκι με τα καθυστερημένα και πηδούσε από τη χαρά της όταν εκείνα έτρεχαν να την αγκαλιάσουν. Αλλά οι Πέμπτες ήταν εξαντλητικές. Η Άλμπα έπεφτε στο κρεβάτι της ψόφια, στο μυαλό της τριγύριζαν τα γλυκά, ασιατικά πρόσωπα των παιδιών στο εργαστήρι και η Μπλάνκα είχε μόνιμα πονοκέφαλο. Όταν οι καλόγριες έφευγαν, με τ' άσπρα τους πανιά να φτερουγίζουν και με το κοπάδι τα καθυστερημένα από το χέρι, η Μπλάνκα αγκάλιαζε με πάθος την κόρη της, τη γέμιζε φιλιά και της έλεγε πως έπρεπε να ευχαριστεί τον Θεό που ήταν γερή. Γι' αυτόν το λόγο η Άλμπα μεγάλωσε με την ιδέα πως το να είσαι φυσιολογικός ήταν θείο χάρισμα. Το είχε συζητήσει με τη γιαγιά της.

«Σ' όλες σχεδόν τις οικογένειες υπάρχει κάποιος ηλίθιος ή τρελός, παιδάκι μου», τη βεβαίωσε η Κλάρα, σκυμμένη πάνω από το πλεχτό της, γιατί μετά από τόσα χρόνια δεν είχε μάθει να πλέκει χωρίς να κοιτάζει το πλεχτό της. «Μερικές φορές δεν τους βλέπουμε γιατί τους κρύβουν, λες κι είναι ντροπή. Τους κλειδώνουν σε απομακρυσμένα δωμάτια, για να μην τους βλέπουν οι επισκέπτες. Αλλά, στην πραγματικότητα, δεν πρέπει να ντρέπεται κανείς γι' αυτούς, γιατί είναι κι αυτοί έργα του Θεού».

«Στη δικιά μας οικογένεια δεν έχουμε κανέναν, γιαγιά», απάντησε η Άλμπα.

«Όχι, εδώ η τρέλα μοιράστηκε σ' όλους μας και δεν περίσσεψε τίποτα για να έχουμε κι εμείς το δικό μας τρελό για δέσιμο».

Έτσι ήταν οι συζητήσεις με την Κλάρα. Γι' αυτό για την Άλμπα το πιο σπουδαίο πρόσωπο στο σπίτι και η πιο δυνατή παρουσία στη ζωή της ήταν η γιαγιά της. Εκείνη ήταν η μηχανή που έβαζε μπρος κι έκανε να λειτουργεί εκείνο το μαγικό σύμπαν, που ήταν το πίσω μέρος στο μεγάλο σπίτι στη γωνία, όπου πέρασε τα πρώτα εφτά χρόνια της ζωής της με πλήρη ελευθερία. Είχε συνηθίσει στις παραξενιές της γιαγιάς της. Δεν ξαφνιαζόταν όταν την έβλεπε να μετακινείται σε κατάσταση έκστασης σ' όλο το σαλόνι, καθισμένη στην πολυθρόνα της με τα πόδια μαζεμένα, σπρωγμένη από μια αόρατη δύναμη. Την ακολουθούσε στα προσκυνήματά της στα νοσοκομεία και στα φιλανθρωπικά ιδρύματα, όπου έψαχνε να βρει αυτούς που είχαν ανάγκη, και μέχρι που έμαθε να πλέκει με τετράκλωνο μαλλί και χοντρές βελόνες τα γιλέκα που ο θείος της ο Χάιμε τα χάριζε μόλις τα φορούσε μία φορά, μόνο για να βλέπει το φαφούτικο χαμόγελο της γιαγιάς της όταν εκείνη αλληθώριζε, παρακολουθώντας τις θηλιές. Συχνά η Κλάρα τη χρησιμοποιούσε για να στέλνει μηνύματα στον Εστέμπαν, γι' αυτό την είχαν ονομάσει Ταχυδρομική Περιστέρα. Η μικρή έπαιρνε μέρος στις συναντήσεις της Παρασκευής, όπου το τρίποδο τραπεζάκι πηδούσε στο φως της μέρας χωρίς κανένα κόλπο, γνωστή ενέργεια ή σπρώξιμο, και στις λογοτεχνικές βραδιές, όπου γνωριζόταν με τους φημισμένους δασκάλους και με διάφορους άγνωστους, δειλούς καλλιτέχνες που η Κλάρα προστάτευε. Εκείνη την εποχή, στο μεγάλο σπίτι στη γωνία τρωγόπιναν πολλοί φιλοξενούμενοι. Είχαν ζήσει εκεί με τη σειρά τους ή έπαιρναν τουλάχιστον μέρος στις πνευματιστικές συγκεντρώσεις, τις λογοτεχνικές συζητήσεις και τις κοινωνικές συναντήσεις, όλοι σχεδόν οι πιο σπουδαίοι άνθρωποι της χώρας, μαζί και ο Ποιητής, που πολλά χρόνια αργότερα θεωρήθηκε ο καλύτερος του αιώνα και μεταφράστηκε σ' όλες τις γλώσσες πάνω στη γη, που στα γόνατά του η Άλμπα είχε καθίσει πολλές φορές, χωρίς να υποπτεύεται πως κάποια μέρα θα περπατούσε πίσω από το φέρετρό του μ' ένα μπουκέτο κατακόκκινα γαρίφαλα στο χέρι, ανάμεσα σε δυο σειρές πολυβόλα.

Η Κλάρα ήταν ακόμα νέα, αλλά η εγγονή της τη θεωρούσε πολύ γριά, γιατί δεν είχε δόντια. Ούτε ρυτίδες είχε, και, όταν κρατούσε το στόμα της κλειστό, έδινε μια πολύ νεανική εντύπωση, λόγω της αθώας της έκφρασης. Φορούσε χιτώνες από χοντρό λινό, που έμοιαζαν ζουρλομανδύες, και το χειμώνα φορούσε μακριές μάλλινες κάλτσες και γάντια χωρίς δάχτυλα. Γελούσε με πράγματα που δεν ήταν καθόλου αστεία, ενώ, αντίθετα, ήταν ανίκανη να καταλάβει ένα καλαμπούρι, γελούσε κατόπιν εορτής και στεναχωριόταν όταν έβλεπε κάποιον άλλο να γίνεται γελοίος. Μερικές φορές πάθαινε κρίσεις άσθματος. Τότε φώναζε την εγγονή της μ' ένα ασημένιο καμπανάκι, που κουβαλούσε πάντα μαζί της, κι η Άλμπα πήγαινε τρέχοντας, την αγκάλιαζε και την έκανε καλά με παρηγορητικά λόγια, καθώς κι οι δυο τους ήξεραν από εμπειρία πως το μόνο που γιατρεύει το άσθμα είναι η παρατεταμένη αγκαλιά κάποιου αγαπημένου. Είχε γελαστά μάτια, στο χρώμα του φουντουκιού, γυαλιστερά και γκριζωπά μαλλιά μαζεμένα σ' έναν ξεχτένιστο κότσο, απ' όπου ξέφευγαν ανυπόταχτες τούφες, λεπτά και άσπρα χέρια με αμυγδαλωτά νύχια και μακριά δάχτυλα χωρίς δαχτυλίδια, που χρησίμευαν μόνο για τρυφερές κινήσεις, να ρίχνουν τα χαρτιά και να βάζουν τα ψεύτικα δόντια την ώρα του φαγητού. Η Άλμπα περνούσε τη μέρα της κυνηγώντας από πίσω τη γιαγιά της, μπλεγμένη μες στις φούστες της, παρακαλώντας τη να της διηγηθεί παραμύθια και να κουνάει τα βάζα με τη δύναμη της σκέψης της. Σ' εκείνην έβρισκε καταφύγιο όταν έβλεπε εφιάλτες ή όταν η εξάσκηση με το θείο Νικολάς γινόταν ανυπόφορη. Η Κλάρα της έμαθε να φροντίζει για τα πουλιά και να τους μιλάει στη γλωσσά τους, ν' αναγνωρίζει τα προειδοποιητικά σημάδια της φύσης και να πλέκει κασκόλ με αλυσιδωτή πλέξη για τους φτωχούς.

Η Άλμπα ήξερε πως η γιαγιά της ήταν η ψυχή του μεγάλου σπιτιού στη γωνία. Οι υπόλοιποι το έμαθαν αργότερα, όταν η Κλάρα πέθανε και το σπίτι έμεινε χωρίς λουλούδια, περαστικούς φίλους και παιχνιδιάρικα πνεύματα, και μπήκε στην εποχή του χαλασμού.

Η Άλμπα ήταν έξι χρονών όταν είδε τον Εστέμπαν Γκαρσία για πρώτη φορά, αλλά ποτέ δεν τον ξέχασε. Ίσως να τον είχε δει και πριν, στις Τρεις Μαρίες, σε κάποιο από τα καλοκαιρινά της ταξίδια με τον παππού, όταν την πήγαινε να τριγυρίσει στο χτήμα και με μια πλατιά κίνηση της έδειχνε όλα όσα μπορούσε ν' αγκαλιάσει με το βλέμμα της, από τις δεντροστοιχίες ώς το ηφαίστειο, μαζί με τα τούβλινα σπιτάκια, και της έλεγε να μάθει ν' αγαπάει τη γη, γιατί κάποια μέρα θα ήταν δικιά της.

«Τα παιδιά μου είναι όλα μουρλά. Αν κληρονομήσουν τις Τρεις Μαρίες, μέσα σε λιγότερο από ένα χρόνο όλα αυτά θα ξαναγίνουν ερείπια, όπως ήταν τον καιρό του πατέρα μου», έλεγε στην εγγονή του.

«Όλα αυτά είναι δικά σου, παππού;»

«Όλα, από την παναμερικανική λεωφόρο ώς την άκρη, σ' εκείνα τα βουνά. Τα βλέπεις;»

«Γιατί, παππού;»

«Τι θα πει γιατί! Γιατί είμαι ο ιδιοχτήτης, βέβαια!»

«Ναι, αλλά γιατί είσαι ο ιδιοχτήτης;»

«Γιατί ήταν της οικογένειάς μου!»

«Γιατί;»

«Γιατί το αγόρασαν από τους ιθαγενείς».

«Και οι υποταχτικοί, αυτοί που ζουν πάντα εδώ, γιατί δεν είναι αυτοί οι ιδιοχτήτες;»

«Ο θείος σου ο Χάιμε σου βάζει μπολσεβίκικες ιδέες στο κεφάλι!» μούγκριζε ο γερουσιαστής Τρουέμπα, κατακόκκινος από το θυμό του. «Ξέρεις τι θα συμβεί εδώ αν δεν υπάρχει αφεντικό;»

«Όχι».

«Όλα θα πήγαιναν κατά διαβόλου! Δεν θα υπήρχε κανείς να δώσει διαταγές, να πουλήσει τις σοδειές, να είναι υπεύθυνος για τα πράγματα, καταλαβαίνεις; Ούτε και κανένας να φροντίζει για τον κόσμο. Αν κάποιος αρρώσταινε, παραδείγματος χάρη, ή πέθαινε κι άφηνε χήρα κι ορφανά, θα πέθαιναν από την πείνα, Ο καθένας θα είχε ένα κομμάτι γη, που δεν θα του έφτανε ούτε για να φάνε στο σπίτι του. Χρειάζονται κάποιον να σκέφτεται γι' αυτούς, να παίρνει αποφάσεις, να τους βοηθάει. Έχω παλιοχαρακτήρα αλλά είμαι δίκαιος. Υπήρξα το καλύτερο αφεντικό σ' όλη την περιοχή, Άλμπα. Οι υποταχτικοί μου ζουν καλύτερα από πολλούς στην πόλη, δεν τους λείπει τίποτα και, ακόμα κι αν είναι χρονιά με ξηρασία, με πλημμύρες ή με σεισμούς, εγώ φροντίζω να μην περνάει κανένας εδώ δυσκολίες. Αυτό θα πρέπει να το αναλάβεις εσύ, όταν θα μεγαλώσεις, γι' αυτό και σε φέρνω πάντα στις Τρεις Μαρίες, ώστε να γνωρίσεις κάθε πέτρα και κάθε ζώο και, πάνω απ' όλα, καθέναν με τ' όνομά του και το επώνυμό του. Κατάλαβες;»

Όμως, στην πραγματικότητα, εκείνη είχε μικρή επαφή με τους αγρότες και βρισκόταν πολύ μακριά από το να γνωρίζει τ' όνομα και το επώνυμό τους. Γι' αυτό και δεν αναγνώρισε τον αδέξιο και αργό νεαρό μελαχρινό, με τα μικρά, σκληρά, ποντικίσια μάτια, που χτύπησε ένα απόγεμα την πόρτα στο μεγάλο σπίτι στη γωνία, στην πρωτεύουσα. Φορούσε σκούρο κοστούμι, πολύ στενό για τα μέτρα του. Το ύφασμα ήταν λιωμένο στα γόνατα, στους αγκώνες και από πίσω, είχε απομείνει μια γυαλιστερή ταινία. Είπε πως ήθελε να μιλήσει με το γερουσιαστή Τρουέμπα και παρουσιάστηκε σαν γιος κάποιου υποταχτικού από τις Τρεις Μαρίες. Παρ' όλο που κανονικά οι άνθρωποι της κοινωνικής του υπόστασης έμπαιναν από την είσοδο υπηρεσίας και περίμεναν στην κουζίνα, τον οδήγησαν στη βιβλιοθήκη, γιατί εκείνη τη μέρα είχαν γιορτή στο σπίτι, όπου ήταν καλεσμένοι όλοι οι αρχηγοί του Συντηρητικού Κόμματος. Στην κουζίνα είχε εισβάλει ένας στρατός από μαγείρους και βοηθούς, που ο Τρουέμπα είχε επιστρατέψει από τη Λέσχη, και υπήρχε τέτοια σύγχυση και βιασύνη, που κι ένας επισκέπτης μόνο θα ενοχλούσε. Ήταν ένα χειμωνιάτικο απόγεμα και η βιβλιοθήκη ήταν σκοτεινή και σιωπηλή, φωτισμένη μονάχα από τη φωτιά που έτριζε στο τζάκι.

Μύριζε παρκετίνη και δέρμα.

«Περίμενε εδώ, αλλά μην πειράξεις τίποτα. Ο γερουσιαστής θα έρθει αμέσως», του είπε κακότροπα η υπηρέτρια, αφήνοντάς τον μόνο.

Ο νεαρός εξέτασε το δωμάτιο τριγύρω, χωρίς να τολμάει να κάνει καμιά κίνηση, αναμασώντας τη μνησικακία του, με τη σκέψη πως όλα εκείνα μπορούσαν να είναι δικά του, αν είχε γεννηθεί νόμιμος, όπως τόσες φορές του είχε εξηγήσει η γιαγιά του, η Πάντσα Γκαρσία, προτού πεθάνει από πυρετούς και τον αφήσει οριστικά ορφανό μέσα σ' ένα πλήθος από αδέλφια και ξαδέλφια, όπου εκείνος δεν ήταν τίποτα. Μόνο η γιαγιά του τον ξεχώριζε από το σωρό και δεν του είχε επιτρέψει να ξεχάσει πως ήταν διαφορετικός από τους άλλους, γιατί στις φλέβες του έτρεχε το αίμα του αφεντικού. Κοίταξε τη βιβλιοθήκη κι ένιωσε να πνίγεται. Όλοι οι τοίχοι ήταν σκεπασμένοι με ράφια από γυαλισμένο μαόνι, εκτός από τις δυο πλευρές του τζακιού, όπου υπήρχαν δυο βιτρίνες με φίλντισι και ημιπολύτιμες πέτρες από την Ανατολή. Το δωμάτιο είχε διπλό ύψος, το μοναδικό καπρίτσιο του αρχιτέκτονα που δέχτηκε ο παππούς του. Ένα μπαλκόνι, στο οποίο ανέβαινε κανείς από μια στριφογυριστή σκάλα από σφυρηλατημένο σίδερο, χρησίμευε σαν δεύτερο πάτωμα με ράφια. Οι καλύτεροι πίνακες του σπιτιού βρίσκονταν εκεί, γιατί ο Εστέμπαν Τρουέμπα είχε μετατρέψει εκείνο το δωμάτιο σε άδυτο, γραφείο, καταφύγιο, κι ήθελε να έχει τριγύρω του τα αντικείμενα που αγαπούσε περισσότερο. Τα ράφια ήταν γεμάτα βιβλία και αντικείμενα τέχνης, από το πάτωμα ώς το ταβάνι. Υπήρχε ένα βαρύ, ισπανικού ρυθμού, γραφείο, γυρισμένο με την πλάτη στο παράθυρο, μεγάλες πολυθρόνες από μαύρο δέρμα, τέσσερα περσικά χαλιά που σκέπαζαν το δρύινο παρκέ κι αρκετές λάμπες για το διάβασμα με καπέλο από περγαμηνή, μοιρασμένες σε στρατηγικά σημεία, έτσι ώστε όπου κι αν καθόταν κανείς να είχε αρκετό φως για να διαβάσει. Σ' εκείνο το μέρος προτιμούσε να κάνει τα συμβούλιά του ο γερουσιαστής Τρουέμπα, να πλέκει τις μηχανορραφίες του, να χαλκεύει τις επιχειρήσεις του και στις μοναχικές του ώρες κλεινόταν εκεί για να ξεθυμαίνει τη λύσσα του, την καταπιεσμένη του επιθυμία ή τη θλίψη του. Αλλά τίποτε απ' όλ' αυτά δεν μπορούσε να ξέρει ο χωριάτης που στεκόταν όρθιος πάνω στο χαλί, χωρίς να ξέρει πού να βάλει τα χέρια του, ιδρώνοντας από ντροπή. Εκείνη η αρχοντική, βαριά κι επιβλητική βιβλιοθήκη ταίριαζε απόλυτα στην εικόνα που είχε στο μυαλό του για το αφεντικό. Ποτέ δεν είχε ξαναβρεθεί σε τέτοιο τόπο και μέχρι εκείνη τη στιγμή σκεφτόταν πως το πιο πολυτελές που μπορούσε να υπάρξει σ' όλο τον κόσμο ήταν ο κινηματογράφος στο Σαν Λούκας, όπου μια φορά η δασκάλα του σχολείου είχε πάει όλη την τάξη για να δουν μια ταινία με τον Ταρζάν. Του είχε κοστίσει πολύ να πάρει την απόφαση, να πείσει την οικογένειά του και να κάνει το μακρύ ταξίδι ως την πρωτεύουσα, μονάχος και χωρίς λεφτά, για να μιλήσει με το αφεντικό. Δεν μπορούσε να περιμένει ως το καλοκαίρι για να του πει γι' αυτά που έκρυβε στην καρδιά του. Ξαφνικά ένιωσε κάποιος να τον παρατηρεί. Γύρισε κι αντίκρισε μπροστά του ένα κορίτσι με πλεξούδες και κεντημένες κάλτσες, που τον κοίταζε από την πόρτα.

«Πώς σε λένε;» ρώτησε το κορίτσι.

«Εστέμπαν Γκαρσία», είπε κείνος.

«Εμένα με λένε Άλμπα Τρουέμπα. Να θυμάσαι τ' όνομά μου».

«Θα το θυμάμαι».

Κοιτάχτηκαν για λίγη ώρα, ώσπου εκείνη πήρε θάρρος και τόλμησε να τον πλησιάσει. Του εξήγησε πως έπρεπε να περιμένει, γιατί ο παππούς της δεν είχε γυρίσει ακόμα από τη Βουλή, του διηγήθηκε πως στην κουζίνα γινόταν χαλασμός εξαιτίας της γιορτής, και του υποσχέθηκε πως αργότερα θα πήγαινε να του φέρει μερικά γλυκά. Ο Εστέμπαν Γκαρσία ένιωσε πιο άνετα. Κάθισε σε μια από τις πολυθρόνες από μαύρο δέρμα και σιγά σιγά τράβηξε τη μικρή κοντά του και την κάθισε στα γόνατά του. Η Άλμπα μύριζε Μπάιρουμ, ένα γλυκό και δροσερό άρωμα, που ανακατευόταν με τη φυσική μυρωδιά της ιδρωμένης πιτσιρίκας. Ο νεαρός πλησίασε τη μύτη του στο σβέρκο της και μύρισε εκείνη την άγνωστη ευωδιά από καθαριότητα και καλοπέραση και, χωρίς να ξέρει γιατί, τα μάτια του γέμισαν δάκρυα. Ένιωσε πως μισούσε εκείνο το πλάσμα, σχεδόν όπως μισούσε και το γέρο. Εκείνη αντιπροσώπευε όλα όσα ποτέ δεν θα είχε, ό,τι ποτέ δεν θα ήταν. Ήθελε να της κάνει κακό, να την καταστρέψει, αλλά ήθελε και να συνεχίσει να τη μυρίζει, ακούγοντας τη μωρουδιακή της φωνή και κρατώντας κοντά του την απαλή της επιδερμίδα. Χάιδεψε τα γόνατά της, ακριβώς πάνω από τις κεντημένες κάλτσες, που ήταν ζεστά κι είχαν λακκάκια. Η Άλμπα συνέχιζε να φλυαρεί για τη μαγείρισσα, που έβαζε καρύδια στον πισινό της κότας για το δείπνο εκείνο το βράδυ. Εκείνος έκλεισε τα μάτια, έτρεμε ολόκληρος. Με το ένα χέρι έπιασε το λαιμό της μικρής, ένιωσε τις πλεξούδες της να του γαργαλούν τον καρπό κι έσφιξε απαλά, γνωρίζοντας πως ήταν τόσο μικρή, που με μια ελάχιστη προσπάθεια μπορούσε να τη στραγγαλίσει. Θέλησε να το κάνει, να τη νιώσει να στριφογυρίζει και να χτυπιέται πάνω στα γόνατά του, προσπαθώντας να πάρει αέρα. Πόθησε να την ακούσει να βογκάει και να πεθάνει στην αγκαλιά του, θέλησε να την ξεντύσει κι ένιωσε εξαιρετικά ερεθισμένος. Με το άλλο του χέρι έψαξε κάτω από το κολλαρισμένο φουστάνι, διέτρεξε τα παιδικά πόδια και συνάντησε τη δαντέλα από το βατιστένιο μεσοφόρι και το λάστιχο της μάλλινης κιλότας. Είχε λαχανιάσει. Σε μια άκρη του μυαλού του του έμενε ακόμα αρκετή λογική για να συνειδητοποιήσει πως βρισκόταν στην άκρη ενός γκρεμού. Η μικρή είχε σταματήσει τη φλυαρία κι ήταν ήσυχη, κοιτάζοντάς τον με τα μεγάλα μαύρα μάτια της. Ο Εστέμπαν Γκαρσία πήρε το χέρι του παιδιού και το ακούμπησε πάνω στο σκληρό του όργανο.

«Ξέρεις τι είναι αυτό;» ρώτησε βραχνά.

«Το πέος σου», απάντησε εκείνη, που το είχε δει στις εικόνες στα ιατρικά βιβλία του θείου της του Χάιμε και στο θείο της τον Νικολάς, όταν έκανε τις ασιατικές του ασκήσεις.

Εκείνος ξαφνιάστηκε. Σηκώθηκε απότομα όρθιος κι εκείνη έπεσε πάνω στο χαλί. Ήταν ξαφνιασμένος και τρομαγμένος, έτρεμαν τα χέρια του, είχαν κοπεί τα γόνατά του κι έκαιγαν τ' αυτιά του. Εκείνη τη στιγμή άκουσε τα βήματα του γερουσιαστή Τρουέμπα στο διάδρομο και μια στιγμή αργότερα, προτού ξαναβρεί την κανονική του αναπνοή, ο γέρος μπήκε στη βιβλιοθήκη.

«Γιατί είναι τόσο σκοτεινά;» βρυχήθηκε με τη φωνάρα του.

Ο Τρουέμπα άναψε τα φώτα και δεν αναγνώρισε το νεαρό που τον κοίταζε με χαμένο ύφος. Άπλωσε τα χέρια του στην εγγονή του κι εκείνη κατέφυγε στην αγκαλιά του για μια στιγμή, σαν βρεγμένη γάτα, αμέσως όμως απομακρύνθηκε και βγήκε έξω κλείνοντας την πόρτα.

«Ποιος είσαι, νεαρέ;» έφτυσε σ' εκείνον που ήταν εγγονός του.

«Ο Εστέμπαν Γκαρσία. Δεν με θυμάσαι, αφεντικό;» κατάφερε να ψελλίσει ο άλλος.

Τότε ο Εστέμπαν Τρουέμπα αναγνώρισε το πονηρό παιδί, που είχε προδώσει πολλά χρόνια πριν τον Πέδρο Τερσέρο κι είχε μαζέψει από καταγής τα κομμένα δάχτυλα. Κατάλαβε πως δεν θα ήταν εύκολο να τον διώξει χωρίς να τον ακούσει, παρ' όλο που είχε σαν αρχή ο διαχειριστής στις Τρεις Μαρίες να ξεδιαλύνει τις υποθέσεις με τους υποτακτικούς.

«Τι θέλεις;» τον ρώτησε.

Ο Εστέμπαν Γκαρσία δίστασε, δεν μπορούσε να βρει τα λόγια που είχε ετοιμάσει τόσο σχολαστικά για μήνες, προτού τολμήσει να χτυπήσει την πόρτα στο σπίτι του αφεντικού.

«Μίλα γρήγορα, δεν έχω πολλή ώρα», είπε ο Τρουέμπα.

Τραυλίζοντας, ο Γκαρσία κατάφερε να ζητήσει αυτό που ήθελε: είχε καταφέρει να τελειώσει το λύκειο στο Σαν Λούκας κι ήθελε μια συστατική επιστολή για τη Σχολή της Αστυνομίας και μια κρατική υποτροφία για να πληρώσει τις σπουδές του.

«Γιατί δεν μένεις στο χτήμα, όπως ο πατέρας σου κι ο παππούς σου;» τον ρώτησε το αφεντικό.

«Συγγνώμη, κύριε, αλλά θέλω να γίνω αστυνομικός», παρακάλεσε ο Εστέμπαν Γκαρσία.

Ο Τρουέμπα θυμήθηκε πως ακόμα του χρώσταγε την αμοιβή για την πληροφορία για τον Πέδρο Τερσέρο Γκαρσία κι αποφάσισε πως εκείνη ήταν μια καλή ευκαιρία να ξεπληρώσει το χρέος του και ταυτόχρονα ν' αποχτήσει ένα δικό του στην αστυνομία. «Ποτέ δεν ξέρει κανείς τι γίνεται, μπορεί ξαφνικά να τον χρειαστώ», σκέφτηκε. Κάθισε στο γραφείο του, πήρε ένα φύλλο χαρτί με τη σφραγίδα της Γερουσίας, έγραψε τη συστατική επιστολή με το συνηθισμένο τρόπο και την έδωσε στο νεαρό που περίμενε όρθιος.

«Πάρε, παιδί μου. Χαίρομαι που διάλεξες αυτό το επάγγελμα. Αν αυτό που θέλεις είναι να έχεις όπλο, ανάμεσα στον παράνομο και στον αστυνομικό είναι καλύτερος ο αστυνομικός, γιατί μένει ατιμώρητος. Θα πάρω στο τηλέφωνο το διοικητή Ουρτάδο, είναι φίλος μου, για να σου δώσουν την υποτροφία. Αν χρειαστείς τίποτ' άλλο, ειδοποίησέ με».

«Χίλια ευχαριστώ, αφεντικό».

«Μη μ' ευχαριστείς, παιδί μου. Μ' αρέσει να βοηθάω τους ανθρώπους μου».

Τον αποχαιρέτησε μ' ένα φιλικό χτύπημα στην πλάτη.

«Γιατί σ' έβγαλαν Εστέμπαν;» τον ρώτησε στην πόρτα.

«Για σας, κύριε», απάντησε εκείνος κοκκινίζοντας.

Ο Τρουέμπα ούτε που το σκέφτηκε δεύτερη φορά. Οι υποταχτικοί συχνά μεταχειρίζονταν τα ονόματα των αφεντικών για να βαφτίζουν τα παιδιά τους, σαν δείγμα σεβασμού.

Η Κλάρα πέθανε τη μέρα που η Άλμπα συμπλήρωσε τα εφτά της χρόνια. Η πρώτη αναγγελία του θανάτου της έγινε αισθητή μόνο από την ίδια. Τότε άρχισε να κάνει κρυφές ετοιμασίες για την αναχώρηση. Με μεγάλη διακριτικότητα, μοίρασε τα ρούχα της στους υπηρέτες και στο σωρό από τους προστατευόμενους που είχε πάντα, αφήνοντας μόνο τα απολύτως απαραίτητα. Ταχτοποίησε τα χαρτιά της, μαζεύοντας απ' τις γωνιές τα χαμένα τετράδια, όπου κατέγραψε τη ζωή. Τα έδεσε με χρωματιστές κορδέλες, χωρίζοντάς τα σε γεγονότα κι όχι με χρονολογική σειρά, γιατί το μόνο που είχε ξεχάσει ήταν να βάλει ημερομηνίες, και στη βιασύνη της τελευταίας στιγμής αποφάσισε πως δεν μπορούσε να χάσει καιρό ψάχνοντας να τις βρει. Καθώς γύρευε τα τετράδια, βρέθηκαν τα κοσμήματα μέσα σε κουτιά από παπούτσια, σε σακούλες από κάλτσες και στο βάθος των συρταριών, όπου τα έβαζε από την εποχή που της τα δώριζε ο άντρας της, νομίζοντας πως μ' εκείνα μπορούσε να κερδίσει τον έρωτά της. Τα έβαλε σε μια παλιά μάλλινη κάλτσα, την έκλεισε με μια παραμάνα και τα παρέδωσε στην Μπλάνκα.

«Φύλαξέ τα αυτά, κορίτσι μου. Κάποια μέρα μπορεί να σου χρησιμέψουν και σε κάτι άλλο εκτός από τα καρναβάλια», της είπε.

Η Μπλάνκα το συζήτησε με τον Χάιμε κι εκείνος άρχισε να την παρακολουθεί. Πρόσεξε πως η μητέρα του έκανε μια φαινομενικά φυσιολογική ζωή, αλλά πως σχεδόν δεν έτρωγε. Τρεφόταν με γάλα και μερικές κουταλιές μέλι. Ούτε και κοιμόταν πολύ, περνούσε τη νύχτα γράφοντας και τριγυρίζοντας στο σπίτι. Έμοιαζε ν' απομακρύνεται από τον κόσμο, ολοένα και πιο ελαφριά, πιο διάφανη, πιο φτερωμένη.

«Μια απ' αυτές τις μέρες θα φύγει πετώντας», είπε ο Χάιμε στεναχωρημένος.

Ξαφνικά η Κλάρα είχε αρχίσει να πνίγεται. Ένιωθε στο στήθος της το ποδοβολητό κάποιου ξέφρενου αλόγου και την αγωνία του καβαλάρη που προχωράει μ' όλη του την ταχύτητα ενάντια στον άνεμο. Είπε πως ήταν το άσθμα, αλλά η Άλμπα κατάλαβε πως δεν τη φώναζε πια με το ασημένιο κουδουνάκι, για να την κάνει καλά με παρατεταμένες αγκαλιές. Ένα πρωί είδε τη γιαγιά της ν' ανοίγει τα κλουβιά των πουλιών με ανεξήγητη ευθυμία.

Η Κλάρα έγραψε μικρές κάρτες για τ' αγαπημένα της πλάσματα, που ήταν πολλά, και τις έβαλε κρυφά κάτω από το κρεβάτι της, σ' ένα κουτί. Το επόμενο πρωί δεν σηκώθηκε κι όταν έφτασε η υπηρέτρια με το πρωινό, δεν την άφησε ν' ανοίξει τις κουρτίνες. Είχε αρχίσει ν' αποχωρίζεται και το φως, για να μπει αργά μες στις σκιές.

Ειδοποιημένος, πήγε να τη δει ο Χάιμε και δεν έφυγε μέχρι που τον άφησε να την εξετάσει. Δεν μπόρεσε να βρει τίποτα παράξενο στην εμφάνισή της, αλλά κατάλαβε, χωρίς καμιά αμφιβολία, πως επρόκειτο να πεθάνει. Βγήκε απ' το δωμάτιο μ' ένα πλατύ ψεύτικο χαμόγελο, και, όταν βρέθηκε μακριά από το βλέμμα της μητέρας του, αναγκάστηκε να στηριχτεί στον τοίχο, γιατί είχαν κοπεί τα πόδια του. Δεν το είπε σε κανένα στο σπίτι. Φώναξε έναν ειδικό, που είχε κάνει καθηγητής του στην Ιατρική Σχολή, κι εκείνος παρουσιάστηκε την ίδια μέρα στο σπίτι των Τρουέμπα. Αφού είδε την Κλάρα, επιβεβαίωσε τη διάγνωση του Χάιμε. Μάζεψαν την οικογένεια στο σαλόνι και χωρίς πολλά λόγια τους ειδοποίησαν πως δεν θα ζούσε πάνω από δυο τρεις βδομάδες και πως το μόνο που μπορούσαν να κάνουν ήταν να της κρατούν συντροφιά για να πεθάνει ευχαριστημένη.

«Νομίζω πως έχει αποφασίσει να πεθάνει κι η επιστήμη δεν μπορεί να κάνει τίποτα σ' αυτή την περίπτωση», είπε ο Χάιμε.

Ο Εστέμπαν Τρουέμπα έπιασε το γιο του από το λαιμό κι ήταν έτοιμος να τον στραγγαλίσει, πέταξε με τις κλοτσιές έξω τον ειδικό κι ύστερα έσπασε με μπαστουνιές τις λάμπες και τις πορσελάνες στο σαλόνι. Στο τέλος έπεσε στα γόνατα καταγής, βογκώντας σαν μωρό. Η Άλμπα μπήκε μέσα εκείνη τη στιγμή κι είδε τον παππού της να βρίσκεται στο ύψος της, κι όταν είδε τα δάκρυά του, τον αγκάλιασε. Από το θρήνο του γέρου η μικρή έμαθε την αλήθεια. Εκείνη ήταν ο μόνος άνθρωπος μες στο σπίτι που δεν έχασε την ηρεμία της, χάρη στις ασκήσεις της για ν' αντέχει στον πόνο και στο γεγονός πως η γιαγιά της τής είχε εξηγήσει πολλές φορές τις περιστάσεις και την τελετουργία του θανάτου.

«Ακριβώς όπως τη στιγμή που ερχόμαστε στον κόσμο, και στο θάνατο φοβόμαστε το άγνωστο. Αλλά ο φόβος είναι κάτι εσωτερικό, που δεν έχει καμιά σχέση με την πραγματικότητα. Ο θάνατος είναι σαν τη γέννηση: μόνο μια αλλαγή», είχε πει η Κλάρα.

Είχε προσθέσει πως αν εκείνη μπορούσε να επικοινωνεί χωρίς δυσκολία με τις ψυχές από το υπερπέραν, ήταν ολωσδιόλου σίγουρη πως μετά θα μπορούσε να κάνει το ίδιο με τις ψυχές από το υπερεδώ, κι έτσι, αντί να μυξοκλαίει, όταν θα ερχόταν εκείνη η στιγμή, ήθελε να είναι ήσυχη, γιατί στην περίπτωσή τους ο θάνατος δεν θα ήταν χωρισμός, παρά ένας τρόπος για να είναι πιο ενωμένες. Η Άλμπα το κατάλαβε πολύ καλά.

Λίγο αργότερα η Κλάρα έπεσε σ' ένα γλυκό ύπνο και μόνο η ορατή της προσπάθεια να πάρει αέρα στα πνευμόνια της έδειχνε πως ήταν ζωντανή. Η ασφυξία ωστόσο δεν την αναστάτωνε, μια και δεν πάλευε για τη ζωή της. Η εγγονή της έμεινε κοντά της όλο το διάστημα. Αναγκάστηκαν ν' αυτοσχεδιάσουν ένα κρεβάτι καταγής, γιατί αρνήθηκε να βγει απ' το δωμάτιο και, όταν θέλησαν να τη βγάλουν με το ζόρι, έπεσε για πρώτη φορά κάτω και χτυπιόταν. Επέμενε πως η γιαγιά της τα καταλάβαινε όλα και πως τη χρειαζόταν. Κι έτσι ήταν πραγματικά. Λίγο πριν το τέλος, η Κλάρα ξαναβρήκε τις αισθήσεις της και μπόρεσε να μιλήσει ήρεμα. Το πρώτο που πρόσεξε ήταν το χέρι της Άλμπα μες στα δικά της.

«Θα πεθάνω, έτσι δεν είναι, κορούλα μου;» ρώτησε.

«Ναι, γιαγιά, αλλά δεν πειράζει, γιατί εγώ είμαι μαζί σου», απάντησε η μικρή.

«Καλά. Βγάλε ένα κουτί με κάρτες που έχω κάτω από το κρεβάτι και μοίρασέ τες, γιατί δεν θα προλάβω να τους αποχαιρετήσω όλους».

Η Κλάρα έκλεισε τα μάτια, αναστέναξε ικανοποιημένη, και πέρασε στον άλλο κόσμο, χωρίς να κοιτάξει πίσω της. Τριγύρω της βρισκόταν όλη η οικογένεια, ο Χάιμε και η Μπλάνκα, κομμένοι από την αγρύπνια, ο Νικολάς μουρμουρίζοντας προσευχές στη σανσκριτική, ο Εστέμπαν με το στόμα και τις γροθιές σφιγμένες, απέραντα απελπισμένος και θυμωμένος, και η μικρή Άλμπα, η μόνη που διατηρούσε τη γαλήνη της. Βρίσκονταν ακόμα οι υπηρέτες, οι αδελφές Μόρα, ένα ζευγάρι πάμφτωχοι καλλιτέχνες, που είχαν περάσει τους τελευταίους μήνες στο σπίτι, κι ένας ιερέας που τον φώναξε η μαγείρισσα, αλλά που δεν έκανε τίποτα, γιατί ο Τρουέμπα δεν επέτρεψε να ενοχλήσουν την ετοιμοθάνατη μ' εξομολογήσεις της τελευταίας στιγμής, ούτε με ραντίσματα αγιασμού.

Ο Χάιμε έσκυψε πάνω από το σώμα ψάχνοντας για κάποιον ανεπαίσθητο χτύπο στην καρδιά της, αλλά δεν τον βρήκε.

«Η μαμά έφυγε», είπε μ' ένα λυγμό.

10
Η εποχή του χαλασμού

Δεν μπορώ να μιλήσω γι' αυτά. Αλλά θα προσπαθήσω να τα γράψω. Έχουν περάσει είκοσι χρόνια και για πολύ καιρό ένιωθα αδιάκοπα έναν πόνο. Νόμιζα πως ποτέ δεν θα μπορούσα να παρηγορηθώ, αλλά τώρα που κοντεύω τα ενενήντα καταλαβαίνω αυτό που θέλησε να πει, όταν μας βεβαίωνε πως δεν θα δυσκολευόταν να επικοινωνεί μαζί μας, μια και είχε τόσο εξασκηθεί σ' αυτά τα θέματα. Παλιά εγώ τριγύριζα σαν χαμένος, ψάχνοντας να τη βρω παντού. Κάθε βράδυ που πλάγιαζα φανταζόμουν πως ήταν μαζί μου, ακριβώς όπως όταν είχε τα δόντια της και μ' αγαπούσε. Έσβηνα το φως, έκλεινα τα μάτια και, μες στη σιωπή του δωματίου μου, προσπαθούσα να τη φέρω στο νου μου, τη φώναζα ξυπνητός και λένε πως τη φώναζα και κοιμισμένος.

Τη νύχτα που πέθανε, κλείστηκα στο δωμάτιο μαζί της. Ύστερα από τόσα χρόνια χωρίς να μιλάμε, μοιραστήκαμε εκείνες τις τελευταίες ώρες αναπαυόμενοι στο ιστιοφόρο, στα ήρεμα νερά του γαλάζιου μεταξωτού, όπως της άρεσε να ονομάζει το κρεβάτι της, κι επωφελήθηκα για να της πω όλα όσα δεν είχα μπορέσει πριν, όλα όσα είχα σωπάσει μετά την τρομερή νύχτα που τη χτύπησα. Της έβγαλα τη νυχτικιά και την εξέτασα με προσοχή, ψάχνοντας για κάποιο ίχνος, για την αρρώστια που θα δικαιολογούσε το θάνατό της και, όταν δεν το βρήκα, κατάλαβα πως απλώς είχε εκπληρώσει την αποστολή της πάνω στη γη κι είχε πετάξει σ' άλλη διάσταση, όπου το πνεύμα της, ελεύθερο επιτέλους από τα υλικά του βάρη, θα ένιωθε πιο άνετα. Δεν είχε παραμορφωθεί ούτε είχε αλλάξει τρομερά με το θάνατό της. Την εξέτασα ώρα πολλή, γιατί είχαν περάσει πολλά χρόνια που δεν είχα την ευκαιρία να την παρατηρήσω με το κέφι μου και σ' εκείνο το διάστημα η γυναίκα μου είχε αλλάξει, όπως συμβαίνει σε όλους με το πέρασμα του χρόνου. Μου φάνηκε όμορφη όπως πάντα. Είχε αδυνατίσει και νόμισα πως είχε μεγαλώσει, πως είχε ψηλώσει, αλλά ύστερα κατάλαβα πως ήταν μια οπτική απάτη, που οφειλόταν στη δική μου συρρίκνωση. Παλιά ένιωθα σαν γίγαντας πλάι της, αλλά όταν ξάπλωσα κοντά της, στο κρεβάτι, πρόσεξα πως είχαμε σχεδόν το ίδιο ύψος. Τα φυτά των μαλλιών της, σγουρά κι ανυπότακτα, που με τρέλαιναν όταν παντρευτήκαμε, είχαν γλυκάνει με λίγες τούφες άσπρα, που φώτιζαν το κοιμισμένο της πρόσωπο. Ήταν πολύ χλομή, με μαύρες σκιές κάτω από τα μάτια, και για πρώτη φορά πρόσεξα πως είχε μικρές, πολύ λεπτές ρυτίδες στις άκρες των χειλιών της και στο μέτωπο. Έμοιαζε με κοριτσάκι. Ήταν κρύα, αλλά η ίδια γλυκιά γυναίκα, και μπόρεσα να της μιλήσω ήσυχα, να τη χαϊδέψω, να κοιμηθώ λίγο κοντά της, όταν ο ύπνος νίκησε τον πόνο, χωρίς το αναλλοίωτο γεγονός του θανάτου της ν' αλλάξει κάτι στη συνάντησή μας. Είχαμε επιτέλους συμφιλιωθεί.

Τα ξημερώματα άρχισα να την ταχτοποιώ, για να τη δουν

όλοι καλοβαλμένη. Της φόρεσα έναν άσπρο χιτώνα που βρήκα στην ντουλάπα της και ξαφνιάστηκα που είχε τόσο λίγα ρούχα, γιατί πίστευα πως ήταν κομψή γυναίκα. Βρήκα κάτι μάλλινες κάλτσες και της τις φόρεσα για να μην παγώσουν τα πόδια της, γιατί κρύωνε εύκολα. Ύστερα βούρτσισα τα μαλλιά της με την ιδέα να της φτιάξω τον κότσο που έκανε, αλλά περνώντας τη βούρτσα αναστατώθηκαν τα σγουρά της, σαν πλαίσιο γύρω από το πρόσωπό της, και μου φάνηκε πως έτσι ήταν πιο όμορφη. Έψαξα για τα κοσμήματά της, για να της βάλω κάτι, αλλά δεν μπόρεσα να τα βρω κι έτσι αρκέστηκα να βγάλω τη χρυσή βέρα που φορούσα από τον αρραβώνα μας και να της τη βάλω στο δάχτυλο, για ν' αντικαταστήσω εκείνη που έβγαλε όταν διέκοψε κάθε σχέση μαζί μου. Έφτιαξα τα μαξιλάρια, τέντωσα τα σεντόνια, της έβαλα λίγες σταγόνες κολόνια στο λαιμό κι ύστερα άνοιξα το παράθυρο για να μπει το πρωινό. Όταν ήταν όλα έτοιμα, άνοιξα την πόρτα κι επέτρεψα στα παιδιά μου και στην εγγονή μου να την αποχαιρετήσουν. Βρήκαν την Κλάρα χαμογελαστή, καθαρή κι όμορφη, όπως ήταν πάντα. Εγώ είχα μικρύνει δέκα εκατοστά, κολυμπούσα μες στα παπούτσια μου, και τα μαλλιά μου είχαν ασπρίσει οριστικά, αλλά δεν έκλαιγα πια.

«Μπορείτε να τη θάψετε», είπα. «Να επωφεληθείτε για να θάψετε και το κεφάλι της πεθεράς μου, που βρίσκεται χαμένο κάπου στο υπόγειο – πάνε πολλά χρόνια», πρόσθεσα και βγήκα σέρνοντας τα πόδια μου, για να μη μου φύγουν τα παπούτσια.

Έτσι έμαθε η εγγονή μου πως εκείνο που υπήρχε μέσα στην καπελιέρα από χοιρόδερμα και που το μεταχειριζόταν για να κάνει μάγια και να στολίζει τα σπιτάκια της στο υπόγειο, ήταν το κεφάλι της προγιαγιάς της Νίβεα, που έμεινε άταφο για πολύ καιρό, πρώτα για ν' αποφύγουν το σκάνδαλο κι ύστερα γιατί, με την αταξία σ' εκείνο το σπίτι, ξεχάστηκε. Το θάψαμε με τη μεγαλύτερη μυστικότητα για να μη δώσουμε αφορμή στον κόσμο για κουτσομπολιά. Αφού οι υπάλληλοι του γραφείου κηδειών τέλειωσαν με την ταχτοποίηση της Κλάρας στο φέρετρο και με την ετοιμασία του σαλονιού για την αγρύπνια, με μαύρες κουρτίνες και κρέπια, κεριά που έσταζαν κι έναν αυτοσχέδιο βωμό πάνω από το πιάνο, ο Χάιμε με τον Νικολάς έβαλαν μες στο φέρετρο το κεφάλι της γιαγιάς τους, που δεν ήταν πια παρά ένα κίτρινο παιχνίδι με μια έντρομη έκφραση, για να ξεκουραστεί κοντά στην αγαπημένη της κόρη.

Η κηδεία της Κλάρας ήταν ένα κοσμικό γεγονός. Ούτε κι εγώ ο ίδιος μπόρεσα να εξηγήσω από πού ξεφύτρωσε όλος εκείνος ο κόσμος, που έκλαιγε για το θάνατο της γυναίκας μου. Δεν είχα ιδέα πως γνώριζε όλο τον κόσμο. Παρέλασαν ατέλειωτες σειρές, που μου έσφιγγαν το χέρι, μια σειρά από αυτοκίνητα έκλεισαν όλες τις εισόδους στο νεκροταφείο και μαζεύτηκαν κάτι ασυνήθιστες αντιπροσωπίες από ιθαγενείς, μαθητές, εργατικά συνδικάτα, καλόγριες, μογγολικά παιδιά, μποέμ και πνευματιστές. Σχεδόν όλοι οι υποταχτικοί από τις Τρεις Μαρίες ταξίδεψαν, μερικοί για πρώτη φορά στη ζωή τους, με φορτηγά και με το τρένο, για να την αποχαιρετήσουν. Μες στο πλήθος είδα τον Πέδρο Σεγκούντο Γκαρσία, που είχα να συναντήσω πολλά χρόνια. Πήγα κοντά του για να τον χαιρετήσω, αλλά εκείνος δεν απάντησε στο χαιρετισμό μου. Πλησίασε με χαμηλωμένο το κεφάλι στον ανοιχτό τάφο κι έριξε πάνω από το φέρετρο της Κλάρας ένα μπουκέτο από μισομαραμένα αγριολούλουδα, που έμοιαζε να τα είχαν κόψει από κάποιο ξένο κήπο. Έκλαιγε.

Η Άλμπα, πιασμένη από το χέρι μου, παρακολούθησε την κηδεία. Είδε το φέρετρο να κατεβαίνει μες στο χώμα, στον προσωρινό τόπο που είχαμε βρει, άκουσε τους ατέλειωτους λόγους, που εκθείαζαν τις μόνες αρετές που η γιαγιά της δεν είχε, κι όταν γύρισε στο σπίτι έτρεξε να κλειστεί στο υπόγειο να περιμένει το πνεύμα της Κλάρας να επικοινωνήσει μαζί της, όπως ακριβώς της το είχε υποσχεθεί. Εκεί τη βρήκα να κοιμάται χαμογελαστή πάνω στα σκοροφαγωμένα απομεινάρια του Μπαραμπάς.

Εκείνη τη νύχτα δεν μπόρεσα να κοιμηθώ. Στο μυαλό μου μπερδεύονταν οι δυο έρωτες της ζωής μου, η Ρόζα, με τα πράσινα μαλλιά, και η Κλάρα, η διορατική, οι δυο αδελφές που τόσο αγάπησα. Τα ξημερώματα αποφάσισα πως αν δεν τις είχα στη ζωή μου, τουλάχιστο θα μου κρατούσαν συντροφιά στο θάνατο, κι έτσι έβγαλα από το γραφείο μου κάτι φύλλα χαρτί κι άρχισα να σχεδιάζω το πιο κατάλληλο, το πιο μεγαλοπρεπές μαυσωλείο από ιταλικό μάρμαρο σε χρώμα σολομού, με αγάλματα από το ίδιο υλικό, που θα παρίσταναν τη Ρόζα και την Κλάρα με αγγελικά φτερά, γιατί άγγελοι ήταν κι εξακολουθούσαν να είναι. Εκεί ανάμεσα στις δυο τους θα με θάψουν κάποια μέρα.

Ήθελα να πεθάνω όσο γινόταν πιο γρήγορα, γιατί η ζωή χωρίς τη γυναίκα μου δεν είχε πια κανένα νόημα για μένα. Δεν ήξερα πως είχα ακόμα πολλά να κάνω σ' αυτόν τον κόσμο. Ευτυχώς η Κλάρα ξαναγύρισε, ή ίσως ποτέ να μην είχε φύγει. Μερικές φορές σκέφτομαι πως τα γεράματα επηρέασαν το μυαλό μου και πως δεν πρέπει να ξεχνάω πως πάνε είκοσι χρόνια που την έθαψα. Υποπτεύομαι πως βλέπω οράματα, σαν γερο-ξεχούτης. Αλλά αυτές οι αμφιβολίες διαλύονται όταν τη βλέπω να περνάει δίπλα μου κι όταν ακούω το γέλιο της στη βεράντα, ξέρω πως με συντροφεύει, πως μου συγχώρεσε όλες τις βιαιότητες του παρελθόντος και πως είναι πιο κοντά μου παρά ποτέ. Εξακολουθεί να είναι ζωντανή και βρίσκεται μαζί μου. Κλάρα, διορατική...

Ο θάνατος της Κλάρας άλλαξε τελείως τη ζωή στο μεγάλο σπίτι στη γωνία. Άλλαξαν οι καιροί. Μαζί της έφυγαν τα πνεύματα, οι φιλοξενούμενοι κι εκείνη η φωτεινή ευθυμία που πάντα υπήρχε, γιατί εκείνη δεν πίστευε πως ο κόσμος ήταν μια κοιλάδα δακρύων, παρά το αντίθετο, ένα θεϊκό αστείο, και γι' αυτό ήταν βλακεία να τον παίρνει κανείς στα σοβαρά, αν Αυτός ο ίδιος δεν το έκανε. Η Άλμπα πρόσεξε τη φθορά από τις πρώτες μέρες. Την είδε να έρχεται αργά αλλά αδυσώπητα. Την πρόσεξε πριν από όλους στα λουλούδια που μαραίνονταν στα βάζα, γεμίζοντας την ατμόσφαιρα με μια γλυκερή κι εμετική μυρωδιά, όπου έμεναν ώσπου να ξεραθούν, να χάσουν τα φύλλα τους, να πέσουν και ν' απομείνουν μόνο κάτι μουχλιασμένα κοτσάνια, που κανένας δεν τα μάζευε, παρά πολύ καιρό αργότερα. Η Άλμπα δεν έκοψε ξανά λουλούδια για να στολίσει το σπίτι. Ύστερα μαράθηκαν τα φυτά, γατί κανένας δεν θυμήθηκε να τα ποτίσει, ούτε και κανένας τους μιλούσε, όπως έκανε η Κλάρα. Οι γάτες έφυγαν σιωπηλά, ακριβώς όπως είχαν έρθει ή όπως γεννιόνταν στα δρομάκια της σκεπής. Ο Εστέμπαν Τρουέμπα έβαλε μαύρα και πέρασε μέσα σε μια νύχτα από τη ρωμαλέα, όλο υγεία, αντρίκεια του ωριμότητα σε κάτι τραυλά γηρατειά που έφτασαν ορμητικά και που δεν μπόρεσαν ωστόσο να ηρεμήσουν το θυμό του. Κράτησε το αυστηρό του πένθος σ' όλη την υπόλοιπη ζωή του, ακόμα κι όταν πέρασε η μόδα και κανένας δεν φορούσε πένθος εκτός από τους φτωχούς, που έδεναν μια μαύρη κορδέλα στο μανίκι σε ένδειξη πένθους. Κρέμασε στο λαιμό μια δερμάτινη σακουλίτσα με μια χρυσή αλυσίδα, κάτω από το πουκάμισό του, πάνω στο στήθος του. Ήταν τα ψεύτικα δόντια της γυναίκας του, που για κείνον σήμαιναν καλή τύχη και εξιλέωση. Όλοι στην οικογένεια ένιωσαν πως χωρίς την Κλάρα δεν υπήρχε λόγος να ζουν όλοι μαζί: δεν είχαν τίποτα να πουν ο ένας στον άλλο. Ο Τρουέμπα κατάλαβε πως το μόνο που τον κρατούσε στο σπίτι του ήταν η παρουσία της εγγονής του.

Με τα χρόνια που πέρασαν, το σπίτι μεταβλήθηκε σ' ερείπια. Κανένας δεν ασχολήθηκε ξανά με τον κήπο, να τον ποτίσει ή να τον καθαρίσει, ώσπου τον κατάπιε η λήθη, τα πουλιά και τ' αγριόχορτα. Εκείνο το γεωμετρικό πάρκο, που είχε βάλει να κάνουν ο Τρουέμπα σύμφωνα με σχέδια από τα γαλλικά παλάτια, και η μαγεμένη ζώνη, όπου βασίλευε η Κλάρα μέσα στην αταξία και την αφθονία, η λαγνεία των λουλουδιών και το χάος των φυλλόδεντρων, ξεραίνονταν σιγά σιγά, σάπιζαν, πνίγονταν στ' αγριόχορτα. Τα τυφλά αγάλματα και τα σιντριβάνια που κελαηδούσαν, σκεπάστηκαν από ξερά φύλλα, κουτσουλιές και μούσκλια. Οι πέργολες, σπασμένες και βρόμικες, έγιναν καταφύγιο για μαμούδια και σκουπιδαριό για τους γείτονες. Το πάρκο μεταμορφώθηκε σ' έναν πυκνό χώρο όλο θάμνους, κάποιου ερημωμένου χωριού, όπου μόλις και μπορούσε κανείς να περάσει χωρίς ν' ανοίγει δρόμο με το ματσέτε. Τα δέντρα, που κάποτε τα κλάδευαν σε μπαρόκ στιλ, πήραν μια απελπιστική, σακάτικη και βασανισμένη όψη από τα σαλιγκάρια και τις αρρώστιες. Στα σαλόνια, με τον καιρό, οι κουρτίνες έπεφταν από τους γάντζους τους και κρέμονταν σαν γεροντικά μεσοφόρια, σκονισμένες και ξεφτισμένες. Τα έπιπλα, πατημένα από την Άλμπα που έπαιζε σπιτάκια κι έκανε χαρακώματα, μεταμορφώθηκαν σε πτώματα, με τις σούστες στον αέρα και το μεγάλο γκομπλέν στο σαλόνι έχασε την ωραιότατη ηρεμία της βουκολικής σκηνής στις Βερσαλλίες και χρησιμοποιήθηκε σαν στόχος για τα βελάκια του Νικολάς και της ανιψιάς του. Η κουζίνα γέμισε κάπνα και λίπος, γέμισε άδειες κονσέρβες και στοίβες εφημερίδες και σταμάτησε να βγάζει τις μεγάλες πιατέλες με κρέμα και τα ευωδιαστά μαγειρευτά φαγητά του παλιού καλού καιρού. Οι ένοικοι του σπιτιού το πήραν απόφαση να τρώνε ρεβίθια με ρύζι σχεδόν κάθε μέρα, γιατί κανένας δεν τολμούσε ν' αντιμετωπίσει τη σειρά από οξύθυμες, δεσποτικές κι όλο κρεατοελιές μαγείρισσες που βασίλευαν με τη σειρά τους ανάμεσα στις μαυρισμένες από την απλυσιά κατσαρόλες. Οι σεισμοί, τα δυνατά χτυπήματα στις πόρτες και το μπαστούνι του Εστέμπαν Τρουέμπα είχαν ανοίξει χαραγματιές στους τοίχους, είχαν κομματιάσει τις πόρτες, τα ενετικά παραπετάσματα είχαν βγει από τα στηρίγματά τους και κανένας δεν αναλάμβανε την πρωτοβουλία να τα επισκευάσει. Άρχισαν να στάζουν οι βρύσες, να τρέχουν οι σωλήνες, να σπάζουν τα κεραμίδια, να εμφανίζονται πρασινωποί λεκέδες από την υγρασία στους τοίχους. Μονάχα το ταπετσαρισμένο με γαλάζιο μεταξωτό δωμάτιο της Κλάρας έμενε ανέπαφο. Εκεί μέσα είχαν μείνει τα έπιπλα από ανοιχτόχρωμο ξύλο, τα ρούχα από άσπρο βαμβακερό, το άδειο κλουβί χωρίς καναρίνι, το καλάθι με τα μισοτελειωμένα πλεχτά, τα μαγικά της χαρτιά, το τρίποδο τραπεζάκι και οι στοίβες τα τετράδια, όπου κατέγραψε τη ζωή για πενήντα χρόνια, και που πολλά χρόνια αργότερα, στη μοναξιά του άδειου σπιτιού και στη σιωπή των πεθαμένων και των εξαφανισμένων, εγώ τα έβαλα στη σειρά και τα διάβασα με κατάνυξη για να φτιάξω αυτή την ιστορία.

Ο Χάιμε και ο Νικολάς έχασαν το λίγο ενδιαφέρον που είχαν για την οικογένεια και δεν έδειξαν καθόλου οίκτο για τον πατέρα τους, που στη μοναξιά του προσπαθούσε να δημιουργήσει μαζί τους κάποια φιλία, για να γεμίσει το κενό που είχε αφήσει μια ζωή από άσχημες σχέσεις. Ζούσαν στο σπίτι, γιατί δεν είχαν άλλο μέρος πιο βολικό για να κοιμούνται και να τρώνε, αλλά τριγυρνούσαν σαν αδιάφορες σκιές, χωρίς να σταματούν βλέποντας το χαλασμό. Ο Χάιμε εξασκούσε το επάγγελμά του με αποστολική αφοσίωση και με το ίδιο πείσμα που ο πατέρας του είχε βγάλει τις Τρεις Μαρίες από την εγκατάλειψη κι είχε φτιάξει μια περιουσία, εκείνος έβαζε όλες του τις δυνάμεις δουλεύοντας στο νοσοκομείο και στις ελεύθερες του ώρες φρόντιζε δωρεάν τους φτωχούς.

«Εσύ είσαι ο αιώνια χαμένος στη ζωή, παιδί μου», αναστέναζε ο Τρουέμπα. «Δεν έχεις αίσθηση της πραγματικότητας. Δεν έχεις καταλάβει ακόμα πώς είναι φτιαγμένος ο κόσμος. Στηρίζεσαι πάνω σε ουτοπίες που δεν υπάρχουν».

«Να φροντίζεις τον πλησίον δεν είναι ουτοπία, πατέρα».

«Όχι, η φιλανθρωπία, όπως κι ο σοσιαλισμός, είναι μια εφεύρεση των αδύναμων για να γονατίζουν και να μεταχειρίζονται τους δυνατούς».

«Δεν πιστεύω στη θεωρία σου περί δυνατών και αδυνάτων», απαντούσε ο Χάιμε.

«Πάντα συμβαίνει αυτό στη φύση. Ζούμε στη ζούγκλα».

«Ναι, γιατί αυτοί που κάνουν τους κανονισμούς σκέφτονται σαν εσένα, αλλά δεν θα είναι πάντα έτσι».

«Θα είναι, γιατί είμαστε απ' αυτούς που κερδίζουν πάντα. Ξέρουμε να κινούμαστε μες στον κόσμο και να μεταχειριζόμαστε την εξουσία. Άκουσέ με, γιε μου, βάλε κάτω το κεφάλι κι άνοιξε μια ιδιωτική κλινική, εγώ θα σε βοηθήσω. Σταμάτα όμως τις σοσιαλιστικές σου τρέλες!» τον προειδοποιούσε ο Εστέμπαν Τρουέμπα, χωρίς κανένα αποτέλεσμα.

Αφού η Αμάντα εξαφανίστηκε από τη ζωή του, ο Νικολάς έδειξε να ισορροπεί συναισθηματικά. Οι εμπειρίες του στις Ινδίες του είχαν αφήσει μια τάση για πνευματικές εργασίες. Εγκατέλειψε τις φανταστικές εμπορικές του περιπέτειες, που βασάνιζαν τη σκέψη του τα πρώτα χρόνια της ζωής του, καθώς και την επιθυμία να καταχτήσει κάθε γυναίκα που συναντούσε, κι αφοσιώθηκε στην επιθυμία που πάντα είχε, να συναντήσει τον Θεό στα πιο απάτητα μονοπάτια. Με την ίδια γοητεία, που από παλιά είχε μεταχειριστεί για να βρει μαθήτριες για το χορό του φλαμένκο, κατάφερε να μαζέψει τριγύρω του έναν ολοένα αυξανόμενο αριθμό από μαθητές. Οι περισσότεροι ήταν νέοι, που είχαν βαρεθεί την καλή ζωή, που τριγυρνούσαν άσκοπα σαν κι εκείνον, αναζητώντας μια φιλοσοφία που θα τους επέτρεπε να ζουν χωρίς να παίρνουν μέρος στις γήινες απασχολήσεις. Δημιουργήθηκε μια ομάδα διατεθειμένη να δεχτεί τις χιλιετείς γνώσεις που ο Νικολάς είχε αποχτήσει στην Ανατολή. Για λίγο καιρό μαζεύονταν στα πίσω δωμάτια, στο εγκαταλειμμένο μέρος του σπιτιού, όπου η Άλμπα τους μοίραζε ξερούς καρπούς και εγχύματα φυτών, ενώ εκείνοι διαλογίζονταν με σταυρωμένα πόδια. Όταν ο Εστέμπαν Τρουέμπα πήρε είδηση πως πίσω από την πλάτη του κυκλοφορούσαν μετενσαρκωμένοι και επώνυμοι που ανέπνεαν από τον αφαλό κι έβγαζαν τα ρούχα τους με την παραμικρή ευκαιρία, έχασε την υπομονή του και τους πέταξε έξω, απειλώντας τους με το μπαστούνι του και με την αστυνομία. Τότε ο Νικολάς κατάλαβε πως χωρίς λεφτά δεν θα μπορούσε να εξακολουθήσει να διδάσκει την Αλήθεια, κι έτσι άρχισε να χρεώνει μικρά ποσά σαν αμοιβή για τη διδασκαλία του. Μ' αυτά μπόρεσε να νοικιάσει ένα σπίτι, όπου έστησε την ακαδημία των φωτισμένων. Για να ικανοποιήσει τις απαιτήσεις του νόμου και από ανάγκη να έχει ένα νόμιμο όνομα, το ονόμασε Ινστιτούτο της Ένωσης με το Τίποτα, ΙΕΤ. Ο πατέρας του όμως δεν ήταν διατεθειμένος να τον αφήσει ήσυχο, γιατί οι πιστοί του Νικολάς άρχισαν να εμφανίζονται σε φωτογραφίες στις εφημερίδες με ξυρισμένο κεφάλι, με άσεμνα καλύμματα στα λαγόνια και μακάριες εκφράσεις, γελοιοποιώντας το όνομα των Τρουέμπα. Μόλις μαθεύτηκε πως ο προφήτης ήταν γιος του γερουσιαστή Τρουέμπα, η αντιπολίτευση το εκμεταλλεύτηκε για να τον κοροϊδέψει και μεταχειρίστηκε την πνευματική αναζήτηση του γιου σαν πολιτικό όπλο ενάντια στον πατέρα. Ο Τρουέμπα το υπόμεινε στωικά μέχρι τη μέρα που είδε την εγγονή του την Άλμπα με ξυρισμένο κεφάλι, σαν μπάλα, να επαναλαμβάνει ακούραστα την ιερή λέξη Ομ. Έπαθε τότε μια από τις τρομερές κρίσεις θυμού. Πήγε, χωρίς καμιά προειδοποίηση, στο ινστιτούτο του γιου του, μαζί με δυο μισθωμένους γι' αυτόν το λόγο μαχαιροβγάλτες, που κατέστρεψαν με χτυπήματα τα λίγα έπιπλα κι ήταν έτοιμοι να κάνουν το ίδιο με τους ειρηνικούς μετενσαρκωμένους, ώσπου ο γέρος, καταλαβαίνοντας πως πάλι το είχε παρακάνει, διέταξε να σταματήσουν και να τον περιμένουν απ' έξω. Μόνος με το γιο του κατάφερε να κυριαρχήσει στη λύσσα που τον είχε κυριέψει, για να μουρμουρίσει με συγκρατημένη φωνή πως είχε πια βαρεθεί τις κοροϊδίες του.

«Δεν θέλω να σε δω στα μάτια μου μέχρι να φυτρώσουν πάλι τα μαλλιά στο κεφάλι της εγγονής μου!» πρόσθεσε, πριν φύγει βροντώντας την πόρτα.

Την επομένη ο Νικολάς αντέδρασε. Άρχισε πετώντας

τα κομμάτια που είχαν αφήσει πίσω τους οι μαχαιροβγάλτες του πατέρα του και καθαρίζοντας τον τόπο, ενώ ανέπνεε ρυθμικά, για να βγάλει από μέσα του κάθε ίχνος θυμού και να εξαγνίσει το πνεύμα του. Ύστερα, με τους μαθητές του ντυμένους μόνο με καλύμματα γύρω από τα λαγόνια και κουβαλώντας μεγάλα πλακάτ, όπου ζητούσαν θρησκευτική ελευθερία και σεβασμό για τα πολιτικά τους δικαιώματα, κατέβηκαν ως τα κάγκελα της Βουλής. Εκεί έβγαλαν κάτι ξύλινες σφυρίχτρες, καμπανάκια και κάτι αυτοσχέδια γκογκ, με τα οποία προκάλεσαν τέτοια αναστάτωση που σταμάτησε η κυκλοφορία. Όταν ο Νικολάς μάζεψε αρκετό ακροατήριο, έβγαλε όλα του τα ρούχα και θεόγυμνος, σαν νεογέννητο, ξάπλωσε στη μέση του δρόμου με τα χέρια ανοιχτά στο σχήμα του σταυρού. Ήταν τέτοια η φασαρία από τα φρεναρίσματα, τις κόρνες, τις τσιρίδες και τα σφυρίγματα, που έφτασε και στο εσωτερικό του κτιρίου. Στη Γερουσία διακόπηκε η συνεδρίαση, όπου συζητούσαν το δικαίωμα των ιδιοχτητών να κλείνουν με συρματόπλεγμα τους γειτονικούς δρόμους, και βγήκαν οι γερουσιαστές στο μπαλκόνι να διασκεδάσουν με το απροσδόκητο θέαμα ενός γιου του γερουσιαστή Τρουέμπα, που τραγουδούσε ασιατικούς ψαλμούς τσίτσιδος. Ο Εστέμπαν Τρουέμπα κατέβηκε τρέχοντας τα φαρδιά σκαλοπάτια της Βουλής και βγήκε στο δρόμο διατεθειμένος να σκοτώσει το γιο του, αλλά δεν πρόλαβε να περάσει τα κάγκελα, γιατί ένιωσε να σπάζει η καρδιά του κι ένα κόκκινο πέπλο του σκέπασε τα μάτια. Έπεσε καταγής.

Ένα φορτηγό της αστυνομίας πήρε τον Νικολάς κι ένα ασθενοφόρο του Ερυθρού Σταυρού το γερουσιαστή. Η κρίση κράτησε τρεις βδομάδες και λίγο έλειψε να στείλει τον Τρουέμπα στον άλλο κόσμο. Όταν μπόρεσε να σηκωθεί από το κρεβάτι, έπιασε το γιο του από το λαιμό, τον έβαλε σ' ένα αεροπλάνο και τον ξαπόστειλε στο εξωτερικό, με τη διαταγή ποτέ πια, όσο εκείνος ζούσε, να μην εμφανιστεί μπροστά του. Του έδωσε όμως αρκετά λεφτά για να μπορέσει να εγκατασταθεί και να επιζήσει για μεγάλο διάστημα, γιατί, όπως εξήγησε στον Χάιμε, αυτός ήταν ένας τρόπος να τον εμποδίσει να κάνει κι άλλες τρέλες που θα μπορούσαν να τον γελοιοποιήσουν και στο εξωτερικό.

Τα επόμενα χρόνια ο Εστέμπαν Τρουέμπα μάθαινε νέα για τον άσωτο γιο από τη σποραδική αλληλογραφία που διατηρούσε μαζί του η Μπλάνκα. Έτσι πληροφορήθηκε πως ο Νικολάς είχε φτιάξει στη Βόρεια Αμερική άλλη μια ακαδημία για να ενώνεται με το τίποτα με μεγάλη επιτυχία κι απόχτησε τόσα χρήματα, που ποτέ δεν θα μπορούσε να κερδίσει πετώντας με αερόστατο ή φτιάχνοντας σάντουιτς. Κατέληξε να μουσκεύει με τους μαθητές του στη δικιά του πισίνα από τριανταφυλλιά πορσελάνη, απολαμβάνοντας το σεβασμό της κοινωνίας και συνδυάζοντας, χωρίς να το θέλει, την αναζήτηση του Θεού με την καλή του τύχη στις επιχειρήσεις. Ο Εστέμπαν Τρουέμπα, ωστόσο, δεν το πίστεψε ποτέ.

Ο γερουσιαστής περίμενε να μεγαλώσουν λίγο τα μαλλιά της εγγονής του, για να μη νομίζει ο κόσμος πως είχε ψώρα, και πήγε ο ίδιος προσωπικά να τη γράψει σ' ένα εγγλέζικο σχολείο για δεσποινίδες, γιατί εξακολουθούσε να πιστεύει πως ήταν η καλύτερη μόρφωση, παρ' όλα τ' αντίθετα αποτελέσματα που είχε με τους δυο του γιους. Η Μπλάνκα ήταν σύμφωνη, γιατί είχε καταλάβει πως δεν αρκούσε ένας καλός συνδυασμός των άστρων στο ζώδιό της για να τα καταφέρει η Άλμπα στη ζωή. Στο σχολείο η Άλμπα έμαθε να τρώει βραστά λαχανικά και καμένο ρύζι, να υποφέρει το κρύο στην αυλή, να τραγουδάει ύμνους και να εξορκίζει όλες τις ματαιοδοξίες του κόσμου εκτός από κείνες που είχαν σχέση με τον αθλητισμό. Της έμαθαν να διαβάζει το Ευαγγέλιο, να παίζει τένις και να γράφει στη γραφομηχανή. Αυτό το τελευταίο ήταν το μόνο χρήσιμο πράγμα που της απόμεινε μετά από τόσα χρόνια με την ξένη γλώσσα. Στην Άλμπα, που είχε ζήσει μέχρι τότε χωρίς να έχει ακούσει να μιλούν για αμαρτίες ούτε για καλούς τρόπους, χωρίς να γνωρίζει τα όρια ανάμεσα στ' ανθρώπινα και στα θεία, στο δυνατό και στο αδύνατο, βλέποντας να κυκλοφορεί στους διαδρόμους ένας γυμνός θείος, που πήδαγε σύμφωνα με την τεχνική του καράτε, κι έχοντας έναν άλλο, θαμμένο κάτω από ένα βουνό βιβλία, τον παππού να διαλύει με μπαστουνιές τα τηλέφωνα και τις γλάστρες στη βεράντα, τη μητέρα της να το σκάει με τη γελοία της βαλίτσα και τη γιαγιά της να κουνάει το τρίποδο τραπεζάκι και να παίζει Σοπέν χωρίς ν' ανοίγει το πιάνο, η ρουτίνα του σχολείου της φάνηκε ανυπόφορη. Βαριόταν μες στην τάξη. Στα διαλείμματα καθόταν στην πιο απομακρυσμένη γωνιά στην αυλή, για να μη φαίνεται, τρέμοντας από την επιθυμία να τη φωνάξουν να παίξει και ταυτόχρονα παρακαλώντας να μην την προσέξει κανείς. Η μητέρα της την είχε προειδοποιήσει να μην προσπαθήσει να εξηγήσει στις συμμαθήτριές της αυτά που είχε δει σε σχέση με την ανθρώπινη φύση στα ιατρικά βιβλία του θείου Χάιμε, ούτε να μιλήσει στις δασκάλες για τα πλεονεκτήματα της εσπεράντο σε σχέση με την αγγλική γλώσσα. Παρ' όλες αυτές τις προφυλάξεις η διευθύντρια του ιδρύματος εύκολα διέκρινε από τις πρώτες μέρες τις εκκεντρικότητες της καινούργιας της μαθήτριας. Την παρακολουθούσε δυο βδομάδες κι όταν σιγουρεύτηκε για τη διάγνωσή της, φώναξε την Μπλάνκα Τρουέμπα στο γραφείο της και της εξήγησε, όσο πιο ευγενικά μπορούσε, πως η μικρή ξέφευγε από τα συνηθισμένα όρια της βρετανικής μόρφωσης και της πρότεινε να τη βάλει σ' ένα σχολείο με Ισπανίδες καλόγριες, όπου ίσως θα μπορούσαν να ελέγξουν την αχαλίνωτη φαντασία της και να διορθώσουν τους φριχτούς της τρόπους. Αλλά ο γερουσιαστής Τρουέμπα δεν ήταν διατεθειμένος ν' αφήσει μια κάποια μις Σεν Τζον να τον κάνει ό,τι θέλει και χρησιμοποίησε όλη του την επιρροή για να μη διώξει την εγγονή του. Ήθελε, με κάθε θυσία, να μάθει αγγλικά. Ήταν σίγουρος για την ανωτερότητα της αγγλικής γλώσσας σε σχέση με τα ισπανικά, που τα θεωρούσε δεύτερης κατηγορίας, κατάλληλα για τις οικιακές εργασίες και τη μαγεία, για τ' ανεξέλεγκτα πάθη και τις ανώφελες επιχειρήσεις, αλλά ανεπαρκή για τον κόσμο της επιστήμης και της τεχνικής, όπου έλπιζε να δει την Άλμπα να θριαμβεύει. Είχε μόλις αποδεχτεί —νικημένος από την πλημμυρίδα των καινούργιων ιδεών— πως μερικές γυναίκες δεν ήταν τελείως ηλίθιες και σκεφτόταν πως η Άλμπα, υπερβολικά ασήμαντη για να τραβήξει ένα σύζυγο με καλή οικονομική κατάσταση, μπορούσε ν' αποχτήσει ένα επάγγελμα και να τα καταφέρει κερδίζοντας τη ζωή της σαν άντρας. Σ' αυτό το σημείο η Μπλάνκα υποστήριξε τον πατέρα της, γιατί είχε δει από μόνη της τα αποτελέσματα μιας κακής προετοιμασίας, όταν χρειάστηκε ν' αντιμετωπίσει τη ζωή.

«Δεν θέλω να είσαι φτωχιά όπως εγώ, ούτε να πρέπει να εξαρτιέσαι από έναν άντρα για να σε συντηρεί», έλεγε στην κόρη της κάθε φορά που την έβλεπε να κλαίει γιατί δεν ήθελε να πάει στα μαθήματα.

Δεν την έβγαλαν από το σχολείο κι η Άλμπα αναγκάστηκε να το αντέξει για δέκα ολόκληρα χρόνια.

Για την Άλμπα το μόνο ήρεμο πρόσωπο σ' εκείνο το ακυβέρνητο πλοίο, που είχε μεταβληθεί το μεγάλο σπίτι στη γωνία μετά το θάνατο της Κλάρας, ήταν η μητέρα της. Η Μπλάνκα πάλευε ενάντια στο χαλασμό και στη φθορά σαν άγρια λέαινα, αλλά ήταν φανερό πως θα έχανε τη μάχη. Μόνο εκείνη προσπαθούσε να δώσει σ' εκείνη τη σπιταρόνα εμφάνιση σπιτιού. Ο γερουσιαστής Τρουέμπα εξακολουθούσε να ζει εκεί, αλλά σταμάτησε να προσκαλεί τους φίλους του και τις πολιτικές του υποχρεώσεις, έκλεισε τα σαλόνια και ζούσε μόνο στη βιβλιοθήκη και στο δωμάτιό του. Είχε γίνει τυφλός και κουφός στις ανάγκες του σπιτιού του. Ταξίδευε συνέχεια, πολύ απασχολημένος με την πολιτική και τις επιχειρήσεις, ξόδευε για καινούργιες προεκλογικές εκστρατείες, αγόραζε οικόπεδα και τρακτέρ, μεγάλωνε άλογα για τον ιππόδρομο, έπαιζε με την τιμή του χρυσού, τη ζάχαρη και το χαρτί. Δεν έβλεπε πως οι τοίχοι του σπιτιού του ήθελαν ένα χέρι μπογιά, τα έπιπλα είχαν διαλυθεί και η κουζίνα είχε γίνει σκουπιδαριό. Ούτε έβλεπε τα γιλέκα από κατσιασμένο μαλλί της εγγονής του, ούτε τα παλιοκαιρίσια ρούχα της κόρης του ή τα χέρια της, τα κατεστραμμένα από τις δουλειές του σπιτιού και τον πηλό. Δεν το έκανε από τσιγκουνιά: απλώς η οικογένεια δεν υπήρχε πια γι' αυτόν. Μερικές φορές ξυπνούσε από την αφηρημάδα κι έφτανε στο σπίτι με κανένα θαυμάσιο κι απίθανο δώρο για την εγγονή του, πράγμα που μόνο μεγάλωνε περισσότερο την αντίθεση ανάμεσα στον αόρατο πλούτο, στους λογαριασμούς στις τράπεζες και στη λιτότητα στο σπίτι. Έδινε στην Μπλάνκα διάφορα ποσά, αλλά ποτέ αρκετά για να διατηρεί σε λειτουργία εκείνη την ξεχαρβαλωμένη και σκοτεινή σπιταρόνα, που ήταν σχεδόν άδεια και όλο ρεύματα, ό,τι είχε απομείνει, δηλαδή, από το αρχοντικό του παλιού καιρού. Ποτέ δεν έφταναν τα λεφτά για τα έξοδα, η Μπλάνκα μια ζωή ζητούσε δανεικά από τον Χάιμε κι όσο κι αν έκοβε από εδώ για να προσθέσει εκεί, στο τέλος του μήνα είχε ένα σωρό από απλήρωτους λογαριασμούς που μεγάλωναν, μέχρι που έπαιρνε την απόφαση να πάει στο προάστιο των Εβραίων, για να πουλήσει κάποιο κόσμημα απ' αυτά που μισό αιώνα νωρίτερα είχαν αγοραστεί στο ίδιο μέρος και που η Κλάρα της είχε αφήσει κληρονομιά μέσα σε μια μάλλινη κάλτσα.

Μες στο σπίτι η Μπλάνκα τριγυρνούσε με ποδιά και ψάθινες παντόφλες, χωρίς να ξεχωρίζει από το λιγοστό υπηρετικό προσωπικό που είχε απομείνει, και για να βγαίνει έξω φορούσε το ίδιο μαύρο, πολυσιδερωμένο ταγιέρ με την άσπρη μεταξωτή της μπλούζα. Όταν ο παππούς της χήρεψε και σταμάτησε ν' ασχολείται μαζί της, η Άλμπα φορούσε αυτά που κληρονομούσε από κάτι μακρινές ξαδέλφες, που ήταν ή πιο μεγάλες ή πιο μικρές από κείνη, κι έτσι γενικά τα παλτά τής έρχονταν σαν στρατιωτικές κάπες και τα φουστάνια κοντά και στενά. Ο Χάιμε ήθελε κάτι να κάνει γι' αυτές, αλλά η συνείδησή του τού έλεγε πως ήταν καλύτερα να ξοδεύει τα εισοδήματά του σε φαγητό για τους πεινασμένους, παρά σε λούσα για την αδελφή του και την ανιψιά του.

Μετά το θάνατο της γιαγιάς της η Άλμπα άρχισε να υποφέρει από εφιάλτες, που την έκαναν να ξυπνάει τη νύχτα με πυρετό, φωνάζοντας. Έβλεπε στον ύπνο της πως πέθαιναν όλοι στην οικογένεια κι εκείνη έμενε να τριγυρίζει μόνη στο μεγάλο σπίτι, χωρίς άλλη συντροφιά από τα ανάρια, θαμπά φαντάσματα που τριγύριζαν στους διαδρόμους.

Ο Χάιμε πρότεινε να τη μεταφέρουν στο δωμάτιο της Μπλάνκα για να είναι πιο ήσυχη. Από τη μέρα που άρχισε να μοιράζεται το δωμάτιο με τη μητέρα της, περίμενε με κρυφή ανυπομονησία τη στιγμή που έπεφταν στο κρεβάτι. Μαζεμένη μες στα σεντόνια της, την παρακολουθούσε με το βλέμμα στη νυχτερινή της ρουτίνα προτού μπει στο κρεβάτι. Η Μπλάνκα καθάριζε το πρόσωπό της με κρέμα Μελπάν, ένα τριανταφυλλί γαλάκτωμα που μύριζε τριαντάφυλλο κι είχε φήμη πως έκανε θαύματα για το γυναικείο δέρμα, και βούρτσιζε εκατό φορές τα μακριά καστανά μαλλιά της, που είχαν αρχίσει να ξεθωριάζουν με μερικές άσπρες τρίχες, αόρατες για όλους εκτός από κείνη. Κρύωνε εύκολα, γι' αυτό χειμώνα καλοκαίρι φορούσε μάλλινα νυχτικά, που μόνη της έπλεκε στις ελεύθερες ώρες της. Όταν έβρεχε, έβαζε γάντια για να μετριάζει το πολικό ψύχος που είχε μπει στα κόκαλά της από την υγρασία του πηλού και που όλες οι ενέσεις του Χάιμε και οι βελονισμοί του Νικολάς δεν μπόρεσαν να θεραπεύσουν. Η Άλμπα την παρατηρούσε να πηγαινοέρχεται μες στο δωμάτιο, με τη νυχτικιά της δόκιμης μοναχής να κυματίζει γύρω από το σώμα της, με λυμένο τον κότσο της, τυλιγμένη στην απαλή ευωδιά των καθαρών της ρούχων και της κρέμα Μελπάν, χαμένη μέσα σ' έναν ακατάληπτο μονόλογο, όπου ανακατεύονταν τα παράπονα για τις τιμές των λαχανικών, η απαρίθμηση των διάφορων ενοχλήσεών της, η κούραση να προσπαθεί να τα βγάλει πέρα με το σπίτι και οι ποιητικές της φαντασιώσεις με τον Πέδρο Τερσέρο Γκαρσία, που τον φανταζόταν μες στα σύννεφα στο σούρουπο ή τον θυμόταν ανάμεσα στα χρυσαφένια στάρια στις Τρεις Μαρίες. Όταν τέλειωνε η τελετουργία, η Μπλάνκα έμπαινε στο κρεβάτι της κι έσβηνε το φως. Πάνω από το στενό διάστημα που τις χώριζε, κρατούσε το χέρι της κόρης της και της διηγιόταν ιστορίες από τα μαγικά βιβλία που βρίσκονταν στα μαγεμένα μπαούλα του θείου Μάρκος, αλλά που η κακή της μνήμη τα μεταμόρφωνε σε καινούργιες. Έτσι η Άλμπα έμαθε για έναν πρίγκιπα που κοιμήθηκε εκατό χρόνια, για πριγκίπισσες που πάλευαν με δράκοντες, για ένα λύκο που χάθηκε στο δάσος και που ένα κοριτσάκι τον σκότωσε χωρίς κανένα λόγο. Όταν η Άλμπα ήθελε να ξανακούσει εκείνες τις παραξενιές, η Μπλάνκα δεν μπορούσε να τις επαναλάβει, γιατί τις είχε ξεχάσει, γι' αυτό η μικρή απόχτησε τη συνήθεια να τις γράφει. Αργότερα σημείωνε και τα γεγονότα που της φαίνονταν σπουδαία, ακριβώς όπως έκανε και η γιαγιά της η Κλάρα.

Οι εργασίες για το μαυσωλείο είχαν αρχίσει λίγο καιρό μετά το θάνατο της Κλάρας, αλλά καθυστέρησαν σχεδόν δυο χρόνια, γιατί πρόσθετα ολοένα καινούργιες κι ακριβές λεπτομέρειες: πλάκες με γοτθικά χρυσά γράμματα, έναν κρυστάλλινο θόλο για να μπαίνει ο ήλιος κι έναν έξυπνο μηχανισμό —τα ρωμαϊκά σιντριβάνια—, που μπορούσε να ποτίζει με τρόπο μόνιμο και μετρημένο ένα μικροσκοπικό εσωτερικό κήπο, όπου έβαλα να φυτέψουν τριαντάφυλλα και καμέλιες, τα αγαπημένα λουλούδια των αδελφών που είχαν πάρει την καρδιά μου. Τ' αγάλματα ήταν μεγάλο πρόβλημα. Απέρριψα αρκετά σχέδια, γιατί δεν ήθελα ηλίθιους αγγέλους, αλλά τα ομοιώματα της Ρόζας και της Κλάρας με τα πρόσωπά τους, τα χέρια τους, το αληθινό τους μέγεθος. Ένας γλύπτης από την Ουρουγουάη το πέτυχε και τα αγάλματα έγιναν τελικά ακριβώς όπως τα ήθελα. Όταν πια ήμουν έτοιμος, βρέθηκα μπροστά σ' ένα απρόσμενο εμπόδιο: δεν μπορούσα να μεταφέρω τη Ρόζα στο καινούργιο μαυσωλείο, γιατί η οικογένεια δελ Βάλιε έφερε αντίρρηση. Προσπάθησα να τους πείσω με διάφορα επιχειρήματα, με δώρα και πιέσεις, ακόμα και με την πολιτική μου επιρροή, αλλά τίποτα δεν έφερε αποτέλεσμα. Οι κουνιάδοι μου έμεναν αμετάπιστοι. Νομίζω πως είχαν μάθει για το κεφάλι της Νίβεα και ήταν θυμωμένοι μαζί μου που το είχα κρατήσει τόσον καιρό στο υπόγειο. Μπροστά στο πείσμα τους, φώναξα τον Χάιμε και του είπα να ετοιμαστεί για να με συνοδέψει να κλέψουμε το πτώμα της Ρόζας. Δεν έδειξε καμιά έκπληξη.

«Αφού δεν γίνεται με το καλό, τότε θα γίνει με το κακό», εξήγησα στο γιο μου.

Όπως γίνεται συνήθως σ' αυτές τις περιπτώσεις, πήγαμε τη νύχτα και δωροδοκήσαμε το φύλακα, ακριβώς όπως είχα κάνει πολλά χρόνια πριν, για να μείνω μαζί με τη Ρόζα την πρώτη νύχτα που είχε περάσει εκεί μέσα. Μπήκαμε με τα εργαλεία μας από τη λεωφόρο με τα κυπαρίσσια, ψάξαμε να βρούμε τον τάφο της οικογένειας δελ Βάλιε και βαλθήκαμε να τον ανοίξουμε. Τραβήξαμε με προσοχή την πλάκα που προφύλαγε τη γαλήνη της Ρόζας και βγάλαμε από την εσοχή το λευκό φέρετρο, που ήταν πολύ πιο βαρύ απ' όσο περιμέναμε, γι' αυτό ζητήσαμε από το φύλακα να μας βοηθήσει. Δουλεύαμε άβολα μες στο στενό κακοφωτισμένο χώρο, ενοχλώντας ο ένας τον άλλο με τα εργαλεία. Ύστερα ξαναβάλαμε την πλάκα πάνω από την εσοχή, για να μην καταλάβει κανείς πως ήταν άδεια. Τελειώσαμε καταϊδρωμένοι. Ο Χάιμε είχε την προνοητικότητα να πάρει μαζί του ένα παγούρι με αγουαρδιέντε και μπορέσαμε να πιούμε ένα ποτό για να ψυχωθούμε. Παρ' όλο που κανείς μας δεν ήταν προληπτικός, εκείνη η νεκρούπολη με σταυρούς, τρούλους και πλάκες μας έκανε νευρικούς. Εγώ κάθισα στην άκρη του τάφου να ξελαχανιάσω και σκέφτηκα πως δεν ήμουν πια νέος, αφού, για να κουνήσω μια κάσα, έχανα την ανάσα μου κι έβλεπα λαμπερά σημαδάκια μες στο σκοτάδι. Έκλεισα τα μάτια και θυμήθηκα τη Ρόζα, το τέλειο πρόσωπό της, το γαλακτερό της δέρμα, τα νεραϊδίσια της μαλλιά, τα μελένια της μάτια που αναστάτωναν, τα χέρια της δεμένα με το σιντεφένιο ροζάρι, το στεφάνι του γάμου. Αναστέναξα καθώς θυμήθηκα εκείνη την ωραία παρθένα που μου είχε ξεφύγει μέσα από τα χέρια και που βρισκόταν εκεί και περίμενε όλα αυτά τα χρόνια να πάω να τη βρω και να την πάω εκεί που έπρεπε να βρίσκεται.

«Γιε μου, θα τ' ανοίξουμε αυτό. Θέλω να δω τη Ρόζα», είπα στον Χάιμε.

Δεν προσπάθησε να με κάνει ν' αλλάξω γνώμη, γιατί γνώριζε τον τόνο της φωνής μου, όταν η απόφασή μου ήταν αμετάκλητη. Σιγουρέψαμε το φανάρι, εκείνος έβγαλε με υπομονή τις χάλκινες βίδες, που με τον καιρό είχαν μαυρίσει, και μπορέσαμε να βγάλουμε το σκέπασμα που ζύγιζε λες κι ήταν από σίδερο. Στο λευκό φως του φαναριού είδα τη Ρόζα, την ωραία, με τους νυφιάτικους λεμονανθούς, τα πράσινα μαλλιά της, την ανέπαφη ομορφιά της, ακριβώς όπως την είχα δει πολλά χρόνια πριν, ξαπλωμένη μες στο άσπρο της φέρετρο πάνω στο τραπέζι της τραπεζαρίας, στα πεθερικά μου. Έμεινα να την κοιτάζω γοητευμένος, χωρίς να παραξενευτώ που ο χρόνος δεν την είχε αγγίξει, γιατί ήταν όπως την έβλεπα στον ύπνο μου. Έσκυψα κι ακούμπησα ένα φιλί πάνω στο κρύσταλλο που κάλυπτε το πρόσωπό της, στα χλομά χείλια της αιώνιας αγαπημένης μου. Εκείνη τη στιγμή ένα αεράκι φύσηξε ανάμεσα στα κυπαρίσσια, μπήκε προδοτικά από κάποια χαραματιά στην κάσα, που μέχρι τότε είχε παραμείνει ερμητικά κλειστή, και σε μια στιγμή η αναλλοίωτη αρραβωνιαστικιά διαλύθηκε ως διά μαγείας, κι έγινε μια λεπτή, γκρίζα σκόνη. Όταν σήκωσα το κεφάλι κι άνοιξα τα μάτια, με το φιλί ακόμα κρύο στα χείλια μου, δεν υπήρχε πια η ωραία Ρόζα. Στη θέση της ήταν μια νεκροκεφαλή με άδειες κόγχες, κάτι λουρίδες από δέρμα με φιλντισένιο χρώμα κολλημένες στα μάγουλα και κάτι τούφες από μουχλιασμένη χαίτη στο σβέρκο.

Ο Χάιμε και ο φύλακας έκλεισαν το καπάκι βιαστικά, έβαλαν τη Ρόζα σ' ένα καροτσάκι και την πήγαν στο σημείο που της είχα ετοιμάσει κοντά στην Κλάρα, στο μαυσωλείο στο χρώμα του σολομού. Έμεινα καθισμένος πάνω σ' έναν τάφο στη λεωφόρο με τα κυπαρίσσια, κοιτάζοντας το φεγγάρι.

«Η Φέρουλα είχε δίκιο», σκέφτηκα. «Απόμεινα μόνος και μικραίνει το σώμα μου και η ψυχή μου. Τώρα δεν μου μένει άλλο παρά να ψοφήσω σαν το σκυλί».

Ο γερουσιαστής Τρουέμπα πολεμούσε ενάντια στους πολιτικούς του εχθρούς που κάθε μέρα κέρδιζαν έδαφος στην κατάχτηση της εξουσίας. Ενώ οι άλλοι αρχηγοί στο Συντηρητικό Κόμμα χόντραιναν, γερνούσαν κι έχαναν την ώρα τους σ' ατέλειωτες σχολαστικές συζητήσεις, εκείνος, αφοσιωμένος, δούλευε, μελετούσε και γύριζε τη χώρα από το βορρά στο νότο σε μια προσωπική εκστρατεία που ποτέ δεν σταματούσε, χωρίς να λαβαίνει υπόψη του τα χρόνια του ούτε το βουβό τρίξιμο στα κόκαλά του. Έβγαινε γερουσιαστής σ' όλες τις βουλευτικές εκλογές. Αλλά δεν ενδιαφερόταν για την εξουσία, τα πλούτη ή το κύρος. Η έμμονη ιδέα του ήταν να καταστρέψει αυτό που ονόμαζε «μαρξιστικό καρκίνο», που ολοένα και περισσότερο κέρδιζε το λαό.

«Όποια πέτρα και να σηκώσεις, θα βρεις έναν κομμουνιστή από κάτω!» έλεγε.

Κανένας άλλος δεν τον πίστευε. Ούτε και οι ίδιοι οι κομμουνιστές. Τον κορόιδευαν λίγο, για τις κρίσεις του θυμού του, την κορακίσια του όψη, το αναχρονιστικό του μπαστούνι και τα αποκαλυπτικά του προγνωστικά. Όταν τους έβαζε κάτω από τη μύτη τους τις στατιστικές και τα πραγματικά αποτελέσματα των τελευταίων εκλογών, οι ομοϊδεάτες του νόμιζαν πως ήταν γεροντίστικα παραληρήματα.

«Τη μέρα που δεν θα μπορέσουμε να βάλουμε χέρι στις κάλπες πριν να μετρήσουν τις ψήφους, θα πάμε κατά διαβόλου!» υποστήριζε ο Τρουέμπα.

«Σε κανένα μέρος του κόσμου δεν έχουν κερδίσει οι μαρξιστές με λαϊκές εκλογές. Χρειάζεται τουλάχιστον μια επανάσταση και σ' αυτή τη χώρα δεν συμβαίνουν τέτοια», του απαντούσαν.

«Μέχρι να συμβούν!» απαντούσε ο Τρουέμπα έξαλλος.

«Ηρέμησε, άνθρωπε του Θεού! Δεν θα το επιτρέψουμε!» τον παρηγορούσαν. «Ο μαρξισμός δεν έχει καμιά πιθανότητα στη Λατινική Αμερική. Δεν βλέπεις πως δεν λαβαίνει υπόψη του τη μαγική πλευρά των πραγμάτων; Είναι ένα αθεϊστικό, πρακτικό και λειτουργικό δόγμα! Εδώ δεν μπορεί να έχει επιτυχία!»

Ούτε ο ίδιος ο συνταγματάρχης Ουρτάδο, που έβλεπε εχθρούς της πατρίδας παντού, θεωρούσε τους κομμουνιστές επικίνδυνους. Του είχε εξηγήσει περισσότερο από μία φορά πως το Κομμουνιστικό Κόμμα αποτελούνταν από τέσσερις αλήτες, που δεν είχαν καμιά στατιστική σημασία και που ακολουθούσαν τις οδηγίες της Μόσχας με ευλάβεια που άξιζε καλύτερο σκοπό.

«Η Μόσχα δεν ξέρει πού πάνε τα τέσσερα, Εστέμπαν.

Δεν έχουν ιδέα τι συμβαίνει σ' αυτή τη χώρα», του έλεγε ο συνταγματάρχης Ουρτάδο. «Δεν λαβαίνουν υπόψη τους τις συνθήκες στη χώρα μας και απόδειξη είναι πως τα έχουν πιο χαμένα κι από την Κοκκινοσκουφίτσα. Πριν λίγο καιρό δημοσίευσαν ένα μανιφέστο, όπου καλούσαν τους αγρότες, τους ναυτικούς και τους ιθαγενείς να ενωθούν στο πρώτο εθνικό σοβιέτ, που από κάθε άποψη είναι γελοίο. Τι ξέρουν οι αγρότες για τα σοβιέτ! Και οι ναυτικοί βρίσκονται πάντα στην ανοιχτή θάλασσα κι ενδιαφέρονται περισσότερο για τα μπουρδέλα σ' άλλες χώρες παρά για την πολιτική. Και οι ιθαγενείς! Μας έχουν μείνει καμιά διακοσαριά συνολικά. Δεν νομίζω πως έχουν επιζήσει περισσότεροι από το μακελειό του περασμένου αιώνα, αλλά, αν θέλουν, ας φτιάξουν ένα σοβιέτ στους καταυλισμούς τους, εκεί πέρα», κορόιδευε ο συνταγματάρχης.

«Ναι, αλλά εκτός από τους κομμουνιστές είναι και οι σοσιαλιστές, οι ριζοσπάστες κι άλλες μικρο-ομάδες! Όλοι είναι πάνω κάτω τα ίδια», απαντούσε ο Τρουέμπα.

Για το γερουσιαστή Τρουέμπα όλα τα πολιτικά κόμματα, εκτός από το δικό του, ήταν πιθανά μαρξιστικά και δεν μπορούσε να διακρίνει ξεκάθαρα τις διαφορετικές ιδεολογίες μεταξύ τους. Δεν δίσταζε να εκθέτει τη θέση του στο κοινό κάθε φορά που παρουσιαζόταν κάποια ευκαιρία, γι' αυτό για όλους, εκτός από τους ομοϊδεάτες του, ο γερουσιαστής Τρουέμπα κατάληξε να γίνει ένας πολύ γραφικός, αντιδραστικός τρελός της ολιγαρχίας. Το Συντηρητικό Κόμμα ήταν αναγκασμένο να του βάζει πάγο, για να μη λέει πράγματα που θα μπορούσαν να το βλάψουν. Ήταν ο έξαλλος σταυροφόρος, έτοιμος να δώσει μάχη σε δημόσιες συζητήσεις, σε συνεντεύξεις Τύπου, στα πανεπιστήμια – εκεί όπου κανένας δεν τολμούσε να παρουσιαστεί, εκεί βρισκόταν αυτός ακλόνητος με το μαύρο του κοστούμι, τη λιονταρίσια του χαίτη και το ασημένιο του μπαστούνι. Ήταν ο στόχος των γελοιογράφων, που τον κορόιδευαν τόσο, που στο τέλος κατάφεραν να τον κάνουν δημοφιλή και σ' όλες τις εκλογές σάρωνε τις ψήφους των συντηρητικών. Ήταν φανατικός, βίαιος και απαρχαιωμένος, αλλά αντιπροσώπευε καλύτερα απ' όλους τις αξίες της οικογένειας, της παράδοσης, της ιδιοχτησίας και της τάξης. Όλοι τον αναγνώριζαν στο δρόμο, έβγαζαν ανέκδοτα σε βάρος του και περνούσαν από στόμα σε στόμα τα αστεία που του απέδιδαν. Έλεγαν πως με την ευκαιρία της καρδιακής του κρίσης, όταν ο γιος του είχε ξεγυμνωθεί στην πόρτα της Βουλής, ο πρόεδρος της Δημοκρατίας τον είχε φωνάξει στο γραφείο του για να του προσφέρει την πρεσβεία στην Ελβετία, όπου μπορούσε να έχει μια θέση ανάλογη με τα χρόνια του, που θα του επέτρεπε να φροντίσει την υγεία του. Έλεγαν πως ο γερουσιαστής Τρουέμπα είχε απαντήσει χτυπώντας τη γροθιά του πάνω στο γραφείο του πρώτου εντολοδόχου, ρίχνοντας κάτω τη σημαία του έθνους και την προτομή του πατέρα του έθνους.

«Από δω δεν θα φύγω ούτε ζωντανός, εξοχότατε!» είχε μουγκρίσει. «Γιατί λίγο να σταματήσω να προσέχω τους μαρξιστές και θα σας πάρουν την καρέκλα που καθόσαστε!»

Είχε την εξυπνάδα να ονομάσει αυτός πρώτος την αριστερά «εχθρό της δημοκρατίας», χωρίς να υποπτεύεται πως πολλά χρόνια αργότερα αυτό θα ήταν το σύνθημα της δικτατορίας. Ο πολιτικός αγώνας απασχολούσε όλες σχεδόν τις ώρες του κι ένα μεγάλο μέρος της περιουσίας του. Είχε προσέξει πως, παρ' όλο που συνέχεια έβαζε μπρος καινούργιες επιχειρήσεις, η περιουσία του μίκραινε από τον καιρό που είχε πεθάνει η Κλάρα, αλλά δεν ανησυχούσε, γιατί υπέθετε πως στη φυσική τάξη των πραγμάτων εκείνη υπήρξε μια πνοή καλοτυχιάς, αλλά δεν μπορούσε να τον ευνοεί και μετά το θάνατό της. Επιπλέον υπολόγισε πως μ' αυτά που είχε μπορούσε να διατηρηθεί πλούσιος για όσο διάστημα του έμενε ακόμα σ' αυτό τον κόσμο. Ένιωθε γέρος, πίστευε πως κανένα από τα τρία παιδιά του δεν άξιζε να τον κληρονομήσει και πως θα εξασφάλιζε την εγγονή του, αφήνοντας της τις Τρεις Μαρίες, παρ' όλο που το χτήμα δεν απέδιδε πια όπως πριν. Χάρη στους καινούργιους δρόμους και στα αυτοκίνητα, αυτό που παλιά ήταν ένα σαφάρι με το τρένο, είχε μειωθεί σε μόνο έξι ώρες από την πρωτεύουσα ώς τις Τρεις Μαρίες, αλλά εκείνος ήταν πάντα απασχολημένος και δεν έβρισκε καιρό για να κάνει το ταξίδι. Καλούσε το διαχειριστή πότε πότε, για να του κάνει λογαριασμούς, αλλά εκείνες οι επισκέψεις του χάλαγαν τη διάθεση για πολλές μέρες. Ο διαχειριστής του ήταν άνθρωπος νικημένος από την ίδια του την απαισιοδοξία. Τα νέα του ήταν μια σειρά από άτυχες συγκυρίες: είχαν παγώσει οι φράουλες, οι κότες είχαν πάθει κόρυζα, είχαν χαλάσει τα σταφύλια. Έτσι το χτήμα, που ήταν παλιά η πηγή της περιουσίας του, κατέληξε να γίνει βάρος και συχνά ο γερουσιαστής Τρουέμπα αναγκαζόταν να βγάλει λεφτά από άλλες επιχειρήσεις για να στηρίξει εκείνη την αχόρταγη γη, που έδειχνε πως ήθελε να ξαναγυρίσει στην εποχή της εγκατάλειψης, προτού μπορέσει να τη βγάλει από τη φτώχεια της.

«Πρέπει να πάω να βάλω τάξη. Εκεί χρειάζεται αφεντικό», μουρμούριζε.

«Τα πράγματα είναι δύσκολα στο χτήμα, αφεντικό», τον προειδοποίησε πολλές φορές ο διαχειριστής του. «Οι αγρότες έχουν ξεσηκωθεί. Κάθε μέρα έχουν και μεγαλύτερες απαιτήσεις. Θα έλεγε κανείς πως θέλουν να ζήσουν σαν τ' αφεντικά. Το καλύτερο θα ήταν να το πουλούσατε».

Αλλά ο Τρουέμπα δεν ήθελε ούτε ν' ακούσει για πούλημα. «Η γη είναι το μόνο που απομένει, όταν όλα τ' άλλα χάνονται», επαναλάμβανε ακριβώς όπως όταν ήταν είκοσι πέντε χρονών και τον πίεζε η αδελφή του για τον ίδιο λόγο. Όμως, με το βάρος της ηλικίας και την πολιτική του εργασία, οι Τρεις Μαρίες, όπως πολλά άλλα πράγματα που παλιά του φαίνονταν βασικά, είχαν σταματήσει να τον ενδιαφέρουν. Είχαν μόνο μια συμβολική αξία γι' αυτόν.

Ο διαχειριστής είχε δίκιο: τα πράγματα ήταν πολύ ανακατωμένα εκείνα τα χρόνια. Κι αυτό ακριβώς κήρυττε η βελουδένια φωνή του Πέδρο Τερσέρο Γκαρσία, που χάρη στο θαύμα του ραδιοφώνου έφτανε ώς τις πιο απομακρυσμένες γωνιές του τόπου. Στα τριάντα τόσα του χρόνια είχε εμφάνιση αγροίκου χωρικού, που ήταν θέμα στιλ, μια και η εμπειρία της ζωής και η επιτυχία είχαν μαλακώσει την αγριάδα του και εκλεπτύνει τις ιδέες του.

Άφηνε άγρια γενειάδα και χαίτη προφήτη, που την έκοβε μόνος του, όταν το θυμόταν, μ' ένα σουγιά του πατέρα του, πρωτοπόρος πολλά χρόνια πριν στη μόδα που μετά είχε τόση επιτυχία ανάμεσα στους τραγουδιστές διαμαρτυρίας. Φορούσε παντελόνι από φτηνό ύφασμα, ψάθινα παπούτσια καμωμένα στο χέρι και το χειμώνα έβαζε πάνω του ένα πόντσο από άγριο μαλλί. Ήταν η στολή της μάχης. Έτσι εμφανιζόταν πάνω στη σκηνή κι έτσι τον έβγαζαν φωτογραφίες για τα εξώφυλλα των δίσκων. Απογοητευμένος από τις πολιτικές οργανώσεις, είχε καταλήξει να κρατήσει δυο τρεις βασικές ιδέες, πάνω στις οποίες είχε στηρίξει όλη του τη φιλοσοφία. Ήταν αναρχικός. Μετά από τις κότες και τις αλεπούδες, συνέχισε τραγουδώντας για τη ζωή, τη φιλία, τον έρωτα και ακόμα και για την επανάσταση. Η μουσική του ήταν πολύ δημοφιλής και μόνο κάποιος τόσο πεισματάρης σαν το γερουσιαστή Τρουέμπα μπορούσε ν' αγνοεί την ύπαρξή του. Ο γέρος είχε απαγορέψει το ραδιόφωνο μες στο σπίτι, για να εμποδίσει την εγγονή του ν' ακούει τις κωμωδίες και τα σίριαλ, όπου οι μάνες χάνουν τα παιδιά τους και τα ξαναβρίσκουν μετά από χρόνια, κι ακόμα για ν' αποκλείσει την πιθανότητα να του χαλάσουν τη χώνεψη τα ανατρεπτικά τραγούδια του εχθρού του. Εκείνος είχε ένα μοντέρνο ραδιόφωνο στην κρεβατοκάμαρά του, αλλά άκουγε μόνο τα νέα. Δεν υποπτευόταν πως ο Πέδρο Τερσέρο Γκαρσία ήταν ο καλύτερος φίλος του γιου του Χάιμε, ούτε πως βρισκόταν με την Μπλάνκα, κάθε φορά που εκείνη έφευγε με τη γελοία της βαλίτσα ψελλίζοντας δικαιολογίες. Ούτε ήξερε πως μερικές ηλιόλουστες Κυριακές έβγαζε την Άλμπα να τρέξει στο βουνό, καθόταν μαζί της στην κορυφή για να κοιτάξουν την πόλη και να φάνε ψωμοτύρι και προτού κατέβουν, κατρακυλώντας από την πλαγιά, σκασμένοι στα γέλια σαν ευτυχισμένα σκυλάκια, της μιλούσε για τους φτωχούς, τους καταπιεσμένους, τους απελπισμένους, κι άλλα τέτοια, που ο Τρουέμπα προτιμούσε ν' αγνοεί η εγγονή του.

Ο Πέδρο Τερσέρο έβλεπε να μεγαλώνει η Άλμπα και προσπαθούσε να βρίσκεται κοντά της, αλλά δεν κατάφερε να τη θεωρεί πραγματικά κόρη του, γιατί σ' αυτό το σημείο η Μπλάνκα ήταν ανένδοτη. Έλεγε πως η Άλμπα είχε αναγκαστεί να υπομείνει πολλά σκαμπανεβάσματα κι ήταν θαύμα που είχε γίνει ένα σχετικά φυσιολογικό πλάσμα, γι' αυτό δεν ήταν ανάγκη να της δώσουν κι άλλους λόγους για αναστάτωση σχετικά με την καταγωγή της. Ήταν καλύτερα να εξακολουθεί να πιστεύει την επίσημη εκδοχή κι από την άλλη πλευρά δεν ήθελε να ριψοκινδυνεύσει να μιλήσει γι' αυτή την υπόθεση με τον παππού της, προκαλώντας καταστροφή. Έτσι κι αλλιώς, το ελεύθερο και επαναστατικό πνεύμα της μικρής ευχαριστούσε τον Πέδρο Τερσέρο.

«Αν δεν είναι κόρη μου, θα άξιζε να ήταν», έλεγε περήφανα.

Όλα εκείνα τα χρόνια ο Πέδρο Τερσέρο δεν είχε συνηθίσει στη ζωή του εργένη, παρ' όλη την επιτυχία του με τις γυναίκες, ιδιαίτερα με τις θαυμάσιες νεαρές, στις οποίες οι αναστεναγμοί της κιθάρας του άναβαν ερωτικές φωτιές. Μερικές έμπαιναν με το ζόρι στη ζωή του κι εκείνος χρειαζόταν τη δροσιά του ερωτά τους. Προσπαθούσε να τις κάνει ευτυχισμένες για πολύ σύντομο διάστημα, όμως μετά την πρώτη ψευδαίσθηση άρχιζε να απομακρύνεται, ώσπου τελικά τις εγκατέλειπε με λεπτότητα. Συχνά, όταν είχε κάποια απ' αυτές στο κρεβάτι του, κοιμισμένη δίπλα του ν' αναστενάζει, έκλεινε τα μάτια και σκεφτόταν την Μπλάνκα, το πληθωρικό, ώριμο σώμα της, τα πλούσια και θερμά της στήθη, τις λεπτές ρυτίδες στο στόμα της, τις σκιές στα ανατολίτικα μάτια της, κι ένιωθε μια κραυγή να προσπαθεί να βγει από το στήθος του. Είχε προσπαθήσει να μείνει με άλλες γυναίκες, είχε διατρέξει πολλούς δρόμους και πολλά σώματα προσπαθώντας ν' απομακρυνθεί από κείνη, αλλά την πιο κρυφή στιγμή, την ώρα ακριβώς της μοναξιάς και του προμηνύματος του θανάτου, πάντα η Μπλάνκα ήταν η μοναδική. Από το επόμενο πρωί άρχιζε η αργή διαδικασία της εγκατάλειψης της καινούργιας αγαπημένης και μόλις βρισκόταν ελεύθερος, γύριζε στην Μπλάνκα, πιο αδύνατος, με κομμένα μάτια, με ενοχές, μ' ένα καινούργιο τραγούδι στην κιθάρα κι άλλα ανεξάντλητα χάδια για κείνη.

Η Μπλάνκα, αντίθετα, είχε συνηθίσει να ζει μόνη της. Κατέληξε να βρει τη γαλήνη στις δουλειές της στο μεγάλο σπίτι, στο εργαστήρι της κεραμικής και στις φάτνες της με τα ζώα που έβγαζε από το νου της, όπου το μόνο που αναλογούσε στους νόμους της βιολογίας ήταν η Αγία Οικογένεια, χαμένη μέσα σ' ένα πλήθος από τέρατα. Ο μοναδικός άντρας στη ζωή της ήταν ο Πέδρο Τερσέρο, γιατί είχε κλίση για ένα μόνο έρωτα. Η δύναμη για κείνο το ακλόνητο αίσθημα την είχε σώσει από τη μετριότητα και τη θλίψη της μοίρας της. Του έμενε πιστή ακόμα κι όταν εκείνος χανόταν πίσω από κάτι κορίτσια με ίσια μαλλιά και μακριά κόκαλα, χωρίς να τον αγαπάει λιγότερο γι' αυτό. Στην αρχή νόμιζε πως θα πέθαινε κάθε φορά που εκείνος απομακρυνόταν από κοντά της, αλλά γρήγορα κατάλαβε πως οι απουσίες του διαρκούσαν όσο ένας αναστεναγμός και πάντα γυρνούσε πίσω πιο ερωτευμένος και πιο γλυκός. Η Μπλάνκα προτιμούσε τις περαστικές συναντήσεις με τον εραστή της σε ξενοδοχεία για οικογένειες, από τη ρουτίνα της κοινής ζωής, την κούραση του γάμου, και τα θλιβερά γερατειά, να μοιράζονται τις φτώχειες στο τέλος κάθε μήνα, την ανία της Κυριακής και τα παράπονα της ηλικίας. Μερικές φορές είχε μπει στον πειρασμό να πάρει τη γελοία βαλίτσα της κι ό,τι είχε απομείνει από τα κοσμήματα της κάλτσας και να πάει να ζήσει μαζί του με την κόρη της, αλλά πάντα μετάνιωνε. Ίσως να φοβόταν πως εκείνος ο μεγάλος έρωτας, που είχε αντέξει σε τόσες δοκιμασίες, δεν θα μπορούσε να επιζήσει στην πιο τρομερή απ' όλες: τη συμβίωση. Η Άλμπα μεγάλωνε γρήγορα κι η Μπλάνκα καταλάβαινε πως δεν θα μπορούσε ν' αντέξει για πολύ το πρόσχημα πως έπρεπε να προσέχει την κόρη της για ν' αναβάλλει τις απαιτήσεις του εραστή της, όμως προτιμούσε πάντα ν' αφήνει την απόφαση αυτή για πιο ύστερα. Στην πραγματικότητα, όσο φοβόταν τη ρουτίνα, άλλο τόσο την τρομοκρατούσε ο τρόπος ζωής του Πέδρο Τερσέρο, το λιτό σπιτάκι του από ξύλινες τάβλες και λαμαρίνα, σε μια εργατική συνοικία, ανάμεσα σε εκατοντάδες άλλα σπίτια τόσο φτωχικά όσο και το δικό του, με πάτωμα από πατημένο χώμα, χωρίς νερό και μ' ένα γλόμπο μονάχα να κρέμεται από το ταβάνι. Για το χατίρι της εκείνος είχε φύγει από τη συνοικία και είχε μετακομίσει σ' ένα διαμέρισμα στο κέντρο, ανεβαίνοντας έτσι, χωρίς να το θέλει, σε μια μεσαία τάξη, στην οποία ποτέ δεν είχε θελήσει ν' ανήκει. Αλλά ούτε κι αυτό ήταν αρκετό για την Μπλάνκα. Το διαμέρισμα της φαινόταν άθλιο, σκοτεινό και στενό και το κτίριο ύποπτο. Έλεγε πως δεν μπορούσε να επιτρέψει στην Άλμπα να μεγαλώσει εκεί, παίζοντας με τ' άλλα παιδιά στο δρόμο και στις σκάλες και να πηγαίνει στο δημόσιο σχολείο. Έτσι πέρασαν τα νιάτα της και μπήκε στην ώριμη ηλικία, αρκούμενη στις μοναδικές στιγμές ευχαρίστησης, όταν έβγαινε έξω στα κρυφά με τα καλά της, το άρωμά της και τα πουτανίστικα εσώρουχά της, που ξετρέλαιναν τον Πέδρο Τερσέρο και που τα έκρυβε, κατακόκκινη από την ντροπή, στην πιο σκοτεινή μεριά της ντουλάπας της, ενώ σκεφτόταν τις εξηγήσεις που θα έπρεπε να δώσει, αν τ' ανακάλυπτε κανένας. Εκείνη η πρακτική και προσγειωμένη γυναίκα είχε εξιδανικεύσει τον παιδικό της έρωτα και τον ζούσε με τραγικότητα. Τον έτρεφε με φαντασιώσεις, τον εξευγένιζε, τον υπεράσπιζε με αγριότητα, του είχε αφαιρέσει τις καθημερινές αλήθειες κι είχε μπορέσει να τον μετατρέψει σ' ένα μυθιστορηματικό έρωτα.

Από την πλευρά της, η Άλμπα είχε μάθει να μην αναφέρει τον Πέδρο Τερσέρο Γκαρσία, γιατί γνώριζε την επίδραση που είχε αυτό το όνομα στην οικογένεια. Είχε καταλάβει από ένστιχτο πως κάτι σοβαρό είχε συμβεί ανάμεσα στον άντρα με τα κομμένα δάχτυλα, που φιλούσε τη μητέρα της στο στόμα, και στον παππού της, αλλά όλοι, ακόμα κι ο ίδιος ο Πέδρο Τερσέρο, απαντούσαν αόριστα στις ερωτήσεις της. Στις ιδιαίτερες στιμές τους στην κρεβατοκάμαρα η Μπλάνκα μερικές φορές της διηγιόταν ανέκδοτα γι' αυτόν και της μάθαινε τα τραγούδια του με τη σύσταση να μην τα σιγοτραγουδήσει μες στο σπίτι. Αλλά δεν της είχε ομολογήσει πως ήταν πατέρας της κι εκείνη η ίδια έμοιαζε να το έχει ξεχάσει. Θυμόταν το παρελθόν σαν μια σειρά από βιαιότητες, εγκαταλείψεις και θλίψεις, και δεν ήταν καθόλου σίγουρη πως τα πράγματα είχαν συμβεί όπως εκείνη νόμιζε. Το επεισόδιο με τις μούμιες είχε ξεθωριάσει, όπως και οι φωτογραφίες και ο άτριχος ιθαγενής με τα παπούτσια Λουί XV, που είχαν προκαλέσει τη φυγή της από το σπίτι του άντρα της. Είχε τόσες φορές επαναλάβει την ιστορία πως ο κόμης είχε πεθάνει από πυρετούς στην έρημο, που κατέληξε να την πιστεύει και η ίδια. Πολλά χρόνια αργότερα, τη μέρα που η κόρη της της ανάγγειλε πως το πτώμα του Ζαν δε Σατινί ήταν ξαπλωμένο στο ψυγείο του νεκροτομείου, δεν χάρηκε, γιατί από πολύ καιρό ένιωθε χήρα. Ούτε που προσπάθησε να δικαιώσει το ψέμα της. Έβγαλε από την ντουλάπα το παλιό της μαύρο ταγιέρ, έβαλε τις φουρκέτες στον κότσο της και συνόδεψε την Άλμπα ώς το Γενικό Νεκροταφείο, για να θάψουν το Γάλλο σ' έναν κοινοτικό τάφο, όπου κατάληγαν οι ιθαγενείς, γιατί ο γερουσιαστής Τρουέμπα είχε αρνηθεί να του παραχωρήσει λίγο μέρος στο μαυσωλείο του στο χρώμα του σολομού. Μάνα και κόρη περπάτησαν πίσω από το μαύρο φέρετρο, που μπόρεσαν ν' αγοράσουν χάρη στη γενναιοδωρία του Χάιμε. Ένιωθαν λίγο γελοίες μες στην κουφόβραση του καλοκαιριάτικου μεσημεριού, μ' ένα μπουκέτο μαραμένα λουλούδια στα χέρια, κι ούτε ένα δάκρυ για το μοναχικό πτώμα που πήγαιναν να θάψουν.

«Βλέπω πως ο πατέρας μου δεν είχε ούτ' ένα φίλο», παρατήρησε η Άλμπα.

Κι ούτε και σ' αυτή την ευκαιρία ομολόγησε η Μπλάνκα την αλήθεια στην κόρη της.

Όταν πια ταχτοποίησα την Κλάρα και τη Ρόζα στο μαυσωλείο, ένιωσα κάπως πιο ήσυχος, γιατί ήξερα πως αργά ή γρήγορα θα βρισκόμασταν οι τρεις μας εκεί, κοντά σ' άλλα αγαπημένα πλάσματα, όπως η μητέρα μου, η νταντά και η ίδια η Φέρουλα, που ελπίζω να μ' έχει συγχωρέσει. Δεν είχα φανταστεί πως θα ζούσα τόσο πολύ και πως θα έπρεπε να με περιμένουν τόσο πολύ καιρό.

Το δωμάτιο της Κλάρας έμενε κλειδωμένο. Δεν ήθελα να μπει κανένας μέσα, για να μη μετακινήσουν τίποτα και για να μπορώ να βρίσκω εκεί μέσα το πνεύμα της, όταν το επιθυμούσα. Άρχισα να έχω αϋπνίες, το πρόβλημα όλων των γέρων. Τη νύχτα τριγυρνούσα μες στο σπίτι χωρίς να μπορώ να κοιμηθώ, σέρνοντας τις παντόφλες μου, που μου έρχονταν μεγάλες, τυλιγμένος μες στην παλιά επισκοπική μου ρόμπα, που ακόμα φυλάω για συναισθηματικούς λόγους, γκρινιάζοντας για τη μοίρα μου, σαν γέρος που είχε φάει τα ψωμιά του. Με το φως της μέρας, ωστόσο, ξανάβρισκα την επιθυμία να ζήσω. Εμφανιζόμουν την ώρα του πρωινού με κολλαρισμένο πουκάμισο και με το πένθιμο κοστούμι μου, ξυρισμένος και ήσυχος, διάβαζα την εφημερίδα με την εγγονή μου, ενημέρωνα τις υποθέσεις μου και την αλληλογραφία μου κι ύστερα έφευγα για την υπόλοιπη μέρα. Είχα σταματήσει να τρώω στο σπίτι, ούτε καν Σάββατο και Κυριακή, γιατί, χωρίς την καταλυτική παρουσία της Κλάρας, δεν υπήρχε κανένας λόγος να υποφέρω τους καβγάδες με τα παιδιά μου.

Οι δυο μοναχικοί μου φίλοι προσπαθούσαν να με κάνουν να ξεχάσω το πένθος. Έτρωγαν μεσημεριανό μαζί μου, παίζαμε γκολφ, με παρακολουθούσαν στο ντόμινο. Μ' εκείνους συζητούσα τις δουλειές μου, μιλούσαμε για πολιτική και μερικές φορές για την οικογένεια. Ένα βραδάκι που με είδαν πιο καλοδιάθετο, με κάλεσαν στο Κριστόμπαλ Κολόν, με την ελπίδα πως μια ευχάριστη γυναίκα θα μ' έκανε να ξαναβρώ το κέφι μου. Κανένας μας δεν ήταν σε ηλικία για τέτοιες περιπέτειες, αλλά ήπιαμε κάνα δυο ποτήρια και πήγαμε.

Είχα πάει στο Κριστόμπαλ Κολόν πριν από χρόνια, αλλά το είχα σχεδόν ξεχάσει. Τον τελευταίο καιρό το ξενοδοχείο είχε αποχτήσει τουριστική φήμη και οι επαρχιώτες ταξίδευαν στην πρωτεύουσα, όχι για τίποτ' άλλο παρά για να το επισκεφτούν κι ύστερα να το διηγηθούν στους φίλους τους. Φτάσαμε στην παμπάλαια σπιταρόνα, που εξωτερικά διατηρούσε την ίδια όψη για πάρα πολλά χρόνια. Μας υποδέχτηκε ένας θυρωρός και μας οδήγησε σ' ένα σαλόνι, όπου θυμόμουνα να έχω μπει παλιά, την εποχή της Γαλλίδας μαντάμ ή, καλύτερα, της μαντάμ με τη γαλλική προφορά. Μια νεαρή ντυμένη σαν μαθήτρια μας πρόσφερε ένα ποτήρι κρασί για λογαριασμό του σπιτιού. Ένας από τους φίλους μου προσπάθησε να την πιάσει από τη μέση, αλλά εκείνη τον προειδοποίησε πως ανήκε στο προσωπικό υπηρεσίας και πως έπρεπε να περιμένουμε τις επαγγελματίες. Λίγα λεπτά αργότερα άνοιξε μια κουρτίνα κι εμφανίστηκε ένα όραμα από τα παλιά αραβικά παλάτια: ένας τεράστιος αράπης, τόσο μαύρος που έδειχνε γαλάζιος, με λαδωμένους μυς, ντυμένος με κάτι μεταξωτές φουφούλες στο χρώμα του καρότου, ένα γιλέκο χωρίς μανίκια, ένα τουρμπάνι από μαβί λαμέ, τούρκικες παντόφλες κι ένα χρυσό δαχτυλίδι περασμένο στη μύτη. Όταν χαμογέλασε, είδαμε πως όλα τα δόντια του ήταν μεταλλικά. Παρουσιάστηκε σαν Μουσταφά και μας έδωσε ένα άλμπουμ με φωτογραφίες για να διαλέξουμε το «εμπόρευμα». Για πρώτη φορά μετά από πολύ καιρό γέλασα με την καρδιά μου, γιατί η ιδέα με τον κατάλογο για τις πουτάνες ήταν πολύ διασκεδαστική. Ξεφυλλίσαμε το άλμπουμ, όπου υπήρχαν γυναίκες χοντρές, αδύνατες, με μακριά μαλλιά, με κοντά μαλλιά, ντυμένες σαν νύμφες, σαν αμαζόνες, σαν καλόγριες, σαν αυλικές, χωρίς να μπορέσω να διαλέξω μία, γιατί όλες είχαν την ίδια έκφραση – σαν πατημένα λουλούδια κάποιας γιορτής. Οι τρεις τελευταίες σελίδες του άλμπουμ ήταν αφιερωμένες στα αγόρια με ελληνικούς χιτώνες, στεφανωμένα με δάφνες, να παίζουν ανάμεσα σε ψεύτικα ελληνιστικά ερείπια, με τα στρουμπουλά τους οπίσθια και τα βαριά τους ματόκλαδα – αηδιαστικά. Εγώ δεν είχα δει ποτέ από κοντά κανέναν αληθινό πούστη, εκτός από τον Καρμέλο που ντυνόταν Γιαπωνεζούλα στον Κόκκινο Φάρο, γι' αυτό ξαφνιάστηκα όταν ένας από τους φίλους μου, πάτερ φαμίλιας και μεσίτης στο Χρηματιστήριο, διάλεξε έναν απ' αυτούς τους χοντρόκωλους έφηβους από τις φωτογραφίες. Ο νεαρός εμφανίστηκε ως διά μαγείας πίσω από τις κουρτίνες και πήρε το φίλο μου από το χέρι με γελάκια και γυναικεία κουνήματα. Ο άλλος μου φίλος προτίμησε μιαν εξαιρετικά χοντρή οδαλίσκη, με την οποία αμφιβάλλω αν θα κατάφερε τίποτα, λόγω της προχωρημένης του ηλικίας και του λεπτού του σκελετού, όμως βγήκαν έξω μαζί κι αυτοί, μέσα από την κουρτίνα.

«Βλέπω πως ο κύριος αποφασίζει δύσκολα», είπε φιλικά

ο Μουσταφά. «Επιτρέψτε μου να σας προσφέρω το καλύτερο μες στο σπίτι. Θα σας παρουσιάσω την Αφροδίτη».

Και μπήκε η Αφροδίτη στο σαλόνι, με τρία πατώματα σγουρά στο κεφάλι, μόλις σκεπασμένη από κάτι ντραπαρισμένα τούλια και να της πέφτουν από παντού ψεύτικα σταφύλια από τον ώμο ώς τα γόνατα. Ήταν η Τράνσιτο Σότο, που είχε πάρει οριστικά πια μια μυθολογική εμφάνιση, παρ' όλα τα άγευστα σταφύλια της και τα καρναβαλίστικα τούλια.

«Χαίρομαι που σε βλέπω, αφεντικό», με χαιρέτησε.

Με πήρε πίσω από την κουρτίνα και βγήκαμε σε μια μικρή εσωτερική αυλή, την καρδιά εκείνου του λαβύρινθου. Το Κριστόμπαλ Κολόν ήταν φτιαγμένο από δυο ή τρία παλιά σπίτια, ενωμένα στρατηγικά με τις πίσω αυλές, τους διαδρόμους και τις γέφυρες που φτιάχτηκαν γι' αυτόν το σκοπό. Η Τράνσιτο Σότο με οδήγησε σ' ένα άχρωμο δωμάτιο, αλλά καθαρό, που η μόνη του εκκεντρικότητα ήταν κάτι ερωτικές τοιχογραφίες, κακά αντίγραφα της Πομπηίας, που ένας ασήμαντος ζωγράφος είχε φτιάξει στους τοίχους, και μια μεγάλη παλιά μπανιέρα, λίγο σκουριασμένη, με τρεχούμενο νερό. Σφύριξα με θαυμασμό.

«Κάναμε μερικές αλλαγές στη διακόσμηση», είπε κείνη.

Η Τράνσιτο έβγαλε τα σταφύλια και τα τούλια και ξανάγινε η γυναίκα που θυμόμουν, μόνο που ήταν πιο ορεχτική και λιγότερο τρωτή, αλλά είχε την ίδια φιλόδοξη έκφραση στα μάτια, που με είχε σκλαβώσει όταν τη γνώρισα. Μου διηγήθηκε για το συνεταιρισμό που είχαν φτιάξει, πουτάνες και πούστηδες, και που είχε καταπληκτικά αποτελέσματα. Είχαν βγάλει το Κριστόμπαλ Κολόν από την καταστροφή, που το είχε αφήσει η ψευτο-Γαλλίδα μαντάμ του παλιού καιρού, και δούλεψαν για να το μεταμορφώσουν σε κοινωνικό γεγονός και ιστορικό μνημείο, που μιλούσαν γι' αυτό οι ναυτικοί στις πιο απομακρυσμένες θάλασσες. Οι μεταμφιέσεις είχαν βοηθήσει περισσότερο απ' όλα στην επιτυχία, γιατί αναστάτωναν την ερωτική φαντασία των πελατών, όπως και ο κατάλογος με τις πουτάνες, που είχαν εκδώσει και διαθέσει σε μερικές επαρχίες, για να ξεσηκώσουν στους άντρες την επιθυμία να γνωρίσουν από κοντά κάποια μέρα το φημισμένο μπορντέλο.

«Δεν ξέρεις τι βαρετό που είναι, αφεντικό, να τριγυρίζω μ' αυτά τα κουρέλια και τα ψεύτικα σταφύλια, αλλά αρέσω στους άντρες. Πάνε και τα διηγιούνται κι έτσι έρχονται κι άλλοι. Η δουλειά πάει καλά κι εδώ κανένας δεν νιώθει πως τον εκμεταλλεύονται. Όλοι είμαστε συνεταίροι. Τούτο εδώ είναι το μόνο σπίτι σ' όλη τη χώρα που έχει το δικό του αυθεντικό μαύρο. Οι άλλοι που βλέπετε είναι βαμμένοι, αντίθετα ο Μουσταφά, όσο και να τον τρίψεις μ' ελαφρόπετρα, μαύρος μένει. Και τούτο το σπίτι είναι καθαρό. Εδώ μπορείς να πιεις νερό από το μπάνιο, γιατί ρίχνουμε τόση αλισίβα που δεν μπορείς να το φανταστείς κι όλες περνάμε από ιατρικό έλεγχο ταχτικά. Είμαστε καθαρές».

Η Τράνσιτο έβγαλε και το τελευταίο πέπλο και η θαυμάσια γύμνια της μ' αναστάτωσε τόσο, που ξαφνικά ένιωσα μια θανάσιμη κούραση. Η καρδιά μου είχε εξαντληθεί από τη θλίψη και το πέος μου ήταν χαλαρό σαν μαραμένο και χωρίς προορισμό λουλούδι ανάμεσα στα πόδια μου.

«Αχ, Τράνσιτο! Μου φαίνεται πως είμαι πια πολύ γέρος για τέτοια», μουρμούρισα.

Όμως η Τράνσιτο Σότο άρχισε να κουνάει το ζωγραφισμένο με τατουάζ φίδι γύρω από τον αφαλό της και να με υπνωτίζει με το απαλό κούνημα της κοιλιάς της, ενώ με νανούριζε με τη βραχνή της φωνή, μιλώντας μου για τα οφέλη του συνεταιρισμού και τα πλεονεχτήματα του καταλόγου. Αναγκάστηκα να βάλω τα γέλια, παρ' όλα αυτά, και σιγά σιγά ένιωσα πως το ίδιο μου το γέλιο ήταν σαν βάλσαμο. Με το δάχτυλο προσπάθησα να παρακολουθήσω το κούνημα του φιδιού, αλλά μου ξεγλιστρούσε με ανεβοκατεβάσματα. Θαύμασα εκείνη τη γυναίκα, που δεν ήταν ούτε στην πρώτη ούτε στη δεύτερη νεότητά της, κι ωστόσο είχε τόσο σφιχτή επιδερμίδα και τόσο σκληρά πόδια, ικανή να κουνάει εκείνο το ερπετό λες κι ήταν ζωντανό. Έσκυψα να φιλήσω το τατουάζ και βεβαιώθηκα πως δεν φορούσε άρωμα. Η θερμή μυρωδιά της κοιλιάς της μπήκε στα ρουθούνια μου και με κυρίεψε, προκαλώντας στο αίμα μου ένα βράσιμο που είχα ξεχάσει. Χωρίς να σταματήσει να μιλάει, η Τράνσιτο άνοιξε τα πόδια, χωρίζοντας τις απαλές κολόνες των μυών της με μια φυσική κίνηση, λες και ήθελε να καθίσει πιο άνετα. Άρχισα να τη σκεπάζω με φιλιά, αναπνέοντας, πιέζοντας, γλείφοντας, ώσπου ξέχασα το πένθος και το βάρος των χρόνων και ο πόθος ξαναγύρισε με τη δύναμη της παλιάς εποχής και, χωρίς να σταματήσω να τη χαϊδεύω και να τη φιλάω, άρχισα να της βγάζω τα ρούχα τραβώντας τα με απελπισία, ενώ βεβαιωνόμουνα χαρούμενος για τη σκληράδα του αντρισμού μου, τη στιγμή που βυθιζόμουνα στο θερμό και φιλεύσπλαχνο ζώο που μου προσφερόταν, νανουρισμένος από τη βραχνή φωνή, δεμένος μες στα μπράτσα της θεάς, μες στο δυνατό κούνημα εκείνης της λεκάνης, ώσπου έχασα την αίσθηση των πραγμάτων και ξέσπασα με ηδονή.

Ύστερα μουσκέψαμε κι οι δυο μας στην μπανιέρα με χλιαρό νερό, ώσπου ξαναγύρισε η ψυχή στο σώμα μου κι ένιωσα σχεδόν θεραπευμένος. Για μια στιγμή έπαιξα με την ιδέα πως η Τράνσιτο ήταν η γυναίκα που χρειαζόμουνα και πως κοντά της θα μπορούσα να γυρίσω ξανά στην εποχή που μπορούσα να σηκώσω στον αέρα μια γεροδεμένη αγρότισσα, να την ανεβάσω στη σέλα του αλόγου μου και να την πάω στους θάμνους με τη βία.

«Κλάρα...» μουρμούρισα χωρίς να το σκεφτώ και τότε ένιωσα ένα δάκρυ να πέφτει στο μάγουλο μου κι ύστερα κι άλλο κι άλλο, μέχρι που έγινε ένας καταρράχτης από δάκρυα, μια ταραχή από λυγμούς, ένα πνίξιμο από νοσταλγίες και θλίψεις, που η Τράνσιτο Σότο αναγνώρισε χωρίς καμιά δυσκολία, γιατί είχε μεγάλη εμπειρία με τους πόνους των αντρών. Μ' άφησε να κλάψω για όλες τις μιζέριες και τις μοναξιές των τελευταίων χρόνων κι ύστερα μ' έβγαλε από την μπανιέρα σαν στοργική μητέρα, με στέγνωσε, μου έκανε μασάζ μέχρι που μ' άφησε μαλακό σαν μουσκεμένο ψωμί και με σκέπασε στο κρεβάτι όταν έκλεισα τα μάτια. Με φίλησε στο μέτωπο και βγήκε στις μύτες των ποδιών της.

«Ποια να 'ναι η Κλάρα;» την άκουσα να μουρμουρίζει, βγαίνοντας έξω.

11

Το ξύπνημα

Γύρω στα δεκαοχτώ της χρόνια, η Άλμπα εγκατέλειψε οριστικά την παιδική της ηλικία. Τη μέρα ακριβώς που ένιωσε γυναίκα, πήγε και κλείστηκε στο παλιό της δωμάτιο, όπου ακόμα υπήρχε η τοιχογραφία που είχε αρχίσει πολλά χρόνια πριν. Έψαξε στους παλιούς τενεκέδες με μπογιά, μέχρι που βρήκε λίγο κόκκινο και άσπρο που ήταν ακόμα φρέσκα, τ' ανακάτεψε με προσοχή κι ύστερα ζωγράφισε μια μεγάλη τριανταφυλλιά καρδιά στον τελευταίο ελεύθερο χώρο πάνω στον τοίχο. Ήταν ερωτευμένη. Ύστερα πέταξε στα σκουπίδια τους τενεκέδες και τα πινέλα και κάθισε αρκετή ώρα κοιτάζοντας τις ζωγραφιές, για να ξαναθυμηθεί τις χαρές και τις λύπες της. Έκανε το λογαριασμό και βρήκε πως είχε περάσει περισσότερες χαρές και μ' έναν αναστεναγμό αποχαιρέτησε τα παιδικά χρόνια.

Εκείνη τη χρονιά άλλαξαν πολλά πράγματα στη ζωή της. Τέλειωσε το γυμνάσιο κι αποφάσισε να σπουδάσει φιλοσοφία, για το κέφι της, και μουσική, για να πάει κόντρα στον παππού της, που θεωρούσε την τέχνη έναν τρόπο για να χάνει κανείς τον καιρό του και παίνευε ασταμάτητα τα πλεονεχτήματα των ελεύθερων, ή επιστημονικών επαγγελμάτων. Την προειδοποιούσε ακόμα ενάντια στον έρωτα και στο γάμο με τον ίδιο ηλίθιο τρόπο που επέμενε να βρει ο Χάιμε ένα καθωσπρέπει κορίτσι για να παντρευτεί, γιατί θα έμενε γεροντοπαλίκαρο. Έλεγε πως για τους άντρες είναι καλό να έχουν μια σύζυγο, αλλά, αντίθετα, για τις γυναίκες, όπως η Άλμπα, ο γάμος ήταν χασούρα. Οι συμβουλές του παππού της έγιναν καπνός, όταν η Άλμπα είδε για πρώτη φορά τον Μιγκέλ, ένα αξέχαστο βροχερό και κρύο απόγεμα στην καφετέρια του πανεπιστημίου.

Ο Μιγκέλ ήταν ένας χλομός φοιτητής με ανήσυχα μάτια, ξεβαμμένο παντελόνι και μπότες ανθρακωρύχου, στην τελευταία χρονιά στη Νομική. Ήταν αριστερός αρχηγός και φλογιζόταν από το πιο ανεξέλεγκτο πάθος, τη δικαιοσύνη. Αυτό δεν τον εμπόδισε να καταλάβει πως η Άλμπα τον κοίταζε. Σήκωσε το βλέμμα του και τα μάτια τους συναντήθηκαν. Κοιτάχτηκαν θαμπωμένοι κι από κείνη τη στιγμή δεν έχαναν ευκαιρία να συναντιούνται στις δεντροστοιχίες του πάρκου, απ' όπου περνούσαν φορτωμένοι βιβλία ή σέρνοντας το βαρύ βιολοντσέλο της Άλμπα. Από την πρώτη στιγμή εκείνη παρατήρησε πως φορούσε ένα μικρό σήμα στο μανίκι, ένα υψωμένο χέρι με τη γροθιά κλεισμένη. Αποφάσισε να μην του πει πως ήταν εγγονή του Εστέμπαν Τρουέμπα και για πρώτη φορά στη ζωή της μεταχειρίστηκε το επώνυμο που έγραφε η ταυτότητά της: Σατινί. Γρήγορα κατάλαβε πως ήταν καλύτερα να μην το πει ούτε στους συμφοιτητές της. Αντίθετα, μπόρεσε να καυχηθεί πως ήταν φίλη του Πέδρο Τερσέρο Γκαρσία, που ήταν πολύ δημοφιλής ανάμεσα στους φοιτητές, και του Ποιητή, που στα γόνατά του καθόταν όταν ήταν μικρή, και τότε πια ήταν γνωστός σ' όλες τις γλώσσες και τα ποιήματά του περνούσαν από στόμα σε στόμα στους νέους και τα έγραφαν με κιμωλία στους τοίχους.

Ο Μιγκέλ μιλούσε για την επανάσταση. Έλεγε πως έπρεπε να αντιτάξουν στη βία του συστήματος τη βία της επανάστασης. Η Άλμπα ωστόσο δεν είχε κανένα ενδιαφέρον για την πολιτική κι ήθελε μόνο να μιλάει για τον έρωτα. Είχε βαρεθεί ν' ακούει τους λόγους του παππού της, να παρακολουθεί τους καβγάδες του με το θείο Χάιμε, να ζει τις προεκλογικές εκστρατείες. Η μόνη πολιτική συμμετοχή της σ' όλη της τη ζωή ήταν όταν είχε βγει να πετάξει πέτρες στην πρεσβεία των Ηνωμένων Πολιτειών, χωρίς να έχει ξεκαθαρίσει τους λόγους, και γι' αυτό την απέβαλαν μια βδομάδα από το σχολείο κι ο παππούς της κόντεψε να πάθει κι άλλη καρδιακή προσβολή. Στο πανεπιστήμιο όμως η πολιτική ήταν αναπόφευκτη. Όπως όλοι οι νέοι, που είχαν μπει εκείνη τη χρονιά, είχε ανακαλύψει τις ωραίες άγρυπνες νύχτες στα καφενεία, συζητώντας για τις αλλαγές που χρειαζόταν ο κόσμος και κολλώντας ο ένας από τον άλλο το πάθος των ιδεών. Γύριζε στο σπίτι της αργά τη νύχτα, με πικρό το στόμα και τα ρούχα της ποτισμένα με τη μυρωδιά του καπνού, με το κεφάλι γεμάτο ηρωισμούς, σίγουρη πως, όταν έφτανε η ώρα, θα μπορούσε να δώσει ακόμα και τη ζωή της για ένα δίκαιο σκοπό.

Από αγάπη για τον Μιγκέλ κι όχι από ιδεολογική πεποίθηση, η Άλμπα ταμπουρώθηκε στο πανεπιστήμιο μαζί με τους φοιτητές που είχαν καταλάβει το κτίριο για συμπαράσταση σε μια εργατική απεργία. Πέρασαν μέρες στρατοπεδευμένοι, με φλογερές συζητήσεις, βρίζοντας την αστυνομία από τα παράθυρα, ώσπου έχασαν τη φωνή τους. Έφτιαξαν οδοφράγματα με τσουβάλια χώμα και πλάκες που έβγαλαν από τη μεγάλη αυλή, σφράγισαν τις πόρτες και τα παράθυρα, με σκοπό να μεταμορφώσουν το κτίριο σε φρούριο και το αποτέλεσμα ήταν ένα μπουντρούμι, από το οποίο πολύ πιο δύσκολα μπορούσαν να βγουν οι φοιτητές παρά να μπουν οι αστυνομικοί. Για πρώτη φορά η Άλμπα πέρασε τη νύχτα έξω από το σπίτι της, στην αγκαλιά του Μιγκέλ, ανάμεσα σε σωρούς από περιοδικά κι άδεια μπουκάλια μπίρας, σε στενή επαφή με τους συντρόφους της, όλους νέους και ιδρωμένους, με κατακόκκινα μάτια από την αϋπνία και τον καπνό, λίγο πεινασμένους αλλά καθόλου φοβισμένους, γιατί εκείνο έμοιαζε περισσότερο με παιχνίδι παρά με πόλεμο. Την πρώτη μέρα ήταν τόσο απασχολημένοι να φτιάχνουν οδοφράγματα και να κινητοποιούν την αθώα τους άμυνα, γράφοντας εφημερίδες τοίχου και μιλώντας στο τηλέφωνο, που δεν βρήκαν καιρό να στεναχωρεθούν όταν η αστυνομία τους έκοψε το νερό και το ηλεκτρικό.

Από την πρώτη στιγμή ο Μιγκέλ είχε μεταβληθεί σε ψυχή της κατάληψης, με την υποστήριξη του καθηγητή Σεμπάστιαν Γκόμες, που, παρά τα σακάτικα πόδια του, έμεινε μαζί τους ώς το τέλος. Εκείνη τη νύχτα τραγούδησαν για να πάρουν κουράγιο κι όταν κουράστηκαν με τους λόγους, τις συζητήσεις και τα τραγούδια, μαζεύτηκαν σε ομάδες για να περάσουν όσο πιο άνετα μπορούσαν τη νύχτα. Ο τελευταίος που έπεσε να ξεκουραστεί ήταν ο Μιγκέλ, που έδειχνε να είναι ο μόνος που ήξερε τι να κάνει. Ανέλαβε τη διανομή του νερού, μαζεύοντας σε δοχεία ακόμα κι αυτό που είχε μαζευτεί στα καζανάκια των αποχωρητηρίων, αυτοσχεδίασε μια κουζίνα και παρουσίασε, κανένας δεν ήξερε από πού, στιγμιαίο καφέ, μπισκότα και μερικούς τενεκέδες μπίρα. Την επόμενη μέρα η μπόχα από τα μπάνια χωρίς νερό ήταν ανυπόφορη, αλλά ο Μιγκέλ οργάνωσε την καθαριότητα και διέταξε να μην ασχοληθούν: έπρεπε να κάνουν τις ανάγκες τους στην αυλή, σε μια τρύπα που άνοιξαν δίπλα στο άγαλμα του ιδρυτή του πανεπιστημίου. Ο Μιγκέλ μοίρασε τους νεαρούς σε ομάδες και τους κράτησε απασχολημένους όλη μέρα, με τέτοια ικανότητα, που το κύρος του δεν φαινόταν. Οι αποφάσεις έμοιαζαν να παίρνονται αυθόρμητα από τις ομάδες.

«Θα νόμιζε κανείς πως θα μείνουμε εδώ μέσα για μήνες», έλεγε η Άλμπα, γοητευμένη με την ιδέα να μείνουν αποκλεισμένοι.

Στο δρόμο, γύρω από το παλιό κτίριο, τοποθετήθηκαν στρατηγικά τα θωρακισμένα αυτοκίνητα της αστυνομίας. Άρχισε μια τεταμένη αναμονή, που θα παρατεινόταν γι' αρκετές μέρες.

«Θα ενωθούν μαζί μας οι φοιτητές σ' όλη τη χώρα, τα συνδικάτα, οι επαγγελματικές σχολές. Ίσως να πέσει η κυβέρνηση», είπε ο Σεμπάστιαν Γκόμες.

«Δεν νομίζω», απάντησε ο Μιγκέλ. Όμως αυτό που έχει σημασία είναι να εδραιώσουμε τη διαμαρτυρία και να μην αφήσουμε το κτίριο μέχρι που να υπογραφεί το έγγραφο με τις απαιτήσεις των εργατών».

Είχε αρχίσει να βρέχει απαλά και νύχτωσε πολύ νωρίς μες στο χωρίς φως κτίριο. Άναψαν κάτι αυτοσχέδιες λάμπες με πετρέλαιο κι ένα φιτίλι που κάπνιζε μέσα σε τενεκεδάκια. Η Άλμπα σκέφτηκε πως είχαν κόψει και το τηλέφωνο, αλλά αποδείχτηκε πως η γραμμή λειτουργούσε. Ο Μιγκέλ της εξήγησε πως η αστυνομία ενδιαφερόταν να μάθει για τι πράγμα μιλούσαν και την προειδοποίησε σε σχέση με τις τηλεφωνικές συζητήσεις. Η Άλμπα όμως τηλεφώνησε στο σπίτι της, για να τους ειδοποιήσει πως θα έμενε με τους συντρόφους της μέχρι την τελική νίκη ή το θάνατο, πράγμα που ακούστηκε ψεύτικο τη στιγμή που το ξεστόμισε. Ο παππούς της άρπαξε το ακουστικό από το χέρι της Μπλάνκα και με τον οργισμένο τόνο, που εκείνη γνώριζε πολύ καλά, της είπε πως είχε μία ώρα στη διάθεσή της για να γυρίσει στο σπίτι, με μια λογική εξήγηση για το πού είχε περάσει όλη τη νύχτα. Η Άλμπα του απάντησε πως δεν μπορούσε να βγει έξω, αλλά, ακόμα κι αν μπορούσε, δεν είχε καμιά τέτοια πρόθεση.

«Δεν έχεις καμιά δουλειά εκεί πέρα μ' αυτούς τους κομμουνιστές!» της φώναξε ο Εστέμπαν Τρουέμπα. Όμως αμέσως γλύκανε τη φωνή του και την παρακάλεσε να βγει έξω προτού μπει η αστυνομία, γιατί εκείνος βρισκόταν σε θέση να ξέρει πως η κυβέρνηση δεν επρόκειτο να τους ανεχτεί επ' αόριστον. «Αν δεν βγείτε με το καλό, θα στείλουν τις Κινητές Μονάδες και θα σας βγάλουν έξω με το ζόρι», κατέληξε ο γερουσιαστής.

Η Άλμπα κοίταξε από μια χαραγματιά στο σκεπασμένο με τάβλες και τσουβάλια με χώμα παράθυρο κι είδε τις αύρες παραταγμένες στο δρόμο και μια διπλή σειρά άντρες, έτοιμους να επιτεθούν, με κράνη, κλομπ και μάσκες οξυγόνου. Κατάλαβε πως ο παππούς της δεν υπερέβαλλε. Και οι υπόλοιποι τα είχαν δει και μερικοί έτρεμαν. Κάποιος ανέφερε πως υπήρχαν κάτι καινούργιες βόμβες, χειρότερες από τις δακρυγόνες, που προκαλούσαν ανεξέλεγκτη διάρροια, που μπορούσε να πείσει και τον πιο θαρραλέο με τη βρόμα και τη γελοιότητα που προκαλούσε. Στην Άλμπα και μόνο η ιδέα φάνηκε τρομαχτική. Αναγκάστηκε να κάνει μεγάλη προσπάθεια για να μη βάλει τα κλάματα. Ένιωθε τσιμπήματα στην κοιλιά και υπέθεσε πως ήταν από το φόβο. Ο Μιγκέλ την αγκάλιασε, αλλά δεν μπόρεσε να παρηγορηθεί. Ήταν κι οι δυο κουρασμένοι κι άρχιζαν να νιώθουν την κούραση από την αγρύπνια στα κόκαλα και στην ψυχή τους.

«Δεν νομίζω πως θα τολμήσουν να μπουν μέσα», είπε ο Σεμπάστιαν Γκόμες. «Η κυβέρνηση έχει αρκετά προβλήματα. Δεν θα τα βάλει μαζί μας».

«Δεν θα είναι η πρώτη φορά που πάει κόντρα στους φοιτητές», παρατήρησε κάποιος.

«Δεν θα το επιτρέψει η κοινή γνώμη», απάντησε ο Γκόμες. «Εδώ έχουμε δημοκρατία. Δεν είναι δικτατορία και ποτέ δεν θα γίνει».

«Πάντα σκεφτόμαστε πως αυτά τα πράγματα συμβαίνουν σ' άλλες χώρες», είπε ο Μιγκέλ. «Μέχρι να συμβούν και σ' εμάς».

Το υπόλοιπο απόγεμα πέρασε χωρίς γεγονότα και τη νύχτα όλοι ήταν πιο ήσυχοι, παρ' όλη την άβολη κατάστασή τους και την πείνα. Οι αύρες εξακολουθούσαν να βρίσκονται ακίνητες στη θέση τους. Στους μακριούς διαδρόμους οι νέοι έπαιζαν κυνηγητό ή χαρτιά, ξεκουράζονταν ξαπλωμένοι καταγής κι ετοίμαζαν αμυντικά όπλα με ξύλα και πέτρες. Η κούραση ήταν φανερή σε όλους. Η Άλμπα ένιωθε όλο και πιο δυνατές τις σουβλιές στην κοιλιά της και σκέφτηκε πως αν τα πράγματα δεν κατέληγαν κάπου, την επομένη δεν θα είχε άλλη εκλογή από το να πάει στην τρύπα στην αυλή. Έξω έβρεχε ακόμα και ανενόχλητη συνεχιζόταν η ρουτίνα στην πόλη. Κανένας δεν έδειχνε να ενδιαφέρεται για άλλη μια φοιτητική απεργία κι ο κόσμος περνούσε μπροστά από τις αύρες, χωρίς να σταματάει για να διαβάσει τις ανακοινώσεις που ήταν τοιχοκολλημένες μπροστά στο πανεπιστήμιο. Οι γείτονες γρήγορα είχαν συνηθίσει στην παρουσία των αρματωμένων αστυνομικών κι όταν σταμάτησε η βροχή βγήκαν τα παιδιά να παίξουν μπάλα στο άδειο πάρκινγκ που χώριζε το κτίριο από τα αστυνομικά αποσπάσματα. Ώρες ώρες η Άλμπα είχε την αίσθηση πως βρισκόταν σ' ένα ιστιοφόρο χωρίς καθόλου αέρα, σε μια ακίνητη θάλασσα, σε μια αιώνια και σιωπηλή αναμονή, κοιτάζοντας συνέχεια πέρα τον ορίζοντα. Η χαρούμενη συντροφικότητα της πρώτης μέρας μεταβαλλόταν σε εκνευρισμό και συνεχείς συζητήσεις όσο περνούσε η ώρα. Ο Μιγκέλ έψαξε όλο το κτίριο και μάζεψε όλα τα τρόφιμα από την καφετέρια.

«Όταν αυτό εδώ τελειώσει, θα πληρώσουμε τον υπεύθυνο. Είναι κι αυτός εργάτης σαν τους άλλους», είπε.

Έκανε κρύο. Ο μόνος που δεν παραπονιόταν για τίποτα, ούτε και για τη δίψα, ήταν ο Σεμπάστιαν Γκόμες. Έμοιαζε τόσο ακούραστος όσο και ο Μιγκέλ, παρ' όλο που είχε τα διπλά χρόνια κι έδειχνε σαν φυματικός. Ήταν ο μόνος καθηγητής που είχε μείνει με τους φοιτητές, όταν κατέλαβαν το κτίριο. Έλεγαν πως τα σακάτικα πόδια του ήταν αποτέλεσμα μιας ριπής πολυβόλου στη Βολιβία. Ήταν ο ιδεολόγος που άναβε στους μαθητές του τη φλόγα – που στους περισσότερους έσβηνε μόλις εγκατέλειπαν το πανεπιστήμιο κι έμπαιναν στον κόσμο, που στα νιάτα τους πίστευαν πως μπορούσαν ν' αλλάξουν. Ήταν ένας μικροκαμωμένος, αδύνατος άντρας, με γαμψή μύτη και αραιά μαλλιά, ψυχωμένος από μια εσωτερική φωτιά που ποτέ δεν έσβηνε. Εκείνος είχε βαφτίσει την Άλμπα με το παρατσούκλι «κοντέσα», γιατί την πρώτη μέρα των μαθημάτων ο παππούς είχε τη φαεινή ιδέα να τη στείλει με το αυτοκίνητο και τον οδηγό και ο καθηγητής την είχε δει. Το παρατσούκλι ήταν μια σύμπτωση, γιατί ο Γκόμες δεν μπορούσε να ξέρει πως στην απίθανη περίπτωση που εκείνη κάποια μέρα θα το ήθελε, θα μπορούσε να ξεθάψει τον αριστοκρατικό τίτλο του Ζαν δε Σατινί, που ήταν ένα από τα λίγα αυθεντικά πράγματα που είχε ο Γάλλος κόμης, που της έδωσε το επώνυμό του. Η Άλμπα δεν είχε θυμώσει με το κοροϊδευτικό όνομα, αντίθετα, μερικές φορές είχε περάσει από το μυαλό της η ιδέα να καταχτήσει το θαρραλέο καθηγητή. Όμως ο Σεμπάστιαν Γκόμες είχε δει πολλά κορίτσια σαν την Άλμπα κι ήξερε να ξεχωρίζει εκείνο το μείγμα από συμπόνοια και περιέργεια, που προκαλούσαν οι πατερίτσες που χρησιμοποιούσε για τα άψυχα πόδια του.

Έτσι πέρασε η μέρα χωρίς να κουνηθούν οι Κινητές Μονάδες και χωρίς η κυβέρνηση να υποχωρήσει στα αιτήματα των εργατών. Η Άλμπα είχε αρχίσει ν' αναρωτιέται τι διάβολο γύρευε σ' εκείνο τον τόπο, γιατί ο πόνος στην κοιλιά της γινόταν ολοένα και πιο ανυπόφορος και η ανάγκη να πλυθεί σ' ένα μπάνιο με τρεχούμενο νερό της είχε γίνει μόνιμη ιδέα. Κάθε φορά που κοίταζε κατά το δρόμο κι έβλεπε τους αστυνομικούς, γέμιζε το στόμα της σάλια. Είχε πια καταλάβει πως η προπόνηση με το θείο Νικολάς δεν ήταν τόσο αποτελεσματική στην ώρα της δράσης, όσο στους φανταστικούς πόνους. Δυο ώρες αργότερα, η Άλμπα ένιωσε να κυλάει κάτι παχύρρευστο και χλιαρό ανάμεσα στα πόδια της και είδε πως το παντελόνι της είχε λεκιαστεί με αίμα. Την έπιασε πανικός. Ο φόβος πως αυτό ακριβώς μπορούσε να συμβεί την απασχολούσε τόσο όσο και η πείνα, όλες εκείνες τις μέρες. Ο λεκές στο παντελόνι της ήταν σαν σημαία. Δεν προσπάθησε να τον κρύψει. Μαζεύτηκε σε μια γωνιά κι ένιωσε σαν χαμένη. Όταν ήταν μικρή, η γιαγιά της της είχε μάθει πως όσα αφορούν τον ανθρώπινο οργανισμό είναι φυσιολογικά και μπορούσε να μιλάει για την περίοδο όπως μιλάμε για την ποίηση, αλλά αργότερα, στο σχολείο, έμαθε πως όλες οι εκκρίσεις του σώματος, εκτός από τα δάκρυα, είναι άσεμνες. Ο Μιγκέλ κατάλαβε την αμηχανία της και τη στεναχώρια της, πήγε να βρει στο αυτοσχέδιο φαρμακείο ένα πακέτο βαμβάκι και έφερε και μερικά μαντίλια, αλλά γρήγορα κατάλαβαν πως δεν ήταν αρκετά και το σούρουπο η Άλμπα έκλαιγε από ταπείνωση και πόνο, τρομαγμένη από τις σουβλιές στην κοιλιά της κι εκείνο το αιμάτινο ρυάκι που δεν έμοιαζε καθόλου με τη συνηθισμένη ροή τους άλλους μήνες. Νόμιζε πως κάτι είχε σπάσει μέσα της. Η Άνα Δίας, μια φοιτήτρια, που, όπως ο Μιγκέλ είχε το σήμα με την υψωμένη γροθιά, παρατήρησε πως αυτό συμβαίνει μόνο στις πλούσιες γυναίκες, γιατί οι προλετάριες δεν παραπονιούνται ούτε ακόμα κι όταν γεννούν, αλλά όταν είδε πως το παντελόνι της Άλμπα είχε γίνει μια λίμνη και πως ήταν χλομή σαν πεθαμένη, πήγε να μιλήσει με τον Σεμπάστιαν Γκόμες. Εκείνος δήλωσε πως του ήταν αδύνατο να λύσει το πρόβλημα.

«Αυτά συμβαίνουν όταν ανακατεύουν τις γυναίκες στις αντρικές δουλειές», αστειεύτηκε.

«Όχι! Αυτά συμβαίνουν όταν ανακατεύουν τις αστές στις δουλειές του λαού!» απάντησε η κοπέλα αγανακτισμένη.

Ο Σεμπάστιαν Γκόμες πήγε στη γωνία, όπου ο Μιγκέλ είχε ταχτοποιήσει την Άλμπα, και γλίστρησε κοντά της με δυσκολία.

«Κοντέσα, πρέπει να πας σπίτι σου. Εδώ δεν προσφέρεις τίποτα, αντίθετα, ενοχλείς», της είπε.

Η Άλμπα ένιωσε ανακουφισμένη. Ήταν υπερβολικά τρομαγμένη κι έτσι θα μπορούσε να γυρίσει στο σπίτι της μ' έναν έντιμο τρόπο κι όχι από δειλία. Διαφώνησε λίγο με τον Σεμπάστιαν Γκόμες για να σώσει τα προσχήματα κι ύστερα δέχτηκε σχεδόν αμέσως την πρόταση να βγει ο Μιγκέλ με μια άσπρη σημαία, για να διαπραγματευτεί με τους αστυνομικούς. Όλοι τον παρακολουθούσαν από τα παρατηρητήρια, ενώ διέσχιζε το άδειο πάρκινγκ. Οι αστυνομικοί είχαν στενέψει τις γραμμές τους και τον διέταξαν μ' ένα μεγάφωνο να σταματήσει, ν' αφήσει τη σημαία καταγής και να προχωρήσει με τα χέρια στο σβέρκο.

«Αυτό μοιάζει σκέτος πόλεμος!» παρατήρησε ο Γκόμες.

Λίγο αργότερα γύρισε ο Μιγκέλ και βοήθησε την Άλμπα να σηκωθεί όρθια. Η ίδια κοπέλα, που πριν είχε κριτικάρει τα παράπονα της Άλμπα, την έπιασε από το ένα μπράτσο και οι τρεις μαζί βγήκαν από το κτίριο, αποφεύγοντας τα οδοφράγματα και τα τσουβάλια με χώμα, φωτισμένοι από τους δυνατούς προβολείς της αστυνομίας. Η Άλμπα μόλις που μπορούσε να περπατήσει, ένιωθε ντροπιασμένη και το κεφάλι της γύριζε. Μια περίπολος τους έκοψε το δρόμο στα μισά κι η Άλμπα βρέθηκε λίγα εκατοστά από μια πράσινη στολή και είδε ένα πιστόλι που τη σημάδευε στο ύψος της μύτης. Σήκωσε το βλέμμα κι αντίκρισε ένα μελαχρινό πρόσωπο με ποντικίσια μάτια. Αμέσως κατάλαβε ποιος ήταν: ο Εστέμπαν Γκαρσία.

«Βλέπω πως είναι η εγγονή του γερουσιαστή Τρουέμπα!» φώναξε ο Γκαρσία ειρωνικά.

Έτσι ο Μιγκέλ έμαθε πως δεν του είχε πει όλη την αλήθεια. Νιώθοντας προδομένος, την άφησε στα χέρια του άλλου, έκανε μισή στροφή και γύρισε, σέρνοντας την άσπρη σημαία πίσω του, χωρίς ούτε να την κοιτάξει, συνοδευόμενος από την Άνα Δίας, που ήταν τόσο έκπληκτη και θυμωμένη όσο κι εκείνος.

«Τι σου συμβαίνει;» ρώτησε ο Γκαρσία, δείχνοντας με το πιστόλι του το παντελόνι της Άλμπα. «Μοιάζει με αποβολή».

Η Άλμπα τέντωσε το κεφάλι και τον κοίταξε κατάματα.

«Αυτό δεν σε αφορά. Πήγαινέ με σπίτι μου!» διέταξε,

αντιγράφοντας τον αυταρχικό τόνο που χρησιμοποιούσε ο παππούς της με όσους δεν θεωρούσε της ίδιας κοινωνικής τάξης.

Ο Γκαρσία δίστασε. Είχε περάσει πολύς καιρός που δεν είχε ακούσει διαταγή από στόμα πολίτη κι ένιωσε τον πειρασμό να την πάει στο τμήμα και να την αφήσει να σαπίσει σ' ένα κελί, λουσμένη στο ίδιο της το αίμα, μέχρι να τον παρακαλέσει γονατιστή, όμως στο επάγγελμά του είχε μάθει πως υπήρχαν κι άλλοι πολύ πιο δυνατοί από κείνον και πως δεν μπορούσε να έχει την πολυτέλεια να ενεργεί ατιμώρητα. Επιπλέον, η ανάμνηση της Άλμπα με τα κολλαρισμένα της φουστάνια να πίνει λεμονάδα στη βεράντα στις Τρεις Μαρίες, ενώ εκείνος έσερνε τα ξυπόλυτα πόδια του στην αυλή με τις κότες και ρουφούσε τις μύξες του, κι ο φόβος που ακόμα ένιωθε για το γερο-Τρουέμπα, αυτά ήταν πιο δυνατά από την επιθυμία του να την ταπεινώσει. Δεν μπόρεσε ν' αντέξει το βλέμμα της κοπέλας και κατέβασε ανεπαίσθητα το κεφάλι. Έκανε μισή στροφή, γάβγισε μια σύντομη φράση και δυο αστυνομικοί πήραν την Άλμπα από τα μπράτσα μέχρι ένα αυτοκίνητο της αστυνομίας. Έτσι έφτασε σπίτι της. Όταν την είδε, η Μπλάνκα σκέφτηκε πως είχαν επαληθευτεί τα προγνωστικά του παππού και πως η αστυνομία είχε επιτεθεί με τα κλομπ εναντίον των φοιτητών. Άρχισε να τσιρίζει και δεν σταμάτησε μέχρι που ο Χάιμε εξέτασε την Άλμπα και τη βεβαίωσε πως δεν είχε καμιά πληγή και δεν είχε τίποτα που να μη θεραπευόταν με μερικές ενέσεις και ξεκούραση.

Η Άλμπα πέρασε δυο μέρες στο κρεβάτι, στη διάρκεια των οποίων διαλύθηκε ήρεμα η απεργία των φοιτητών. Ο υπουργός Παιδείας απομακρύνθηκε από τη θέση του και τον μετέφεραν στο υπουργείο Γεωργίας.

«Αν μπόρεσε να γίνει υπουργός Παιδείας χωρίς να έχει τελειώσει το σχολείο, με τον ίδιο τρόπο μπορεί να γίνει και υπουργός Γεωργίας χωρίς να έχει δει αγελάδα στη ζωή του», είχε παρατηρήσει ο γερουσιαστής Τρουέμπα.

Όσο βρισκόταν στο κρεβάτι, η Άλμπα βρήκε καιρό να φέρει στο μυαλό της τις περιστάσεις κάτω από τις οποίες είχε γνωρίσει τον Εστέμπαν Γκαρσία. Ψάχνοντας πίσω, στις εικόνες της παιδικής της ηλικίας, θυμήθηκε ένα μελαχρινό νεαρό, τη βιβλιοθήκη του σπιτιού, το αναμμένο τζάκι με μεγάλα κούτσουρα από πεύκο, που αρωμάτιζαν την ατμόσφαιρα τ' απόγεμα ή το βράδυ, κι εκείνη καθισμένη πάνω στα γόνατά του. Αλλά αυτή η εικόνα πηγαινοερχόταν φευγαλέα στο μυαλό της και κατέληξε ν' αμφιβάλλει για το αν ήταν αλήθεια ή όχι.

Η πρώτη αληθινή ανάμνηση που είχε απ' αυτόν ήταν πολύ αργότερα. Θυμόταν την ημερομηνία, γιατί ήταν η μέρα που συμπλήρωσε τα δεκατέσσερα και η μητέρα της το είχε σημειώσει στο μαύρο άλμπουμ, που είχε αρχίσει η γιαγιά της όταν γεννήθηκε η Άλμπα. Για την περίσταση είχε κάνει μπούκλες τα μαλλιά της και βρισκόταν στη βεράντα με το παλτό της, περιμένοντας να φτάσει ο θείος Χάιμε, που θα την πήγαινε ν' αγοράσουν το δώρο της. Έκανε πολύ κρύο, αλλά της άρεσε ο κήπος το χειμώνα. Χουχούλισε τα χέρια της κι ανέβασε το γιακά του παλτού για να προστατέψει τ' αυτιά της. Από κει που ήταν μπορούσε να βλέπει το παράθυρο του γραφείου, όπου ο παππούς της μιλούσε με κάποιον. Τα τζάμι ήταν θαμπωμένο, αλλά είχε μπορέσει ν' αναγνωρίσει τη στολή των αστυνομικών κι αναρωτήθηκε τι μπορεί να έκανε ο παππούς της μ' έναν από δαύτους στο γραφείο του. Ο άντρας είχε γυρισμένη την πλάτη του στο παράθυρο κι ήταν καθισμένος αλύγιστος στην άκρη μιας καρέκλας, με τεντωμένη τη ράχη και με το κακόμοιρο ύφος μολυβένιου στρατιωτάκου. Η Άλμπα τους παρακολούθησε για λίγο, μέχρι που υπολόγισε πως από στιγμή σε στιγμή θα έφτανε ο θείος της· τότε προχώρησε στον κήπο μέχρι ένα μισοκατεστραμμένο παρτέρι, χτυπώντας τα χέρια της για να ζεσταθεί, έβγαλε τα υγρά φύλλα από το πέτρινο παγκάκι και κάθισε να περιμένει. Λίγο αργότερα τη συνάντησε εκεί ο Εστέμπαν Γκαρσία, όταν έβγαινε από το σπίτι κι έπρεπε να διασχίσει τον κήπο για να φτάσει στη σιδερένια καγκελόπορτα. Όταν την είδε, στάθηκε απότομα. Κοίταξε γύρω του, δίστασε, κι ύστερα πλησίασε.

«Με θυμάσαι;» ρώτησε ο Γκαρσία.

«Όχι...» είπε κείνη.

«Είμαι ο Εστέμπαν Γκαρσία. Γνωριστήκαμε στις Τρεις Μαρίες».

Η Άλμπα χαμογέλασε μηχανικά. Κάποια άσχημη ανάμνηση ερχόταν στο νου της. Υπήρχε κάτι σ' εκείνα τα μάτια που της προκαλούσε ανησυχία, αλλά δεν μπόρεσε να το διευκρινίσει. Ο Γκαρσία σκούπισε με το χέρι του τα φύλλα και κάθισε πλάι της στο παγκάκι, τόσο κοντά που ακουμπούσαν τα πόδια τους.

«Ο κήπος εδώ μοιάζει με ζούγκλα», είπε, αναπνέοντας πολύ κοντά της.

Έβγαλε το καπέλο της στολής κι εκείνη είδε πως είχε πολύ κοντά και ίσια μαλλιά, με μπριγιαντίνη. Ξαφνικά το χέρι του Γκαρσία στάθηκε πάνω στον ώμο της. Η οικειότητα της χειρονομίας ξάφνιασε το κορίτσι, που για μια στιγμή παρέλυσε, αλλά αμέσως έκανε προς τα πίσω, προσπαθώντας να ξεφύγει. Το χέρι του αστυνομικού έσφιξε τον ώμο της, τα δάχτυλά του βυθίστηκαν στο χοντρό ύφασμα του παλτού της. Η Άλμπα ένιωσε την καρδιά της να χτυπάει δυνατά και το αίμα ανέβηκε στο κεφάλι της.

«Μεγάλωσες, Άλμπα, έγινες σχεδόν γυναίκα», μουρμούρισε ο άντρας στ' αυτί της.

«Είμαι δεκατεσσάρων, έχω τα γενέθλιά μου σήμερα», ψέλλισε εκείνη.

«Τότε θα σου κάνω ένα δώρο», είπε ο Εστέμπαν Γκαρσία, χαμογελώντας μ' ένα στραβό χαμόγελο.

Η Άλμπα προσπάθησε να τραβήξει το κεφάλι της, αλλά εκείνος της το κράτησε σταθερά με τα δυο του χέρια, υποχρεώνοντας την να τον κοιτάξει. Ήταν το πρώτο της φιλί. Ήταν μια ζεστή, άγρια αίσθηση από δέρμα ξερό και κακοξυρισμένο, που της έγδαρε το πρόσωπο κι ένιωσε τη μυρωδιά του από καπνό και κρεμμύδι, τη βία του. Η γλώσσα του Γκαρσία προσπάθησε ν' ανοίξει τα χείλια της, ενώ με το ένα χέρι έσφιγγε τα μάγουλά της για να την υποχρεώσει ν' ανοίξει το στόμα της. Εκείνη φαντάστηκε εκείνη τη γλώσσα σαν ένα γλοιώδες, χλιαρό μαλάκιο, ανακατεύτηκε κι αναγούλιασε, αλλά κράτησε ανοιχτά τα μάτια της. Είδε το σκληρό ύφασμα της στολής κι ένιωσε τ' άγρια χέρια που κρατούσαν το λαιμό της, καθώς, χωρίς να σταματήσει να τη φιλάει, τα δάχτυλά του άρχισαν να σφίγγουν. Η Άλμπα νόμισε πως θα πνιγόταν και τον έσπρωξε με τόση δύναμη, που κατάφερε να τον κάνει πέρα. Ο Γκαρσία σηκώθηκε από το παγκάκι και χαμογέλασε κοροϊδευτικά. Είχε κόκκινους λεκέδες στα μάγουλα κι ανέπνεε ταραγμένα.

«Σ' άρεσε το δώρο μου;» είπε και γέλασε.

Η Άλμπα τον είδε ν' απομακρύνεται με μεγάλα βήματα στον κήπο και βάλθηκε να κλαίει. Ένιωθε βρόμικη και ταπεινωμένη. Ύστερα έτρεξε στο σπίτι να πλύνει το στόμα της με σαπούνι και να βουρτσίσει τα δόντια, μήπως και μπορούσε μ' αυτό τον τρόπο να βγάλει το λεκέ από το μυαλό της. Όταν πήγε ο θείος Χάιμε να την πάρει, κρεμάστηκε στο λαιμό του, βύθισε το πρόσωπό της στο πουκάμισό του και του είπε πως δεν ήθελε κανένα δώρο, γιατί είχε αποφασίσει να γίνει καλόγρια. Ο Χάιμε άρχισε να γελάει μ' ένα βροντερό και βαθύ γέλιο, που έβγαινε από τα σωθικά του και που μόνο εκείνη είχε ακούσει σε λίγες ευκαιρίες, γιατί ο θείος της ήταν κλειστός άνθρωπος.

«Σου τ' ορκίζομαι πως θα το κάνω! Θα πάω να γίνω καλόγρια!» θρηνούσε η Άλμπα.

«Θα πρέπει να ξαναγεννηθείς», της απάντησε ο Χάιμε. «Κι ακόμα θα πρέπει να περάσεις πρώτα πάνω από το πτώμα μου».

Η Άλμπα δεν ξαναείδε τον Εστέμπαν Γκαρσία, μέχρι που βρέθηκε δίπλα της στο πάρκινγκ του πανεπιστημίου, αλλά ποτέ δεν μπόρεσε να τον ξεχάσει. Δεν είχε πει σε κανέναν για κείνο το αηδιαστικό φιλί, ούτε και για τα όνειρα που έβλεπε ύστερα, όπου εκείνος εμφανιζόταν σαν πράσινο ζώο, έτοιμο να τη στραγγαλίσει με τα πόδια του και να την πνίξει, βάζοντας ένα γλοιώδες πλοκάμι στο στόμα της.

Όταν η Άλμπα τα θυμήθηκε όλα τούτα, ανακάλυψε πως ο εφιάλτης ήταν κρυμμένος μέσα της όλα αυτά τα χρόνια και πως ο Γκαρσία εξακολουθούσε να είναι το χτήνος που την παραφύλαγε στις γωνιές, για να πέσει πάνω της σε κάποιο γύρισμα της ζωής. Δεν μπορούσε να ξέρει πως αυτό ήταν ένα προαίσθημα.

Η απογοήτευση και ο θυμός του Μιγκέλ, επειδή η Άλμπα ήταν εγγονή του γερουσιαστή Τρουέμπα, εξαφανίστηκαν τη δεύτερη φορά που την είδε να τριγυρίζει σαν χαμένη στους διαδρόμους, κοντά στην καφετέρια, όπου είχαν γνωριστεί. Αποφάσισε πως ήταν άδικο να κατηγορεί την εγγονή για τις ιδέες του παππού κι έτσι άρχισαν πάλι να κάνουν βόλτες αγκαλιασμένοι. Σε λίγο καιρό τα ατέλειωτα φιλιά δεν ήταν πια αρκετά κι άρχισαν να συναντιούνται στο δωμάτιο όπου έμενε ο Μιγκέλ. Ήταν μια μέτρια πανσιόν για φτωχούς φοιτητές, που τη διαχειρίζονταν ένα ζευγάρι μεσήλικοι με κλίση στην κατασκοπία. Παρακολουθούσαν την Άλμπα με απροκάλυπτη εχθρότητα όταν ανέβαινε πιασμένη από το χέρι του Μιγκέλ στο δωμάτιό του και για κείνη ήταν μαρτύριο να προσπαθεί να ξεπεράσει τη δειλία και ν' αντιμετωπίσει την επίκριση σ' εκείνα τα βλέμματα, που της χαλούσαν τη χαρά της συνάντησης. Για να τους αποφύγει προτιμούσε εναλλακτικές λύσεις, όμως δεν δεχόταν να πάνε μαζί σε κάποιο ξενοδοχείο, για τον ίδιο λόγο που δεν ήθελε να τη δουν στην πανσιόν του Μιγκέλ.

«Είσαι η χειρότερη αστή που γνωρίζω», της έλεγε γελώντας ο Μιγκέλ.

Μερικές φορές έβρισκε μια δανεικιά μοτοσικλέτα και το έσκαγαν για μερικές ώρες, τρέχοντας με αυτοκτονική ταχύτητα, καβάλα στη μηχανή, με παγωμένα τ' αυτιά κι ανάστατες καρδιές. Τους άρεσε να πηγαίνουν το χειμώνα στις έρημες παραλίες, να περπατούν πάνω στη βρεγμένη άμμο, αφήνοντας τ' αποτυπώματά τους που η θάλασσα έγλειφε, να τρομάζουν τους γλάρους και να παίρνουν βαθιές αναπνοές από θαλασσινό αέρα. Το καλοκαίρι προτιμούσαν τα πιο πυκνά δάση, όπου μπορούσαν ν' αγκαλιάζονται άφοβα, όταν απέφευγαν τα περίεργα παιδιά και τους εκδρομείς. Γρήγορα η Άλμπα ανακάλυψε πως το πιο σίγουρο μέρος ήταν το ίδιο της το σπίτι, γιατί στο λαβύρινθο και την εγκατάλειψη των πίσω δωματίων, όπου κανένας δεν έμπαινε, μπορούσαν ν' αγαπιούνται χωρίς ενοχλήσεις.

«Αν οι υπηρέτριες ακούσουν θόρυβο, θα νομίσουν πως ξαναγύρισαν τα φαντάσματα», είπε η Άλμπα και του διηγήθηκε το δοξασμένο παρελθόν με τα περαστικά πνεύματα και τα ιπτάμενα τραπεζάκια στο μεγάλο σπίτι στη γωνία.

Την πρώτη φορά που τον οδήγησε από την πίσω πόρτα του κήπου, ανοίγοντας δρόμο μες στα αγριόχορτα κι αποφεύγοντας τα λεκιασμένα με μούσκλια και κουτσουλιές αγάλματα, ο νεαρός ξαφνιάστηκε που είδε το θλιβερό αρχοντικό. «Εγώ έχω μπει ξανά σ' αυτό το σπίτι», μουρμούρισε, αλλά δεν μπόρεσε να θυμηθεί, γιατί εκείνη η εφιαλτική ζούγκλα κι εκείνο το πένθιμο αρχοντικό μόλις που είχαν κάποια ομοιότητα με τη φωτεινή εικόνα που είχε φυλάξει σαν θησαυρό στη μνήμη του από την παιδική του ηλικία.

Οι ερωτευμένοι δοκίμασαν ένα ένα τα εγκαταλειμμένα δωμάτια και κατέληξαν ν' αυτοσχεδιάσουν μια φωλιά για τον κρυφό τους έρωτα στα βάθη του υπογείου. Είχαν περάσει χρόνια που η Άλμπα δεν είχε μπει εκεί μέσα κι είχε σχεδόν ξεχάσει την ύπαρξή του, αλλά τη στιγμή που άνοιξε την πόρτα κι ανάπνευσε τη μοναδική του μυρωδιά, ένιωσε ξανά την παλιά μαγική του έλξη. Χρησιμοποίησαν τ' άχρηστα αντικείμενα, τα κιβώτια, τ' αντίτυπα από το βιβλίο του θείου Νικολάς, τα έπιπλα και τις παλιές κουρτίνες, για να φτιάξουν ένα καταπληκτικό νυφικό δωμάτιο. Στο κέντρο αυτοσχεδίασαν ένα κρεβάτι με διάφορα στρώματα, που σκέπασαν με κομμάτια από σκοροφαγωμένο βελούδο. Από τα μπαούλα έβγαλαν αμέτρητους θησαυρούς. Έφτιαξαν σεντόνια από παλιές κουρτίνες από ύφασμα δαμασκηνό, κίτρινο σαν το τοπάζι, ξήλωσαν το πανάκριβο φόρεμα από σαντιγί δαντέλα που φορούσε η Κλάρα τη μέρα που ψόφησε ο Μπαραμπάς, για να φτιάξουν μια κουνουπιέρα με το χρώμα περασμένων εποχών, που τους προστάτευε από τις αράχνες που έπεφταν κεντώντας από το ταβάνι. Φωτίζονταν με κεριά κι έκαναν πως δεν πρόσεχαν τα μικρά τρωκτικά, το κρύο και τη βαριά μυρωδιά της κλεισούρας. Στο αιώνιο μισόφωτο του υπογείου κυκλοφορούσαν γυμνοί, αψηφώντας την υγρασία και τα ρεύματα του αέρα. Έπιναν άσπρο κρασί σε κρυστάλλινα ποδαράτα ποτήρια, που η Άλμπα είχε πάρει από την τραπεζαρία και κατέγραφαν σχολαστικά τα σώματά τους και τις πολλαπλές δυνατότητες της ηδονής. Έπαιζαν σαν παιδιά. Εκείνη δύσκολα αναγνώριζε σ' εκείνο τον ερωτευμένο και γλυκό νεαρό, που γελούσε κι έκανε έρωτα σ' ένα ατέλειωτο βακχικό γλέντι, τον ανυπόμονο και τόσο αφοσιωμένο στη δικαιοσύνη επαναστάτη, που μάθαινε στα κρυφά τη χρήση των όπλων και την επαναστατική στρατηγική.

Η Άλμπα εφεύρισκε ακατανίκητα μέσα για να γοητεύει τον Μιγκέλ κι εκείνος δημιουργούσε καινούργιους και θαυμάσιους τρόπους για να την αγαπάει. Είχαν θαμπωθεί από τη δύναμη του πάθους τους, που έμοιαζε με ακόρεστη δίψα. Δεν έφταναν οι ώρες ούτε τα λόγια για ν' ανταλλάξουν τις πιο κρυφές τους σκέψεις και τις πιο απόμακρες αναμνήσεις, προσπαθώντας φιλόδοξα να καταχτήσουν ο ένας τον άλλο πέρα για πέρα. Η Άλμπα παράτησε το βιολοντσέλο και μόνο έπαιζε γυμνή πάνω στο τοπάζινο κρεβάτι και παρακολουθούσε τα μαθήματα στο πανεπιστήμιο με ύφος χαμένο. Και ο Μιγκέλ καθυστέρησε τη διατριβή του και τις πολιτικές του συναντήσεις, γιατί έπρεπε να βρίσκονται συνέχεια και να επωφελούνται από την παραμικρή απουσία των ενοίκων για να γλιστρούν στο υπόγειο.

Η Άλμπα έμαθε να λέει ψέματα και να προσποιείται. Με το πρόσχημα πως ήθελε να διαβάζει τη νύχτα, άφησε το δωμάτιο που μοιραζόταν με τη μητέρα της από το θάνατο της γιαγιάς της κι εγκαταστάθηκε σ' ένα δωμάτιο στο ισόγειο, που έβλεπε στον κήπο, για να μπορεί ν' ανοίγει το παράθυρο και να βάζει μέσα τον Μιγκέλ και να τον οδηγεί στις μύτες των ποδιών της, μέσα από το κοιμισμένο σπίτι, στη μαγεμένη σπηλιά. Αλλά δεν συναντιούνταν μόνο τις νύχτες. Η ερωτική ανυπομονησία γινόταν μερικές φορές τόσο ανυπόφορη, που ο Μιγκέλ ριψοκινδύνευε να μπει και τη μέρα. Σερνόταν ανάμεσα στους θάμνους σαν κλέφτης, μέχρι την πόρτα του υπογείου, όπου τον περίμενε η Άλμπα με την ψυχή στο στόμα. Αγκαλιάζονταν με την απελπισία αποχαιρετισμού και γλιστρούσαν στο καταφύγιό τους πνιγμένοι στη συνενοχή.

Για πρώτη φορά στη ζωή της η Άλμπα ήθελε να είναι όμορφη κι έκλαψε που καμιά από τις θαυμάσιες γυναίκες στην οικογένειά της δεν της είχε κληροδοτήσει τα χαρακτηριστικά της και η μόνη που το έκανε, η ωραία Ρόζα, της είχε δώσει μόνο το χρώμα από τα φύκια στα μαλλιά της, που, καθώς δεν είχε και τα υπόλοιπα χαρακτηριστικά της, έμοιαζε μάλλον με κάποιο λάθος στο κομμωτήριο. Όταν ο Μιγκέλ μάντεψε την ανησυχία της, την πήρε από το χέρι και την πήγε μπροστά στο μεγάλο βενετσιάνικο καθρέφτη που στόλιζε μια γωνιά στο μυστικό τους δωμάτιο, τίναξε τη σκόνη από το σπασμένο κρύσταλλο κι ύστερα άναψε όλα τα κεριά που είχαν και τα έβαλε γύρω της. Εκείνη κοιτάχτηκε στα χίλια κομμάτια του καθρέφτη. Το δέρμα της, φωτισμένο από τα κεριά, είχε το αφύσικο χρώμα που έχουν τα κέρινα αγάλματα. Ο Μιγκέλ άρχισε να τη χαϊδεύει κι εκείνη είδε το πρόσωπό της να μεταμορφώνεται στο καλειδοσκόπιο του καθρέφτη και παραδέχτηκε τελικά πως ήταν η πιο όμορφη στον κόσμο, γιατί μπόρεσε να δει τον εαυτό της με τα μάτια του Μιγκέλ.

Εκείνο το ατέλειωτο όργιο κράτησε πάνω από ένα χρόνο. Στο τέλος ο Μιγκέλ ολοκλήρωσε τη διατριβή του, αποφοίτησε κι άρχισε να ψάχνει για δουλειά. Όταν η πιεστική ανάγκη του αχόρταγου έρωτα πέρασε, βρήκαν ξανά την ψυχραιμία τους και τη φυσιολογική τους ζωή. Εκείνη έκανε ξανά μια προσπάθεια να ενδιαφερθεί για τις σπουδές της κι εκείνος ξαναγύρισε στις πολιτικές του δραστηριότητες, γιατί τα γεγονότα βίαζαν την κατάσταση και η χώρα είχε κοπεί στα δυο με τις ιδεολογικές διαμάχες. Ο Μιγκέλ νοίκιασε ένα μικρό διαμέρισμα κοντά στη δουλειά του, όπου συναντιούνταν για να κάνουν έρωτα, γιατί, τη χρονιά που είχαν περάσει χοροπηδώντας γυμνοί στο υπόγειο, είχαν αρπάξει κι οι δυο από μια χρόνια βρογχίτιδα, που μείωσε κάπως τη γοητεία του υπόγειου παράδεισου. Η Άλμπα βοήθησε να διακοσμήσουν το διαμέρισμα με μαξιλάρια φτιαγμένα στο σπίτι και με πολιτικές αφίσες παντού και μέχρι που πρότεινε να πάει να ζήσει μαζί του, αλλά σ' αυτό το σημείο ο Μιγκέλ ήταν αμετάπειστος.

«Έρχονται άσχημοι καιροί, αγάπη μου», της εξήγησε. «Δεν μπορώ να σ' έχω κοντά μου, γιατί, αν χρειαστεί, θα πάω με τους αντάρτες».

«Θα πάω μαζί σου όπου και να 'ναι», του υποσχέθηκε εκείνη.

«Σ' αυτά δεν πάει κανείς από έρωτα, αλλά από πολιτική πεποίθηση, κι εσύ δεν την έχεις», απάντησε ο Μιγκέλ. «Δεν μπορούμε να έχουμε την πολυτέλεια να δεχόμαστε οπαδούς».

Τα λόγια του της φάνηκαν απότομα κι έπρεπε να περάσουν μερικά χρόνια για να τα καταλάβει σ' όλο τους το μεγαλείο.

Ο γερουσιαστής Τρουέμπα βρισκόταν πια σε ηλικία για να αποσυρθεί, αλλά αυτή η ιδέα ούτε που περνούσε από το κεφάλι του. Διάβαζε την καθημερινή του εφημερίδα και μουρμούριζε μέσ' απ' τα δόντια του. Τα πράγματα είχαν αλλάξει πολύ εκείνα τα χρόνια κι ένιωθε πως τα γεγονότα τον άφηναν πίσω, γιατί δεν είχε υπολογίσει πως θα ζούσε τόσο πολύ για να τα αντιμετωπίσει. Όταν είχε γεννηθεί δεν υπήρχε ηλεκτρικό στην πόλη κι είχε ζήσει να δει έναν άνθρωπο να κόβει βόλτες στη Σελήνη από την τηλεόραση, αλλά κανένα από τα σκαμπανεβάσματα σ' όλη τη μακρόχρονη ζωή του δεν τον είχε προετοιμάσει για την επανάσταση που ετοιμαζόταν στη χώρα του, κάτω από τα ίδια του τα μουστάκια, και που κρατούσε ανάστατο ολόκληρο τον κόσμο.

Ο μόνος που δεν μιλούσε γι' αυτά που συνέβαιναν ήταν ο Χάιμε. Για ν' αποφύγει τους καβγάδες με τον πατέρα του, είχε αποχτήσει τη συνήθεια να σιωπά και γρήγορα ανακάλυψε πως ήταν πιο βολικό να μη μιλάει. Τις λίγες φορές που εγκατέλειπε την ασκητική του λακωνικότητα ήταν όταν η Άλμπα τον επισκεπτόταν στο τούνελ των βιβλίων. Η ανιψιά του έφτανε με τη νυχτικιά της, με βρεγμένα μαλλιά μετά το μπάνιο και καθόταν στα πόδια του κρεβατιού του για να του διηγηθεί χαρούμενες ιστορίες, γιατί, όπως εκείνη έλεγε, ήταν μαγνήτης για να τραβάει τα ξένα προβλήματα και τις αθεράπευτες δυστυχίες κι ήταν ανάγκη κάποιος να τον ενημερώνει για την άνοιξη και τον έρωτα. Μοιράζονταν τα ίδια βιβλία, αλλά όταν έφτανε η ώρα ν' αναλύσουν όσα είχαν διαβάσει, είχαν τελείως αντίθετη άποψη. Ο Χάιμε κορόιδευε τις πολιτικές της ιδέες, τους γενειοφόρους φίλους της και τη μάλωνε που είχε ερωτευτεί έναν τρομοκράτη του καφενείου. Ήταν ο μόνος μες στο σπίτι που γνώριζε την ύπαρξη του Μιγκέλ.

«Πες σ' αυτόν το μυξιάρη να έρθει μια μέρα να δουλέψει μαζί μου στο νοσοκομείο, να δούμε αν θα του μείνει όρεξη να χάνει τον καιρό του με φυλλάδια και λόγους», έλεγε στην Άλμπα.

«Είναι δικηγόρος, θείε, όχι γιατρός», απαντούσε εκείνη.

«Δεν πειράζει. Εκεί τους χρειαζόμαστε όλους. Ακόμα κι ένας υδραυλικός μας κάνει».

Ο Χάιμε ήταν σίγουρος πως στο τέλος θα θριάμβευαν οι σοσιαλιστές, μετά από τόσα χρόνια αγώνα. Το απέδιδε στο γεγονός πως ο λαός είχε συνειδητοποιήσει τις ανάγκες του και την ίδια του τη δύναμη. Η Άλμπα επαναλάμβανε τα λόγια του Μιγκέλ, πως μόνο με τον πόλεμο μπορούσε να νικηθεί η αστική τάξη. Ο Χάιμε απεχθανόταν κάθε είδους ακρότητα και υποστήριζε πως οι αντάρτες δικαιολογούνταν μόνο στις τυραννίες, όπου δεν υπάρχει άλλη λύση από το να πολεμήσει κανείς με τις σφαίρες, αλλά θα ήταν παραλογισμός σε μια χώρα, όπου οι αλλαγές μπορούν να γίνουν με λαϊκή ψηφοφορία.

«Αυτό δεν έχει συμβεί ποτέ, θείε, μη γίνεσαι αφελής», απαντούσε η Άλμπα. «Ποτέ δεν θ' αφήσουν να κερδίσουν οι σοσιαλιστές σου!»

Εκείνη προσπαθούσε να του εξηγήσει την άποψη του Μιγκέλ: πως δεν μπορούσαν να εξακολουθήσουν να περιμένουν το αργό πέρασμα της Ιστορίας, τη δύσκολη διαδικασία να μορφώσουν και να οργανώσουν το λαό, γιατί ο κόσμος προχωρούσε με άλματα κι εκείνοι έμεναν πίσω, πως οι ριζοσπαστικές αλλαγές ποτέ δεν πραγματοποιούνταν με το καλό και χωρίς βία. Η Ιστορία το απόδειχνε. Η συζήτηση παρατεινόταν και χάνονταν οι δυο τους σε μπερδεμένες ρητορείες που τους εξαντλούσαν, ενώ κατηγορούσε ο ένας τον άλλο πως ήταν πιο πεισματάρικος κι από μουλάρι, αλλά στο τέλος καληνυχτίζονταν μ' ένα φιλί κι έμεναν κι οι δυο με την αίσθηση πως ο άλλος ήταν ένα θαυμάσιο πλάσμα.

Μια μέρα, την ώρα του βραδινού, ο Χάιμε ανάγγειλε πως θα κέρδιζαν οι σοσιαλιστές, αλλά καθώς ήταν είκοσι χρόνια που έλεγε τα ίδια προγνωστικά, κανένας δεν τον πίστεψε.

«Αν η μητέρα σου ήταν ζωντανή, θα σου έλεγε πως θα κερδίσουν αυτοί που κερδίζουν πάντα», του απάντησε ο γερουσιαστής Τρουέμπα περιφρονητικά.

Ο Χάιμε ήξερε γιατί το έλεγε. Του το είχε πει ο Υποψήφιος. Είχαν γίνει φίλοι πριν πολλά χρόνια κι ο Χάιμε πήγαινε συχνά να παίξει σκάκι μαζί του τη νύχτα. Ήταν ο ίδιος σοσιαλιστής που είχε βλέψεις για την Προεδρία της Δημοκρατίας εδώ και είκοσι χρόνια. Ο Χάιμε τον είχε δει για πρώτη φορά πίσω από τον πατέρα του, όταν περνούσε μέσα σ' ένα σύννεφο από καπνό στα τρένα του θριάμβου, στις προεκλογικές εκστρατείες της εφηβικής του ηλικίας. Εκείνη την εποχή ο Υποψήφιος ήταν νέος και ρωμαλέος, με μάγουλα πεσμένα σαν λαγωνικό, που έβγαζε φλογερούς λόγους ανάμεσα στα σφυρίγματα και τα γιουχαΐσματα των αφεντικών και τη λυσσασμένη σιωπή των αγροτών. Ήταν η εποχή που οι αδελφοί Σάντσες είχαν κρεμάσει στο σταυροδρόμι ένα σοσιαλιστή αρχηγό και που ο Εστέμπαν Τρουέμπα είχε μαστιγώσει τον Πέδρο Τερσέρο Γκαρσία μπροστά στον πατέρα του, επειδή επαναλάμβανε μπροστά στους υποταχτικούς τις ανησυχαστικές βιβλικές εκδοχές του πάτερ Χοσέ Ντούλσε Μαρία. Η φιλία του με τον Υποψήφιο δημιουργήθηκε τυχαία μια Κυριακή βράδυ, που τον έστειλαν από το νοσοκομείο να κοιτάξει μια επείγουσα περίπτωση στο σπίτι. Έφτασε στην ορισμένη διεύθυνση μ' ένα ασθενοφόρο της υπηρεσίας, χτύπησε το κουδούνι και του άνοιξε την πόρτα ο ίδιος ο Υποψήφιος. Ο Χάιμε δεν δυσκολεύτηκε να τον αναγνωρίσει, γιατί είχε δει την εικόνα του πολλές φορές και γιατί δεν είχε αλλάξει από τότε που τον έβλεπε να περνάει με το τρένο.

«Πέρασε, γιατρέ, σε περιμέναμε», τον χαιρέτησε ο Υποψήφιος.

Τον οδήγησε στο δωμάτιο υπηρεσίας, όπου οι κόρες του προσπαθούσαν να βοηθήσουν μια γυναίκα που έμοιαζε να πνίγεται, είχε μπλαβί πρόσωπο, βγαλμένα μάτια και γλώσσα τρομερά πρησμένη, που κρεμόταν έξω απ' το στόμα της.

«Έφαγε ψάρι», του εξήγησαν.

«Φέρτε το οξυγόνο που υπάρχει στο ασθενοφόρο», είπε ο Χάιμε όσο ετοίμαζε μια σύριγγα.

Έμεινε με τον Υποψήφιο, καθισμένοι κι οι δυο στην άκρη του κρεβατιού, μέχρι που η γυναίκα άρχισε ν' αναπνέει φυσιολογικά και μπόρεσε να βάλει μες στο στόμα τη γλώσσα της. Είχαν κουβεντιάσει για το σοσιαλισμό και το σκάκι κι εκείνο ήταν η αρχή μιας καλής φιλίας. Ο Χάιμε είχε παρουσιαστεί με το επώνυμο της μητέρας του, που μεταχειριζόταν πάντα, χωρίς να σκεφτεί πως την άλλη μέρα η υπηρεσία ασφαλείας του κόμματος θα έδινε την πληροφορία στον άλλο πως ήταν γιος του γερουσιαστή Τρουέμπα, του μεγαλύτερου πολιτικού του εχθρού. Ο Υποψήφιος ωστόσο ποτέ δεν το ανέφερε και μέχρι την τελευταία στιγμή, όταν έσφιξαν τα χέρια για τελευταία φορά μες στο πανδαιμόνιο της πυρκαγιάς και των πυροβολισμών, ο Χάιμε αναρωτιόταν αν θα είχε κάποτε το θάρρος να του πει την αλήθεια.

Η μεγάλη του εμπειρία στις ήττες και η γνώση των ανθρώπων επέτρεψαν στον Υποψήφιο να συνειδητοποιήσει πριν από όλους πως σ' εκείνη την ευκαιρία θα κέρδιζε στις εκλογές. Το είπε στον Χάιμε και πρόσθεσε πως δεν έπρεπε να διαδοθεί, ώστε η δεξιά να παρουσιαστεί στις εκλογές σίγουρη για το θρίαμβο, αλαζονικιά και διαιρεμένη. Ο Χάιμε είχε απαντήσει πως ακόμα και να το έλεγαν σ' όλο τον κόσμο, κανένας δεν θα το πίστευε, ούτε οι ίδιοι οι σοσιαλιστές, και για να το δοκιμάσει το ανάγγειλε στον πατέρα του.

Ο Χάιμε συνέχισε να δουλεύει δεκατέσσερις ώρες τη μέρα, ακόμα και τις Κυριακές, χωρίς να παίρνει μέρος στον προεκλογικό αγώνα. Είχε φοβηθεί από το βίαιο δρόμο που έπαιρνε, που πόλωνε τις δυνάμεις σε δυο άκρα, αφήνοντας στο κέντρο μια αναποφάσιστη και ευμετάβλητη ομάδα, που περίμενε να διακρίνει το νικητή για να τον ψηφίσει. Δεν άφησε να τον προκαλέσει ο πατέρας του, που επωφελούνταν από κάθε ευκαιρία, όταν βρίσκονταν μαζί, για να τον προειδοποιήσει για τις μανούβρες του διεθνούς κομμουνισμού και το χάος που θα έφερνε στην πατρίδα, στην απίθανη περίπτωση που θα θριάμβευε η αριστερά. Η μόνη φορά που ο Χάιμε έχασε την υπομονή του ήταν όταν ένα πρωί βρήκε την πόλη ταπετσαρισμένη με οργισμένες αφίσες, που έδειχναν μια απελπισμένη έγκυο γυναίκα, που προσπαθούσε άδικα να κρατήσει το παιδί της από τα χέρια ενός κομμουνιστή στρατιώτη που το πήγαινε στη Μόσχα. Ήταν η τρομοκρατική εκστρατεία που είχαν οργανώσει ο γερουσιαστής Τρουέμπα και οι ομοϊδεάτες του, με τη βοήθεια ξένων ειδικών που είχαν εισαγάγει μόνο γι' αυτόν το σκοπό. Αυτό πια ήταν υπερβολικό για τον Χάιμε. Αποφάσισε πως δεν μπορούσε πια να ζει κάτω από την ίδια στέγη με τον πατέρα του, έκλεισε το τούνελ του, πήρε τα ρούχα του και πήγε κι εγκαταστάθηκε στο νοσοκομείο.

Τους τελευταίους μήνες πριν από τις εκλογές, τα γεγονότα διαδέχονταν το ένα το άλλο. Σ' όλους τους τοίχους υπήρχαν οι φωτογραφίες των υποψηφίων, πετούσαν φέιγ βολάν με αεροπλάνα από τον αέρα κι είχαν σκεπάσει τους δρόμους με τυπωμένα σκουπίδια, που έπεφταν σαν το χιόνι από τον ουρανό· τα ραδιόφωνα ούρλιαζαν τα πολιτικά συνθήματα κι οι οπαδοί κάθε ομάδας έβαζαν μεταξύ τους τα πιο απίθανα στοιχήματα. Τις νύχτες έβγαιναν οι νέοι σε συμμορίες για να κάνουν έφοδο στους ιδεολογικούς τους εχθρούς. Οργάνωναν συγκεντρώσεις με χιλιάδες κόσμο για να μετρούν τη δημοτικότητα του κάθε κόμματος και σε κάθε συγκέντρωση πλημμύριζε η πόλη και στοιβαζόταν ο κόσμος ακριβώς με τον ίδιο τρόπο. Η Άλμπα ήταν όλο ευφορία, αλλά ο Μιγκέλ της εξήγησε πως οι εκλογές ήταν μια φάρσα κι όποιος και να κέρδιζε θα ήταν το ίδιο, γιατί επρόκειτο για την ίδια σύριγγα με διαφορετική βελόνα και πως η επανάσταση δεν μπορούσε να γίνει από τις κάλπες, παρά μόνο με το αίμα του λαού. Η ιδέα μιας ειρηνικής επανάστασης με δημοκρατία και με πλήρη ελευθερία ήταν μια αντίφαση.

«Το καημένο το παιδί είναι τρελό», φώναξε ο Χάιμε, όταν του το διηγήθηκε η Άλμπα. «Θα νικήσουμε και θ' αναγκαστεί να πάρει τα λόγια του πίσω».

Μέχρι τότε ο Χάιμε είχε καταφέρει ν' αποφύγει τον Μιγκέλ. Δεν ήθελε να τον γνωρίσει. Μια μυστική κι ανομολόγητη ζήλια τον βασάνιζε. Είχε βοηθήσει στη γέννα της Άλμπα και την είχε κρατήσει χιλιάδες φορές στα γόνατά του, της είχε μάθει να διαβάζει, είχε πληρώσει το σχολείο της κι είχε γιορτάσει τα γενέθλιά της, ένιωθε σαν πατέρας της και δεν μπορούσε ν' αποφύγει την ανησυχία που του προκαλούσε να τη βλέπει σωστή γυναίκα. Είχε προσέξει την αλλαγή τα τελευταία χρόνια και κορόιδευε τον εαυτό του με ψευτοεπιχειρήματα, παρ' όλο που η εμπειρία του φροντίζοντας άλλα ανθρώπινα πλάσματα του είχε μάθει πως μόνο ο έρωτας μπορεί να δώσει τέτοια λάμψη στη γυναίκα. Από τη μια μέρα στην άλλη είχε δει την Άλμπα να ωριμάζει, να εγκαταλείπει τις αόριστες εφηβικές φόρμες και να βολεύεται στο καινούργιο γυναικείο κορμί της, ευχαριστημένη και γαλήνια. Περίμενε, με παράλογη ένταση, πως ο έρωτας της ανιψιάς του θα ήταν περαστικό αίσθημα, γιατί κατά βάθος δεν ήθελε να παραδεχτεί πως χρειαζόταν άλλον άντρα εκτός από εκείνον. Ωστόσο δεν μπόρεσε να εξακολουθήσει ν' αγνοεί τον Μιγκέλ. Εκείνες τις μέρες η Άλμπα του διηγήθηκε πως η αδελφή του ήταν άρρωστη.

«Θέλω να μιλήσεις με τον Μιγκέλ, θείε. Θα σου πει για την αδελφή του. Μπορείς να μου κάνεις αυτό το χατίρι;» ρώτησε η Άλμπα.

Όταν ο Χάιμε γνώρισε τον Μιγκέλ σ' ένα καφενείο της γειτονιάς, όλη του η καχυποψία δεν μπόρεσε να εμποδίσει ένα κύμα συμπάθειας, που τον έκανε να ξεχάσει τον ανταγωνισμό του, γιατί ο άντρας που είχε μπροστά του, στριφογυρίζοντας νευρικά το φλιτζάνι με τον καφέ του, δεν ήταν ο οξύθυμος και μαχαιροβγάλτης εξτρεμιστής που περίμενε να συναντήσει, παρά ένας συγκινημένος και τρεμάμενος νεαρός, που, όσο εξηγούσε τα συμπτώματα της αρρώστιας της αδελφής του, πάλευε να συγκρατήσει τα δάκρυα που θόλωναν τα μάτια του.

«Πήγαινέ με να τη δω», είπε ο Χάιμε.

Ο Μιγκέλ και η Άλμπα τον οδήγησαν στη γειτονιά των μποέμηδων. Μες στο κέντρο της πόλης, λίγα μέτρα από τα μοντέρνα κτίρια με ατσάλι και γυαλί, είχαν ξεφυτρώσει στην πλαγιά ενός λόφου οι απότομοι δρόμοι με ζωγράφους, κεραμοποιούς, γλύπτες. Εκεί είχαν φτιάξει τα λημέρια τους, χωρίζοντας τα παλιά σπίτια σε μικροσκοπικά διαμερίσματα. Τα εργαστήρια των βιοτεχνών, ανοιχτά προς τον ουρανό με γυάλινες σκεπές, ενώ οι καλλιτέχνες επιβίωναν σε σκοτεινά χοιροστάσια, σ' έναν παράδεισο μεγαλείου και μιζέριας. Στα δρομάκια έπαιζαν άφοβα παιδιά, ωραίες γυναίκες με μακριούς χιτώνες, που κουβαλούσαν μωρά στην πλάτη ή δεμένα στο γοφό, και γενειοφόροι άντρες, υπναλέοι, αδιάφοροι, που έβλεπαν να περνάει η ζωή καθισμένοι στις γωνιές ή στα κατώφλια. Σταμάτησαν μπροστά σ' ένα γαλλικού ρυθμού σπίτι, που ήταν διακοσμημένο σαν τούρτα από κρέμα, με αγγελάκια στα διαζώματα. Ανέβηκαν μια στενή σκάλα, φτιαγμένη σαν έξοδο κινδύνου για περίπτωση πυρκαγιάς, που οι πολυάριθμες αλλαγές στο κτίριο την είχαν μετατρέψει στη μοναδική είσοδο. Όσο ανέβαιναν, η σκάλα ανέβαινε στριφογυριστή και τους τύλιγε με μια διαπεραστική μυρωδιά από σκόρδο, μαριχουάνα και νέφτι. Ο Μιγκέλ στάθηκε στο τελευταίο πάτωμα, μπροστά σε μια στενή βαμμένη πορτοκαλιά πόρτα, έβγαλε ένα κλειδί κι άνοιξε. Ο Χάιμε και η Άλμπα μπήκαν σ' ένα δωμάτιο στρογγυλό, στεφανωμένο μ' έναν απίθανο βυζαντινό τρούλο, που τριγύρω είχε τζάμια, απ' όπου μπορούσε να δει κανείς τις στέγες της πόλης και να νιώσει πολύ κοντά στα σύννεφα. Τα περιστέρια είχαν φτιάξει τις φωλιές τους στα περβάζια των παραθύρων και είχαν βοηθήσει με τις κουτσουλιές τους και τα φτερά τους να γίνουν τα σχέδια πάνω στα τζάμια. Καθισμένη σε μια καρέκλα μπροστά στο μοναδικό τραπέζι, βρισκόταν μια γυναίκα με ρόμπα στολισμένη μ' ένα θλιβερό, ξεφτισμένο δράκοντα, κεντημένο πάνω στο στήθος. Ο Χάιμε χρειάστηκε μερικές στιγμές για να την αναγνωρίσει.

«Αμάντα... Αμάντα...» ψέλλισε.

Είχαν περάσει είκοσι χρόνια χωρίς να τη δει, όταν η αγάπη, που ένιωθαν κι οι δυο τους για τον Νικολάς, αποδείχτηκε πιο δυνατή από τον έρωτα που ένιωθαν ο ένας για τον άλλο. Σ' εκείνο το διάστημα, ο αθλητικός, μελαχρινός νέος, με τα πάντα βρεγμένα και μουσκεμένα στη μπριγιαντίνη μαλλιά, που βολτάριζε διαβάζοντας δυνατά τα ιατρικά συγγράμματα, είχε μεταμορφωθεί σ' έναν ελαφρά καμπουριασμένο άντρα, από τη συνήθεια να σκύβει πάνω από τα κρεβάτια των αρρώστων, με γκρίζα μαλλιά, σοβαρό πρόσωπο και χοντρούς φακούς με μεταλλικό σκελετό, αλλά βασικά ήταν ο ίδιος. Για ν' αναγνωρίσει την Αμάντα, όμως, χρειαζόταν να την έχει αγαπήσει πολύ. Φαινόταν μεγαλύτερη από τα χρόνια της, ήταν πολύ αδύνατη, σχεδόν πετσί και κόκαλο, με λεπτό και κίτρινο δέρμα κι αφρόντιστα χέρια, με δάχτυλα λεκιασμένα από τη νικοτίνη. Τα μάτια της ήταν πρησμένα, χωρίς λάμψη, κόκκινα, με διεσταλμένες κόρες, πράγμα που της έδινε μια απροστάτευτη και τρομαγμένη όψη. Είχε μάτια μόνο για τον Μιγκέλ και δεν πρόσεξε τον Χάιμε και την Άλμπα. Προσπάθησε να σηκωθεί, σκόνταψε και πήγε να πέσει. Ο αδελφός της πλησίασε και τη συγκράτησε, σφίγγοντάς τη στο στήθος του.

«Γνωρίζεστε;» ρώτησε ο Μιγκέλ παραξενεμένος.

«Ναι, πάει πολύς καιρός», είπε ο Χάιμε.

Σκέφτηκε πως ήταν ανώφελο να μιλήσει για το παρελθόν και πως ο Μιγκέλ και η Άλμπα ήταν πολύ νέοι για να καταλάβουν την αίσθηση της ανεπανόρθωτης απώλειας που ένιωθε εκείνη τη στιγμή. Με μια πινελιά είχε σβηστεί η εικόνα της Τσιγγάνας που είχε φυλάξει στην καρδιά του τόσα χρόνια, μοναδικό έρωτα στη μοναξιά της μοίρας του. Βοήθησε τον Μιγκέλ να ξαπλώσουν τη γυναίκα στο ντιβάνι, που χρησίμευε και για κρεβάτι, και της έφτιαξε το μαξιλάρι. Η Αμάντα έσφιξε τη ρόμπα με τα χέρια της, προσπαθώντας αδύναμα ν' αντισταθεί, μουρμουρίζοντας ασυναρτησίες. Σπαστικές τρεμούλες την τάραζαν και λαχάνιαζε σαν κουρασμένος σκύλος. Η Άλμπα την παρακολουθούσε τρομοκρατημένη και μόνο όταν η Αμάντα ξάπλωσε ήσυχα, με κλειστά τα μάτια, μπόρεσε ν' αναγνωρίσει τη γυναίκα που χαμογελούσε στη μικρή φωτογραφία που ο Μιγκέλ κουβαλούσε πάντα στο πορτοφόλι του. Ο Χάιμε της μίλησε με μια άγνωστη φωνή και σιγά σιγά κατάφερε να την ηρεμήσει, τη χάιδεψε με τρυφερές και πατρικές κινήσεις, όπως έκανε μερικές φορές με τα ζώα, ώσπου η άρρωστη χαλάρωσε κι επέτρεψε ν' ανεβάσουν τα μανίκια της παλιάς κινέζικης ρόμπας. Τα σκελετωμένα της χέρια φάνηκαν και η Άλμπα είδε πως είχε χιλιάδες μικροσκοπικές ουλές, μελανιές, τσιμπήματα, μερικά μολυσμένα, να βγάζουν πύο. Ύστερα ξεσκέπασαν τα πόδια της και τα μπούτια ήταν κι αυτά τρυπημένα. Ο Χάιμε την παρατήρησε με θλίψη, καταλαβαίνοντας εκείνη τη στιγμή την εγκατάλειψη, τα χρόνια της μιζέριας, τους απογοητευμένους έρωτες και τον τρομερό δρόμο που εκείνη η γυναίκα είχε διατρέξει για να φτάσει σ' εκείνο το σημείο της απελπισίας όπου την είχε συναντήσει. Θυμήθηκε πώς ήταν στα νιάτα της, όταν τον θάμπωνε με τα κύματα των μαλλιών της, τα κουδουνιστά βραχιόλια της, το καμπανιστό της γέλιο και την προθυμία της ν' ασπαστεί απίθανες ιδέες και ν' ακολουθήσει τα όνειρά της. Καταράστηκε τον εαυτό του που την άφησε να φύγει κι όλον εκείνο το χαμένο χρόνο και για τους δυο τους.

«Πρέπει να την πάμε στο νοσοκομείο. Μόνο μια αποτοξίνωση μπορεί να τη σώσει», είπε. «Και θα υποφέρει πολύ».

12

Η συνωμοσία

Ακριβώς όπως το είχε προβλέψει ο Υποψήφιος, οι σοσιαλιστές, ενωμένοι με τα άλλα κόμματα της αριστεράς, κέρδισαν τις προεδρικές εκλογές. Η μέρα των εκλογών, ένα φωτεινό πρωινό του Σεπτέμβρη, πέρασε χωρίς απρόοπτα. Αυτοί που κέρδιζαν πάντα, συνηθισμένοι στην εξουσία από αμνημονεύτων χρόνων, παρ' όλο που τα τελευταία χρόνια είχαν δει ν' αδυνατίζουν οι δυνάμεις τους, προετοιμάστηκαν να γιορτάσουν το θρίαμβο πολλές βδομάδες πριν από τις εκλογές. Στα μαγαζιά είχαν εξαντληθεί τα ποτά, στις αγορές είχαν ξεπουληθεί τα φρέσκα θαλασσινά και τα ζαχαροπλαστεία δούλευαν διπλές βάρδιες για να προλάβουν τη ζήτηση από τούρτες και γλυκά. Στο Μπάριο Άλτο δεν ανησύχησαν όταν άκουσαν τα πρώτα επιμέρους αποτελέσματα από τις επαρχίες, που ευνοούσαν την αριστερά, γιατί όλος ο κόσμος ήξερε πως οι ψήφοι της πρωτεύουσας ήταν οι αποφασιστικοί. Ο γερουσιαστής Τρουέμπα παρακολούθησε την ψηφοφορία από την έδρα του κόμματός του, με απόλυτη ηρεμία, καλόκεφα, γελώντας περιφρονητικά όταν κάποιος από τους ανθρώπους του έδειχνε νευρικότητα με την ολοφάνερη πρόοδο του υποψήφιου της αντιπολίτευσης. Περιμένοντας τη νίκη, είχε σπάσει το αυστηρό του πένθος βάζοντας ένα κόκκινο τριαντάφυλλο στο πέτο του. Του πήραν συνέντευξη από την τηλεόραση κι όλη η χώρα μπόρεσε να τον ακούσει: «Θα νικήσουμε εμείς που νικούμε πάντα», είπε περήφανα, κι ύστερα κάλεσε το λαό να πιει στην υγειά των «υπερασπιστών της δημοκρατίας».

Στο μεγάλο σπίτι στη γωνία η Μπλάνκα, η Άλμπα και οι υπηρέτες βρίσκονταν μπροστά στην τηλεόραση, πίνοντας τσάι, τρώγοντας φρυγανιές και σημειώνοντας τα αποτελέσματα για να παρακολουθήσουν από κοντά την τελική ευθεία, όταν είδαν να εμφανίζεται στην οθόνη ο παππούς, πιο γερασμένος και πεισματάρης παρά ποτέ.

«Θα μείνει ξερός», είπε η Άλμπα. «Γιατί αυτή τη φορά θα κερδίσουν οι άλλοι».

Γρήγορα έγινε φανερό σε όλους πως μόνο ένα θαύμα θ' άλλαζε τα αποτελέσματα, που διαγράφονταν όλο και πιο ξεκάθαρα όλη εκείνη τη μέρα. Στις αρχοντικές άσπρες, γαλάζιες και κίτρινες κατοικίες στο Μπάριο Άλτο άρχισαν να κλείνουν τα παντζούρια, να βάζουν συρτές στις πόρτες και να μαζεύουν βιαστικά τις σημαίες και τις φωτογραφίες του υποψήφιου, που είχαν βιαστεί να βάλουν στα μπαλκόνια. Στο μεταξύ, από τους περιθωριακούς οικισμούς και τις εργατικές συνοικίες βγήκαν στο δρόμο οικογένειες ολόκληρες, πατεράδες, παιδιά, παππούδες, με τα κυριακάτικά τους, και βάδιζαν χαρούμενα προς το κέντρο. Κουβαλούσαν τρανζίστορ για ν' ακούνε τα τελευταία αποτελέσματα. Στο Μπάριο Άλτο μερικοί φοιτητές, φλεγόμενοι από ιδεαλισμό, έκαναν κάποιες γκριμάτσες στους συγγενείς τους, που ήταν μαζεμένοι γύρω από την τηλεόραση με πένθιμη όψη, και βγήκαν κι αυτοί στο δρόμο. Από τις βιομηχανικές ζώνες έφτασαν οι εργάτες σε τακτικές σειρές, με τις γροθιές ψηλά, τραγουδώντας τους στίχους της προεκλογικής εκστρατείας. Στο κέντρο ενώθηκαν όλοι, φωνάζοντας σαν ένας άνθρωπος: «Λαός ενωμένος ποτέ νικημένος!» Έβγαλαν άσπρα μαντίλια και περίμεναν. Τα μεσάνυχτα έγινε γνωστό πως η αριστερά είχε κερδίσει. Ώσπου να πεις κύμινο, οι σκόρπιες ομάδες μεγάλωσαν, φούσκωσαν, απλώθηκαν και οι δρόμοι γέμισαν με χαρούμενους ανθρώπους, που πηδούσαν, φώναζαν, αγκαλιάζονταν και γελούσαν. Άναψαν πυρσούς και η αναστάτωση από φωνές και χορούς στους δρόμους μεταμορφώθηκε σε μια πειθαρχημένη και ενθουσιώδη κομπανία, που άρχισε να προχωρεί προς τις καλοδιατηρημένες λεωφόρους της αστικής τάξης. Και τότε είδαν ένα ασυνήθιστο θέαμα: λαϊκούς ανθρώπους, άντρες με τα βαριά παπούτσια της δουλειάς, γυναίκες με τα παιδιά στην αγκαλιά, φοιτητές με μπλουζάκια, να τριγυρνούν ήσυχα στην ιδιωτική και πανάκριβη περιοχή, όπου είχαν τολμήσει να πάνε πολύ λίγες φορές κι όπου ήταν ξένοι. Η φασαρία από τα τραγούδια τους, το ποδοβολητό τους και η λάμψη από τους πυρσούς τους μπήκαν στο εσωτερικό των κλειστών και σιωπηλών σπιτιών, όπου έτρεμαν αυτοί που είχαν σταματήσει να πιστεύουν στην ίδια τους την τρομοκρατική εκστρατεία κι ήταν σίγουροι πως ο λαός θα τους έκανε κομμάτια ή, στην καλύτερη περίπτωση, θ' αφαιρούσε τ' αγαθά τους και θα τους έστελνε στη Σιβηρία. Όμως το πλήθος που βρυχιόταν δεν παραβίασε καμιά πόρτα, ούτε πάτησε τους τέλειους κήπους. Προσπέρασε χαρούμενο, χωρίς ν' ακουμπήσει τα πολυτελή αυτοκίνητα, τα παρκαρισμένα στο δρόμο, έκανε στροφή στις πλατείες και στα πάρκα που ποτέ δεν είχε πατήσει, σταμάτησε με θαυμασμό μπροστά στις εμπορικές βιτρίνες, που έλαμπαν όπως τα Χριστούγεννα και όπου πουλούσαν αντικείμενα που εκείνο το πλήθος δεν ήξερε σε τι χρησίμευαν, κι εξακολούθησε το δρόμο του ήρεμα. Όταν οι σειρές πέρασαν μπροστά από το σπίτι της, η Άλμπα βγήκε τρέχοντας κι ενώθηκε μαζί τους, τραγουδώντας όσο πιο δυνατά μπορούσε. Έξαλλος από τη χαρά, ο λαός πέρασε όλη τη νύχτα παρελαύνοντας. Στ' αρχοντικά τα μπουκάλια με τη σαμπάνια έμειναν κλειστά, οι αστακοί μπαγιάτεψαν πάνω στις ασημένιες τους πιατέλες και οι τούρτες γέμισαν μύγες.

Τα ξημερώματα η Άλμπα διέκρινε μες στο πλήθος, που είχε αρχίσει να διαλύεται, τη γνωστή φιγούρα του Μιγκέλ, που προχωρούσε φωνάζοντας με μια σημαία στα χέρια. Άνοιξε δρόμο προς το μέρος του, φωνάζοντάς τον μάταια, γιατί δεν μπορούσε να την ακούσει μέσα σ' εκείνη τη χασμωδία. Όταν βρέθηκε μπροστά του, ο Μιγκέλ την είδε, έδωσε τη σημαία στο διπλανό του και την αγκάλιασε, σηκώνοντάς τη στον αέρα. Ήταν κι οι δυο εξαντλημένοι κι ενώ φιλιόνταν, έκλαιγαν από χαρά!

«Σου το είπα πως θα κερδίζαμε με το καλό, Μιγκέλ!» είπε γελώντας η Άλμπα.

«Νικήσαμε, αλλά τώρα πρέπει να υπερασπίσουμε το θρίαμβο», απάντησε εκείνος.

Την επόμενη μέρα οι ίδιοι που είχαν περάσει ξάγρυπνοι όλη τη νύχτα, τρομοκρατημένοι, στα σπίτια τους, βγήκαν ξετρελαμένοι σαν χιονοστιβάδα και κατέλαβαν με έφοδο τις τράπεζες, ζητώντας να τους δώσουν τα λεφτά τους. Όσοι είχαν κάτι αξίας προτιμούσαν να το φυλάξουν κάτω από το στρώμα τους και να το στείλουν στο εξωτερικό. Μέσα σε είκοσι τέσσερις ώρες η αξία της ιδιοχτησίας έπεσε σε λιγότερο από το μισό κι εξαντλήθηκαν όλα τ' αεροπορικά εισιτήρια μες στην τρέλα να φύγουν από τη χώρα, προτού να φτάσουν οι Σοβιετικοί και βάλουν συρματοπλέγματα στα σύνορα. Ο λαός, που είχε παρελάσει θριαμβευτικά, πήγε να δει την αστική τάξη να κάνει ουρά και να μαλώνει μπροστά στις πόρτες των τραπεζών και γελούσε κοροϊδευτικά. Μέσα σε λίγες ώρες η χώρα χωρίστηκε σε δυο ασυμφιλίωτες ομάδες και η διαίρεση άρχισε ν' απλώνεται σ' όλες τις οικογένειες.

Ο γερουσιαστής Τρουέμπα είχε περάσει τη νύχτα στην έδρα του κόμματός του, γιατί τον κράτησαν με τη βία οι οπαδοί του, που ήταν σίγουροι πως αν έβγαινε στο δρόμο, το πλήθος θα τον αναγνώριζε αμέσως και θα τον κρεμούσε από ένα στύλο. Ο Τρουέμπα ήταν περισσότερο έκπληκτος παρά θυμωμένος. Δεν μπορούσε να πιστέψει αυτό που είχε συμβεί, παρ' όλο που από πολλά χρόνια επαναλάμβανε το ίδιο τροπάρι, πως η χώρα ήταν γεμάτη μαρξιστές. Δεν ένιωθε απογοητευμένος, το αντίθετο. Μες στη γέρικη καρδιά του αγωνιστή φτεροκοπούσε ένα συναίσθημα που είχε να νιώσει από τα νιάτα του.

«Άλλο πράγμα είναι να κερδίσει κανείς τις εκλογές και πολύ διαφορετικό να γίνει πρόεδρος», είπε αινιγματικά στους δακρύβρεχτους ομοϊδεάτες του.

Η ιδέα να βγάλουν από τη μέση τον καινούργιο πρόεδρο, ωστόσο, δεν είχε περάσει ακόμα από το μυαλό κανενός, γιατί οι εχθροί του ήταν σίγουροι πως θα τον έκαναν πέρα με τον ίδιο νόμιμο τρόπο που του είχε επιτρέψει να εκλεγεί. Αυτό σκεφτόταν ο Τρουέμπα. Την επόμενη μέρα, όταν φάνηκε πια πως δεν έπρεπε να φοβούνται το πλήθος που γιόρταζε, βγήκε από το καταφύγιό του και κατευθύνθηκε σ' ένα εξοχικό σπίτι έξω από την πόλη, όπου πραγματοποιήθηκε ένα κρυφό γεύμα. Εκεί είχαν μαζευτεί κι άλλοι πολιτικοί, μερικοί στρατιωτικοί, μαζί με τους γκρίνγκος απεσταλμένους από την υπηρεσία πληροφοριών, για να ετοιμάσουν ένα σχέδιο που θα έριχνε την καινούργια κυβέρνηση: οικονομική αποσταθεροποίηση, έτσι ονόμασαν το σαμποτάζ.

Ήταν ένα μεγάλο, αποικιακού ρυθμού σπίτι, τριγυρισμένο από μια πλακόστρωτη αυλή. Όταν ο γερουσιαστής Τρουέμπα έφτασε, ήδη υπήρχαν αρκετά αυτοκίνητα παρκαρισμένα. Τον υποδέχτηκαν διαχυτικά, γιατί ήταν ένας από τους αναμφισβήτητους αρχηγούς της δεξιάς και γιατί, εκείνος, για να προλάβει αυτό που πλησίαζε, είχε κάνει τις αναγκαίες επαφές πολλούς μήνες πριν. Μετά το φαγητό, που ήταν κρύο ψάρι με σάλτσα αβοκάντο, γουρουνόπουλο ψητό με κονιάκ και μους σοκολάτα, ξαπόστειλαν τους σερβιτόρους και κλείδωσαν τις πόρτες του σαλονιού. Εκεί σχεδίασαν τις βασικές γραμμές της στρατηγικής τους κι ύστερα, όρθιοι, έκαναν μια πρόποση στην πατρίδα. Όλοι τους, εκτός από τους ξένους, ήταν έτοιμοι να ριψοκινδυνέψουν τη μισή προσωπική τους περιουσία για κείνο το σκοπό, όμως μόνο ο γερο-Τρουέμπα ήταν διατεθειμένος να δώσει ακόμα και τη ζωή του.

«Δεν θα τον αφήσουμε σε ησυχία ούτε στιγμή. Θ' αναγκαστεί να παραιτηθεί», είπε με μεγάλη πεποίθηση.

«Κι αν αυτό δεν έχει αποτελέσματα, έχουμε και τούτο», πρόσθεσε ο στρατηγός Ουρτάδο, ακουμπώντας το υπηρεσιακό του όπλο πάνω στο τραπεζομάντιλο.

«Δεν μας ενδιαφέρει ένα πραξικόπημα, στρατηγέ», απάντησε με τη σωστή ισπανική του προφορά ο πράκτορας της υπηρεσίας πληροφοριών στην πρεσβεία. «Θέλουμε ν' αποτύχει παταγωδώς ο μαρξισμός και να πέσει από μόνος του, για να βγάλουν αυτή την ιδέα από το κεφάλι τους και οι άλλοι λαοί σ' αυτή την ήπειρο. Καταλαβαίνετε; Αυτή την υπόθεση θα την ταχτοποιήσουμε με λεφτά. Ακόμα προλαβαίνουμε να δωροδοκήσουμε μερικούς βουλευτές για να μην επικυρώσουν την εκλογή του. Αυτό είναι το Σύνταγμά του: δεν απόχτησε την απόλυτη πλειοψηφία και η Βουλή πρέπει ν' αποφασίσει».

«Να βγάλετε αυτή την ιδέα από το κεφάλι, μίστερ!» φώναξε ο γερουσιαστής Τρουέμπα. «Εδώ δεν μπορείτε να δωροδοκήσετε κανέναν! Η Βουλή και οι Ένοπλες Δυνάμεις είναι αδιάφθορες. Καλύτερα να προορίσουμε αυτά τα χρήματα για ν' αποχτήσουμε τα μέσα επικοινωνίας. Έτσι θα μπορούμε να χειριστούμε την κοινή γνώμη, που είναι το μόνο που έχει σημασία στην πραγματικότητα».

«Αυτό θα ήταν τρέλα! Το πρώτο που θα κάνουν οι μαρξιστές είναι να σταματήσουν την ελευθερία του Τύπου!» είπαν αρκετές φωνές μαζί.

«Πιστέψτε με, κύριοι», απάντησε ο γερουσιαστής Τρουέμπα. «Εγώ γνωρίζω αυτή τη χώρα. Ποτέ δεν θα εμποδίσουν την ελευθερία του Τύπου. Τα υπόλοιπα βρίσκονται μες στο πρόγραμμα της κυβέρνησης: ορκίστηκε να σεβαστεί τις δημοκρατικές ελευθερίες. Θα τους πιάσουμε με τη δικιά τους παγίδα».

Ο γερουσιαστής Τρουέμπα είχε δίκιο. Δεν μπόρεσαν να δωροδοκήσουν τους βουλευτές και, στην ημερομηνία που όριζε ρητά ο νόμος, η αριστερά ανέλαβε ήσυχα την εξουσία. Και τότε η δεξιά άρχισε να μαζεύει το μίσος.

Μετά τις εκλογές η ζωή άλλαξε για όλους κι αυτοί που νόμιζαν πως μπορούσαν να εξακολουθήσουν όπως πάντα, πολύ γρήγορα κατάλαβαν πως είχαν πέσει έξω. Για τον Πέδρο Τερσέρο Γκαρσία η αλλαγή ήταν απότομη. Είχε ζήσει αποφεύγοντας τις παγίδες της ρουτίνας, ελεύθερος και φτωχός σαν περιπλανώμενος τροβαδούρος, χωρίς ποτέ να φοράει δερμάτινα παπούτσια, γραβάτα ή ρολόι, επιτρέποντας στον εαυτό του την πολυτέλεια της τρυφερότητας, την ειλικρίνεια, την αφροντισιά και το μεσημεριανό ύπνο, γιατί δεν χρειαζόταν να δίνει λογαριασμό σε κανέναν. Του ήταν ολοένα και πιο δύσκολο να βρίσκει την ανησυχία και τον αναγκαίο πόνο για να συνθέτει ένα καινούργιο τραγούδι, γιατί με τα χρόνια είχε αποχτήσει μια εσωτερική γαλήνη και η επαναστατικότητα, που τον κινούσε στα νιάτα του, είχε μεταβληθεί στη γαλήνη του ικανοποιημένου με τον εαυτό του ανθρώπου. Ήταν απλός σαν φραγκισκανός μοναχός. Δεν είχε καμιά φιλοδοξία για λεφτά ή εξουσία. Το μόνο που χαλούσε την ησυχία του ήταν η Μπλάνκα. Είχε σταματήσει να ενδιαφέρεται για τον χωρίς μέλλον έρωτα των κοριτσιών κι είχε αποχτήσει τη βεβαιότητα πως η Μπλάνκα ήταν η μόνη γυναίκα γι' αυτόν. Είχε μετρήσει τα χρόνια που αγαπιούνταν στα κρυφά και δεν μπόρεσε να θυμηθεί ούτε στιγμή στη ζωή του που εκείνη να μην ήταν παρούσα. Μετά τις προεδρικές εκλογές είδε να διαλύεται η ισορροπία στη ζωή του από την ανάγκη να συνεργαστεί με την κυβέρνηση. Δεν μπόρεσε ν' αρνηθεί, γιατί, όπως του εξήγησαν, τα κόμματα της αριστεράς δεν είχαν αρκετά στελέχη για όλες τις θέσεις που έπρεπε να συμπληρωθούν.

«Εγώ είμαι χωριάτης. Δεν έχω καμιά προετοιμασία», προσπάθησε να δικαιολογηθεί.

«Δεν πειράζει, σύντροφε. Εσύ τουλάχιστον είσαι δημοφιλής. Ακόμα κι αν κάνεις χοντράδες, ο κόσμος θα σε συγχωρέσει», του απάντησαν.

Έτσι έγινε και βρέθηκε καθισμένος πίσω από ένα γραφείο για πρώτη φορά στη ζωή του, με ιδιαιτέρα γραμματέα και πίσω του ένα μεγαλόπρεπο πορτρέτο με τους πατέρες του έθνους σε κάποια ένδοξη μάχη. Ο Πέδρο Τερσέρο Γκαρσία κοίταζε έξω από το σιδερόφραχτο παράθυρο του πολυτελούς του γραφείου και μπορούσε μόνο να δει ένα μικροσκοπικό τετράγωνο με γκρίζο ουρανό. Δεν ήταν διακοσμητική θέση. Δούλευε από τις εφτά το πρωί ώς αργά τη νύχτα και στο τέλος ήταν τόσο κουρασμένος, που δεν μπορούσε να παίξει ούτε μια συγχορδία στην κιθάρα κι ακόμα λιγότερο να κάνει έρωτα με την Μπλάνκα με το συνηθισμένο του πάθος. Όταν μπορούσαν να συναντηθούν, ξεπερνώντας τα συνηθισμένα εμπόδια της Μπλάνκα και τα καινούργια που του είχε επιβάλει η δουλειά του, έπεφταν στα σεντόνια περισσότερο με αγωνία παρά με πόθο. Έκαναν έρωτα κουρασμένοι, ενώ τους διέκοπτε το τηλέφωνο και τους κυνηγούσε ο χρόνος που ποτέ δεν ήταν αρκετός. Η Μπλάνκα σταμάτησε να χρησιμοποιεί τα πρόστυχα εσώρουχα, γιατί της φαινόταν πως ήταν μια ανώφελη πρόκληση που τους γελοιοποιούσε. Κατέληξαν να συναντιούνται για να ξεκουράζονται, αγκαλιασμένοι σαν ένα ζευγάρι παππούδες, και για να συζητήσουν φιλικά τα καθημερινά προβλήματα και τις σοβαρές υποθέσεις που αναστάτωναν το έθνος. Μια μέρα, ο Πέδρο Τερσέρο έκανε το λογαριασμό και είδε πως είχε περάσει σχεδόν ένας μήνας χωρίς να κάνουν έρωτα κι αυτό που του φάνηκε ακόμα χειρότερο ήταν πως κανένας τους δεν ένιωθε την επιθυμία να το κάνει. Ξαφνιάστηκε. Σκέφτηκε πως στην ηλικία του δεν υπήρχε λόγος για ανικανότητα και το απέδωσε στη ζωή που έκανε και στις μανίες του γεροντοπαλίκαρου που είχε αποχτήσει. Υπέθεσε πως αν έκανε μια φυσιολογική ζωή με την Μπλάνκα, που θα μπορούσε να τον περιμένει κάθε μέρα στη γαλήνη του σπιτιού τους, τα πράγματα θα ήταν διαφορετικά. Την εξόρκισε να τον παντρευτεί μια για πάντα, γιατί είχε πια βαρεθεί εκείνους τους κρυφούς έρωτες και ήταν πολύ γέρος πια για να ζει μ' αυτόν τον τρόπο. Η Μπλάνκα του έδωσε την ίδια απάντηση που του είχε δώσει πολλές φορές πριν.

«Πρέπει να το σκεφτώ, αγάπη μου».

Ήταν γυμνή, καθισμένη στο στενό κρεβάτι του Πέδρο Τερσέρο. Εκείνος την κοίταξε άπονα και είδε πως ο χρόνος είχε αρχίσει να τη φθείρει, ήταν πιο χοντρή, πιο θλιμμένη, τα χέρια της είχαν παραμορφωθεί από τους ρευματισμούς κι εκείνα τα θαυμάσια στήθη της, που σ' άλλη εποχή δεν τον άφηναν να κοιμηθεί τη νύχτα, με τον καιρό είχαν μεταβληθεί στη φαρδιά αγκάλη μιας ώριμης κυρίας. Την έβρισκε όμως τόσο όμορφη όσο και στα νιάτα της, όταν έκαναν έρωτα ανάμεσα στις καλαμιές, στο ποτάμι στις Τρεις Μαρίες, κι ακριβώς γι' αυτό λυπόταν που η κούρασή του ήταν μεγαλύτερη από το πάθος του.

«Το έχεις σκεφτεί για τουλάχιστο μισό αιώνα. Φτάνει τόσο. Ή τώρα ή ποτέ».

Η Μπλάνκα δεν ξαφνιάστηκε, γιατί δεν ήταν η πρώτη φορά που την πίεζε να πάρει μια απόφαση. Κάθε φορά που τα χαλούσε με μια από τις νεαρές του ερωμένες και ξαναγύριζε κοντά της απαιτούσε να παντρευτούν, προσπαθώντας απελπισμένα να κρατήσει τον έρωτα και να τον συγχωρέσει. Όταν δέχτηκε ν' αφήσει τον εργατικό οικισμό, όπου είχε ζήσει ευτυχισμένος για πολλά χρόνια, για να εγκατασταθεί σ' ένα διαμέρισμα της μέσης τάξης, της είχε πει τα ίδια λόγια:

«Ή θα παντρευτούμε τώρα ή δεν θα ξαναβρεθούμε ποτέ».

Η Μπλάνκα δεν κατάλαβε πως εκείνη τη φορά η απόφαση του Πέδρο Τερσέρο ήταν αμετάκλητη.

Χώρισαν θυμωμένοι. Εκείνη ντύθηκε, μαζεύοντας βιαστικά τα ρούχα της που ήταν σκόρπια στο πάτωμα, και μάζεψε τα μαλλιά στο σβέρκο της, στερεώνοντάς τα με μερικές φουρκέτες που μάζεψε από το ακατάστατο κρεβάτι. Ο Πέδρο Τερσέρο άναψε ένα τσιγάρο και δεν πήρε τα μάτια του από πάνω της όσο ντυνόταν. Η Μπλάνκα τέλειωσε βάζοντας τα παπούτσια της και από την πόρτα τού έκανε μια κίνηση αποχαιρετισμού. Ήταν σίγουρη πως την επομένη θα της τηλεφωνούσε για μια θεαματική συμφιλίωση. Ο Πέδρο Τερσέρο γύρισε προς τη μεριά του τοίχου. Ένα πικρό χαμόγελο είχε μετατρέψει το στόμα του σε στενή γραμμή. Θα περνούσαν δυο χρόνια μέχρι να ξαναϊδωθούν.

Τις επόμενες μέρες η Μπλάνκα περίμενε πως θα επικοινωνούσε μαζί της, σύμφωνα με μια συμφωνία που είχαν κάνει από παλιά. Ποτέ δεν την είχε ξεχάσει, ούτε ακόμα κι όταν εκείνη παντρεύτηκε, και πέρασαν ένα χρόνο χωρισμένοι. Και τότε, σ' εκείνη την περίσταση, εκείνος ήταν που έψαξε και τη βρήκε. Όμως την τρίτη μέρα χωρίς νέα του άρχισε ν' ανησυχεί. Στριφογύριζε στο κρεβάτι της, εκνευρισμένη από μια μόνιμη αϋπνία, διπλασίασε τη δόση των ηρεμιστικών, κατέφυγε πάλι στους πονοκεφάλους και τις νευραλγίες, αποβλακώθηκε στο εργαστήρι της μπαινοβγάζοντας στο φούρνο εκατοντάδες τέρατα για τις φάτνες της, σε μια προσπάθεια να διατηρηθεί απασχολημένη και να μη σκέφτεται, αλλά δεν μπόρεσε να πνίξει την ανυπομονησία της. Τελικά τηλεφώνησε στο υπουργείο. Μια γυναικεία φωνή της απάντησε πως ο σύντροφος Γκαρσία ήταν σε συμβούλιο και δεν μπορούσαν να τον διακόψουν. Την άλλη μέρα η Μπλάνκα τηλεφώνησε ξανά και συνέχισε να τηλεφωνεί όλη τη βδομάδα, ώσπου πείστηκε πως δεν θα κατάφερνε να τον βρει μ' αυτόν τον τρόπο. Έκανε μια προσπάθεια για να ξεπεράσει την τρομερή περηφάνια που είχε κληρονομήσει από τον πατέρα της, έβαλε το καλύτερό της φόρεμα, τις φανταχτερές της καλτσοδέτες και πήγε να τον βρει στο διαμέρισμά του. Το κλειδί δεν ταίριαξε στην κλειδαριά κι αναγκάστηκε να χτυπήσει το κουδούνι. Της άνοιξε ένας άντρας μέχρι εκεί πάνω, μουστακαλής, με αθώα μάτια.

«Ο σύντροφος Γκαρσία δεν είναι εδώ», είπε, χωρίς να την προσκαλέσει να μπει μέσα.

Και τότε κατάλαβε πως τον είχε χάσει. Για μια στιγμή είδε το μέλλον μπροστά της, είδε τον εαυτό της σε μια απέραντη έρημο, χωρίς το μοναδικό άντρα που είχε αγαπήσει όλη της τη ζωή και μακριά από κείνα τα μπράτσα, όπου είχε κοιμηθεί από τα αξέχαστα χρόνια της παιδικής της ηλικίας. Κάθισε στη σκάλα και ξέσπασε σε κλάματα. Ο άντρας με τα μουστάκια έκλεισε την πόρτα αθόρυβα.

Δεν είπε σε κανέναν αυτό που είχε συμβεί. Η Άλμπα τη ρώτησε για τον Πέδρο Τερσέρο κι εκείνη της απάντησε με αοριστίες, λέγοντάς της πως η καινούργια του θέση στην κυβέρνηση τον απασχολούσε πολύ. Συνέχισε να δίνει μαθήματα σε δεσποινίδες με ελεύθερο χρόνο και μογγολικά παιδιά κι επιπλέον άρχισε να διδάσκει κεραμική στους περιθωριακούς συνοικισμούς, όπου είχαν οργανωθεί οι γυναίκες για να μάθουν καινούργιες δουλειές και να πάρουν μέρος για πρώτη φορά στην πολιτική και κοινωνική δραστηριότητα στη χώρα.

Η οργάνωση ήταν μια ανάγκη, γιατί «ο δρόμος για το σοσιαλισμό» πολύ γρήγορα μεταβλήθηκε σε πεδίο μάχης. Όσο ο κόσμος γιόρταζε τη νίκη, αφήνοντας να μεγαλώσουν τα μαλλιά και τα γένια, αποκαλώντας ο ένας τον άλλο σύντροφο, προσπαθώντας να διασώσει την ξεχασμένη λαϊκή παράδοση και τις λαϊκές τέχνες και ασκώντας την καινούργια του εξουσία σε αιώνιες κι άχρηστες εργατικές συγκεντρώσεις, όπου όλοι μιλούσαν ταυτόχρονα και ποτέ δεν συμφωνούσαν, η δεξιά εκτελούσε μια σειρά από στρατηγικές πράξεις, με σκοπό να διαλύσει την οικονομία και να δυσφημίσει την κυβέρνηση. Είχε στα χέρια της τα πιο σημαντικά μέσα μαζικής ενημέρωσης, με σχεδόν απεριόριστους οικονομικούς πόρους και με τη βοήθεια των γκρίνγκος, που έστειλαν μυστικές παροχές για το σαμποτάζ. Μέσα σε λίγους μήνες άρχισαν να φαίνονται τ' αποτελέσματα. Ο λαός βρέθηκε μ' αρκετά λεφτά στην τσέπη για να ικανοποιήσει τις βασικές του ανάγκες και ν' αγοράσει μερικά πράγματα που πάντα ήθελε, αλλά δεν μπορούσε, γιατί τα μαγαζιά ήταν σχεδόν άδεια. Είχε αρχίσει η έλλειψη προμηθειών, που κατέληξε να γίνει συλλογικός εφιάλτης. Οι γυναίκες ξυπνούσαν από τα χαράματα για να στηθούν σε ατέλειωτες ουρές, όπου μπορούσαν ν' αγοράσουν ένα κοκαλιάρικο κοτόπουλο, μισή ντουζίνα πάνες ή χαρτί υγείας. Το βερνίκι για τα παπούτσια, οι βελόνες κι ο καφές έγιναν αντικείμενα πολυτελείας, που τα δώριζαν τυλιγμένα σε χαρτί δώρου στα γενέθλια. Δημιουργήθηκε η αγωνία της έλλειψης, αντιφατικές φήμες τάραζαν όλη τη χώρα και ξεσήκωναν τον πληθυσμό για προϊόντα που θα έλειπαν κι ο κόσμος αγόραζε ό,τι να 'ναν για να προλάβει. Στεκόταν στις ουρές χωρίς να ξέρει τι πουλιόταν, μόνο και μόνο για να μη χάσει την ευκαιρία ν' αγοράσει κάτι, ακόμα κι αν δεν το χρειαζόταν. Δημιουργήθηκαν οι επαγγελματίες στις ουρές, που για μια λογική τιμή κρατούσαν τη θέση για τους άλλους, οι μικροπωλητές που επωφελούνταν από τις ουρές για να πουλήσουν τα γλυκά τους κι αυτοί που νοίκιαζαν κουβέρτες για τις νυχτερινές ουρές. Φούντωσε η μαύρη αγορά. Η αστυνομία

προσπάθησε να την εμποδίσει, αλλά όσο κι αν έψαχναν τ'
αυτοκίνητα κι αν σταματούσαν όσους κουβαλούσαν ύποπτους
μπόγους, δεν μπορούσαν να την αποφύγουν, γιατί
ήταν σαν επιδημία που απλωνόταν παντού. Μέχρι και παιδιά
έκαναν λαθρεμπόριο στην αυλή του σχολείου. Μες στην
πρεμούρα τους ν' αρπάξουν τα προϊόντα είχε δημιουργηθεί
τέτοια σύγχυση, που άνθρωποι που ποτέ δεν κάπνιζαν κατέληγαν
να πληρώνουν όσο όσο για ένα πακέτο τσιγάρα κι
αυτοί που δεν είχαν παιδιά μάλωναν για ένα βάζο μωρουδιακή
τροφή. Εξαφανίστηκαν τα ανταλλαχτικά για τις κουζίνες,
για τις βιομηχανικές μηχανές, για τα τροχοφόρα. Έδιναν
τη βενζίνη με δελτίο και οι σειρές των αυτοκινήτων
μπορούσαν να περιμένουν μια νύχτα και δυο μέρες, μπλοκάροντας
την πόλη σαν ένας τεράστιος ακίνητος βόας, που
ψηνόταν στον ήλιο. Κανείς δεν είχε καιρό για τέτοιες ουρές
και οι υπάλληλοι αναγκάστηκαν να μετακινούνται με τα
πόδια ή με τα ποδήλατα. Οι δρόμοι γέμισαν με λαχανιασμένους
ποδηλατιστές και το όλο θέαμα έμοιαζε με ολλανδικό
παραλήρημα. Σ' αυτό το στάδιο βρίσκονταν τα πράγματα,
όταν οι οδηγοί των φορτηγών έκαναν απεργία. Από τη δεύτερη
κιόλας βδομάδα φάνηκε πως δεν ήταν εργατική υπόθεση,
παρά πολιτική και πως δεν σκέφτονταν να γυρίσουν
στη δουλειά τους. Ο στρατός προσπάθησε ν' αναλάβει το
πρόβλημα, γιατί τα λαχανικά σάπιζαν στ' αγροχτήματα και
στις αγορές δεν υπήρχε τίποτα για να πουλήσουν στις νοικοκυρές,
αλλά ανακάλυψαν πως οι οδηγοί είχαν ξεκοιλιάσει
τις μηχανές κι ήταν αδύνατο να κινήσουν τις χιλιάδες τα
φορτηγά, που έπιαναν τους αυτοκινητόδρομους σαν απολιθωμένοι
σκελετοί. Εμφανίστηκε στην τηλεόραση ο πρόεδρος
και ζήτησε από το λαό να κάνει υπομονή. Προειδοποίησε
τη χώρα πως οι φορτηγατζήδες πληρώνονταν από

τον ιμπεριαλισμό και πως θα απεργούσαν για απροσδιόριστο διάστημα, γι' αυτό θα ήταν καλύτερο για όλους να καλλιεργούν τα λαχανικά τους στις αυλές και στα μπαλκόνια, τουλάχιστον ώσπου να βρεθεί άλλη λύση. Ο λαός, που ήταν συνηθισμένος στη φτώχεια και που ποτέ δεν έτρωγε κοτόπουλο, εκτός από τις εθνικές γιορτές και τα Χριστούγεννα, δεν έχασε τον ενθουσιασμό του, αντίθετα, οργανώθηκε σαν σε πόλεμο, αποφασισμένος να μην αφήσει το οικονομικό σαμποτάζ να του χαλάσει το θρίαμβο. Συνέχισε να γιορτάζει με χαρούμενη διάθεση και να τραγουδάει στους δρόμους εκείνο το «λαός ενωμένος ποτέ νικημένος», παρ' όλο που κάθε φορά ακουγόταν και πιο παράφωνα, γιατί η διαίρεση και το μίσος μεγάλωναν αδυσώπητα.

Η ζωή άλλαξε και για το γερουσιαστή Τρουέμπα, όπως και για τους άλλους. Ο ενθουσιασμός για τον αγώνα που είχε αρχίσει του ξανάδωσε την παλιά του δύναμη και ανακούφισε λίγο τους πόνους στα κακόμοιρα τα κόκαλά του. Δούλευε όπως τον παλιό καλό καιρό. Έκανε πολλά συνωμοτικά ταξίδια στο εξωτερικό και τριγυρνούσε ακούραστα στις επαρχίες της χώρας, από το βορρά ως το νότο, με αεροπλάνο, με αυτοκίνητο και με τρένο, όπου είχε σταματήσει το προνόμιο της πρώτης θέσης. Άντεχε στα τρομερά γεύματα, με τα οποία τον υποδέχονταν οι οπαδοί του σε κάθε πόλη, χωριό ή συνοικισμό που επισκεπτόταν, παριστάνοντας πως είχε την όρεξη φυλακισμένου, παρ' όλο που τα γέρικα του έντερα δεν ήταν σε κατάσταση για τέτοιους αιφνιδιασμούς. Περνούσε τον καιρό του σε συμβούλια. Στην αρχή, η μακρόχρονη θητεία του στην υπηρεσία της δημοκρατίας περιόριζε την ικανότητά του να στήνει παγίδες στην κυβέρνηση, όμως γρήγορα εγκατέλειψε την ιδέα να της βάζει νόμιμα εμπόδια κι αποδέχτηκε το γεγονός πως ο μόνος τρόπος για να τη ρίξουν ήταν χρησιμοποιώντας παράνομα μέσα. Ήταν ο πρώτος που τόλμησε να πει δημόσια πως μόνο ένα στρατιωτικό πραξικόπημα μπορούσε να σταματήσει την άνοδο του μαρξισμού, γιατί ο λαός δεν θα απαρνιόταν την εξουσία, που περίμενε με αγωνία για μισό αιώνα, επειδή δεν υπήρχαν κοτόπουλα.

«Αφήστε τις μαλακίες και πάρτε τα όπλα!» τους έλεγε, όταν τους μιλούσε για σαμποτάζ.

Οι ιδέες του δεν ήταν μυστικές, τις έλεγε δεξιά κι αριστερά κι επιπλέον πήγαινε και πότε πότε να ρίχνει καλαμποκόσπορους στους δόκιμους της Στρατιωτικής Ακαδημίας και να τους φωνάζει πως ήταν γυναικούλες. Είχε αναγκαστεί να πάρει δυο σωματοφύλακες, για να τον προφυλάσσουν από τις ίδιες του τις υπερβολές. Συχνά όμως ξεχνούσε πως τους είχε προσλάβει εκείνος κι όταν ένιωθε πως τον κατασκόπευαν, τον έπιαναν κρίσεις θυμού, τους έβριζε, τους απειλούσε με το μπαστούνι του και γενικά κατάληγε να τον πνίγει η ταχυκαρδία. Ήταν σίγουρος πως αν κάποιος αποφάσιζε να τον δολοφονήσει, εκείνοι οι δυο ρωμαλέοι ηλίθιοι δεν θα μπορούσαν να τον εμποδίσουν, αλλά πίστευε πως η παρουσία τους τουλάχιστον μπορούσε να τρομοκρατήσει τους αυθόρμητους τολμηρούς. Προσπάθησε ακόμα να βάλει να παρακολουθούν την εγγονή του, γιατί πίστευε πως ζούσε στο άντρο των κομμουνιστών και πως μπορούσε οποιαδήποτε στιγμή κάποιος να χάσει το σεβασμό του προς εκείνη, εξαιτίας της συγγένειάς της μ' αυτόν, αλλά η Άλμπα ούτε θέλησε ν' ακούσει κουβέντα γι' αυτό το θέμα. «Ένας πληρωμένος μαχαιροβγάλτης είναι το ίδιο σαν να ομολογώ την ενοχή μου. Εγώ δεν έχω τίποτα να φοβηθώ», έλεγε. Δεν είχε τολμήσει να επιμείνει, γιατί είχε πια κουραστεί να μαλώνει μ' όλη την οικογένεια και στο κάτω κάτω η εγγονή του ήταν ο μόνος άνθρωπος στον κόσμο για τον οποίο ένιωθε τρυφερότητα και τον έκανε να γελάει.

Στο μεταξύ η Μπλάνκα είχε οργανώσει ένα δίκτυο για να βρίσκει τρόφιμα από τη μαύρη αγορά κι από τις επαφές της με τις εργατικές συνοικίες, όπου πήγαινε για να διδάσκει κεραμική στις γυναίκες. Περνούσε πολλές αγωνίες κι έκανε μεγάλες προσπάθειες για να εξοικονομήσει ένα τσουβάλι ζάχαρη ή μια κούτα σαπούνια. Τελικά ανέπτυξε μια πονηριά, που δεν είχε μέχρι τότε, για ν' αποθηκεύει σ' ένα από τα άδεια δωμάτια του σπιτιού κάθε είδους πράγματα, μερικά τελείως άχρηστα, όπως δυο βαρέλια σάλτσα σόγια, που είχε αγοράσει από κάτι Κινέζους. Σφράγισε τα παράθυρα του δωματίου, έβαλε λουκέτο στην πόρτα, κυκλοφορούσε με τα κλειδιά κρεμασμένα στη ζώνη και δεν τα έβγαζε ούτε στο μπάνιο, γιατί δεν είχε εμπιστοσύνη σε κανέναν, ούτε στον Χάιμε και στην ίδια της την κόρη. Και με το δίκιο της. «Μοιάζεις με δεσμοφύλακα, μαμά», της έλεγε η Άλμπα, ανήσυχη μ' εκείνη τη μανία της να κάνει προμήθειες για το μέλλον, διακινδυνεύοντας να δηλητηριάσει τη ζωή της. Η Άλμπα ήταν της γνώμης πως αν δεν είχε κρέας, μπορούσαν να φάνε πατάτες, κι αν δεν υπήρχαν παπούτσια, μπορούσαν να φορούν πάνινα, αλλά η Μπλάνκα τρόμαζε με την απλότητα της κόρης της και υποστήριζε πως ό,τι και να συνέβαινε, δεν έπρεπε ν' αλλάξουν το επίπεδο της ζωής τους, κι έτσι δικαίωνε το χρόνο που έχανε με τις πονηριές του λαθρεμπορίου. Στην πραγματικότητα ποτέ δεν είχαν ζήσει καλύτερα από το θάνατο της Κλάρας, γιατί για πρώτη φορά υπήρχε κάποιος που έβαζε τάξη στο σπίτι και φρόντιζε γι' αυτό που θα έμπαινε στην κατσαρόλα. Από τις Τρεις Μαρίες έφταναν τακτικά κιβώτια με τρόφιμα που η Μπλάνκα έκρυβε.

Την πρώτη φορά που χάλασαν σχεδόν όλα, η μπόχα βγήκε από τα κλεισμένα δωμάτια, γέμισε το σπίτι και σκορπίστηκε στη γειτονιά. Ο Χάιμε πρότεινε στην αδελφή του να χαρίζει, ν' αλλάζει ή να πουλάει τα τρόφιμα που μπορούσαν να χαλάσουν, αλλά η Μπλάνκα δεν ήθελε να μοιράζεται τους θησαυρούς της. Η Άλμπα κατάλαβε τότε πως η μητέρα της, που μέχρι τότε έδινε την εντύπωση πως ήταν το μόνο ισορροπημένο πρόσωπο στην οικογένεια, είχε κι αυτή τις λόξες της. Άνοιξε λοιπόν μια τρύπα στον τοίχο της αποθήκης, απ' όπου έβγαζε πράγματα με τον ίδιο ρυθμό που η Μπλάνκα τα αποθήκευε. Έκανε τόσο προσεχτικά τη δουλειά, για να μη φαίνεται, κλέβοντας τη ζάχαρη, το ρύζι και το αλεύρι με φλιτζάνια, κόβοντας τα τυριά και χύνοντας τα ξερά φρούτα για να μοιάζει πως το έκαναν τα ποντίκια, που πέρασαν τέσσερις μήνες προτού η Μπλάνκα αρχίσει να υποψιάζεται. Έκανε τότε μια απογραφή για όσα υπήρχαν στην αποθήκη, σημειώνοντας με σταυρούς αυτά που έβγαζε για τη χρήση μες στο σπίτι, σίγουρη πως έτσι θ' ανακάλυπτε τον κλέφτη. Όμως η Άλμπα επωφελούνταν κι από την παραμικρή της αβλεψία για να σημειώνει σταυρούς στη λίστα της κι έτσι, στο τέλος, η Μπλάνκα δεν ήξερε αν είχε κάνει λάθος στο μέτρημα, αν στο σπίτι έτρωγαν τρεις φορές περισσότερο από όσο υπολόγιζε ή αν ήταν αλήθεια πως σ' εκείνη την καταραμένη σπιταρόνα κυκλοφορούσαν ακόμα περιπλανώμενα πνεύματα.

Τα προϊόντα από τις κλοπές της Άλμπα κατέληγαν στα χέρια του Μιγκέλ, που τα μοίραζε στους συνοικισμούς και στα εργοστάσια, μαζί με τα επαναστατικά του φυλλάδια, με τα οποία καλούσε το λαό να πάρει τα όπλα για να ρίξει την ολιγαρχία. Αλλά κανένας δεν του έδινε σημασία. Ήταν σίγουροι πως αφού είχαν αποχτήσει την εξουσία με το νόμιμο και δημοκρατικό τρόπο, κανένας δεν θα μπορούσε να τους την πάρει, τουλάχιστον μέχρι τις επόμενες προεδρικές εκλογές.

«Είναι ηλίθιοι, δεν καταλαβαίνουν πως η δεξιά οπλίζεται», είπε ο Μιγκέλ στην Άλμπα.

Η Άλμπα τον πίστεψε. Είχε δει να ξεφορτώνουν μες στη νύχτα μεγάλα ξύλινα κιβώτια στην αυλή του σπιτιού της κι ύστερα, με μεγάλη μυστικότητα, το φορτίο αποθηκεύτηκε με διαταγές του Τρουέμπα, σ' ένα από τα άδεια δωμάτια. Ο παππούς της, ακριβώς όπως η μητέρα της, έβαλε λουκέτο στην πόρτα και κυκλοφορούσε με το κλειδί κρεμασμένο στο λαιμό του, στην ίδια δερμάτινη σακουλίτσα που είχε τα δόντια της Κλάρας. Η Άλμπα το είχε πει στο θείο της τον Χάιμε, που είχε κάνει ανακωχή με τον πατέρα του και ζούσε ξανά μαζί τους στο σπίτι. «Είμαι σίγουρη πως είναι όπλα», του είπε. Ο Χάιμε, που εκείνη την εποχή πετούσε στα σύννεφα, κι εξακολούθησε να βρίσκεται εκεί μέχρι τη μέρα που τον σκότωσαν, δεν μπορούσε να το πιστέψει, αλλά η ανιψιά του επέμενε τόσο, που δέχτηκε να μιλήσει στον πατέρα του την ώρα του φαγητού. Οι αμφιβολίες του όλες διαλύθηκαν με την απάντηση του γέρου:

«Στο σπίτι μου κάνω ό,τι θέλω και μπορώ να φέρω όσα κιβώτια μου κάνει κέφι! Να μην ξαναχώσετε τη μύτη σας στις υποθέσεις μου!» μούγκρισε ο γερουσιαστής Τρουέμπα, χτυπώντας το τραπέζι με τη γροθιά του, που έκανε να χοροπηδήσουν τα κρύσταλλα κι έκοψε μια για πάντα τη συζήτηση.

Εκείνη τη νύχτα η Άλμπα πήγε να δει το θείο της στο τούνελ με τα βιβλία και του πρότεινε να χρησιμοποιήσουν στα όπλα του παππού το σύστημα που είχε για τις προμήθειες της μητέρας της. Κι αυτό έγινε. Πέρασαν την υπόλοιπή νύχτα ανοίγοντας μια τρύπα στον τοίχο, από το δωμάτιο δίπλα στο οπλοστάσιο, και την έκρυψαν από τη μια μεριά με μια ντουλάπα κι από την άλλη με τα ίδια τα απαγορευμένα κιβώτια. Από κει μπόρεσαν να μπουν στο δωμάτιο που κλείδωνε ο παππούς μ' ένα σφυρί και μια τανάλια. Η Άλμπα, που είχε αρκετή εμπειρία σε τέτοιες δουλειές, διάλεξε τα πιο χαμηλά κιβώτια για να τ' ανοίξουν. Και βρήκαν τότε ένα μαχητικό οπλισμό που τους άφησε μ' ανοιχτό το στόμα, γιατί δεν γνώριζαν πως υπήρχαν τόσο τέλεια φονικά όπλα. Τις επόμενες μέρες έκλεψαν όλα όσα μπόρεσαν, αφήνοντας τ' άδεια κιβώτια από κάτω και γεμίζοντάς τα με πέτρες, για να μην το αντιληφτεί κανείς όταν θα τα σήκωναν. Μαζί οι δυο τους, πήραν πιστόλια, κοντά πολυβόλα, τουφέκια και χειροβομβίδες και τα έκρυψαν στο τούνελ του Χάιμε, ώσπου να μπορέσει η Άλμπα να τα μεταφέρει μέσα στη θήκη του βιολοντσέλου της σ' ένα πιο σίγουρο μέρος.

Ο γερουσιαστής Τρουέμπα έβλεπε να περνάει η εγγονή του, σέρνοντας τη βαριά θήκη, χωρίς να υποψιάζεται πως στο φοδραρισμένο της εσωτερικό κυλούσαν οι σφαίρες, που τόσο πολύ του είχαν κοστίσει για να τις περάσει από τα σύνορα και να τις κρύψει στο σπίτι του. Η Άλμπα ήθελε να παραδώσει τα κατασχεμένα όπλα στον Μιγκέλ, αλλά ο Χάιμε την έπεισε πως ο Μιγκέλ δεν ήταν λιγότερο τρομοκράτης από τον παππού της κι ήταν καλύτερο να τα ξεφορτωθούν, χωρίς να κάνουν κακό σε κανέναν. Συζήτησαν για διάφορες εναλλακτικές λύσεις, από το να τα πετάξουν στο ποτάμι μέχρι να τα κάψουν, και τελικά αποφάσισαν πως ήταν πιο πρακτικό να τα θάψουν, μέσα σε πλαστικές σακούλες, σε κάποιο σίγουρο και μυστικό τόπο, μήπως κάποτε μπορούσαν να χρησιμέψουν για κάποιο πιο δίκαιο σκοπό.

Ο γερουσιαστής Τρουέμπα ξαφνιάστηκε όταν άκουσε το γιο του και την εγγονή του να σχεδιάζουν μια εκδρομή στο βουνό, γιατί ούτε ο Χάιμε ούτε η Άλμπα είχαν ασχοληθεί με τον αθλητισμό ξανά από την εποχή του αγγλικού σχολείου και ποτέ δεν είχαν δείξει κάποιο ενδιαφέρον για τις δυσκολίες του ανδινισμού. Ένα Σάββατο πρωί ξεκίνησαν μ' ένα δανεικό τζιπ, με μια σκηνή, ένα καλάθι με προμήθειες και μια μυστηριώδη βαλίτσα, που αναγκάστηκαν να κουβαλήσουν μαζί οι δυο τους, γιατί ήταν βαριά σαν να είχε πέτρες. Εκεί μέσα βρίσκονταν τα όπλα που είχαν κλέψει από τον παππού. Ξεκίνησαν ενθουσιασμένοι με κατεύθυνση το βουνό ώς εκεί που μπόρεσαν να πάνε με το αυτοκίνητο κι ύστερα διέσχισαν τα χωράφια, ψάχνοντας να βρουν ένα ήσυχο μέρος μες στη βλάστηση που σάρωνε ο άνεμος και το κρύο. Εκεί άφησαν τα πράγματά τους κι έστησαν αδέξια τη μικρή τους σκηνή, άνοιξαν τις τρύπες κι έθαψαν τις σακούλες, σημαδεύοντας το κάθε σημείο μ' ένα βουναλάκι από πέτρες. Το υπόλοιπο Σαββατοκύριακο το πέρασαν ψαρεύοντας πέστροφες στο ποτάμι, ψήνοντάς τες σε μια φωτιά με πευκόξυλα, περπατώντας στο βουνό σαν τους μικρούς εξερευνητές και κουβεντιάζοντας για το παρελθόν. Τη νύχτα ζέσταναν μαύρο κρασί με κανέλα και ζάχαρη και, τυλιγμένοι σε χοντρά μάλλινα, ήπιαν στην υγειά της φάτσας που θα έκανε ο παππούς, όταν θα καταλάβαινε πως τον είχαν κλέψει, γελώντας μέχρι δακρύων.

«Αν δεν ήσουν θείος μου θα σε παντρευόμουν», αστειεύτηκε η Άλμπα.

«Κι ο Μιγκέλ;»

«Θα ήταν εραστής μου».

Του Χάιμε αυτό δεν του φάνηκε τόσο αστείο και στην υπόλοιπη εκδρομή ήταν κατσούφης. Εκείνη τη νύχτα μπήκε ο καθένας στο σάκο του, έσβησαν τη λάμπα πετρελαίου κι έμειναν σιωπηλοί. Η Άλμπα κοιμήθηκε γρήγορα, ο Χάιμε όμως έμεινε μ' ανοιχτά τα μάτια μες στο σκοτάδι μέχρι τα ξημερώματα. Του άρεσε να λέει πως θεωρούσε την Άλμπα κόρη του, αλλά εκείνη τη νύχτα ξαφνιάστηκε με τον εαυτό του, γιατί δεν επιθυμούσε να είναι πατέρας της ή θείος της, αλλά μόνο ο Μιγκέλ.

Σκέφτηκε την Αμάντα και λυπήθηκε που δεν μπορούσε πια να τον συγκινήσει, έψαξε στις αναμνήσεις του να βρει τα τελευταία απομεινάρια εκείνου του τρελού πάθους, αλλά δεν βρήκε τίποτα. Είχε γίνει ερημίτης. Στην αρχή βρισκόταν πολύ κοντά στην Αμάντα, γιατί είχε αναλάβει τη θεραπεία της και την έβλεπε σχεδόν καθημερινά. Η άρρωστη πέρασε αρκετές βδομάδες με αφόρητους πόνους, μέχρι που μπόρεσε να σταματήσει τα ναρκωτικά. Σταμάτησε και το κάπνισμα και το ποτό κι άρχισε να ζει υγιεινά και ταχτικά, πήρε λίγο βάρος, έκοψε τα μαλλιά της κι άρχισε ξανά να βάφει τα μεγάλα σκούρα της μάτια και να κρεμάει κολιέ και κουδουνιστά βραχιόλια, προσπαθώντας να ξαναβρεί την ξεθωριασμένη εικόνα που είχε εκείνη η ίδια για τον εαυτό της. Ήταν ερωτευμένη. Από τη μελαγχολία είχε περάσει σ' ένα στάδιο μόνιμης ευεξίας. Ο Χάιμε ήταν ο στόχος της μανίας της. Του είχε προσφέρει, σαν απόδειξη του έρωτά της, την τρομερή προσπάθεια που έκανε για να ελευθερωθεί από τους πολυάριθμους εθισμούς της. Ο Χάιμε δεν την ενθάρρυνε, αλλά ούτε και είχε το κουράγιο να την απογοητεύσει, γιατί σκέφτηκε πως η ψευδαίσθηση του έρωτα θα τη βοηθούσε να γίνει καλά, αλλά ήξερε πως ήταν αργά πια και για τους δυο τους. Του αρκούσαν οι κρυφές συναντήσεις με καμιά βολικιά νοσοκόμα στο νοσοκομείο ή οι θλιβερές επισκέψεις στα μπορντέλα, για να ικανοποιεί τις πιο έντονες ανάγκες του, στις σπάνιες ελεύθερες ώρες που του άφηνε η δουλειά του. Χωρίς να το θέλει, είχε μπλεχτεί σε μια σχέση με την Αμάντα που στα νιάτα του επιθυμούσε απελπισμένα, αλλά που δεν τον συγκινούσε πια ούτε ήταν ικανός να τη διατηρήσει. Ένιωθε μονάχα ένα βαθύ αίσθημα οίκτου, αλλά αυτό ήταν ένα από τα πιο δυνατά συναισθήματα που μπορούσε να νιώσει. Σ' ολόκληρη μια ζωή, όλο μιζέρια και πόνους, η ψυχή του δεν είχε σκληρύνει, παρά το αντίθετο, γινόταν ολοένα και πιο τρωτή στη λύπη. Τη μέρα που η Αμάντα έβαλε τα χέρια της γύρω από το λαιμό του και του είπε πως τον αγαπούσε, την αγκάλιασε μηχανικά και τη φίλησε με ψεύτικο πάθος, για να μην καταλάβει πως δεν την ποθούσε. Κι έτσι βρέθηκε παγιδευμένος σε μια απαιτητική σχέση, σε μια ηλικία που θεωρούσε ακατάλληλη για τρελούς έρωτες. «Εγώ δεν κάνω πια για τέτοια πράγματα», σκεφτόταν μετά από κείνες τις εξαντλητικές συναντήσεις με την Αμάντα, που για να τον γοητεύσει, χρησιμοποιούσε απίθανες ερωτικές εκδηλώσεις, που ξέκαναν και τους δυο τους.

Η σχέση του με την Αμάντα και η επιμονή της Άλμπα τον έφερναν συχνά σ' επαφή με τον Μιγκέλ. Δεν μπορούσε ν' αποφύγει να τον συναντήσει σε πολλές περιστάσεις. Έκανε ό,τι μπορούσε για να παραμένει αδιάφορος, αλλά ο Μιγκέλ κατάφερε στο τέλος να τον γοητεύσει. Είχε ωριμάσει και δεν ήταν πια ένας ευέξαπτος νεαρός, αλλά δεν είχε αλλάξει καθόλου τις πολιτικές του ιδέες κι εξακολουθούσε να πιστεύει πως χωρίς μια επανάσταση δεν ήταν δυνατό να νικήσουν τη δεξιά. Ο Χάιμε δεν συμφωνούσε, αλλά τον εκτιμούσε και θαύμαζε το κουράγιο του. Τον θεωρούσε όμως έναν από κείνους τους μοιραίους άντρες, μ' έναν επικίνδυνο ιδεαλισμό και μια αδιάλλαχτη αγνότητα, που φέρνουν τη δυστυχία σ' ό,τι αγγίζουν, ιδιαίτερα στις γυναίκες που έχουν την ατυχία να τους αγαπούν. Ούτε του άρεσαν οι ιδεολογικές του θέσεις, γιατί πίστευε πως οι εξτρεμιστές της αριστεράς προκαλούσαν περισσότερο κακό στον πρόεδρο από τη δεξιά. Αλλά τίποτα απ' όλα αυτά δεν τον εμπόδιζε να τον συμπαθεί, κι αναγνώριζε τη δύναμη των πεποιθήσεών του, τη φυσική του ευθυμία, την ικανότητά του για τρυφερότητα και τη γενναιοδωρία του, με την οποία ήταν διατεθειμένος να δώσει και τη ζωή του ακόμα για ιδανικά που κι ο Χάιμε μοιραζόταν μαζί του, αλλά που δεν είχε το θάρρος να τ' ακολουθήσει ώς το τέλος.

Εκείνη τη νύχτα ο Χάιμε κοιμήθηκε άβολα μες στο σάκο του, στεναχωρημένος κι ανήσυχος, ακούγοντας κοντά του την ανάσα της ανιψιάς του. Όταν ξύπνησε, εκείνη είχε σηκωθεί κι είχε ζεστάνει τον καφέ για το πρωινό. Φυσούσε ένα κρύο αεράκι κι ο ήλιος φώτιζε με χρυσαφιές ανταύγειες τις κορφές των βουνών. Η Άλμπα τύλιξε τα χέρια της γύρω απ' το λαιμό του και τον φίλησε, αλλά εκείνος κράτησε τα χέρια του μες στις τσέπες του και δεν ανταπέδωσε το φιλί. Ήταν ταραγμένος.

Οι Τρεις Μαρίες ήταν ένα από τα τελευταία αγροχτήματα που απαλλοτριώθηκαν με την Αγροτική Μεταρρύθμιση στο νότο. Οι ίδιοι οι αγρότες, που είχαν γεννηθεί και δουλέψει για γενιές ολόκληρες σ' εκείνη τη γη, έφτιαξαν μια συνεργατική κι έγιναν οι ιδιοχτήτες της περιοχής, γιατί είχαν περάσει τρία χρόνια και πέντε μήνες που δεν είχαν δει το αφεντικό τους κι είχαν ξεχάσει το σίφουνα που προκαλούσε με τις φωνές του. Ο διαχειριστής, τρομοκρατημένος με την τροπή που είχαν πάρει τα πράγματα και με τον υψωμένο τόνο στις συζητήσεις στο σχολείο με τους υποταχτικούς, μάζεψε τα πράγματά του κι έφυγε, χωρίς ν' αποχαιρετήσει κανέναν και χωρίς να ειδοποιήσει το γερουσιαστή Τρουέμπα, γιατί δεν ήθελε ν' αντιμετωπίσει το θυμό του και γιατί είχε σκεφτεί πως τον είχε προειδοποιήσει πολλές φορές. Μετά την αναχώρησή του οι Τρεις Μαρίες έμειναν για λίγο καιρό ακυβέρνητες. Δεν υπήρχε κανένας να δίνει διαταγές ούτε κανένας διατεθειμένος να τις εκτελεί, μια και οι αγρότες γεύονταν για πρώτη φορά την ελευθερία και ήταν οι ίδιοι τ' αφεντικά. Μοιράστηκαν σε ίσα μέρη τα χωράφια και ο καθένας έσπειρε ό,τι ήθελε, μέχρι που η κυβέρνηση έστειλε ένα γεωπόνο, που τους έδωσε σπόρους με πίστωση και τους ενημέρωσε για τη ζήτηση της αγοράς, τις δυσκολίες της μεταφοράς για τα προϊόντα και τα πλεονεχτήματα των λιπασμάτων και των αντισηπτικών. Οι αγρότες πολύ λίγη σημασία έδωσαν στο γεωπόνο, γιατί έδειχνε σαν κομψευόμενος από την πόλη κι ήταν ολοφάνερο πως ποτέ του δεν είχε κρατήσει το αλέτρι στα χέρια του, όμως, έτσι κι αλλιώς, γιόρτασαν την άφιξή του ανοίγοντας τα κελάρια του αφεντικού, ξοδεύοντας τα παλιά κρασιά του και σφάζοντας τους ταύρους αναπαραγωγής για να φάνε τ' αμελέτητα με κρεμμύδι και κόλιαντρο. Όταν έφυγε ο τεχνικός, έφαγαν και τις αγελάδες εισαγωγής και τις κλώσες. Ο Εστέμπαν Τρουέμπα έμαθε πως είχε χάσει τη γη του, όταν τον ειδοποίησαν πως θα τον πλήρωναν με κρατικές ομολογίες, που έληγαν σε τριάντα χρόνια και στην τιμή που είχε βάλει στη φορολογική του δήλωση. Έγινε έξαλλος. Έβγαλε από το οπλοστάσιο ένα πολυβόλο που δεν ήξερε να χρησιμοποιεί και διέταξε τον οδηγό του να τον πάει αμέσως με τ' αυτοκίνητο στις Τρεις Μαρίες, χωρίς να ειδοποιήσει κανέναν, ούτε καν τους σωματοφύλακές του. Ταξίδεψε αρκετές ώρες, τυφλός από το θυμό του, χωρίς να έχει κανένα σχέδιο στο μυαλό του.

Φτάνοντας, αναγκάστηκαν να φρενάρουν απότομα, γιατί μια μεγάλη αμπάρα τους έκλεινε το δρόμο. Ένας από τους υποταχτικούς είχε βάρδια φρουρώντας μ' ένα ξύλο κι ένα κυνηγετικό όπλο χωρίς σκάγια. Ο Τρουέμπα κατέβηκε από τ' αμάξι. Μόλις είδε το αφεντικό, ο κακόμοιρος ο άνθρωπος κρεμάστηκε από την καμπάνα του σχολείου, που είχαν εγκαταστήσει εκεί κοντά για να σημαίνουν συναγερμό κι ύστερα έπεσε μπρούμυτα καταγής. Η ριπή από σφαίρες πέρασε πάνω από το κεφάλι του και πήγε και καρφώθηκε στα γειτονικά δέντρα. Ο Τρουέμπα δεν σταμάτησε να δει αν τον είχε σκοτώσει. Με απροσδόκητη ευελιξία για την ηλικία του, πήρε το δρόμο μες στο χτήμα χωρίς να κοιτάξει γύρω του κι έτσι το χτύπημα στο σβέρκο τον αιφνιδίασε και τον έριξε μπρούμυτα πάνω στη σκόνη, προτού προλάβει να καταλάβει από πού του ήρθε. Ξύπνησε στην τραπεζαρία του αρχοντικού, ξαπλωμένος πάνω στο τραπέζι, με δεμένα τα χέρια κι ένα μαξιλάρι κάτω από το κεφάλι. Μια γυναίκα του έβαζε βρεγμένα πανιά στο μέτωπο και τριγύρω του ήταν μαζεμένον σχεδόν όλοι οι υποταχτικοί και τον κοίταζαν περίεργα.

«Πώς αισθάνεσαι, σύντροφε;» τον ρώτησαν.

«Σκυλιά! Εγώ δεν είμαι σύντροφος κανενός!» μούγκρισε ο γέρος, προσπαθώντας να σηκωθεί.

Τόσο πάλεψε και φώναξε, που έλυσαν τα σκοινιά του και τον βοήθησαν να σταθεί όρθιος, αλλά, όταν θέλησε να βγει έξω, είδε πως τα παράθυρα ήταν αμπαρωμένα απ' έξω κι η πόρτα κλειδωμένη με κλειδί. Προσπάθησαν να του εξηγήσουν πως τα πράγματα είχαν αλλάξει και πως δεν ήταν πια το αφεντικό, αλλά δεν θέλησε ν' ακούσει κανέναν. Έβγαζε αφρούς από το στόμα και η καρδιά του πήγαινε να σπάσει, φώναζε διάφορες βρισιές σαν τρελός, απειλώντας με τιμωρίες κι εκδίκηση, ώσπου οι άλλοι κατέληξαν να βάλουν τα γέλια. Τελικά, βαριεστημένοι, τον άφησαν μόνο, κλεισμένο στην τραπεζαρία. Ο Εστέμπαν Τρουέμπα σωριάστηκε σε μια καρέκλα, εξαντλημένος από την τρομερή προσπάθεια. Αρκετές ώρες πιο ύστερα έμαθε πως τον είχαν κρατήσει όμηρο και πως ήθελαν να τον βγάλουν στην τηλεόραση. Ειδοποιημένοι από τον οδηγό, οι δυο σωματοφύλακες και μερικοί νεαροί του κόμματός του έκαναν το ταξίδι μέχρι τις Τρεις Μαρίες, οπλισμένοι με ξύλα, σιδερένιες γροθιές και αλυσίδες, για να τον σώσουν, αλλά συνάντησαν μια διπλή φρουρά, που τους σημάδευε με το ίδιο πολυβόλο που τους είχε σημαδέψει ο γερουσιαστής Τρουέμπα.

«Κανένας δεν θα πάρει το σύντροφο-όμηρο», είπαν οι αγρότες και, για να δώσουν έμφαση στα λόγια τους, τους πήραν στο κυνηγητό με σφαίρες.

Ένα φορτηγάκι της τηλεόρασης εμφανίστηκε για να τραβήξει το επεισόδιο κι οι υποταχτικοί, που ποτέ δεν είχαν δει κάτι παρόμοιο, το άφησαν να μπει μέσα και ποζάρησαν για τους φωτογράφους με τα πιο φαρδιά τους χαμόγελα, γύρω από τον αιχμάλωτο. Εκείνο το βράδυ όλη η χώρα μπόρεσε να δει τον ανώτατο αρχηγό της αντιπολίτευσης δεμένο, να βγάζει αφρούς από τη λύσσα του και να φωνάζει τέτοιες βρισιές, που αναγκάστηκαν να λογοκρίνουν την ταινία. Ο πρόεδρος το είδε κι αυτός και δεν του άρεσε, γιατί είδε πως μπορούσε να γίνει το καψούλι που θ' άναβε το μπαρούτι όπου καθόταν η κυβέρνηση, σε μια αμφίβολη ισορροπία. Έστειλε τους αστυνομικούς να πάρουν το γερουσιαστή. Όταν αυτοί έφτασαν στην ιδιοχτησία, οι αγρότες, παίρνοντας θάρρος από την υποστήριξη του Τύπου, δεν τους άφησαν να μπουν μέσα. Απαίτησαν δικαστική απόφαση. Ο δικαστής του νομού, βλέποντας πως μπορούσε να μπλέξει άσχημα και να βγει στην τηλεόραση και να εξευτελιστεί από τους δημοσιογράφους της αριστεράς, έφυγε βιαστικά και πήγε για ψάρεμα. Οι αστυνομικοί αναγκάστηκαν να περιμένουν από την άλλη μεριά της πύλης στις Τρεις Μαρίες, μέχρι να στείλουν τη διαταγή από την πρωτεύουσα.

Η Μπλάνκα και η Άλμπα το έμαθαν, όπως όλος ο κόσμος, όταν το είδαν στην τηλεόραση. Η Μπλάνκα περίμενε μέχρι την επόμενη μέρα χωρίς να πει κουβέντα, αλλά όταν είδε πως ούτε οι αστυνομικοί είχαν μπορέσει να τον βγάλουν, αποφάσισε πως είχε φτάσει η στιγμή να ξανασυναντηθεί με τον Πέδρο Τερσέρο Γκαρσία.

«Βγάλε αυτό το βρομερό παντελόνι και βάλε ένα φουστάνι της προκοπής», διέταξε την Άλμπα.

Παρουσιάστηκαν και οι δυο στο υπουργείο χωρίς να έχουν ζητήσει ακρόαση. Ένας γραμματέας προσπάθησε να τις εμποδίσει να προχωρήσουν στον προθάλαμο, αλλά η Μπλάνκα τον έκανε πέρα μ' ένα σπρώξιμο και προχώρησε με σταθερό βήμα, τραβώντας πίσω της απ' το χέρι την κόρη της. Άνοιξε την πόρτα χωρίς να χτυπήσει και μπήκε μέσα στο γραφείο του Πέδρο Τερσέρο Γκαρσία, που είχε να τον δει σχεδόν δυο χρόνια. Ήταν έτοιμη να πισωγυρίσει, σίγουρη πως είχε κάνει λάθος. Σε τόσο λίγο διάστημα, ο άνθρωπος της ζωής της είχε αδυνατίσει και γεράσει, έδειχνε πολύ κουρασμένος και θλιμμένος, τα μαλλιά του ήταν ακόμα μαύρα, αλλά πιο αραιά και πιο κοντά, είχε κόψει τη θαυμάσια γενειάδα του κι ήταν ντυμένος μ' ένα γκρίζο κοστούμι δημόσιου υπαλλήλου και μια θλιβερή γραβάτα στο ίδιο χρώμα. Μόνο από το βλέμμα των μαύρων ματιών του παλιού καιρού τον αναγνώρισε η Μπλάνκα.

«Χριστέ μου, πόσο άλλαξες!» ψέλλισε.

Του Πέδρο Τερσέρο, αντίθετα, εκείνη του φάνηκε πιο όμορφη απ' όσο θυμόταν, λες κι η απουσία την είχε κάνει να ξανανιώσει. Σ' εκείνο το διάστημα εκείνος είχε όλο τον καιρό να μετανιώσει για την απόφασή του και ν' ανακαλύψει πως, χωρίς την Μπλάνκα, είχε χάσει και την όρεξη του για τις νεαρές που παλιά τον ενθουσίαζαν. Από την άλλη μεριά, καθισμένος σ' εκείνο το γραφείο, δουλεύοντας δώδεκα ώρες το εικοσιτετράωρο, μακριά από την κιθάρα του και την έμπνευση του λαού, είχε πολύ λίγες ευκαιρίες για να νιώθει ευτυχισμένος. Όσο περνούσε ο καιρός, τόσο περισσότερο του έλειπε ο ήρεμος και γαλήνιος έρωτας της Μπλάνκα. Μόλις την είδε να μπαίνει με αποφασιστικές κινήσεις και με τη συνοδεία της Άλμπα, κατάλαβε πως δεν είχε πάει να τον δει για αισθηματικούς λόγους και μάντεψε πως η αιτία ήταν το σκάνδαλο με το γερουσιαστή Τρουέμπα.

«Ήρθα να σου ζητήσω να μας συνοδέψεις», του είπε η Μπλάνκα χωρίς εισαγωγές. «Η κόρη σου κι εγώ θα πάμε να πάρουμε το γέρο από τις Τρεις Μαρίες».

Έτσι έγινε και η Άλμπα έμαθε πως ο Πέδρο Τερσέρο Γκαρσία ήταν πατέρας της.

«Εντάξει. Πάμε από το σπίτι μου να πάρω την κιθάρα», απάντησε εκείνος, ενώ σηκωνόταν.

Βγήκαν από το υπουργείο μ' ένα μαύρο αυτοκίνητο που έμοιαζε νεκροφόρα, με κρατικές πινακίδες. Η Μπλάνκα και η Άλμπα περίμεναν στο δρόμο, όσο εκείνος ανέβηκε στο διαμέρισμά του. Όταν γύρισε, είχε ξαναβρεί κάτι από την παλιά του γοητεία. Είχε αλλάξει το γκρίζο κοστούμι κι είχε φορέσει τη φόρμα του παλιού καιρού και το πόντσο, φορούσε πάνινα παπούτσια και κουβαλούσε την κιθάρα κρεμασμένη στην πλάτη του. Η Μπλάνκα του χαμογέλασε για πρώτη φορά κι εκείνος έσκυψε και τη φίλησε σύντομα στο στόμα. Τα πρώτα εκατό χιλιόμετρα πέρασαν με σιωπή, ώσπου μπόρεσε η Άλμπα να συνέλθει από την έκπληξη και ρώτησε με τρεμουλιαστή φωνούλα γιατί δεν της είχαν πει πιο νωρίς πως ο Πέδρο Τερσέρο ήταν ο πατέρας της, ώστε να είχε γλιτώσει από τόσους εφιάλτες για έναν κόμη ντυμένο στ' άσπρα, που πέθαινε από πυρετούς στην έρημο.

«Καλύτερα να έχεις έναν πατέρα πεθαμένο, παρά έναν πατέρα απόντα», απάντησε αινιγματικά η Μπλάνκα και δεν ξανάπε κουβέντα για την υπόθεση.

Έφτασαν το σούρουπο στις Τρεις Μαρίες και συνάντησαν στην πόρτα του χτήματος ένα μαζεμένο πλήθος να συζητάει φιλικά γύρω από μια φωτιά, όπου ψηνόταν ένα γουρουνόπουλο. Ήταν οι αστυνομικοί, οι δημοσιογράφοι και οι αγρότες, που τέλειωναν τα τελευταία μπουκάλια από το κελάρι του γερουσιαστή. Μερικά σκυλιά κι αρκετά παιδιά έπαιζαν φωτισμένα από τη φωτιά, περιμένοντας το ρόδινο και γυαλιστερό γουρουνόπουλο να ψηθεί. Οι δημοσιογράφοι αναγνώρισαν αμέσως τον Πέδρο Τερσέρο Γκαρσία, γιατί συχνά του έπαιρναν συνεντεύξεις, οι αστυνομικοί αναγνώρισαν στο πρόσωπό του το δημοφιλή τραγουδιστή και οι αγρότες αναγνώρισαν το σύντροφο, γιατί τον είχαν δει να γεννιέται και να μεγαλώνει σ' εκείνη τη γη. Τον υποδέχτηκαν με αγάπη.

«Τι σε φέρνει κατά δω, σύντροφε;» τον ρώτησαν οι αγρότες.

«Ήρθα να δω το γέρο», χαμογέλασε ο Πέδρο Τερσέρο.

«Εσύ μπορείς να μπεις, σύντροφε, αλλά μοναχός σου. Η δόνια Μπλάνκα και η μικρή Άλμπα θα πιουν μαζί μας ένα ποτηράκι κρασί», είπαν.

Οι δυο γυναίκες κάθισαν γύρω από τη φωτιά μαζί με τους άλλους και η γλυκιά μυρωδιά από το ξεροψημένο κρέας τούς θύμισε πως δεν είχαν βάλει τίποτα στο στόμα τους από το πρωί. Η Μπλάνκα γνώριζε όλους τους υποταχτικούς και πολλούς απ' αυτούς τους είχε μάθει να διαβάζουν στο μικρό σχολείο στις Τρεις Μαρίες· έτσι βάλθηκαν να θυμούνται τα περασμένα, όταν οι αδελφοί Σάντσες επέβαλλαν το δικό τους νόμο στην περιοχή, όταν ο γερο-Πέδρο Γκαρσία είχε διώξει τα μυρμήγκια κι όταν ο πρόεδρος ήταν ο αιώνιος υποψήφιος, που στεκόταν στο σταθμό για να βγάζει τους λόγους του από το τρένο της ήττας του.

«Ποιος μπορούσε να το φανταστεί πως κάποια φορά θα γινόταν πρόεδρος!» είπε ένας. «Και πως μια μέρα ο λόγος του αφεντικού δεν θα 'χε πέραση στις Τρεις Μαρίες!» Οι υπόλοιποι γέλασαν.

Οδήγησαν τον Πέδρο Τερσέρο Γκαρσία στο σπίτι από την κουζίνα. Εκεί βρίσκονταν οι πιο γέροι υποταχτικοί, προσέχοντας την πόρτα της τραπεζαρίας, όπου κρατούσαν αιχμάλωτο το παλιό αφεντικό. Είχαν να δουν τον Πέδρο Τερσέρο χρόνια, αλλά όλοι τον θυμούνταν. Κάθισαν στο τραπέζι να πιουν κρασί και να ξαναθυμηθούν το μακρινό παρελθόν, την εποχή που ο Πέδρο Τερσέρο δεν ήταν ένας θρύλος στη μνήμη των ανθρώπων στα χωριά, παρά μόνο ένα ατίθασο παιδί, ερωτευμένο με την κόρη του αφεντικού. Ύστερα ο Πέδρο Τερσέρο πήρε την κιθάρα του, τη βόλεψε πάνω στο πόδι του, έκλεισε τα μάτια κι άρχισε να τραγουδάει με τη βελουδένια του φωνή εκείνο με τις κότες και τις αλεπούδες, με χορωδία όλους τους γέρους.

«Θα πάρω μαζί μου τ' αφεντικό, σύντροφοι», είπε μαλακά ο Πέδρο Τερσέρο σε μια παύση. «Ούτε να το βάλεις στο μυαλό σου, γιε μου», του απάντησαν.

«Αύριο θα έρθουν οι αστυνομικοί με τη δικαστική απόφαση και θα τον πάρουν σαν ήρωα. Καλύτερα να τον πάρω εγώ, με την ουρά κάτω από τα σκέλια», είπε ο Πέδρο Τερσέρο.

Το συζήτησαν αρκετή ώρα και τελικά τον οδήγησαν στην τραπεζαρία και τον άφησαν μονάχο με τον όμηρο. Ήταν η πρώτη φορά που βρίσκονταν αντιμέτωποι, από τη μοιραία μέρα που ο Τρουέμπα τον είχε κάνει να πληρώσει για την παρθενιά της κόρης του με μια τσεκουριά. Ο Πέδρο Τερσέρο τον θυμόταν σαν αγριεμένο γίγαντα, οπλισμένο μ' ένα μαστίγιο από δέρμα φιδιού κι ένα ασημένιο μπαστούνι, που στο πέρασμά του έτρεμαν οι υποταχτικοί και μαραίνονταν τα λουλούδια από τη φωνάρα του και την αρχοντική του ανωτερότητα. Ξαφνιάστηκε που το μίσος του, μαζεμένο από τόσο πολύ καιρό, διαλύθηκε μπροστά σ' εκείνο τον καμπουριασμένο και ζαρωμένο γέρο, που τον κοίταζε φοβισμένος. Ο γερουσιαστής Τρουέμπα είχε εξαντλήσει το θυμό του και η νύχτα, που την είχε περάσει καθισμένος στην καρέκλα με τα χέρια δεμένα, είχε κάνει να πονάνε όλα του τα κόκαλα κι ένιωθε μια χιλιόχρονη κούραση στην πλάτη του. Στην αρχή δυσκολεύτηκε να τον αναγνωρίσει, γιατί είχε να τον δει είκοσι πέντε χρόνια, όμως όταν πρόσεξε πως του έλειπαν τρία δάχτυλα στο δεξί χέρι, κατάλαβε πως εκείνο ήταν το τέλος του εφιάλτη όπου είχε βυθιστεί. Κοιτάχτηκαν για μερικές στιγμές, ενώ και οι δυο σκέφτονταν πως ο άλλος ενσωμάτωνε ό,τι πιο μισητό στον κόσμο, χωρίς όμως να βρίσκουν τη φλόγα του παλιού μίσους μες στις καρδιές τους.

«Ήρθα να σας βγάλω από δω», είπε ο Πέδρο Τερσέρο.

«Γιατί;» ρώτησε ο γέρος.

«Γιατί μου το ζήτησε η Άλμπα», απάντησε ο Πέδρο Τερσέρο.

«Πήγαινε στο διάβολο», ψέλλισε ο Τρουέμπα, αβέβαια.

«Εντάξει, εκεί θα πάμε. Θα 'ρθείτε μαζί μου».

Ο Πέδρο Τερσέρο άρχισε να του βγάζει τα δεσμά, που του είχαν βάλει ξανά στους καρπούς για να μη χτυπάει με τις γροθιές του την πόρτα. Ο Τρουέμπα πήρε τα μάτια του για να μη βλέπει το ακρωτηριασμένο χέρι του άλλου.

«Βγάλε με από δω, χωρίς να με δουν. Δεν θέλω να το πάρουν είδηση οι δημοσιογράφοι», είπε ο γερουσιαστής Τρουέμπα.

«Θα σας βγάλω από κει που μπήκατε, από την κύρια είσοδο», είπε ο Πέδρο Τερσέρο κι άρχισε να προχωράει.

Ο Τρουέμπα τον ακολούθησε με χαμηλωμένο το κεφάλι, είχε κατακόκκινα μάτια και για πρώτη φορά, όσο θυμόταν, ένιωθε νικημένος. Πέρασαν από την κουζίνα χωρίς να σηκώσει ο γέρος το βλέμμα, διέσχισαν όλο το σπίτι και προχώρησαν στο δρόμο, από το αρχοντικό ως την πύλη της εισόδου, συνοδευμένοι από μια ομάδα παιδιών που φώναζαν και χοροπηδούσαν γύρω τους και μια συνοδεία από σιωπηλούς αγρότες που περπατούσαν από πίσω. Η Μπλάνκα και η Άλμπα ήταν καθισμένες ανάμεσα στους δημοσιογράφους και τους αστυνομικούς, έτρωγαν ψητό γουρουνόπουλο με τα δάχτυλα και έπιναν μεγάλες γουλιές κόκκινο κρασί από το μπουκάλι που γύριζε από χέρι σε χέρι. Όταν είδε τον παππού της, η Άλμπα συγκινήθηκε, γιατί είχε να τον δει τόσο απελπισμένο από το θάνατο της Κλάρας. Κατάπιε την μπουκιά της κι έτρεξε να τον συναντήσει. Αγκαλιάστηκαν σφιχτά κι εκείνη κάτι μουρμούρισε στ' αυτί του. Τότε ο γερουσιαστής Τρουέμπα κατάφερε να βρει την αξιοπρέπειά του, σήκωσε το κεφάλι και χαμογέλασε με την παλιά του περηφάνια στα φώτα που άστραφταν με τις φωτογραφικές μηχανές. Οι δημοσιογράφοι τον φωτογράφισαν ν' ανεβαίνει σ' ένα μαύρο αυτοκίνητο με κρατικές πινακίδες και η κοινή γνώμη αναρωτιόταν για βδομάδες τι να σήμαινε εκείνη η φάρσα, ώσπου άλλα γεγονότα, πολύ πιο σοβαρά, έσβησαν την ανάμνηση του γεγονότος.

Εκείνη τη νύχτα ο πρόεδρος, που είχε αποχτήσει τη συνήθεια να ξεγελάει τις αϋπνίες του παίζοντας σκάκι με τον Χάιμε, συζήτησε το θέμα ανάμεσα σε δυο παρτίδες, ενώ κατασκόπευε με τα πονηρά του μάτια, κρυμμένα πίσω από χοντρά γυαλιά με σκούρο σκελετό, κάποιο σημάδι δυσφορίας στο φίλο του, όμως ο Χάιμε συνέχισε να τοποθετεί τα πιόνια στο σκάκι χωρίς να πει κουβέντα.

«Ο γερο-Τρουέμπα έχει αρχίδια, όχι αστεία», είπε ο πρόεδρος. «Άξιζε να είναι με το μέρος μας».

«Παίζετε, κύριε πρόεδρε», απάντησε ο Χάιμε, δείχνοντας το παιχνίδι.

Στους επόμενους μήνες η κατάσταση χειροτέρεψε τόσο πολύ, που η χώρα έμοιαζε να βρίσκεται σ' εμπόλεμη κατάσταση. Τα πνεύματα ήταν αναστατωμένα, ιδιαίτερα ανάμεσα στις γυναίκες της αντιπολίτευσης, που έκαναν παρελάσεις στους δρόμους, χτυπώντας τις άδειες κατσαρόλες διαμαρτυρόμενες για την έλλειψη τροφίμων. Ο μισός πληθυσμός προσπαθούσε να ρίξει την κυβέρνηση κι ο άλλος μισός την υπεράσπιζε, χωρίς κανένας να έχει χρόνο για να δουλέψει. Η Άλμπα ξαφνιάστηκε ένα βράδυ που είδε άδειους και σκοτεινούς τους δρόμους στο κέντρο της πόλης. Δεν είχαν μαζέψει τα σκουπίδια μια ολόκληρη βδομάδα και τα σκυλιά του δρόμου σκάλιζαν μες στους σωρούς από βρομιές. Οι κολόνες ήταν γεμάτες με τυπωμένες διαφημίσεις, που η χειμωνιάτικη βροχή είχε ξεβγάλει, και σ' όλους τους διαθέσιμους χώρους υπήρχαν γραμμένα τα συνθήματα από τις δυο αντιμέτωπες πλευρές. Τα μισά φανάρια είχαν σπάσει από πετροπόλεμο και τα κτίρια δεν είχαν φωτισμένα παράθυρα, το φως ερχόταν από κάτι θλιβερές φωτιές που διατηρούσαν αναμμένες με εφημερίδες και τάβλες, όπου ζεσταίνονταν μικρές ομάδες που φύλαγαν σκοπιά μπροστά στα υπουργεία, στις τράπεζες, στα γραφεία, με βάρδιες, για να εμποδίζουν τις συμμορίες της άκρας δεξιάς να τους επιτεθούν τη νύχτα. Η Άλμπα είδε ένα φορτηγάκι να σταματάει μπροστά σ' ένα δημόσιο κτίριο. Κατέβηκαν αρκετοί νεαροί με άσπρες κάσκες, τενεκέδες με μπογιά και βούρτσες και σκέπασαν τους τοίχους μ' ένα φωτεινό χρώμα σαν βάση. Ύστερα ζωγράφισαν μεγάλα πολύχρωμα περιστέρια, ματωμένες πεταλούδες και λουλούδια, στίχους του Ποιητή και εκκλήσεις για την ενότητα του λαού. Ήταν οι νεανικές ταξιαρχίες, που πίστευαν πως μπορούσαν να σώσουν την επανάσταση με πατριωτικές τοιχογραφίες και περιστέρια της φυλλάδας. Η Άλμπα πλησίασε και τους έδειξε μια τοιχογραφία, που βρισκόταν στην άλλη μεριά του δρόμου. Ήταν λεκιασμένη με κόκκινη μπογιά κι είχε γραμμένη μόνο μια λέξη με τεράστια γράμματα: Τζακάρτα.

«Τι σημαίνει αυτό το όνομα, σύντροφοι;» ρώτησε.

«Δεν ξέρουμε», απάντησαν.

Κανένας δεν ήξερε γιατί η αντιπολίτευση ζωγράφιζε αυτή την ασιατική λέξη στους τοίχους, ποτέ δεν είχαν ακούσει να μιλούν για τους σωρούς τους νεκρούς στους δρόμους, σ' εκείνη τη μακρινή χώρα.

Η Άλμπα ανέβηκε στο ποδήλατό της κι άρχισε να τρέχει προς το σπίτι της. Από τότε που έδιναν τη βενζίνη με το δελτίο και απεργούσαν τα δημόσια μεταφορικά μέσα, είχε ξεθάψει από το υπόγειο το παλιό παιδικό παιχνίδι για να μετακινείται. Σκεφτόταν τον Μιγκέλ όσο προχωρούσε κι ένα άσχημο προαίσθημα της έσφιγγε το λαιμό.

Είχε περάσει καιρός που δεν πήγαινε πια στα μαθήματα κι είχε αρχίσει να έχει πολύ ελεύθερο χρόνο. Οι καθηγητές είχαν κατέβει σε απεργία επ' αόριστο χρόνο και οι φοιτητές είχαν καταλάβει τα κτίρια. Βαριεστημένη από το να μελετάει βιολοντσέλο στο σπίτι της, επωφελούνταν από τα διαστήματα που δεν έκανε έρωτα με τον Μιγκέλ, που δεν τριγυρνούσε ή συζητούσε με τον Μιγκέλ, και πήγαινε στο νοσοκομείο, στο προάστιο του Ελέους, για να βοηθάει το θείο της τον Χάιμε κι ακόμα μερικούς γιατρούς, που εξακολουθούσαν να εξασκούν το επάγγελμα παρά τις διαταγές της Ιατρικής Εταιρείας να μην εργάζονται για να σαμποτάρουν το έργο της κυβέρνησης. Ήταν ένας ηράκλειος άθλος. Οι διάδρομοι ήταν φίσκα με αρρώστους, που περίμεναν μέρες ολόκληρες για να τους κοιτάξουν, σαν κοπάδι που βογκούσε. Οι νοσοκόμοι δεν προλάβαιναν. Ο Χάιμε κοιμόταν με το νυστέρι στο χέρι κι ήταν τόσο απασχολημένος, που συχνά ξεχνούσε να φάει. Είχε αδυνατίσει κι έδειχνε πολύ κουρασμένος. Έκανε βάρδιες κάθε δεκαοχτώ ώρες κι όταν έπεφτε στο ράντσο του, δεν μπορούσε να βρει ύπνο, γιατί σκεφτόταν τους αρρώστους που περίμεναν και πως δεν είχε αναισθητικό, ούτε σύριγγες, ούτε βαμβάκι κι ακόμα κι αν μπορούσε εκείνος να πολλαπλασιαστεί επί χίλιους, πάλι δεν θα ήταν αρκετοί, γιατί ήταν σαν να προσπαθούσε να συγκρατήσει ένα τρένο με το χέρι. Και η Αμάντα δούλευε εθελόντρια στο νοσοκομείο, για να βρίσκεται κοντά στον Χάιμε και ν' απασχολείται με κάτι. Σ' εκείνες τις εξαντλητικές μέρες, φροντίζοντας άγνωστους αρρώστους, είχε ξαναβρεί το φως που τη φώτιζε εσωτερικά στα νιάτα της και για ένα διάστημα είχε την ψευδαίσθηση κάποιας ευτυχίας. Φορούσε μια γαλάζια ποδιά και παπούτσια με κρεπ, αλλά του Χάιμε του φαινόταν, κάθε φορά που πλησίαζε, πως κουδούνιζαν τα παλιά της βραχιόλια. Ένιωθε συντροφευμένος και θα ήθελε να την αγαπούσε.

Ο πρόεδρος εμφανιζόταν στην τηλεόραση σχεδόν κάθε βράδυ για να καταγγείλει τον αμείλιχτο πόλεμο που είχε κηρύξει η αντιπολίτευση. Ήταν πολύ κουρασμένος και συχνά κοβόταν η φωνή του. Έλεγαν πως ήταν μεθυσμένος και πως περνούσε τις νύχτες με όργια με μιγάδες, που έφερναν από τους τροπικούς με το αεροπλάνο για να ζεσταίνουν τα κόκαλά του. Τους προειδοποίησε πως οι φορτηγατζήδες πληρώνονταν πενήντα δολάρια τη μέρα από το εξωτερικό, για να κρατούν τα πάντα σταματημένα στη χώρα. Απαντούσαν πως του έστελναν παγωτά από ινδοκάρυδο και σοβιετικά όπλα μες στις διπλωματικές βαλίτσες. Είπε πως οι εχθροί του συνωμοτούσαν με τους στρατιωτικούς για να κάνουν ένα πραξικόπημα, γιατί προτιμούσαν να δουν νεκρή τη Δημοκρατία, παρά να κυβερνάει εκείνος. Τον κατηγόρησαν πως έλεγε παρανοϊκά ψέματα και πως έκλεβε έργα από το Εθνικό Μουσείο για να στολίζει το δωμάτιο της αγαπημένης του. Προειδοποίησε πως η δεξιά ήταν οπλισμένη κι αποφασισμένη να πουλήσει την πατρίδα στον ιμπεριαλισμό και του απάντησαν πως είχε την αποθήκη του γεμάτη στήθη από κοτόπουλο, ενώ ο λαός έκανε ουρά για ν' αγοράσει το λαιμό και τις φτερούγες από το ίδιο πουλί.

Τη μέρα που η Λουίζα Μόρα χτύπησε το κουδούνι στο μεγάλο σπίτι στη γωνία, ο γερουσιαστής Τρουέμπα ήταν στη βιβλιοθήκη κι έκανε λογαριασμούς. Εκείνη ήταν η τελευταία από τις αδελφές Μόρα που έμενε ακόμα σ' αυτό τον κόσμο. Είχε μικρύνει σαν περιπλανώμενος, πολύ λογικός, άγγελος και κατείχε ακόμα πλήρως την αδιάσπαστη πνευματική της ενέργεια. Ο Τρουέμπα είχε να τη δει από το θάνατο της Κλάρας, αλλά αναγνώρισε τη φωνή της, που εξακολουθούσε ν' ακούγεται σαν μαγεμένο φλάουτο, και τη μυρωδιά της αγριοβιολέτας, που ο καιρός είχε απαλύνει, αλλά που ακόμα πρόσεχε κανείς από μακριά. Μπαίνοντας στη βιβλιοθήκη, έφερε μαζί της τη φτερωτή παρουσία της Κλάρας, που έμεινε να αιωρείται στον αέρα μπροστά στα ερωτευμένα μάτια του άντρα της, που είχε να τη δει αρκετές μέρες.

«Έρχομαι να σου αναγγείλω δυστυχίες, Εστέμπαν», είπε η Λουίζα Μόρα, αφού βολεύτηκε στην πολυθρόνα.

«Αχ, αγαπητή μου Λουίζα! Απ' αυτές πια έχω πολλές...» αναστέναξε εκείνος.

Η Λουίζα του διηγήθηκε όσα είχε ανακαλύψει στους πλανήτες. Αναγκάστηκε να εξηγήσει την επιστημονική μέθοδο που μεταχειρίστηκε, για να νικήσει τη ρεαλιστική αντίσταση του γερουσιαστή. Είπε πως είχε περάσει τους τελευταίους δέκα μήνες μελετώντας το ωροσκόπιο για κάθε σπουδαίο πρόσωπο στην κυβέρνηση και στην αντιπολίτευση, μαζί με τον ίδιο τον Τρουέμπα. Συγκρίνοντας τα ωροσκόπια, καθρεφτίζονταν αναπόφευκτα γεγονότα όλο αίμα, πόνο και θάνατο, που θα συνέβαιναν σ' αυτή ακριβώς την ιστορική στιγμή.

«Δεν έχω την παραμικρή αμφιβολία, Εστέμπαν», κατέληξε. «Πλησιάζουν τρομεροί καιροί. Θα υπάρξουν αμέτρητοι νεκροί. Εσύ θα βρίσκεσαι στην ομάδα με τους νικητές, αλλά ο θρίαμβος δεν θα σου φέρει άλλο από βάσανα και μοναξιά».

Ο Εστέμπαν Τρουέμπα ένιωσε άβολα μπροστά σ' εκείνη την παράξενη μάντισσα, που τάραζε τη γαλήνη μες στη βιβλιοθήκη του και του γύριζε το συκώτι με τις αστρολογικές της τρέλες, αλλά δεν βρήκε το κουράγιο να τη διώξει, γιατί η Κλάρα τους παρατηρούσε με την άκρη του ματιού της από τη γωνιά της.

«Όμως δεν ήρθα για να σ' ενοχλήσω με νέα που δεν μπορείς να ελέγξεις, Εστέμπαν. Ήρθα να μιλήσω με την εγγονή σου, την Άλμπα, γιατί έχω ένα μήνυμα γι' αυτήν από τη γιαγιά της».

Ο γερουσιαστής φώναξε την Άλμπα. Η κοπέλα είχε να δει τη Λουίζα Μόρα από τότε που ήταν εφτά χρονών, αλλά τη θυμόταν πολύ καλά. Την αγκάλιασε τρυφερά, για να μην ταράξει τον ευαίσθητο φιλντισένιο της σκελετό, κι ανέπνευσε βαθιά εκείνο το μοναδικό άρωμα.

«Ήρθα να σου πω να προσέχεις, κορούλα μου», είπε η Λουίζα Μόρα, αφού σκούπισε τα δάκρυα από τη συγκίνηση. «Ο θάνατος σ' ακολουθεί. Η γιαγιά σου, η Κλάρα, σε προστατεύει από το υπερπέραν, αλλά με στέλνει να σου πω πως τα προστατευτικά πνεύματα είναι ανίκανα μπροστά στις μεγάλες καταστροφές. Καλά θα ήταν να έκανες ένα ταξίδι, να πήγαινες από την άλλη μεριά της θάλασσας, όπου θα είσαι ασφαλής».

Σ' εκείνο το σημείο πια στη συζήτηση, ο γερουσιαστής Τρουέμπα έχασε την υπομονή του κι ήταν σίγουρος πως βρισκόταν μπροστά σε μια τρελή γριά. Δέκα μήνες κι έντεκα μέρες αργότερα θα θυμόταν την προφητεία της Λουίζας Μόρα, όταν πήραν την Άλμπα μες στη νύχτα, στη διάρκεια της απαγόρευσης της κυκλοφορίας.

13

Ο τρόμος

Τη μέρα που έγινε το στρατιωτικό πραξικόπημα ο ήλιος ανέτειλε λαμπρός, πράγμα ασυνήθιστο για τη δειλή άνοιξη που μόλις ξεμύτιζε. Ο Χάιμε είχε δουλέψει σχεδόν όλη τη νύχτα και στις εφτά το πρωί είχε κλείσει μονάχα δυο ώρες τα μάτια του. Τον ξύπνησε το κουδούνισμα του τηλεφώνου και μια γραμματέας, με φωνή λίγο αλλαγμένη, κατάφερε να του διώξει τον ύπνο. Του τηλεφωνούσαν από το Μέγαρο για να τον πληροφορήσουν πως έπρεπε να παρουσιαστεί στο γραφείο του συντρόφου προέδρου, το συντομότερο δυνατό· όχι, ο σύντροφος πρόεδρος δεν ήταν άρρωστος, όχι, δεν ήξερε τι συνέβαινε, εκείνη είχε διαταγή να ειδοποιήσει όλους τους γιατρούς της Προεδρίας. Ο Χάιμε ντύθηκε σαν υπνοβάτης και πήρε το αυτοκίνητό του, ευγνωμονώντας το επάγγελμά του, που του έδινε το δικαίωμα σ' ένα εβδομαδιαίο επίδομα βενζίνης, γιατί διαφορετικά θα έπρεπε να πάει με το ποδήλατο. Έφτασε στο Μέγαρο στις οχτώ και παραξενεύτηκε που είδε άδεια την πλατεία κι ένα στρατιωτικό απόσπασμα στις πόρτες της κυβερνητικής έδρας, ντυμένους όλους με στολή μάχης, κράνη και όπλα.

Ο Χάιμε πάρκαρε το αυτοκίνητό του στην έρημη πλατεία, χωρίς να δώσει σημασία στους στρατιώτες που του έκαναν σήματα να μη σταματήσει. Κατέβηκε κι αμέσως τον κύκλωσαν, σημαδεύοντάς τον με τα όπλα τους.

«Τι συμβαίνει, σύντροφοι; Μας κήρυξαν τον πόλεμο οι Κινέζοι;» είπε χαμογελώντας ο Χάιμε.

«Προχωρήστε, δεν μπορείτε να σταθείτε εδώ! Έχει διακοπεί η συγκοινωνία!» τον διέταξε ένας αξιωματικός.

«Λυπάμαι, αλλά με φώναξαν από την Προεδρία», είπε ο Χάιμε, δείχνοντας την ταυτότητά του. «Είμαι γιατρός».

Τον συνόδεψαν μέχρι τη βαριά ξύλινη πύλη στο Μέγαρο, όπου μια ομάδα αστυνομικοί φύλαγαν φρουρά. Τον άφησαν να μπει μέσα. Στο εσωτερικό του κτιρίου βασίλευε αναστάτωση ναυαγίου, οι υπάλληλοι έτρεχαν στις σκάλες σαν ζαλισμένα ποντίκια και η προσωπική φρουρά του προέδρου έσπρωχνε τα έπιπλα μπροστά στα παράθυρα και μοίραζε όπλα σ' όσους βρίσκονταν εκεί γύρω. Ο πρόεδρος πήγε να τον υποδεχτεί. Φορούσε στρατιωτικό κράνος, που ήταν αταίριαστο με τα κομψά του σπορ ρούχα και τα ιταλικά του παπούτσια. Τότε ο Χάιμε κατάλαβε πως κάτι σοβαρό συνέβαινε.

«Επαναστάτησε το Ναυτικό, γιατρέ», του εξήγησε σύντομα. «Έφτασε η ώρα ν' αγωνιστούμε».

Ο Χάιμε πήγε στο τηλέφωνο και τηλεφώνησε στην Άλμπα, για να της πει να μην το κουνήσει απ' το σπίτι και να της ζητήσει να ειδοποιήσει την Αμάντα. Ήταν η τελευταία φορά που μίλησε μαζί της, γιατί τα γεγονότα εξελίχτηκαν με ιλιγγιώδη ταχύτητα. Στη διάρκεια της επόμενης ώρας έφτασαν μερικοί υπουργοί και πολιτικοί αρχηγοί της κυβέρνησης κι άρχισαν τις τηλεφωνικές διαπραγματεύσεις με τους στασιαστές, για να υπολογίσουν το μέγεθος της εξέγερσης και να βρουν μια ειρηνική λύση. Στις εννιάμισι όμως το πρωί όλες οι οπλισμένες μονάδες της χώρας βρίσκονταν κάτω από τις διαταγές των πραξικοπηματιών. Στους στρατώνες είχε αρχίσει η εκκαθάριση αυτών που έμεναν πιστοί στο Σύνταγμα. Ο αρχηγός της αστυνομίας διέταξε τη φρουρά στο Μέγαρο να αποχωρήσει, γιατί μόλις είχε προσχωρήσει και το αστυνομικό σώμα στο πραξικόπημα.

«Σύντροφοι, μπορείτε να φύγετε, αφήστε όμως τα όπλα σας», είπε ο πρόεδρος.

Οι αστυνομικοί ήταν ταραγμένοι και ντροπιασμένοι, αλλά η διαταγή του στρατηγού ήταν οριστική. Κανένας δεν τόλμησε να κοιτάξει στα μάτια τον αρχηγό του κράτους, άφησαν τα όπλα τους στην αυλή και βγήκαν έξω σε σειρά, με το κεφάλι χαμηλωμένο. Στην πόρτα ένας πισωγύρισε.

«Εγώ θα μείνω μαζί σας, σύντροφε πρόεδρε», είπε.

Προς το μεσημέρι έγινε φανερό πως η κατάσταση δεν θα μπορούσε να ταχτοποιηθεί με το διάλογο κι όλος ο κόσμος άρχισε να φεύγει. Έμειναν μόνο οι πιο στενοί του φίλοι και η προσωπική του φρουρά. Οι κόρες του προέδρου υποχρεώθηκαν από τον πατέρα τους να φύγουν. Αναγκάστηκαν να τις βγάλουν έξω με το ζόρι κι από το δρόμο μπορούσαν ν' ακούνε τις φωνές τους που τον φώναζαν. Μες στο κτίριο απόμειναν καμιά τριανταριά άνθρωποι, ταμπουρωμένοι στα σαλόνια στο δεύτερο πάτωμα, ανάμεσα στους οποίους βρισκόταν κι ο Χάιμε. Νόμιζε πως βρισκόταν μέσα σ' έναν εφιάλτη. Είχε καθίσει σε μια πολυθρόνα από κόκκινο βελούδο, μ' ένα πιστόλι στο χέρι, που το κοίταζε ηλίθια. Δεν ήξερε να το χρησιμοποιεί. Του φαινόταν πως ο χρόνος περνούσε πολύ αργά και στο ρολόι του είχαν περάσει μόλις τρεις ώρες μ' εκείνο το άσχημο όνειρο. Άκουσε τη φωνή του προέδρου, που μιλούσε από το ραδιόφωνο στο λαό. Τον αποχαιρετούσε.

«Απευθύνομαι σ' αυτούς που θα καταδιωχτούν, για να τους πω πως εγώ δεν πρόκειται να παραιτηθώ: θα πληρώσω με τη ζωή μου την αφοσίωση του λαού. Θα είμαι πάντα κοντά σας. Έχω εμπιστοσύνη στην πατρίδα και στο πεπρωμένο της. Θα έρθουν άλλοι άντρες, που θα ξεπεράσουν αυτή τη δοκιμασία και γρήγορα θ' ανοίξουν ξανά οι μεγάλοι δρόμοι απ' όπου θα περάσει ο ελεύθερος άνθρωπος για να χτίσει μια καλύτερη κοινωνία. Ζήτω ο λαός! Ζήτω οι εργάτες! Αυτά θα είναι τα τελευταία μου λόγια. Είμαι βέβαιος πως η θυσία μου δεν θα είναι μάταιη».

Ο ουρανός άρχισε να συννεφιάζει. Ακούγονταν σποραδικοί, μεμονωμένοι και μακρινοί πυροβολισμοί. Εκείνη τη στιγμή ο πρόεδρος μιλούσε στο τηλέφωνο με τον αρχηγό των εξεγερμένων, που του είχε προσφέρει ένα στρατιωτικό αεροπλάνο για να φύγει από τη χώρα μαζί με όλη του την οικογένεια. Αλλά εκείνος δεν ήταν διατεθειμένος να εξοριστεί σε κάποιον απόμακρο τόπο, όπου θα μπορούσε να περάσει την υπόλοιπη ζωή του φυτοζωώντας μαζί με άλλους εκθρονισμένους αρχηγούς, που είχαν φύγει από την πατρίδα τους μες στη νύχτα.

«Πέσατε έξω μ' εμένα, προδότες. Εδώ μ' έβαλε ο λαός κι από δω θα φύγω μόνο νεκρός», απάντησε ήρεμα.

Τότε άκουσαν το βουητό των αεροπλάνων κι άρχισε ο βομβαρδισμός. Ο Χάιμε έπεσε στο πάτωμα μαζί με τους άλλους, χωρίς να μπορεί να πιστέψει τα όσα ζούσε, γιατί μέχρι την προηγουμένη πίστευε πως τίποτα δεν θα συνέβαινε ποτέ στη χώρα του, κι ακόμα και οι στρατιωτικοί υπάκουαν στους νόμους. Μόνο ο πρόεδρος έμεινε όρθιος, πλησίασε ένα παράθυρο μ' ένα μπαζούκας στο χέρι κι άρχισε να ρίχνει προς τα τανκς στο δρόμο. Ο Χάιμε σύρθηκε προς το μέρος του και τον έπιασε από τους αστραγάλους για να τον υποχρεώσει να σκύψει, όμως ο άλλος του είπε μια βρισιά κι έμεινε όρθιος. Δεκαπέντε λεφτά αργότερα καιγόταν όλο το κτίριο και μέσα δεν μπορούσε κανείς ν' αναπνεύσει από τον καπνό και τις βόμβες. Ο Χάιμε μπουσούλαγε ανάμεσα στα τσακισμένα έπιπλα και στα κομμάτια που έπεφταν από το ταβάνι γύρω του σαν φονική βροχή, προσπαθώντας να βοηθήσει τους πληγωμένους, αλλά μόνο μπορούσε να προσφέρει παρηγοριά και να κλείνει τα μάτια των πεθαμένων. Σε μια σύντομη παύση των πυροβολισμών, ο πρόεδρος μάζεψε τους επιζώντες και τους είπε να φύγουν, πως δεν ήθελε μάρτυρες, ούτε άσκοπες θυσίες, πως όλοι είχαν οικογένεια κι έπρεπε να εκτελέσουν μια σπουδαία δουλειά αργότερα. «Θα ζητήσω ανακωχή για λίγο, για να μπορέσετε να βγείτε έξω», πρόσθεσε. Όμως κανένας δεν έφυγε. Μερικοί έτρεμαν, αλλά όλοι έδειχναν αξιοπρεπείς. Ο βομβαρδισμός ήταν σύντομος, αλλά μετέτρεψε το Μέγαρο σ' ερείπια. Στις δύο το απόγεμα η πυρκαγιά είχε καταβροχθίσει τα παλιά σαλόνια, που χρησιμοποιούσαν από τον καιρό της αποικίας, κι είχαν απομείνει μονάχα μια χούφτα άντρες γύρω από τον πρόεδρο. Οι στρατιωτικοί μπήκαν στο κτίριο και κατέλαβαν όλα όσα είχαν απομείνει στο κάτω πάτωμα. Πάνω από το πανδαιμόνιο άκουσαν την υστερική φωνή ενός αξιωματικού που τους διέταζε να παραδοθούν και να κατέβουν ο ένας πίσω από τον άλλο με τα χέρια ψηλά. Ο πρόεδρος έσφιξε το χέρι όλων τους. «Εγώ θα κατέβω τελευταίος», είπε. Δεν τον ξαναείδαν ζωντανό.

Ο Χάιμε κατέβηκε με τους υπόλοιπους. Σε κάθε σκαλοπάτι, στη φαρδιά πέτρινη σκάλα, ήταν τοποθετημένος κι ένας στρατιώτης. Έμοιαζαν λες κι είχαν τρελαθεί. Κλοτσούσαν και χτυπούσαν με τους υποκόπανους όσους κατέβαιναν, μ' ένα καινούργιο μίσος, που μόλις είχαν εφεύρει, που είχε φυτρώσει μέσα τους μέσα σε λίγες ώρες. Μερικοί πυροβολούσαν με τα όπλα τους πάνω από τα κεφάλια των παραδομένων. Ο Χάιμε δέχτηκε ένα χτύπημα στην κοιλιά, που τον έκανε να διπλωθεί στα δύο, κι όταν μπόρεσε ν' ανασηκωθεί ξανά τα μάτια του ήταν γεμάτα δάκρυα και το παντελόνι του ζεστό από σκατά. Εξακολούθησαν να τους χτυπούν μέχρι έξω στο δρόμο κι εκεί τους διέταξαν να ξαπλώσουν μπρούμυτα καταγής, τους πάτησαν, τους έβρισαν μέχρι που δεν έμειναν άλλες προσβολές στα ισπανικά και τότε έκαναν νόημα σ' ένα τανκς. Οι αιχμάλωτοι το άκουγαν να πλησιάζει, καθώς η άσφαλτος έτρεμε από το βάρος του ανίκητου παχύδερμου.

«Στο πλάι, γιατί θα περάσουμε το τανκς πάνω απ' αυτούς τους μαλάκες!» φώναξε ένας συνταγματάρχης.

Ο Χάιμε γύρισε και κοίταξε απ' το χώμα και νόμισε πως τον αναγνώρισε, γιατί του θύμισε ένα νεαρό από τις Τρεις Μαρίες, που έπαιζε μαζί του στα παιδικά του χρόνια. Το τανκς πέρασε αγκομαχώντας, δέκα εκατοστά από τα κεφάλια τους μες στα χάχανα των στρατιωτών και στο ουρλιαχτό από τις σειρήνες των πυροσβεστικών. Από μακριά ακουγόταν το βουητό από τα πολεμικά αεροπλάνα. Πολύ αργότερα ξεχώρισαν τους αιχμαλώτους σε ομάδες, ανάλογα με την ενοχή τους, και τον Χάιμε τον πήγαν στο Υπουργείο Άμυνας, που είχε μεταβληθεί σε στρατόπεδο. Τον υποχρέωσαν να προχωράει κουκουβιστός, σαν να βρισκόταν σε χαρακώματα, τον πέρασαν μέσα από μια μεγάλη αίθουσα, γεμάτη γυμνούς άντρες, ανά δέκα δεμένους, με τα χέρια πίσω απ' την πλάτη, τόσο χτυπημένους, που μερικοί δεν μπορούσαν να σταθούν στα πόδια τους και το αίμα έτρεχε σαν κλωστές στο μαρμάρινο πάτωμα. Οδήγησαν τον Χάιμε στο δωμάτιο με τους καυστήρες, όπου υπήρχαν κι άλλοι όρθιοι, ακουμπισμένοι στους τοίχους, κι ένας χλομός στρατιώτης, που τους φύλαγε σημαδεύοντάς τους με το πολυβόλο του. Εκεί πέρασε αρκετή ώρα ακίνητος, όρθιος, να στηρίζεται σαν υπνοβάτης, χωρίς να έχει καταλάβει ακόμα αυτά που συνέβαιναν, ταραγμένος από τις κραυγές που άκουγε από την άλλη μεριά του τοίχου. Πρόσεξε πως ο στρατιώτης τον παρακολουθούσε. Ξαφνικά κατέβασε το όπλο του και τον πλησίασε.

«Καθίστε να ξεκουραστείτε, γιατρέ, αλλά, όταν σας ειδοποιήσω, να σηκωθείτε αμέσως», είπε μουρμουριστά, περνώντας του ένα αναμμένο τσιγάρο. «Χειρουργήσατε τη μητέρα μου και της σώσατε τη ζωή».

Ο Χάιμε δεν κάπνιζε, αλλά ευχαριστήθηκε εκείνο το τσιγάρο εισπνέοντας αργά. Το ρολόι του είχε τσακιστεί, αλλά από την πείνα και τη δίψα του υπολόγισε πως πρέπει να ήταν νύχτα. Ήταν τόσο κουρασμένος κι αισθανόταν τόσο άσχημα με το λεκιασμένο του παντελόνι, που δεν αναρωτιόταν τι επρόκειτο να συμβεί. Είχε αρχίσει να κουτουλάει από τη νύστα, όταν ο στρατιώτης τον πλησίασε.

«Σηκωθείτε, γιατρέ», του ψιθύρισε. «Έρχονται να σας πάρουν. Καλή τύχη!»

Ένα λεπτό αργότερα μπήκαν δυο άντρες, του φόρεσαν χειροπέδες και τον οδήγησαν μπροστά σ' έναν αξιωματικό που είχε αναλάβει την ανάκριση των αιχμαλώτων. Ο Χάιμε τον είχε δει πολλές φορές μαζί με τον πρόεδρο.

«Ξέρουμε πως εσείς δεν έχετε καμιά σχέση μ' αυτό, γιατρέ», είπε. «Θέλουμε μόνο να εμφανιστείτε στην τηλεόραση και να πείτε πως ο πρόεδρος ήταν μεθυσμένος και πως αυτοκτόνησε. Μετά θα σας αφήσω να πάτε σπίτι σας».

«Να κάνετε αυτή τη δήλωση μόνος σας. Μην υπολογίζετε σ' εμένα, κερατάδες!» απάντησε ο Χάιμε. Τον έπιασαν από τα χέρια. Το πρώτο χτύπημα τον βρήκε στο στομάχι. Ύστερα τον σήκωσαν, τον πέταξαν πάνω σ' ένα τραπέζι κι ένιωσε να του βγάζουν τα ρούχα. Πολύ αργότερα τον έβγαλαν αναίσθητο από το Υπουργείο Άμυνας. Είχε αρχίσει να βρέχει και η δροσιά του νερού και του αέρα τον ξαναζωντάνεψαν. Ξύπνησε όταν τον έβαλαν σ' ένα στρατιωτικό λεωφορείο και τον άφησαν στην πίσω θέση. Από το τζάμι έβλεπε τη νύχτα, κι όταν το λεωφορείο ξεκίνησε μπορούσε να βλέπει τους άδειους δρόμους και τα σημαιοστόλιστα κτίρια. Κατάλαβε πως οι εχθροί είχαν νικήσει κι ίσως να σκέφτηκε τον Μιγκέλ. Το λεωφορείο σταμάτησε στην αυλή, στο στρατόπεδο ενός συντάγματος. Εκεί τον κατέβασαν. Υπήρχαν κι άλλοι αιχμάλωτοι στην ίδια κατάσταση μ' εκείνον. Τους έδεσαν τα χέρια και τα πόδια με συρματόπλεγμα και τους πέταξαν μπρούμυτα μες στους στάβλους. Εκεί ο Χάιμε και οι άλλοι πέρασαν δυο μέρες χωρίς νερό και χωρίς φαγητό, σαπίζοντας μες στις ίδιες τις ακαθαρσίες τους, στο αίμα τους και στον τρόμο τους. Ύστερα τους μετέφεραν όλους μ' ένα φορτηγό κάπου κοντά στο αεροδρόμιο. Σε μιαν αλάνα τους τουφέκισαν ξαπλωμένους καταγής, γιατί δεν μπορούσαν να σταθούν στα πόδια τους κι ύστερα τίναξαν στον αέρα με δυναμίτη τα κορμιά τους. Ο τρόμος από την έκρηξη και η μπόχα από τ' απομεινάρια έμειναν για πολύν καιρό να αιωρούνται στον αέρα.

Στο μεγάλο σπίτι στη γωνία, ο γερουσιαστής Τρουέμπα άνοιξε ένα μπουκάλι γαλλική σαμπάνια, για να γιορτάσει την εκθρόνιση της κυβέρνησης που τόσο άγρια είχε πολεμήσει, χωρίς να υποπτεύεται πως εκείνη την ίδια στιγμή έκαιγαν τους όρχεις του γιου του, του Χάιμε, μ' ένα τσιγάρο εισαγωγής. Ο γέρος κρέμασε τη σημαία στην είσοδο του σπιτιού και δεν βγήκε να χορέψει στους δρόμους, γιατί ήταν κουτσός και γιατί υπήρχε απαγόρευση της κυκλοφορίας, αλλά δεν του έλειπε η όρεξη, όπως δήλωσε θριαμβευτικά στην κόρη του και στην εγγονή του. Στο μεταξύ, η Άλμπα, κρεμασμένη στο τηλέφωνο, προσπαθούσε να μάθει νέα γι' αυτούς που ανησυχούσε: τον Μιγκέλ, τον Πέδρο Τερσέρο, το θείο της τον Χάιμε, την Αμάντα, το Σεμπάστιαν Γκόμες και πολλούς άλλους.

«Τώρα θα τα πληρώσουν όλα!» φώναξε ο γερουσιαστής Τρουέμπα, σηκώνοντας το ποτήρι του.

Η Άλμπα του το άρπαξε από το χέρι και το πέταξε πάνω στον τοίχο, όπου έγινε θρύψαλα. Η Μπλάνκα, που ποτέ δεν είχε το θάρρος να τα βάλει με τον πατέρα της, δεν έκρυψε το χαμόγελό της.

«Δεν θα γιορτάσουμε το θάνατο του προέδρου ούτε των άλλων, παππού!» του είπε.

Στα περιποιημένα σπίτια στο Μπάριο Άλτο, άνοιξαν τα μπουκάλια, που περίμεναν τρία χρόνια, και ήπιαν στην υγειά του καινούργιου καθεστώτος. Πάνω από τους εργατικούς συνοικισμούς πετούσαν όλη νύχτα τα ελικόπτερα, βουίζοντας σαν μύγες από άλλους κόσμους.

Πολύ αργά, σχεδόν τα ξημερώματα, χτύπησε το τηλέφωνο και η Άλμπα, που δεν είχε ξαπλώσει ακόμα, έτρεξε ν' απαντήσει. Μ' ανακούφιση άκουσε τη φωνή του Μιγκέλ.

«Έφτασε η ώρα, αγάπη μου. Να μη με γυρέψεις ούτε να με περιμένεις. Σ' αγαπώ», της είπε.

«Μιγκέλ! Θέλω να 'ρθω μαζί σου!» είπε μες στα κλάματά της η Άλμπα.

«Μη μιλήσεις σε κανένα για μένα, Άλμπα. Μη συναντηθείς με τους φίλους. Σκίσε τις ατζέντες, τα χαρτιά, όλα όσα έχουν σχέση μ' εμένα. Να θυμάσαι πως θα σ' αγαπώ πάντα, αγάπη μου», είπε ο Μιγκέλ κι έκλεισε το τηλέφωνο. Η απαγόρευση της κυκλοφορίας κράτησε δυο μέρες. Για την Άλμπα ήταν αιωνιότητα. Το ραδιόφωνο μετέδιδε συνέχεια πολεμικά εμβατήρια και η τηλεόραση έδειχνε μονάχα τοπία από τη χώρα και κινούμενα σχέδια. Αρκετές φορές κάθε μέρα εμφανίζονταν στην οθόνη οι τέσσερις στρατηγοί της χούντας, καθισμένοι ανάμεσα στα εθνικά εμβλήματα και τη σημαία, για ν' αναγγείλουν τα διατάγματά τους: ήταν οι καινούργιοι ήρωες της πατρίδας. Παρ' όλη τη διαταγή να πυροβολούν όποιον ξεμύτιζε απ' το σπίτι του, ο γερουσιαστής Τρουέμπα διέσχισε το δρόμο για να πάει να γιορτάσει σ' ένα γείτονά του. Οι ιαχές από το γλέντι δεν τράβηξαν την προσοχή των περιπολικών που κυκλοφορούσαν στους δρόμους, γιατί εκείνο ήταν ένα προάστιο όπου δεν περίμεναν να συναντήσουν αντίδραση. Η Μπλάνκα ανάγγειλε πως είχε το χειρότερο πονοκέφαλο στη ζωή της και κλείστηκε στο δωμάτιό της. Τη νύχτα η Άλμπα την άκουσε να τριγυρνάει στην κουζίνα και υπέθεσε πως τελικά η πείνα της ήταν μεγαλύτερη από τον πονοκέφαλο. Εκείνη πέρασε δυο μέρες να κάνει βόλτες μες στο σπίτι σε κατάσταση απελπισίας, κοιτάζοντας τα βιβλία στο τούνελ του θείου Χάιμε και στο δικό της γραφείο, για να καταστρέψει ό,τι θεωρούσε ενοχοποιητικό. Ήταν σαν να έκανε ιεροσυλία κι ήταν σίγουρη πως, όταν θα γύριζε ο θείος της, θα γινόταν έξαλλος και θα έχανε όλη την εμπιστοσύνη που της είχε. Κατέστρεψε ακόμα τα σημειωματάριά της, όπου βρίσκονταν τα τηλέφωνα των φίλων της, τα πιο πολύτιμα ερωτικά της γράμματα, ακόμα και τις φωτογραφίες του Μιγκέλ. Οι υπηρέτριες στο σπίτι, αδιάφορες και βαριεστημένες, διασκέδαζαν όσο κρατούσε η απαγόρευση της κυκλοφορίας φτιάχνοντας κρεατόπιτες, εκτός από τη μαγείρισσα, που έκλαιγε ασταμάτητα και περίμενε με αγωνία τη στιγμή να πάει να βρει τον άντρα της, με τον οποίο δεν είχε μπορέσει να επικοινωνήσει.

Όταν άρθηκε για λίγες ώρες η απαγόρευση της κυκλοφορίας, για να δώσουν την ευκαιρία στον πληθυσμό ν' αγοράσει τρόφιμα, η Μπλάνκα βεβαιώθηκε έκθαμβη πως τα μαγαζιά ήταν φίσκα με τα προϊόντα που τρία χρόνια σπάνιζαν και που είχαν εμφανιστεί ως διά μαγείας στις βιτρίνες. Είδε σωρούς από έτοιμα κοτόπουλα και μπόρεσε ν' αγοράσει όσα ήθελε, παρ' όλο που κόστιζαν τρεις φορές πάνω, γιατί με διάταγμα είχαν αφεθεί ελεύθερες οι τιμές. Πρόσεξε πως ο κόσμος κοίταζε τα κοτόπουλα με περιέργεια, λες και δεν τα είχαν ξαναδεί στη ζωή τους, αλλά πολύ λίγοι αγόραζαν, γιατί δεν είχαν λεφτά. Τρεις μέρες αργότερα, η μυρωδιά από σάπια κρέατα είχε γεμίσει όλα τα μαγαζιά στην πόλη.

Οι στρατιώτες περιπολούσαν νευρικά στους δρόμους, με τις ζητωκραυγές του κόσμου που ήθελε να πέσει η κυβέρνηση. Μερικοί, παίρνοντας θάρρος από τη βίαιη ατμόσφαιρα εκείνες τις μέρες, έπιαναν τους άντρες με μακριά μαλλιά ή με γένια, αλάνθαστα σημάδια επαναστατικού πνεύματος, και σταματούσαν στο δρόμο τις γυναίκες που κυκλοφορούσαν με παντελόνια και τα έκοβαν με ψαλιδιές, γιατί ένιωθαν υπεύθυνοι για την τάξη, την ηθική και την αξιοπρέπεια. Οι καινούργιες αρχές δήλωσαν πως δεν είχαν καμιά σχέση μ' εκείνες τις πράξεις, ποτέ δεν είχαν διατάξει να κοπούν τα γένια ή τα παντελόνια, επρόκειτο ίσως για κομμουνιστές μεταμφιεσμένους σε στρατιώτες για να συκοφαντήσουν τις Ένοπλες Δυνάμεις και να προκαλέσουν την αντιπάθεια του κόσμου. Οι γενειάδες και τα παντελόνια δεν είχαν απαγορευτεί, όμως θα προτιμούσαν, βέβαια, οι άντρες να κυκλοφορούν ξυρισμένοι και με κοντά μαλλιά και οι γυναίκες με φούστες.

Διαδόθηκε πως ο πρόεδρος είχε πεθάνει και κανένας δεν πίστεψε την επίσημη εκδοχή πως είχε αυτοκτονήσει.

Περίμενα να σταθεροποιηθεί λίγο η κατάσταση. Τρεις μέρες μετά το στρατιωτικό πραξικόπημα, πήγα με το αυτοκίνητο της Γερουσίας στο Υπουργείο Άμυνας, παραξενεμένος που δεν με είχαν προσκαλέσει να πάρω μέρος στην καινούργια κυβέρνηση. Όλος ο κόσμος ήξερε πως ήμουν ο μεγαλύτερος εχθρός των μαρξιστών, ο πρώτος που αντιτάχτηκε στην κομμουνιστική δικτατορία και που τόλμησε να δηλώσει δημόσια πως μόνο οι στρατιωτικοί θα μπορούσαν να εμποδίσουν να πέσει το κράτος στα νύχια της αριστεράς. Ακόμα, εγώ ήμουν αυτός που έκανε όλες τις επαφές με την ανώτατη στρατιωτική ηγεσία, που έγινα μεσάζοντας με τους γκρίνγκος κι έβαλα το όνομά μου και τα λεφτά μου για την αγορά των όπλων. Τελικά εγώ είχα ρισκάρει περισσότερο απ' όλους. Στην ηλικία μου, η πολιτική εξουσία καθόλου δεν μ' ενδιαφέρει. Αλλά ήμουν ένας από τους λίγους που μπορούσαν να τους βοηθήσουν, γιατί είχα υπηρετήσει σε πολλές θέσεις, πολύ καιρό, και γνώριζα καλύτερα απ' όλους τι χρειάζεται αυτό το κράτος. Χωρίς αφοσιωμένους, τίμιους και ικανούς συμβούλους, τι μπορούσαν να κάνουν μια χούφτα συνταγματάρχες που αυτοσχεδίαζαν; Μόνο να βγάλουν τα μάτια τους. Ή να τους κοροϊδέψουν οι πονηροί, που επωφελούνται από τις καταστάσεις για να πλουτίσουν, όπως ακριβώς γίνεται αυτή τη στιγμή. Τότε κανένας δεν ήξερε πως τα πράγματα θα έπαιρναν το δρόμο που πήραν. Νομίζαμε πως η στρατιωτική παρέμβαση ήταν ένα αναγκαίο πέρασμα για να επιστρέψουμε σε μια υγιή δημοκρατία, γι' αυτό και θεωρούσα σπουδαία τη συνεργασία μου με τις Αρχές.

Όταν έφτασα στο Υπουργείο Άμυνας, ξαφνιάστηκα που είδα πως το κτίριο είχε μεταβληθεί σε σκουπιδαριό. Οι ορντινάτσες έπλεναν με βούρτσες τα πατώματα, μερικοί τοίχοι ήταν τρύπιοι από τις σφαίρες και τριγύρω έτρεχαν στρατιωτικοί σκυφτοί, λες και πραγματικά βρίσκονταν σε πεδίο μάχης ή περίμεναν να μπουν οι εχθροί από τη στέγη. Αναγκάστηκα να περιμένω σχεδόν τρεις ώρες για να δω κάποιον αξιωματικό. Στην αρχή νόμισα πως μέσα σ' εκείνο το χάος δεν με είχαν αναγνωρίσει και γι' αυτό μου φέρονταν με τόσο λίγο σεβασμό, αλλά ύστερα συνειδητοποίησα πώς είχαν τα πράγματα. Ο αξιωματικός με υποδέχτηκε με τις μπότες ανεβασμένες πάνω στο γραφείο, μασουλώντας ένα γλιτσιασμένο σάντουιτς, αξύριστος και με το χιτώνιο ξεκούμπωτο. Δεν πρόλαβα να ρωτήσω για το γιο μου τον Χάιμε, ούτε να τον συγχαρώ για τις θαρραλέες πράξεις των στρατιωτικών που είχαν σώσει την πατρίδα, γιατί μου ζήτησε αμέσως τα κλειδιά του αυτοκινήτου, με τη δικαιολογία πως είχε κλείσει η Γερουσία και γι' αυτό είχαν σταματήσει και τα κοινοβουλευτικά προνόμια. Ξαφνιάστηκα. Ήταν ολοφάνερο, λοιπόν, πως δεν είχαν καμιά πρόθεση ν' ανοίξουν ξανά τις πόρτες της Βουλής, όπως περιμέναμε όλοι μας. Μου ζήτησε, όχι, με διέταξε να παρουσιαστώ την επομένη στον καθεδρικό ναό στις έντεκα το πρωί, για να παρακολουθήσω τη λειτουργία, με την οποία η πατρίδα θα ευχαριστούσε τον Θεό γιατί νίκησε τον κομμουνισμό.

«Είναι αλήθεια πως ο πρόεδρος αυτοκτόνησε;» ρώτησα.

«Πάει, έφυγε!» μου απάντησε.

«Έφυγε; Πού πάει;»

«Πάει στο διάολο!» είπε σαρκαστικά ο άλλος.

Βγήκα έξω ταραγμένος, στηριγμένος στο χέρι του οδηγού μου. Δεν υπήρχε τρόπος να γυρίσω στο σπίτι, γιατί δεν κυκλοφορούσαν ταξί ούτε λεωφορεία, κι εγώ δεν ήμουν σε ηλικία για περπάτημα. Ευτυχώς, πέρασε ένα τζιπ με αστυνομικούς και με αναγνώρισαν. Εύκολα με ξεχωρίζει κανείς, γιατί μοιάζω με γέρικο θυμωμένο κοράκι, ντύνομαι πάντα πένθιμα και κρατάω το ασημένιο μου μπαστούνι.

«Ανεβείτε, κύριε γερουσιαστά», είπε ένας λοχαγός.

Μας βοήθησαν να σκαρφαλώσουμε στο όχημα. Οι αστυνομικοί φαίνονταν κουρασμένοι κι ήταν ολοφάνερο πως δεν είχαν κοιμηθεί. Με βεβαίωσαν πως περιπολούσαν στην πόλη τρεις μέρες συνέχεια και έμεναν ξύπνιοι με καφέδες και χάπια.

«Συναντήσατε αντίσταση στους συνοικισμούς ή στις βιομηχανικές ζώνες;» ρώτησα.

«Πολύ λίγη. Ο κόσμος είναι ήσυχος», είπε ο λοχαγός.

«Ελπίζω η κατάσταση να ξαναγίνει ομαλή, κύριε γερουσιαστά. Δεν μας αρέσουν τα πράγματα, βρόμικη δουλειά».

«Μην το λες αυτό. Αν δεν βιαζόσασταν εσείς, οι κομμουνιστές θα είχαν κάνει το πραξικόπημα, κι αυτή την ώρα εσείς, εγώ κι άλλοι πενήντα χιλιάδες θα ήμασταν πεθαμένοι. Γνωρίζετε πως είχαν ένα σχέδιο για να επιβάλουν τη δικτατορία τους;»

«Αυτό μας είπαν. Όμως στο συνοικισμό που μένω έχουν πιάσει πολλούς. Οι γείτονές μου με κοιτάζουν με δυσπιστία. Εδώ τ' άλλα παιδιά περνούν τα ίδια. Όμως πρέπει να εκτελέσουμε διαταγές. Πάνω απ' όλα είναι η πατρίδα, έτσι δεν είναι;»

«Έτσι είναι. Κι εγώ λυπάμαι γι' αυτά που συμβαίνουν, λοχαγέ. Αλλά δεν υπήρχε άλλη λύση. Το σύστημα ήταν σάπιο. Τι θα γινόταν αυτή η χώρα, αν εσείς δεν παίρνατε τα όπλα;»

Κατά βάθος, ωστόσο, δεν ήμουν τόσο σίγουρος. Είχα ένα προαίσθημα πως τα πράγματα δεν προχωρούσαν όπως τα είχαμε σχεδιάσει και πως η κατάσταση είχε ξεφύγει από τα χέρια μας, αλλά τότε κράτησα τις ανησυχίες μου για τον εαυτό μου, κρίνοντας πως τρεις μέρες ήταν πολύ μικρό διάστημα για να μπει τάξη σ' ένα κράτος και πως ίσως ο θρασύς αξιωματικός, που με είχε δεχτεί στο Υπουργείο Άμυνας, αποτελούσε μικρή μειονότητα μες στις Ένοπλες Δυνάμεις. Η πλειονότητα ήταν σαν εκείνο τον ευσυνείδητο λοχαγό, που με είχε πάει σπίτι μου. Σκέφτηκα πως σύντομα θα επανερχόταν η τάξη και, όταν θα περνούσε η πρώτη ένταση, θα ερχόμουν σ' επαφή με κάποιον με καλύτερη θέση στη στρατιωτική ιεραρχία. Είχα μετανιώσει που δεν απευθύνθηκα στο στρατηγό Ουρτάδο, πράγμα που δεν είχα κάνει από σεβασμό και επίσης από περηφάνια, το αναγνωρίζω, γιατί το σωστό θα ήταν να έρθει να με βρει εκείνος κι όχι εγώ.

Δεν έμαθα για το θάνατο του γιου μου, του Χάιμε, παρά δυο βδομάδες αργότερα, όταν η χαρά μου για το θρίαμβο είχε περάσει, καθώς έβλεπα πως όλος ο κόσμος μετρούσε τους νεκρούς και τους εξαφανισμένους. Μια Κυριακή εμφανίστηκε στο σπίτι ένας σιωπηλός στρατιώτης και διηγήθηκε στην Μπλάνκα, στην κουζίνα, αυτά που είχε δει στο Υπουργείο Άμυνας και όσα ήξερε για τα σώματα που τίναξαν στον αέρα.

«Ο γιατρός δελ Βάλιε έσωσε τη ζωή της μητέρας μου», είπε ο στρατιώτης, κοιτάζοντας καταγής, με το πολεμικό του κράνος στο χέρι. «Γι' αυτό ήρθα να σας πω πως τον σκότωσαν».

Η Μπλάνκα με φώναξε ν' ακούσω αυτά που διηγούνταν ο στρατιώτης, αλλά αρνήθηκα να τον πιστέψω. Είπα πως ο άνθρωπος θα μπερδεύτηκε, πως δεν ήταν ο Χάιμε, παρά κάποιος άλλος αυτός που είχε δει στην αίθουσα με τους καυστήρες, γιατί ο Χάιμε δεν είχε καμιά δουλειά στο Προεδρικό Μέγαρο τη μέρα που έγινε το στρατιωτικό πραξικόπημα. Ήμουν σίγουρος πως ο γιος μου είχε ξεφύγει στο εξωτερικό από κάποιο μυστικό πέρασμα στα σύνορα ή είχε βρει άσυλο σε κάποια πρεσβεία, αν υποθέσουμε πως τον κυνηγούσαν. Από την άλλη μεριά το όνομά του δεν είχε εμφανιστεί σε κανέναν από τους καταλόγους με τα ονόματα αυτών που αναζητούσαν οι Αρχές κι έτσι έβγαλα το συμπέρασμα πως ο Χάιμε δεν είχε τίποτα να φοβηθεί.

Έπρεπε να περάσει πολύς καιρός, αρκετοί μήνες στην πραγματικότητα, για να καταλάβω πως ο στρατιώτης είχε πει την αλήθεια. Μες στο παραλήρημα της μοναξιάς μου, περίμενα το γιο μου καθισμένος στην πολυθρόνα στη βιβλιοθήκη, με τα μάτια στυλωμένα στο κατώφλι της πόρτας, και τον φώναζα με τη σκέψη μου, όπως φώναζα την Κλάρα. Τόσο πολύ τον είχα φωνάξει, που τελικά κατάφερα να τον δω, αλλά εμφανίστηκε σκεπασμένος με ξεραμένο αίμα και κουρέλια, σέρνοντας πίσω του κορδέλες από συρματόπλεγμα πάνω στο γυαλισμένο παρκέ. Έτσι έμαθα πώς ακριβώς είχε πεθάνει, όπως μας είχε διηγηθεί ο στρατιώτης. Και τότε μόνο άρχισα να μιλάω για την τυραννία. Η εγγονή μου η Άλμπα, όμως, διέκρινε την αληθινή φύση του δικτάτορα πολύ πριν από μένα. Τον είδε να ξεχωρίζει ανάμεσα στους στρατηγούς και στους στρατιωτικούς. Τον αναγνώρισε αμέσως, γιατί είχε κληρονομήσει τη διαίσθηση της Κλάρας.

Είναι ένας ωμός, λιγομίλητος άνθρωπος, μ' απλοϊκή εμφάνιση, σαν χωριάτης. Έδειχνε πολύ σεμνός και λίγοι μπόρεσαν να μαντέψουν πως κάποια μέρα θα τον έβλεπαν τυλιγμένο σε αυτοκρατορική κάπα, με τα χέρια τεντωμένα ψηλά, για να κάνει να σωπάσουν τα πλήθη που είχαν φέρει με φορτηγά για να τον ζητωκραυγάσουν, το μεγαλοπρεπές του μουστάκι να τρέμει από φιλαρέσκεια, εγκαινιάζοντας το μνημείο στις Τέσσερις Σπάθες, από την κορφή του οποίου μια αιώνια δάδα θα φώτιζε το πεπρωμένο της πατρίδας – αλλά που από ένα λάθος των ξένων τεχνικών δεν υψώθηκε καμιά φλόγα ποτέ, παρά μόνο μια πυκνή κάπνα μαγειρείου, που έμεινε μετέωρη στον ουρανό σαν μόνιμη καταιγίδα από άλλους ουρανούς.

Άρχισα να σκέφτομαι πως είχα κάνει λάθος με τον τρόπο που είχα συμπεριφερθεί και ίσως να μην ήταν η καλύτερη λύση για να ρίξουμε τους μαρξιστές. Ένιωθα ολοένα και πιο μόνος, γιατί κανένας πια δεν με είχε ανάγκη, δεν είχα τους γιους μου και η Κλάρα, με τη μανία της βουβαμάρας και της αφηρημάδας της, έμοιαζε με φάντασμα. Ακόμα και η Άλμπα απομακρυνόταν από κοντά μου κάθε μέρα και περισσότερο. Μόλις που την έβλεπα μες στο σπίτι. Περνούσε από δίπλα μου σαν σίφουνας, με τις φριχτές, μακριές της φούστες από τσαλακωμένο βαμβακερό και τα απίθανα πράσινα μαλλιά της, σαν τη Ρόζα, απασχολημένη με μυστηριώδεις δουλειές που τέλειωνε με τη βοήθεια της γιαγιάς της. Είμαι σίγουρος πως πίσω από την πλάτη μου αυτές οι δυο κάτι σκάρωναν. Η εγγονή μου τριγυρνούσε αναστατωμένη, ακριβώς όπως η Κλάρα την εποχή του τύφου, όταν είχε πάρει πάνω της τον ξένο πόνο.

Η Άλμπα δεν βρήκε ελεύθερη ώρα για να θρηνήσει το θάνατο του θείου της του Χάιμε, γιατί οι επείγουσες ανάγκες την απορρόφησαν αμέσως κι έτσι αναγκάστηκε να φυλάξει τον πόνο της γι' αργότερα. Δεν είδε ξανά τον Μιγκέλ, παρά δυο μήνες μετά το στρατιωτικό πραξικόπημα κι είχε καταλήξει να σκέφτεται πως κι αυτός είχε πεθάνει. Δεν έψαξε να τον βρει ωστόσο, γιατί απ' αυτή την άποψη είχε τις δικές του πολύ ακριβείς εντολές κι επιπλέον είχε ακούσει πως τον αναζητούσαν μες στον κατάλογο όσων έπρεπε να παρουσιαστούν στις Αρχές. Αυτό της είχε δώσει ελπίδες. «Όσο τον αναζητούν, είναι ζωντανός», συμπέρανε. Βασανιζόταν με την ιδέα πως θα μπορούσαν να τον πιάσουν ζωντανό και παρακαλούσε τη γιαγιά της να το εμποδίσει. «Προτιμώ χίλιες φορές καλύτερα να τον δω πεθαμένο, γιαγιά», παρακαλούσε. Εκείνη ήξερε τι συνέβαινε στη χώρα, γι' αυτό γύριζε μέρα νύχτα με σφιγμένο το στομάχι, έτρεμαν τα χέρια της και, όταν μάθαινε για την τύχη κάποιου φυλακισμένου, γέμιζε με φουσκάλες από την κορφή ώς τα νύχια, σαν πανουκλιασμένη. Αλλά δεν μπορούσε σε κανένα να μιλήσει γι' αυτό, ούτε ακόμα και στον παππού της, γιατί ο κόσμος προτιμούσε να μην ξέρει.

Μετά από κείνη την τρομερή Τρίτη, ο κόσμος άλλαξε απότομα για την Άλμπα. Αναγκάστηκε ν' αλλάξει τα συναισθήματα της, για να μπορέσει να εξακολουθεί να ζει. Αναγκάστηκε να συνηθίσει στην ιδέα πως δεν θα ξανάβλεπε αυτούς που πιο πολύ είχε αγαπήσει, το θείο της τον Χάιμε, τον Μιγκέλ και πολλούς άλλους. Έριχνε το φταίξιμο στον παππού της για όσα είχαν συμβεί, αλλά ύστερα, βλέποντάς τον μαζεμένο στην πολυθρόνα του να φωνάζει το γιο του και την Κλάρα, μουρμουρίζοντας ατέλειωτα, όλη η αγάπη της για το γέρο ξαναγύριζε κι έτρεχε να τον αγκαλιάσει, να περάσει τα δάχτυλά της μέσα στην άσπρη του χαίτη, να τον παρηγορήσει. Η Άλμπα ένιωθε πως τα πράγματα ήταν γυάλινα, εύθραυστα σαν αναστεναγμοί και οι πυροβολισμοί και οι μπόμπες εκείνη την αξέχαστη Τρίτη είχαν καταστρέψει ένα μεγάλο μέρος από το γνωστό κόσμο και ο υπόλοιπος έγινε κομμάτια πιτσιλισμένα με αίμα. Όσο περνούσαν οι μέρες, οι βδομάδες και οι μήνες, όλα όσα στην αρχή έμοιαζαν να είχαν διασωθεί από την καταστροφή, άρχισαν κι αυτά να δείχνουν σημάδια φθοράς. Πρόσεξε πως φίλοι και συγγενείς την απέφευγαν, πως μερικοί διέσχιζαν το δρόμο για να μην τη χαιρετήσουν ή γύριζαν το κεφάλι όταν πλησίαζε. Σκέφτηκε τότε πως είχε διαδοθεί πως βοηθούσε τους κυνηγημένους.

Κι έτσι ήταν. Από τις πρώτες μέρες η πιο επείγουσα ανάγκη ήταν να βρεθεί ένα καταφύγιο γι' αυτούς που κινδύνευαν να χάσουν τη ζωή τους. Στην αρχή της είχε φανεί μια σχεδόν διασκεδαστική απασχόληση, που τη βοηθούσε να σκέφτεται άλλα πράγματα κι όχι τον Μιγκέλ, αλλά γρήγορα κατάλαβε πως δεν ήταν παιχνίδι. Τα διατάγματα προειδοποίησαν τους πολίτες πως έπρεπε να καταγγέλλουν τους μαρξιστές και να παραδίνουν τους φυγάδες, γιατί αλλιώς θα θεωρούνταν προδότες της πατρίδας και θα δικάζονταν ανάλογα. Η Άλμπα, σαν από θαύμα, ξαναβρήκε το αυτοκίνητο του Χάιμε, που είχε σωθεί από το βομβαρδισμό κι έμεινε παρκαρισμένο μια βδομάδα στην πλατεία, στο σημείο ακριβώς που εκείνος το είχε αφήσει, μέχρι που η Άλμπα το έμαθε και πήγε να το πάρει. Ζωγράφισε μεγάλα ηλιοτρόπια στις πόρτες, με χτυπητό κίτρινο χρώμα, για να ξεχωρίζει από τ' άλλα αυτοκίνητα και να τη διευκολύνει έτσι στην καινούργια της δουλειά. Είχε απομνημονεύσει τις διευθύνσεις όλων των πρεσβειών, τις βάρδιες των αστυνομικών που τις φύλαγαν, το ύψος του φράχτη τους, το φάρδος κάθε πόρτας. Η ειδοποίηση πως υπήρχε κάποιος που χρειαζόταν άσυλο έφτανε ξαφνικά, συχνά μέσω κάποιου άγνωστου που την πλησίαζε στο δρόμο και που εκείνη σκεφτόταν πως τον έστελνε ο Μιγκέλ. Πήγαινε στον τόπο του ραντεβού με το φως της μέρας κι όταν έβλεπε κάποιον να της κάνει νοήματα, αναγνωρίζοντας τα κίτρινα λουλούδια που ήταν ζωγραφισμένα στο αυτοκίνητό της, σταματούσε μια στιγμή για ν' ανέβει βιαστικά. Στο δρόμο δεν μιλούσαν, γιατί εκείνη προτιμούσε να μην ξέρει ούτε τ' όνομά του. Μερικές φορές ήταν αναγκασμένη να περάσει όλη τη μέρα μαζί του, ακόμα και να τον κρύψει κάνα δυο νύχτες, προτού βρει τον κατάλληλο τρόπο για να τον βάλει στην πιο προσιτή πρεσβεία, πηδώντας τον τοίχο πίσω από την πλάτη των φρουρών. Αυτό το σύστημα ήταν πιο αποτελεσματικό από τις συμφωνίες με φοβισμένους πρεσβευτές από τις ξένες δημοκρατίες. Δεν μάθαινε ποτέ ξανά για τους ανθρώπους που είχε βοηθήσει, αλλά θυμόταν πάντα την τρεμάμενη ευγνωμοσύνη τους κι όταν όλα τέλειωναν, ανέπνεε μ' ανακούφιση, γιατί κι εκείνη τη φορά την είχε γλιτώσει. Μερικές φορές είχε αναγκαστεί να κάνει το ίδιο με γυναίκες που δεν ήθελαν ν' αφήσουν τα παιδιά τους και, παρ' όλο που η Άλμπα τους υποσχόταν να βάλει το μωρό από την κύρια είσοδο, μια και ο πιο δειλός πρεσβευτής δεν θα το αρνιόταν, οι μητέρες δεν ήθελαν ν' αφήσουν πίσω τα παιδιά τους κι έτσι, τελικά, αναγκαζόταν να πετάει και τα μωρά πάνω απ' τον τοίχο ή να τα κατεβάζει σιγά σιγά από τα κάγκελα. Σε λίγο καιρό όλες οι πρεσβείες είχαν στήσει συρματοπλέγματα και πολυβόλα κι ήταν αδύνατο πια να κάνει έφοδο, αλλά άλλες ανάγκες την κρατούσαν απασχολημένη.

Ήταν η Αμάντα που την έφερε σ' επαφή με τους παπάδες. Οι δυο φίλες συναντιούνταν για να μιλούν ψιθυριστά για τον Μιγκέλ, που καμιά τους δεν είχε ξαναδεί, και για να θυμούνται τον Χάιμε με μια νοσταλγία χωρίς δάκρυα, γιατί δεν υπήρχε επίσημη απόδειξη για το θάνατό του και η επιθυμία που είχαν κι οι δυο τους να τον ξαναδούν ήταν δυνατότερη από την ιστορία του στρατιώτη. Η Αμάντα είχε αρχίσει να καπνίζει πάλι συνέχεια, έτρεμαν πολύ τα χέρια της και το βλέμμα της γινόταν απλανές. Μερικές φορές οι κόρες της ήταν διεσταλμένες και κυκλοφορούσε αργά, αλλά εξακολουθούσε να δουλεύει στο νοσοκομείο. Της διηγήθηκε πως συχνά έφερναν ανθρώπους λιπόθυμους από την πείνα.

«Οι οικογένειες των φυλακισμένων, των εξαφανισμένων και των πεθαμένων δεν έχουν τίποτα να φάνε. Οι άνεργοι το ίδιο. Ένα πιάτο μπομπότα κάθε δυο μέρες. Τα παιδιά είναι υποσιτισμένα, τα παίρνει ο ύπνος στο σχολείο».

Πρόσθεσε πως είχαν σταματήσει το ποτήρι το γάλα και τα μπισκότα που έδιναν καθημερινά πριν στους μαθητές και πως οι μάνες ξεγελούσαν την πείνα των παιδιών τους με τσάι.

«Οι μόνοι που κάτι κάνουν για να βοηθήσουν είναι οι παπάδες», της εξήγησε η Αμάντα. «Ο κόσμος δεν θέλει να ξέρει την αλήθεια. Η Εκκλησία έχει οργανώσει συσσίτια για να δίνει ένα πιάτο φαΐ έξι φορές τη βδομάδα στα παιδιά κάτω από εφτά χρονών. Βέβαια δεν είναι αρκετό. Για κάθε παιδί, που τρώει μια φορά τη μέρα ένα πιάτο φακές ή πατάτες, υπάρχουν πέντε που μένουν απ' έξω και κοιτάζουν, γιατί δεν φτάνει για όλους».

Η Άλμπα κατάλαβε πως είχαν γυρίσει πίσω, στα παλιά χρόνια, όταν η γιαγιά της, η Κλάρα, πήγαινε στο προάστιο του Ελέους για ν' αντικαταστήσει τη δικαιοσύνη με φιλανθρωπία. Μόνο που τώρα δεν έβλεπαν τη φιλανθρωπία με καλό μάτι. Πρόσεξε πως όταν έτρεχε στα φιλικά της σπίτια, για να ζητήσει ένα πακέτο ρύζι ή ένα κουτί γάλα σκόνη, την πρώτη φορά δεν τολμούσαν να της το αρνηθούν, ύστερα όμως την απέφευγαν. Στην αρχή η Μπλάνκα τη βοήθησε. Η Άλμπα δεν δυσκολεύτηκε καθόλου να πάρει το κλειδί της αποθήκης από τη μητέρα της, με το επιχείρημα πως δεν είχαν ανάγκη ν' αποθηκεύουν αλεύρι της σειράς και χοντρά φασόλια, όταν μπορούσαν να τρώνε καβούρια της Βαλτικής κι ελβετικές σοκολάτες, κι έτσι μπόρεσε να προμηθεύει τα συσσίτια των παπάδων για ένα διάστημα, που της φάνηκε όμως πολύ σύντομο. Μια μέρα πήγε τη μητέρα της σε μία από τις τραπεζαρίες. Όταν η Μπλάνκα είδε το μακρύ, χοντροφτιαγμένο, ξύλινο τραπέζι, όπου μια διπλή σειρά από παιδιά με παρακλητικό βλέμμα περίμεναν να τους δώσουν το συσσίτιο, έβαλε τα κλάματα κι έπεσε στο κρεβάτι δυο μέρες με πονοκέφαλο. Και θα εξακολουθούσε να θρηνεί, αν η κόρη της δεν την υποχρέωνε να ντυθεί, να ξεχάσει τον εαυτό της και να βρει βοήθεια, ακόμα κι αν ήταν κλέβοντας τον παππού από τον προϋπολογισμό του σπιτιού. Ο γερουσιαστής Τρουέμπα δεν θέλησε ούτε ν' ακούσει για την υπόθεση, ακριβώς όπως κι ο άλλος κόσμος της τάξης του, κι αρνήθηκε την ύπαρξη της πείνας, με το ίδιο πείσμα που αρνιόταν τις φυλακίσεις και τα βασανιστήρια. Έτσι η Άλμπα δεν μπορούσε πια να υπολογίζει σ' αυτόν κι αργότερα, όταν δεν μπορούσε να υπολογίζει και στη μητέρα της, αναγκάστηκε να πάρει πιο δραστικά μέσα. Ο παππούς ποτέ δεν πήγαινε πιο μακριά από τη Λέσχη. Δεν κατέβαινε στο κέντρο κι ακόμα λιγότερο στην περιφέρεια της πόλης ή στους περιθωριακούς οικισμούς. Δεν δυσκολεύτηκε να πιστέψει πως οι δυστυχίες που του διηγούνταν η εγγονή του ήταν ψέματα των μαρξιστών.

«Κομμουνιστές παπάδες!» είχε φωνάξει. «Ε, αυτό μόνο δεν είχα ακούσει ακόμα!»

Όταν όμως άρχισαν να φτάνουν όλη την ώρα τα παιδιά και οι γυναίκες να ζητάνε στις πόρτες των σπιτιών, δεν έδωσε διαταγή να κλείσουν κάγκελα και παντζούρια για να μην τους βλέπει, όπως έκαναν οι άλλοι, παρά αύξησε το μηνιάτικο της Μπλάνκα κι είπε να έχουν πάντα κάτι ζεστό για να τους δίνουν.

«Είναι προσωρινή κατάσταση!» τους βεβαίωνε. «Μόλις οι στρατιωτικοί βάλουν τάξη στο χάος που άφησε πίσω του ο μαρξισμός, το πρόβλημα αυτό θα λυθεί!»

Οι εφημερίδες έλεγαν πως οι ζητιάνοι στους δρόμους, που για χρόνια είχαν χαθεί, ήταν σταλμένοι από το διεθνή κομμουνισμό για να δυσφημίσουν τη στρατιωτική χούντα και να σαμποτάρουν την τάξη και την πρόοδο. Έστησαν πανό, για να κρύψουν τους περιθωριακούς οικισμούς από τα μάτια των τουριστών κι απ' αυτούς που δεν ήθελαν να τους βλέπουν. Μέσα σε μια μόνο νύχτα ξεπήδησαν, σαν από κάποια μαγεία, κήποι θαυμάσια κλαδεμένοι και φυτά με λουλούδια στις λεωφόρους, που είχαν βάλει να φυτέψουν οι άνεργοι, για να δώσουν την εντύπωση μιας ειρηνικής άνοιξης. Τα έβαψαν όλα άσπρα, σβήνοντας τις τοιχογραφίες με τα περιστέρια και τις πολιτικές αφίσες. Οποιαδήποτε απόπειρα να γράψει κανείς πολιτικά μηνύματα σε δημόσιο δρόμο τιμωρούνταν με μια ριπή πυροβόλου επιτόπου. Οι καθαροί, ταχτικοί και σιωπηλοί δρόμοι ήταν ανοιχτοί, με εμπορικά μαγαζιά. Σε λίγο καιρό εξαφανίστηκαν τα ζητιανάκια και η Άλμπα πρόσεξε πως δεν υπήρχαν ούτε περιπλανώμενα σκυλιά ούτε σκουπιδοτενεκέδες. Η μαύρη αγορά σταμάτησε την ίδια στιγμή που βομβάρδισαν το Προεδρικό Μέγαρο, γιατί οι κερδοσκόποι απειλούνταν με στρατιωτικό νόμο και τουφεκισμό. Στα μαγαζιά άρχισαν να πουλιούνται άγνωστα πράγματα, που ούτε τ' όνομά τους δεν ήξεραν, κι άλλα που παλιά τα έβρισκαν μόνο οι πλούσιοι με λαθρεμπόριο. Ποτέ δεν ήταν πιο όμορφη η πόλη. Ποτέ και οι μεγαλοαστοί δεν ήταν τόσο ευτυχισμένοι: μπορούσαν ν' αγοράζουν όσο ουίσκι ήθελαν κι αυτοκίνητα με πίστωση.

Μες στην πατριωτική ευφορία, τις πρώτες μέρες, οι γυναίκες δώριζαν τα κοσμήματά τους στα στρατόπεδα, για την εθνική αναδόμηση, μέχρι και τις βέρες τους, που αντικαθιστούσαν με χάλκινες με το έμβλημα της πατρίδας. Η Μπλάνκα αναγκάστηκε να κρύψει τη μάλλινη κάλτσα με τα κοσμήματα, που η Κλάρα της είχε αφήσει, για να μην την παραδώσει ο γερουσιαστής Τρουέμπα στις Αρχές. Είδαν να γεννιέται μια νέα, περήφανη, κοινωνική τάξη. Πολύ σπουδαίες κυρίες, ντυμένες με ρούχα από άλλους τόπους, εξωτικά και γυαλιστερά, σαν πυγολαμπίδες τη νύχτα, έκαναν βόλτες σαν παγόνια, κρεμασμένες από το μπράτσο των νέων και περήφανων οικονομολόγων. Ξεπήδησε μια κάστα στρατιωτική, που γρήγορα πήρε όλες τις θέσεις-κλειδιά. Οι οικογένειες, που πριν θεωρούσαν ατυχία να έχουν ένα στρατιωτικό ανάμεσά τους, διεκδικούσαν τα μέσα για να βάζουν τα παιδιά τους στη Στρατιωτική Ακαδημία και πρόσφεραν τα κορίτσια τους στους στρατιωτικούς. Η χώρα γέμισε άντρες με στολές, με πολεμικές μηχανές, σημαίες, εμβατήρια και παρελάσεις, γιατί οι στρατιωτικοί γνώριζαν την ανάγκη του λαού να έχει τα δικά του σύμβολα και τις ιεροτελεστίες του. Ο γερουσιαστής Τρουέμπα, που στην αρχή σιχαινόταν αυτά τα πράγματα, κατάλαβε αυτό που ήθελαν να πουν οι φίλοι του στη Λέσχη, όταν τον βεβαίωναν πως ο μαρξισμός δεν είχε την παραμικρή πιθανότητα στη Λατινική Αμερική, γιατί δεν άφηνε περιθώρια για τη μαγική πλευρά των πραγμάτων. «Ψωμί, θεάματα και κάτι να θαυμάζουν, μόνο αυτά χρειάζονται», έβγαλε το συμπέρασμα ο γερουσιαστής, θρηνώντας από μέσα του που έλειπε το ψωμί.

Οργανώθηκε μια εκστρατεία, με σκοπό να σβήσει από το πρόσωπο της γης το καλό όνομα του πρώην προέδρου, με την ελπίδα πως ο λαός θα σταματούσε να τον κλαίει. Άνοιξαν το σπίτι του και κάλεσαν το κοινό να επισκεφτεί αυτό που ονόμαζαν «το παλάτι του δικτάτορα». Μπορούσε κανείς ν' ανοίξει τις ντουλάπες του και να τρομάξει από τον αριθμό και την ποιότητα που είχαν τα σουέτ σακάκια του, να ψάξει τα συρτάρια του, ν' ανακατέψει τα πράγματα στην αποθήκη του, για να δει το κουβανέζικο ρούμι και το τσουβάλι τη ζάχαρη που φύλαγε. Μοίρασαν φωτογραφίες κακορετουσαρισμένες, που τον έδειχναν ντυμένο σαν Βάκχο, μ' ένα στεφάνι από σταφύλια στο κεφάλι, ν' αγκαλιάζεται με ευτραφείς κυρίες και με αθλητές του δικού του φύλου, σ' ένα μόνιμο όργιο, που κανείς, ούτε ο ίδιος ο γερουσιαστής Τρουέμπα, δεν πίστεψε πως ήταν αυθεντικές. «Αυτό είναι υπερβολικό, το έχουν πια παρακάνει», μουρμούρισε, όταν τις είδε.

Με μια μονοκοντυλιά οι στρατιωτικοί άλλαξαν την παγκόσμια ιστορία, σβήνοντας επεισόδια, ιδεολογίες και προσωπικότητες που το καθεστώς δεν ενέκρινε. Προσάρμοσαν και τους χάρτες, γιατί δεν υπήρχε κανένας λόγος να βάλουν το βορρά επάνω, τόσο μακριά από την παντάξια πατρίδα, εφόσον μπορούσαν να τον βάλουν κάτω, όπου θα την ευνοούσε περισσότερο, και, μια κι είχαν αρχίσει, έβαψαν με γαλάζιο της Πρωσίας απέραντες παραλίες από χωρικά ύδατα μέχρι τα όρια της Ασίας και της Αφρικής και σφετερίστηκαν μες στα βιβλία της γεωγραφίας μακρινές χώρες, απλώνοντας τα σύνορα με θράσος, ώσπου οι γειτονικές χώρες έχασαν την υπομονή τους, ζήτησαν βοήθεια από τα Ηνωμένα Έθνη και απείλησαν πως θα έστελναν τα τανκς και τα καταδιωκτικά αεροπλάνα τους. Η λογοκρισία, που στην αρχή κάλυπτε μόνο τα μέσα επικοινωνίας, γρήγορα απλώθηκε στα σχολικά βιβλία, στους στίχους των τραγουδιών, στα σενάρια στις ταινίες και στις ιδιωτικές συζητήσεις. Υπήρχαν λέξεις που είχαν απαγορευτεί με στρατιωτικό διάταγμα, όπως η λέξη «σύντροφος», κι άλλες που δεν αναφέρονταν από προφύλαξη, παρ' όλο που κανένα διάταγμα δεν τις είχε αφαιρέσει από το λεξικό, όπως ελευθερία, δικαιοσύνη και συνδικάτο.

Η Άλμπα αναρωτιόταν από πού είχαν ξεφυτρώσει τόσοι φασίστες από τη μια μέρα στην άλλη, γιατί στη μακρόχρονη δημοκρατική ιστορία της χώρας της ποτέ δεν είχαν φανερωθεί, εκτός από μερικούς που παρασύρθηκαν στη διάρκεια του πολέμου, που από μαϊμουδισμό έβαζαν μαύρα πουκάμισα κι έκαναν παρελάσεις με το χέρι τεντωμένο ψηλά, μες στα χάχανα και τα σφυρίγματα των περαστικών, χωρίς να παίζουν κανένα σπουδαίο ρόλο στη ζωή του κράτους. Ούτε μπορούσε να εξηγήσει τη στάση που κρατούσαν οι Ένοπλες Δυνάμεις, που η πλειονότητά τους προερχόταν από τη μεσαία και την εργατική τάξη και που ιστορικά βρίσκονταν πιο κοντά στην αριστερά παρά στην άκρα δεξιά. Δεν είχε καταλάβει την κατάσταση του εμφύλιου πολέμου, ούτε είχε συνειδητοποιήσει πως ο πόλεμος είναι το έργο τέχνης των στρατιωτικών, το επιστέγασμα όλης τους της εκπαίδευσης, το χρυσό μετάλλιο του επαγγέλματός τους. Οι στρατιώτες δεν είναι φτιαγμένοι για να διακρίνονται τον καιρό της ειρήνης. Το πραξικόπημα τους έδωσε την ευκαιρία να βάλουν σε εφαρμογή όλα όσα είχαν μάθει στους στρατώνες, την τυφλή υπακοή, το χειρισμό των όπλων κι άλλες τέχνες, που οι στρατιώτες μαθαίνουν όταν σωπαίνει η συνείδηση τους.

Η Άλμπα εγκατέλειψε τις σπουδές της, γιατί η Φιλοσοφική Σχολή, όπως και πολλές άλλες που ανοίγουν τις πόρτες στη σκέψη, ήταν κλειστή. Ούτε συνέχισε να ασχολείται με τη μουσική, γιατί το βιολοντσέλο τής φαινόταν μια επιπόλαια απασχόληση κάτω από κείνες τις συνθήκες. Πολλοί καθηγητές διώχτηκαν, φυλακίστηκαν ή εξαφανίστηκαν, σύμφωνα μ' ένα μαύρο κατάλογο που κρατούσε η Ασφάλεια. Είχαν σκοτώσει το Σεμπάστιαν Γκόμες στην πρώτη επιδρομή. Τον είχαν προδώσει οι ίδιοι οι μαθητές του. Το πανεπιστήμιο γέμισε χαφιέδες.

Οι μεγαλοαστοί και οι οικονομολόγοι της δεξιάς, που είχαν ευνοήσει το κίνημα, βρίσκονταν σε κατάσταση ευφορίας. Στην αρχή είχαν τρομάξει λίγο με τα επακόλουθα των πράξεών τους, γιατί ποτέ δεν είχαν ζήσει σε μια δικτατορία και δεν ήξεραν πώς ήταν. Νόμιζαν πως η απουσία της δημοκρατίας θα ήταν προσωρινή και πως μπορούσε να ζήσει κανείς χωρίς προσωπικές ελευθερίες, ούτε συλλογικές, πάντα εφόσον το καθεστώς θα σεβόταν την ελευθερία της επιχείρησης. Ούτε τους ένοιαξε για τη διεθνή δυσφήμιση, που τους τοποθέτησε στην ίδια κατηγορία με άλλες τοπικές τυραννίες, γιατί σκέφτηκαν πως ήταν πολύ χαμηλή η τιμή που έπρεπε να πληρώσουν για την ήττα του μαρξισμού. Όταν έφτασαν ξένα κεφάλαια για να κάνουν τραπεζικές επενδύσεις στη χώρα, το απέδωσαν βέβαια στη σταθερότητα του καινούργιου καθεστώτος, χωρίς να υπολογίσουν πως για κάθε πέσο που έμπαινε στη χώρα, έβγαζαν δύο για τους τόκους. Όταν άρχισαν σιγά σιγά να κλείνουν όλες οι κρατικές βιομηχανίες κι άρχισαν να χρεοκοπούν οι έμποροι, νικημένοι από τις μαζικές εισαγωγές καταναλωτικών αγαθών, είπαν πως οι βραζιλιάνικες κουζίνες, τα υφάσματα από την Ταϊβάν και οι γιαπωνέζικες μοτοσικλέτες, όλα ήταν πολύ καλύτερα από οποιοδήποτε πράγμα είχε ποτέ κατασκευαστεί στη χώρα.

Μόνο όταν έδωσαν πίσω το δικαίωμα εκμετάλλευσης των ορυχείων στις βορειοαμερικανικές εταιρείες, μετά από τρία χρόνια εθνικοποίησης, υψώθηκαν μερικές φωνές να πουν πως αυτό ήταν σαν να τους χάριζαν την πατρίδα τυλιγμένη σε ζελατίνα. Αλλά όταν άρχισαν να επιστρέφουν στα παλιά τους αφεντικά τα χτήματα, που η Αγροτική Μεταρρύθμιση είχε μοιράσει, τότε όλοι ηρέμησαν: είχαν γυρίσει ξανά στην καλή εποχή. Είδαν πως μόνο μια δικτατορία θα μπορούσε να ενεργήσει με την αναγκαία δύναμη και χωρίς να δίνει λογαριασμό σε κανέναν, για να εγγυηθεί τα δικαιώματά τους, κι έτσι σταμάτησαν να μιλούν για την πολιτική και δέχτηκαν την ιδέα πως αυτοί θα είχαν την οικονομική δύναμη, αλλά οι στρατιωτικοί θα κυβερνούσαν. Η μόνη δουλειά της δεξιάς ήταν να τους βοηθήσει να επεξεργαστούν τα καινούργια διατάγματα και τους καινούργιους νόμους. Μέσα σε λίγες μέρες διέλυσαν τα συνδικάτα, οι αρχηγοί τους ήταν φυλακισμένοι ή νεκροί, τα πολιτικά κόμματα είχαν αναστείλει τη λειτουργία τους επ' αόριστον και όλες οι εργατικές και φοιτητικές οργανώσεις, ακόμα και οι επαγγελματικές σχολές, είχαν διαλυθεί. Οι συγκεντρώσεις είχαν απαγορευτεί. Ο μόνος τόπος όπου μπορούσε να μαζεύεται ο κόσμος ήταν η εκκλησία, κι έτσι, μέσα σε λίγο καιρό, η θρησκεία έγινε της μόδας και οι παπάδες και οι καλόγριες αναγκάστηκαν ν' αφήσουν κατά μέρος τις πνευματικές τους εργασίες, για να βοηθήσουν στις γήινες ανάγκες του εκείνο το χαμένο κοπάδι. Η κυβέρνηση και οι επιχειρηματίες άρχισαν να τους βλέπουν σαν πιθανούς εχθρούς και μερικοί ονειρεύονταν να λύσουν το πρόβλημα με τη δολοφονία του καρδινάλιου, μια και ο πάπας από τη Ρώμη είχε αρνηθεί να τον βγάλει από τη θέση του και να τον στείλει σε άσυλο για παράφρονες μοναχούς.

Μια μεγάλη μερίδα της μέσης αστικής τάξης χάρηκε με το στρατιωτικό πραξικόπημα, γιατί αυτό σήμαινε την επιστροφή στην τάξη και την ασφάλεια, στην ομορφιά των παραδόσεων, στις φούστες για τις γυναίκες και στα κοντά μαλλιά για τους άντρες, αλλά γρήγορα άρχισε να υποφέρει από τις ψηλές τιμές και την έλλειψη δουλειάς. Δεν έφταναν οι μισθοί για το φαγητό. Σ' όλες τις οικογένειες είχαν κάποιον να κλάψουν και δεν μπορούσαν πια να λένε, όπως στην αρχή, πως αν ήταν φυλακισμένος, πεθαμένος ή εξόριστος, ήταν γιατί πήγαινε γυρεύοντας. Ούτε μπορούσαν να εξακολουθήσουν να αρνούνται τη χρήση των βασανιστηρίων.

Ενώ τα καταστήματα πολυτελείας, οι θαυματουργές χρηματοδοτικές εταιρείες, τα εξωτικά εστιατόρια και οι εταιρείες εισαγωγής ανθούσαν, μπροστά στα εργοστάσια έκαναν ουρές οι άνεργοι, περιμένοντας την ευκαιρία να δουλέψουν έστω κι ένα μεροκάματο. Τα εργατικά κατέβηκαν σ' επίπεδα σκλαβιάς και τα αφεντικά μπορούσαν, για πρώτη φορά μετά από πολλές δεκαετίες, να απολύουν τους εργάτες όποτε τους έκανε κέφι, χωρίς να τους πληρώνουν αποζημίωση, και να τους χώνουν φυλακή με την παραμικρή διαμαρτυρία.

Τους πρώτους μήνες, ο γερουσιαστής Τρουέμπα πήρε κι αυτός μέρος στην καιροσκοπία, μαζί με όλους τους άλλους στην τάξη του. Ήταν σίγουρος πως μια περίοδος δικτατορίας ήταν αναγκαία για να ξαναγυρίσει η χώρα πίσω στο μαντρί, απ' όπου ποτέ δεν έπρεπε να είχε φύγει. Ήταν ένας από τους πρώτους ιδιοχτήτες, που ξαναβρήκε τα χτήματά του. Του επέστρεψαν τις Τρεις Μαρίες σ' ερείπια, αλλά ακέραιες, μέχρι το τελευταίο τετραγωνικό μέτρο. Είχαν περάσει σχεδόν δυο χρόνια που περίμενε εκείνη τη στιγμή, αναμασώντας τη λύσσα του. Χωρίς να το σκεφτεί δεύτερη φορά, έφυγε για το χτήμα με μισή ντουζίνα πληρωμένους μαχαιροβγάλτες και μπόρεσε να εκδικηθεί όπως ήθελε τους αγρότες, που είχαν τολμήσει να τον αψηφήσουν και να του πάρουν την ιδιοχτησία του.

Έφτασαν εκεί ένα φωτεινό κυριακάτικο πρωινό, λίγο πριν από τα Χριστούγεννα. Μπήκαν στο χτήμα με μια φασαρία σαν πειρατές. Οι μαχαιροβγάλτες σκόρπισαν, μαζεύοντας τον κόσμο με φωνές, χτυπήματα και κλοτσιές, συγκέντρωσαν ανθρώπους και ζώα κι ύστερα έβρεξαν με βενζίνη τα τούβλινα σπιτάκια, που παλιά ήταν η περηφάνια του Τρουέμπα, και τους έβαλαν φωτιά μαζί με το περιεχόμενό τους. Σκότωσαν τα ζώα με πυροβολισμούς. Έκαψαν τ' αλέτρια, τα κοτέτσια, τα ποδήλατα και μέχρι και τις κούνιες των νεογέννητων, σε μια μεσημεριάτικη πυρά, που κόντεψε να σκοτώσει και το γερο-Τρουέμπα από τη χαρά του. Έδιωξε όλους τους υποταχτικούς και τους προειδοποίησε πως, αν τους έβλεπε να τριγυρίζουν γύρω από το χτήμα, θα είχαν την ίδια τύχη με τα ζώα. Τους είδε να φεύγουν πιο φτωχοί παρά ποτέ, σε μια μακριά και θλιβερή πομπή, μαζί με τα παιδιά τους, τους γέρους τους, τα λίγα σκυλιά που είχαν γλιτώσει από τους πυροβολισμούς, κάποια κότα που είχε σωθεί από την κόλαση, σέρνοντας τα πόδια τους στο σκονισμένο δρόμο, που τους έπαιρνε μακριά από τη γη όπου είχαν ζήσει γενιές ολόκληρες. Στην πόρτα του χτήματος μια ομάδα κακομοίρηδες περίμενε με ανήσυχο βλέμμα. Ήταν άλλοι άνεργοι αγρότες, διωγμένοι από άλλα χτήματα, που είχαν φτάσει τόσο φτωχοί, όσο κι οι πρόγονοί τους πολλούς αιώνες πριν, να παρακαλέσουν το αφεντικό να τους προσλάβει για την ερχόμενη συγκομιδή.

Εκείνη τη νύχτα ο Εστέμπαν Τρουέμπα ξάπλωσε στο σιδερένιο κρεβάτι των γονιών του, στο παλιό αρχοντικό, που είχε να επισκεφτεί πολύ καιρό. Ήταν κουρασμένος κι είχε κολλήσει πάνω του η μυρωδιά από την πυρκαγιά κι από τα ψοφίμια, που είχαν αναγκαστεί να κάψουν για να μη βρομίσει ο τόπος. Καίγονταν ακόμα τα τούβλινα σπιτάκια και γύρω τους τα πάντα ήταν καταστροφή και θάνατος. Όμως εκείνος ήξερε πως μπορούσε να ξαναφτιάξει το χτήμα ακριβώς όπως το είχε κάνει μια άλλη φορά, μια και τα χωράφια ήταν άθικτα, το ίδιο και οι δυνάμεις του. Παρ' όλη την ευχαρίστηση για την εκδίκηση που πήρε, δεν μπόρεσε να κοιμηθεί. Ένιωθε σαν πατέρας που είχε τιμωρήσει τα παιδιά του με υπερβολική αυστηρότητα. Ολόκληρη εκείνη τη νύχτα έβλεπε μπροστά του τα πρόσωπα των αγροτών, που είχε δει να γεννιούνται στο χτήμα του, ν' απομακρύνονται πάνω στο δρόμο. Καταράστηκε τον παλιοχαρακτήρα του. Ούτε και την υπόλοιπη βδομάδα κοιμήθηκε κι όταν επιτέλους τον πήρε ο ύπνος, ονειρεύτηκε τη Ρόζα. Αποφάσισε να μη διηγηθεί σε κανέναν αυτό που είχε συμβεί κι ορκίστηκε να ξανακάνει τις Τρεις Μαρίες το αγρόχτημα πρότυπο που ήταν κάποτε. Άφησε να διαδοθεί πως ήταν διατεθειμένος ν' αφήσει τους υποταχτικούς του να γυρίσουν πίσω, κάτω από ορισμένους όρους βέβαια, αλλά κανένας δεν γύρισε. Είχαν σκορπίσει στα χτήματα, στα βουνά, στα παράλια, μερικοί είχαν πάει με τα πόδια στα ορυχεία, άλλοι στα νησιά στο νότο, ψάχνοντας να βρουν τρόπο να θρέψουν την οικογένειά τους. Αηδιασμένος με τον εαυτό του, το αφεντικό γύρισε στην πρωτεύουσα με βαριά καρδιά, νιώθοντας πιο γέρος παρά ποτέ.

Ο Ποιητής ψυχομαχούσε στο σπίτι του κοντά στη θάλασσα. Ήταν άρρωστος και τα γεγονότα του τελευταίου καιρού είχαν εξαντλήσει την επιθυμία του να ζήσει. Ο στρατός είχε εισβάλει στο σπίτι του, είχε αναστατώσει τις συλλογές του από όστρακα, τα κοχύλια του, τις πεταλούδες του, τα μπουκάλια του και τα ακρόπρωρα αγάλματα που είχε μαζέψει από τόσες θάλασσες, τα βιβλία του, τους πίνακες του, τα μισοτελειωμένα του ποιήματα, ψάχνοντας για ανατρεπτικά όπλα και κρυμμένους κομμουνιστές, ώσπου η γέρικη καρδιά του δεν άντεξε κι άρχισε να κοντοστέκεται. Τον πήγαν στην πρωτεύουσα. Πέθανε τέσσερις μέρες αργότερα και τα τελευταία λόγια του ανθρώπου που τραγούδησε τη ζωή ήταν: «Θα τους τουφεκίσουν! Θα τους τουφεκίσουν!» Κανένας από τους φίλους του δεν βρισκόταν κοντά του την ώρα που πέθαινε, γιατί ήταν παράνομοι, φυγάδες, εξόριστοι ή πεθαμένοι. Το γαλάζιο του σπίτι πάνω στο βουνό είχε μισογκρεμιστεί, με καμένο πάτωμα και σπασμένα τζάμια και δεν ήξεραν αν ήταν έργο των στρατιωτικών, όπως έλεγαν οι γείτονες, ή έργο των γειτόνων, όπως έλεγαν ο στρατιωτικοί. Εκεί τον ξαγρύπνησαν κάτι λίγοι, που τόλμησαν να πάνε, και οι δημοσιογράφοι απ' όλο τον κόσμο, που έτρεξαν για να καλύψουν το νέο του θανάτου του. Ο γερουσιαστής Τρουέμπα ήταν ο ιδεολογικός του εχθρός, αλλά τον είχε φιλοξενήσει πολλές φορές στο σπίτι του και γνώριζε απέξω τα ποιήματά του. Παρουσιάστηκε στην αγρύπνια ντυμένος κατάμαυρα με την εγγονή του την Άλμπα. Έμειναν κι οι δυο να τον φυλάνε κοντά στο απλό, ξύλινο φέρετρο και τον συνόδεψαν στο νεκροταφείο ένα κακότυχο πρωί. Η Άλμπα κρατούσε στο χέρι ένα μπουκέτο από τα πρώτα γαρίφαλα της εποχής, κόκκινα σαν αίμα. Η μικρή συνοδεία περπάτησε αργά ως το κοιμητήρι, ανάμεσα σε δυο σειρές στρατιώτες που έκλειναν τους δρόμους.

Ο κόσμος προχωρούσε σιωπηλά. Ξαφνικά, κάποιος φώναξε βραχνά το όνομα του Ποιητή και μια μόνο κραυγή απ' όλα τα στόματα απάντησε: «Παρών! Για τώρα και για πάντα!» Ήταν λες κι άνοιξαν μια βαλβίδα κι όλος ο πόνος, όλος ο φόβος και η οργή εκείνων των ημερών έβγαινε από τα στήθη και κυλούσε στους δρόμους κι ανέβαινε με μια τρομερή βουή προς τα μαύρα σύννεφα στον ουρανό. Κι άλλος φώναξε: «Σύντροφε πρόεδρε!» Κι απάντησαν όλοι μ' ένα μόνο θρήνο, ένα ανθρώπινο κλάμα: «Παρών!» Και σιγά σιγά η κηδεία του Ποιητή μεταβλήθηκε στη συμβολική κηδεία της ελευθερίας.

Πολύ κοντά στην Άλμπα και στον παππού της, οι κινηματογραφιστές από τη σουηδική τηλεόραση τραβούσαν ταινία για να στείλουν στην παγωμένη χώρα του βορρά την τρομαχτική θέα των πολυβόλων, που ήταν στημένα στις δυο πλευρές του δρόμου, τα πρόσωπα του κόσμου, το φέρετρο σκεπασμένο με λουλούδια, την ομάδα από σιωπηλές γυναίκες, που ήταν μαζεμένες στην πόρτα του νεκροτομείου, δυο τετράγωνα από το νεκροταφείο, για να διαβάσουν τις λίστες με τα ονόματα των πεθαμένων. Η φωνή όλων τους ανέβηκε ψηλά σαν τραγούδι και γέμισε τον αέρα με απαγορευμένα συνθήματα: «Λαός ενωμένος ποτέ νικημένος!» – αντιμετωπίζοντας τα όπλα που έτρεμαν στα χέρια τον στρατιωτών. Η συνοδεία πέρασε μπροστά από ένα γιαπί και οι εργάτες άφησαν τα εργαλεία τους, έβγαλαν τα κράνη τους και σχημάτισαν μια σειρά με κατεβασμένα τα κεφάλια. Ένας άντρας περπατούσε με το πουκάμισο τριμμένο στους καρπούς, χωρίς γιλέκο, και με τρύπια παπούτσια, απαγγέλλοντας τα πιο επαναστατικά ποιήματα του Ποιητή, με τα δάκρυα να μουσκεύουν το πρόσωπό του. Τον παρακολουθούσε μ' έκπληκτο βλέμμα ο γερουσιαστής Τρουέμπα, που περπατούσε δίπλα του.

«Κρίμα που ήταν κομμουνιστής!» είπε ο γερουσιαστής στην εγγονή του. «Τόσο καλός ποιητής και με τόσο μπερδεμένες ιδέες! Αν είχε πεθάνει πριν από το στρατιωτικό πραξικόπημα, υποθέτω πως θα του είχαν αποδώσει μεγάλες τιμές!»

«Ήξερε να πεθάνει, όπως ήξερε και να ζήσει, παππού», απάντησε η Άλμπα.

Ήταν σίγουρη πως είχε πεθάνει στην κατάλληλη εποχή, γιατί καμιά τιμή δεν θα μπορούσε να είναι μεγαλύτερη από κείνη τη σεμνή συνοδεία από μερικούς άντρες και γυναίκες, που τον έθαψαν σ' ένα δανεικό τάφο, φωνάζοντας για τελευταία φορά τους στίχους του για δικαιοσύνη και ελευθερία. Δυο μέρες αργότερα εμφανίστηκε στην εφημερίδα μια αγγελία της στρατιωτικής χούντας, επιβάλλοντας εθνικό πένθος για τον Ποιητή κι εξουσιοδοτώντας, όσους ήθελαν, να βάλουν μεσίστιες σημαίες στα σπίτια τους. Η εξουσιοδότηση ήταν έγκυρη από τη μέρα του θανάτου του ως τη μέρα που εμφανίστηκε η αγγελία.

Για τους ίδιους λόγους που δεν μπόρεσε να κάτσει να κλάψει το θείο της τον Χάιμε, η Άλμπα δεν μπόρεσε να κάτσει να σκεφτεί τον Μιγκέλ ή να θρηνήσει για τον Ποιητή. Ήταν απορροφημένη στη δουλειά της, να ψάχνει τους εξαφανισμένους, να παρηγορεί τους βασανισμένους, που γύριζαν στα σπίτια τους με την πλάτη ανοιχτή πληγή και χαμένο το βλέμμα, και να ψάχνει για τρόφιμα για τα συσσίτια των παπάδων. Μες στην ησυχία της νύχτας, ωστόσο, όταν η πόλη έχανε τη θεατρινίστικη ομαλότητά της και την ηρεμία οπερέτας, εκείνη ένιωθε να την καταδιώκουν οι βασανιστικές σκέψεις που απόδιωχνε όλη μέρα. Εκείνη την ώρα μόνο τα φορτηγά γεμάτα πτώματα και φυλακισμένους και τ' αυτοκίνητα της αστυνομίας κυκλοφορούσαν στους δρόμους, σαν χαμένοι λύκοι που ούρλιαζαν μες στο σκοτάδι, στην απαγόρευση της κυκλοφορίας. Η Άλμπα έτρεμε στο κρεβάτι της. Έβλεπε τα ξεδιάντροπα φαντάσματα όλων εκείνων των αγνώστων, άκουγε το μεγάλο σπίτι ν' αναπνέει με γεροντίστικο λαχάνιασμα, έστηνε τ' αυτί της κι ένιωθε ώς τα κόκαλα τους θορύβους που φοβόταν: ένα μακρινό φρενάρισμα, μια πόρτα που χτύπησε, πυροβολισμούς, ποδοβολητό από μπότες, μια υπόκωφη κραυγή. Ύστερα ξαναγύριζε μια μακριά σιωπή, που κρατούσε ώς το πρωί, όταν ζωντάνευε ξανά η πόλη κι ο ήλιος έμοιαζε να σβήνει τους νυχτερινούς τρόμους. Δεν ήταν η μόνη που ξαγρυπνούσε στο σπίτι. Συχνά συναντούσε τον παππού της με το νυχτικό και τις παντόφλες, πιο γέρο και πιο θλιμμένο απ' ό,τι τη μέρα, να ζεσταίνει ένα φλιτζάνι ζουμί και να μουρμουρίζει πειρατικές βρισιές, γιατί τον πονούσαν τα κόκαλα κι η ψυχή του. Ακόμα και η μητέρα της έψαχνε την κουζίνα ή τριγυρνούσε σαν οπτασία στα άδεια δωμάτια.

Έτσι πέρασαν οι μήνες κι έγινε ολοφάνερο για όλους, ακόμα και για το γερουσιαστή Τρουέμπα, πως οι στρατιωτικοί είχαν πάρει την εξουσία για να την κρατήσουν κι όχι για να παραδώσουν την κυβέρνηση στους πολιτικούς της δεξιάς, που είχαν προωθήσει το πραξικόπημα. Ήταν ένα διαφορετικό είδος, αδελφωμένοι μεταξύ τους, που μιλούσαν μια διαφορετική γλώσσα από τους πολίτες και ο διάλογος μαζί τους ήταν σαν μια συζήτηση μεταξύ κουφών, γιατί και η παραμικρή διαφωνία θεωρούνταν προδοσία στον αυστηρό τους κώδικα τιμής. Ο Τρουέμπα είδε πως είχαν μεσσιανικά σχέδια, που δεν συμπεριλάμβαναν τους πολιτικούς. Μια μέρα συζήτησε την κατάσταση με την Μπλάνκα και την Άλμπα. Παραπονέθηκε πως η ενέργεια των στρατιωτικών –που σκοπός τους ήταν να κάνουν πέρα τον κίνδυνο μιας μαρξιστικής δικτατορίας– είχε καταδικάσει τη χώρα σε μια δικτατορία πολύ πιο σκληρή, κι όπως φαινόταν προορισμένη να κρατήσει μια αιωνιότητα. Για πρώτη φορά στη ζωή του ο γερουσιαστής Τρουέμπα παραδέχτηκε πως είχε κάνει λάθος. Βουλιαγμένος στην πολυθρόνα του, σαν ετοιμοθάνατος γέρος, έκλαιγε σιωπηλά. Δεν έκλαιγε γιατί είχε χάσει την εξουσία. Έκλαιγε για την πατρίδα του. Τότε η Μπλάνκα γονάτισε δίπλα του, πήρε το χέρι του και του ομολόγησε πως ο Πέδρο Τερσέρο Γκαρσία ζούσε κρυμμένος σαν ερημίτης σ' ένα από τα εγκαταλειμμένα δωμάτια, που είχε βάλει να χτίσουν η Κλάρα την εποχή των πνευμάτων. Τη μέρα μετά το πραξικόπημα είχαν δημοσιευτεί κατάλογοι με τα ονόματα αυτών που έπρεπε να παρουσιαστούν στις Αρχές. Το όνομα του Πέδρο Τερσέρο Γκαρσία βρισκόταν ανάμεσά τους. Μερικοί, που εξακολουθούσαν να πιστεύουν πως σ' εκείνη τη χώρα ποτέ δεν συνέβαινε τίποτα, πήγαν από μόνοι τους να παραδοθούν στο Υπουργείο Άμυνας και το πλήρωσαν με τη ζωή τους. Αλλά ο Πέδρο Τερσέρο Γκαρσία είχε πριν από τους άλλους ένα προαίσθημα για την αγριότητα του καινούργιου καθεστώτος, ίσως γιατί σ' εκείνα τα τρία χρόνια είχε μάθει να γνωρίζει τις Ένοπλες Δυνάμεις και δεν πίστευε στο παραμύθι πως ήταν διαφορετικές από τις άλλες χώρες. Εκείνη την ίδια νύχτα, την ώρα της απαγόρευσης της κυκλοφορίας, σύρθηκε ώς το μεγάλο σπίτι στη γωνία και χτύπησε το παράθυρο της Μπλάνκα. Όταν εκείνη βγήκε στο παράθυρο, ζαλισμένη ακόμα από τον πονοκέφαλο, δεν τον αναγνώρισε, γιατί είχε ξυρίσει τα γένια του και φορούσε γυαλιά.

«Σκότωσαν τον πρόεδρο», είπε ο Πέδρο Τερσέρο.

Εκείνη τον έκρυψε στ' άδεια δωμάτια. Έφτιαξε βιαστικά ένα καταφύγιο, χωρίς να υποπτεύεται πως θα έπρεπε να τον κρατήσει κρυμμένο αρκετούς μήνες, ενώ οι στρατιώτες χτένιζαν όλη τη χώρα για να τον βρουν.

Η Μπλάνκα είχε υπολογίσει πως κανένας δεν θα σκεφτόταν πως ο Πέδρο Τερσέρο Γκαρσία βρισκόταν στο σπίτι του γερουσιαστή Τρουέμπα, τη στιγμή που αυτός άκουγε όρθιος την ευλαβική, ευχαριστήρια λειτουργία στον καθεδρικό ναό. Για την Μπλάνκα αυτή ήταν η πιο ευτυχισμένη περίοδος στη ζωή της.

Για κείνον ωστόσο οι ώρες περνούσαν αργά, σαν να ήταν φυλακισμένος. Περνούσε όλη τη μέρα μες στους τέσσερις τοίχους, με την πόρτα κλειδωμένη, για να μην του έρθει κανενός η ιδέα να μπει να καθαρίσει, με το παράθυρο και τα παντζούρια κλειστά και τραβηγμένες τις κουρτίνες. Το φως της μέρας δεν έμπαινε μέσα, αλλά μπορούσε να μαντέψει την απαλή αλλαγή στις χαραματιές στα παντζούρια. Τη νύχτα άνοιγε ορθάνοιχτο το παράθυρο για ν' αερίζεται το δωμάτιο –όπου έπρεπε να έχει ένα σκεπασμένο κουβά για τις ανάγκες του– και για ν' αναπνέει βαθιά τον αέρα της ελευθερίας. Περνούσε την ώρα του διαβάζοντας τα βιβλία του Χάιμε, που του πήγαινε κρυφά η Μπλάνκα, ακούγοντας το θόρυβο του δρόμου, τα μουρμουρητά από το ραδιόφωνο, αναμμένο με χαμηλή την ένταση. Η Μπλάνκα του βρήκε μια κιθάρα και του έβαλε μερικά κομμάτια μάλλινο ύφασμα κάτω από τις χορδές, για να μην τον ακούει κανείς όταν συνέθετε με σουρντίνα τα τραγούδια του για τις χήρες, τα ορφανά, τους φυλακισμένους και τους εξαφανισμένους. Προσπάθησε να βάλει ένα σύστημα στη ζωή του για να γεμίζει τις μέρες του, έκανε γυμναστική, διάβαζε, μάθαινε αγγλικά, κοιμόταν το απόγεμα, έγραφε μουσική κι έκανε πάλι γυμναστική, αλλά και μ' όλα αυτά του περίσσευαν ατέλειωτες άχρηστες ώρες, ώσπου ν' ακούσει τελικά το κλειδί στην πόρτα και να μπει η Μπλάνκα, που του πήγαινε τις εφημερίδες, το φαγητό, καθαρό νερό για να πλυθεί. Έκαναν έρωτα σαν απελπισμένοι, εφευρίσκοντας απαγορευμένους τρόπους, που με το φόβο και το πάθος μετατρέπονταν σε τρελά ταξίδια στ' αστέρια.

Η Μπλάνκα είχε πια δεχτεί την αγνότητα, την ωριμότητα και τους διάφορους πόνους της, όμως το σοκ του έρωτα την έκανε να ξανανιώσει. Όλα πάνω της έγιναν πιο έντονα, το φως στο δέρμα της, ο τρόπος που περπατούσε, ο ρυθμός στη φωνή της. Χαμογελούσε από μέσα της και τριγύριζε σαν κοιμισμένη. Ποτέ δεν ήταν πιο όμορφη. Μέχρι κι ο πατέρας της το κατάλαβε και το απόδωσε στην ηρεμία της αφθονίας. «Από τότε που η Μπλάνκα δεν χρειάζεται να κάνει ουρά, μοιάζει σαν να ξαναγεννήθηκε», έλεγε ο γερουσιαστής Τρουέμπα. Και η Άλμπα το είχε προσέξει. Παρατηρούσε τη μητέρα της. Ο παράξενος υπνοβατισμός της τής φαινόταν ύποπτος, καθώς και η καινούργια της μανία να παίρνει το φαγητό στο δωμάτιό της. Περισσότερο από μια φορά είχε θελήσει να την παρακολουθήσει τη νύχτα, αλλά η κούραση από τις πολλές της ασχολίες της παρηγοριάς τη νικούσε κι όταν είχε αϋπνίες φοβόταν να πλησιάσει τ' άδεια δωμάτια, όπου μουρμούριζαν τα φαντάσματα.

Ο Πέδρο Τερσέρο είχε αδυνατίσει κι είχε χάσει το κέφι και τη γλύκα που τον χαρακτήριζαν μέχρι τότε. Βαριόταν, καταριόταν τη θεληματική του φυλάκιση και λύσσαγε από ανυπομονησία για νέα από τους φίλους του. Μόνο η παρουσία της Μπλάνκα τον ηρεμούσε. Όταν εκείνη έμπαινε μέσα, έπεφτε πάνω της σαν τρελός για να μερέψει τους καθημερινούς φόβους και τη μόνιμη ανία. Άρχισε να τον κυριεύει η ιδέα πως ήταν προδότης και δειλός, επειδή δεν μοιράστηκε την τύχη τόσων άλλων και πως το πιο τίμιο θα ήταν να παραδοθεί και ν' αντιμετωπίσει τη μοίρα του. Η Μπλάνκα προσπαθούσε να τον μεταπείσει με τα καλύτερα επιχειρήματά της, αλλά εκείνος ούτε που την άκουγε. Προσπαθούσε να τον συγκρατήσει με τη δύναμη του έρωτα που είχαν ξαναβρεί, τον τάιζε στο στόμα, τον έπλενε και τον έτριβε μ' ένα βρεγμένο πανί, του έβαζε ταλκ σαν μωρό, του έκοβε τα μαλλιά και τα νύχια, τον ξύριζε. Στο τέλος είχε αναγκαστεί να του βάζει ηρεμιστικά στο φαγητό και υπνωτικά στο νερό, για να πέφτει σε βαθύ, τυραννισμένο ύπνο, απ' όπου ξυπνούσε με στεγνό στόμα και βαριά καρδιά. Μέσα σε λίγους μήνες η Μπλάνκα κατάλαβε πως δεν μπορούσε να τον κρατάει αιχμάλωτο για πάντα κι εγκατάλειψε τα σχέδιά της ν' αδυνατίσει το πνεύμα του, για να τον έχει μόνιμα εραστή της. Κατάλαβε πως ήταν πεθαμένος ζωντανός, γιατί για κείνον η ελευθερία ήταν πιο σπουδαία από τον έρωτα και πως δεν υπήρχαν θαυματουργά χάπια που να μπορούσαν ν' αλλάξουν τη στάση του.

«Βοήθησε τον, μπαμπά!» παρακάλεσε η Μπλάνκα το γερουσιαστή Τρουέμπα. «Πρέπει να τον βγάλω έξω απ' τη χώρα».

Ο γέρος έμεινε ξερός από την έκπληξη και κατάλαβε πόσο είχε γεράσει, γιατί ψάχνοντας να βρει το θυμό και το μίσος του, δεν βρήκε τίποτα πουθενά. Σκέφτηκε αυτόν το χωριάτη, που αγαπιόταν με την κόρη του για μισό αιώνα, και δεν μπόρεσε να βρει κανένα λόγο για να τον αντιπαθήσει, ούτε ακόμα και το πόντσο του, τη σοσιαλιστική του γενειάδα, την επιμονή του, ή τις καταραμένες του κότες που κυνηγούσαν τις αλεπούδες.

«Διάολε! Πρέπει να του βρούμε πολιτικό άσυλο, γιατί αν τον πετύχουν σ' αυτό το σπίτι, θα μας γαμήσουν όλους», ήταν το μόνο που του ήρθε να πει.

Η Μπλάνκα κρεμάστηκε απ' το λαιμό του και τον γέμισε φιλιά, κλαίγοντας σαν μωρό. Ήταν το πρώτο αυθόρμητο χάδι που έκανε στον πατέρα της, από τα πρώτα της παιδικά χρόνια.

«Εγώ μπορώ να τον βάλω σε μια πρεσβεία», είπε η Άλμπα. «Αλλά θα πρέπει να περιμένουμε την κατάλληλη στιγμή και θα χρειαστεί να πηδήξει έναν τοίχο».

«Δεν θα χρειαστεί, κοριτσάκι μου», απάντησε ο γερουσιαστής Τρουέμπα. «Έχω ακόμα μερικούς σπουδαίους φίλους σ' αυτή τη χώρα».

Σαράντα οχτώ ώρες αργότερα, η πόρτα στο δωμάτιο του Πέδρο Τερσέρο Γκαρσία άνοιξε, αλλά αντί για την Μπλάνκα εμφανίστηκε ο γερουσιαστής Τρουέμπα στο κατώφλι. Ο φυγάδας σκέφτηκε πως επιτέλους είχε φτάσει η ώρα του και κατά κάποιον τρόπο χάρηκε.

«Ήρθα να σας βγάλω από δω», είπε ο Τρουέμπα.

«Γιατί;» ρώτησε ο Πέδρο Τερσέρο.

«Γιατί η Μπλάνκα μου το ζήτησε», απάντησε ο άλλος.

«Πήγαινε στο διάβολο», ψέλλισε ο Πέδρο Τερσέρο.

«Εντάξει, εκεί θα πάμε. Θα 'ρθείτε μαζί μου».

Κι οι δυο τους χαμογέλασαν ταυτόχρονα. Στην αυλή του σπιτιού τούς περίμενε η ασημένια λιμουζίνα κάποιου Σκανδιναβού πρεσβευτή. Έβαλαν τον Πέδρο Τερσέρο στο χώρο των αποσκευών και τον σκέπασαν με σακούλες γεμάτες λαχανικά. Στα καθίσματα πήραν θέση η Μπλάνκα, η Άλμπα, ο γερουσιαστής Τρουέμπα και ο φίλος του, ο πρεσβευτής. Ο οδηγός τους πήγε στην έδρα του Αποστολικού Νούντσιου, περνώντας μπροστά από ένα οδόφραγμα της αστυνομίας, χωρίς να τους σταματήσει κανείς. Μπροστά στην είσοδο της Έδρας υπήρχαν διπλοί φρουροί, αλλά αναγνωρίζοντας το γερουσιαστή Τρουέμπα και βλέποντας τις διπλωματικές πινακίδες του αυτοκινήτου, τους άφησαν να περάσουν μ' ένα χαιρετισμό. Μέσα στην αυλή, σώο, στην έδρα του Βατικανού, έβγαλαν τον Πέδρο Τερσέρο μέσα από ένα βουνό μαρούλια και πατημένες ντομάτες. Τον οδήγησαν στο γραφείο του Νούντσιου, που τον περίμενε ντυμένος με τα επισκοπικά του άμφια κι εφοδιασμένος μ' ένα ολοκαίνουργιο διαβατήριο, για να φύγει στο εξωτερικό με την Μπλάνκα, που είχε αποφασίσει να ζήσει στην εξορία τον καθυστερημένο από τα παιδικά της χρόνια έρωτα. Ο Νούντσιος τους καλωσόρισε. Θαύμαζε τον Πέδρο Τερσέρο Γκαρσία κι είχε όλους τους δίσκους του.

Όσο ο ιερέας και ο Σκανδιναβός πρεσβευτής συζητούσαν για τη διεθνή κατάσταση, η οικογένεια αποχαιρετιόταν. Η Μπλάνκα και η Άλμπα έκλαιγαν απαρηγόρητα. Ποτέ δεν είχαν χωριστεί μέχρι τότε. Ο Εστέμπαν Τρουέμπα κράτησε πολλή ώρα στην αγκαλιά του την κόρη του, χωρίς δάκρυα, αλλά με σφιγμένο στόμα, τρέμοντας, προσπαθώντας να συγκρατήσει τους λυγμούς του.

«Δεν ήμουν καλός πατέρας για σένα, Μπλάνκα», της είπε. «Θα μπορέσεις να με συγχωρέσεις και να ξεχάσεις τα περασμένα;»

«Σ' αγαπώ πολύ, πατέρα!» είπε κλαίγοντας η Μπλάνκα, έριξε τα χέρια της γύρω απ' το λαιμό του και τον έσφιξε με απελπισία, γεμίζοντάς τον φιλιά.

Ύστερα ο γέρος γύρισε προς τον Πέδρο Τερσέρο και τον κοίταξε κατάματα. Του άπλωσε το χέρι, αλλά δεν μπόρεσε να σφίξει το άλλο, γιατί του έλειπαν μερικά δάχτυλα. Άνοιξε τότε τα μπράτσα του και οι δυο άντρες αποχαιρετίστηκαν με μια σφιχτή αγκαλιά, ελεύθεροι επιτέλους από τις έχθρες και τις μνησικακίες, που για τόσα χρόνια είχαν δηλητηριάσει τη ζωή τους.

«Θα προσέχω την κόρη σας και θα προσπαθήσω να την κάνω ευτυχισμένη», είπε ο Πέδρο Τερσέρο Γκαρσία με σπασμένη φωνή.

«Δεν έχω καμιά αμφιβολία. Να φύγετε ήσυχοι, παιδιά μου», μουρμούρισε ο γέροντας.

Ήξερε πως δεν θα τους έβλεπε ξανά.

Ο γερουσιαστής Τρουέμπα έμεινε μόνος στο σπίτι με την εγγονή του και μερικούς υπηρέτες. Τουλάχιστον έτσι νόμιζε. Η Άλμπα όμως είχε αποφασίσει να υιοθετήσει τις ιδέες της μητέρας της και χρησιμοποιούσε το εγκαταλειμμένο μέρος του σπιτιού για να κρύβει κυνηγημένους για μια δυο νύχτες, ώσπου να βρουν άλλο μέρος πιο σίγουρο, ή τον τρόπο να φύγουν από τη χώρα. Βοηθούσε αυτούς που ζούσαν μες στις σκιές, που προσπαθούσαν να ξεφύγουν τη μέρα, χαμένοι μες στην αναστάτωση της πόλης, που όμως, όταν έπεφτε η νύχτα, έπρεπε να μείνουν κρυμμένοι κάθε φορά και σε διαφορετικό μέρος. Οι πιο επικίνδυνες ώρες ήταν στη διάρκεια της απαγόρευσης της κυκλοφορίας, όταν οι καταδιωκόμενοι δεν μπορούσαν να βγουν στο δρόμο και η αστυνομία μπορούσε να τους κυνηγάει με το πάσο της. Η Άλμπα είχε σκεφτεί πως το σπίτι του παππού θα ήταν το τελευταίο μέρος που θα έψαχναν. Με τον καιρό διαμόρφωσε τα άδεια δωμάτια σ' ένα λαβύρινθο από κρυφές γωνιές, όπου έκρυβε τους προστατευόμενούς της, μερικές φορές ολόκληρες οικογένειες. Ο γερουσιαστής Τρουέμπα ήταν απομονωμένος στη βιβλιοθήκη, στο μπάνιο και στην κρεβατοκάμαρά του. Εκεί ζούσε τριγυρισμένος από τα μαονένια του έπιπλα, τις βικτοριανές του βιτρίνες και τα περσικά χαλιά του.

Ακόμα και για έναν άνθρωπο που δεν είχε ποτέ προαισθήσεις, το σκοτεινό σπίτι είχε κάτι ανησυχαστικό: έμοιαζε να περιέχει ένα κρυμμένο τέρας. Ο Τρουέμπα δεν καταλάβαινε γιατί έπρεπε ν' ανησυχεί, μια και γνώριζε πως οι παράξενοι θόρυβοι, που οι υπηρέτες έλεγαν πως άκουγαν, προέρχονταν από την Κλάρα, που τριγυρνούσε στο σπίτι παρέα με τα φιλικά της πνεύματα. Συχνά έπιανε τη γυναίκα του να γλιστράει μες στα σαλόνια με τον άσπρο χιτώνα της και το κοριτσίστικο γέλιο της. Έκανε πως δεν την έβλεπε, έμενε ακίνητος και μέχρι που κρατούσε την ανάσα του για να μην την τρομάξει. Αν έκλεινε τα μάτια του, κάνοντας τον κοιμισμένο, μπορούσε να νιώσει τα δάχτυλά της ν' αγγίζουν απαλά το μέτωπό του, τη δροσερή της αναπνοή να περνάει σαν αεράκι, το άγγιγμα των μαλλιών της πάνω στο χέρι του. Δεν είχε λόγους να υποπτεύεται κάτι ανώμαλο, ωστόσο προσπαθούσε να μην πολυπλησιάζει στη μαγεμένη περιοχή, όπου βασίλευε η γυναίκα του, και το πιο μακρινό σημείο που έφτανε ήταν η ουδέτερη ζώνη της κουζίνας.

Η παλιά του μαγείρισσα είχε φύγει, γιατί σε μια συμπλοκή είχαν σκοτώσει κατά λάθος τον άντρα της και το μονάχογιό της, που υπηρετούσε τη θητεία του σ' ένα χωριό στο νότο, τον κρέμασαν από ένα στύλο με τα έντερά του τυλιγμένα γύρω από το λαιμό του, γιατί είχε εκτελέσει τις διαταγές των ανωτέρων του. Η καημένη η γυναίκα έχασε τα λογικά της και σε λίγο καιρό και ο Τρουέμπα έχασε την υπομονή του, γιατί είχε βαρεθεί να βρίσκει μες στο φαγητό του τα μαλλιά που εκείνη ξερίζωνε μες στα αδιάκοπα κλάματά της. Για ένα διάστημα η Άλμπα πειραματίστηκε με τις κατσαρόλες με τη βοήθεια ενός οδηγού μαγειρικής, αλλά παρ' όλη την καλή της διάθεση, ο Τρουέμπα κατέληξε να δειπνεί σχεδόν όλα τα βράδια στη Λέσχη, για να τρώει τουλάχιστον μία φορά τη μέρα της προκοπής. Αυτή η κατάσταση έδωσε μεγαλύτερη ελευθερία στην Άλμπα για να μεταφέρει τους φυγάδες της και μεγαλύτερη ασφάλεια για να μπαινοβγάζει κόσμο στο σπίτι μετά την απαγόρευση της κυκλοφορίας, χωρίς να παίρνει είδηση ο παππούς της.

Μια μέρα εμφανίστηκε ο Μιγκέλ. Εκείνη έμπαινε στο σπίτι, μέρα μεσημέρι, όταν εκείνος πήγε να τη συναντήσει. Είχε μείνει κρυμμένος στ' αγριόχορτα του κήπου και την περίμενε. Είχε βάψει τα μαλλιά του ανοιχτά κίτρινα και φορούσε ένα σταυρωτό μπλε κοστούμι. Έμοιαζε με ταπεινό τραπεζικό υπάλληλο, αλλά η Άλμπα τον αναγνώρισε αμέσως και δεν μπόρεσε να συγκρατήσει μια χαρούμενη κραυγή που βγήκε από τα σωθικά της. Αγκαλιάστηκαν μες στον κήπο, μπροστά στους περαστικούς και σ' όσους ήθελαν να τους κοιτάξουν, ώσπου ήρθαν στα συγκαλά τους και κατάλαβαν τον κίνδυνο. Η Άλμπα τον πήρε στο σπίτι, στο δωμάτιό της. Έπεσαν πάνω στο κρεβάτι, ένας κόμπος από μπράτσα και πόδια, φωνάζοντας ο ένας τον άλλον με τα κρυφά ονόματα που είχαν από την εποχή του υπογείου, έκαναν έρωτα απελπισμένα μέχρι που ένιωσαν να χάνονται, να σπάνε οι καρδιές τους κι αναγκάστηκαν να μείνουν ακίνητοι, ακούγοντας τα δυνατά χτυπήματά τους για να ηρεμήσουν λιγάκι.

Τότε η Άλμπα τον κοίταξε για πρώτη φορά και είδε πως έκανε έρωτα με έναν άγνωστο, που όχι μόνο είχε μαλλιά σαν Βίκινγκ, αλλά δεν είχε ούτε τα γένια του Μιγκέλ, ούτε τα μικρά, στρογγυλά, δασκαλίστικα γυαλάκια του κι έδειχνε πολύ πιο αδύνατος. «Είσαι χάλια!» του ψιθύρισε στ' αυτί. Ο Μιγκέλ είχε γίνει ένας από τους αρχηγούς του αντάρτικου, βρίσκοντας έτσι το δρόμο που ο ίδιος είχε χαράξει από μικρός. Για να τον βρουν είχαν ανακρίνει πολλούς άντρες και γυναίκες, πράγμα που βάραινε σαν μυλόπετρα στην καρδιά της Άλμπα, αλλά γι' αυτόν δεν ήταν παρά ακόμα ένα μέρος από τον τρόμο του πολέμου κι ήταν διατεθειμένος να διατρέξει τον ίδιο κίνδυνο, αν χρειαζόταν να καλύψει άλλους. Στο μεταξύ αγωνιζόταν στην παρανομία, πιστός στη θεωρία του πως στη βία των πλουσίων έπρεπε ν' αντιταχτεί η βία του λαού. Η Άλμπα, που χίλιες φορές είχε φανταστεί πως τον είχαν πιάσει ή σκοτώσει με κάποιο φριχτό τρόπο, έκλαιγε από τη χαρά της, καθώς απολάμβανε τη μυρωδιά του, τη θέρμη του, το χάδι των χεριών του, που ήταν γεμάτα κάλους από τα όπλα και τη συνήθεια να έρπει, και προσευχόταν και καταριόταν και τον φιλούσε και τον μισούσε για τόσες μαζεμένες αγωνίες και ποθούσε να πεθάνει εκείνη την ίδια στιγμή για να μην ξαναπονέσει με την απουσία του.

«Είχες δίκιο, Μιγκέλ. Έγιναν όλα όπως είπες πως θα γίνουν», παραδέχτηκε η Άλμπα, κλαίγοντας πάνω στον ώμο του.

Ύστερα του διηγήθηκε για τα όπλα, που είχε κλέψει από τον παππού της κι είχε κρύψει μαζί με το θείο της τον Χάιμε, και του πρότεινε να πάνε να τα βρουν. Θα ήθελε βέβαια να του δώσει κι εκείνα που δεν είχαν μπορέσει να κλέψουν κι είχαν μείνει στην αποθήκη στο σπίτι, αλλά λίγες μέρες μετά το στρατιωτικό πραξικόπημα είχαν διατάξει όλο τον πληθυσμό να παραδώσει καθετί που μπορούσε να θεωρηθεί όπλο, μέχρι και τους σουγιάδες και τα μαχαιράκια των παιδιών. Ο κόσμος άφηνε τα μικρά του πακέτα τυλιγμένα σ' εφημερίδες μπροστά στις εκκλησίες, γιατί δεν τολμούσε να τ' αφήσει στα στρατόπεδα, ο γερουσιαστής Τρουέμπα όμως, που είχε πολεμικά όπλα, δεν ένιωσε κανένα φόβο, γιατί τα δικά του ήταν προορισμένα να σκοτώσουν κομμουνιστές, όπως ήξερε όλος ο κόσμος. Τηλεφώνησε στο φίλο του, το στρατηγό Ουρτάδο, κι εκείνος έστειλε ένα στρατιωτικό φορτηγό για να τα πάρει. Ο Τρουέμπα οδήγησε τους στρατιώτες στο δωμάτιο με τα όπλα κι εκεί μπόρεσε να δει, βουβός από την κατάπληξη, πως τα μισά κιβώτια ήταν γεμάτα με χόρτο και πέτρες, κατάλαβε όμως πως, αν παραδεχόταν το έλλειμμα, θα έμπλεκε κάποιον από τη δική του οικογένεια ή θα έμπλεκε ο ίδιος. Άρχισε να ζητάει συγγνώμη, αλλά κανένας δεν του έδωσε προσοχή, γιατί οι στρατιώτες δεν ήξεραν πόσα ακριβώς όπλα είχε αγοράσει. Υποπτευόταν την Μπλάνκα και τον Πέδρο Τερσέρο Γκαρσία, αλλά τα κατακόκκινα μάγουλα της εγγονής του τον έκαναν ν' αμφιβάλλει. Αφού οι στρατιώτες παρέλαβαν τα κιβώτια και του υπέγραψαν μια απόδειξη, έπιασε την Άλμπα από τα μπράτσα και την τράνταξε, όπως ποτέ δεν είχε κάνει στη ζωή του, για να του ομολογήσει αν είχε καμιά σχέση με τα πολυβόλα και τα τουφέκια που έλειπαν. «Μη με ρωτάς αυτά που δεν θέλεις να μάθεις, παππού», απάντησε η Άλμπα κοιτάζοντάς τον στα μάτια. Δεν μίλησαν ξανά γι' αυτό το θέμα.

«Ο παππούς σου είναι ένας άθλιος, Άλμπα. Κάποια μέρα κάποιος θα τον σκοτώσει όπως του αξίζει», είπε ο Μιγκέλ.

«Θα πεθάνει στο κρεβάτι του. Είναι πια πολύ γέρος», απάντησε η Άλμπα.

«Κακό σκυλί, ψόφο δεν έχει. Ίσως εγώ να τον σκοτώσω μια μέρα».

«Ο Θεός να φυλάει, Μιγκέλ, γιατί θα μ' ανάγκαζες να σε σκοτώσω», του απάντησε άγρια η Άλμπα.

Ο Μιγκέλ της εξήγησε πως δεν θα μπορούσαν να βλέπονται για πολύ καιρό, ίσως ποτέ ξανά. Προσπάθησε να την κάνει να καταλάβει τον κίνδυνο που διέτρεχε σαν συντρόφισσα ενός αντάρτη, ακόμα κι αν την προστάτευε το επώνυμο του παππού της, αλλά εκείνη έκλαιγε τόσο πολύ και τον αγκάλιαζε με τέτοια αγωνία, που αναγκάστηκε να της υποσχεθεί πως ακόμα και με κίνδυνο της ζωής τους θα έβρισκαν την ευκαιρία να ιδωθούν μερικές φορές. Ο Μιγκέλ συμφώνησε, ακόμα, να πάει μαζί της να βρουν τα όπλα και τα πολεμοφόδια που ήταν θαμμένα στο βουνό, γιατί ήταν ό,τι περισσότερο χρειαζόταν στο ριψοκίνδυνο αγώνα του.

«Ελπίζω να μην έχουν γίνει σκουριασμένα παλιοσίδερα», μουρμούρισε η Άλμπα. «Και να μπορέσω να θυμηθώ ακριβώς το σημείο, γιατί πέρασε περισσότερο από χρόνος από τότε που έγινε αυτή η δουλειά».

Δυο βδομάδες αργότερα, η Άλμπα οργάνωσε μια εκδρομή με τα παιδιά από το λαϊκό συσσίτιο, μ' ένα φορτηγάκι που της δάνεισαν οι παπάδες της ενορίας. Κουβαλούσε καλάθια με το κολατσιό, μια σακούλα πορτοκάλια, μπάλες και μια κιθάρα. Κανένα από τα παιδιά δεν έδωσε σημασία που μάζεψαν στο δρόμο έναν ξανθό άντρα. Η Άλμπα οδήγησε το βαρύ φορτηγάκι με το φορτίο από παιδιά στον ίδιο βουνίσιο δρόμο που είχε περάσει με το θείο της τον Χάιμε. Δυο περίπολοι τη σταμάτησαν κι αναγκάστηκε ν' ανοίξει τα καλάθια με το φαγητό, αλλά η μεταδοτική ευθυμία των παιδιών και το αθώο περιεχόμενο στις σακούλες έδιωξαν κάθε υποψία από τους στρατιώτες. Μπόρεσαν να φτάσουν ανενόχλητοι στο μέρος που ήταν κρυμμένα τα όπλα. Τα παιδιά έπαιξαν κυνηγητό και κρυφτό. Ο Μιγκέλ οργάνωσε έναν ποδοσφαιρικό αγώνα, ύστερα τους κάθισε σε κύκλο και τους διηγήθηκε ιστορίες κι ύστερα τραγούδησαν όλοι μαζί μέχρι που βράχνιασαν. Μετά ζωγράφισε ένα σχέδιο της τοποθεσίας, για να γυρίσει με τους συντρόφους του, τότε που θα ήταν προφυλαγμένοι από το σκοτάδι της νύχτας. Πέρασαν μια χαρούμενη μέρα στην εξοχή και μπόρεσαν για λίγες ώρες να ξεχάσουν την ένταση της εμπόλεμης κατάστασης και να χαρούν το ζεστό πρωινό ήλιο στο βουνό, ακούγοντας τις φωνές των παιδιών, που έτρεχαν ανάμεσα στις πέτρες με το στομάχι γεμάτο, για πρώτη φορά μετά από πολλούς μήνες.

«Μιγκέλ, φοβάμαι», είπε η Άλμπα. «Ποτέ δεν θα μπορέσουμε να ζήσουμε μια κανονική ζωή! Γιατί δεν φεύγουμε έξω; Γιατί δεν το σκάμε τώρα, όσο μπορούμε ακόμα;»

Ο Μιγκέλ της έδειξε τα παιδιά και η Άλμπα κατάλαβε.

«Τότε, άσε με να έρθω μαζί σου», τον παρακάλεσε, όπως τόσες άλλες φορές.

«Δεν μπορούμε να έχουμε μαζί μας κάποιον χωρίς εκπαίδευση αυτή τη στιγμή. Κι ακόμα λιγότερο μια ερωτευμένη γυναίκα», χαμογέλασε ο Μιγκέλ. «Είναι καλύτερα να συνεχίσεις τη δουλειά σου. Πρέπει να βοηθήσουμε αυτά τα καημένα τα μικρά, μέχρι να έρθουν καλύτερα χρόνια».

«Τουλάχιστον πες μου πού μπορώ να σε βρω!»

«Αν σε πιάσει η αστυνομία, είναι καλύτερα να μην ξέρεις τίποτα», της απάντησε ο Μιγκέλ.

Εκείνη ανατρίχιασε.

Τους επόμενους μήνες η Άλμπα άρχισε να κάνει εμπόριο

με τα έπιπλα του σπιτιού. Στην αρχή τολμούσε μόνο να βγάζει τα έπιπλα από τα εγκαταλειμμένα δωμάτια κι από το υπόγειο, αλλά όταν πια τα πούλησε όλα, άρχισε να παίρνει τις παλιές πολυθρόνες από το σαλόνι, τα μπαρόκ διαχωριστικά, τις αποικιακές κασέλες, τα σκαλιστά παραβάν και μέχρι και τα τραπεζομάντιλα της τραπεζαρίας. Ο Τρουέμπα το κατάλαβε, αλλά δεν είπε τίποτα. Σκεφτόταν πως η εγγονή του έδινε τα λεφτά σε κάποιον απαγορευμένο σκοπό, ακριβώς όπως πίστευε πως έκανε και με τα όπλα που είχε κλέψει, αλλά δεν ήθελε να το ξέρει, για να μπορεί να διατηρεί την αμφίβολη ισορροπία του μέσα σ' έναν κόσμο που είχε διαλυθεί κάτω απ' τα πόδια του. Ένιωθε πως τα γεγονότα ξέφευγαν από τον έλεγχό του. Είχε καταλάβει πως το μόνο που τον ενδιέφερε πραγματικά ήταν να μη χάσει την εγγονή του, γιατί εκείνη ήταν ο μοναδικός κρίκος που τον κρατούσε δεμένο με τη ζωή. Γι' αυτό δεν είχε πει τίποτα, όταν εκείνη άρχισε να βγάζει τους πίνακες έναν έναν από τους τοίχους και τα παλιά χαλιά, για να τα πουλήσει στους νεόπλουτους. Ένιωθε πολύ γέρος και πολύ κουρασμένος, χωρίς δυνάμεις για να μαλώνει. Δεν είχε πια ξεκάθαρο μυαλό κι είχαν χαθεί τα σύνορα ανάμεσα σ' αυτό που του φαινόταν καλό και σ' ό,τι θεωρούσε κακό. Τη νύχτα, όταν τον έπιανε ο ύπνος, είχε εφιάλτες με τούβλινα σπιτάκια που καίγονταν. Σκέφτηκε πως αν η μοναδική του κληρονόμος είχε αποφασίσει να πετάξει το σπίτι απ' το παράθυρο, εκείνος δεν θα μπορούσε να το αποφύγει, γιατί λίγο ακόμα ήθελε για να βρεθεί στον τάφο και μαζί του δεν θα έπαιρνε άλλο απ' το σάβανό του. Η Άλμπα θέλησε να του μιλήσει, να του εξηγήσει, αλλά ο γέρος δεν δέχτηκε ν' ακούσει την ιστορία με τα πεινασμένα παιδιά που έτρωγαν ένα πιάτο φαΐ με τα έσοδα από το γκομπλέν του Ομπισόν, για τους άνεργους που επιζούσαν άλλη μια βδομάδα με τον κινέζικο δράκο από ημιπολύτιμη πέτρα. Όλα αυτά, εξακολουθούσε να υποστηρίζει, ήταν ένα τερατώδες ψέμα του διεθνούς κομμουνισμού, αλλά ακόμα και στην απίθανη περίπτωση να ήταν αλήθεια, δεν μπορούσε η Άλμπα ν' αναλάβει αυτή την ευθύνη, παρά η κυβέρνηση ή, σε τελική ανάλυση, η Εκκλησία. Τη μέρα όμως που μπήκε στο σπίτι και δεν βρήκε τον πίνακα με την Κλάρα, που κρεμόταν στην είσοδο, θεώρησε πως η υπόθεση είχε βγει από τα όρια της υπομονής του και αντιμετώπισε την εγγονή του.

«Πού στο διάολο είναι ο πίνακας με τη γιαγιά σου;» βρυχήθηκε.

«Τον πούλησα στον Εγγλέζο πρόξενο, παππού. Μου είπε πως θα τον βάλει σ' ένα μουσείο στο Λονδίνο».

«Σου απαγορεύω να βγάλεις άλλο πράγμα μέσα απ' αυτό το σπίτι! Από αύριο θα σου ανοίξω ένα λογαριασμό στην τράπεζα για τα χαρτζιλίκια σου», απάντησε.

Γρήγορα ο Εστέμπαν Τρουέμπα είδε πως η Άλμπα ήταν η πιο ακριβή γυναίκα στον κόσμο κι ένα χαρέμι μ' ερωμένες δεν θα του κόστιζε τόσο όσο εκείνη η εγγονή με τα πράσινα μαλλιά. Δεν τη μάλωνε, γιατί είχαν ξαναγυρίσει οι καλότυχοι καιροί κι όσο πιο πολλά ξόδευε τόσα περισσότερα μαζεύονταν. Από τότε που η πολιτική δραστηριότητα είχε απαγορευτεί, του περίσσευε καιρός για τις υποθέσεις του και είχε υπολογίσει πως, παρά τα προγνωστικά, θα πέθαινε πλούσιος. Τοποθετούσε τα λεφτά του σε καινούργιες επιχειρήσεις, που υπόσχονταν να πολλαπλασιάσουν τα λεφτά του από τη μια μέρα στην άλλη μ' έναν απίστευτο τρόπο.

Ανακάλυψε πως τα πλούτη τού προκαλούσαν τρομερή ενόχληση, γιατί τα κέρδιζε μ' ευκολία, χωρίς να βρίσκει εύκολα κίνητρα για να τα ξοδέψει κι ούτε ακόμα και το θαυμαστό ταλέντο της Άλμπα για σπατάλες κατάφερνε να μικρύνει το πουγκί του. Με ενθουσιασμό ξανάχτισε και καλυτέρεψε τις Τρεις Μαρίες, αλλά μετά έχασε το ενδιαφέρον του για οποιαδήποτε άλλη επιχείρηση, γιατί πρόσεξε πως χάρη στο καινούργιο οικονομικό σύστημα δεν ήταν αναγκαίο να κάνει κανείς μεγάλες προσπάθειες για να παράγει, μια και τα λεφτά τραβούσαν περισσότερα λεφτά και, χωρίς να κάνει καμιά προσπάθεια, οι λογαριασμοί στην τράπεζα ολοένα μεγάλωναν. Έτσι, κάνοντας λογαριασμούς, έκανε ένα βήμα που ποτέ δεν είχε φανταστεί πως θα κάνει στη ζωή του: έστελνε κάθε μήνα μια επιταγή στον Πέδρο Τερσέρο Γκαρσία, που ζούσε μαζί με την Μπλάνκα με πολιτικό άσυλο στον Καναδά.

Εκεί και οι δυο τους ένιωθαν ολοκληρωμένοι με την ηρεμία του ικανοποιημένου έρωτα. Εκείνος έγραφε επαναστατικά τραγούδια για τους εργάτες, τους φοιτητές και, κυρίως, για τους μεγαλοαστούς που τα είχαν υιοθετήσει σαν μόδα, μεταφρασμένα στα αγγλικά και στα γαλλικά, με μεγάλη επιτυχία, παρ' όλο που οι κότες και οι αλεπούδες είναι υποανάπτυκτα πλάσματα και δεν έχουν ζωολογική χάρη, σαν τους αετούς και τους λύκους σ' εκείνο το παγωμένο κράτος του Βορρά. Η Μπλάνκα, στο μεταξύ, ήρεμη κι ευτυχισμένη, χαιρόταν για πρώτη φορά στη ζωή της μια σιδερένια υγεία. Είχε εγκαταστήσει ένα μεγάλο φούρνο στο σπίτι της για να ψήνει τις φάτνες της με τα τέρατα, που πουλιούνταν πολύ καλά, γιατί ήταν λαϊκή τέχνη των ιθαγενών, ακριβώς όπως είχε πει ο Ζαν δε Σατινί πριν από είκοσι πέντε χρόνια, όταν ήθελε να τα εξαγάγει. Μ' αυτές τις δουλειές, με τις επιταγές του παππού και με την καναδική βοήθεια, είχαν αρκετά· και η Μπλάνκα, για καλό και για κακό, έκρυψε στην πιο κρυφή γωνιά την κάλτσα με τα ατέλειωτα κοσμήματα της Κλάρας. Είχε την ελπίδα πως δεν θα χρειαζόταν να τα πουλήσει, για να τα φορέσει μια μέρα η Άλμπα.

Ο Εστέμπαν Τρουέμπα δεν ήξερε πως παρακολουθούσαν το σπίτι μέχρι τη νύχτα που πήραν την Άλμπα. Κοιμόταν και συμπτωματικά δεν υπήρχε κανένας κρυμμένος στο λαβύρινθο στα εγκαταλειμμένα δωμάτια. Τα χτυπήματα με τον υποκόπανο πάνω στην πόρτα ξύπνησαν το γέρο από τον ύπνο μ' ένα ξεκάθαρο προαίσθημα για το μοιραίο. Η Άλμπα όμως είχε ξυπνήσει από πριν, όταν άκουσε φρεναρίσματα από αυτοκίνητα, φασαρία από βήματα, χαμηλόφωνες διαταγές κι άρχισε να ντύνεται, γιατί δεν είχε αμφιβολίες πως είχε φτάσει η ώρα της.

Μέσα σ' εκείνους τους μήνες ο γερουσιαστής είχε μάθει πως ούτε και το παρελθόν του σαν υποστηριχτή του πραξικοπήματος δεν ήταν εγγύηση για ν' αποφύγει τον τρόμο. Ποτέ, ωστόσο, δεν είχε φανταστεί πως θα έβλεπε να εισβάλλουν στο σπίτι του, προστατευμένοι από την απαγόρευση της κυκλοφορίας, μια ντουζίνα άντρες χωρίς στολές, οπλισμένοι σαν αστακοί, που τον έβγαλαν από το κρεβάτι χωρίς πολλά λόγια και τον έσυραν απ' το μπράτσο ώς το σαλόνι, χωρίς να του επιτρέψουν να βάλει τις παντόφλες του ή να ρίξει επάνω του ένα σάλι. Είδε άλλους ν' ανοίγουν με μια κλοτσιά το δωμάτιο της Άλμπα και να μπαίνουν με πολυβόλα στο χέρι, είδε την εγγονή του έτοιμη, ντυμένη, χλομή, αλλά ήρεμη, να τους περιμένει όρθια, τους είδε να τη βγάζουν έξω με σπρωξιές και να την πηγαίνουν σημαδεύοντάς τη στο σαλόνι, όπου τη διέταξαν να σταθεί δίπλα στο γέρο και να μην κάνει καμιά κίνηση. Εκείνη υπάκουσε χωρίς κουβέντα, αδιάφορη στην οργή του παππού της και στη βία των αντρών, που γύριζαν μες στο σπίτι, καταστρέφοντας τις πόρτες, αδειάζοντας με τον υποκόπανο τις ντουλάπες, αναποδογυρίζοντας τα έπιπλα, ξεκοιλιάζοντας τα στρώματα, ανακατεύοντας το περιεχόμενο στις ντουλάπες, κλοτσώντας τους τοίχους και φωνάζοντας διαταγές, ψάχνοντας για κρυμμένους αντάρτες, για παράνομα όπλα κι άλλες αποδείξεις. Σήκωσαν τις υπηρέτριες από τα κρεβάτια τους και τις έκλεισαν σ' ένα δωμάτιο μ' έναν οπλισμένο για να τις φυλάει. Αναποδογύρισαν τα ράφια στη βιβλιοθήκη, και τα στολίδια και τα έργα τέχνης του γερουσιαστή Τρουέμπα κύλησαν στο πάτωμα με θόρυβο. Οι τόμοι από το τούνελ του Χάιμε βγήκαν στην αυλή, εκεί τους στοίβαξαν, τους έβρεξαν με βενζίνη και τους έκαψαν σε μια αισχρή πυρά, που συνέχισαν να τροφοδοτούν με τα μαγικά βιβλία από τα μαγεμένα μπαούλα του θείου Μάρκος, την εσωτεριστική έκδοση του Νικολάς, τα έργα του Μαρξ δεμένα με δέρμα, ακόμα και τις παρτιτούρες από όπερες του παππού, μια σκανδαλώδη φωτιά που γέμισε καπνό όλο το προάστιο και σε κανονικές συνθήκες θα έπρεπε να είχε μαζέψει όλες τις πυροσβεστικές.

«Παραδώστε όλα τα σημειωματάρια με διευθύνσεις και τηλέφωνα, βιβλιάρια με επιταγές, όλα τα προσωπικά σας έγγραφα!» διέταξε αυτός που έμοιαζε αρχηγός τους.

«Είμαι ο γερουσιαστής Τρουέμπα! Δεν μ' αναγνωρίζεις, άνθρωπέ μου, προς Θεού!» τσίριζε απελπισμένα ο παππούς. «Δεν μπορείτε να μου το κάνετε αυτό! Είναι προσβολή! Είμαι φίλος του στρατηγού Ουρτάδο!»

«Κλείσ' το, κωλόγερε! Όσο εγώ δεν σου δίνω την άδεια, δεν έχεις δικαίωμα ν' ανοίξεις το στόμα σου!» απάντησε ο άλλος με χτηνωδία.

Τον υποχρέωσαν να παραδώσει το περιεχόμενο του γραφείου του κι έβαλαν μέσα σε σακούλες όλα όσα τους φάνηκαν ενδιαφέροντα. Όσο μια ομάδα έψαχνε το σπίτι, μια άλλη εξακολουθούσε να πετάει τα βιβλία από το παράθυρο.

Στο σαλόνι έμειναν τέσσερις άντρες, που χαμογελούσαν κοροϊδευτικά, απειλητικά, που έβαλαν τα πόδια τους πάνω στα έπιπλα, ήπιαν το σκοτσέζικο ουίσκι από το μπουκάλι κι έσπασαν έναν έναν τους δίσκους από τη συλλογή κλασικής μουσικής του γερουσιαστή Τρουέμπα. Η Άλμπα υπολόγισε πως είχαν περάσει τουλάχιστο δυο ώρες. Έτρεμε, αλλά δεν ήταν από το κρύο, παρά από το φόβο. Είχε σκεφτεί πως εκείνη η ώρα θα έφτανε κάποια μέρα, αλλά είχε πάντα την παράλογη ελπίδα πως η επιρροή του παππού της μπορούσε να την προστατέψει. Βλέποντάς τον όμως μαζεμένο σ' έναν καναπέ, μικροκαμωμένο και κακομοίρη, σαν άρρωστο γερούλη, κατάλαβε πως δεν μπορούσε να περιμένει καμιά βοήθεια.

«Υπόγραψε εδώ!» διέταξε ο αρχηγός τον Τρουέμπα, βάζοντας μπροστά στα μούτρα του ένα χαρτί. «Είναι μια δήλωση πως μπήκαμε στο σπίτι με δικαστική απόφαση, πως σου δείξαμε τις ταυτότητές μας, πως όλα βρίσκονται σε τάξη, πως ενεργήσαμε μ' όλο το σεβασμό και με καλούς τρόπους, πως δεν έχεις κανένα παράπονο. Υπόγραψε!»

«Ποτέ δεν θα υπογράψω!» φώναξε ο γέρος αγριεμένος.

Ο άντρας έκανε μια γρήγορη μισή στροφή και χαστούκισε την Άλμπα στο πρόσωπο. Το χτύπημα την έριξε καταγής. Ο γερουσιαστής Τρουέμπα έμεινε ξερός από την έκπληξη και τον τρόμο, καταλαβαίνοντας πως τελικά είχε φτάσει η ώρα της αλήθειας, μετά από ενενήντα σχεδόν χρόνια κάτω από το δικό του νόμο.

«Ήξερες πως η εγγονή σου είναι η πουτάνα ενός αντάρτη;» είπε ο άντρας.

Νικημένος, ο γερουσιαστής Τρουέμπα υπόγραψε το χαρτί. Ύστερα πλησίασε με δυσκολία την εγγονή του και την αγκάλιασε, χαϊδεύοντας τα μαλλιά της με μια τρυφερότητα άγνωστη σ' αυτόν.

«Μην ανησυχείς, κοριτσάκι μου. Όλα θα ταχτοποιηθούν, δεν μπορούν να σου κάνουν τίποτα, αυτό είναι ένα λάθος, να είσαι ήσυχη», ψιθύρισε.

Ο άντρας όμως τον έκανε πέρα απότομα και φώναξε στους υπόλοιπους πως έπρεπε να πηγαίνουν. Δυο μαχαιροβγάλτες πήραν την Άλμπα από τα μπράτσα, σχεδόν στον αέρα. Το τελευταίο πράγμα που είδε ήταν η θλιβερή φιγούρα του παππού, χλομού σαν το κερί και ξυπόλυτου, να τρέμει με το νυχτικό του, και να τη βεβαιώνει από το κατώφλι της πόρτας πως την επομένη θα πήγαινε να τη σώσει, θα μιλούσε ο ίδιος με το στρατηγό Ουρτάδο, θα πήγαινε να τη βρει με τους δικηγόρους του όπου και να 'ταν, για να την πάρει πίσω στο σπίτι.

Την ανέβασαν σ' ένα φορτηγάκι κοντά στον άντρα που την είχε χτυπήσει κι έναν άλλο που οδηγούσε σφυρίζοντας. Προτού βάλουν λουρίδες αυτοκόλλητο χαρτί στα βλέφαρα της, κοίταξε για τελευταία φορά τον άδειο και σιωπηλό δρόμο, παραξενεμένη που, παρ' όλη τη φασαρία και τα καμένα βιβλία, κανένας γείτονας δεν είχε βγει έξω να δει τι γίνεται. Υπέθεσε πως, ακριβώς όπως είχε κάνει κι εκείνη πολλές φορές, κρυφοκοίταζαν από τις χαραμάδες στα παντζούρια και τις πτυχές στις κουρτίνες, ή είχαν βάλει το μαξιλάρι στ' αυτιά τους για να μην ακούν. Το φορτηγάκι έβαλε μπρος κι εκείνη, τυφλή για πρώτη φορά, έχασε την αίσθηση του χώρου και του χρόνου. Ένιωσε ένα υγρό και μεγάλο χέρι στο πόδι της να χαϊδεύει, να τσιμπάει, ν' ανεβαίνει, να εξερευνεί, μια βαριά ανάσα στο πρόσωπό της να της μουρμουρίζει, «θα σε ζεστάνω, πουτάνα, θα δεις», κι άλλες φωνές και γέλια, ενώ το αυτοκίνητο έκανε βόλτες και βόλτες σ' ένα ταξίδι που της φάνηκε ατέλειωτο. Δεν ήξερε πού την είχαν πάει, μέχρι που άκουσε το θόρυβο του νερού κι ένιωσε τις ρόδες του φορτηγού να περνούν πάνω από ξύλα.

Τότε μάντεψε τη μοίρα της. Κάλεσε τα πνεύματα από την εποχή με το τρίποδο τραπεζάκι και την ανήσυχη ζαχαριέρα της γιαγιάς της, τα φαντάσματα που μπορούσαν ν' αλλάζουν το δρόμο των γεγονότων, αλλά αυτά έμοιαζαν να την έχουν εγκαταλείψει, γιατί το φορτηγάκι συνέχισε το δρόμο του. Άκουσε ένα φρενάρισμα, τις βαριές πόρτες μιας πύλης που άνοιγαν τρίζοντας κι έκλειναν μετά το πέρασμά τους. Η Άλμπα τότε μπήκε στον εφιάλτη της, εκείνον που είχε δει η γιαγιά της στο ωροσκόπιό της όταν γεννήθηκε και η Λουίζα Μόρα, σε μια στιγμιαία προαίσθηση. Οι άντρες τη βοήθησαν να κατέβει. Δεν πρόλαβε να κάνει δυο βήματα. Δέχτηκε το πρώτο χτύπημα στα πλευρά κι έπεσε στα γόνατα, χωρίς ανάσα. Τη σήκωσαν δυο από τις μασχάλες και την έσυραν για ένα μεγάλο διάστημα. Ένιωθε τα πόδια της πάνω στη γη κι ύστερα πάνω στην άγρια επιφάνεια του τσιμέντου. Σταμάτησαν.

«Είναι η εγγονή του γερουσιαστή Τρουέμπα, συνταγματάρχα», άκουσε να λένε.

«Το βλέπω», απάντησε μια άλλη φωνή.

Η Άλμπα αναγνώρισε αμέσως τη φωνή του Εστέμπαν Γκαρσία και τότε κατάλαβε πως την περίμενε από τη μακρινή μέρα που την είχε καθίσει στα γόνατα του, όταν εκείνη ήταν ακόμα παιδάκι.

14

Η ώρα της αλήθειας

Η Άλμπα ήταν μαζεμένη μες στο σκοτάδι. Είχαν βγάλει μ' ένα απότομο τράβηγμα το κολλημένο χαρτί από τα μάτια της και στη θέση του τύλιξαν σφιχτά έναν επίδεσμο. Φοβόταν. Θυμήθηκε την εξάσκηση με τον Νικολάς, το θείο της, όταν την προειδοποιούσε για τον κίνδυνο να φοβάται το φόβο και συγκεντρώθηκε για να σταματήσει το τρεμούλιασμα στο κορμί της και να κλείσει τ' αυτιά της στους τρομερούς θορύβους που έρχονταν απ' έξω. Προσπάθησε να φέρει στο μυαλό της ευτυχισμένες στιγμές με τον Μιγκέλ, ψάχνοντας να βρει βοήθεια, να ξεγελάσει το χρόνο, και δυνάμεις γι' αυτά που επρόκειτο να συμβούν, λέγοντας στον εαυτό της πως έπρεπε ν' αντέξει μερικές ώρες, χωρίς να την προδώσουν τα νεύρα της, μέχρι να μπορέσει ο παππούς της να κινήσει τη βαριά μηχανή της δύναμης και της επιρροής του για να τη βγάλει από κει μέσα.

Έψαξε να βρει στις αναμνήσεις της μια εκδρομή στην παραλία με τον Μιγκέλ το φθινόπωρο, πολύ πριν ο τυφώνας με τα γεγονότα να φέρει τον κόσμο το πάνω κάτω, την εποχή που τα πράγματα είχαν γνωστά ονόματα και οι λέξεις είχαν μια μοναδική σημασία, όταν λαός, ελευθερία και σύντροφος ήταν μόνο αυτό, λαός, ελευθερία και σύντροφος, και δεν ήταν ακόμα συνθηματικές λέξεις. Προσπάθησε να ξαναζήσει, εκείνη τη στιγμή, το κόκκινο και υγρό χώμα, την έντονη μυρωδιά από τα πεύκα και τους ευκαλύπτους, όπου το χαλί από ξερά φύλλα τριβόταν κάτω απ' τα πόδια τους μετά το μακρύ και ζεστό καλοκαίρι και το χάλκινο φως του ήλιου περνούσε μέσα από τις φυλλωσιές των δέντρων. Προσπάθησε να θυμηθεί το κρύο, τη σιωπή κι εκείνη τη μοναδική αίσθηση, να είναι οι άρχοντες πάνω στη γη, να είναι είκοσι χρονών και να έχουν όλη τη ζωή μπροστά τους, να κάνουν έρωτα ήρεμοι, μεθυσμένοι από τη μυρωδιά του δάσους και του έρωτα, χωρίς παρελθόν, χωρίς να υποπτεύονται το μέλλον, με το μοναδικό, απίστευτο θησαυρό εκείνης της παρούσας στιγμής, καθώς κοίταζαν ο ένας τον άλλο, μύριζαν, φιλιούνταν, εξερευνούσαν, τυλιγμένοι στο μουρμουρητό του ανέμου ανάμεσα στα δέντρα και στο κοντινό ψιθύρισμα του νερού, που έσκαγε πάνω στις πέτρες στα ριζά του γκρεμού μ' έναν πάταγο από μυρωδάτο αφρό, κι εκείνοι οι δυο, αγκαλιασμένοι μέσα στο ίδιο πόντσο σαν σιαμαίοι με το ίδιο δέρμα, γελώντας, ορκίζονταν πως θα κρατούσε για πάντα, σίγουροι πως ήταν οι μόνοι σ' όλο το σύμπαν που είχαν ανακαλύψει τον έρωτα.

Η Άλμπα άκουγε τις φωνές, τ' ατέλειωτα βογκητά και το ραδιόφωνο σ' όλη του την ένταση. Το δάσος, ο Μιγκέλ, ο έρωτας χάθηκαν στο βαθύ τούνελ του τρόμου της και δέχτηκε ν' αντιμετωπίσει το πεπρωμένο της χωρίς υπεκφυγές.

Υπολόγισε πως θα έπρεπε να είχε περάσει όλη η νύχτα και ένα μεγάλο μέρος της επόμενης μέρας, όταν άνοιξε η πόρτα για πρώτη φορά και δυο άντρες την έβγαλαν από το κελί της. Την οδήγησαν με βρισιές και απειλές μπροστά στο συνταγματάρχη Γκαρσία, που μπορούσε ν' αναγνωρίσει στα τυφλά, συνηθισμένη στην κακία του, ακόμα και πριν ακούσει τη φωνή του. Ένιωσε τα χέρια του να πιάνουν το πρόσωπό της, τα χοντρά του δάχτυλα στο λαιμό και στ' αυτιά της.

«Τώρα θα μας πεις πού βρίσκεται ο εραστής σου», της είπε. «Έτσι θ' αποφύγουμε κι οι δυο πολλά προβλήματα».

Η Άλμπα ανέπνευσε ξαλαφρωμένη. Δεν είχαν λοιπόν πιάσει τον Μιγκέλ!

«Θέλω να πάω στο μπάνιο», απάντησε η Άλμπα με την πιο σταθερή φωνή που μπόρεσε ν' αρθρώσει.

«Βλέπω πως δεν θέλεις να συνεργαστείς, Άλμπα. Είναι κρίμα», αναστέναξε ο Γκαρσία. «Τα παιδιά θα πρέπει να εκτελέσουν το καθήκον τους, δεν μπορώ να τους εμποδίσω».

Έγινε μια σύντομη σιωπή τριγύρω της κι εκείνη έκανε μια εξαιρετικά μεγάλη προσπάθεια για να θυμηθεί το δάσος με τα πεύκα και τον έρωτα του Μιγκέλ, αλλά μπερδεύτηκαν οι σκέψεις της και δεν ήξερε πια αν ονειρευόταν, ούτε από πού της ερχόταν εκείνη η μπόχα από ιδρώτα, περιττώματα, αίμα και ούρα και η φωνή εκείνου του εκφωνητή του ποδοσφαίρου, που ανάγγελλε κάτι φιλανδέζικα γκολ που δεν είχαν καμιά σχέση μαζί της, ανάμεσα σε άλλα κοντινά, ξεκάθαρα βογκητά. Ένα άγριο χαστούκι την έριξε καταγής, βίαια χέρια την έστησαν πάλι όρθια, χτηνώδη δάχτυλα κόλλησαν στο στήθος της τρίβοντας τις ρώγες της κι ο φόβος τη συνεπήρε. Άγνωστες φωνές την πίεζαν, καταλάβαινε το όνομα του Μιγκέλ, αλλά δεν ήξερε τι τη ρωτούσαν και μόνο επαναλάμβανε ακούραστα ένα ολοστρόγγυλο όχι, ενώ τη χτυπούσαν, την έπιαναν, της έβγαζαν την μπλούζα κι εκείνη πια δεν μπορούσε να σκεφτεί, μόνο επαναλάμβανε όχι, και όχι, και όχι, υπολογίζοντας πόσο θ' άντεχε ακόμα πριν εξαντληθούν οι δυνάμεις της, χωρίς να ξέρει πως αυτό ήταν μόνο η αρχή, ώσπου ένιωσε να λιποθυμάει και οι άντρες την άφησαν ήσυχη, ξαπλωμένη καταγής, για ένα διάστημα που της φάνηκε πολύ σύντομο.

Γρήγορα άκουσε τη φωνή του Γκαρσία και μάντεψε πως ήταν τα χέρια του που τη βοηθούσαν να σηκωθεί, που την οδηγούσαν σε μια καρέκλα, φτιάχνοντας τα ρούχα της, βάζοντάς της την μπλούζα της.

«Αχ, Θεέ μου!» είπε. «Κοίτα πώς σε κατάντησαν! Σε προειδοποίησα, Άλμπα. Τώρα προσπάθησε να ηρεμήσεις, θα σου δώσω ένα φλιτζάνι καφέ».

Η Άλμπα έβαλε τα κλάματα. Το ζεστό υγρό την αναζωογόνησε, αλλά δεν ένιωσε τη γεύση του, γιατί το κατάπινε μαζί με αίμα. Ο Γκαρσία κρατούσε το φλιτζάνι, πλησιάζοντας τη με προσοχή, σαν νοσοκόμος.

«Θέλεις να καπνίσεις;»

«Θέλω να πάω στο μπάνιο», είπε κείνη, προφέροντας με δυσκολία κάθε συλλαβή μέσα από τα πρησμένα χείλια της.

«Και βέβαια, Άλμπα. Θα σε πάνε στο μπάνιο και μετά θα μπορέσεις να ξεκουραστείς. Εγώ είμαι φίλος σου, καταλαβαίνω πολύ καλά τη θέση σου. Είσαι ερωτευμένη και γι' αυτό τον προστατεύεις. Εγώ ξέρω πως εσύ δεν έχεις καμιά σχέση με τους αντάρτες. Αλλά τα παιδιά δεν με πιστεύουν όταν τους το λέω, δεν θα μείνουν ευχαριστημένοι αν δεν τους πεις πού βρίσκεται ο Μιγκέλ. Στην πραγματικότητα τον έχουν περικυκλωμένο, ξέρουν πού είναι, θα τον πιάσουν, αλλά θέλουν να σιγουρευτούν πως εσύ δεν έχεις καμιά σχέση με τους αντάρτες, καταλαβαίνεις; Αν τον προστατεύεις, αν συνεχίσεις ν' αρνιέσαι, να μη μιλάς, κι εκείνοι θα συνεχίσουν να σε υποπτεύονται. Πες τους ό,τι θέλουν να μάθουν και τότε εγώ ο ίδιος θα σε πάω στο σπίτι σου. Θα τους το πεις, έτσι δεν είναι;»

«Θέλω να πάω στο μπάνιο», επανέλαβε η Άλμπα.

«Βλέπω πως είσαι πεισματάρα σαν τον παππού σου. Εντάξει. Θα πας στο μπάνιο. Θα σου δώσω την ευκαιρία να το σκεφτείς λιγάκι», είπε ο Γκαρσία.

Την πήγαν στο μπάνιο κι αναγκάστηκε να κάνει πως αγνοεί τον άντρα που βρισκόταν δίπλα της και την κρατούσε από το μπράτσο. Ύστερα την οδήγησαν στο κελί της. Μες στο μικρό, μοναχικό κύβο της φυλακής της προσπάθησε να ξεκαθαρίσει τις ιδέες της, αλλά τη βασάνιζε ο πόνος από το ξύλο, η δίψα, ο επίδεσμος που έσφιγγε τους κροτάφους της, ο εκκωφαντικός θόρυβος από το ραδιόφωνο, ο τρόμος για τα βήματα που πλησίαζαν και η ανακούφιση όταν απομακρύνονταν, οι φωνές και οι διαταγές. Μαζεύτηκε σαν έμβρυο πάνω στο πάτωμα κι εγκαταλείφτηκε σ' όλους τους πόνους της. Εκεί έμεινε πολλές ώρες, ίσως μέρες. Δυο φορές ένας άντρας πήγε και την έβγαλε και την οδήγησε σ' ένα βρομερό μπάνιο, όπου δεν μπόρεσε να πλυθεί, γιατί δεν είχε νερό. Την άφηνε μόνο ένα λεπτό και την έβαζε να καθίσει στη λεκάνη κοντά σε κάποιον άλλο σιωπηλό και αργό σαν κι εκείνη. Δεν μπορούσε να μαντέψει αν ήταν άντρας ή γυναίκα.

Στην αρχή έκλαιγε, που ο θείος Νικολάς δεν την είχε εκπαιδεύσει ειδικά για ν' αντέχει την ταπείνωση, που της φαινόταν χειρότερη απ' τον πόνο, αλλά στο τέλος δέχτηκε την ίδια της τη βρομιά και σταμάτησε να σκέφτεται την αβάσταχτη ανάγκη να πλυθεί. Της έδωσαν να φάει ένα τρυφερό καλαμπόκι, ένα μικρό κομμάτι κοτόπουλο και λίγο παγωτό, που εκείνη μάντεψε από τη γεύση, τη μυρωδιά, τη θερμοκρασία, και κατάβρόχθισε βιαστικά με το χέρι, παραξενεμένη μ' εκείνη την πολυτέλεια στο φαγητό, απρόσμενη σ' εκείνο το μέρος. Αργότερα έμαθε πως το φαγητό για τους φυλακισμένους, σ' εκείνο το κέντρο βασανιστηρίων, προερχόταν από την καινούργια έδρα της κυβέρνησης, που είχε εγκατασταθεί πρόχειρα σ' ένα άλλο κτίριο, γιατί από το παλιό Προεδρικό Μέγαρο δεν είχε απομείνει άλλο από ερείπια.

Προσπάθησε να υπολογίσει τις μέρες που είχαν περάσει από τότε που την έπιασαν, αλλά η μοναξιά, το σκοτάδι και ο φόβος αναποδογύριζαν το χρόνο και μετακινούσαν το χώρο, νόμιζε πως έβλεπε σπηλιές γεμάτες τέρατα, φανταζόταν πως την είχαν ναρκώσει και γι' αυτό ένιωθε τόσο αδύνατα τα κόκαλά της και τόσο μπερδεμένες τις σκέψεις της. Αποφάσισε να μην τρώει και να μην πίνει, αλλά η πείνα και η δίψα ήταν πιο δυνατές από την απόφασή της. Αναρωτιόταν γιατί ο παππούς της δεν είχε πάει να την πάρει από κει μέσα. Τις στιγμές της διαύγειας μπορούσε να καταλάβει πως δεν ήταν ένα κακό όνειρο και πως δεν βρισκόταν εκεί κατά λάθος. Προσπάθησε να ξεχάσει ακόμα και τ' όνομα του Μιγκέλ.

Την τρίτη φορά που την πήγαν στον Εστέμπαν Γκαρσία, η Άλμπα ήταν πιο προετοιμασμένη, γιατί από τον τοίχο στο κελί της μπορούσε ν' ακούσει τι γινόταν στο διπλανό δωμάτιο, όπου ανέκριναν άλλους φυλακισμένους και δεν είχε αυταπάτες. Ούτε καν προσπάθησε να φέρει στο μυαλό της το δάσος και τους έρωτές τους.

«Είχες καιρό για να σκεφτείς, Άλμπα. Τώρα θα τα πούμε οι δυο μας ήσυχα και θα μου πεις πού είναι ο Μιγκέλ κι έτσι θα τελειώσουμε μ' αυτή την υπόθεση γρήγορα», είπε ο Γκαρσία.

«Θέλω να πάω στο μπάνιο», απάντησε η Άλμπα.

«Βλέπω πως με κοροϊδεύεις, Άλμπα», είπε κείνος. «Λυπάμαι, αλλά εδώ δεν μπορούμε να χάνουμε την ώρα μας».

Η Άλμπα δεν απάντησε.

«Βγάλε τα ρούχα σου!» διέταξε ο Γκαρσία με διαφορετική φωνή.

Εκείνη δεν υπάκουσε. Την ξεγύμνωσαν με τη βία, τραβώντας το παντελόνι της παρά τις κλοτσιές της. Η ανάμνηση ακριβώς της εφηβείας της και το φιλί του Γκαρσία στον κήπο της έδωσαν τη δύναμη του μίσους. Πάλεψε εναντίον του, φώναξε, έκλαψε, κατούρησε κι έκανε εμετό, μέχρι που κουράστηκαν να τη χτυπούν και την άφησαν για ένα μικρό διάλειμμα, που επωφελήθηκε για να καλέσει τα συμπονετικά πνεύματα της γιαγιάς της να τη βοηθήσουν να πεθάνει. Αλλά κανένας δεν ήρθε να τη βοηθήσει. Δυο χέρια τη σήκωσαν, τέσσερα την ξάπλωσαν σ' ένα σιδερένιο, παγωμένο, σκληρό κρεβάτι εκστρατείας, γεμάτο σούστες που πλήγωναν την πλάτη της, και της έδεσαν τους αστράγαλους και τους καρπούς με δερμάτινα λουριά.

«Για τελευταία φορά, Άλμπα, πού είναι ο Μιγκέλ;» ρώτησε ο Γκαρσία.

Εκείνη κούνησε το κεφάλι της σιωπηλά. Είχαν σφίξει το κεφάλι της μ' άλλο λουρί.

«Όταν θα είσαι έτοιμη να μιλήσεις, σήκωσε ένα δάχτυλο», της είπε.

Η Άλμπα άκουσε μια άλλη φωνή.

«Εγώ θα χειριστώ το μηχάνημα», είπε.

Και τότε ένιωσε εκείνο το φριχτό πόνο που διαπέρασε το σώμα της και τη γέμισε πέρα για πέρα και που, ποτέ, σ' όλη της τη ζωή, δεν θα μπορούσε να καταφέρει να ξεχάσει. Βυθίστηκε στο σκοτάδι.

«Σας είπα να την προσέχετε, κερατάδες!» άκουσε τη φωνή του Εστέμπαν Γκαρσία, που ερχόταν από πολύ μακριά, ένιωσε πως της άνοιγαν τα βλέφαρα, αλλά δεν είδε άλλο από μια θολή λάμψη, ύστερα ένιωσε ένα τσίμπημα στο μπράτσο κι έπεσε ξανά αναίσθητη.

Έναν αιώνα αργότερα η Άλμπα ξύπνησε βρεγμένη και γυμνή. Δεν ήξερε αν ήταν γεμάτη ιδρώτα, νερό ή ούρα, δεν μπορούσε να κουνηθεί, δεν θυμόταν τίποτα, δεν ήξερε πού βρισκόταν, ούτε ποιος ήταν ο λόγος εκείνης της έντονης αδιαθεσίας που την είχε κάνει κουρέλι. Ένιωσε τη δίψα της Σαχάρας και ζήτησε νερό.

«Κάνε υπομονή, συντρόφισσα», είπε κάποιος δίπλα της.

«Κάνε υπομονή μέχρι αύριο. Αν πιεις νερό, θα έχεις σπασμούς και μπορεί να πεθάνεις».

Άνοιξε τα μάτια της. Δεν ήταν πια δεμένα. Ένα αόριστα γνωστό πρόσωπο ήταν σκυμμένο πάνω της, κάτι χέρια την τύλιξαν σε μια κουβέρτα.

«Με θυμάσαι; Είμαι η Άνα Δίας. Ήμασταν συμφοιτήτριες στο πανεπιστήμιο. Δεν με θυμάσαι;»

Η Άλμπα κούνησε αρνητικά το κεφάλι, έκλεισε τα μάτια κι εγκαταλείφτηκε στη γλυκιά ψευδαίσθηση του θανάτου. Όμως μερικές ώρες αργότερα ξύπνησε κι όταν κουνήθηκε, ένιωσε πως πονούσε μέχρι και η τελευταία ίνα στο κορμί της.

«Γρήγορα θα νιώσεις καλύτερα», είπε μια γυναίκα, που της χάιδευε το πρόσωπο και τράβηξε από τα μάτια της κάτι τούφες υγρά μαλλιά. «Μην κουνιέσαι και προσπάθησε να χαλαρώσεις. Εγώ είμαι κοντά σου. Ξεκουράσου».

«Τι έγινε;» ψέλλισε η Άλμπα.

«Σε ταλαιπώρησαν πολύ, συντρόφισσα», είπε η άλλη θλιμμένα.

«Ποια είσαι;» ρώτησε η Άλμπα.

«Άνα Δίας. Πάει μια βδομάδα που είμαι εδώ. Έπιασαν και το σύντροφό μου, αλλά είναι ακόμα ζωντανός. Μία φορά τη μέρα τον βλέπω να περνάει, όταν τους πάνε στο μπάνιο».

«Άνα Δίας», μουρμούρισε η Άλμπα.

«Εγώ είμαι. Δεν ήμασταν πολύ φίλες στο πανεπιστήμιο, αλλά ποτέ δεν είναι αργά για ν' αρχίσουμε. Η αλήθεια είναι πως το τελευταίο πρόσωπο που περίμενα να συναντήσω εδώ ήσουν εσύ, κοντέσα», είπε γλυκά η γυναίκα. «Μη μιλάς, προσπάθησε να κοιμηθείς, για να περνάει η ώρα. Σιγά σιγά θα θυμηθείς, μη στεναχωριέσαι. Είναι από τον ηλεκτρισμό».

Η Άλμπα όμως δεν μπόρεσε να κοιμηθεί, γιατί άνοιξε η πόρτα του κελιού και μπήκε ένας άντρας.

«Βάλ' της τον επίδεσμο!» διέταξε την Άνα Δίας.

«Σε παρακαλώ!.. Δεν βλέπεις πως είναι αδύναμη; Άσ' τη να ξεκουραστεί λιγάκι...»

«Κάνε αυτό που σου λέω!»

Η Άνα έσκυψε πάνω από το ράντσο κι έβαλε τον επίδεσμο στα μάτια της. Ύστερα έβγαλε την κουβέρτα και προσπάθησε να την ντύσει, αλλά ο φύλακας την έκανε πέρα μ' ένα σπρώξιμο, σήκωσε τη φυλακισμένη από τα μπράτσα και την κάθισε. Ένας άλλος μπήκε μέσα να τον βοηθήσει, και οι δυο τους μαζί τη σήκωσαν στον αέρα, γιατί δεν μπορούσε να περπατήσει. Η Άλμπα ήταν σίγουρη πως πέθαινε, αν δεν ήταν κιόλας πεθαμένη. Άκουσε πως προχωρούσαν σ' ένα διάδρομο, όπου ο θόρυβος από τα βήματα ξαναγυρνούσε με την ηχώ. Ένιωσε ένα χέρι στο πρόσωπό της, να της σηκώνουν το κεφάλι.

«Μπορείτε να της δώσετε νερό. Να την πλύνετε και να

της κάνετε άλλη μια ένεση. Δείτε αν μπορεί να καταπιεί λίγο καφέ και ύστερα να μου τη φέρετε», είπε ο Γκαρσία.

«Να την ντύσουμε, συνταγματάρχα;»

«Όχι».

Η Άλμπα ήταν στα χέρια του Γκαρσία πολύ καιρό. Μετά από λίγες μέρες εκείνος κατάλαβε πως τον είχε αναγνωρίσει, αλλά δεν εγκατέλειψε την προφύλαξη να διατηρεί τα μάτια της σκεπασμένα, ακόμα κι όταν ήταν μόνοι. Κάθε μέρα έφερναν καινούργιους φυλακισμένους. Η Άλμπα άκουγε τ' αυτοκίνητα, τις φωνές, την πύλη που έκλεινε και προσπαθούσε να υπολογίσει τους κρατούμενους, αλλά αυτό ήταν σχεδόν αδύνατο. Η Άνα Δίας υπολόγιζε πως ήταν περίπου διακόσιοι. Ο Γκαρσία ήταν πολύ απασχολημένος, αλλά δεν άφησε να περάσει μέρα χωρίς να δει την Άλμπα, εναλλάσσοντας την αχαλίνωτη βία με την κωμωδία του καλού φίλου. Μερικές φορές έδειχνε πραγματικά συγκινημένος και με το χέρι του της έδινε κουταλιές σούπα, αλλά τη μέρα που της βύθισε το κεφάλι σ' έναν κουβά γεμάτο ακαθαρσίες, ώσπου λιποθύμησε από την αηδία, η Άλμπα κατάλαβε πως δεν προσπαθούσε να βρει τον Μιγκέλ, παρά έπαιρνε εκδίκηση για τις προσβολές που του είχαν κάνει απ' τον καιρό που είχε γεννηθεί και τίποτα απ' όσα μπορούσε να ομολογήσει δεν θ' άλλαζε την τύχη της τής προσωπικής αιχμάλωτης του συνταγματάρχη Γκαρσία.

Τότε μπόρεσε να βγει σιγά σιγά από το δικό της κύκλο τρόμου κι άρχισε να ελαττώνεται ο φόβος της και να νιώθει συμπόνια για τους άλλους, γι' αυτούς που κρεμούσαν από τα χέρια, για τους νεοφερμένους, για κείνο τον άντρα που πέρασαν ένα φορτηγάκι πάνω από τα πόδια του. Είχαν βγάλει όλους τους φυλακισμένους στην αυλή τα ξημερώματα και τους υποχρέωσαν να κοιτάζουν, γιατί κι αυτό ήταν ένα προσωπικό θέμα ανάμεσα στο συνταγματάρχη και τον κρατούμενο. Ήταν η πρώτη φορά που η Άλμπα άνοιγε τα μάτια της έξω απ' το μισοσκόταδο στο κελί της, και το απαλό φως της αυγής και η πάχνη που γυάλιζε ανάμεσα στις πέτρες, όπου είχαν μαζευτεί λιμνούλες από τη βροχή τη νύχτα, της φάνηκαν αφόρητα φωτεινά. Έσυραν τον άντρα, πού δεν έφερε αντίσταση, αλλά ούτε και μπορούσε να κρατηθεί όρθιος και τον άφησαν στη μέση της αυλής. Οι φύλακες είχαν τα πρόσωπά τους σκεπασμένα με μαντίλια, για να μην μπορέσουν ποτέ να τους αναγνωρίσουν στην απίθανη περίπτωση που θ' άλλαζαν τα πράγματα. Η Άλμπα έκλεισε τα μάτια όταν άκουσε τη μηχανή του αυτοκινήτου, αλλά δεν μπόρεσε να κλείσει και τ' αυτιά της στο βογκητό, που χαράχτηκε για πάντα στη μνήμη της.

Η Άνα Δίας τη βοήθησε ν' αντέξει όσο καιρό ήταν μαζί. Ήταν μια αδάμαστη γυναίκα. Είχε υποφέρει όλες τις βαναυσότητες, την είχαν βιάσει μπροστά στο σύντροφό της, τους είχαν βασανίσει μαζί, αλλά εκείνη δεν είχε χάσει την ικανότητα να χαμογελάει ή να ελπίζει. Δεν την έχασε, ακόμα κι όταν την πήγαν σε μια μυστική κλινική της αστυνομίας, γιατί από το ξύλο που είχε φάει έχασε το μωρό που περίμενε κι είχε αρχίσει να αιμορραγεί.

«Δεν πειράζει, κάποια μέρα θα αποχτήσω άλλο», είπε στην Άλμπα, όταν γύρισε στο κελί της.

Εκείνη τη νύχτα την άκουσε η Άλμπα να κλαίει για πρώτη φορά, σκεπάζοντας το πρόσωπό της για να πνίξει τη θλίψη της. Πήγε κοντά της, την αγκάλιασε, τη νανούρισε, στέγνωσε τα δάκρυά της, της είπε όλες τις τρυφερές κουβέντες που μπόρεσε να θυμηθεί, αλλά εκείνη τη νύχτα δεν υπήρχε παρηγοριά για την Άνα Δίας κι έτσι η Άλμπα αρκέστηκε να την κουνάει στα μπράτσα της, νανουρίζοντάς τη σαν μωρό κι επιθυμώντας να πάρει εκείνη απάνω της αυτό τον τρομερό πόνο για να την ξαλαφρώσει. Το πρωί τις βρήκε να κοιμούνται κουλουριασμένες σαν δυο ζωάκια.

Τη μέρα περίμεναν με αγωνία τη στιγμή που περνούσε η μακριά σειρά με τους άντρες που πήγαιναν στο μπάνιο. Προχωρούσαν με δεμένα μάτια και για να οδηγούνται, κρατούσε ο ένας τον ώμο του άλλου. Τους φύλαγαν οπλισμένοι φρουροί. Ανάμεσά τους πήγαινε ο Αντρές. Από το μικροσκοπικό παράθυρο με τα σίδερα στο κελί τους μπορούσαν να τους δουν, τόσο κοντά, που, αν μπορούσαν να βγάλουν έξω το χέρι τους, θα τους άγγιζαν. Κάθε φορά που περνούσαν, η Άνα και η Άλμπα τραγουδούσαν με απελπισμένη δύναμη κι από τ' άλλα κελιά έβγαιναν γυναικείες φωνές. Τότε οι φυλακισμένοι σήκωναν τους ώμους, τέντωναν την πλάτη, γύριζαν το κεφάλι προς την κατεύθυνσή τους κι ο Αντρές χαμογελούσε. Το πουκάμισο του ήταν σκισμένο και λεκιασμένο με ξερά αίματα.

Ένας φύλακας συγκινήθηκε με τον ύμνο των γυναικών. Μια νύχτα τους πήγε τρία γαρίφαλα σ' έναν τενεκέ με νερό για να στολίσουν το παράθυρο. Μια άλλη φορά είπε στην Άνα Δίας πως χρειαζόταν μια εθελόντρια για να πλύνει τα ρούχα κάποιου κρατούμενου και να καθαρίσει το κελί του. Την πήγε στον Αντρές και τους άφησε μόνους για μερικά λεπτά. Όταν η Άνα Δίας γύρισε πίσω ήταν μεταμορφωμένη και η Άλμπα δεν τόλμησε να της μιλήσει για να μη διακόψει την ευτυχία της.

Μια μέρα ο συνταγματάρχης έπιασε τον εαυτό του να χαϊδεύει την Άλμπα και να της μιλάει για τα παιδικά του χρόνια στο χτήμα, όταν την έβλεπε να περνάει από μακριά, κρατημένη από το χέρι του παππού της, με τις κολλαρισμένες της ποδιές και το πράσινο φωτοστέφανο, τις κοτσίδες της, ενώ εκείνος, ξυπόλυτος μες στη λάσπη, ορκιζόταν πως κάποια μέρα θα την έκανε να πληρώσει για την αλαζονεία της και θα έπαιρνε εκδίκηση για την καταραμένη μοίρα του νόθου. Σφαγμένη και απούσα, γυμνή και τρέμοντας από την αηδία και το κρύο, η Άλμπα δεν τον άκουγε ούτε τον ένιωθε, αλλά εκείνη η ρωγμή στην επιθυμία του να τη βασανίσει ήταν για το συνταγματάρχη σαν μια καμπάνα συναγερμού. Διέταξε να βάλουν την Άλμπα στην απομόνωση και προσπάθησε έξαλλος να την ξεχάσει.

Η απομόνωση ήταν ένα μικρό κι ερμητικό κελί, σαν τάφος χωρίς αέρα, σκοτεινό και παγωμένο. Υπήρχαν έξι συνολικά, που είχαν κατασκευαστεί σαν τόποι τιμωρίας μέσα σ' ένα άδειο ντεπόζιτο νερού. Γέμιζαν για μάλλον σύντομα διαστήματα, γιατί κανένας δεν άντεχε για πολύ εκεί μέσα, το περισσότερο μερικές μέρες, προτού αρχίσουν να παραλογίζονται, να χάνουν την έννοια των πραγμάτων, τη σημασία των λέξεων, την αγωνία για το χρόνο ή, απλά, προτού αρχίσουν να πεθαίνουν. Στην αρχή, μαζεμένη μες στο μαυσωλείο της, χωρίς να μπορεί να καθίσει ή να τεντωθεί, παρ' όλο το μικρό της μέγεθος, η Άλμπα αμύνθηκε ενάντια στην τρέλα. Στη μοναξιά κατάλαβε πόσο χρειαζόταν την Άνα Δίας. Νόμιζε πως άκουγε ανεπαίσθητα χτυπήματα από μακριά, λες και της έστελναν μηνύματα σε κώδικα από τ' άλλα κελιά, αλλά γρήγορα σταμάτησε να τα προσέχει, γιατί κατάλαβε πως έτσι κι αλλιώς η επικοινωνία ήταν ανώφελη. Εγκαταλείφτηκε, αποφασισμένη να σταματήσει τα μαρτύριά της μια για πάντα, σταμάτησε να τρώει και μόνο όταν τη νικούσε η ίδια της η αδυναμία έπινε μια γουλιά νερό. Προσπάθησε να μην αναπνέει, να μην κουνιέται κι άρχισε να περιμένει το θάνατο ανυπόμονα. Έτσι έμεινε αρκετό καιρό. Όταν σχεδόν τα είχε καταφέρει, εμφανίστηκε η γιαγιά της η Κλάρα, που τόσες φορές την είχε καλέσει για να τη βοηθήσει να πεθάνει, με μια καινούργια ιδέα, πως δεν είχε γούστο να πεθάνει, μια κι αυτό θα γινόταν έτσι κι αλλιώς, αλλά να επιζήσει, που θα ήταν ένα θαύμα. Την είδε ακριβώς όπως την έβλεπε στα παιδικά της χρόνια, με το άσπρο λινό της φόρεμα, τα χειμωνιάτικα γάντια της, το γλυκύτατο, φαφούτικο χαμόγελό της και με την πονηρή της λάμψη στα φουντουκένια της μάτια. Η Κλάρα της έφερε τη σωτήρια ιδέα να γράψει με τη σκέψη, χωρίς μολύβι, ούτε χαρτί, για να διατηρεί το μυαλό της απασχολημένο, ν' αποφεύγει την απομόνωση και να ζήσει. Της πρότεινε ακόμα να γράψει μια μαρτυρία, που κάποια μέρα θα βοηθούσε να βγει στο φως το τρομερό μυστικό που ζούσε, για να μάθει όλος ο κόσμος τον τρόμο που υπήρχε παράλληλα με την ειρηνική και ταχτική ζωή αυτών που δεν ήθελαν να ξέρουν, αυτών που μπορούσαν να έχουν την ψευδαίσθηση μιας φυσιολογικής ζωής, αυτών που μπορούσαν ν' αρνηθούν πως επέπλεαν με μια σχεδία πάνω σε μια θάλασσα από θρήνους, αγνοώντας, παρ' όλες τις μαρτυρίες, πως λίγα τετράγωνα πιο πέρα από τον ευτυχισμένο κόσμο τους βρίσκονταν οι άλλοι, αυτοί που επιζούν ή πεθαίνουν στη σκοτεινή πλευρά. «Έχεις πολλά να κάνεις, σταμάτησε να λυπάσαι τον εαυτό σου, πιες νερό κι άρχισε το γράψιμο», είπε η Κλάρα στην εγγονή της, προτού εξαφανιστεί ακριβώς όπως είχε έρθει.

Η Άλμπα προσπάθησε να υπακούσει τη γιαγιά της, αλλά μόλις άρχισε να σημειώνει με τη σκέψη της, γέμισε η απομόνωση με πρόσωπα της ιστορίας της, που μπήκαν μέσα σπρώχνοντας και την τύλιξαν με τ' ανέκδοτά τους, τα βίτσια τους και τις αρετές τους, τσαλαπατώντας τις τεκμηριωμένες της προθέσεις και πετώντας καταγής τη μαρτυρία της, πιέζοντας, απαιτώντας, βιάζοντας, κι εκείνη σημείωνε βιαστικά, απελπισμένη, γιατί όσο γέμιζε μια καινούργια σελίδα, σβηνόταν η παλιά. Αυτή η δραστηριότητα την κράτησε απασχολημένη. Στην αρχή έχανε τον ειρμό εύκολα και ξεχνούσε με την ίδια ταχύτητα που θυμόταν καινούργια γεγονότα. Η παραμικρή αφηρημάδα ή λίγο περισσότερος φόβος ή πόνος, μπέρδευαν την ιστορία της σαν να ήταν καρούλι. Ύστερα όμως βρήκε έναν κώδικα για να θυμάται τη σειρά και τότε μπόρεσε να βυθιστεί τόσο βαθιά μέσα στην ίδια της την ιστορία που σταμάτησε να τρώει, να ξύνεται, να μυρίζεται, να παραπονιέται και κατάφερε να νικήσει έναν έναν τους αναρίθμητους πόνους της.

Ακούστηκε πως ψυχομαχούσε. Οι φρουροί άνοιξαν την αμπάρα στην απομόνωση και την έβγαλαν χωρίς καμιά προσπάθεια, γιατί ήταν πολύ ελαφριά. Την πήγαν ξανά στο συνταγματάρχη Γκαρσία, που εκείνες τις μέρες είχε ξαναβρεί το μίσος του, αλλά η Άλμπα δεν τον αναγνώρισε. Βρισκόταν πια πέρα, μακριά από την εξουσία του.

Απ' έξω το ξενοδοχείο Κριστόμπαλ Κολόν είχε την ίδια ανώνυμη όψη σαν δημοτικό σχολείο, ακριβώς όπως το θυμόμουν. Είχα χάσει πια το λογαριασμό για τα χρόνια που είχαν περάσει από την τελευταία φορά που είχα βρεθεί εκεί και προσπάθησα να έχω την ψευδαίσθηση πως μπορεί ο ίδιος ο Μουσταφά του παλιού καιρού να βγει να με υποδεχτεί, εκείνος ο γαλαζόμαυρος νέγρος, ντυμένος σαν ανατολίτικη οπτασία, με τη διπλή σειρά σιδερένια δόντια και την ευγένεια βεζίρη, ο μοναδικός αυθεντικός νέγρος στη χώρα, οι άλλοι όλοι ήταν βαμμένοι, όπως με είχε βεβαιώσει η Τράνσιτο Σότο. Αλλά δεν έγινε έτσι. Ένας θυρωρός με οδήγησε σ' ένα πολύ μικρό δωματιάκι, μου έδειξε ένα κάθισμα και μου είπε να περιμένω. Μετά από λίγο εμφανίστηκε, αντί για το θεαματικό Μουσταφά, μια κυρία με το θλιμμένο και αγνό ύφος θείας από την επαρχία, ντυμένη στα μπλε, μ' έναν άσπρο κολλαρισμένο γιακά, που όταν με είδε τόσο γέρο κι έρημο, ξαφνιάστηκε. Κρατούσε ένα κόκκινο τριαντάφυλλο στο χέρι.

«Ο κύριος είναι μόνος;» ρώτησε.

«Και βέβαια είμαι μόνος!» φώναξα.

Η γυναίκα μού έδωσε το τριαντάφυλλο και με ρώτησε ποιο δωμάτιο προτιμούσα.

«Όποιο να 'ναι, το ίδιο μου κάνει», απάντησα ξαφνιασμένος.

«Είναι ελεύθερα ο Στάβλος, το Ιερό και οι Χίλιες και Μία Νύχτες. Ποιο θέλετε;»

«Τις Χίλιες και Μία Νύχτες», είπα στην τύχη.

Με οδήγησε από ένα μακρύ διάδρομο με πράσινα φώτα και κόκκινα βέλη. Στηριγμένος στο μπαστούνι μου, σέρνοντας τα πόδια μου, την ακολούθησα με δυσκολία. Φτάσαμε σε μια μικρή αυλή, όπου βρισκόταν ένα μικρό τζαμί σε μινιατούρα, με κάτι απίθανες αψίδες με χρωματιστά γυαλιά.

«Εδώ είναι. Αν θέλετε να πιείτε κάτι, μπορείτε να το ζητήσετε με το τηλέφωνο», μου έδειξε.

«Θέλω να μιλήσω με την Τράνσιτο Σότο. Γι' αυτό έχω έρθει», της είπα.

«Λυπάμαι, αλλά η κυρία δεν δέχεται ιδιώτες. Μόνο τους προμηθευτές».

«Πρέπει να της μιλήσω! Πείτε της πως είμαι ο γερουσιαστής Τρουέμπα. Με γνωρίζει».

«Δεν δέχεται κανέναν, σας το είπα», απάντησε η γυναίκα σταυρώνοντας τα μπράτσα.

Σήκωσα το μπαστούνι και της ανάγγειλα πως αν σε δέκα λεπτά δεν εμφανιζόταν η ίδια η Τράνσιτο Σότο μπροστά μου, θα έσπαζα τα τζάμια κι όλα όσα μπορούσα μέσα σ' εκείνο το κουτί της Πανδώρας. Η γυναίκα με τη στολή υποχώρησε τρομαγμένη.

Άνοιξα την πόρτα του τζαμιού και βρέθηκα μέσα σε μια ψευτο-Αλάμπρα. Μια χαμηλή σκάλα με πλακάκια, σκεπασμένη με ψευτο-περσικά χαλιά, οδηγούσε σ' ένα εξάγωνο δωμάτιο μ' έναν τρούλο στο ταβάνι, όπου κάποιος είχε βάλει όλα όσα φανταζόταν πως υπήρχαν σ' ένα χαρέμι στην Αραβία, χωρίς ποτέ να έχει πάει: τεράστια μαξιλάρια από δαμασκηνό ύφασμα, γυάλινα θυμιατά, καμπάνες κι ένα σωρό φτηνοπράγματα από την αγορά. Ανάμεσα στις κολόνες που πολλαπλασιάζονταν επ' άπειρον, με τους σοφά τοποθετημένους καθρέφτες, είδα ένα μπάνιο με γαλάζιο μωσαϊκό μεγαλύτερο από την κρεβατοκάμαρα, με μια μεγάλη μπανιέρα, όπου υπολόγισα πως μπορούσε κανείς να πλύνει μια γελάδα ή, καλύτερα, μπορούσαν να κάνουν έρωτα δυο παιχνιδιάρηδες εραστές. Δεν έμοιαζε καθόλου στο Κριστόμπαλ Κολόν που ήξερα. Κάθισα με δυσκολία πάνω στο στρογγυλό κρεβάτι, νιώθοντας ξαφνικά πολύ κουρασμένος. Πονούσαν τα γέρικά μου κόκαλα. Σήκωσα τα μάτια κι ένας καθρέφτης στο ταβάνι μού γύρισε την εικόνα μου: ένα κακόμοιρο σώμα που μίκραινε, ένα θλιμμένο πρόσωπο βιβλικού πατριάρχη οργωμένο από πικρές ρυτίδες και ό,τι απόμενε από μια άσπρη χαίτη. «Πώς πέρασε ο καιρός!» είπα αναστενάζοντας.

Η Τράνσιτο Σότο μπήκε μέσα χωρίς να χτυπήσει.

«Χαίρομαι που σε βλέπω, αφεντικό», με χαιρέτησε, όπως πάντα.

Είχε μεταβληθεί σε μια ώριμη κυρία, αδύνατη, μ' έναν

αυστηρό κότσο, ντυμένη μ' ένα μαύρο, μάλλινο φόρεμα και δυο σειρές εξαιρετικά μαργαριτάρια στο λαιμό, μεγαλοπρεπής και γαλήνια, που έμοιαζε περισσότερο με πιανίστρια, παρά με ιδιοχτήτρια μπορντέλου. Με δυσκολία μπόρεσα να τη συσχετίσω με τη γυναίκα από τον παλιό καιρό, που είχε ένα φίδι τατουάζ γύρω απ' τον αφαλό της. Σηκώθηκα για να τη χαιρετήσω, αλλά δεν μπόρεσα να της μιλήσω στον ενικό όπως παλιά.

«Είστε μια χαρά, Τράνσιτο», είπα, υπολογίζοντας πως θα έπρεπε να είχε περάσει τα εξήντα πέντε.

«Μου ήρθαν βολικά, αφεντικό. Θυμάσαι όταν γνωριστήκαμε, σου είπα πως κάποια μέρα θα γινόμουν πλούσια», είπε χαμογελώντας εκείνη.

«Χαίρομαι που τα καταφέρατε».

Καθίσαμε δίπλα δίπλα στο στρογγυλό κρεβάτι. Η Τράνσιτο σέρβιρε από ένα κονιάκ και μου διηγήθηκε πως η συνεργατική με τις πουτάνες και τους πούστηδες ήταν μια καταπληκτική επιχείρηση για δέκα ολόκληρα χρόνια, αλλά οι καιροί είχαν αλλάξει κι αναγκάστηκαν να του δώσουν άλλη όψη, γιατί, λόγω της ελευθερίας στις συνήθειες, τον ελεύθερο έρωτα, το χάπι κι άλλες καινοτομίες, κανένας πια δεν χρειαζόταν πόρνες, εκτός από τους ναυτικούς και τους γέρους.

«Τα κορίτσια από τα καλά σπίτια το κάνουν δωρεάν, μπορείς να φανταστείς τον ανταγωνισμό», είπε.

Μου εξήγησε πως ο συνεταιρισμός άρχισε να πέφτει έξω και οι συνέταιροι αναγκάστηκαν να πάνε να δουλέψουν σε άλλες δουλειές, που πληρώνονταν καλύτερα· μέχρι κι ο Μουσταφά έφυγε πίσω για την πατρίδα του. Τότε σκέφτηκε πως αυτό που χρειαζόταν ήταν ένα ξενοδοχείο για ραντεβού, ένα ευχάριστο μέρος για να μπορούν να κάνουν έρωτα τα παράνομα ζευγάρια κι όπου ένας άντρας δεν θα ντρεπόταν να πάει την καλή του για πρώτη φορά. Τίποτα με γυναίκες, αυτές τις φέρνει ο πελάτης. Εκείνη η ίδια το είχε διακοσμήσει, ακολουθώντας τις παρορμήσεις της φαντασίας της και παίρνοντας υπόψη της το γούστο της πελατείας της κι έτσι, χάρη στο εμπορικό της δαιμόνιο, που την πρότρεψε να δημιουργήσει διαφορετική ατμόσφαιρα σε κάθε διαθέσιμη γωνιά, το ξενοδοχείο Κριστόμπαλ Κολόν μεταμορφώθηκε σ' έναν παράδεισο για τις χαμένες ψυχές και τους κρυφούς εραστές. Η Τράνσιτο Σότο έφτιαξε γαλλικά σαλόνια με καπιτονέ έπιπλα, φάτνες με φρέσκο άχυρο και άλογα από πεπιεσμένο χαρτί, που παρακολουθούσαν τους ερωτευμένους με τ' αναλλοίωτα μάτια τους από βαμμένο γυαλί, προϊστορικές σπηλιές με σταλακτίτες και τηλέφωνα με καλύμματα από δέρμα πούμα.

«Μια και δεν ήρθες για να κάνεις έρωτα, αφεντικό, πάμε να μιλήσουμε στο γραφείο μου, για ν' αφήσουμε αυτό το δωμάτιο στην πελατεία», είπε η Τράνσιτο Σότο.

Στη διαδρομή μου διηγήθηκε πως μετά απ' το πραξικόπημα, η Ασφάλεια είχε ψάξει το ξενοδοχείο κάνα δυο φορές, αλλά κάθε φορά που έβγαζαν τα ζευγάρια από το κρεβάτι και τα πήγαιναν σημαδεύοντας με το πιστόλι ως το σαλόνι, ανακάλυπταν πως υπήρχαν ένας ή δυο στρατηγοί ανάμεσα στους πελάτες κι έτσι είχαν σταματήσει να τους ενοχλούν. Είχε πολύ καλές σχέσεις με την καινούργια κυβέρνηση, ακριβώς όπως είχε και με τις προηγούμενες. Μου είπε πως το Κριστόμπαλ Κολόν ήταν μια ανθούσα επιχείρηση και πως κάθε χρόνο ανακαίνιζε μερικές διακοσμήσεις, κάνοντας τα ναυάγια νησιά της Πολυνησίας, με αυστηρά ασκητικά μοναστήρια και μπαρόκ κούνιες με σίδερα για βασανιστήρια, ανάλογα με τη μόδα, και μπορούσε να τοποθετήσει τόσα πράγματα σε μια κατοικία με φυσιολογικές σχετικά διαστάσεις, χάρη στα κόλπα με τους καθρέφτες και τα φώτα που μπορούσαν να πολλαπλασιάζουν το χώρο, ν' αλλάζουν το κλίμα, να δημιουργούν το άπειρο και ν' αναστέλλουν το χρόνο.

Φτάσαμε στο γραφείο της, που ήταν διακοσμημένο σαν καμπίνα αεροπλάνου, απ' όπου κυβερνούσε την απίθανη επιχείρησή της με ικανότητες τραπεζίτη. Μου διηγήθηκε πόσα σεντόνια έπλεναν, πόσο χαρτί υγείας ξόδευαν, πόσα ποτά κατανάλωναν, πόσα αβγά ορτυκιών έβραζαν καθημερινά —είναι αφροδισιακά— πόσο προσωπικό χρειαζόταν, και πόσο έφτανε ο λογαριασμός του ηλεκτρικού, του νερού και του τηλεφώνου, για να διατηρεί στην πορεία του εκείνο το τεράστιο αεροπλανοφόρο για παράνομους έρωτες.

«Και τώρα, αφεντικό, πες μου τι μπορώ να κάνω για σένα», είπε τελικά η Τράνσιτο Σότο, και κάθισε αναπαυτικά στην ξαπλωτή καρέκλα του πιλότου αεροπλάνου, ενώ έπαιζε με τα μαργαριτάρια στο λαιμό της. «Υποθέτω πως ήρθες για να σου ξεπληρώσω τη χάρη που σου χρωστάω εδώ και μισόν αιώνα, έτσι δεν είναι;»

Και τότε εγώ, που περίμενα να με ρωτήσει, άνοιξα τον καταρράχτη της αγωνίας μου και της τα είπα όλα, χωρίς να κρατήσω τίποτα, χωρίς να πάρω ανάσα, από την αρχή ώς το τέλος.

Της είπα πως η Άλμπα είναι η μοναδική μου εγγονή, πως απόμεινα μόνος σ' αυτόν τον κόσμο, πως ολοένα μίκραινα στο σώμα και στην ψυχή, ακριβώς όπως με καταράστηκε η Φέρουλα, και το μόνο που μου μένει είναι να πεθάνω σαν σκυλί, πως αυτή η εγγονή με τα πράσινα μαλλιά είναι το τελευταίο που μ' απόμεινε, το μοναδικό που μ' ενδιαφέρει, πως δυστυχώς μου βγήκε ιδεαλίστρια, οικογενειακό κακό, είναι από κείνους τους ανθρώπους που προορίζονται να μπλέκουν σε προβλήματα και κάνουν να υποφέρουν όσους βρισκόμαστε κοντά, της ήρθε να τριγυρίζει και να βρίσκει πολιτικό άσυλο στους καταδιωγμένους στις πρεσβείες, το έκανε χωρίς να σκέφτεται, είμαι σίγουρος, χωρίς να καταλαβαίνει πως η χώρα βρίσκεται σε πόλεμο, πόλεμο εναντίον του διεθνούς κομμουνισμού, ή εναντίον του λαού, δεν ξέρει κανείς πια, όμως τελικά πόλεμο, και πως αυτά τα πράγματα τιμωρούνται από το νόμο, αλλά η Άλμπα περπατάει πάντα στα σύννεφα και δεν συνειδητοποιεί τον κίνδυνο, δεν το κάνει με πρόθεση, αντίθετα, το κάνει γιατί έχει αχαλίνωτη καρδιά, ακριβώς όπως η γιαγιά της, που ακόμα γυρίζει βοηθώντας τους φτωχούς πίσω από την πλάτη μου στα εγκαταλειμμένα δωμάτια του σπιτιού, η Κλάρα, η διορατική μου, κι όποιος τύπος και να 'ρθει στην Άλμπα και να της διηγηθεί το παραμύθι πως τον κυνηγούν, εκείνη διακινδυνεύει και το πετσί της για να τον βοηθήσει, ακόμα κι αν είναι ένας άγνωστος, εγώ της το είπα, την προειδοποίησα πολλές φορές πως μπορούσαν να της στήσουν παγίδα, και μια μέρα θα κατέληγε ο υποτιθέμενος μαρξιστής να είναι πράχτορας της Ασφάλειας, αλλά εκείνη δεν μου έδωσε σημασία, ποτέ δεν μου έδωσε σημασία στη ζωή της, είναι πιο πεισματάρα κι από μένα, αλλά ακόμα κι αν ήταν έτσι, να δώσει κανείς πολιτικό άσυλο σ' έναν κακομοίρη πότε πότε δεν είναι έγκλημα, δεν είναι κάτι τόσο σοβαρό που αξίζει να την πάρουν κρατούμενη, χωρίς να υπολογίσουν πως είναι εγγονή μου, εγγονή ενός γερουσιαστή της Δημοκρατίας, ένα διαπρεπές μέλος του Συντηρητικού Κόμματος, δεν μπορούν να κάνουν τέτοιο πράγμα με την ίδια μου την οικογένεια, μες στο ίδιο μου το σπίτι, γιατί τότε τι διάβολο μένει για τους άλλους, αν οι άνθρωποι όπως εγώ πέφτουν αιχμάλωτοι, αυτό σημαίνει πως κανένας δεν μπορεί να σωθεί, πως δεν άξιζαν για τίποτα τα είκοσι χρόνια στη Βουλή κι έχοντας όλες τις σχέσεις που έχω, ακόμα και το στρατηγό Ουρτάδο, που είναι προσωπικός μου φίλος, αλλά σ' αυτή την περίπτωση τίποτα δεν έκανε, ούτε ακόμα κι ο καρδινάλιος μπόρεσε να βοηθήσει να βρω την εγγονή μου, δεν είναι δυνατό να έχει εξαφανιστεί ως διά μαγείας, να την πάρουν μια νύχτα κι εγώ να μη μάθω καθόλου νέα της, έχει περάσει ένας μήνας που την ψάχνω, και η κατάσταση μ' έχει τρελάνει, αυτά είναι πράματα που μειώνουν τη στρατιωτική χούντα στο εξωτερικό και δίνουν πάτημα στα Ηνωμένα Έθνη ν' αρχίσουν να ενοχλούν με τ' ανθρώπινα δικαιώματα, εγώ στην αρχή δεν ήθελα ούτε να μιλούν για νεκρούς, για βασανισμένους, για εξαφανισμένους, αλλά τώρα δεν μπορώ να εξακολουθήσω να σκέφτομαι πως είναι ψέματα των κομμουνιστών, αφού ακόμα κι οι ίδιοι οι γκρίνγκος, που ήταν οι πρώτοι που βοήθησαν τους στρατιωτικούς κι έστειλαν τους αεροπόρους τους να βομβαρδίσουν το Προεδρικό Μέγαρο, τώρα έχουν σοκαριστεί με το μακελειό κι όχι πως είμαι αντίθετος στην καταπίεση, καταλαβαίνω πως στην αρχή είναι αναγκαίο να κρατάνε τα χαλινάρια με σταθερό χέρι για να βάλουν τάξη, αλλά η κατάσταση ξέφυγε από τα χέρια τους, υπερβάλλουν τα πράγματα με το παραμύθι της εσωτερικής ασφάλειας και πως πρέπει να εξαλείψουν τους ιδεολογικούς τους εχθρούς, σιγά σιγά καθαρίζουν όλο τον κόσμο, κανένας δεν μπορεί να συμφωνεί μ' αυτά, ούτε κι εγώ, που ήμουν ο πρώτος που πέταξα καλαμπόκια στους δόκιμους και υποστήριξα το πραξικόπημα, προτού να βάλουν οι άλλοι αυτή την ιδέα στο κεφάλι, ήμουν ο πρώτος που το χειροκρότησα, ήμουν παρών στην ευχαριστήρια λειτουργία στον καθεδρικό ναό και για τον ίδιο λόγο δεν μπορώ να δεχτώ να συμβαίνουν τέτοια πράματα στην πατρίδα μου, να εξαφανίζεται ο κόσμος, να βγάζουν την εγγονή μου από το σπίτι με τη βία κι εγώ να μην μπορώ να τους εμποδίσω, ποτέ δεν είχαν συμβεί τέτοια πράγματα εδώ, γι' αυτό, ακριβώς γι' αυτό είναι που ήρθα να μιλήσω μαζί σας, Τράνσιτο, ποτέ δεν φαντάστηκα πριν από πενήντα χρόνια, όταν ήσασταν ένα ραχιτικό κοριτσάκι στον Κόκκινο Φάρο, πως κάποια μέρα θα έπρεπε να έρθω να σας παρακαλέσω γονατιστός να μου κάνετε αυτή τη χάρη, να με βοηθήσετε να βρω την εγγονή μου, τολμώ να σας το ζητήσω, γιατί ξέρω πως έχετε καλές σχέσεις με την κυβέρνηση, μου μίλησαν για σας, είμαι σίγουρος πως κανένας δεν γνωρίζει καλύτερα τα σπουδαία πρόσωπα στις Ένοπλες Δυνάμεις, ξέρω πως εσείς οργανώνετε τα γλέντια τους και μπορείτε να καταφέρετε αυτά που εγώ ποτέ δεν θα μπορούσα να πλησιάσω, γι' αυτό σας παρακαλώ να κάνετε κάτι για την εγγονή μου, προτού είναι πολύ αργά, γιατί έχω να κοιμηθώ βδομάδες ολόκληρες, γύρισα όλα τα γραφεία, όλα τα υπουργεία, όλους τους παλιούς φίλους, χωρίς κανένας να μπορέσει να με βοηθήσει, δεν θέλουν πια να με δεχτούν, με υποχρεώνουν να περιμένω στην αίθουσα αναμονής για ώρες, εμένα, που τόσες χάρες έχω κάνει σ' αυτούς τους ίδιους ανθρώπους, σας παρακαλώ, Τράνσιτο, ζητήστε μου ό,τι θέλετε, είμαι ακόμα πλούσιος, παρ' όλο που την εποχή του κομμουνισμού τα πράγματα είχαν δυσκολέψει πολύ για μένα, απαλλοτρίωσαν τις γαίες μου, το μάθατε χωρίς αμφιβολία, θα πρέπει να το είδατε στην τηλεόραση και στις εφημερίδες, έγινε σκάνδαλο, εκείνοι οι ανίδεοι χωριάτες έφαγαν τους ταύρους αναπαραγωγής κι έβαλαν τις αγωνιστικές μου φοράδες να τραβούν το αλέτρι και μέσα σε λιγότερο από ένα χρόνο οι Τρεις Μαρίες καταστράφηκαν, αλλά τώρα γέμισα το αγρόχτημα με τρακτέρ και το ξαναφτιάχνω από την αρχή, ακριβώς όπως το είχα κάνει παλιά, όταν ήμουν νέος, έτσι και τώρα που είμαι γέρος, αλλά όχι ξοφλημένος, ενώ εκείνοι οι δύστυχοι που είχαν τίτλους ιδιοχτησίας για την ιδιοχτησία μου, τη δικιά μου, γυρίζουν εδώ κι εκεί πεθαίνοντας από την πείνα, ένα σωρό από διακονιάρηδες που ψάχνουν να βρουν καμιά δουλίτσα για να επιζήσουν, οι κακόμοιροι, δεν φταίνε αυτοί, τους κορόιδεψαν με την καταραμένη Αγροτική Μεταρρύθμιση, κατά βάθος τους έχω συγχωρέσει και θα ήθελα να γύριζαν στις Τρεις Μαρίες, έβαλα ακόμα και αγγελίες στις εφημερίδες για να τους φωνάξω, κάποια μέρα θα γυρίσουν πίσω και δεν θα μπορώ παρά να τους απλώσω το χέρι, είναι σαν παιδιά, καλοί, αλλά δεν ήρθα να σας μιλήσω γι' αυτά, Τράνσιτο, δεν θέλω να σας απασχολήσω πολύ, το σπουδαιότερο είναι πως είμαι ευκατάστατος και οι δουλειές μου τρέχουν, έτσι μπορώ να σας δώσω ό,τι μου ζητήσετε, μόνο να μου βρείτε την εγγονή μου την Άλμπα, προτού κάποιος τρελός συνεχίσει να μου στέλνει κι άλλα κομμένα δάχτυλα, ή αρχίσει να μου στέλνει αυτιά, ή τα καταφέρει να με τρελάνει, ή να με σκοτώσει με μια καρδιακή προσβολή, συγγνώμη που αναστατώθηκα έτσι, τρέμουν τα χέρια μου, έγινα νευρικός, δεν μπορώ να εξηγήσω αυτό που συνέβη, ένα πακέτο με το ταχυδρομείο και μέσα τρία ανθρώπινα δάχτυλα, κομμένα πέρα για πέρα, ένα μακάβριο αστείο που μου ξυπνάει αναμνήσεις, αλλά αυτές οι αναμνήσεις καμιά σχέση δεν έχουν με την Άλμπα, η εγγονή μου δεν είχε καν γεννηθεί τότε, χωρίς αμφιβολία έχω πολλούς εχθρούς, όλοι οι πολιτικοί έχουμε εχθρούς, δεν θα ήταν παράξενο να υπάρχει κάποιος ανώμαλος, που για να με βασανίσει μου στέλνει δάχτυλα με το ταχυδρομείο ακριβώς τη στιγμή που έχω απελπιστεί με την κράτηση της Άλμπα, για να μου βάλει ιδέες στο κεφάλι, γιατί αν δεν είχα φτάσει στα όρια των δυνάμεών μου, αφού εξάντλησα όλα τα μέσα, δεν θα είχα έρθει να σας ενοχλήσω, σας παρακαλώ, Τράνσιτο, στο όνομα της παλιάς μας φιλίας, λυπηθείτε με, είμαι ένας κατεστραμμένος γέρος, λυπηθείτε με και ψάξτε να βρείτε την εγγονή μου, την Άλμπα, προτού μου τη στείλουν κομματάκια με το ταχυδρομείο, θρήνησα.

Η Τράνσιτο Σότο είχε φτάσει να έχει τη θέση που είχε, γιατί, ανάμεσα σε άλλα πράγματα, ήξερε να πληρώνει τα χρέη της. Υποθέτω πως μεταχειρίστηκε τις γνώσεις της για την πιο κρυφή πλευρά των ανθρώπων που βρίσκονταν στην εξουσία, για να μου επιστρέψει τα πενήντα πέσος που κάποτε της είχα δανείσει. Δυο μέρες αργότερα με πήρε στο τηλέφωνο.

«Είμαι η Τράνσιτο Σότο, αφεντικό. Έκανα αυτό που μου ζήτησες», είπε.

ΕΠΙΛΟΓΟΣ

Χτες βράδυ πέθανε ο παππούς μου. Δεν πέθανε σαν το σκυλί, όπως φοβόταν, αλλά ήρεμα στην αγκαλιά μου, ενώ με μπέρδευε με την Κλάρα και μερικές φορές με τη Ρόζα, χωρίς πόνους, χωρίς αγωνία, έχοντας τις αισθήσεις του και γαλήνιος, πιο λογικός παρά ποτέ κι ευτυχισμένος. Τώρα είναι ξαπλωμένος στο ιστιοφόρο στα ήρεμα νερά, χαμογελαστός και ήσυχος, ενώ εγώ γράφω πάνω στο τραπέζι από ανοιχτόχρωμο ξύλο, που ήταν της γιαγιάς μου. Έχω ανοίξει τις γαλάζιες μεταξωτές κουρτίνες για να μπει το πρωινό και να φέρει χαρά μες στο δωμάτιο. Στο παλιό κλουβί, κοντά στο παράθυρο, κελαηδάει ένα καινούργιο καναρίνι και από τη μέση του δωματίου με κοιτάζουν τα γυάλινα μάτια του Μπαραμπάς. Ο παππούς μου μού διηγήθηκε πως η Κλάρα είχε λιποθυμήσει τη μέρα που, για να την ευχαριστήσει, είχε απλώσει σαν χαλί το δέρμα του ζώου. Γελάσαμε με δάκρυα κι αποφασίσαμε να πάμε να βρούμε στο υπόγειο τ' απομεινάρια του καημένου του Μπαραμπάς, που ήταν μεγαλοπρεπής μες στην απροσδιόριστη βιολογική του κατάσταση, παρ' όλο το πέρασμα του χρόνου και την εγκατάλειψη, και να τον τοποθετήσουμε στο ίδιο μέρος που μισό αιώνα πριν τον είχε βάλει ο παππούς μου προς τιμήν της γυναίκας που αγάπησε πάνω απ' όλα στη ζωή του.

«Θα τον αφήσουμε εδώ, όπου έπρεπε να βρίσκεται από καιρό», είπε.

Είχα φτάσει στο σπίτι ένα φωτεινό χειμωνιάτικο πρωινό, μ' ένα κάρο που το έσερνε ένα αδύνατο άλογο. Ο δρόμος, με τη διπλή του σειρά από αιωνόβιες καστανιές και τ' αρχοντικά του, έμοιαζε σαν ακατάλληλο σκηνικό για κείνο το λιτό όχημα, αλλά όταν σταμάτησε μπροστά στο σπίτι του παππού μου, ταίριαζε πολύ με την όψη του. Το μεγάλο σπίτι στη γωνία ήταν πολύ πιο θλιβερό και παλιό απ' όσο θυμόμουνα, παράλογο, με τις αρχιτεκτονικές του εκκεντρικότητες, το εξεζητημένο γαλλικό του στιλ, με τη φάτσα του σκεπασμένη με αρρωστημένο κισσό. Ο κήπος ήταν γεμάτος αγριόχορτα κι όλα σχεδόν τα παντζούρια κρέμονταν από τους μεντεσέδες τους. Η πόρτα του κήπου ήταν ανοιχτή, όπως πάντα. Χτύπησα το κουδούνι κι ύστερα από λίγο άκουσα κάτι παντόφλες να πλησιάζουν και μια άγνωστη υπηρέτρια μου άνοιξε την πόρτα. Με κοίταξε χωρίς να μ' αναγνωρίσει κι εγώ ένιωσα τη θαυμάσια μυρωδιά από ξύλο και κλεισούρα του σπιτιού όπου είχα γεννηθεί. Τα μάτια μου γέμισαν δάκρυα. Έτρεξα στη βιβλιοθήκη με το προαίσθημα πως ο παππούς θα με περίμενε καθισμένος στη θέση του όπως πάντα, κι εκεί βρισκόταν, μαζεμένος στην πολυθρόνα του. Ξαφνιάστηκα που τον είδα τόσο γέρο, μικροσκοπικό και τρεμάμενο. Από τον παλιό του εαυτό μόνο η λιονταρίσια χαίτη είχε απομείνει και το βαρύ ασημένιο του μπαστούνι. Αγκαλιαστήκαμε σφιχτά για πολλή ώρα, μουρμουρίζοντας παππού, Άλμπα, Άλμπα, παππού, φιληθήκαμε κι όταν είδε το χέρι μου, βάλθηκε να κλαίει και να βρίζει και να χτυπάει με το μπαστούνι του τα έπιπλα, όπως έκανε παλιά, κι εγώ γέλασα, γιατί δεν ήταν τόσο γέρος ούτε τόσο μαραζωμένος, όπως μου είχε φανεί στην αρχή.

Εκείνη την ίδια μέρα ο παππούς ήθελε να φύγουμε από τη χώρα. Φοβόταν για μένα. Αλλά εγώ του εξήγησα πως δεν μπορούσα να φύγω, γιατί μακριά απ' αυτή τη γη θα ήμουν σαν τα δεντράκια που κόβουν για τα Χριστούγεννα, εκείνα τα κακόμοιρα έλατα χωρίς ρίζες, που κρατούν ένα διάστημα κι ύστερα ξεραίνονται.

«Δεν είμαι χαζός, Άλμπα», είπε, καθώς με κοίταζε στα μάτια. «Ο αληθινός λόγος είναι πως θέλεις να μείνεις με τον Μιγκέλ, έτσι δεν είναι;»

Ξαφνιάστηκα. Ποτέ δεν του είχα μιλήσει για τον Μιγκέλ.

«Από τότε που τον γνώρισα, κατάλαβα πως δεν θα μπορούσα να σε πάρω από δω, κοριτσάκι μου», είπε με θλίψη.

«Τον γνώρισες; Είναι ζωντανός, παππού;» τον τράνταξα, αρπάζοντάς τον από τα ρούχα.

«Ήταν εδώ την περασμένη βδομάδα, όταν ιδωθήκαμε για τελευταία φορά», μου είπε.

Μου διηγήθηκε πως μια νύχτα, αφού με είχαν πιάσει, εμφανίστηκε ο Μιγκέλ στο μεγάλο σπίτι στη γωνία. Είχε κοντέψει να του έρθει κόλπος απ' το φόβο, αλλά μέσα σε λίγα λεπτά κατάλαβε πως οι δυο τους είχαν έναν κοινό σκοπό: να με σώσουν. Ύστερα ο Μιγκέλ ερχόταν συχνά και τον έβλεπε, του κρατούσε συντροφιά και μαζί έκαναν προσπάθειες για να με βρουν. Του Μιγκέλ ήταν η ιδέα να πάει να βρει την Τράνσιτο Σότο, ο παππούς ποτέ δεν θα το είχε σκεφτεί.

«Ακούστε με, κύριε. Εγώ ξέρω ποιος έχει δύναμη στη χώρα. Οι άνθρωποί μου έχουν διεισδύσει παντού. Αν υπάρχει κάποιος που μπορεί να βοηθήσει την Άλμπα αυτή τη στιγμή, αυτός ο άνθρωπος είναι η Τράνσιτο Σότο», τον βεβαίωσε.

«Αν καταφέρουμε να την πάρουμε από τα χέρια της Ασφάλειας, παιδί μου, θα πρέπει να φύγει από δω. Να φύγετε μαζί. Μπορώ να σας βρω άδειες και τα λεφτά δεν θα σας λείψουν», προσφέρθηκε ο παππούς.

Αλλά ο Μιγκέλ τον κοίταξε λες κι ήταν τρελός και του εξήγησε πως εκείνος είχε μια αποστολή να εκπληρώσει και δεν μπορούσε να το βάλει στα πόδια.

«Αναγκάστηκα να το πάρω απόφαση πως θα μείνεις εδώ, παρ' όλα αυτά», είπε ο παππούς και μ' αγκάλιασε. «Και τώρα πες τα μου όλα. Θέλω να μάθω και την παραμικρή λεπτομέρεια».

Κι έτσι του τα διηγήθηκα. Του είπα πως όταν μολύνθηκε το χέρι μου, με πήγαν σε μια μυστική κλινική, όπου στέλνουν τους φυλακισμένους, που δεν θέλουν ν' αφήσουν να πεθάνουν. Εκεί με περιποιήθηκε ένας ψηλός γιατρός, με λεπτά χαρακτηριστικά, που με μισούσε όσο κι ο συνταγματάρχης Γκαρσία, και δεν ήθελε να μου δώσει ηρεμιστικά. Επωφελούνταν από κάθε επίσκεψη για να μου εξηγεί την προσωπική του θεωρία για τον τρόπο που θα εξαφάνιζαν τον κομμουνισμό από τη χώρα και, αν ήταν δυνατόν, απ' όλο τον κόσμο. Όμως εκτός απ' αυτό μ' άφηνε ήσυχη. Για πρώτη φορά μετά από αρκετές βδομάδες είχα καθαρά σεντόνια και αρκετό φυσικό φως.

Με φρόντιζε ο Ρόχας, ένας χοντρός και στρογγυλοπρόσωπος νοσοκόμος, ντυμένος με μια γαλάζια, πάντα βρόμικη, ποδιά και γεμάτος καλοσύνη. Με τάιζε στο στόμα, μου διηγούνταν ατέλειωτες ιστορίες από αμφισβητούμενα, απίθανα, ποδοσφαιρικά παιχνίδια ανάμεσα σε ομάδες που ποτέ δεν είχα ακούσει κι έβρισκε ηρεμιστικά για να μου κάνει ενέσεις στα κρυφά, μέχρι που κατάφερε να σταματήσει το παραμιλητό μου. Ο Ρόχας είχε περιποιηθεί σ' εκείνη την κλινική μια ολόκληρη σειρά δυστυχισμένους. Είχε βεβαιωθεί πως οι περισσότεροι απ' αυτούς δεν ήταν δολοφόνοι ούτε προδότες της πατρίδας, γι' αυτό φερόταν καλά στους φυλακισμένους. Συχνά, μόλις που κατάφερνε να γιατρέψει κάποιον και τον έπαιρναν πάλι για βασανιστήρια. «Είναι σαν να ρίχνεις άμμο με το φτυάρι στη θάλασσα», έλεγε με θλίψη. Έμαθα πως μερικοί του είχαν ζητήσει να τους βοηθήσει να πεθάνουν και σε μία τουλάχιστον περίπτωση νομίζω πως το έκανε.

Ο Ρόχας κρατούσε λογαριασμό με μεγάλη ακρίβεια γι' αυτούς που έμπαιναν κι έβγαιναν και μπορούσε να θυμηθεί με βεβαιότητα τα ονόματα, τις ημερομηνίες και τις περιστάσεις. Μου ορκίστηκε πως ποτέ δεν είχε ακούσει να μιλούν για τον Μιγκέλ κι αυτό μου έδωσε πάλι θάρρος για να συνεχίσω να ζω, παρ' όλο που μερικές φορές έπεφτα σε μια μαύρη άβυσσο από κατάθλιψη κι άρχιζα να επαναλαμβάνω συνέχεια πως ήθελα να πεθάνω.

Εκείνος μου διηγήθηκε για την Αμάντα. Την είχαν πιάσει τον ίδιο καιρό μ' εμένα. Όταν την πήγαν στο Ρόχας, δεν μπορούσε πια τίποτα να κάνει. Πέθανε χωρίς να προδώσει τον αδελφό της, εκπληρώνοντας μια υπόσχεση που του είχε δώσει πολλά χρόνια πριν, τη μέρα που τον πήγε για πρώτη φορά σχολείο. Η μόνη παρηγοριά είναι πως έφυγε πολύ πιο γρήγορα απ' όσο εκείνοι θα επιθυμούσαν, γιατί ο οργανισμός της ήταν αδυνατισμένος από τα ναρκωτικά κι από την απέραντη απελπισία της με το θάνατο του Χάιμε.

Ο Ρόχας με περιποιήθηκε μέχρι που μου κατέβασε τον πυρετό, άρχισε να κλείνει η πληγή στο χέρι μου και ξαναβρήκα το κουράγιο μου και τότε πια δεν είχε άλλα προσχήματα για να με κρατάει. Όμως δεν μ' έστειλαν πίσω στα χέρια του Εστέμπαν Γκαρσία, όπως φοβόμουν. Υποθέτω πως τότε ακριβώς μπήκε στη μέση η καλοκάγαθη επιρροή της γυναίκας με το μαργαριταρένιο κολιέ, που πήγαμε να ευχαριστήσουμε με τον παππού γιατί μου έσωσε τη ζωή. Τέσσερις άντρες ήρθαν να με πάρουν μες στη νύχτα. Ο Ρόχας με ξύπνησε, με βοήθησε να ντυθώ και μου ευχήθηκε καλή τύχη. Τον φίλησα από ευγνωμοσύνη.

«Γεια σου, μικρή! Ν' αλλάζεις γάζα, να μην το βρέχεις κι αν ξανακάνεις πυρετό, να ξέρεις πως θα έχει μολυνθεί», μου είπε από την πόρτα.

Με οδήγησαν σ' ένα στενό κελί, όπου πέρασα την υπόλοιπη νύχτα καθισμένη σε μια καρέκλα. Την επομένη με πήγαν σ' ένα στρατόπεδο συγκέντρωσης για γυναίκες. Ποτέ δεν θα ξεχάσω τη στιγμή που μου έβγαλαν τον επίδεσμο από τα μάτια και βρέθηκα σε μια τετράγωνη φωτεινή αυλή, τριγυρισμένη από γυναίκες, που τραγουδούσαν τον Ύμνο στη Χαρά για μένα. Η φίλη μου, η Άνα Δίας, ήταν ανάμεσά τους κι έτρεξε να μ' αγκαλιάσει. Με πήγαν γρήγορα σ' ένα ράντσο και μου εξήγησαν τους κανονισμούς στην κοινότητα και τις υποχρεώσεις μου.

«Μέχρι να γίνεις καλά, δεν χρειάζεται ούτε να πλένεις ούτε να ράβεις, αλλά θα πρέπει να προσέχεις τα παιδιά», μου είπαν.

Είχα αντέξει στην κόλαση με κάποια σταθερότητα, αλλά, όταν ένιωσα συντροφεμένη, έσπασα. Και η παραμικρή τρυφερή λέξη μ' έκανε να ξεσπάω σε κλάματα, περνούσα τη νύχτα μ' ανοιχτά τα μάτια μες στο σκοτάδι, ανάμεσα σε τόσες γυναίκες που έκαναν βάρδιες για να με περιποιούνται και ξαγρυπνούσαν για να μη μ' αφήνουν ποτέ μόνη. Με βοηθούσαν όταν άρχιζαν να με βασανίζουν οι κακές αναμνήσεις ή όταν εμφανιζόταν ο συνταγματάρχης Γκαρσία για να με βυθίσει στον τρόμο, ή όταν έκλαιγα αναζητώντας συνέχεια τον Μιγκέλ.

«Να μη σκέφτεσαι τον Μιγκέλ», μου έλεγαν, επέμεναν. «Δεν πρέπει να σκέφτεσαι τους αγαπημένους σου ούτε και τον κόσμο που βρίσκεται από την άλλη μεριά του τοίχου. Είναι ο μόνος τρόπος για να επιβιώσεις».

Η Άνα Δίας βρήκε ένα σχολικό τετράδιο και μου το χάρισε.

«Για να γράφεις, μήπως και βγάλεις από μέσα σου τα σάπια, να γίνεις καλά και να τραγουδάς μαζί μας και να μας βοηθάς στο ράψιμο», μου είπε.

Της έδειξα το χέρι μου και κούνησα αρνητικά το κεφάλι, αλλά εκείνη μου έβαλε το μολύβι στο άλλο και μου είπε να γράψω με το αριστερό. Προσπάθησα να βάλω σε τάξη την ιστορία που είχα αρχίσει στην απομόνωση. Οι συντρόφισσές μου με βοηθούσαν όταν έχανα την υπομονή μου και το μολύβι έτρεμε στο χέρι μου. Πολλές φορές τα πετούσα όλα πέρα, αλλά ύστερα μάζευα το τετράδιο και το έσφιγγα με αγάπη στην αγκαλιά μου, μετανιωμένη, γιατί δεν ήξερα πότε θα μπορούσα να ξαναβρώ άλλο. Άλλες φορές ξυπνούσα στεναχωρεμένη, γεμάτη προαισθήματα, γυρνούσα προς τον τοίχο και δεν ήθελα να μιλήσω με κανέναν. Εκείνες όμως δεν μ' άφηναν, με τράνταζαν, με υποχρέωναν να δουλεύω, να λέω παραμύθια στα παιδιά. Μου άλλαζαν τη γάζα με προσοχή και μου έβαζαν τα χαρτιά μπροστά μου.

«Αν θέλεις, να σου διηγηθώ την ιστορία μου για να τη γράψεις», μου έλεγαν, γελούσαν, κορόιδευαν υποστηρίζοντας πως όλες οι περιπτώσεις ήταν ίδιες και καλύτερα θα ήταν να γράψω ερωτικά διηγήματα, γιατί άρεσαν σ' όλο τον κόσμο. Με υποχρέωναν ακόμα να τρώω. Χώριζαν τις μερίδες με μεγάλη αυστηρότητα, στον καθέναν ανάλογα με τις ανάγκες του, κι εμένα μου έδιναν λίγο περισσότερο, γιατί έλεγαν πως ήμουν πετσί και κόκαλο και πως ούτε ο πιο απελπισμένος άντρας δεν θα με πρόσεχε. Ανατρίχιαζα, αλλά η Άνα Δίας μου θύμιζε πως δεν ήμουν η μόνη που είχα βιαστεί – κι αυτό, μαζί με πολλά άλλα, έπρεπε να το ξεχάσω. Οι γυναίκες περνούσαν τη μέρα τους τραγουδώντας όσο πιο δυνατά μπορούσαν. Οι αστυνομικοί χτυπούσαν τον τοίχο.

«Σκάστε, πουτάνες!»

«Κάντε μας να σκάσουμε, κερατάδες, να δούμε αν μπορείτε!» απαντούσαν κι εξακολουθούσαν να τραγουδούν ακόμα πιο δυνατά κι εκείνοι δεν έμπαιναν μέσα, γιατί είχαν μάθει πως δεν μπορεί ν' αποφύγει κανείς το αναπόφευκτο.

Προσπάθησα να γράφω τα μικρά γεγονότα του γυναικείου παραρτήματος της φυλακής, πως είχαν πιάσει την αδελφή του προέδρου, πως μας πήραν τα τσιγάρα, πως είχαν φτάσει καινούργιες φυλακισμένες, πως η Αδριάνα είχε πάλι μια από τις κρίσεις της κι έπεσε πάνω στα παιδιά της να τα σκοτώσει, αναγκαστήκαμε να της τα πάρουμε μέσ' απ' τα χέρια της κι εγώ κάθισα μ' ένα παιδί σε κάθε πλευρό, να τους διηγηθώ τα μαγικά παραμύθια από τα μαγεμένα μπαούλα του θείου Μάρκος μέχρι να κοιμηθούν, ενώ σκεφτόμουν για τη μοίρα εκείνων των παιδιών που μεγάλωναν σε τέτοιο μέρος, με μια τρελή μάνα, να τα φροντίζουν άλλες άγνωστες μητέρες, που είχαν ακόμα φωνή για νανουρίσματα και χάδια για παρηγοριά, κι αναρωτιόμουν, έγραφα, με ποιον τρόπο τα παιδιά της Αδριάνας θα μπορούσαν ν' ανταποδώσουν το νανούρισμα και το χάδι στα παιδιά ή στα εγγόνια εκείνων των ίδιων γυναικών.

Έμεινα λίγο καιρό στο στρατόπεδο συγκέντρωσης. Μια Τετάρτη απόγεμα οι αστυνομικοί ήρθαν να με πάρουν. Πανικοβλήθηκα για μια στιγμή, γιατί σκέφτηκα πως θα με πήγαιναν στον Εστέμπαν Γκαρσία, αλλά οι συντρόφισσές μου μού είπαν πως φορούσαν στολή, δεν ήταν της Ασφάλειας, κι αυτό με ηρέμησε λιγάκι. Άφησα το μάλλινο γιλέκο μου να το ξηλώσουν και να πλέξουν κάτι ζεστό για τα παιδιά της Αδριάνας, κι όλα τα λεφτά που είχα πάνω μου όταν με είχαν πιάσει και που, με τη σχολαστική τιμιότητα που έχουν οι στρατιωτικοί για τις λεπτομέρειες, μου είχαν επιστρέψει. Έχωσα το τετράδιο στο παντελόνι μου και τις φίλησα όλες μία μία. Το τελευταίο που άκουσα φεύγοντας ήταν οι φωνές τους, καθώς τραγουδούσαν για να μου δώσουν κουράγιο, ακριβώς όπως έκαναν με όλες τις φυλακισμένες, όταν έφταναν ή όταν έφευγαν απ' το στρατόπεδο. Έφυγα κλαίγοντας. Εκεί ήμουνα ευτυχισμένη.

Διηγήθηκα στον παππού πως με πήραν μ' ένα φορτηγό, με δεμένα μάτια, την ώρα της απαγόρευσης της κυκλοφορίας. Έτρεμα τόσο, που μπορούσα ν' ακούω να χτυπούν τα δόντια μου. Ένας από τους άντρες, που ήταν μαζί μου στο πίσω μέρος, μου έβαλε μια καραμέλα στο χέρι και με χτύπησε παρηγορητικά στην πλάτη.

«Μη φοβάσαι, δεσποινίς. Δεν θα πάθεις τίποτα. Θα σ' αφήσουμε ελεύθερη και σε λίγες ώρες θα είσαι σπίτι σου», μου είπε ψιθυριστά.

Μ' άφησαν σ' ένα σκουπιδότοπο κοντά στο προάστιο του Ελέους.

Ο ίδιος που μου έδωσε την καραμέλα, με βοήθησε να κατέβω.

«Πρόσεχε με την απαγόρευση της κυκλοφορίας», μου σφύριξε στ' αυτί. «Μην κουνηθείς μέχρι να ξημερώσει».

Άκουσα τη μηχανή και σκέφτηκα πως θα με πατούσαν κι ύστερα θα εμφανιζόταν στις εφημερίδες πως είχα σκοτωθεί σ' αυτοκινητικό δυστύχημα, το όχημα όμως απομακρύνθηκε χωρίς να μ' ακουμπήσει. Περίμενα για λίγο, με κομμένα πόδια απ' το κρύο και το φόβο, μέχρι που τελικά αποφάσισα να βγάλω τον επίδεσμο για να δω πού βρισκόμουν. Κοίταξα γύρω μου. Ήταν ένας έρημος τόπος, μια αλάνα γεμάτη σκουπίδια και μερικά ποντίκια που έτρεχαν ανάμεσα στα απορρίμματα. Το φεγγάρι έριχνε ένα απαλό φως, που με βοήθησε να διακρίνω από μακριά έναν ελεεινό οικισμό από χαρτόνια, ξύλινες τάβλες και λαμαρίνες. Κατάλαβα πως έπρεπε ν' ακούσω τη συμβουλή του φρουρού και να μείνω στη θέση μου μέχρι να φωτίσει.

Θα είχα περάσει τη νύχτα στο σκουπιδαριό, αν δεν έφτανε ένα παιδάκι, σκυφτό μες στις σκιές, που μου έκανε νοήματα. Καθώς δεν είχα τίποτα να χάσω, άρχισα να προχωρώ προς τα εκεί παραπατώντας. Όταν πλησίασα, είδα το πρόσωπό του όλο αγωνία. Μου έριξε μια κουβέρτα στην πλάτη, με πήρε απ' το χέρι και με πήγε στον οικισμό χωρίς να πει κουβέντα. Περπατούσαμε σκυφτοί, αποφεύγοντας το δρόμο και τα λίγα αναμμένα φανάρια, μερικά σκυλιά άρχισαν να γαβγίζουν, αλλά κανένας δεν βγήκε έξω να δει τι γίνεται. Διασχίσαμε μια αυλή όπου κρέμονταν σαν σημαιούλες κάτι ρούχα από ένα σύρμα και μπήκαμε σε μια ξεχαρβαλωμένη παράγκα σαν όλες τις άλλες εκεί γύρω. Αναστατώθηκα από την τρομερή φτώχεια εκεί μέσα: τα μοναδικά έπιπλα ήταν ένα τραπέζι από πεύκο, δυο απλές καρέκλες κι ένα κρεβάτι, όπου κοιμόνταν αρκετά παιδιά, το ένα πάνω στο άλλο. Μια κοντή, μελαχρινή γυναίκα βγήκε έξω να με υποδεχτεί, με τα πόδια γεμάτα φλέβες και τα μάτια βυθισμένα σ' ένα δίχτυ από καλοκάγαθες ρυτίδες, που δεν κατάφερναν να τη γερνούν. Χαμογέλασε και είδα πως της έλειπαν μερικά δόντια. Πλησίασε και μου έφτιαξε την κουβέρτα με μια απότομη και δειλή συνάμα κίνηση, αντί να με σφίξει στην αγκαλιά της, όπως φάνηκε να ήθελε, αλλά δεν τόλμησε να κάνει.

«Θα σας δώσω ένα τσαγάκι. Δεν έχω ζάχαρη, αλλά θα σας κάνει καλό να πιείτε κάτι ζεστό», μου είπε.

Μου διηγήθηκε πως είχαν ακούσει το φορτηγό και ήξεραν τι σήμαινε ένα αυτοκίνητο που τριγύριζε σ' εκείνα τα μέρη την ώρα της απαγόρευσης της κυκλοφορίας. Περίμεναν να σιγουρευτούν πως έφυγε κι ύστερα πήγε το παιδί να δει τι είχαν αφήσει. Νόμιζαν πως θα έβρισκαν κανέναν πεθαμένο.

«Καμιά φορά έρχονται και πετάνε κανέναν τουφεκισμένο, για φοβέρα».

Μείναμε να κουβεντιάζουμε την υπόλοιπη νύχτα. Ήταν μία από κείνες τις στωικές και πρακτικές γυναίκες της χώρας μας, που από κάθε άντρα που περνάει απ' τη ζωή τους έχουν κι ένα παιδί, και μαζεύουν και τα παιδιά που εγκαταλείπουν οι άλλοι, τους φτωχούς συγγενείς κι όποιον χρειάζεται μια μάνα, μια αδελφή, μια θεία, γυναίκες που στηρίζουν τις ξένες ζωές, που μεγαλώνουν τα παιδιά που θα τους φύγουν, που βλέπουν τους άντρες τους να φεύγουν, χωρίς παράπονο, γιατί έχουν άλλες, μεγαλύτερες ανάγκες για ν' ασχοληθούν. Έμοιαζε πολύ με τόσες άλλες που είχα γνωρίσει στα λαϊκά συσσίτια, στο νοσοκομείο του θείου μου του Χάιμε, στην ενορία όπου πήγαιναν να ρωτήσουν για τους χαμένους τους, στο νεκροτομείο όπου πήγαιναν να βρουν τους πεθαμένους τους. Της είπα πως είχε πολύ ριψοκινδυνέψει που με βοήθησε κι εκείνη χαμογέλασε. Κατάλαβα τότε πως ο συνταγματάρχης Γκαρσία και οι όμοιοί του έχουν μετρημένες τις μέρες τους, γιατί δεν μπόρεσαν ν' αφανίσουν το θάρρος εκείνων των γυναικών.

Το πρωί με πήγε σ' έναν κουμπάρο της που είχε ένα κάρο για μεταφορές μ' ένα άλογο. Του ζήτησε να με πάει στο σπίτι μου κι έτσι έγινε κι έφτασα εδώ. Στο δρόμο έβλεπα την πόλη με τις τρομερές της αντιθέσεις, τις παράγκες κλεισμένες με χαρτονένιους τοίχους για να δίνουν την εντύπωση πως δεν υπάρχουν, το κέντρο συνωστισμένο και γκρίζο, και το Μπάριο Άλτο, με τους εγγλέζικους κήπους του, τα πάρκα του, τους γυάλινους ουρανοξύστες του και τα ξανθά παιδάκια του να κάνουν βόλτα με τα ποδήλατα. Μέχρι και τα σκυλιά έδειχναν ευτυχισμένα, όλα σε τάξη, όλα καθαρά, όλα ήσυχα και μαζί εκείνη η απόλυτη γαλήνη των συνειδήσεων χωρίς μνήμη. Αυτό το προάστιο ήταν σαν άλλη χώρα.

Ο παππούς με άκουσε με θλίψη. Ένας κόσμος, που τον νόμιζε ωραίο, είχε μόλις γκρεμιστεί μπροστά στα πόδια του. «Μια και θα μείνουμε εδώ να περιμένουμε τον Μιγκέλ, να ταχτοποιήσουμε λιγάκι αυτό το σπίτι», είπε τελικά. Κι αυτό κάναμε. Στην αρχή περνούσαμε τη μέρα μας στη βιβλιοθήκη, ανήσυχοι, και σκεφτόμασταν πως μπορούσαν να ξαναγυρίσουν για να με πάνε ξανά στον Γκαρσία, αλλά μετά αποφασίσαμε πως το χειρότερο ήταν να φοβόμαστε το φόβο, όπως έλεγε ο Νικολάς, ο θείος μου, κι έπρεπε να εγκατασταθούμε σ' όλο το σπίτι και ν' αρχίσουμε να ζούμε μια κανονική ζωή.

Ο παππούς μου προσέλαβε μια ειδική εταιρεία, που το πέρασε από τη στέγη ώς το υπόγειο με παρκετέζες, καθάρισε τα τζάμια, το έβαψε και το απολύμανε, μέχρι που έγινε κατοικήσιμο. Μισή ντουζίνα κηπουροί κι ένα τρακτέρ καθάρισαν τ' αγριόχορτα, έφεραν χορτάρι τυλιγμένο σε ρολό, σαν χαλί, μια θαυμαστή εφεύρεση των γκρίνγκος, και μέσα σε λιγότερο από μια βδομάδα είχαμε μέχρι και σημύδες, ξεπετάχτηκε το νερό στα κελαηδιστά σιντριβάνια και υψώθηκαν περήφανα και πάλι τα αγάλματα του Ολύμπου, καθαρά επιτέλους, μετά από τόσες κουτσουλιές και τόση εγκατάλειψη. Πήγαμε μαζί κι αγοράσαμε πουλιά για τα κλουβιά, που ήταν άδεια απ' τον καιρό της γιαγιάς μου, που τα είχε αφήσει ελεύθερα όταν προαισθάνθηκε το θάνατό της.

Έβαλα φρέσκα λουλούδια στα βάζα και πιατέλες με φρούτα πάνω στα τραπέζια, όπως την εποχή των πνευμάτων, και η ατμόσφαιρα γέμισε με το άρωμά τους. Ύστερα πιαστήκαμε από το μπράτσο, ο παππούς μου κι εγώ, και τριγυρίσαμε στο σπίτι, σταματώντας σε κάθε μέρος για να θυμηθούμε το παρελθόν και να χαιρετήσουμε τα ανεπαίσθητα φαντάσματα από άλλες εποχές, που, παρ' όλα τα σκαμπανεβάσματα, εξακολουθούν να βρίσκονται στη θέση τους.

Ο παππούς μου είχε την ιδέα να γράψουμε αυτή την ιστορία.

«Έτσι θα μπορέσεις να πάρεις μαζί σου τις ρίζες σου, αν κάποια μέρα φύγεις απ' αυτό τον τόπο, κοριτσάκι μου», είπε.

Ξεθάψαμε από τις πιο κρυφές και ξεχασμένες γωνιές τα παλιά άλμπουμ κι έχω εδώ μπροστά μου, πάνω στο τραπέζι της γιαγιάς μου, ένα σωρό φωτογραφίες: η ωραία Ρόζα κοντά σε μια ξεθωριασμένη κούνια, η μητέρα μου και ο Πέδρο Τερσέρο Γκαρσία στα τέσσερά τους χρόνια να ταΐζουν καλαμπόκι τις κότες στην αυλή στις Τρεις Μαρίες, ο παππούς μου όταν ήταν νέος και ψηλός, ένα κι ογδόντα, ατράνταχτη απόδειξη πως είχε εκπληρωθεί η κατάρα της Φερούλα κι είχε μικρύνει το σώμα του με τις ίδιες αναλογίες που μάζευε και η ψυχή του, οι θείοι μου, ο Χάιμε κι ο Νικολάς, ο ένας σκυθρωπός και σοβαρός, γιγάντιος κι ευαίσθητος, κι ο άλλος λεπτός και χαριτωμένος, άστατος και χαμογελαστός, μαζί και η νταντά, και οι προπαππούδες δελ Βάλιε, προτού σκοτωθούν σ' ένα ατύχημα, δηλαδή όλοι, εκτός από τον αριστοκρατικό Ζαν δε Σατινί, από τον οποίο δεν έχει μείνει καμιά επιστημονική μαρτυρία κι έχω καταλήξει ν' αμφιβάλλω για την ύπαρξή του.

Άρχισα να γράφω με τη βοήθεια του παππού μου, που η μνήμη του έμεινε ανέπαφη μέχρι την τελευταία στιγμή στα ενενήντα του χρόνια. Με το ίδιο του το χέρι έγραψε αρκετές σελίδες κι όταν θεώρησε πως τα είχε πει πια όλα, ξάπλωσε στο κρεβάτι της Κλάρας. Εγώ κάθισα να περιμένω κοντά του κι ο θάνατος δεν άργησε να φτάσει ήρεμα, τον βρήκε στον ύπνο του. Ίσως ονειρευόταν πως ήταν η γυναίκα του που του χάιδευε το χέρι και τον φιλούσε στο μέτωπο, γιατί τις τελευταίες μέρες εκείνη δεν τον εγκατέλειψε καθόλου, τον ακολουθούσε μέσα στο σπίτι, τον κατασκόπευε πίσω από την πλάτη του, όταν διάβαζε στη βιβλιοθήκη, και ξάπλωνε μαζί του το βράδυ, με τ' όμορφο κεφάλι της στεφανωμένο μπούκλες ν' ακουμπάει στον ώμο του. Στην αρχή ήταν ένα μυστηριώδες φωτοστέφανο, αλλά όσο ο παππούς μου έχανε ολοένα και περισσότερο την οργή του, που τον βασάνιζε μια ολόκληρη ζωή, τόσο εμφανιζόταν πιο καθαρά εκείνη, όπως ήταν στην καλύτερή της εποχή, γελώντας με όλα της τα δόντια κι αναστατώνοντας τα πνεύματα με το φευγαλέο της πέταγμα. Μας βοήθησε ακόμα να γράψουμε και χάρη στην παρουσία της μπόρεσε να πεθάνει ευτυχισμένος ο Εστέμπαν Τρουέμπα, μουρμουρίζοντας το όνομά της, Κλάρα, φωτεινότατη, διορατική.

Στην απομόνωση είχα γράψει με τη σκέψη μου πως κάποια μέρα θα είχα το συνταγματάρχη Γκαρσία νικημένο μπροστά στα πόδια μου και θα μπορούσα να πάρω εκδίκηση για όλους. Τώρα όμως αμφιβάλλω για το μίσος μου. Μέσα σε λίγες βδομάδες, από τότε που βρίσκομαι σ' αυτό το σπίτι, μοιάζει να έχει διαλυθεί, να έχει χάσει το ξεκάθαρό του πλαίσιο. Υποπτεύομαι πως όλα όσα συμβαίνουν δεν είναι τυχαία, παρά αντιστοιχούν σ' ένα πεπρωμένο σχεδιασμένο πριν από τη γέννησή μου κι ο Εστέμπαν Γκαρσία είναι μέρος από κείνο το σχέδιο. Είναι μια μονοκόμματη, στραβιά γραμμή, αλλά καμιά πινελιά δεν είναι άχρηστη.

Τη μέρα που ο παππούς μου αναποδογύρισε μέσα στους θάμνους στο ποτάμι τη γιαγιά του, την Πάντσα Γκαρσία, πρόσθεσε άλλο ένα κομμάτι στην αλυσίδα από γεγονότα που έπρεπε να εκπληρωθούν Ύστερα ο εγγονός της βιασμένης γυναίκας επαναλαμβάνει την κίνηση με την εγγονή του βιαστή και μετά από σαράντα χρόνια, ίσως, ο εγγονός μου θ' αναποδογυρίσει μες στα χόρτα του ποταμού τη δικιά του, κι έτσι πάει λέγοντας σε μια ατέλειωτη ιστορία με πόνους, αίμα κι έρωτα.

Μες στην απομόνωση είχα την ιδέα πως έφτιαχνα μια σπαζοκεφαλιά, όπου το κάθε κομμάτι έχει ορισμένη θέση. Προτού τοποθετήσω όλα τα κομμάτια, μου φαινόταν ακατανόητη, αλλά ήμουν σίγουρη πως αν κατόρθωνα να την τελειώσω, θα έδινα νόημα στο κάθε κομμάτι και το αποτέλεσμα θα ήταν αρμονικό. Κάθε κομμάτι έχει το λόγο του να είναι έτσι ακριβώς όπως είναι, ακόμα και ο συνταγματάρχης Γκαρσία.

Μερικές φορές έχω την αίσθηση πως αυτό το έχω ξαναζήσει και πως έχω ξαναγράψει αυτά τα ίδια λόγια, αλλά καταλαβαίνω πως δεν είμαι εγώ, αλλά άλλη γυναίκα, που σημείωνε στα τετράδιά της για να τα χρησιμοποιήσω εγώ. Γράφω, εκείνη έγραψε, πως η μνήμη είναι εύθραυστη και η ζωή μας πολύ σύντομη κι όλα συμβαίνουν τόσο βιαστικά, που δεν προλαβαίνουμε να δούμε τη σχέση ανάμεσα στα γεγονότα, δεν μπορούμε να μετρήσουμε τη συνέπεια των πράξεων μας, πιστεύουμε στο παραμύθι του χρόνου, στο παρόν, στο παρελθόν και στο μέλλον, αλλά είναι δυνατόν όλα να συμβαίνουν ταυτόχρονα, όπως έλεγαν οι τρεις αδελφές Μόρα, που μπορούσαν να δουν τα πνεύματα όλων των εποχών ανακατωμένα μες στο διάστημα.

Γι' αυτό η γιαγιά μου η Κλάρα έγραφε στα τετράδιά της, για να βλέπει τα πράγματα στην πραγματική τους διάσταση και για να τα βγάζει πέρα με την κακή της μνήμη. Και τώρα ψάχνω να βρω το μίσος μου και δεν το βρίσκω. Νιώθω να σβήνει όσο εξηγώ την ύπαρξη του συνταγματάρχη Γκαρσία και των άλλων σαν κι αυτόν, όσο καταλαβαίνω τον παππού μου και μαθαίνω τα πράγματα μέσα από τα τετράδια της Κλάρας, από τα γράμματα της μητέρας μου, τα διαχειριστικά βιβλία στις Τρεις Μαρίες και τόσα άλλα έγγραφα, που βρίσκονται πάνω στο τραπέζι δίπλα μου. Θα μου είναι πολύ δύσκολο να εκδικηθώ για όσους θέλουν να πάρουν εκδίκηση, γιατί η εκδίκηση μου δεν θα είναι παρά άλλο ένα κομμάτι από την ίδια, αδυσώπητη τελετουργία.

Θέλω να σκέφτομαι πως δουλειά μου είναι η ζωή και η αποστολή μου στον κόσμο δεν είναι να παρατείνω το μίσος, παρά μόνο να γεμίσω αυτές τις σελίδες, ενώ θα περιμένω την επιστροφή του Μιγκέλ, ενώ θα θάβω τον παππού μου, που τώρα ξεκουράζεται στο πλάι μου σ' αυτό το δωμάτιο, ενώ θα περιμένω να 'ρθουν καλύτεροι καιροί, μεγαλώνοντας το βρέφος που έχω στην κοιλιά μου, κόρη τόσων βιασμών ή, ίσως, κόρη του Μιγκέλ, αλλά, πάνω απ' όλα, κόρη μου.

Η γιαγιά μου πενήντα χρόνια κατέγραψε στα τετράδια τη ζωή. Σώθηκαν σαν από θαύμα από την αισχρή πυρά, όπου χάθηκαν τόσα άλλα χαρτιά της οικογένειας, γιατί κάποια συνένοχα πνεύματα τα φυγάδευσαν. Η Κλάρα τα έγραψε για να με βοηθήσουν να περισώσω τα πράγματα του παρελθόντος και να επιζήσω μέσα στον ίδιο μου τον τρόμο. Το πρώτο είναι ένα μαθητικό τετράδιο με είκοσι φύλλα, γραμμένο με λεπτά καλλιγραφικά γράμματα. Αρχίζει έτσι:

«Ο Μπαραμπάς εισήλθεν εις την οικογένειαν διά της θαλασσίας οδού...»

*Τα βιβλία της Ιζαμπέλ Αλιέντε
από τις Εκδόσεις «Ωκεανίδα»:*

ΤΟ ΣΠΙΤΙ ΤΩΝ ΠΝΕΥΜΑΤΩΝ

❦

ΤΟΥ ΕΡΩΤΑ ΚΑΙ ΤΗΣ ΣΚΙΑΣ

❦

ΕΥΑ ΛΟΥΝΑ

❦

ΙΣΤΟΡΙΕΣ ΤΗΣ ΕΥΑ ΛΟΥΝΑ

❦

ΤΟ ΕΠΟΥΡΑΝΙΟ ΣΧΕΔΙΟ

❦

ΠΑΟΥΛΑ

❦

ΑΦΡΟΔΙΤΗ

❦

ΚΟΡΗ ΤΗΣ ΜΟΙΡΑΣ

❦

ΦΩΤΟΓΡΑΦΙΑ ΣΕ ΣΕΠΙΑ

❦

Η ΠΟΛΗ ΤΩΝ ΘΗΡΙΩΝ

❦

ΤΟ ΒΑΣΙΛΕΙΟ ΤΟΥ ΧΡΥΣΟΥ ΔΡΑΚΟΝΤΑ

❦

Η ΟΝΕΙΡΕΜΕΝΗ ΠΑΤΡΙΔΑ ΜΟΥ

Ιζαμπέλ Αλιέντε

Η ΠΟΛΗ ΤΩΝ ΘΗΡΙΩΝ

Ο Αλεξάντερ Κολντ, ένας Αμερικανός έφηβος δεκαπέντε χρονών, πηγαίνει σε μια αποστολή στον Αμαζόνιο μαζί με την εκκεντρική γιαγιά του Κέιτ Κολντ, δημοσιογράφο, που έχει αναλάβει να γράψει ένα άρθρο σχετικά μ' ένα άγνωστο και παράξενο πλάσμα, το Θηρίο, όπως το ονομάζουν. Οι νεαροί πρωταγωνιστές, ο Αλεξάντερ και μια φίλη του που γνώρισε εκεί, η Νάντια, μαζί μ' έναν εκατόχρονο σαμάνο εισχωρούν στην ανεξερεύνητη ζούγκλα του Αμαζονίου κρατώντας από το χέρι τον αναγνώστη σ' ένα ατέλειωτο ταξίδι σε μια μυστηριώδη περιοχή, όπου τα σύνορα μεταξύ πραγματικότητας και ονείρου χάνονται, άνθρωποι και θεοί συγχέονται και τα πνεύματα συνοδεύουν τους ζωντανούς.

Η Ιζαμπέλ Αλιέντε φιλοδοξεί να συνθέσει μια τριλογία που θα αναφέρεται σε σοβαρά ζητήματα της εποχής μας: το περιβάλλον, την πνευματικότητα και την ειρήνη. Η *Πόλη των θηρίων* είναι το πρώτο μέρος αυτής της τριλογίας. Η ίδια η συγγραφέας έδωσε τον καλύτερο χαρακτηρισμό αυτού του μυθιστορήματος: ένας τέλειος συνδυασμός «περιπέτειας, μαγείας, χιούμορ και φυσικού σκηνικού».

Ιζαμπέλ Αλιέντε

ΤΟ ΒΑΣΙΛΕΙΟ
ΤΟΥ ΧΡΥΣΟΥ ΔΡΑΚΟΝΤΑ

Άγνωστο μέχρι τώρα, το Βασίλειο του Χρυσού Δράκοντα είναι μια ήρεμη και ειρηνική χώρα κρυμμένη στις πλαγιές των Ιμαλαΐων, που οι κάτοικοί της ζουν σύμφωνα με τις αρχές του βουδισμού. Εκεί βρίσκεται το μυστηριώδες και αμύθητης αξίας άγαλμα του Χρυσού Δράκοντα, που μπορεί να προλέγει το μέλλον και να διατηρεί την ειρήνη στην περιοχή.

Εκεί κατευθύνονται η εκκεντρική δημοσιογράφος Κέιτ Κολντ, ο εγγονός της Αλεξάντερ και η φίλη του Νάντια, οι πρωταγωνιστές της *Πόλης των θηρίων*, που συναντιούνται ξανά, έτοιμοι να ζήσουν άλλη μια περιπέτεια. Υπάρχουν όμως κι άλλοι, άπληστοι, που θέλουν να κλέψουν το άγαλμα.

Στο *Βασίλειο του Χρυσού Δράκοντα*, το δεύτερο μέρος της τριλογίας της, η Ιζαμπέλ Αλιέντε μας προσκαλεί να ζήσουμε μια διπλή περιπέτεια: να παρακολουθήσουμε το οδοιπορικό των πρωταγωνιστών και να γνωρίσουμε την αγνή, πεντακάθαρη ομορφιά των βουνών και των κοιλάδων των Ιμαλαΐων.

Ιζαμπέλ Αλιέντε

Η ΟΝΕΙΡΕΜΕΝΗ ΠΑΤΡΙΔΑ ΜΟΥ

Η Ιζαμπέλ Αλιέντε και η μεγάλη αγάπη και νοσταλγία της για τη Χιλή, την πατρίδα της. Η αδιάκοπη παρουσία τού παρελθόντος, η αίσθηση της απούσας πατρίδας, ο πόνος για τη χαμένη ευτυχία, η συνείδηση της περιπλανώμενης και ξένης, όλα αυτά, συσσωρευμένα για χρόνια στην καρδιά της, η Ιζαμπέλ Αλιέντε τα αγκαλιάζει και μας τα προσφέρει με μαεστρία και χιούμορ.

Βιβλίο βαθιά ρεαλιστικό και συγκινητικό, η *Ονειρεμένη πατρίδα μου* της Ιζαμπέλ Αλιέντε εκφράζει την ανθρώπινη ψυχή μέσ' από δυο ιστορίες, της πατρίδας της και τη δική της, που πλέκονται αξεδιάλυτα μεταξύ τους, όπως συμβαίνει μ' όλους τους ανθρώπους.